黄右昌诗稿笺注（上）

黄右昌 著

李桂杨 黄 柯 注

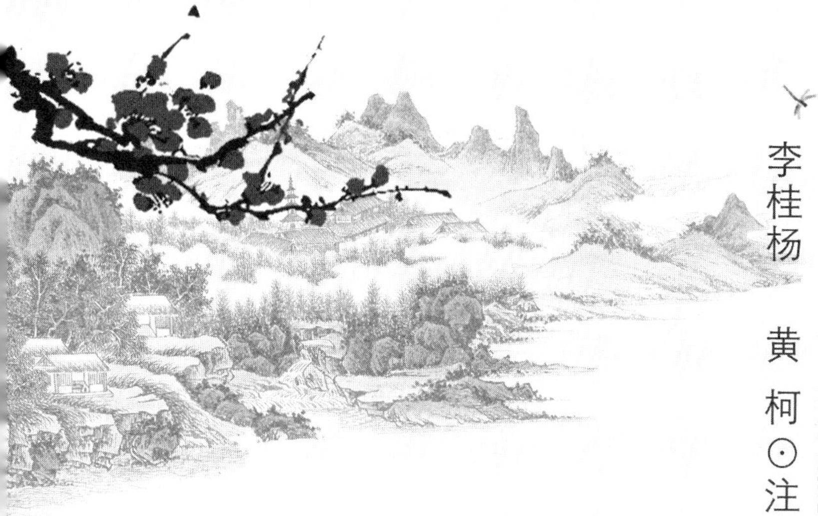

团结出版社

图书在版编目（CIP）数据

黄右昌诗稿笺注 / 黄右昌著；李桂杨, 黄柯注. --北京：团结出版社, 2023.8
　ISBN 978-7-5234-0210-8

Ⅰ.①黄… Ⅱ.①李… ②黄… Ⅲ.①诗集－中国－当代 Ⅳ.①I227

中国国家版本馆 CIP 数据核字(2023)第 105565 号

出　版：团结出版社
　　　　（北京市东城区东皇城根南街 84 号　邮编：100006）
电　话：（010）65228880　65244790　（出版社）
　　　　（010）65238766　85113874　65133603（发行部）
　　　　（010）65133603（邮购）
网　址：http://www.tjpress.com
E-mail：zb65244790@vip.163.com
　　　　tjcbsfxb@163.com（发行部邮购）
经　销：全国新华书店
印　装：北京建宏印刷有限公司印制

开　本：787mm×1092mm　1/16
印　张：41
字　数：682.5 千字
版　次：2023 年 8 月　第 1 版
印　次：2023 年 8 月　第 1 次印刷

书　号：978-7-5234-0210-8
定　价：188.00 元（上下册）

（版权所属，盗版必究）

谨以本书献给

——中国近现代法学家、诗人黄右昌。

——中国微波和光纤通信专家、中国科学院院士黄宏嘉。

内容提要

　　黄右昌（1885－1970）是中国近现代著名法学家。民国时期，曾任北京大学教授、第 2—4 届国民政府立法院立法委员、司法院大法官。新中国成立后，任中央文史研究馆馆员。他同时也是一位重要的诗人，时人对其有"诗翁"之誉。本书以新发现的诗人生前亲自校订的清稿为底本，补入手稿中散佚而在报刊上发表过的作品，合计共千余首。这些作品时间跨度从清末到 1970 年代初期，不仅真实记录了诗人的心路历程，也从亲历者角度见证了从废除科举、五四运动、抗日战争直到新中国成立的若干重大历史事件；不仅有较高的艺术价值，也是很重要的文史资料。本书可供一般文学爱好者和近代史、法制史研究者阅读参考。

法学家、诗人黄右昌（1885.11.11—1970.03.16）

担任北京大学法律系主任时的黄右昌（1927）

担任国民政府立法院立法委员时期的黄右昌（1935）

抗战时期，黄右昌和家人在重庆北碚龙凤溪乡下（1943）

黄右昌夫妇同幼女黄颂康（左）、幼子黄宏荃（右）在湖南大学（1950）

黄右昌和夫人李夔旭在颐和园（1965）

黄右昌与家人在颐和园（1965）

哭林老伯渠

永怀北内聚奎楼，道此坚贞傲太浮
革命莘莘掌俦业，扫除宇宙焕乾坤
岂知端午长辞世，属众无人石匮藏
举目呜咽遗墨在，沉吟脉脉念前途

黄右昌 时年七十六岁
一九六〇年

黄右昌手迹（一）

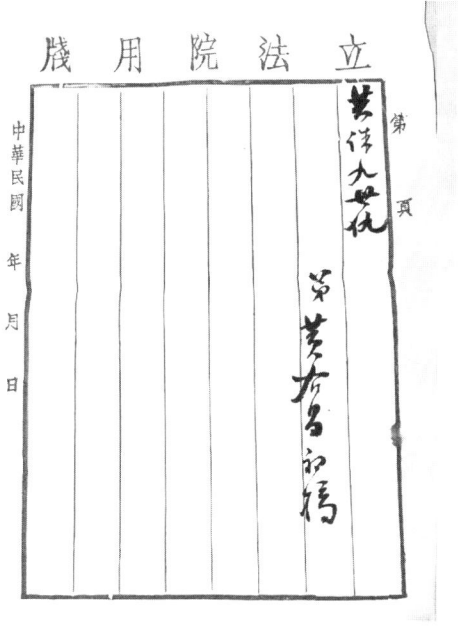

黄右昌手迹（二）

北大图书馆珍藏的黄右昌著作

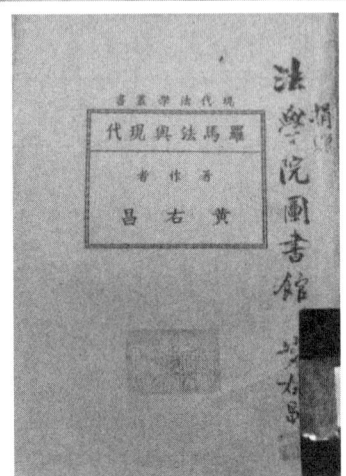
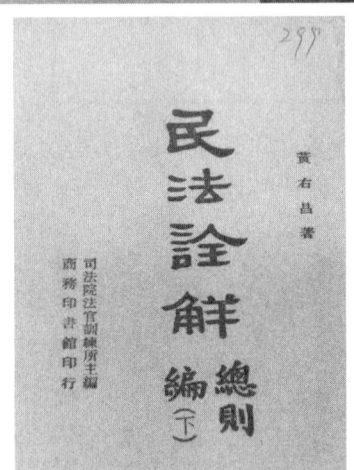

黄右昌部分著作书影

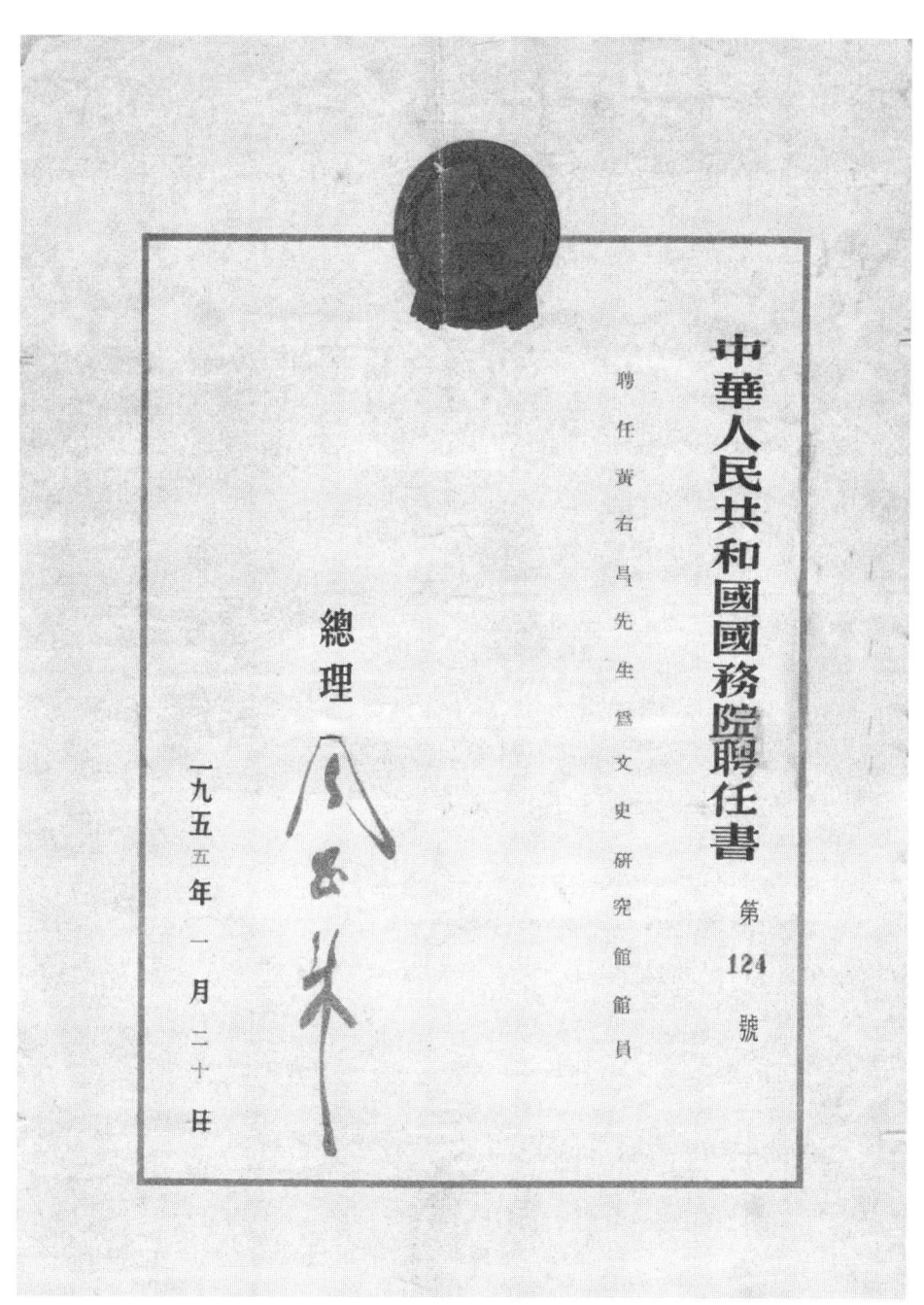

周恩来总理签发给黄右昌的文史研究馆馆员聘任书

黄右昌夫妇合葬墓

湘西两黄墓园镶嵌的《梅花十首》诗碑

凡 例

一、本书共收录目前搜集到的黄右昌（以下称"诗人"）诗词共622篇1078首。分正编和补编两部分。正编收入诗人生前亲自订正的清稿所录诗作，补编收入原稿未见，但发表于报刊的诗作和诗人幼子黄宏荃抄录的诗词作品。补编中录自报刊的作品在题解中标明出处，未注明来源的，均系据黄宏荃抄本补入。

二、诗稿原件以编年方式编排，整理时按原稿排序。其中有些篇章时序似为错乱，本书一仍其旧，未加改动，以便研究者取舍。

三、本书对原稿中的繁体、异体、俗字及错字按现行规范汉字进行了统一。对判为誊抄中产生的别字进行了改正，并在笺注中予以说明。

四、本书所收录的一些作品曾在多种报刊上发表，文字与原稿稍有差异。本书以原稿为准，不罗列异同，不出校记。1988年岳麓书社《湘西两黄诗》（黄宏荃编）收录其中近200首作品，文字与原稿亦有部分出入，均判为誊录错误或编者擅改，本书不予采用，亦不罗列。

五、原稿中的同题作品，有题注的，在诗题后附题注相区别；没有题注的，诗题后括注创作年份相区别。诗题括注为笺注者所添加。由于历史的原因，《湘西两黄诗》编者为一些诗作另拟了诗题，本书概不采用，悉从原稿。

六、本书对年份的表述使用公元纪年。除非十分必要，不标注朝代和年号。

七、本书采取简注方式，字词注释只给出当前所适用的义项。对于理解诗文内涵所必需的典故，酌情给出典源。对个别不太常见的词汇和诗人的习惯用法，在释文中给出前人近似的例句作为书证，以帮助读者理解。为避免繁琐，除非因理解作品需要，对释文中的引文不再加注。

八、为便于一般读者阅读，整理者对极少数生僻字、易混淆的多音字给出汉语拼音注音。注音依据《新华字典》（第12版）。多音字只给出当前适用的注音。《新华字典》（第12版）未录的生僻字，参考其他字典注音。

九、本书只对作品中直接提及的人物作简单的生平介绍。与诗人同时代的人物，生平事迹一般截止于当时。只罗列人物事迹，不作评价。

十、对本书中所涉及的自然景观和行政区划的注释，一般以当时的状态为准。除非十分必要，不涉及之后的演变。

十一、诗词正文中需要笺释的语词、典故、人物、地名，只在第一次出现时加注。重复出现时，根据情况或简释后标注参见，或略去不再加注。对注文引文中的语词典故，除非特别必要，一般不再做注解。

十二、诗人有很多作品是与友人唱和时所作。除非原稿所录或有重要价值，本书一般不收录友人相应的原唱或和诗。

代序*

　　回忆四十年前余自云南还蜀，从先君子学诗，每略有新意，先君子必倍加鼓励。忆余曾写《秋夜》一诗，其中有"明月池中浴，孤云岭上游"句，先君子因作《夜坐示子嘉》云："阳月偏阴盛，冬山似睡眠。分明天上月，化作水中烟。小火炉熬药，孤灯夜擘笺。莫愁更漏永，诗味尚迢然。"其自注是："子嘉有'明月池中浴'句，为广其意。"又余曾作《山村秋兴》一诗，呈先君子批改。先君子见诗中"落叶斑斑黄，寒鸦点点黑。多情是流水，长伴高山侧"等句，便欣然有喜色，因为诗一首示余，其词曰："自尔来三月，课余常喜吟。岂无腾跃路，难遣别离心。衣钵能传我，文章不在深。眉山苏叔党，合是汝知音。"

　　噫！四十年光阴去如电抹，而今仰瞻娄江，惭未绳武；俯思眉山，愧当知音。然先君子之诗文，虽抛掷于泥涂，亦不能掩其金石之声。今又焉能因我之舍文攻理而沉没泯灭耶？近喜见余弟宏荃所撰《试论娄江诗》刊于《河北师范学报》一九八五年第一期，先君子之风貌又复展现眼前，因责余弟先寄来先君子之《梅花十首》并注，辗转谋其发表，然后缓缓再图《娄江全集》之问世。此一计划如能实现，则余有负余先人跂望之过，或可弥补于万一。

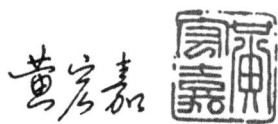

乙丑（1985）年夏 [1]

---

* 本文是黄宏嘉为其父《梅花十首》写本所作的序。收入时对个别文字和标点符号做了技术性处理。签名及钤印是黄宏嘉生前专门为本书预签、预钤。

[1] 黄宏嘉（1922—2021），湖南临澧人，生于北京。微波和光波导学家，微波电子学家，光纤专家，中国科学院院士。上海大学名誉校长、教授。有《微波原理》《从微波到光》等著作传世。

试论溇江诗（代前言）*

黄宏荃[1]

一、小引

溇江诗的作者是先父黄右昌（1885—1970）。抗战前南京《新民晚报》为他的诗辟了一个专栏——《竹窗诗存》。到四川后，他的诗自署溇江子（这与和林老伯渠1944年的唱酬有关，请参阅附诗），从此诗集便易名为《溇江诗存》。原集有诗一千多首。在他逝世后，诗人的子女从中选出有代表性的四百五十首，汇成一集，取名为《溇江诗选》，并为这个选集写了一个前言——《溇江诗选简介》。

二、溇江诗的浑厚是诗人性格特征的体现

诗人黄右昌在他的《对月有感示儿辈》诗中自述道：他"三岁识千字。五岁至七岁，逢人喜属对……"，十二岁取秀才，十七岁考取举人，旋被送往日本留学，二十三岁留日学生戊申部试拔取第一，二十七岁任北京大学法律教授兼系主任。诗人对其早年生涯的这一扼要描述说明：溇江诗达到的艺术成就不是偶然的：它是勤劳加天分的结果。另一方面，溇江诗又表现得如醇如酡般的纯粹浑厚，而这个特征却是由诗人的性格决定的。《溇江诗简介》中谈道：诗人十分珍重与林老伯渠的卅角情谊。几经兵乱，诗人保存着林老手迹二十多年，于林老逝世时才将手迹送交中国革命历史博物馆编目保存。这里再举两个例子来说明诗人的性格吧。三十年代当他发现有人一字不易地剽窃出版了他的著作

---

* 本文原刊于《河北师院学报（社会科学版）》1985年第1期。收入时对个别文字和标点符号进行了技术性处理。
[1] 黄宏荃（1925—2009）：字寅亮，号虔斋，又号抱璞子。湖南临澧人，生于北京。翻译家，诗人。黄右昌幼子。1951年毕业于湖南大学外文系，曾在北京国际关系学院任教。1975年7月调入河北师范学院外语系任教。编有《湘西两黄诗》（岳麓书社，1988），著有《黄道让诗初探》（学林出版社，1989）等。

《罗马法与现代》后，只给这人写了一封诘问的信。待这人回信表示歉意后，他不仅未做任何法律上的追究，而且从此再也不提这件事了。另外，就其子女所知，诗人一生中从未背后议论过他人的短处，而对他人的长处却乐于称道。诗格即人格。娄江诗的最突出的特征——浑厚，是诗人人格的体现。

总的说来，娄江诗是积极乐观的，但在这基调后面似乎也引出着一种哀愁。这种对立感情的同时存在——当然，乐或悲何者居主要地位则视不同的主题而定——使娄江诗更深沉。哀感的来源，不外乎国难与家愁。

从诗集的最前几篇就可以看出，在本世纪初诗人就预感到日本帝国主义未来对中国的大规模侵略，并对此万分仇恨。1902年他在《东渡舟中感怀四首》中写道："媚秦计失悲前辙，灭虢谋深证旧闻"；1908年《戊申归国感怀》写道："海水横流夷祸极，嫖姚何忍独为家"；1931年《农历中秋愤东北之变夜不能寐》写道："凄凉今夜辽阳月，国破家亡泪满襟"；1933年《开岁三日闻榆关失守》写道："痛哭长城风雪外，悲歌绝塞莽苍间"；1934年在《初夏闷极感怀》中写道："胡尘滚滚何时靖，独为兴亡百感伤。"这种忧国诗篇充满了娄江诗集并在其中占特别重要的位置。

隐藏在娄江诗深处的哀愁的另一根源是个人身世的不幸。诗人幼年时家境贫困，事父母至孝。诗人不幸七岁丧母，二十岁丧父，这使他终身饮恨。1932年《对月有感示儿辈》就曾这样写道："自思儿童时，科名叵顺利。唯有屺岵痛，抱恨终天弃……"；1936年他在《还山扫墓纪事抒感八首》中以十分强烈的感情写道："眷我读书堂，思亲泪两行。课经忘夜永，纺绩授衣忙。手泽今犹在，薪传老不忘。陇头来扫墓，一步一悲伤。"在其他许多诗中，这种思亲之情或者被明白地表达出来了，或者退后为背景而隐约地存在着。

三、娄江诗的题材和形式

就题材和形式来说，娄江诗是多样化的。就拿诗人1931年所写的九十二首诗来看，七律有四十四首，五律三首，七绝三十一首，五绝一首，七古六首，五古七首。其中有即事的，有即景的，有题图题照的，有的则是怀古放歌。但总的印象是：气魄大，品味正，语言自然而不假雕琢。在整个诗集中，竟找不到一句妖语、艳语、颓废语、纤弱语。"平生志为霍"，"两头耻作纤纤诗"——诗人的这两句诗最能说明他的诗风。就连他的《题洪度集》一诗也将民族气节揉进对薛涛身世所发的感慨之中:"拂水山庄红豆红,牧斋晚节太朦胧。若将君比柳如是,前半相同后不同。"就这样,一首可能写成艳体诗的诗就成了淳厚的爱国诗了。至于许多怀古诗,则因诗人倾入强烈的现实的忧国感情,也就成了议时诗了。如诗人在 1931 年《登天平山怀范文正》一诗中就这样写道:"……我来正逢九一八,心含万愁看万笏。复地御侮等空谈,下旗志哀循故辙。罡然高望古之人,浩歌一洒满腔血"。接着诗人便用范仲淹的非凡事迹来勉励自己和他人。

娄江诗中的五律有许多是描写乡村生活的;而这种淳厚、质朴而自然的诗,随着他年岁的增长,所占的比重也越来越大,如 1931 年有《村兴八首》;1936 年有《还山扫墓纪事抒感八首》;1943 年有《山居即事五首》《秋日即事杂感六首》《冬日山居即事五首》;1944 年有《山居漫兴七首》《农历除夕五首》《病中呻吟投所知五首》《新瘥试步即事抒怀三首》《山居杂咏六首》《岁暮杂诗五首》。下面就信手拈取一首示意吧。

冬日山居即事五首其二（1943）

白云山下宿,散作雨霏霏。竹密枝横路,果收树剩衣。已看沧海变,期待汶田归。合沓争供眼,沈寥一鹤飞。

娄江诗就其形式而言的另一重要特点是:五律、七律以及其他格律的近体诗,频频以"组诗"的形式出现。上面列出的就是一些五律组诗。至于他的七律,尤其是那些有代表性的,就更多地以组诗的形式出现。这里就随意地举出若干例子如下:1933 年《开岁三日闻榆关失守二首》以及《醉后遣愁四首》,1934 年《梅花十首》,1940 年《春日山居漫兴五首》,1943 年《癸未初度抒怀十首》,1945 年《乙酉初度抒怀十九首》。七绝组诗有 1931 年《西湖杂咏十首》,1943 年《题洪度集四首》等。五绝组诗有 1933 年《由无锡舟行至常熟虞山转苏州杂咏八首》,《题画自遣二十四首》等。以组诗形式出现这一特点的意义在于:它不仅说明诗人学问渊博,才力充足,而且说明诗人无心用几句警语动人听闻,而是怡然自乐于自己的诗境之中。而他的组诗创造过程本身,又强化并深化了这种诗的意境。好像娄江诗中的组诗不能一首一首地拆开来读,因为这样读就会大大削弱组诗的醇酣般的总体效果。可是当某组诗完全能记诵后，再来细细咀嚼其中的某联、某句、某字，便觉意味无穷，而且语言也是无处不在的。譬如：

"宁为洴澼絖，饶有柘枝颠"（1931年《村兴八首》）
"流下崒阿叶，化为涧户薪"（同上）
"逐涧寻流水，看山坐夕阳"（1936年《还山扫墓纪事抒感八首》）
"绉谷生池水，虬蟠学草书"（1945年《山居漫兴七首》）
"萼绿差争腊，鹅黄解斗香"（同上）
"碑封七十二家渺，柴望四千余载多"（1933年《泰山杂咏四首》）
"三叶郎潜颜驷老，五噫歌罢伯鸾佣"（1942年《山居漫兴四首》）
"五言人拟白沙子，三略达成黄石公"（1944年《元旦书事二首》）
"海阔无鲛来亥既，天寒有鹤守辛勤"（1934年《梅花十首》）

可以说娄江诗中所有律诗的对仗都像上面所举的例子一样工稳而自然，真好像诗人并不想做对子，而对子却自然地形成了，而典故也是随意地揉进其中，看不出一点勉强的痕迹。下面就让我们解析一下第一个例子吧。

根据庄子的《逍遥游》，宋国有人世世以洗棉絮（洴澼絖）作为使手不冻裂（不龟手）的药方。后来有人以百金买下这药方献给吴王，吴王使他冬日将兵与越人水战而获大胜。庄子于是说："能不龟手一也，或以封，或不免于洴澼絖。"在这首诗里，诗人以"宁为"二字对庄子所指出的两种可能性做出选择：他表示愿意居于贫贱，这在《村兴》里出现是十分恰题的。下联中的"柘枝"指柘枝舞，它因伴舞的曲调——《柘枝曲》而得名。宋寇准宴宾客时，必献柘枝舞，因而有"柘枝颠"——犹如现代口语"柘枝迷"之称。这句诗在于烘托农村的生活气息，也是十分恰题的。这里还应看到，"洴澼"二字均"水"旁，而"柘枝"二字均为"木"旁，二者也是对称的。

诗人在《梅花十首》里写道："不斗繁华不斗奇，天然韵味迥然姿。"这两句诗是诗人写给梅花的，但也正是诗人自己的诗风——更准确地说，是他整个为人的作风——最好的写照。正是这种质朴的创作态度带来了主观上未曾追求的效果：不斗奇而奇在其中矣。

四、《梅花十首》是娄江诗的最高艺术成就

《梅花十首》的序文说诗人写这十首诗，一在倡梅花为国花，因为梅花的高洁形象可以帮助提高人们的精神境界，另一个天真的动机则是偿还祖债。诗

人的祖父是晚清诗人咸丰进士岐农公黄道让，有《雪竹楼诗稿》传世。岐农公在一首七言绝句《睡起》中写道："年来有债都偿遍，但欠梅花数首诗。"在以上两个动机的推动下，有心的诗人终于在1934年一气呵成了这十首诗。但所谓"还债"实际上是继承和补充。继承就是继续通过诗，追求岐农公用雪来表现的纯洁的精神境界，而补充却意味着表现的媒介有所不同。一句话，这样的继承可以用"异曲同工"这四个字来概括。不仅如此，在岐农公眼里，梅就是雪，雪就是梅：二者是同一本质的不同现象。譬如岐农公在《雪八首》里说：（雪本是）"蕉叶画于无墨处，梅花修到不香时"；而在《梅花》里说（梅花）"有影不随江日下，无香便与雪何殊。"而娄江子的《梅花十首》有"天上有风吹白玉，人间无地着红尘"；"玉骨修成香海雪，冰魂冷到佛堂烟"等句，也表达了梅雪同质异象的思想。当然祖孙二人在艺术手法上还是有区别的：祖咏雪用"白描"，孙咏梅则用典甚深，而这种区别也正好相反相成。实际上，以"白描"咏雪正是方法和内容的一致；而梅花，尤其当诗人呼吁加冕她为国花的时候，就必须具有既淡雅又富贵这两重特性。如果用通俗的例子来印证，那就是国宴不能满足于粗茶淡饭。下面就从《雪八首》和《梅花十首》中各取一首，来比较祖孙各自为自己的主题所采用的艺术手法吧。

雪　其四

除将白雪不吟歌，花好其如顷刻何。悔把真心看世界，犹存本色只江河。当风古树枝头少，断火人家瓦上多。布满九州天一笑，又添三尺海东波。

梅花十首　其七

占尽扬州月二分，句吴於越万重云，妆成额点佳人面，赋得神传宰相文。海阔无鲛来亥既，天寒有鹤守辛勤。超山底事留遗恨，肠断千年一炬焚。

上面这首雪诗，不须借助任何注释也可以看懂，但要把握每句的神情和含义，则要求的不是对诗的一般的分析性的理解能力，而是那种属于"鉴赏家"的"品味"的能力。换句话说，性灵诗须待性灵来作出反应。就拿第三句来说吧，笔者认为诗人的意思是："眼前的银装世界本是假象，可我却用真心来看待它，以为它就是如此的洁白，我是多么的愚蠢啊！"非在崎岖的世路上饱经忧患而又到老保持着一颗孩子般的天真的心的人，断断不能写出或领略此语。

与上面的雪诗相对照，娄江子的这首梅诗，若是不加以详细注释，则不能为不甚熟悉我国古典文学的人所看懂。现在就将这八句诗中所包含的典故择其最主要者罗列于下吧：

"占尽"句。杜牧诗："天下三分明月夜，二分无奈在扬州，"言扬州乃风月情浓之地。杜牧在扬州尚有其他名句，如"春风十里扬州路，卷上珠帘总不如，""十年一觉扬州梦"等。"占尽扬州月二分"是说：天下月色扬州分得三分之二，而扬州月色，现在又为梅花所占尽。联系这首诗的其他句子，可知诗人此处是将梅花与少女纯洁的情操相比拟。"句吴於越"就是吴越。"句"是吴言的发声。《史记·吴太伯世家》："太伯之奔荆蛮，自号句吴。""於"是越语发语声。《春秋》："於越败吴于携李。"於越即今之浙江省；句吴，今江苏一带。"额点"用寿阳公主事。宋武帝女寿阳公主日卧于含章殿檐下，梅花落于额上，三日拂之不去，宫女用粉脂仿效，叫作梅花妆。明高启《梅花九首》："妆罢深宫览镜时"亦用的这个典故。"宰相文"，宰相指的是宋璟，唐南和人，仕武后为御史中丞，玄宗时为相，刑赏无私，与姚崇并称，封广平公。《皮日休赋序》："余尝幕宋广平之为相，疑其铁肠与石心，然睹其梅花赋，清便富艳，殊不类其为人。"诗人在四川有"广平赋得心如铁，杜牧吟成鬓已丝"之句。"亥既"，珠名，叫亥既珠。《琅嬛记》："河伯宴伯禹于河上，献亥既之珠。亥既珠者，夜如宴乐，悬于殿中，光彻如白日。客甫持觞，而珠中众音互作。宴罢，音亦已。"诗人说，亥既珠是鲛口中的东西，（记不准确，也可能居于鲛的其他部位）。另一解是，鲛指的是居于南海的泣泪成珠的鲛人。在这句诗里，诗人把梅花比喻为一片香海，虽不见鲛来，但梅花已如珍珠般琳琅满目。"超山"，超山（位于浙江临平县境内）报慈寺有宋梅，寺僧正法护梅甚勤，且尝补种，花时游人纷至，遂为盗贼所窥伺，1933年3月25日（距诗人写梅花诗仅一年），报慈寺被焚掠，正法殉身劫火中，然宋梅幸尚无恙。诗人《再题超山观梅》有"浩劫未将花事改"句，其自注是："报慈寺宋梅，安隐寺唐梅均尚在。"

谙熟了以上典故之后，回过头来再读这首诗，便觉得其中景中有景，诗中有诗,无穷的层次将想象带进意境的深处。这也可能就是用典的功效;它能增加"景深",如果允许笔者用现代摄影术语来说明这个问题的话。由此看来,岐农公的"白描"诗是靠性灵来延伸"景深"的,而娄江子的梅诗则通过甚深用典的途径来达到同一目的。即使在艺术手段上,祖孙二人也恰是异曲而同工,相反而相成。

五、娄江诗的政治意义

作为决定娄江诗的价值的最关键的因素是它的政治意义,而《娄江诗选简介》一文也正侧重于这一方面而进行介绍。对于一个能直接接触《娄江诗选》的读者来说,对娄江诗的特征、题材、形式、艺术技巧等的分析是不重要的;这些方面本应留给读者本人去评价并作出结论。而娄江诗作者的政治态度,则必须通过一些具体的事迹来说明,《简介》的要旨即在于此。而本文——《试论娄江诗》——的目的却在于使不熟悉娄江诗的读者,通过本文和若干附诗,也能对娄江诗有一个较全面的了解。因此可以说,本文是对《简介》的一个补充。下面就是旨在说明娄江诗作者的政治态度的《简介》原文:

娄江诗选简介

先父黄右昌字黼馨,诗篇自署娄江子,湖南临澧人,生于一八八五年,于一九七〇年病逝于北京,年八十六岁。

父黄右昌,乃晚清诗人咸丰进士岐农公黄道让之孙,人格诗风,咸足绳武。曾祖诗曰:"楼名雪竹君知否?一片冰心老更虚。"父诗曰:"家风清白楼前雪。"曾祖特爱雪,其咏雪诗乃其纯洁心灵之写照也。父特爱梅,以咏梅自述其志向。曾祖咏雪诗曰:"蕉叶画于无墨处,梅花修到不香时。"父咏梅诗曰:"除开白雪非知己,倾倒黄封有几枝。"曾祖咏雪诗曰:"来年饱暖千家卜,大地繁华一笔删。"父咏梅诗曰:"不斗繁华不斗奇,天然韵味迥然姿。"由此寥寥数例,可见父之诗风乃曾祖高洁人格之延续也。"雪竹家风延雅韵"——林老伯渠一九四五年和诗——此其谓欤!

父黄右昌生而家贫,数间瓦房竟一度为豪富所霸占。幼年敏而好学,十二岁举茂才,十七岁乡试中式,旋被送往日本留学。弱冠东瀛归来,任北京大学法律教授兼系主任凡十八年。一九三〇年应老同盟会员覃振先生固请而出仕于南京政府也，实欲以言行学问兴邦，然竟事与愿违，长年唯适志于山水之间而已，以故此时临泉诗最多，其代表作为《梅花十首》。据诗人言，此诗一在倡梅花为国花，一在偿祖债（俱见诗序），然尚有一心愿，即自述其志也。

一九三一年九一八事变，继之热河榆关相续沦陷，从此其诗转作慷慨悲愤之声。一九三六年抗日民族统一战线建立，全民抗战之势已成，爱国学子愁眉锁眼之态为之一扫，父亦然。此一时期重要作品为一九三八及一九四四年与林老伯渠酬唱之诗，其中父原唱有"艰苦济同舟，""同盟讨伐眼中新"等句，林老和诗有"论交古道于今少，我与先生不算贫"等句。几经兵燹，父珍藏林老手迹二十余年，于林老逝世时始将手迹送交革命历史博物馆编目保存。此事岂唯出于甚深珍重卅角情谊而已耶？盖亦痛感民族多灾而深恨国家不能团结御侮也。故当"先安内而后攘外"之声甚嚣尘上之时，父诗曰："外攘内自安。"抗战胜利后，协定毁而内战起，父诗曰："人言天下恶乎定，报道协商不以兵。""京国重游多感触，神州极目尚烽烟。"惜乎父之未能将此心事化为勇敢呼号，而徒为低回感叹之歌，以是未能有力影响当时之形势。然后世学者，睹其诗而悲其志，想象其为人，抑或可蒙益于潜移也。

新中国成立后国务院周恩来总理聘任父为中央文史研究馆馆员。父深感中央之照顾，越老学习越积极，心境亦日益开阔，所作新词皆甚乐观活泼，其学写鹧鸪天，年已八十，齿尽脱落，故为词常不严于格律。然又为何竟于晚年始学写词耶？是欲以此更为活泼之形式抒发对新社会之热爱乎？"学词笑我齿皆没，尚欲学工更学农，"压卷两句几为此种心情之写照乎？

一九八四年秋

女绍湘、子宏建、宏煦、宏嘉、女颂康、子宏荃谨撰

目录

上 册

凡 例

代 序（黄宏嘉）

试论溇江诗（代前言）（黄宏荃）

壬寅至戊申（1902—1908）

自箴 /1　　洞庭（东渡）/1　　过关卡 /2　　东渡舟中感怀 四首 /2　　海上逢赵善臣师 /4　　戊申归国感怀 /5　　洞庭（回乡）/6　　江村秋景 /6

己酉至辛亥（1909—1911）

停弦渡 /8　　秋夜渡洞庭 /8　　诸葛武侯 /9　　螺矶灵泽夫人 /9　　题明妃出塞图 /10　　将毋同十六韵 /11

壬子至庚午（1915—1930）

游碧云寺 /13　　三山庵 /13　　杨花 /14　　公园与彭心如联句 /14　　碧摩岩遇雨题石 /14　　游北戴河 /15　　北海即景 /16　　湘人社集次陈梅老韵 /16　　次韵答袁炼人 二首 /17　　与夔旭游西山 二首 /18　　寄怀蔡子民先生 四首 /19　　丁卯端午湘人会饮即席吊屈大夫 /21　　湖广会馆百廿年纪念 /22　　游西郊 /24　　戊辰端午吊屈大夫 二首 /25　　清华大学席地讲学 二首 /26　　哭严范荪师 二首 /27　　挽徐伯轩 二首 /28　　挽胡致平 二首 /29　　民大毕业同学欢送会席上口占 /30　　寄郭闵畴兼谢赠印度椰子器 二首 /31　　游三海 二首 /32　　天津中秋夜饮村酒香 /33　　中秋后二日再饮村酒香 /33　　平

津道上 /34　天津法商学院课余散步 /35　赴农学院讲演途中即事 四首 /35　庚午初度感怀 四首 /36　将之南京留别 /38

辛　未（1931）

京沪道中 四首 /40　清凉山 /41　扫叶楼即景 /41　扫叶楼吊龚半千 /42　后湖泛舟 二首 /43　莫愁湖 /44　雨花台 /44　登北极阁散步至鸡鸣寺 /45　鸡鸣寺下访友 /46　鸡鸣寺晚眺 /47　游栖霞山 二首 /47　步随园有感 二首 /48　即事 /49　秦淮河边友人何宅社集 /50　题美人倚梅图 /51　秦淮河泛舟 /51　题友人百骏图 /52　春尽泛舟后湖 /53　燕子矶 /54　头台洞 /55　二台洞 /56　三台洞 /56　幕府山阴 /57　沪宁道上至西湖 二首 /57　西湖杂咏 十首 /59　湖心亭遇雨 /61　题葛岭抱朴子石像 /62　葛岭初阳台观日出 /63　孤山吊林处士 /64　题灵隐飞来峰大石佛 /65　题烟霞洞 二首 /66　理安寺遇雨 /67　九溪十八涧 /67　题棋纹石 /68　杭州雅集 二首 /69　题与夔旭三潭印月合照 /70　西湖散步与夔旭偶谈五则 /71　谒于少保墓晚遇钟把香饮于自然居却寄 /73　题赵之远赠西湖风景全图却寄 /74　金山江天寺 /74　题江天寺慈寿塔壁 二首 /75　游北固山望长江放歌 /76　焦山定慧寺 /78　扬州 /79　香影廊听雨 /80　钓鱼台畔有亭风景甚佳为锡名称 /80　梅花岭吊史阁部 /81　扬州湖南会馆午节聚饮吊屈大夫 /81　隋炀帝墓 /82　扬州遇雨柬罗涵原 /82　杂咏 三首 /83　次韵赠黄石安 二首 /84　万宝山案书愤 /85　书感 四首 /86　江南大水行 /87　次韵和友人咏梦诗 /88　雨霁水杀 舟行后湖 /88　农历中秋愤东北之变 夜不能寐 /89　书感 十月十九日 /90　登牛首山 二首 /90

壬　申（1932）

元旦感赋 四首 /92　捷音 二首 /92　太平门外 四首 /94　春感 八首 /96　忆西湖 /101　阮嗣宗墓 /101　周处读书台 /102　汤山 /103　琼花歌 /104　乞琼花 /106　偕胡默青观琼花联句 /106　题彭临九画梅 /106　游雨花台登方亭 二首 /107　游紫霞洞遂登钟山顶 /108　登钟山极顶席饮 /109　明孝陵 /110　灵谷寺 /110

题石达开诗钞 /111　　西园美枞堂杂咏 五首 /113　　遣愁 四首 /115　　漫歌赠张凤九 /117　　对月有感示儿辈 /118　　书感 次展堂先生韵 /119　　次韵赠王石荪 /121　　喜雨 /122　　读史 /122　　后湖舟中与朱子英联句 /123　　题子英《仙槎缘》诗稿 /123　　后湖即事 /124　　五洲公园堤上口占 /124　　游半山寺谢公墩 /125　　秋感示北大诸子 二首 /126　　友人以其重刊明遗民陈菊潭先生《菊花百咏》见赠即题其后 四首 /127　　重游灵谷寺 /128　　泽畔 /129　　无锡杂咏 十首 /130　　题与夔旭五里湖滨蠡园小照 /133　　苏州全景 /133　　登天平山怀范文正 /134　　偕王石荪参观淞沪战区凄然感赋 /136　　登扫叶楼 /136　　村兴八首 并序 /137　　游古林寺 /140　　鹤林寺谒米元章墓 /141　　游招隐寺 /142　　游竹林寺 /143　　栖霞红叶 /143　　十月初度感怀 二首 /144　　病中告见访者 /145　　岁终喜雨漫兴 二首 /146

癸 酉（1933）

元旦感赋 四首 /147　　开岁三日闻榆关失守 二首 /148　　咏雪 二首 /149　　偕郭渌史鸡鸣寺踏雪 /150　　乡思 二首 /151　　书愤（1933）/151　　书感（1933）/152　　书喜 /153　　次韵寄剑城凤道人 二首 /154　　偕九一八学会同人步太平门外 /155　　后湖即事 /156　　闻热河之变 二首 /156　　榆关失守感赋 八首 /157　　朝鲜史感事 /161　　清凉山扫叶楼社集即事 二首 /162　　书怀 二首 /162　　醉后遣愁 四首 /163　　大碑歌 /165　　宿汤山晓发宝华山 /166　　宝华山 /167　　宿宝华山隆昌寺禅房 /168　　游邓尉山放歌 /169　　道玄墓山圣恩寺还原阁 /170　　由邓尉至姑苏杂诗 四首 /171　　无锡杂咏 三首 /173　　清晨散步梅园 /174　　游华藏寺 /175　　游常熟虞山四大寺 /176　　尚父湖 /178　　小云栖寺露珠泉题石 /178　　由无锡舟行至常熟虞山转苏州杂咏 八首 /179　　观明末史 /180　　浪荡子 /181　　泰山杂咏 四首 /182　　济南大明湖舟中与子英联句 /184　　观趵突泉 /185　　崂山杂咏 四首 /185　　崂山明霞洞与子英联句 /187　　参观青岛市政 /187　　视察北平感赋 /188　　晋游杂诗 三首 /188　　定县 /189　　六月十三日重返北平寄夔旭代柬 /190　　考察事毕吴子昂招饮赠诗依韵答之 /190　　天津村酒香醉后抒感 /191　　考察

归来子英以近事见示叠韵十二首见示次韵答之 二首 /191　清凉山即事 /192　送罗钧任出巡新疆 二首 /193　和黄石安梦咏袁中郎瓶史诗次韵 /194　竹窗社集兼送剑城凤道人 /195　壮侯招饮即席赠诗并柬寄侯 /196　题毛壮侯《仰天长啸楼》诗集 /197　重九与子英登钟山极顶联句 /197　重九恕斋招饮豁蒙楼未赴约 /197　次韵和恕斋癸酉豁蒙楼登高 /198　重九后五日竹窗社集 /199　送贺贵严之任甘肃 /199　再观明末史 /200　独游后湖醉卧舟中失慎坠水 /201　十一月十八日为长女婚期诗谢亲友 /202　十一月二十五日为余与夔旭二十五年银婚纪念 /202　锡苏旅行漫兴 四首 /203　虎丘生公讲台 /204　乡思 十首 /205　自题竹窗诗存 四首 /206　展堂先生为余题《竹窗诗存》诗以谢之 /208　题画自遣 二十四首 /208　赠彭临老 /212　苏州萃英中学四十周年纪念 /213

甲戌（1934）

开岁试笔 二首 /214　元旦谒陵 八首 /215　梅花十首 /218　超山观梅 /223　再题超山观梅 二首 /224　超山观梅便至西湖 /225　嘉兴 /225　骑驴寻梅 /226　农历上元 /227　酬陈树人并次原韵 二首 /228　朱寄侯遣伻送画走笔谢之 /229　怀戚大将军 并用其登盘山绝顶韵 /229　卞忠贞公墓 /230　春日农村即事 四首 /233　暮春登钟山顶 /234　暮春登牛首山 /235　与北京同学泛舟后湖 /236　东坡消夏十六事杂咏 十六首 /236　初夏闷极感怀 四首 /239　普陀杂咏 八首 /241　普陀梅岑峰观日出 /245　普陀山与志圆石瓢二上人摄影联句纪念 /246　口占送志圆上人 /247　口占送石瓢上人 /247　口占谢化珣上人 /248　留别志圆石瓢二上人 /248　自取法名智仁 /249　为常任侠题普陀寺僧装摄影 /250　与石瓢上人至宁波延庆寺晤亦幻上人 /250　怀石瓢并柬志圆上人 /251　题友人跏趺图 /251　哭刘半农 二首 /252　游善卷庚桑二洞放歌 /254　再题庚桑洞 /255　由太湖至湖州即景 /256　重游宝华山隆昌寺 四首 /256　黄花 /258　初度感怀 四首 /258

乙亥（1935）

开岁书怀 二首 /261　杂感 四首 /262　扫墓节有感 四首 /265

后湖泛舟即事 /266　　赠友人 /266　　观王淮君画展即席题赠 /266　　采石矶太白楼放歌 /267　　长江上游舟中即事 /269　　江行杂诗　五首 /270　　舟中与朱子英联句 /271　　南岳 /271　　南岳山行杂咏　四首 /271　　祝融峰观日出 /273　　水帘洞 /274　　星沙留别 /274　　登天心阁 /275　　牯岭 /276　　五老峰放歌 /276　　游西林寺东林寺 /277　　牯岭倚装寄夔旭 /278　　调查江西自治遂至临川留别 /278　　青云谱 /279　　视察归来喜得吴宓诗集　走笔谢之 /279

下　册

丙　子（1936）

开岁书怀　四首 /2831　　和友人鸡鸣寺看雪 /282　　湖楼禊集分韵得竹字 /283　　足疾排闷 /284　　焕章函约聚晤信到过时 /284　　次韵谢俞友清四赠红豆　二首 /285　　俞友清索红豆集序 /286　　冯焕章赠相片 /286　　旧历除夕排闷 /286　　赠冯焕章 /287　　再谢俞友清赠红豆 /288　　一二八有感 /288　　仇亦山谢赠红豆走笔答之 /289　　次韵答周恕斋见怀 /289　　陵园晚归 /290　　有自辛亥三月二十九日广州革命生还者怆怀往事　书此赠之 /290　　春日即事书怀（1936） /290　　湖楼社集即景 /291　　谢友人赠大字笔 /292　　题俞友清红豆集　二首 /292　　再题俞友清红豆集　二首 /294　　送王石荪出使瑞典挪威 /295　　题穹窿松海　回文 /295　　赠叶楚伧 /296　　镇江大雨倾盆至武进则未有雨 /297　　同人往登马鞍山 /297　　宿青阳港 /298　　茜墩谒顾亭林先生墓并其旧居 /299　　俞塘 /299　　视察嘉兴平湖 /300　　记嘉兴三塔湾妙谛禅师死难事　有序 /301　　杭州 /302　　三到杭州仅吴山未游　因于昧爽独往 /302　　浙赣道上 /303　　游金华北山三洞 /304　　赠罗钧任 /304　　临川青莲山温泉记事 /305　　喜雨 /306　　赣湘道中 /306　　晓游岳麓山遂至云麓宫 /307　　衡阳 /308　　经史偶得 /309　　还山扫墓纪事抒感　八首 /310　　由临澧至常德途中抒感 /312　　桃源洞遇雨 /314　　醴陵 /314　　长江舟中寄夔旭 /315　　安

庆即事 /315　　维舟浔阳上岸未果 /316　　游白云山 /316　　子英遇十年前顾曲之丽霞 三首 /317　　广州杂咏 六首 /318　　岁暮怀北京同学 /319　　挽马海饶博士 /320

丁 丑（1937）

开岁书怀 /321　　农历除岁书事 /322　　集句 /322　　芜湖重修怀爽楼成，纪念袁忠节公 /323　　江上送别友人 /325　　小黄山公园樱花盛开感而有作 /325　　镇江留别 /326　　丁丑生日寄夔旭汉上 /326　　连接夔旭汉皋来书却寄 /327　　长沙酒楼即和周邦式韵 /327

戊 寅（1938）

春日即事书怀（1938）/329　　还乡闻捷书喜 /329　　家居感怀 /330　　扫墓 /330　　将之重庆留别 /331　　途中寄弟 /331　　汉渝舟中 二首 /332　　白帝城怀古 /333　　南温泉即事 /335　　赠仇亦山 /335　　次吟韵寄王太龀 /336　　叠吟韵再寄太龀 /337　　三叠吟韵寄太龀 /338　　四叠吟韵寄太龀 /338　　哲生来渝 /339　　佟麟阁赵登禹两将军双忠亭诗 /340　　赠朱子英 /345　　谢陈树人赠战尘集 /346　　合川濮岩寺即景 /346　　九一八感言 /347　　送林伯渠之陕北 /348　　次韵答友人招饮 /349　　次韵答友人见赠 /350

己 卯（1939）

渝州农历除夕 /351　　农历元旦试笔 /351　　代夔旭鬻书助妇女献金 /352　　民族扫墓节有感 /353　　独石桥新院址 /353　　僦居龙凤桥即景 二首 /354　　山中暮雨 /355　　山居即景 二首 /356　　敌机夜袭三次 时欧战正开 /357　　次韵周惺老己卯九日漫兴 /358　　次林庚白韵 /359　　慰孚若覆车养疴次原韵 /360　　山居冬晴 四首 /360　　江行 /361　　覆车行 /362　　对酒行 /363　　己卯初度感怀 三首 /364　　得子嘉子荃书 /365　　即事 /366　　嘉陵舟中 /36669　　授课途中口占 /367

庚 辰（1940）

元旦试笔 /368　　春日山居漫兴 五首 /368　　挽吕天民 /370　　首夏即事 二首 /371　　龙凤桥泛舟 /372　　散步龙冈 /373　　寄谢陈树人见赠近作战尘集 /373　　山园小集 /374　　挽孙寒冰 /374

挽戴劲忱 /375　　北温泉即景 /376　　次韵答李清悚 /377　　无题 /377　　庚辰初度抒怀　四首 /378　　刘卓吾尊人怡卿老人八十有五为诗寿之即以送别 /380　　题何适园老人诗存　二首 /381　　高坑岩观瀑 /382　　挽刘伯英 /384　　有感 /384　　重九登高 /385　　宿李家花园　二首 /385　　留赠 /386　　冬日山居杂感　四首 /387　　挽朱子英 /389

辛　巳（1941）

初春即事书怀　二首 /390　　次韵赠刘世善 /391　　途中遇雨口占 /392　　题王太蕤半隐园诗草　二首 /392　　授课感赋 /394　　宿法官训练所 /394　　次韵中秋望月 /395　　挽蔡子民先生 /396　　挽胡默青　二首 /398　　五四课余值诸同学于大磨滩邀饮 /400　　游北温泉 /401　　龙凤桥垂钓 /402　　挽林庚白 /402　　无题 /403　　挽何叔父之母 /404　　辛巳九七太蕤约高台丘 /404　　梦庚和余庚辰生日诗十章 /405　　对酒行 /406

壬　午（1942）

暮春杂感　四首 /407　　北碚公园即景 /409　　龙凤桥垂钓即景 /410　　宿北碚 /410　　陈淑子挽诗 /411　　次韵和适园老人七二生日感怀　二首 /412　　即事 /413　　赠刘卓吾 /414　　彭临老七十 /414　　农历正月二日即事留柬诸同学 /415　　赠别第八届同学 /416　　山居漫兴　四首 /416　　送别刘卓吾迁居高台丘 /418　　送别刘孚若考察西北 /419　　谢徐复生惠赠郑柴翁《巢经巢遗诗》即题其后 /420

癸　未（1943）

起舞 /423　　题许公武大隐庐诗草 /423　　送郑洞国军长远征 /425　　题洪度集　四首 /426　　谢友人赠大庸茅坪茶 /428　　连日夜雨昼晴 /429　　次韵友人感怀 /430　　山居即事　五首 /430　　书哀 /432　　书愤（1943）/433　　书事 /434　　书感（1943）/434　　书怀（1943）/435　　虞山红豆 /436　　消夏　二首 /436　　入伏　二首 /437　　癸未四月三日渝郊展禊 /438　　夔旭生日 /442　　中秋对月 /443　　寓叹 /444　　秋日即事杂感　六首 /444　　癸未九日漫兴　四首 /446　　九日口占 /448　　九日登高漫兴　四首 /449　　题友人西

行乱唱词 /451　　再宿北碚 /451　　次韵李梦庚兄六十八岁初度　二首 /452　　苦雨排闷　二首 /453　　癸未初度抒怀　十首 /454　　题友人画展　二首 /460　　谢陈树人赠专爱集　二首 /461　　咏史　二首 /462　　冬日山居即事　五首 /463　　寄赠柯定础并谢赠断蕉寒藤图 /465　　寄友人 /466　　何特老谱陌上花词见贻　次韵奉答 /467

甲申（1944）

元旦书事　二首 /468　　和向伯祥鹤山卜居诗意　二首 /469　　甲申人日同人小集半雅亭 /470　　得季弟及父老书述逃难情形寄慰　二首 /472　　初春山居漫兴　四首 /473　　贺友人华诞 /475　　寄李甫晨伉俪 /475　　山园小集送别友人 /476　　谢李麋寿赠春风化雨图 /477　　遣意 /477　　寄友人 /478　　题画三首 /478　　即事 /479　　山行 /479　　渝州晤林伯渠却寄 /480　　寄谢罗达存柯定础 /481　　甲申览揆抒怀　六首 /482　　新从军行　四首 /485

乙酉（1945）

元旦试笔　二首 /489　　开岁漫兴　四首 /490　　友人欲效君平卖卜，诗以止之 /492　　山居漫兴 /493　　示儿女五则 /495　　农历除夕　五首 /497　　新五杂俎　十首 /498　　次韵答温定甫 /501　　次韵再答定甫 /501　　次韵三答定甫 /502　　次韵友人朱梅四绝 /502　　次韵再答友人朱梅四绝 /503　　病中呻吟投所知　五首 /505　　新瘥试步即事抒怀　三首 /506　　新愈偕内子夔旭始至北泉即事抒怀　六首 /507　　初夏偶成　四首 /509　　次韵酬何特老见赠 /511　　集句答陈右军七十自述 /511　　次韵再答何特老见赠 /512　　寄友人 /513　　公余 /514　　种菜 /514　　新晴 /514　　薄游 /515　　次韵酬曾其衡六十初度 /516　　借书 /516　　曾见 /517　　答友人 /517　　端节感怀 /518　　重九登高二首 /518　　夜坐示子嘉 /519　　偶成 /520　　寓叹二首 /520　　岁暮杂诗五首 /521　　雨中看山 /523　　送别何特老南旋 /523　　子嘉退役有任职意　依依不舍书此示之 /523　　乙酉初度抒怀　二十首　并序 /524　　初度前夜书事 /534　　次日果晴叠前韵 /534

丙戌（1946）

元旦试笔 /536　　农历元旦　二首 /536　　将之南京留别　三首 /537

重游古林寺 /538　　寄怀何特老 /539　　何叙甫将军六十 /539　　书事 四首 /540　　丙戌还都后览揆感赋 二首 /542　　重九拟登高未果 /543　　送子嘉赴沪 /543　　送子煦嘉 /543　　夔旭生日 /544

丁亥至己丑（1947—1949）

寄同乡父老 /546　　子嘉自沪来书祝嘏附诗即用其韵答之 /547　　麓山感旧 二首 /547　　书事 柬叔章 /548　　漫兴 柬叔章 /549　　山居寡欢，叔章兄见赠以诗，依韵奉答 /549　　即事 /550　　念昔游 551　　赠潘教授硌基 /551　　赠杨教授树达 /552　　于五十六年前作品中发现先人手泽 慨然成诗 /552

一九五五年

二月十四日得煦儿琳儿来书于公历二月二十三日（农历甲午除夕）举行婚礼 诗以寄之 /554　　次韵答王啸老见赠 /554　　寄文史馆同人 /556　　寄吴子昂同事 /556

补 编

三一八烈士碑铭并序 /558　　十二月五日立法院成立四周年纪念 为诗记之 /559　　十一月五日散会后与院中同人赴灵谷寺览秋，摄活动影纪念以记之 /560　　续闻热河之变 /560　　视察青岛道过曲阜谒孔林孔庙及周公庙颜子祠有感 /561　　奉祝湘声月刊开幕 /562　　咏问礼亭 /563　　奉命视察苏浙赣湘四省地方自治赠别同人 /565　　沪上慰问于右任先生足疾 /566　　兰溪视察赠胡次威 /566　　重到南昌熊主席天翼招领感赋二章 /567　　参观安义县万家埠 /568　　送伯英伯敏两兄回京出席二中全会并示一峰子素 /568　　何芸樵主席以所著见赠 各题诗以记之 /569　　视察长沙第二区榔梨镇 /570　　与陶军长思安论诗饮茅台酒 /571　　于役事毕返京寄谢何芸樵主席及省府诸同人 /572　　孙院长由欧返国同人慰劳于独石桥新院址为诗纪事 仿柏梁体 /572　　贺蔡子民七二寿诞 /574　　地方自治学会成立直接选举右昌获选咸赋覆 /574　　社集 /575　　慰劳郑洞国军长 /576　　盟军缅甸会师四杰 /577　　送梅汝璈至东京 /579　　奉题广州大学二十周年纪念 /580　　久雨喜晴即事抒怀寄振宏贤侄 /580　　重游泮水二首 并序 /581　　沁园春 庆祝击落U—2美国

间谍飞机重大胜利 /582　鹧鸪天 /583　浣溪沙 谢周邦式邮赠僮侗集 /583　鹧鸪天 并序 /584　怀念湘儿 /585　桃源忆故人 寄王冠五教授 /585　上西楼 /586　鹧鸪天 寄唐翰屏 /586　八十自寿诗 二首 并序 /587　好事近 答谢仇亦老同夫人和诗 /588　哭林老伯渠 /589　鹧鸪天 乙巳上巳次日清明感赋 /590　行香子 义师必胜 /590　西江月 庆贺一九六五年五月十四日十时第二颗原子弹试验成功 /591　鹧鸪天 乙巳八一初度抒怀 /591　鹧鸪天 和原韵答谢李老渚卿罗老介邱吴老晓芝黄老子蕴 /592　寄吴晓芝先生兼贺其丙午八十高寿 /593　丙午上巳口占 /593　鹧鸪天 热烈庆祝一九六六年十月二十七日核导弹试验成功 /594　答谢仇亦老赠诗并补贺其寿诞 /594　鹧鸪天 /595

附　录

黄右昌传略（黄绍湘）/597

黄右昌年表（李桂杨）/600

后　记 /608

壬寅至戊申（1902—1908）

自 箴

为狂为圣判须臾[1]，能忍须臾即丈夫。有近忧由无远虑，小聪明乃大糊涂。作文便觉看书少，不琢休思善价沽[2]。我爱春秋宁武子，一分才智一分愚[3]。

题 解

诗人1902年参加壬寅科湖南乡试中式，时年17岁。此为捷报传来时所作自勉诗。

笺 注

1 语本《明儒学案·学正曹月川先生端》："圣人之所以为圣人，只是这忧勤惕厉之心，须臾毫忽，不敢自逸。"须臾：片刻；瞬间。

2 《礼记·学记》："玉不琢，不成器。"《论语·子罕》："子贡曰：有美玉于斯，韫椟而藏诸，求善贾而沽诸。"意思是只有努力提高自身的修养，才能更好实现自己的价值。

3 并上句。语本《论语·公冶长》："宁武子邦有道则知，邦无道则愚。其知可及也，其愚不可及也。"春秋时卫国大（dà）夫。姓宁，名俞，亦称宁子。

洞 庭 东渡

有意游东海，无心到洞庭。水光韶画本[1]，帆影逗云屏。大地周身白，君山一发青[2]。长年殊解事[3]，好景缓扬舲[4]。

题 解

诗人中举后，放弃了次年进京会考的机会，以举人身份降格报名参加了1902年湖南公费留学日本的考试。经选拔，赴日本岩仓铁道学校学习工程。后因近视，不适合工程，转入日本法政大学研修法律。选拔虽在1902年秋进行，实际上1903年春始成行。

本篇为诗人1903年春经洞庭往上海，预备赴日本留学时所作。

笺 注

1 画本：绘画的范本。陆游《舟中作》："村村皆画本，处处有诗材。"

2 君山：一名洞庭山、湘山。在今湖南岳阳市洞庭湖口。传为湘君所游处，故曰君山。一发：形容远山微茫。苏轼《澄迈驿通潮阁》："杳杳天低鹘没处，青山一发是中原。"

3 长年：旧时对舵手、篙师的敬称。陆游《入蜀记》："问何谓长年三老？云：'梢工也'。"

4 舲：有窗的小船。扬舲即扬帆行船。

过关卡

半归中饱半归官，倒箧倾筐反复看。卡字象形君知否，教人上下二头难。

题 解

晚清时，各地城门、码头和陆路交通关隘有税吏盘查往来客商，征收厘税。税额按税吏当场估算的货值收取，随意性极大，所以枉收中饱层出不穷。

东渡舟中感怀 四首

异服异言兼异国，同洲同种更同文[1]。媚秦计失悲前辙，灭虢谋深证旧闻[2]。出塞请追班定远[3]，语蛮聊学孟参军[4]。故应蹈海羞嬴帝，遥慕仲连一解纷[5]。

茫茫瀛海淼无尘，肯许乘槎一问津。廿纪竞争唯学识，八荒独立见精神[6]。宁甘画饼充名士，亦欲作舟济兆民。此去扶桑观日出[7]，东风吹满万家春。

欧风东渐竞雄飞，白种鸱张黄种微[8]。天演论奇开浩劫[9]，文明潮急悟新机。睡狮不吼强权失，辽鹤归来旧梦非[10]。击楫中流无限感，樱花如雨浣征衣。

踔跞全球望少年[11]，后生端不让前贤。好从科学求真际，徒事皮毛总枉然。教育热心慕福泽[12]，维新动力伟藤田[13]。而今学舍多于鲫，岛国弦歌别有天[14]。

题 解

1903 年，诗人从上海登上轮船招商局的海轮，东渡日本求学，心潮澎湃，赋诗记之。从诗的内容看，虽然题为《东渡舟中感怀》，但第三、第四首似为到达日本后所作。

笺 注

1 中日两国"同文"的说法最初是早期洋务派用来主张向日本学习的借口，后来日本政客发展出"同文同种"的说辞，用于掩盖对华侵略行径。这个说辞也迷惑了当时中国的一些主张中日友好的人士，一度广为流传。徐珂《清稗类钞·外交类》："光绪戊戌夏，命黄遵宪为出使日本大臣，时方有联日之议，总署撰国书，依故事凝草上。德宗阅之，殊不惬意，因于大日本国皇帝之上，亲加'同洲同种同文最亲爱'九字。"

2 并上句。媚秦：指战国时各国以割地求和的方式换取秦国息兵，求得暂时的安定。灭虢：公元前 655 年，晋国向虞国借道伐虢，有人以唇齿相依为喻，劝虞公不借。虞公不听。结果晋灭虢后，在班师途中，顺便把虞国也灭了。诗人此时痛恨西方列强对中国领土和主权的蚕食和清政府的腐败无能，同时又尚存中日之间理应唇齿相依，共同抵抗欧洲列强的善良愿望。

3 出塞：走出边关。这里指出国。班定远即班超（32－102），东汉时期著名军事家、外交家。班超因戍边有功，封定远侯，故后人称"班定远"。

4 孟参军：即东晋时期名士、陶渊明的外祖父孟嘉。曾任征西参军，懂"蛮语"（少数民族语言）。为人儒雅洒脱，才思敏捷。

5 并上句。用鲁仲连"义不帝秦"的典故。鲁仲连是战国末期齐国人，纵横家。公元前 258 年，秦军围攻赵都邯郸，魏王派人劝赵王尊秦昭王为帝，以求秦撤兵。鲁仲连往见赵王，力陈尊秦为帝之害，并表示如果秦王称帝，自己宁愿跳海也绝不臣服。在他的劝说下，赵国放弃了投降的打算，最终在魏国信陵君和楚国春申君的援救下，迫使秦国退兵。秦王嬴姓，故言"羞嬴帝"。

6 并上句。廿纪：二十世纪。八荒：八方荒忽极远之地。独立：孤立无所依傍。

7 扶桑：传说中的神树。据说生长在大海中，其叶似桑。两两同根，相互依托，故名扶桑。因陆机《日出东南隅行》"扶桑升朝晖"句，借指东方日出之地。又据《梁书·东夷·扶桑国传》："中国之东，其土多扶桑木，故以为名。"后世又多用以指日本国。

8 鸱（chī）张：鸱鸟（鹞鹰）张翼，伺机猎物。形容猖狂、残暴。

9 天演：谓自然进化。1898年，严复将英国生物学家赫胥黎的论文集《进化论与伦理学》编译为《天演论》问世，出版后轰动一时。但当时有一些人错误地将进化论理论用于分析社会问题，出现了所谓"社会达尔文主义"。诗人这里所说"天演论奇开浩劫"就是在谴责社会达尔文主义。

10 辽鹤归来：典出《搜神后记》。传说辽东人丁令威，学道于灵虚山，成仙后化成白鹤归来。

11 踔跞：卓绝；高超。

12 福泽：指福泽谕吉（1835—1901）。日本近代思想家、教育家，被称为"日本近代教育之父"。

13 藤田：指藤田东湖（1806—1855）。日本江户末期学者，日本藩政改革时期改革派的中心人物。1853年美国培理舰队来日时，参与幕政。藤田崇拜文天祥，主张尊王攘夷，是全国勤王派的领导者。

14 弦歌：古代传授《诗》学，均配以弦乐歌咏，故称"弦歌"。《史记·孔子世家》："三百五篇，孔子皆弦歌之。"后用以指学校诵读之声。

海上逢赵善臣师

万里星槎一泛骞[1]，亦儒亦吏亦神仙。纵观海国无边地，开辟官场未有天。澧水长留舆颂在[2]，苍生共祝使君旋[3]。得居徐福童男列[4]，随侍蓬壶海上船[5]。

题 解

"海上"是清末民初文人对上海的俗称。赵善臣，生平不详。从诗中的内容看，应该曾经在湖南临澧为官，并且参加过湖南乡试阅卷或1902年湖南公费留日学生选拔的一位教育官员，所以诗人按科举时代惯例尊其为师。

笺 注

1 化用林云翰《黄河春涨》："临流会忆登仙事，好借星槎拟泛骞。"星槎：往来于天河的木筏。古诗文常以"乘槎"指使臣出使。骞：西汉人张骞。宗懔《荆楚岁时记》说张骞乘坐筏子寻找黄河源头，结果泛流到了天河，见到了织女和牛郎。

2 舆颂：民众的议论；口碑。《隋书·炀帝纪上》："听采舆颂，谋及庶民，故能审政刑之得失。"

3 使君：旧时对使者的尊称。《后汉书·寇恂传》："使君建节衔命，以临四方。"

4 徐福一作徐市，字君房。秦代方士。为迎合秦始皇迷信长生，请得童男女数千、百工和五谷种，乘楼船入海，一去不返。据传徐福所去之地就是日本。至今日本爱知、广岛等多地仍有徐福祠。童男：未婚男子。诗人自注："时未婚。"

5 蓬壶：即蓬莱。传说中徐福所去的海上仙山。

戊申归国感怀

忆前东渡花如雪，今度南旋雪似花。海水横流夷祸极[1]，嫖姚何忍独为家[2]。

题 解

1908年（农历戊申），诗人从日本学成归国，年23岁。随后赴京参加学部举办的归国留学生部试。考试在次年4月放榜，诗人名列法政科第一，授法政科举人、内阁中书衔。本篇为考试结束后回乡途中所作。

笺 注

1 海水横流：海水泛滥，四处奔流。语出范宁《谷梁传序》："孔子睹沧海之横流，乃喟然而叹。"比喻政局动荡，社会不安。夷祸：外敌入侵。

2 嫖姚：也作票姚、剽姚。指西汉名将霍去病。因其18岁时被汉武帝封剽姚校尉，三年后封骠骑将军。《汉书·霍去病传》："上为治第，令视之，对曰：'匈奴不灭，无以家为也。'由此上益重爱之。"按，诗人学成归国之后，旋奉父母遗命与未婚妻李夔旭成婚。黄、李两家为世交，二人系双方父母指腹为婚。李夔旭与诗人同岁，在当时已属大龄未婚。值此国难当头之际，诗人成婚恐误报国，拒婚则误愧对爱人，左右为难，故生此感概。

洞庭 回乡

自与洞庭别，七年又见之[1]。我怀深楚些[2]，此水尚涟漪。彻夜涛声急，寥天雁影迟[3]。澧兰滋九畹[4]，花发数归期。

笺 注

1 诗人1903年春离开家乡东渡日本求学，1909年4月部试发榜后还乡。两次过洞庭，首尾共七年。

2 楚：伤感；些：楚辞中常用的语气助词，无意义。《说文新附》："些，语词也。见楚辞。"

3 化用佘翔《河上即事》："海市渔灯闹，江天雁影迟。"寥天：辽阔的天空。雁影：大雁的身影。

4 语本屈原《离骚》："余既滋兰之九畹兮，又树蕙之百亩。"澧兰：指家乡的兰花。屈原《九歌·湘夫人》："沅有茝（chén）兮醴有兰。"醴通澧，即澧水，又名兰江。诗人家乡在临澧。九畹：畹是古时的地积单位。《说文》："畹，田三十亩也。"

江村秋景

雨后江流响入村，一山红叶隐柴门。水中树影依天立，竹里犬声隔岸喧。竭泽而渔嗟数罟[1]，入云有鹤笑乘轩[2]。舟人恐我生秋感，报道消愁酒已温。

笺 注

1 竭泽而渔：放干水抓鱼。典出《吕氏春秋·义赏》："竭泽而渔，岂不获得，而明年无鱼。"数罟（gǔ）：细密的网。《孟子·梁惠王上》："数罟不入洿池，鱼鳖不可胜食也。"本句的意思是：放干水抓鱼的人讥笑用密网捕鱼的人。喻人不知其谬误更甚。

2 翱翔蓝天的仙鹤看不上被豢养的同类。典出《左传·闵公二年》："卫懿公好鹤，鹤有乘轩者。"轩：大夫的车子。

己酉至辛亥（1909—1911）

停弦渡　在故乡临澧合口下

古渡曾停名士弦[1]，英雄失意尚逌然[2]。长卿果有凌云志[3]，卖赋何须向蜀川[4]。

题 解

停弦渡：地名。古渡口遗址，在今湖南省临澧县停弦渡镇。

笺 注

1 相传汉朝时，司马相如曾在此地过河，因琴弦在渡船上断掉而停止了弹琴。

2 逌（yōu）然：闲适、自得的样子。《列子·力命》："终身逌然，不知荣辱之在彼也在我也。"

3 长卿：司马相如的字。凌云志：《史记·司马相如列传》："相如既奏《大人之颂》，天子大说，飘飘有凌云之气，似游天地之间意。"

4 卖赋：陈皇后失宠，被汉孝武帝冷落在长门宫。皇后奉黄金百斤，求得司马相如为作《长门赋》，言辞悲切，打动了皇帝，陈皇后复得亲幸。蜀川：今四川。时司马相如、卓文君居成都。

秋夜渡洞庭

八百里如画，湖心月正中。秋沉星在水，船化鸟飞空。不见岸边火，微闻天上风。岂知观海者[1]，一勺万山东[2]。

笺 注

1 观海：《孟子·尽心上》："故观于海者难为水，游于圣人之门者难为言。"后用以比喻有宽阔眼界和广泛阅历。

2 一勺：出自《中庸》："今夫水，一勺之多，及其不测，鼋鼍（tuó）蛟龙鱼鳖生焉，货财殖焉。"意思是比如水，一勺一勺地积累，等到成为大不可测的海洋时，鼋、鼍、蛟龙、鱼鳖等都在这里生长出来，财货也在这里生产出来。

诸葛武侯

一星系住汉乾坤[1]，未灭孙曹气已吞。似此英雄偏易老，如公成败始难论。同心王室无兄弟，裹骨沙场有子孙[2]。我读遗文深景仰，煌煌两表拜昌言[3]。

笺 注

1 一星：古人认为天上有使星，主天子派遣的使臣。这里"一星"指刘备，曹操曾经举荐刘备担任豫州牧，而州刺史或州牧被尊称为使君。这句诗的意思是，刘备以一己之力维系了汉室正统。

2 诸葛亮之子诸葛瞻 17 岁时娶蜀国公主为妻，拜骑都尉，袭爵武乡侯，有子诸葛尚。公元 263 年，诸葛瞻、诸葛尚父子均战死绵竹。并上句。这一联诗的意思是，诸葛亮虽然不是桃园结义的兄弟，但是子孙都为蜀汉政权尽忠。

3 两表：指诸葛亮的《前出师表》和《后出师表》。昌言：善言；正当的言论。

蜈矶灵泽夫人

许借荆州许讨乎[1]，阿兄记得旧盟无[2]。千秋魂魄如能化，帝作子规卿鹧鸪[3]。江边回首哭东风，赤壁猇亭在眼中[4]。死见父兄垂泪语，称臣碧眼不英雄[5]。

题 解

蜈（xiāo）矶在安徽芜湖西江中，矶上旧有灵泽夫人（俗传为刘备妻、孙权妹）祠。诗人从洞庭入长江水路往上海、南京，要从此地经过。

笺 注

1 《三国演义》故事，诸葛亮游说鲁肃暂借荆州，作为进军益州的跳板，立下字据"今冬借,明冬还。"但是"明冬"永无定期。所以诗人说"许借荆州许讨乎?"

2 阿兄:指灵泽夫人的哥哥孙权。旧盟:指孙、刘结成的共同抵抗曹操的同盟。这句诗谴责孙权过河拆桥,流露出诗人"蜀汉正统"的史观。

3 并上句。据《华阳国志》,蜀国国王杜宇号望帝,失国身死,魂魄化为杜鹃鸟。因为怀念故国,每到暮春时节就悲啼不已。这联诗的意思是,如果人的魂魄千年之后真的能幻化,那么刘备(帝)变作杜鹃鸟,你(卿)只能变作鹧鸪。子规:杜鹃鸟的别称。

4 《三国演义》故事:孙夫人在吴听说蜀国猇(xiāo)亭兵败,讹传刘备死于军中,遂至江边遥祭,然后投江而死。赤壁在今湖北武昌西赤矶山,孙权与刘备联军在这里大破曹军。猇亭在今湖北宜都市境内长江东岸,三国时刘备攻吴,驻军于此,被吴将陆逊所败。这句诗指世事轮回,胜败难料。

5 碧眼:绿眼睛。公元280年,晋灭吴。吴主孙皓向晋军投降。相传东晋第二位皇帝司马绍金发碧眼,所以诗人用"称臣碧眼"来表述三国吴亡于晋。

题明妃出塞图

草白沙黄血泪红,胡天易尽恨难穷[1]。琵琶有语朔风急[2],可许吹声入汉宫?老死深宫帝岂知,绝恩时是受恩时。魂归若过长安市,碧血模糊认画师[3]。

题 解

《明妃出塞图》是明代画家仇英《人物故事图册》中的一幅,表现昭君出塞和亲的情景。明妃即汉元帝宫人王嫱,字昭君,晋代避司马昭讳,改称明君,故后人又称之为明妃。

笺 注

1 胡天:泛指胡人居住的地方。高适《独孤判官部送兵》:"出关逢汉壁,登陇望胡天。"

2 相传昭君出塞时,汉元帝赐给琵琶,故后人描绘昭君形象,多怀抱琵琶。在《明妃出塞图》中,有贴身侍女怀抱琵琶坐在明妃对面。

3 王昭君因不愿贿赂宫廷画师毛延寿，于是毛延寿在王昭君画像的脸部点了一粒"伤夫落泪痣"。汉元帝按图选妃，昭君落选。汉元帝见到昭君美貌后，后悔莫及，一怒之下将宫中画师全部处死。

将毋同十六韵

野趣观村塾，圣功说启蒙[1]。威仪森夏楚[2]，态度笔冬烘。颠倒磨人墨，再三求我童。谆谆唇已敝，藐藐耳仍充。众口齿牙黑，万章圈点红。易纵如柙虎[3]，难管是心鸿。遗矢频廉颇[4]，乐宾类孔融[5]。盈科今旧雨[6]，归路马牛风[7]。长日窥窗屡，斜阳下学匆。出门遵指令，逢客折儒躬。呵殿松为纛[8]，于田竹作骢[9]。桔槔秋水涸[10]，碌碡晚场工[11]。赤脚师渔子，蒙头装瞎翁。有时齐号跳，此老亦痴聋。忽忆明朝背，难禁永夜攻。休嗤教法腐，学校将毋同。

题 解

将毋同，一作将无同，意思是大家都差不多。刘义庆《世说新语·文学》："阮宣子有令闻，太尉王夷甫见而问曰：'老庄与圣教同异？'对曰：'将无同？'"意思大致是"那就是一样的吧。"诗人此时执教于湖南法政学堂，回想幼时私塾的情形，觉得和当年差不多，因此以"将毋同"为题，调侃学堂的日常。

笺 注

1 圣功：谓至圣之功。语本《易·蒙》："蒙以养正，圣功也。"意思启蒙教育是神圣的事业。

2 夏楚：古代学校用来体罚越礼犯规者的两种用具，这里借指用棍棒等进行体罚。

3 柙（xiá）：关猛兽的笼子。柙虎即笼中的老虎。《论语·季氏》："虎兕出于柙，龟玉毁于椟中，是谁之过与？"这句是说，学童不安分，像笼中老虎，稍不注意就跑出来了。

4 典出《史记·廉颇蔺相如列传》：廉颇是战国后期赵国著名大将。因赵悼襄王轻信谗言，被革职。后赵国屡败于秦，赵王召廉颇复出效力。派去的使者不愿意廉颇复出，回来中伤廉颇说："廉将军虽老，尚善饭。然与臣坐，顷之三遗矢矣。"矢，通屎。这句是形容学童频频借口如厕逃避课堂。

5 典出《后汉书·孔融传》：孔融性宽容少忌，喜奖掖后进。及退居闲职，宾客日盈其门。乐宾：热情好客。

6 盈科：水充满坑洼。《孟子·离娄下》："原泉混混，不舍昼夜，盈科而后进，放乎四海。"旧雨：本用于形容老友。典出杜甫《秋述》："秋，杜子卧病长安旅次，多雨生鱼，青苔及榻，常时车马之客，旧雨来，今雨不来。"这里用字面意思，即陈旧的雨水。

7 马牛风：化自"风马牛不相及"。指不相干的事物。这里也用字面意思，意思是学童放学后像撒欢的牛和马疯跑。是谐谑的语气。

8 呵殿：古代官员出行，有仪仗开路和殿后，喝令行人让道。纛（dào）：古代以牦牛尾或雉尾为装饰的大旗。

9 于田：外出狩猎。于：去；往。田：同"畋"，打猎。《诗经·郑风·叔于田》："叔于田，巷无居人。岂无居人？不如叔也，洵美且仁。"骢，青白杂毛的马，竹作骢即以竹为马。骢稿本作"聪"，疑为誊录错误，迳改。这一联诗摹写学童在学校的小天地自得其乐。

10 桔槔：一种汲水或灌溉用的简单机械，以绳悬横木上，一端系水桶，一端系重物，使其交替上下，可以省力。

11 碌碡：用来碾谷脱粒或平整场地的圆柱形农具，多石制，亦有木制。

壬子至庚午（1912—1930）

游碧云寺

野花戏蝶柳穿莺，雪后登高气更清。一塔藏污埋佞骨[1]，群峰连亘作长城。悬崖冰解春雷动，贴地村微夕照明。不识山行多少里，忽闻古寺又钟声。

题 解

碧云寺位于北京西北香山东麓，始建于1331年。是西山名胜之一。

笺 注

1 诗人自注："寺上有塔，相传魏阉葬其下。"按，寺院后面的金刚宝座塔原是魏忠贤墓所在。入清以后，康熙传旨平毁魏墓和石碑；1748年，乾隆又下旨在其废墟修建了金刚宝座塔镇压。

三山庵

漱石松风急，烹茶泉水清。三山留胜迹，万籁逼秋声。野草荒无奈，老僧话有情。一亭殊足异，隐隐睨都城[1]。

题 解

三山庵位于今北京市石景山区八大处公园，是一座汉传佛教寺院，为八大处第三处。因周边有翠微、平坡、卢师三山，故名。又因最早供奉桃园三结义的刘备、关羽、张飞，历史上也称三圣庵。

笺 注

1 并上句。亭指近山处与后门相连的建阳半幅精舍。此处地势敞亮，视野开阔，登亭可眺望玉泉山、昆明湖、紫禁城。

杨 花

反复无常不自安,惹人注意倚阑干[1]。生成一种飞扬性[2],便是无风定亦难。

题 解

古时"杨"指蒲柳,而杨花指的是柳絮。柳絮是柳树的种子,上面有白色绒毛,随风飞散如飘絮。杨花飘逸无定,所以被用来比喻感情不专一、立场不坚定。

笺 注

1 阑干:栏杆。李白《清平调词》之三:"解释春风无限恨,沉香亭北倚阑干。"

2 飞扬:这里是放纵的意思。《庄子·天地》:"趣舍滑心,使性飞扬。"

公园与彭心如联句

隔岸观花分外明,一池春水若为情。心 此花此水如侬拙[1],不逐新京恋旧京[2]。麟 古柏经冬色转青,夕阳犹照旧宫廷。心 临池杨柳年年绿,绵蕞春深习礼亭[3]。麟

题 解

彭心如,字竹庐。四川富顺人,生卒年不详。语言学家,曾参与编纂《国语辞典》。时任北京大学文科教授,和诗人是诗友,多有唱和。

联句是旧时作诗方式之一,由两人或多人共作一诗,一般一人出上句,续者须对成一联,再出上句,轮流相继,相联成篇。旧时多用于饮宴及朋友间应酬。这首诗就是诗人和彭心如在游览中央公园(今中山公园)时的即兴之作,采用的是一人一联的联句方式。

笺 注

1 侬:旧诗文中表示"我"。韩愈《泷吏》:"鳄鱼大于船,牙眼怖杀侬。"

2 新京指南北统一后的首都南京，旧京指北平。1928年10月，国民政府立法院成立，胡汉民出任院长，屡邀诗人南下到国民政府立法院任职，都被诗人婉拒。

3 绵蕝：古代演习朝会礼仪时，用来标志位次的茅草捆。习礼亭：亦称演礼亭，是明清两朝专为初次来京的朝觐者演习礼仪的地方。原址在正阳门内兵部街鸿胪寺衙门内，1900年八国联军占领北京后，英军强占鸿胪寺做操场，清政府被迫将习礼亭迁至户部街礼部衙门院中。1915年4月移建此亭到中央公园（今中山公园）。

碧摩岩遇雨题石

莎老苔皱古色道，碧摩岩下几春秋。翠微山势断还续[1]，永定河身远不流。散步空廊闻犬吠，题诗片石当鸿留。飘风暴雨难终日，何虑黑云罥上头[2]。

题 解
碧摩岩即秘魔崖，又名虎王洞。是西山八大处的证果寺所在地。其地面临峭壁，下临深渊，环境清幽。民国初年，北京的文人喜到此地休养、写作。胡适曾在这里创作了开白话诗先河的《秘魔崖月夜》。

笺 注
1 翠微：山光水色青翠缥缈。也泛指青翠的山。此处双关证果寺所在的翠微山。

2 罥（juàn）：悬挂。

游北戴河

策蹇海滨路[1]，缓行不计程。天空消暑气[2]，潮急悟新声[3]。黍穗随风舞，巉岩夹道横。斜阳如有意，返照不胜情。

笺 注
1 策蹇：鞭策驽钝之马。亦径以作为骑坐驽劣牲口出行之意。这里是比喻轻装出行。

2 天空：谓天际空阔。沈佺期《绍隆寺》："云盖看木秀，天空见藤盘。"

3 新声：原指新乐府辞或其他不能入乐的诗歌。张咏《柳枝词》："前贤可得轻词句，几变新声入郑声。"这里指构思新的诗篇。

北海即景

雨裛荷珠未尽消[1]，斜阳晚眺近秋宵。女墙无谓妨观海，曲径能通恰有桥。石级当窗层历历，短舟横笛影摇摇。鸟鱼也解忘机乐[2]，枉渚通波破寂寥[3]。

笺 注

1 化用杜甫《狂夫》："风含翠筱娟娟静，雨裛红蕖冉冉香。"裛：通"浥"，沾湿。

2 忘机：无欲无求的状态。常用以指甘于淡泊，与世无争。机，心机。指存于内心之欲望、俗念。

3 枉渚：渚是水中的小洲。枉渚指弯弯的小洲。寂寥：空旷；辽阔。

湘人社集 次陈梅老韵

四季余三已不匀，怜春无语转伤春。且欣置酒逢高会，多感群公念故人。荆棘丛中哀世变，石壕村里痛乡亲。未知太乙临何地[1]，净洗甲兵气一新。

题 解

社集是旧时文人聚会、分韵唱和的一种社交形式。分同仁社集、同乡社集等不同类型。北京湖南会馆常常在清明、端午、中秋等传统节日组织在京湖南同乡聚会。本篇应当是某年端午社集时的应酬唱和之作。

陈梅老即陈嘉言（1851—1934），字梅生。湖南衡山县人。1882年壬午科乡试解元，1889年己丑科进士。辛亥革命后寓居北京，1914年受聘为国史编纂。有《锄茶老圃诗文》《九老诗文集》等存世。

次韵，也称为"步韵"。依他人来诗的韵字次第作诗唱和。

笺 注

1 太乙：也作太一，是中国原始信仰中最尊贵的天神。道教创立后，承袭为道教的至尊神。也指太乙神幻化的帝星。传说太乙星明则吉，星暗则凶。

次韵答袁炼人 二首

三月莺花蝶粉匀，电光的的万家春[1]。都门宾主皆词客[2]，楚国风骚有炼人。蒿目梓桑多物感[3]，放怀樽酒觉情亲。须知此会胜酬酢，我愿参加岁岁新。

雨丝风片各均匀，没法留春且饯春。一饮数觞心爱我，成诗八叠语惊人[3]。白云苍狗诪张幻[4]，让水廉泉苜蓿亲[5]。我有园亭虽草草[6]，约君同赏百花新。

题 解

袁炼人即袁德宣。生卒年不详，湖南醴陵人。清朝末年留学日本，在日本期间在东京组织湖南日月学会，参加同盟会。回国后参与主持多条铁路修建，并亲手绘制了京汉铁路图。著有《中国铁路史》《交通史略》等。1909年3月，捐款创办私立湖南交通学校，并自任校长。1925年1月，任北洋政府交通部参事上办事（相当于司长）。

笺 注

1 的的：光亮、鲜明的样子。

2 都门：京都的城门。借指京都。

3 蒿目：极目远望。物感：同感物。因睹物而生感触。语本《礼记·乐记》，"乐者，音之所由生也，其本在人心感于物也。"

3 八叠：同八叉。唐代诗人温庭筠才思敏捷，每入试，叉手构思，凡八叉手而成八韵，时号"温八叉"。这里用来夸奖对方才思敏捷、文采飞扬。

4 白云苍狗：指世态变化无常。语出杜甫《可叹》："天上浮云如白衣，斯须改变为苍狗。"诪（zhōu）张：欺诳。诪张为幻，就是用不实的言语来欺骗人。

5　让水、廉泉：让水一名逊水，在今陕西汉中市南郑区西南，其源出于廉水；廉泉此处指廉水之源。二者多用作表示宽容、廉洁的典故。苜蓿：一种豆科植物，可食，常用作牧草。以苜蓿当菜，形容生活清苦。唐代薛令之为东宫侍读，待遇很差，作诗自嘲曰："朝日上团团，照见先生盘。盘中何所有？苜蓿长栏杆。"

6　诗人此时住北京绒线胡同新平路甲三十四号，为一独立四合院。

与夔旭游西山　二首

绕到西山便夕阳，虫声唧唧暮烟苍。今年闰夏霜飞晚[1]，簇簇枫林叶未黄。万点疏星挂树梢，有僧无月懒推敲[2]。山容陡觉清凉甚，昨日雨丝润四郊。

狂歌醉酒两相于[3]，丘壑脩然浑忘予[4]。一事看清殊有悟，上山驴即下山驴。渐渐秋来暑气微，商量肥瘦制秋衣。课余享有游山乐，温故浑如鸟数飞。

题　解

李夔旭（1885—1976）是诗人夫人，湖南临澧人。二人由两家父母指腹为婚。李夔旭仅小学文化，但天性聪颖，生性宽厚仁慈，乐于助人。婚后居家相夫教子，甘之如饴。诗人待夫人温良谦和。二人琴瑟和谐，数十年恩爱如初，在友人中传为佳话。

笺　注

1　闰夏：指农历闰四、五、六三个月。民间认为闰夏的年份夏季更长，天气更热，所以霜也降得晚。按，1925年农历闰四月。

2　推敲：《苕溪渔隐丛话前集》卷十九引《刘公嘉话》：唐人贾岛作诗，得"鸟宿池边树，僧敲月下门"一联。欲改"敲"为"推"字，犹豫不决。后韩愈为定"敲"字。后以"推敲"比喻反复斟酌、考虑。西山多寺，高僧云集，但此时枝头仅有万点疏星，有僧无月，与贾岛苦吟情景不类，故而"懒推敲"。

3　相于：相厚；相亲近。

4 翛（xiāo）然：无拘无束的样子；超脱的样子。

寄怀蔡孑民先生 四首

眼看世事等丝纷，忍卧林泉耳不闻[1]？蔼蔼吉人占勿药[2]，莘莘学子久望云[3]。经霜松柏枝增茂，冒雨菁莪气倍芬[4]。黉舍柳青蓟树绿，慈心莫只系榆枌[5]。

记得端阳一赴津，吾师严老语谆谆[6]。当今教育除公外，海内更无第二人。贤圣性情仙气骨，英雄肝胆佛精神。百年文化谁扶植，好为诸生护此身。

汉宋由来派别争，芟除畛域独先生[7]。斯文早已包新旧，诸学何曾判重轻。武邑弦歌仍不改，坫坛薪木也无惊[8]。而今秩序骎回复，付托得人眼最明[9]。

一瓣心香梦霁光[10]，童颜鹤发未曾苍。年来有感深知己，别后得书喜欲狂[11]。杖履优游常健饭，韵华荏苒又秋霜。四方属望绥中国[12]，未许民劳赋小康[13]。

题 解

孑民是蔡元培（1868－1940）的字。蔡元培1917年起任北京大学校长。虽然蔡元培比较轻视法学教育，但他兼容并包，不仅续聘诗人为教授，推荐其担任法律门研究所主任，还亲自为诗人的《罗马法》一书作序。蔡、黄二人保持了深厚的私人友谊。1923年春，蔡元培不满北洋政府破坏法制的行为，愤然辞职。不待辞呈获批，便毅然离京南下，继于1924年赴欧洲考察。这组诗是1929年诗人在收到蔡元培给他的复函后写的答谢诗。

笺 注

1 并上句。丝纷：像丝一样纷繁纠缠。林泉：山林与泉石，喻隐居地。典出骆宾王《夏日游德州赠高四》："去去访林泉，空谷有遗贤。"

2 吉人：善良有福之人。勿药：指病愈。语本《易·无妄》："无妄之疾，勿药有喜。"按，蔡元培当时系称病辞职，故诗人有此言。

3 盼望卓越的领袖。语出《史记·五帝本纪》："帝尧者，放勋。其仁如天,其知如神。就之如日,望之如云。"

4 菁莪:菁,茂盛的样子;莪,莪蒿,又名萝蒿,一种生长在水边的野菜。《诗经·小雅·菁菁者莪》序:"菁菁者莪,乐育材也,君子能长育人材,则天下喜乐之矣。"后因以"菁莪"指育材。

5 并上句。黉(hóng)舍:指校舍。亦借指学校。蓟树:"蓟门烟树"的略称,是古"燕京八景"之一,在今北京"元大都城墙遗址"西段。榆枌:借指故乡。这一联以树喻人,表达希望蔡元培尽快回校主持大局的心情。

6 严老:指严范荪。见后文《哭严范荪师》题解。

7 芟(shān)除:斩伐;消灭。畛域:界限、范围,这里用来比喻成见或宗派情绪。

8 并上句。武邑:指春秋时鲁国的武城,在今山东省费县西南。弦歌:指学校诵读之声。见《东渡舟中感怀(四首)》注14。坛坫:原指会盟的坛台,引申为文人集会或集会之所。薪木,意指知识薪火相传。这一联是告诉蔡元培,目前北大各方面基本稳定。

9 蔡元培1923年离开时,把北大的校务工作委托给蒋梦麟负责。蒋梦麟贯彻蔡元培的办学思想,使北大继续保持了"学术自由、兼容并包"的学风。

10 心香:指虔诚的心意。典出梁简文帝《相宫寺碑铭》:"窗舒意蕊,室度心香。"佛教徒以燃香供养三宝,对于未燃香而其心相同者,称为"心香"。霁光:雨后阳光。

11 指蔡元培1929年11月16日致诗人函。函云:"右昌先生大鉴:接读手书,并惠大文三种,就审乘时著述,履蹈清佳。大著按切时务,要言不烦,拜读既竟,钦佩胜。远承颁寄,至感雅谊。特此申谢,诸维察照。顺颂台绥。蔡元培敬启。十一月十六日。"

12 属望:注目;向往。绥:平安,安好。这句的意思是,全国上下都盼望中国安定下来。

13 诗人自注:"先生离校留别有'我倦矣,杀君马者道旁儿,我欲小休矣'之语"。按,诗人引文出自蔡元培发表在1919年5月9日天津《晨报》上的辞职声明:"杀君马者道旁儿,民亦劳止,汔(qì)可小休,我欲少休矣;北京大学校长,已正式辞去。"应劭《风俗通》:"'杀君马者路旁儿'语,云长吏食重禄,刍稿丰美,马肥希出,路旁小儿观之,却惊致死。"言此马本娇贵,偶出，则因路旁小儿围观，因惊吓而死。寓"爱之适以害之"之意。

丁卯端午湘人会饮即席吊屈大夫

若有人兮泽畔吟[1]，浮云蔽日影沉沉[2]。卜居詹尹知心早[3]，鼓枻渔翁寓意深[4]。终古大江流剩梦[5]，一篇小雅讬哀音[6]。汨罗南望情凄恻，戎马关山感不禁[7]。

题 解

民国丁卯年为公元1927年。这一年的端午节公历是6月4日。屈大夫即屈原（约前339—约前278）。屈原在楚怀王时曾任三闾大夫，故称屈大夫。襄王时，流放于沅湘间。及秦兵攻破楚都，悲愤自沉于汨罗江。相传端午就是为纪念他而设。

笺 注

1 泽畔吟：典出《史记·屈原贾生列传》："屈原至于江滨，被发行吟泽畔。"后用于比况失意的士大夫借吟咏抒发忧思。

2 浮云蔽日：天上的浮云遮住太阳。比喻奸邪之人当道，使圣听闭塞。陆贾《新语·慎微》："故邪臣之蔽贤，犹浮云之障日月也。"

3 卜居：择地居住。詹尹：人名，屈原时的太卜（执掌卜筮的官员）。屈原《卜居》："屈原既放，三年不得复见。竭智尽忠，而蔽障于谗。心烦虑乱不知所从，乃往见太卜郑詹尹。"此句叹屈原在世少有知音。

4 鼓枻（jí）：敲击船舷。屈原《渔父》："渔父莞尔而笑，鼓枻而去。"王逸注："叩船舷也。"亦指划桨行船。《晋书·庾阐传》："余忝守衡南，鼓枻三江。"枻：通"楫"，短桨。

5 大江：长江。屈原《湘君》："望涔阳兮极浦，横大江兮扬灵。"

6 小雅：《诗经》组成部分之一。主要产生于西周后期和东周初期。此时政局动荡，故其中诗篇较多的是指斥朝政缺失，反映社会动乱。《史记·屈原列传》："国风好色而不淫，小雅怨诽而不乱；若《离骚》者，可谓兼之矣。"此处诗人以"小雅"代指《离骚》。

7 戎马：战马，指从军打仗。关山：原指宁夏南部的大小关山，后泛指山川和关隘。1927年，北伐战争正在往北推进，大半个中国陷于战火之中。1927年5月21日，长沙发生"马日事变"，反动军阀许克祥大肆搜捕、屠杀共产党人和工农群众。诗人这里表达了对故乡状况的哀痛之心。

湖广会馆百廿年纪念

王绍荃、袁炼人两公赋诗唱和并以见示。谨次原韵。

霓裳宴此廿余年[1]，团拜重逢岂偶然？别后亭台荒野草，当年构造苦乡贤[2]。千秋庙貌仪型在[3]，一代旂常史册传[4]。我爱明经大司寇[5]，不教举国领狂泉[6]。

题 解

湖广会馆位于北京虎坊桥。1807年由两湖绅商集资兴建，后经多次重修，规模逐渐扩大。1892年再次重修，格局最后确定。辛亥革命后，湖广会馆成为北京政治活动的重要场所，中国国民党的成立大会就是在此召开的。但是由于湖南与北洋政府关系冷淡，湖南会馆逐渐凋敝。1926年9月，两湖旅京同乡大会议定成立董事会管理湖广会馆，公推陈嘉言为第一届董事会董事长。1926年12月16日，两湖旅京同乡在此公祭乡贤并举行团拜，纪念湖广会馆落成120周年。

绍荃是王文豹（1873—？）的字。王文豹，湖南省长沙人，曾留学日本。1914年7月起任司法部监狱司司长，并且在北洋政府存续期间大部分时间均任该职。1924年11月之后，兼署理司法部次长。1926年4—5月，任代理司法总长。

袁炼人，见《次韵答袁炼人（二首）》题解。

本篇曾在《交通丛报》1926年第125—126期合刊上发表。

笺 注

1 诗人自注："光绪三十四年戊申学部考试留学，余与诸同年团拜此地。"按，清朝科举惯例，乡试放榜后次日，各省要举行庆贺宴会，宴请主考、执事人员以及新科举人，称为鹿鸣宴。湖南等省还会给新科举人发放顶戴衣帽，故又称霓裳宴。1908年，清政府举办第四次留学毕业生会试，虽然当时已经废除科举，但是对考试合格者仍然授予举人功名。考试放榜后，湖广会馆举行团拜会，招待上榜考生。诗人作为新授法政科举人参加了这次团拜。

2 构造：建造。赵翼《万寿重宁寺五十韵》："洵哉构造雄，顾犹大凡耳。"

3 庙貌：庙宇及神像。会馆一般也会祭祀神像，如湖广会馆就祭拜禹王，所以称"庙貌"。

4 诗人自注："曾、左、彭、胡诸公。"按，古时，王用太常，即画有日月的旗；诸侯用旂，即绣着龙的旗。旂常即旂与太常，借指王侯或者旗帜性人物。曾国藩、左宗棠、彭玉麟、胡林翼四人均为湘籍，号称晚清四大"中兴名臣"。

5 明经：明清对贡生的尊称。大司寇：《周礼》中的官名，执掌国家法典，听狱讼，制刑罚。这里借指担任过代理司法总长的王绍荃。

6 狂泉：传说中使人饮后发狂的泉水。喻指接受错误的思想、学术。

附：袁德宣王绍荃原唱及袁德宣再和诗

炼人（袁德宣）原唱：

湖广会馆创设于前清嘉庆丁卯，本年丁卯适满一百二十年。正月十一举行团拜并祀创建人刘云房相国李小松少宰及诸乡贤。

甲箓重周百二年，旧时风景尚依然。馆内有室，曾刻李文正公旧时风景碑，近室圮碑断。民国十三年，余董湖南会馆事，将碑设法摹拓。前年，余又与王少泉宋克群诸君子，同董长郡馆事，因添建馆舍，掘土得碑。去冬将文正旧时风景四字镌于上，竖郡馆前苑西涯。真迹两馆俱存，庶文字不磨也。苹蘩合展千秋荐，杞梓群推一代贤。三楚人才当继起，两湖文物共流传。溯来尚有渊源在，一脉相循子午泉。先贤祠前有子午井，逢子午时泉上涌。是日祀毕，议将井旁建以石，镌子午井并叙以文，以志不朽。

（王）绍荃原唱：

本年夏历丁卯正月十二日，湖广会馆一百二十年纪念，公祭先贤，举行团拜，承炼人先生赋诗见示，谨步原韵奉和。即希郢政。

鲍系京华念一年，鄙人于前清光绪三十二年到京。今朝观礼更欣然。今年公祭先贤，较之往年专举行团拜不同。和平间阖开新道，正阳宣武之间新开辟一门曰和平，其道直达馆前，元旦开始通行。文武衣冠忆昔贤。闻馆内旧岁有张江陵、李东阳各先生画像。四海为家忘我相，万言倚马速邮传。君善诗文，工而且速，曾辑《湖南馆志略》即将湖广会馆重修碑记采入，烛照几先，裨益尤大。从今请弭门墙阅，相约遥临酌醴泉。湖广会馆先贤祠前有古井，一为子午泉，按时汲饮其味甚甘。详见《顺天府通志》。

炼人（袁德宣）再和黄右昌：

十二叠前韵答黼卿

宣南雅集记昨年，百二收回尚未然。去腊二十七日，绍荃司寇为收回馆界事假座宣南酒楼，约公等一谈。宣亦列座。酌卮固称仁者寿，是日绍荃五十晋二。奠鳌尤仗律家贤。是日在座者，兄与马公均律学大家。鸿沟岂籍乌台判，收回馆界并未成讼。麟笔还兼凤管传。最是故乡忘不得，饮人第一白沙泉。长沙白午井尤沙井较子觉甘洌。

游西郊

十年不踏家园路，暂把他乡作故乡。劣塞无知娴捷径，草虫如怨泣沧桑。闲将石子当棋子，纵有山光欠水光。逸趣满襟田野得，蛙声一片送斜阳。

仆仆郊原屡往还[1]，今朝偏许此身闲。和风甘雨三春梦，疏柳小桥十亩弯。曾见池枯空北海[2]，谁知泽竭始西山[3]？千红万紫虽然好，输与青松保旧颜。

笺 注

1 仆仆：奔走劳顿的样子。郊原：原野。当时北大是郊外，而诗人住在城内绒线胡同，又在清华大学、朝阳大学、法政大学当兼职教授，所以终日奔波。

2 空北海：把北海放干。1925年，北洋政府曾经疏浚北海，预备作为公园开放。

戊辰端午吊屈大夫 二首

美人芳草歇风流[1]，泽畔何年访旧游。异代贾生犹下泪[2]，同时宋玉也悲秋[3]。此心如水沉湘水，与世无仇只国仇。我读离骚怀故里，汨罗江上竞龙舟。

梨花卸后榴花明，吊罢子推又屈平[4]。一夏一春存令节，自南自北感精诚。孤臣有泪空忧国[5]，强敌无时不背盟[6]。野老浑忘当日事，悬蒲结艾为何情。

题 解

民国戊辰年为公元 1928 年，这一年的端午节公历是 6 月 22 日。

笺 注

1 美人：《离骚》中多用来暗喻君王。芳草：香草，《离骚》中多用来比喻忠贞或贤德之人。风流：流风余韵。这句是说，明主贤士都已经风韵不存。

2 贾生：即贾谊。汉文帝朝文学家。少年能文，博学多才，主张更律令，削弱诸侯，以才遭忌被贬，死时仅 33 岁。后世用作怀才不遇、忠贤遭忌的典型。贾生下泪：贾谊上《治安策》论及时事，有"可为痛哭者一，可为流涕者二，可为长太息者六。"故有"贾生哭"的典故。

3 宋玉：战国后期楚国辞赋作家。大约生在屈原之后，且出身寒微，在仕途上颇不得志。悲秋：看到秋天草木凋零而感到伤悲。宋玉《九辩》"悲哉！秋之为气也。萧瑟兮，草木摇落而变衰。"被认为是悲秋开创性的作品。

4 子推：即介子推。春秋时晋国大夫。晋文公逃难国外时，他是扈从之一。文公当国，介之推与母偕隐于绵上（今山西介休东南）之山，文公派人找不到他，就放火烧山，想把他逼出来，结果介之推被焚而死。清明节前一天为"寒食"，就是为了纪念介之推。屈平，即屈原。

5 孤臣：指孤立无助或不受重用的远臣。

6 背盟：违背盟誓。1920 年代，日本制定了《对华政策纲要》，制造各种借口加紧侵略中国，驻东北的侵华日军一再撕毁各项和平协议，挑起事端。1928 年 6 月 4 日，日军制造"皇姑屯事件"，炸死了张作霖。诗人在这里借秦国"背盟"的典故，表达了对日本侵略者背信弃义的不齿。

清华大学席地讲学 二首

清华校外草如茵，席地幕天不染尘。教育英才称至乐[1]，扫除形式且存真。还望栋木齐支厦，莫作桃源只避秦。旷览东西先进国，自然科学日翻新。

笔耕遮莫当犁耕，半住乡村半住城。野草无心符数理[2]，西山送我感云情。苛征猛虎谁除害，遍地哀鸿又苦兵[3]。布谷不知天旱极，夜深依旧一声声。

题 解

诗人除担任北京大学专任教授外，还在清华大学、朝阳大学、河北省立法商学院等学校担任兼职教授。当时清华园所在为郊外，园林优美，时有师生在户外择一幽静之处，席地而坐，授课座谈。

笺 注

1 谓当老师培养优秀人才是最快乐的事。语本《诗经·小雅·菁菁者莪序》："君子能长育人材，则天下喜乐之矣。"又，《孟子·尽心上》："得天下英才而教育之，三乐也。"

2 数理：《易》学把事物间的相互关系，以及预测未来发展趋势所用的方法称为"数"，把事物发展遵循的规律称为"理"。认为世间万事万物吉凶祸福、生死盛衰皆由"数"决定，按"理"运转。这句是说，山间的野草自生自灭，并不理会"数理"的约束。

3 并上句。北伐成功以后，中国只是实现了表面的统一，各系军阀仍然把持地方，苛捐杂税花样百出，所以这里用"猛于虎"来形容。1929 年初，又爆发了蒋桂战争。诗人家乡湖南一度是战争中双方争夺的地盘，民众苦于兵燹，哀鸿遍野。

哭严范荪师 二首

廿载程门立雪来[1],遽闻霣耗泣山摧[2]。微生敢忘甄陶泽[3],斯世难消著作才。薄海宗模瞻北斗[4],国民教育始南开[5]。伤心此别成千古,悔未天津走一回。

书函一字一深情,读罢行行百感生。枚举八长推巨制[6],青垂双眼冠群英[7]。敢将著作夸南面,常有吹嘘到北平[8]。北戴河边曾侍立,严陵高逸海风清[9]。

题 解

严范荪(1860—1929):一作严范孙,名修。原籍浙江慈溪,生于天津。近代教育家、学者。1909年春,严范荪充任学部考试留学生阅卷大臣,主持留学生部试。诗人顺利通过考试,授法政科举人。按科举时期的惯例,考试及第者对主考官自称"门生",所以诗人尊严范荪为师。这是诗人得知严范荪逝世的消息后写的悼亡诗。

笺 注

1 程门立雪:喻尊师重道。典出《宋史·杨时传》:"杨时一日见(程)颐,颐偶瞑坐,时与游酢侍立不去。颐既觉,则门外雪深一尺矣。"诗人1908年赴京参加留学生部试,1909年4月始揭榜。至1929年为20年,所以这里说"廿载程门立雪来"。

2 遽闻:惊悉。山摧:大山摇动。李白《蜀道难》:"地崩山摧壮士死,然后天梯石栈相钩连。"

3 微生:卑微的学生。此系诗人自谦。甄陶:培养造就。这句诗的意思是:我岂敢忘记恩师的培养造就之恩。

4 薄海:泛指海内外广大地区。北斗:指所景仰之人。这句的意思是,海内外都遵从其法,敬仰其人。

5 严范荪是南开大学的创办者之一。

6 诗人自注:"师介绍拙著《民律要义》,列举八长,有'环顾海内,非黄君无此巨制'之语。"

7 诗人自注："戊申部试留日学生，师拔取第一。"

8 诗人自注："师函有'政海翻澜，久无定象。足下以讲学为息肩之地，以名山为寿世之资，南面不易，此之谓矣'之语，并对著书逢人说项。"按，名山，指从事著作。

9 严陵：即严光，字子陵，省称严陵。生卒年不详。曾与汉光武帝刘秀同学。刘秀即帝位后，严光隐于富春山，改变姓名隐遁，拒不为官。后代诗文中常作为隐士的典范。高逸：高雅脱俗。

挽徐伯轩 二首

忽接凶音字字悲，彼苍底事夺良师。每周两有相逢日[1]，此别竟无再见期。学富渔盐宏马牧[2]，才优经济等鸥夷[3]。而今著作成遗稿，留与同人去后思。

离骚读罢恨绵绵，薤露歌凉端午天[4]。怕过山阳听玉笛[5]，愁闻流水感牙弦[6]。满门桃李悲今日，一领莼羹忆去年[7]。此后讲坛风雨夕，回思颜色倍凄然。

题 解

徐伯轩（1894—1930），名宝璜，江西九江人。1912年毕业于北京大学，后考取官费留美。他是当时北大最年轻的教授，也是最早在国内开设新闻学课程的大学教授。诗人虽是法学教授，但热心推进北大的新闻学学科建设，曾任北大新闻记者同志会首任主席。徐宝璜因积劳成疾，突于1930年5月29日在课堂上晕厥，因抢救无效，于6月1日去世。诗人痛失挚友，赋诗志哀。

本篇曾在《北京大学日刊》1930年6月6日第三版刊登，题为《哭徐伯轩兄》。因原作第二首第三韵失粘，订正后复于6月10日将第二首单独重新刊出。

笺 注

1 当时徐宝璜是校长室秘书，诗人是校评议委员会、校组织委员会成员，二人常一起出席每周例会。

2 渔盐：亦作"鱼盐"。泛指滨海的物产。"学富渔盐"形容知识的广博。马牧：汉代隐士马瑶的别号。《后汉书》记载：马瑶隐于汧山，以打猎为生，同时教化民众，百姓美之，号"马牧先生"。

3 经济：徐宝璜也是经济学家，著有《货币论》。时任北大经济系主任。鸱夷：指范蠡。范蠡字少伯，生卒年不详，主要活动于公元前 496—前 454 年。在吴越争霸中，他辅佐越王勾践，发愤图强，度过危难。因献西施于吴王夫差，里应外合，破了吴国。后见越王义薄，弃官经商，遨游五湖，自号"鸱夷子"。

4 薤（xiè）露：古代的挽歌。端午天：诗人发表时自注"公逝日为旧端午节"。按，因相传端午是为纪念屈原而设，所以上句是"离骚读罢恨绵绵"。

5 山阳：古县名，故城在今河南省修武县境。魏晋之际，嵇康、向秀等曾经在此居住。后来嵇康被司马昭杀害，向秀经过山阳旧居，听到邻人吹笛，不禁追念亡友，因作《思旧赋》。后世遂以"山阳笛"为怀念故友的典故。

6 传说春秋时伯牙弹琴，只有钟子期能领会其中奥妙。后世遂以"高山流水"喻知音或知己，以牙弦寓相知之意。

7 一领：谓稍一领会。莼羹即用莼菜熬制的浓羹。《世说新语》故事：晋代张翰，多年在洛阳为官，一日见秋风起，因思吴中莼菜羹、鲈鱼脍，曰："人生贵得适意尔，何能羁宦数千里以要名爵！"于是毅然辞官回乡。后世遂用莼羹鲈脍喻淡泊名利。

挽胡致平 二首

拂野惊飙折教鞭[1]，徐孺哭罢又胡铨[2]。湘南一个从今弱，华北三千仗孰传[3]。忧国有娄追恤纬[4]，楹书付子当良田[5]。可怜桃李青青树，说到先生总涕涟。

一卷理财字字光，既娴经济亦文章。任劳而外任其怨，不茹者柔不吐刚[6]。听我讲论多鼓掌，感君敦促为登堂。岂知端午过从后，月满屋梁会渺茫[7]。

题 解

胡致平，生平不详。从本篇诗人题下自注"庚午"，并紧接《挽徐伯轩》编排，推断是卒于 1930 年端午节后。从诗的内容看，应该是湖南人，很可能是当时北大或北京某大学的经济学教师。

笺 注

1 惊飙：突发的暴风；狂风。这里指突如其来的噩耗。谭嗣同《公宴》诗："惊飙下纤云，瑶瑟声为哀。"

2 徐摛（474—551）：南朝梁东海郯人，字士秀，一字士绩。善属文，号为宫体，这里借指徐宝璜。胡铨（1102—1180）：宋吉州庐陵人，字邦衡，号澹庵。绍兴八年，秦桧主和，铨抗疏力斥，声振朝野。这里借指胡致平。

3 三千：用孔子"弟子三千"典。借指胡致平门下学生。

4 这句引用"嫠不恤纬"的典故。嫠（lí），寡妇。《左传·昭公二十四年》："嫠不恤其纬，而忧宗周之陨。"意思是寡妇不忧没有纱线纺布，而忧王室落败。后因以"恤纬"指忧虑国事。

5 楹书：晏子临死，把遗书放进凿空的门柱，谓其妻曰："子壮而示之。"后因以"楹书"指遗言、遗书。这句是说，胡致平的精神财富就是子女的遗产。

6 茹柔吐刚：意思是吃下软的，吐出硬的。语本《诗经·大雅·烝民》："人亦有言，柔则茹之，刚则吐之。""不茹柔、不吐刚"是称赞胡致平待人公道，不欺软怕硬。

7 月满屋梁：语本杜甫《梦李白》："落月满屋梁，犹疑照颜色。"用以形容因思念老友，夜深人静难以成眠之情状。

民大毕业同学欢送会席上口占

风和日暖夏初天，同咏霓裳岂偶然[1]。好学深思长记取，漫夸过海是神仙[2]。

题 解

民大全称民国大学，是一所私立大学。1916 年创办于北京，1917 年行课。首任校长是教育家、翻译家马君武。1920 年，蔡元培曾出任该校校长。1930 年，民国大学更名为私立北平民国学院。诗人当时在该校担任兼职教授。

口占：指即兴作诗词，不打草稿，随口吟诵。

笺 注

1 霓裳：唐代乐曲《霓裳羽衣曲》的略称。李商隐《留赠畏之》："空寄大罗天上事，众仙同日咏霓裳。"科举时，一些地方举行团拜，会给新科举人发放新衣，故把这种团拜称"霓裳大会"。这里指毕业典礼。

2 过海：渡过重洋到达彼岸，这里指毕业。这里劝导学生不要以为毕业就算功德圆满。

寄郭闽畴兼谢赠印度椰子器　二首

园名朗润四时幽[1]，曾访林宗往一游[2]。我为质疑闻奥妙，君因尽用惠琳球[3]。临流席石浑忘暑[4]，怀古登高易感秋。寄语天台山长老[5]，能容阮肇再来不[6]。

枇杷娇小对梧桐，局部园亭布置工。草到庭除随意绿，花逢气候自然红。桃源避地风波少，濠濮观鱼宙合空[7]，一事报君堪大笑。谋生拙似信天翁[8]。

题　解

郭闽畴（1889—1961），名云观，浙江玉环人。早年毕业于北洋大学法律系。1917年赴美国留学研究国际法。1919年任巴黎和会中国代表团帮办秘书。1920年在北洋政府外交部门任职。时任清华大学法学讲师，私立燕京大学法学教授、法律系主任兼代副校长。诗人此时在清华大学兼职讲授民法。

笺　注

1 朗润园：在今北京大学校内。时为燕京大学教师宿舍所在地。

2 林宗：即东汉隐士郭泰（128—169）。以闭门教授为乐，时人谓其"天子不得臣，诸侯不得友。"郭闽畴1925年辞去北洋政府官职到大学教书，所以诗人将其比作郭泰。

3 尽用：物尽其用。琳球：原指美玉，这里用作受赠椰子器的誉词。

4 临流：洗耳恭听。传说帝尧派使者来叫隐士许由去做官。许由认为使者的话脏了他的耳朵，于是跑到河边去洗耳朵。后人反其意而用之，用洗耳恭听来表达对言者的尊敬。这句和上句"我为质疑闻奥妙"相呼应，用来表达二人切磋学问的意气相投。

5 天台山是佛教天台宗的发祥地，同时也是道教名山。郭闽畴是浙江人，

6　阮肇即阮郎，传说中的东汉人物。刘义庆《幽明录》载：东汉时刘晨、阮肇入天台山采药，遇仙女。仙女对二人以"刘郎""阮郎"相呼，留居半年，归来时，人间已过七世。后世用作吟咏游仙的典故。

7　濠濮观鱼：庄子曾与朋友惠施游于濠水的桥梁之上，讨论鱼之乐；又曾垂钓于濮水，以龟为喻，表达自己对自由生活的向往。后因以"濠濮"喻高人隐居之所，以"濠濮观鱼"喻闲游。宙合：宇宙、六合，指天地四方。

8　化用袁宏道《放言效白》："谋生拙似衔冰鹤，触事刚如蚀木虫。"信天翁：一种大型海鸟，善飞能泳，以水生动物为食。古人见其凝立水际，或谓其不能捕鱼，用以比喻呆立或笨拙。这句用来形容二人书生意气，不谙世事。

游三海　二首

为爱莲花一荡舟[1]，娇娇滴滴映清流。鸣蝉似苦高难饱[2]，未到秋深只说愁[3]。

水光潋滟树葱茏，皎皎白云习习风。寄语相持鹬与蚌，须防海岸有渔翁[4]。

题　解

三海：北京城内北海、中海和南海的合称。民国初年辟为公园。

笺　注

1　北海太液池以莲花景观著称。

2　鸣蝉：寒蝉；秋蝉。这句反虞世南的《蝉》"垂緌饮清露，流响出疏桐。居高声自远，非是借秋风"诗意而用之，意思是鸣蝉似乎也为清高不能当饭吃而苦恼。

3　诗人自注："闻开学经费无着，借蝉说之。"按，蝉到深秋则气绝，所以最多也就悲鸣到深秋而已。

4　1927年8月，北洋政府宣布将北京大学与北京另外八所国立大学合并为京师大学校。1928年，北伐军占领北京，国民政府将京师大学校改名为国立中华大学，后来又改国立中华大学为国立北平大学。北大师生反对合并，坚持复校斗争。1929年初，教育部同意将北京大学改名为国立北平大学北大学院；同年8月，北京大学恢复原有校名。当时北平各国立大学在拆分之际为经费问题相互争斗，故诗人用"鹬蚌相争，渔翁得利"的典故进行劝解。

天津中秋夜饮村酒香

何日乘风汗漫游[1]，澄清四海挽狂流。徘徊今夜天津月，仿佛当年壬戌秋[2]。有暇著书酬夙愿，无聊纵酒解新愁。清光照澈儿时事，未减元龙百尺楼[3]。

题 解
村酒香为当时天津知名饭庄，在长春道。诗人此时兼任河北省立法商学院民法教授，学院在天津。

笺 注
1 汗漫游：世外之游，形容漫游之远。
2 民国壬戌年为公元1922年，诗人始应聘到当时的直隶公立法政专门学校（河北省立法商学院前身）兼职任教。
3 元龙百尺楼：陈登（163—201），字元龙，为人有豪气。一次，名士许汜因避乱，过路时到陈登处借宿，陈登自己睡大床，让许汜睡小床。后来许汜和刘备谈起此事，刘备说，这已经是很看得起你了，"如小人，欲卧百尺楼上，卧君于地，何但上下床之间邪？"后以百尺楼借指抒发壮怀的登临处。

中秋后二日再饮村酒香

名不虚传村酒香，中秋节后再飞觞。月圆过度满招损，桂老经霜夜有光。困学而今无止境[1]，醉吟忘却在他乡。可怜卧榻主权失[2]，忍见中原百战场[3]。

笺 注
1 困学：遇到困惑不解之事，始发奋学习。《论语·季氏》："生而知之者，上也；学而知之者，次也；困而学之，又其次也。"

2 诗人自注:"天津租界未能全部收回。"按,1860年《天津条约》和《北京条约》签订以后,英法等西方列强纷纷在天津设立租界,拥有行政自治权和治外法权。第一次世界大战爆发后,中国在1917年向德、奥宣战,并宣布收回两国的租界,但并未收回其余列强的租界。天津毗邻北平,故云"卧榻"。

3 1928年是北伐告成的一年,北伐军和北方各系军阀战斗频仍。由于日军在山东粗暴干涉北伐,并且制造了骇人听闻的"济南惨案",战况最为激烈。山东属于广义上的中原地区。

平津道上

白草黄沙万里云,中原遥望苦从军[1]。寥寥旅雁天边影[2],嫋嫋秋风水上纹。悬价国门知不易[3],徙薪曲突有谁闻[4]。后凋雅爱松和柏,青与山光一半分。

题 解

1930年,诗人在河北省立法商学院兼职任教,常常坐火车往返于平津之间。本篇曾在《法商周刊》1930年第二期发表。

笺 注

1 1930年5月至10月,蒋介石与阎锡山、冯玉祥在河南、安徽、山东、江苏混战,史称中原大战。此时中原战火正炽。

2 寥寥:孤寂,空虚。祖咏《苏氏别业》:"寥寥人境外,闲坐听春禽。"

3 国门:国都的城门,泛指国都附近要地。当时虽然国民政府已定都南京,但是习惯上还是把平津地区视为京畿重地。悬价:公开报价。按,此句发表时为"嚼蜡生涯非我独",流露出诗人对教书生涯已有倦意。这也许是后来离开北大去南京就任国民政府立法院立法委员的原因之一。

4 徙薪曲突:搬开灶旁柴火,将直的烟囱改成弯的。本指预防火灾。后亦比喻先采取措施,防患于未然。

天津法商学院课余散步

秋老蒹葭水一池[1]，曝书好趁日中时[2]。河能转运那嫌浊[3]，桥纵居高尚不危。有定荣枯原上草，无心错落陌头枝[4]。笑予仆仆平津道，去住匆匆鸟未知。

题 解

河北省立法商学院因校址在天津，故民间习称天津法商学院。

笺 注

1 蒹葭：蒹，没长穗的芦苇；葭，初生的芦苇。一般泛指芦苇。

2 曝书：这里谑指出门晒太阳。典出刘义庆《世说新语·排调》："郝隆七月七日出，日中仰卧。人问其故，答曰：'我晒书'"。

3 法商学院校址在新开河畔。新开河是连接海河的人工运河，水面几乎静止，当时水质极差。

4 陌头：路上，路旁。时值深秋，路旁光秃秃的树枝错落参差。

赴农学院讲演途中即事　四首

欲借香山一避喧，今朝觌面已忘言。有钱才许车过去，西便门成不便门[1]。

劈竹为檐槿作篱，此间风物动乡思。冬山如睡浑无事，树倒藤枯也不知。

雁阵无声度夕阳，河流山影逼寒光。北方冷比南方早，未到坚冰早履霜。

现身说法讲堂开[2]，济济大都命世才[3]。者度去来时太促，驱车未访钓鱼台。

题 解

农学院即当时的北京大学农学院。其源头是 1905 年创建的京师大学堂农科大学，后经多次改名，1930 年时为北京大学农学院。校址在北京西郊罗道庄。

诗人本次演讲的题目是《法律的农民化》。

笺 注

1 诗人自注："钱武肃王时，西湖日纳鱼数斤，号'使宅鱼'。罗隐诗：'吕望当年展壮谋，直钩钓国更如何？若教生在西湖上，也是须供使宅鱼。'王遽蠲其租。恨今日无钱武肃王其人也。"按，西便门是北京外城西南端的一座小城门，因规制较简陋，称西偏门，后讹为西便门。西便门当时有商队出入，设有税卡，加之门小路窄，交通十分拥堵。

2 现身说法：原谓佛、菩萨显示种种化身宣说佛法。诗人的演讲主要是法律方面的内容，这里是借字面意思表诙谐。

3 大都：大部分都是。命世才：能治国的人才；才识卓著之士。

庚午初度感怀 四首

四十四岁。

十月阳春可爱晖[1]，年过不惑始知非[2]。但求一贯圆其说[3]，未必当时识者稀。忧国贾生曾上策，悟玄庄子解忘机[4]。徜徉山水寻真乐，布袜青鞋愿已违[5]。

不忮不求随遇安，达观即是人生观。出门讲学言文并[6]，闭户著书岁月宽。学到中年才识味，事经阅历始知难。大江东去一樽酒[7]，玉局兴酣出指端[8]。

少年意气类终童[9]，卯角记曾入泮宫[10]。策献万言轻倚马[11]，功深十载悔雕虫[12]。茫茫宦海难羁我，莽莽神州独注空[13]。法律自侬倡革命[14]，差欣头脑未冬烘。

海岳归来三十春，当年学说已陈陈[15]。育才至乐非糊口[16]，著作虽多未等身。人匪劳工安得食，业精专技岂忧贫？试看欧战告终后，时代思潮又一新。

题 解

民国庚午年即公元1930年。初度原指初生之时，语本屈原《离骚》："皇览揆余初度兮，肇锡余以嘉名。"后用以称生日。

诗人生于1885年，1930年应该是四十五周岁，自序为四十四岁，当为誊稿时误算。

笺 注

1 十月阳春：诗人生于1885年农历十月初五。民间称农历十月为"小阳春"。《尔雅·释天》："十月为阳。"宗懔《荆楚岁时记》："十月天气和暖似春，故曰小春。"

2 不惑：四十岁。语本《论语·为政》："四十而不惑"。此句化用苏辙《试院唱酬》："自恨寻山计苦迟，年过四十始知非。"

3 诗人当时已出版《罗马法与现代》《法律之革命》等法学专著，其中一直贯穿并且严密论证"权即是法"这一观点，故云"但求一贯圆其说"。

4 庄子的思想有相对主义、怀疑论、不可知论的成分，所以诗人通过他"悟玄"。忘机：不存心机。见《北海即景》注2。

5 化用祁顺《凤庄八咏》："素翁此处真堪乐，布袜青鞋愿不违。"青鞋布袜：穿着青布鞋和布缝的袜子，比喻隐士的田园生活，或朴素的生活方式。

6 言文：解释法律文字。语出《史记·曹相国世家》："吏之言文刻深，欲务声名者，辄斥去之。"亦指言语和文字。并：并举；并重。诗人主要讲授罗马法，讲学既要讲授又要写板书，"出门讲学言文并"为双关。

7 诗人自注："东坡《大江东》词跋：'久不作草书，适乘醉书此，觉酒气勃勃，从指端出。'余酷好写大江东词，故云。""大江东"即苏轼名篇《念奴娇·赤壁怀古》。诗人善书法，这句指酒后狂草一幅《赤壁怀古》。

8 玉局：苏东坡的别称。苏轼曾任玉局观（宋代道观，在今成都市北）提举，所以后世有人称他为"苏玉局"。这里代指苏轼的《赤壁怀古》词。

9 终童：即终军。济南人，字子云。《汉书·终军传》载：终军年十八选为秀才。后奉命赴南越（今两广地区）游说南越王入朝。南越相吕嘉不从，发动兵变，杀南越王及终军。终军死时年仅二十余，时称"终童"。后因用以为称颂少年有为的典故。

10 丱（guàn）角，也作"总角"。头发呈两个角的形状，代表儿时。泮宫，古代由地方举办、供生员入读的学校。入泮宫，即考上秀才。诗人在1897年应童子试，中秀才，时未满12周岁，故云。

11 倚马：刘义庆《世说新语·文学》载：东晋桓温北征，途中令袁宏撰写布告，袁倚马而作，手不辍笔而成。后人据此以"倚马"形容才思敏捷。

12 语本王安石《详定试卷二首》："童子常夸作赋工，暮年羞悔有扬雄。"扬雄《法言·吾子篇》："或问：吾子少而好赋。曰：然。童子雕虫篆刻。俄而曰：壮夫不为也。"后因以"雕虫"贬指诗赋创作，常用作自谦之辞。

13 注：关注。1929年，诗人在《国立北京大学社会科学季刊》3—4期合刊上发表论著《海法与空法》，尤注重讨论空法，这个在当时国内法学界尚属空白领域，故云。

14 诗人著有《法律之革命》，提出"权力即法"的命题，据此主张对现行法律制度开展一场革命。

15 并上句。海岳归来：游历名山大川后归来。黄道让《春日再游岳麓》："麓山泉水在山清，海岳归来许濯缨。"这里指从日本留学归来。诗人1902年东渡日本，1908年学成回国，与"三十春"不合。应该是为照顾诵读，强从出国时起算，取整为30年。

16 育才至乐：见《清华大学席地讲学（二首）》注1。

将之南京留别　一九三〇年十一月由北京迁南京

平生未识韩荆州[1]，博采虚声到马周[2]。感物从兹寻六代[3]，著书奚敢望千秋。依依桃李平津梦，历历朋簪李郭舟[4]。文化中区知不冷[5]，弦歌他日恋重游[6]。

缓缓骑河楼畔行[7]，亭台草木亦生情。革新北大由来重，挹爽西山分外清。漫笑丈夫安乐土，唯将书籍壮行旌。故人一语天真极，莫到新京忘旧京[8]。

题　解

这是诗人即将离开北京大学赴南京，准备就任国民政府立法院立法委员时，写给北大师生的赠别诗。

本篇曾在民国十九年（1930）十二月十七日、十九日两次发表于《北京大学日刊》第三版，发表时题为《将之南京留别诸同事诸同学》，落款为"一九三〇，一二，一四，作于平津道中。"

笺 注

1 韩荆州即韩朝宗。唐玄宗时荆州长史，喜识拔后进，为当时士人所推重。李白有《与韩荆州书》云："生不愿封万户侯，但愿一识韩荆州。"诗人十七日发表时自注："余与胡院长尚未谋面。"按，诗人经胡汉民力邀力荐出任国民政府立法院立法委员，二人虽同有留日经历，但之前并不相识，故诗人有此一说。

2 马周（601—648），初唐人，字宾王。深得唐太宗赏识，曾表示"暂不见周，即思之"。后马周奉命辅佐太子李治，在48岁时病逝。被唐太宗下令陪葬昭陵。

3 感物：见物兴感。见《次韵答袁炼人（二首）》注1。六代：这里指三国吴、东晋和南朝宋、齐、梁、陈。南京是这六朝政权的国都。这句诗的意思是，从此以后要到六朝遗迹里面去寻找创作灵感了。

4 朋簪：朋辈；同辈友人。李郭舟：东汉时，司隶校尉李膺与太学生首领郭泰相交甚厚，常常同舟游玩，后因以"李郭"或"李郭同舟"用为好友相交的典故。

5 中区：中心区域。《宋史·律历志三》："国家飞运于宋，作京于汴，诚万国之中区矣。"这里指北京仍然是全国的文化中心。

6 弦歌：学校诵读之声。见《东渡舟中感怀（四首）》注14。

7 骑河楼：老北京地名。在故宫东侧。清代属皇城，相传有楼骑河而建，故名。乾隆时称骑河楼街，宣统时称骑河楼，民国时沿称。

8 诗人自注："彭心如赠诗'翠柏经冬更向荣，诗人自古最多情。江南山水虽然好，莫到新京忘旧京。'"新京、旧京，见《公园与彭心如联句》注2。

辛未（1931）

京沪道中 四首

有脚阳春识似曾[1]，梅花消息问山僧。句无俗韵荀鸣鹤[2]，酒且即时张季鹰[3]。雪渍田园疆郝郝[4]，岚凝嶂岫谷蒸蒸[5]。诗人取次从新历[6]，饮蜡吹豳未足凭[7]。

青青北固枕扬州，山水清新许卧游[8]。稻草盈堆知岁稔，布帆顾影识江流。野塘冰少禽争弄，茆屋风多雪未收。借问海滨名利客，可能念及老农不。

玄武湖边夕照明，六朝云树总关情。鼓钟隐隐栖霞寺，巉石磷磷天堡城。欸乃声中应欸乃[9]，和平门外望和平。欧阳马上侬车上[10]，诗被催成已到京。

题 解

京，指民国首都南京。京沪线即沪宁线，1904年动工修建，1908年4月1日通车。诗人时任国民政府立法院财政委员会委员，上海是当时工商业最繁华的城市，因此经常往返沪宁之间。本篇为诗人自上海返回南京时所作。

本篇题为四首，但稿本仅见三首。

笺 注

1 有脚阳春：对官吏施行德政的颂词，言所至之处，如阳春和煦。

2 荀鸣鹤：西晋人，名隐。河南颍川人。西晋名臣张华以荀隐有大才，戒勿作寻常语，故诗人赞其"句无俗韵"。

3 张季鹰：西晋人，名翰。吴郡吴县（今江苏苏州吴中区）人。博学能文，纵任不羁，时人号为"江东步兵"，以比阮籍。

4 郝郝：耕土翻地的声音。《尔雅·释训》："郝郝，耕也。"

5 岚：山间的雾气。蒸蒸：上升的样子。

6 国民政府于 1928 年 12 月 8 日颁发通令,宣布"自 1929 年 1 月 1 日起,全国使用公历,废除旧历,禁过旧年。"并严禁民间过春节贴春联、燃放烟花爆竹、相互拜年等一切民俗活动。这一法令一直执行到 1933 年。

7 饮蜡:岁末蜡祭后会饮;吹豳(bīn):吹奏豳人的乐歌,是古代祈祷风调雨顺、农业丰收的一种仪式。

8 卧游:欣赏山水画以代游览。《宋书·宗炳传》载,画家宗炳好山水,爱远游。后来因病回乡,叹道:"名山恐难遍睹,唯当澄怀观道,卧以游之。"于是室内遍挂山水画,以赏图代远游。

9 欸乃:摇橹声,亦指划船时歌唱之声。这句诗的意思是船歌声和摇橹声相呼应。

10 欧阳:指欧阳修。侬:我。欧阳修《归田录》卷二:"余平生所作文章,多在三上,乃马上、枕上、厕上也。"

清凉山

近市琅环地[1],全城顾盼中。长江吞落日,野水笑春风。古寺乱涂墨,女墙半杂红。南望先子墓[2],丘壑将毋同[3]。

题 解

清凉山又称石头山,在南京市西。战国楚威王灭越,于此置金陵邑。三国吴筑石头城,故又称石城山,这也是南京别称"石头城"的来历。山上有清凉寺、扫叶楼、翠微亭等古迹。

笺 注

1 琅环:同"琅嬛",传说中的仙境名。
2 先子:亡父。亦泛指祖先。
3 将毋同:差不多都一样。见《将毋同十六韵》题解。

扫叶楼即景

清凉山色逼罗浮[1],次第收归扫叶楼。岚气压城如矮屋,婆心应物接闲鸥[2]。野田草际狞狞竹，晴日江边渺渺舟。漫道莫愁湖在望，故乡多难也生愁[3]。

题 解

扫叶楼位于南京市清凉山，是金陵名胜之一，始建于 1664 年，是明末清初画家兼诗人龚贤的故居。

笺 注

1 山名。在广东省东江北岸，为粤中游览胜地。晋代葛洪曾在此山修道，道教称为"第七洞天"。相传隋赵师雄在此梦遇梅花仙女，后多为咏梅典实。

2 婆心：指仁慈之心。应物：犹言待人接物。闲鸥：比喻退隐闲散之人。

3 多难：由于李立三推行"攻打中心城市、夺取全国胜利"的"左"倾冒险主义路线，红军曾在 1930 年 7 月、8 月两度攻打湖南省会长沙。蒋介石随后又展开了对湖南等地中央苏区的第一次"围剿"。湘赣边区农村地区在战火中遭受严重破坏。

扫叶楼吊龚半千

丈人逸事借诗传[1]，唐代清初两半千[2]。当日荒寒同岛佛[3]，只今木叶老江烟[4]。身经水剩山残地[5]，肠断黍离麦秀天[6]。独有斯楼堪不朽，落花风雨自年年。

题 解

龚半千（1618—1689），名贤，江苏昆山人。工诗文，书法自成一体，为清初书画界"金陵八家"之首。著有《香草堂集》《画诀》及《柴丈人画稿》等。他曾自写小照挂于楼上，图中自己身着僧服，持帚作扫叶状，人们遂称此楼为"扫叶楼"。

笺 注

1 丈人：古时对成年或老年男子的通称。龚贤自号柴丈人。

2 唐代清初两半千：唐代员半千，即员余庆（640—714），晋州临汾人。其师王义方勉其"五百岁一贤者生，子宜当之。"因改名半千。《旧唐书》《新唐书》均有传。

3 岛佛：指唐代诗人贾岛。贾岛曾经做过和尚，故称"岛佛"。贾岛以苦吟著名，自述"二句三年得，一吟双泪流。"诗风悲凄枯寂，寒瘦窘迫，所以诗人以"荒寒"概括之。

4 木叶：树叶。江烟：指江上的云气、烟霭。这一联睹物思人，从眼前葱茏的树叶想到隐士当年的苦寒，隐含着对主人气节的赞叹。

5 水剩山残：指亡国或经过变乱后国土分裂、山河残破的景象。龚贤在清凉山隐居时，明朝已经灭亡，所以诗人称其为"身经水剩山残地"。

6 黍离麦秀：相传西周灭亡后，有周大夫见旧时宗庙宫室，尽为禾黍之地，因作《黍离》之诗。又箕子朝周，过故殷墟，见宫室毁坏，尽生禾黍，哀伤不已，因作《麦秀》之歌。后遂用作典故，以"黍离麦秀"为感慨亡国之词。

后湖泛舟　二首

睥睨出郛郭[1]，碧红山涧殊。纡回纯地籁[2]，浩淼接城隅。喋喋鱼游藻，啁啾鸟护雏。周围四十里，面积大西湖。

天然游牧地，钟阜表雄风[3]。草长晴波里，舟摇夕照中。远山云欲接，曲径水先通。此后饶清景，伫看菡萏红[4]。

题　解

后湖即玄武湖。玄武湖古名桑泊，相传刘宋文帝时，因见湖中出现黑龙，故改称玄武湖。曾是历代帝王游猎和训练水军的场所。

笺　注

1 睥睨：这里指古代皇帝的一种仪仗。《宋史·仪卫志六》："睥睨，如华盖而小。"郛郭：指城郭，城市。玄武湖在宣武门以外，故云"出郛郭"。

2 纡回：曲折；回环。地籁：指穴谷。

3 钟阜：指紫金山。紫金山原名钟山，三国东吴孙权避祖讳，更名蒋山。

至宋复名钟山。

4 菡萏：即荷花。玄武湖"五洲"之一的菱洲以盛产红菱而知名，

莫愁湖

所谓伊人水一方[1]，华严庵内郁金堂[2]。平章宁止二分月[3]，对影飞来四季凉。世事如棋真梦幻，我心匪石也彷徨。名姝硕彦徒劳想，付与渔樵话夕阳[4]。

题 解

莫愁湖位于南京水西门外。原为秦淮河入江口的河槽，后淤塞成湖，名石城湖。唐代改叫横塘，后世附会为因六朝时有少女莫愁居于此而得名。清时有"金陵第一名胜"之称。1929年辟为公园。

笺 注

1 语出《诗经·秦风·蒹葭》："蒹葭苍苍，白露为霜。所谓伊人，在水一方。"蒹葭：泛指芦苇，见《天津法商学院课余散步》注1。伊人：那个人。一方：犹言一边。

2 华严庵是莫愁湖内的一处小庙，郁金堂为清朝初年江宁知府李尧栋修缮莫愁湖所建。太平天国时俱被毁。1871年前后又复建。

3 夸赞莫愁湖月色与扬州月色相当。平章：品评；比较。 宁止：当止于；接近于。二分月：指扬州月色。徐凝《忆扬州》："天下三分明月夜，二分无赖是扬州。"

4 并上句。名姝：指莫愁女。硕彦：指才智杰出的名流。这一联诗是说，当年这些人的风流韵事，如今都成了茶余饭后的谈资。

雨花台

对此茫茫百感来，劫余城郭不胜哀[1]。诸峰罗列六朝梦，一将凯旋万骨灰。蔓草荒烟埋折戟，颓垣断瓦老尘埃。光华事业勤王误[2]，天下几人命世才[3]？

题 解

雨花台为中华门外一平顶低丘，原称聚宝山。多石英质卵石，晶莹圆润，并有雨花泉等。相传梁武帝时云光法师在此讲经，感动诸天雨花，花坠为石，故称。

笺 注

1 劫余：指自鸦片战争以来南京遭遇一连串浩劫，尤其是太平天国战争时期曾国藩攻破天京（今南京）后的大规模屠城和1927年3月24日发生的英美等国军舰炮轰下关的"三·二四惨案"。

2 勤王：谓尽力于王事。这句是说，光复中华的伟业，却往往被勤于王事的人耽误了。这句诗表现了诗人在刚就任国民政府立法院委员时的自警自励。

3 命世才：能治国的人才。见《赴农学院讲演途中即事（四首）》注3。

登北极阁散步至鸡鸣寺

花繁陌上水盈塘，春到江南早北方。柳绿台城风骀荡[1]，烟笼洲岛树微茫。后庭有曲遗商女[2]，倾国余羞剩景阳[3]。北极河山今不改，伫将云物贺新凉[4]。

题 解

北极阁即鸡鸣山，在北极阁东麓，为钟山余脉。因山顶浑圆如鸡笼，也称鸡笼山。清初在山顶建北极阁，遂以阁名山。鸡鸣寺是三国时东吴后苑旧址。南朝时，梁武帝萧衍崇信佛教，在此创建同泰寺，其规模在南朝四百八十寺中位于首位。后来寺毁于兵火。明重建后称鸡鸣寺。是南京最古老的名刹之一。

笺 注

1 台城：六朝时的禁城。洪迈《容斋续笔·台城少城》："晋宋间谓朝廷禁省为台，故称禁城为台城。"在今南京市鸡鸣山南乾河沿北，历南朝宋、齐、梁、陈，皆为台省（中央政府）和宫殿所在地，因专名台城。骀荡：舒缓起伏；荡漾。

2 后庭：后宫，鸡鸣寺本为三国吴后苑。此处双关乐府曲名《玉树后庭花》。杜牧《泊秦淮》："商女不知亡国恨，隔江犹唱后庭花。"

3 景阳：指景阳楼。位于鸡鸣寺昆仑正殿东北角，始建于南朝宋元嘉年间（422—453），是南朝时期著名的皇家宫苑"华林园"的一处景点。后为鸡鸣寺的一部分。

4 云物，这里指景物、景色。新凉，"新良"的谐音，用以谑指新偶。《诗经·唐风·绸缪》："今夕何夕，见此良人。"诗人自注："时同游有人求偶。"

鸡鸣寺下访友

无心出岫具同情[1]，肯为一官弃笔耕。辛苦十年肩暂息，本来面目是书生。羡君居近后湖滨，水面文章不染尘。起舞鸡鸣观日出[2]，纵无风雨也怀人[3]。

题 解

友人指马寅初（1882－1982）。名元善，浙江嵊县人。早年在北洋大学就读。后留学美国，获哥伦比亚大学经济学博士学位。回国后在北京大学执教，曾任经济系主任、校教务长，与诗人同时为法科教授和校评议委员会委员。时任国民政府立法院经济委员会委员长。

笺 注

1 出岫：出山。陶潜《归去来兮辞》："云无心以出岫，鸟倦飞而知还。"后用来以喻出来做官。同情：谓同一性质，实质相同。此句谓你我出来为官的原因是一样的。

2 起舞鸡鸣：鸡鸣起舞的倒装。起舞，指舞剑。一听见鸡叫就起床练剑，喻志士及时奋发。典出《晋书·祖逖传》："（祖逖）中夜闻荒鸡鸣，蹴琨觉曰：'此非恶声也'，因起舞。"此处"鸡鸣"亦双关鸡鸣寺。

3 怀人：怀念故人。《诗经·郑风·风雨》篇以"风雨"和"鸡鸣"起兴，《毛诗注疏》："《风雨》，思君子也。"故后世常把风雨和怀念故人相关联。白居易《喜友至留宿》："忽闻车马至，云是故人来。况值风雨夕，愁心正悠哉。"

鸡鸣寺晚眺

朦胧暝色入云低，即景成诗后命题。岭远有坡如线曲，楼高似树与人齐。六朝寺里鼕鼕鼓，万绿丛中隐隐堤。面面青山迎送我，归途那复辨东西。

游栖霞山 二首

登高四顾绿盈町[1]，水作围襟石作屏。碣记禅宗觚守缺[2]，祸来灭顶佛无灵[3]。珍珠一斛泉常碧[4]，垂柳千条眼欲青。我爱桃夭原在野[5]，自由开发胜园亭。

振衣千仞起松风[6]，领取长江在眼中。芜秽有泉名白鹿[7]，缴缯无术系青鸿[8]。三茅宫远人踪少[9]，千佛岩高斧凿工[10]。今日游山嫌未尽，栖霞木叶待霜红。

题 解

栖霞山在今江苏南京市东北。相传山上盛产草药，食之可以滋润摄生，故古名摄山。南朝宋、齐间，隐士明僧绍（即明征君）在此结茅而居，后舍其宅为寺，因其字栖霞，故寺以栖霞为名，山亦称栖霞山。

笺 注

1 町：田地；田亩。

2 碣：《說文解字·石部》："碣，特立之石。"指刻有文字用以记事颂德之圆形石碑，亦泛指石碑。禅宗：佛教宗派名。又名佛心宗或心宗，以印度菩提达摩为初祖。觚：棱角。守缺：守住残破的东西。诗人自注："明征君碑惜缺一角。"

3 诗人自注："国人不知保存古物，竟将石佛顶削去。"

4 诗人自注："山上有珍珠泉。"按，珍珠泉亦名真珠泉，在栖霞寺北桃花涧旁，开凿于明朝，因其吐水如珠而得名。

5 桃夭：语出《诗经·周南·桃夭》："桃之夭夭，灼灼其华。"栖霞山有桃花涧，桃花久负盛名。明末清初，秦淮名妓李香君在此隐居，死后葬于桃花涧畔丛林，桃花扇的典故即源于此。

6 振衣：用力抖衣去尘；整衣。这句写登顶时的豪迈之情。

7 白鹿泉：在栖霞山中峰紫盆峰畅观亭下。相传从前山中水竭，村民追逐白鹿至此，发现一泓清泉，故名白鹿泉。

8 缴缯：猎取飞鸟的射具。缴为系在短箭上的丝绳。缯，通矰。是古代用来射鸟的拴着丝绳的短箭。鸿雁飞高，矰不能及。

9 三茅：道家传说中的三神仙，即茅盈及其弟茅固、茅衷。三茅宫在栖霞山主峰凤翔峰。

10 千佛岩位于栖霞山纱帽峰到紫盆峰西的岩壁上。据史书记载，此处共有佛龛294个，515尊佛像，号称千佛，故名。

步随园有感 二首

除却诗文片瓦无[1]，名山著作信非诬。歌台舞榭今安在，唯有小仓似小孤[2]。毕竟随园尚有名，宣传当日仗公卿。司空若与论诗品[3]，隽永不如王士祯[4]。

生冢营成傍草庐[5]，荒凉何处觅幽居[6]。樵夫为我殷勤道，山径有碑不一书[7]。野花簇簇鸟嘤嘤，与水同深吊古情。忽见纸钱飞冢上，始知来日是清明。

题 解

随园是袁枚的别墅名，在今南京五台山余脉小仓山。原为曹寅所建，是当时江南最大的园林。曹家被抄后，归江宁织造隋赫德所有，更名"隋园"。后隋赫德又被抄家，袁枚于1748年购入重建，取"随时之义大矣哉"之意命名为"随园"。后人亦以"随园"称呼袁枚。

笺 注

1 随园在太平天国时期被夷为平地，片瓦无存。后太平军在此地开荒种粮，随园成为农庄，仅留遗址。

2 小仓：指随园所在的小仓山。小孤：小孤山。位于安徽省宿松县境内，与大孤山遥遥相对。这里取字面意思，有隐喻小仓山孤寂荒凉的含义。

3 司空：指司空图（837-908），字表圣。河中府虞乡（今山西省永济县）

人。唐末诗人，文学评论家。著有诗论专著《二十四诗品》。

4 诗人自注："袁诗有'一代正宗才力薄，望亭文集阮亭诗。'余以为阮亭之诗神味隽永在仓山之上。"按，诗人引文出自袁枚《仿元遗山论诗》："不相菲薄不相师，公道持论我最知。一代正宗才力薄，望溪文集阮亭诗。"望溪是清代散文大家方苞的号，阮亭是清代诗人王士禛的号。袁枚认为二人的诗文来历正宗，但是才气不足。诗人反唇相讥，认为如果叫司空图来评的话，王士禛的诗要比袁枚更有味道。

5 诗人自注："用袁句。"按，本句出自袁枚《八十自寿诗》之五："此翁事事安排定，生冢营成傍草庐。"

6 幽居：此处指墓室。这一联是说，虽然袁枚生前就给自己准备好墓葬，但现在满目荒凉，荒冢已无寻处。

7 诗人自注："山坡有二碑，一书'清随园先生墓道'，一书'随园五世孙请示保护四至'。"按，四至，指一宗地的四个方位与相邻土地的界线。

即 事

海棠意懒到吟毫[1]，我欲问天读楚骚[2]。气似秋来蝉蜕翼，野无声闻鹤鸣皋[3]。六朝松老鳞犹茁，初月星稀影亦高。怪底东风添料峭，暮春尚复衣绨袍[4]。

笺 注

1 吟毫：写诗的笔。晏殊《忆越州》："鉴湖清澈秦望高，涵虚逗碧供吟毫。"

2 问天：谓心有委屈而诉问于天。楚骚：指楚辞中屈原所作的《离骚》篇。这里泛指《楚辞》。《楚辞》有《天问》篇，王逸《楚辞·天问序》："《天问》者，屈原之所作也。何不言问天？天尊不可问，故曰天问也。"

3 皋：沼泽中由高地围成的小沼泽。《诗经·小雅·鹤鸣》："鹤鸣于九皋，声闻于野。"后人认为该篇是劝诫统治者招纳贤才，因以"鹤鸣"指贤者隐居之义。

4 暮春：春季的末期，一般指农历三月。绨袍：用很厚的丝帛制成之袍。泛指厚重的保暖衣物。

秦淮河边友人何宅社集

昔闻何逊领扬州[1]，清福而今借箸筹[2]。澹澹青山窗外立，盈盈绿水枕边流。居邻迩室非钱买[3]，主到向隅待客周[4]。我倚秦淮浮小艇，定来老圃一勾留[5]。

题 解

秦淮河是长江下游的一条支流，古称龙藏浦，又称淮水。相传秦始皇东巡时，望金陵上空紫气升腾，以为王气，于是凿方山，断长垅为渎，入于江，后人误认为此水是秦时所开，所以称为"秦淮"。秦淮河横贯南京城，素称金陵胜地，尤以夫子庙一带最为繁华。

何宅指何衢的住所。何衢（1871—1947），字特循。湖南湘潭人。1905年留学日本弘文师范，与黄兴等友好，倾向革命。回国后，协助胡元在长沙创办明德学堂，并在该校任教。辛亥革命后，何衢一度出任湖南省教育司次长。后绝意仕进，潜心任教。1914年与刘人熙等在长沙创立船山学社，出版《船山学报》，创办船山学校，组建船山祀祠及船山图书馆。1930年辍教，在南京休养。著有《适园诗存》一卷。

笺 注

1 何逊（约480—518），字仲言，东海郯（今山东郯城西南）人。南朝梁诗人。其诗作写景抒情，意境清新自然，尤其注重审音炼字，对仗自然，对近体诗的发展有一定贡献。领扬州：何逊在梁武帝时任过扬州刺史。

2 借箸筹：箸，筷子；筹，算筹，指策划。《汉书·张良传》记载，张良曾在刘邦吃饭时借他面前的筷子为其算计利害得失。后因以"借箸"比喻代人策划。

3 居邻：邻居。迩室：内室，居室。

4 向隅：一个人在角落，形容落单、孤独。这一联诗咏赞参加集会的客人太多，不仅借用了邻居的居室，为了照顾客人，连主人都没有座位。

5 老圃：古旧的园圃。勾留：逗留；停留。白居易《春题湖上》："未能抛得杭州去，一半勾留是此湖。"

题美人倚梅图

素心癯骨傲寒空[1]，索笑巡檐一捻红[2]。梅与伊人同故纸，肯因老大弃秋风。

笺 注

1 素心：本心；初心。癯骨：骨架清瘦、瘦弱。癯同臞，《说文解字·肉部》："臞，少肉也。"寒空：寒冷的天空。这一句描摹寒梅凌空之态。

2 索笑巡檐：语本杜甫《舍弟观赴蓝田取妻子到江陵喜寄》："巡檐索共梅花笑，冷蕊疏枝半不禁。"索笑：逗乐；逗笑。巡檐：来往于屋檐前。这一句写赏梅之人为一枝红梅流连忘返之态。

秦淮河泛舟

不系舟游沮洳场[1]，秦淮无复旧风光。钟山遥似藐姑射[2]，铃语如闻替戾冈[3]。桃叶渡头纷逝水[4]，大中桥北缭垂杨[5]。可怜六代繁华地，留与诗人吊夕阳。

笺 注

1 不系舟：比喻自由自在而无所牵挂，这里双关所乘小舟无拘无束。沮洳场：低下阴湿的地方。这里用来形容当时秦淮河的破败。

2 藐姑射：神话中的山名。语出《庄子·逍遥游》："藐姑射之山有神人居焉，肌肤若冰雪，绰约若处子。"

3 铃语：檐铃的声音。替戾冈：《晋书·艺术传·佛图澄》载：石勒将攻刘曜，众人以为不可。勒问佛图澄，澄主张出兵。曰："相轮铃音云'秀支替戾冈，仆谷劬秃当。'此羯语也。秀支，军也。替戾冈，出也。仆谷，刘曜胡位也。劬秃当，捉也。此言军出捉得曜也。"秦淮河沿岸建筑多挂风铃，故诗人用此典形容铃声，并无实际意义。

4 桃叶渡：渡口名，在今南京市秦淮河与清溪合流处。相传晋代王献之送其爱妾桃叶于此渡河，并作《桃叶歌》，因称桃叶渡。

5 大中桥：位于南京市秦淮区通济门内。据传明末抗清名臣黄道周殉节于此，因而声名远扬。

题友人百骏图

万物一马也，何分白与赭？以马喻马之非马，不若以非马喻马之非马[1]。奕奕丹青善写生，下笔能使房星惊[2]。形形色色各有态，造父不能究其名[3]。其被也鞗革金厄[4]，其立也开张天骨[5]；其驰也雄姿英发，其伏也壮心未歇。春华不用伴牛羊，秋实不用饲牧场。夏炎不用洗晚凉，冬清不用餐风霜。纷乎宛乎[6]！芴乎芒乎[7]！游乎尘垢之外。而树之于无何有之乡[8]。其正色也胧苍苍[9]，跃跃纸上争腾骧。吁嗟乎！枚叔发[10]，延年赋[11]，子美诗[12]、元章书[13]，不如载观百骏图[14]，化凥为轮范驰驱[15]。

笺 注

1 开篇四句语本《庄子·齐物论》："天地一指也，万物一马也。"庄子这里主要是反驳公孙龙"白马非马"的命题，认为天地万物可归为一类一物。白马与赤马，都是马，没必要区分。

2 房星：即房宿四星，古时以之象征天马。《晋书·天文志上》："（房四星）亦曰天驷，为天马，主车驾。" 李贺《马诗》："此马非凡马，房星本是星。" 这句赞叹图画奕奕有神，能惊动天上的星辰。

3 《史记·赵世家》记载：造父是周朝一个善养马的人，曾献八骏于周穆王。周穆王御马西巡狩，乐而忘返。正返回时，徐偃王反，周穆王驰千里马攻徐偃王，大破之。于是以赵城赐造父，此为赵氏起源。

4 鞗（tiáo）革金厄：鞗革就是辔首；金厄是系在辔首上的金环，也就是金口衔。《诗经·大雅·韩奕》："鞹鞃浅幭，鞗革金厄。"

5 天骨：指骏马的躯干。杜甫《天育骠骑歌》："矫矫龙性合变化，卓立天骨森开张。"

6 纷乎宛乎：纷，言其多；宛，形容其回旋的姿态。

7 芴乎芒乎：形容不可辨认或不可捉摸。语出《庄子·至乐》："芒乎芴乎，而无从出乎？芴乎芒乎，而无有象乎？"

8 无何有之乡：不存在任何东西的虚空。语出《庄子·逍遥游》："今子有大树，患其无用，何不树之于无何有之乡，广莫之野？"

9 胈（bá）苍苍：胈，大腿上细毛。《玉篇·肉部》："胈，股上小毛。"

10 枚叔发："枚叔"即枚乘（约前210—前138），字叔，汉淮阴人，文学家。"发"指其名篇《七发》。其中有赞咏骏马的句子。

11 延年赋：延年是颜延之的字。颜延之（384—456），南朝宋临沂人。文章与谢灵运并称。有《赭白马赋》，颂赞骏马良驹，章法严谨，文笔灵动奔放，是赋马的名篇。

12 子美诗：子美是杜甫的字。杜甫有《房兵曹胡马》《高都护骢马行》《天育骠图歌》和《骢马行》等咏马名篇。

13 元章书：米芾（1051—1107）字元章，宋襄阳人。为文奇特，善书法，画山水人物亦自成一家。有《韩马帖》，为行书法帖。

14 载观：载，语助词，作"则"字解。意思是这么多名篇巨作，都不如观赏百骏图更能体会骏马风采。

15 化尻为轮：尻，即臀部。意思是把屁股变成车轮，用意念作为马牵引它奔驰。也就是神游。典出《庄子·大宗师》："浸假而化予之尻以为轮，以神为马，予因以乘之，岂更驾哉！"范驰驱：规规矩矩地策马疾驰。《孟子·滕文公下》："吾为之范我驰驱，终日不获一，为之诡遇，一朝而获十。"

春尽泛舟后湖

婉娩青阳仅一舨[1]，回崖沓嶂草黏天[2]。招招舟子皆吴语，处处蛙声类管弦。黄麦绿秧齐竟夏，岭云野水乱烘烟。台城迤北灯高矗，疑是湖波照月圆。

笺注

1 婉娩：天气温和。欧阳修《渔家傲》词之三："三月清明天婉娩，晴川祓禊归来晚。"青阳：指春天。《尸子·仁意》："春为青阳，夏为朱明。"

2 回崖沓嶂：蜿蜒的水岸，重叠的山峦。崖：同"涯"，水边。李白《庐山谣寄卢侍御虚舟》："香炉瀑布遥相望，回崖沓嶂凌苍苍。"黏天：谓贴近天，仿佛与天相连。

燕子矶

　　我闻牛渚山下采石矶，兵家着着争先机[1]。又闻瞿塘峡口滟滪堆[2]，舟人惴惴怯掀豗[3]。斯矶毋乃异乎此[4]，观音山头柱与砥[5]。形如飞燕掠江滨，气似渴猊饮江水[6]。江水中分八卦州[7]，蘼芜丛中屋作舟[8]。波光云影天浩浩，风帆沙鸟日悠悠。登斯矶也，南望冈峦之起伏，东瞰波涛之奔流。慨然想见古豪杰，隐以饥溺为己忧[9]。独善兼善视穷达，不合则去合则留。岂学步兵空恸哭[10]？安事新亭泣楚囚[11]？吁嗟乎！丈夫志不在求食，匹夫与有兴亡责。男儿爱国富担当，挽回狂澜资群策。切莫抱桥而死效尾生[12]，葬身江鱼之腹终不惜[13]！

题　解

　　燕子矶位于南京郊外的直渎山上。因石峰突兀江上，三面临空，地势奇险，状如燕子展翅欲飞而得名。燕子矶以及毗邻的沿江溶洞是南京名胜，在古金陵四十八景中占六景。

　　1930年代，自由恋爱风尚初开，时有失恋青年来此殉情。诗人此篇有劝慰青年珍惜生命之意。

　　本篇曾在《时代公论（南京）》1933年第53—54号合刊上发表。

笺　注

　　1 并上句。牛渚山又称牛渚圻，在安徽马鞍山市西南长江边，北部突入江中，名采石矶。此地历史上为长江南北重要津渡，兵家必争之地。

　　2 瞿塘峡也称夔峡，西起奉节县白帝城，东至巫山大溪，为长江三峡之首。峡口有夔门和滟滪堆。滟滪堆为一乱石险滩，巉崖矗立江中，堆旁水势湍急，湍成漩涡，往往为舟行之患。

　　3 惴惴：不安的样子。豗（huī）：撞击声。李白《蜀道难》："飞湍瀑流争喧豗。"这句是说，船夫们听到惊涛声都感到害怕，变得惴惴不安。

　　4 毋乃：恐怕；只怕。苏轼《送司勋子才丈赴梓州》："屡为蜀人得，毋乃天见私。"

　　5 柱与砥：即砥柱。砥柱山在今河南省三门峡市，当黄河中流，以山在激流中矗立如柱，故名。

6　狻：狻猊，传说中的猫科猛兽，古文中多指狮子。

7　语本储光羲《临江亭五咏》："江水中分地，城楼下带山。"八卦洲：南京市区北郊长江中的岛屿，是长江中的第三大岛。与燕子矶隔江相望，初因形似草鞋，曾名草鞋洲。清代后期因与七里洲合并，渐成为八卦状，更今名。

8　蘼芜：一作蘪芜，香草名。诗文中常用以比喻人之美好。

9　饥溺：比喻生活痛苦。语本《孟子·离娄》："禹思天下有溺者，由己溺之也；稷思天下有饥者，由己饥之也。是以如是其急也。"

10　语本王勃《滕王阁序》："阮籍猖狂，岂效穷途之哭？"步兵：即阮籍（210－263）。阮籍嗜酒，闻步兵厨贮酒三百斛，乃求为步兵校尉，所以后人称其为 阮步兵。《晋书·阮籍传》载，阮籍常率意驱车，途穷则恸哭而返。

11　新亭：古亭名。故址在今南京市江宁区南。刘义庆《世说新语·言语》载：西晋末，中原士族随皇室南逃。过江诸人，每当天气晴好，辄相邀新亭，席地饮宴， 缅怀故地，相视流泪。一次聚会中，丞相王导愀然变色曰："当共勠力王室，克复神州，何至作楚囚相对！"后多用"新亭对泣"指怀念故国或忧国伤时的悲愤心情，用"楚囚"指处境窘迫无计可施者。

12　尾生：古代传说中坚守信约的男子。《庄子·盗跖》故事：尾生和女子约定在桥梁相会，女子未到而水涨，尾生不愿爽约，抱桥柱死等，被淹死。

13　诗人自注："矶头竖'想一想，死不得'六大字"。按，当时常有失恋青年在燕子矶投江殉情，所以有人在矶头上立了这样一块劝世的木牌。诗人最后这四句也是劝诫青年当以天下为己任，珍惜生命，不要轻生。

头台洞

陆离光怪气峥嵘，地气泠然比上清[1]。疑是女娲未炼石[2]，天风吹坠一鸣惊。

题　解

在燕子矶西南方沿江的悬崖上有若干石灰岩溶洞，人称岩山十二洞，大都是悬崖绝壁被江水冲蚀而成。其中主要的有头台洞、观音洞、二台洞和三台洞。

头台洞距燕子矶约 1 公里，洞内钟乳石奇形怪状。其他诸洞景观亦大同小异。

笺 注

1 上清：道教所称"三清"之一，是灵宝天尊所居的仙境。亦用以泛指仙境。白居易《梦仙诗》："人有梦仙者，梦身升上清。"
2 女娲氏是中国神话传说中人类的始祖。传说她用黄土造人，炼五色石补天，断鳌足支撑四极，平治洪水，驱杀猛兽，使人民得以安居。

二台洞

大江如练隔窗横，一塔微茫看不清。老衲为言明日雨，指将石碧辨阴晴[1]。

题 解

二台洞东距头台洞里许，依岩构屋，内凿观音龛，洞中有洞，深不可测，相传可通镇江。洞内原有明万历年所刻吴道子绘童子拜观音及明代诗人李言恭所写《般若经》石刻。其中，童子拜观音石刻于清咸丰年间被毁，后按拓片重立。

笺 注

1 石碧：青色的石头。农谚："石头发潮，下雨难逃。"诗人自注："翌日果雨。"

三台洞

千岩万壑数三台，一线天光似牗开。岁岁观音泉水碧[1]，几时曾记见如来[2]。

题 解

三台洞位于头台洞西，是岩山十二洞中较为曲折深广的一个天然洞穴。洞分上中下三层，下洞有观音泉，清澈见底；上洞出口处有玉泉阁和望江亭，飞阁凌空，别开境界；洞右有石梯，可达一线天。

笺 注

1 观音泉在三台洞下洞，泉瀑水满，水底石脉，历历可辨。泉上架有石桥，桥的端处，有一木雕观音像。

2 在佛教中，观音位居各大菩萨之首，是早已成就的古佛，号"正法明如来"。观音有各种身相，为普度众生现菩萨身而不现佛身，所以诗人在这里说"几时曾记见如来"。

幕府山阴

幕府山青似永昌[1]，石榴千树靓红妆。行吟如入会稽道[2]，遮莫令人迎接忙。

题 解

幕府山在江苏省南京市北郊长江南岸。晋元帝过江时，丞相王导曾建幕府于此，故名。幕府山地形东高西低，临江为断层，形成悬崖，形势险要，是南京北侧天然屏障。东段多溶洞，东麓有燕子矶，为南京北郊著名游览地。

山阴，山的北麓。山南水北为阳，反之为阴。

笺 注

1 诗人自注："永昌，晋元帝年号。山以王导得名。故云。"按，此句是说，幕府山郁郁葱葱，依然是当年南渡时的模样。

2 会稽：山名。又名茅山。在今浙江绍兴市东南。相传大禹在巡狩江南时，登茅山大会诸侯，计功授爵，更名茅山为"会稽山"。晋元帝南渡，也有大批北方士族跟随，史称"衣冠南渡"，所以有下句"遮莫令人迎接忙"。

沪宁道上至西湖 二首

独有沪宁道，逦迤傍大江。金焦同在望[1]，锡惠两无双[2]。明发及千里[3]，政闻又一邦。南风催麦老，黄色到车窗。

纵可按图索，盍如一见乎。清和刚四月[4]，名胜数三吴[5]。昔往霏霏雪，今来漾漾菰[6]。夕阳红似晓,迎我到西湖。

题 解

沪宁道即连接上海和南京的沪宁铁路。由于当时南京是中华民国首都,因此也称为"京沪铁路"。

当时从南京去杭州,一般是乘火车沿沪宁铁路至上海,再转经沪杭铁路到杭州;或者坐火车沿沪宁铁路到苏州,再换乘大运河的客船到杭州。

笺 注

1 金焦:金山和焦山。两山都在江苏镇江。金山原名浮玉山,因头陀江际获金,贞元间改金山。焦山因汉焦光隐居此山得名。

2 锡惠:锡山和惠山。锡山在江苏无锡城西。据传周、秦间,产铅、锡,故名。惠山系天目山支脉,在无锡城西。因晋代开山禅师慧照而名慧山,慧、惠相通,改称惠山。素有"江南第一山"美称。

3 明发:一大早起程。陆机《招隐》:"明发心不夷,振衣聊踯躅。"

4 清和:指农历四月。原指农历二月,因南朝谢灵运《游赤石进帆海》"首夏犹清和,芳草亦未歇。"后遂以指农历四月。

5 三吴:姑苏(今苏州)、广陵(今扬州)、建业(今南京)三地合称。因吴王夫差定都姑苏,汉朝刘濞受封为吴王,都广陵,三国时孙吴定都建业,故有此称。这里泛指长江下游一带

6 菰:多年生草本植物,生在浅水里,嫩茎称"茭白",果实称"菰米",均可食。

西湖杂咏 十首

岳王庙及银瓶井[1]

骨冷泉香一井寒,爷爷不死肯偏安[2]?无穷南渡伤心史[3],都在岳王庙内看。

于忠肃公墓[4]

复仇定策岳于军,气壮山河义薄云。香火炎凉且莫道,蓬蒿榛莽一于坟[5]。

白堤苏堤[6]

姓冠庄园与墓田，分明铜臭气熏天。白苏万古诗文在，岂借西堤姓字传。

黄龙洞老子像[7]

入牝出玄众妙门[8]，老聃哲学五千言。合儒释道而为一，三教九流安足论。

清涟寺观鱼[9]

文采鳞鳞聚族居，喁喁水面浑相于。憎他跋扈鲸吞者，愧煞清涟寺内鱼。

韬光吕祖炼丹台[10]

行药仙踪尚可寻[11]，丹成九转纯阳心[12]。钱塘如练湖如沼，似觉入山尚未深。

孤山疗养院[13]

许多病院利孤山，慈善为怀直等闲。若借西湖充疗养，也应分润到贫寒。

哂湖中放生

四月八传佛诞辰，纷将鱼鳖放湖滨[14]。劝人有力周贫寒，莫把金钱媚介鳞[15]。

柳浪闻莺

马勃牛溲没绿莎[16]，煞人风景已三多。西湖真个比西子，不洁也要掩鼻过[17]。

白堤晓读

雷峰塔圮剩荒陂，十景阙文孰补之？我替学人添一景，白堤晓读似相宜[18]。

笺 注

1 岳王庙：在杭州市西湖畔栖霞岭南麓，西侧为岳飞墓。银瓶井：相传岳飞有一女名孝娥，岳飞冤死后，她申冤无门，于是抱住岳飞留给她的一只银瓶，跳进自家院内的井中，以死明志。按，银瓶井遗址在今杭州庆春路。岳王庙内有忠泉，诗人误以为是银瓶井。

2 爷爷：金兵对所忌惮的宋军将领按南方习俗称"爷爷"。《宋史·宗泽传》："泽威声日著，北方闻其名，常尊惮之。对南人言，必曰宗爷爷。"这里指岳飞。偏安：指封建王朝失去中原地区而迁于一隅，苟且偷安。

3 南渡：这里指宋王朝从开封渡长江南迁于临安（今杭州）建都。

4 于忠肃：即于谦（1398—1457），字廷益，号节庵，钱塘（今杭州）人。1449年土木之役，明英宗被俘，蒙古兵进逼北京。于谦提督军马，击退蒙军。英宗复位后，于谦被诬陷，弃市。后赠太傅，谥肃愍，又谥忠肃。于谦墓位于杭州西湖南岸的三台山山麓。墓面向西湖，坐西朝东，墓冢为石结构。墓左前侧有于谦祠。

5 蓬蒿：蓬草和蒿草，泛指草丛。借指荒野偏僻之处。榛莽：杂乱丛生的草木，泛指荒原。

6 白堤：白公堤的简称。原名白沙堤，因白居易曾任杭州刺史，后人为纪念他，改堤名为白堤。苏堤：苏公堤的简称。苏轼知杭州时，疏浚西湖，堆泥筑堤。后人因人名堤，以资纪念。

7 黄龙洞位于栖霞岭后山，宋、元、明、清皆为佛教圣地。1922年改为道观。

8 《老子》第六章："谷神不死，是谓玄牝；玄牝之门，是谓天地根。"入牝出玄就是出此入彼，出彼入此，阴阳沟通之象。这句诗概括老子思想：阴阳沟通是万物的源头。众妙门：《老子》第一章："玄之又玄，众妙之门。"指通向一切奥妙的大门。

9 清涟寺故址在今杭州玉泉。始建于938年，称净空禅院。宋理宗时改名玉泉寺，清乾隆年间又改为清涟寺。寺中有玉泉池，养五色鱼，题曰"鱼乐园"。"玉泉观鱼"为当时杭州名胜，负有盛名。

10 指吕洞宾炼丹台。在杭州北高峰南。韬光：四川诗僧。唐穆宗长庆年间（821—824）韬光在此地建寺，寺以人名，地又以寺名，故此地称为韬光。

韬光寺的后山有炼丹台遗址，相传吕洞宾曾在此炼丹。

11 魏晋南北朝时，士大夫喜服五石散。五石散有毒，服药后浑身燥热，需漫步以散发药性，称为"行药"。

12 九转：经九次提炼。道家炼丹，烧丹成水银，还水银成丹，称为"还丹"。如是循环九次，称为"九转"或"九还"。纯阳：吕洞宾的别号。

13 孤山疗养院为一两层独立小楼，依山面湖，环境幽静。主要供当时浙江政府系统官员疗养。

14 并上句。四月八：《长阿含经》谓释迦佛诞生于四月初八，《灌佛经》谓十方诸佛皆四月初八生。按印度历的四月八日相当于农历二月初八，故也有人将二月初八日作为佛诞生日。这一天，当地信众纷纷到西湖放生祈福。宋天禧年间（1017—1021），宰相王钦若还奏以西湖为"祝圣放生池"。

15 介鳞：泛指龟鳖和鱼类。介，通"甲"。

16 马勃：属担子菌类，秋季生于山林阴地，可作止血药。牛溲：车前草种子，可入药。韩愈《进学解》："牛溲马勃，败鼓之皮，俱收并蓄，待用无遗者，医师之良也。"莎，即莎草。

17 语本《孟子·离娄》："西子蒙不洁，则人皆掩鼻而过之。"诗人自注："柳浪闻莺，雷峰夕照，苏堤春晓三处，荒秽不堪入目，亟宜整理。"

18 诗人自注："堤近艺术专科学校，故云。"按，艺术专科学校为今中国美术学院前身。

湖心亭遇雨

满目琳琅看未足，轻雷隐隐夹云飞。亭碑对我说今古，野鹤与时无是非。茗馥方知湖水澹，风狂愈觉榜人稀[1]。骤寒天气衣嫌薄，一棹匆匆冒雨归。

题 解

湖心亭位于西湖中央，是西湖三岛中最早营建的岛。"湖心平眺"在清代的时候被列为"钱塘十八景"之一。

笺 注

1 榜人：船夫；舟子。司马相如《子虚赋》："榜人歌，声流喝；水虫骇，波鸿沸。"

题葛岭抱朴子石像

洒落挂冠去[1]，丹成井自凉。苍黄任色染[2]，今古此朝阳[3]。儒者兼仙佛[4]，布衣傲帝王。华芝珍重采[5]，葛岭挹余香。

题 解

葛岭在西湖以北，宝石山以西。据传东晋葛洪在此结庐炼丹，故名。半山腰有抱朴道院，亦称葛仙庵抱朴庐，旧时与黄龙、玉皇合称西湖三大道院。山顶为初阳台，是观日出的极佳位置。

葛洪（约281—341）：丹阳句容人。字稚川，自号抱朴子。东晋时杂家、医学家、炼丹家。有《抱朴子》《金匮药方》等著作存世。

笺 注

1 洒落：洒脱飘逸，不拘束。葛洪曾因平乱有功，赐爵关内侯。但不恋富贵，闻五岭以南出丹，携子侄至广州，到罗浮山炼丹，卒于此。

2 诗人自注："染业及颜料业崇祀葛仙。"

3 诗人自注："岭上有初阳台。"

4 《抱朴子》分《内篇》和《外篇》，各自成书。现存《外篇》50卷，《内篇》20卷。《外篇》以复兴儒教为宗旨，积极救世，基本上属于儒家学说。《内篇》强调"道"是根本，"儒"是末节，提倡神仙道教。所以葛洪被归入儒道兼具的杂家。

5 华芝：即灵芝。李商隐《东还》诗："自有仙才自不知，十年长梦采华芝。"

葛岭初阳台观日出

昨夜即望月正圆[1]，波光云影共一天。今朝昧爽观日出[2]，皎皎犹见昨夜月。月往日来何足奇？难得同时两见之。俄焉五色涌扶桑[3]，满天星斗都无光。回头不见昨夜月，惟见红芒万丈长。云蒸霞蔚难仰视，我曝以背瞻四方[4]。右顾北高左玉皇[5]，南高峰似拱中央[6]。更望西北诸洞府[7]，紫云栖霞如龙翔[8]。北望沃野数百里，南风吹老大麦黄。壮哉此行不虚也，何减同甫游钱塘[9]？却忆南渡偏安日，君臣上下恣荒逸。襄阳烽火卷地来[10]，丞相半闲斗蟋蟀[11]。奄奄夜气不足存，崖山一舟覆宋室[12]。吁嗟乎！百年光阴在于晨，黄金难买少年春。或学士雅闻鸡舞[13]，或学武肃警枕陈[14]。世方鹰瞵而鹗视[15]，我须尝胆而卧薪[16]。莫将平旦梦里过[17]，直到白头愁煞人。

题 解

初阳台为葛岭最高处，传为葛洪炼丹所置。每当清晨日出之际，阳光首先照亮此处，故名"初阳"。

本篇曾在《军事杂志》1934年第63期发表。

笺 注

1 既望：农历以每月月圆之日为望，次日为既望。后为求简洁，定十五为望，十六为既望。

2 昧爽：天将亮未亮时分。

3 俄焉：顷刻之间。扶桑：指东方。见《东渡舟中感怀（四首）》注7。

4 我曝以背：语出杜甫《秋野五首》："掉头纱帽仄，曝背竹书光。"这里是说由于日光太刺眼，不得不以背向之。

5 此刻诗人背朝东而面西，因此诗中所指的右即北，有北高峰；左即南，有玉皇山。

6 南高峰位于西湖群山的中央，为群峰所拱卫。

7 洞府：神话传说中神仙居住的地方。犹"洞天"。葛岭西北与栖霞岭相接，上有紫云、黄龙、卧云诸洞。隋炀帝《步虚词》："洞府凝玄液，灵山体自然。"

8 紫云栖霞：指紫云洞和栖霞岭。

9 同甫：南宋陈亮（1143—1194）的字。陈亮，婺州永康（今属浙江）人，世称龙川先生。孝宗时曾多次上书朝廷，反对和议，力主恢复中原，触怒当权者，三次被诬入狱，遂愤而归家治学十年。1193年中状元，授签书建康府官厅公事，未及到任即病卒。

10 1268年，蒙古大军南下征宋。襄阳被围，守将吕文焕降蒙古。

11 贾似道在南宋理宗、度宗、恭宗三朝都当过宰相，他酷爱斗蟋蟀，著有蟋蟀专著《促织经》。野史遂演绎出他沉溺于斗蟋蟀而不理朝政的故事。

12 崖山：地名。位于广东省新会县南海中。1278年，文天祥、张世杰、陆秀夫于此立赵昺为帝。同年文天祥在五坡岭战败被俘后就义。1279年，陆秀夫负帝昺投海，宋室覆亡。

13 闻鸡舞：闻鸡起舞。见《鸡鸣寺下访友》注2。

14 武肃：武将。与上句中的"士雅"相对而言。警枕：《资治通鉴·后梁均王贞明五年》记载：五代时吴越国的建立者钱镠从小长在军中，睡觉时以大铃为枕，名曰警枕。

15 鹰瞵而鹗视：瞵，指眼光闪闪地看。鹰瞵鹗视形容用凶狠的目光盯视。语出左思《三都赋》，原以形容勇士四下窥望。这里指列强对我国的虎视眈眈。

16 尝胆而卧薪：喻刻苦自励，发愤图强。司马迁《史记·越王勾践世家》载：春秋时，越国被吴国打败。越王勾践为了复仇，用睡在柴草上，每天尝苦胆的方式激励自己不忘国耻。最终报仇雪恨，灭了吴国。

17 平旦：清晨。白居易《郡亭》："平旦起视事，亭午卧掩关。"

孤山吊林处士

于意云何住隐沦[1]，断桥西去里湖滨。一杯鹤冢空华表[2]，半岭梅花现化身[3]。太守贤明公有后[4]，孤山面目已非真。纵教芜秽荒遗墓，尚有诗人拜逸民[5]。

题 解

林处士即林逋（968—1028），字君复，杭州钱塘（今浙江杭州）人。早年游学江淮间，后隐居杭州孤山，以种梅养鹤自适，号称"梅妻鹤子"。真宗闻其名，曾赐粟帛；及卒，仁宗赐谥和靖先生。有《林和靖先生诗集》四卷。孤山北麓有林逋墓及放鹤亭。

笺 注

1 隐沦：隐居。李白《送岑征君归鸣皋山》："奈何天地间，而作隐沦客。"

2 相传林逋死后，所养仙鹤于他的墓前悲鸣而死，后人将鹤葬其墓侧，是为鹤冢。华表：古代设在桥梁、宫殿、城垣或陵墓等前兼作装饰用的巨大柱子。设在陵墓前的又名"墓表"。林逋墓仅葬有一支玉簪，鹤冢当然也只是传说，所以"空华表"。"抔"稿本作"抷"，疑抄误，迳改。

3 林逋在孤山北麓广植梅花，成为本人的化身长留人间。

4 有后：后继有人，亦双关后人。诗人自注："侯官林启兴学育才，民不能忘，于墓侧建林社祀之。"

5 逸民：节行超俗，遁世隐居的人。

题灵隐飞来峰大石佛

诸山都默坐，我佛笑相迎[1]。老树参差立，清泉日夜鸣[2]。无言观自在[3]，现比悟因明[4]。略彴双横水[5]，超尘渡众生[6]。

题 解

灵隐山是杭州西湖风景区的组成部分。山最高处是北高峰，与南高峰相对伫立，号"双峰插云"。山东南麓有飞来峰，也称灵鹫峰。据史书记载，公元326年，印度僧人慧理来到此地，认出是中天竺国灵鹫山的小岭飞来，所以命名为飞来峰。飞来峰与灵隐寺隔溪相对，峭壁岩洞中有五代至元代的造像380多尊，是西湖景区最大的造像群。

笺 注

1 指半山塑于南宋的一龛弥勒佛坐像。雕像粗眉大眼，喜笑颜开，袒腹踞坐。像的两侧围绕着十八罗汉，罗汉的布局依山就势，有静有动，各具姿态，栩栩如生。

2 指飞来峰山脚的冷泉溪。

3 观自在：观世音的别名。

4 因明：亦称"因明论"。"因"指原因、根据、理由；"明"义为学术。因明即关于逻辑推理的学说，随佛教传入中国。

5 化用苏轼《同王胜之游蒋山》："略彴横秋水，浮图插暮烟。"彴（zhuó）：独木桥。

6 超尘：超脱尘世俗务。渡众生：佛教用语。指以一种广大、无分别的慈悲心，引导一切众生超越烦恼的生死流，到达解脱境界。这里咏冷泉溪上的小桥，是双关语。

题烟霞洞 二首

儿时喜读三苏策[1]，今见长公更首低[2]。一塔玲珑如玉润[3]，群峰缭乱与天齐。

峻于水乐无其窨[4]，望到钱塘浑欲迷。试向南高峰顶立，圣湖一点万山西[5]。

题 解

烟霞洞在杭州南高峰下的烟霞岭，洞壁顶部密布大小钟乳石，阳光映入，闪烁五色异彩，宛如烟霞。洞左有一古碑，篆刻"烟霞此地多"五字。广义的烟霞洞包括附近的石屋洞和水乐洞，合称"烟霞三洞"。

笺 注

1 三苏：宋代文学家苏洵及其子苏轼、苏辙俱以文名，世称"三苏"。

2 长公：苏轼为苏洵长子，故时人尊之为"长公"。苏轼有《水乐洞小记》。水乐洞是烟霞三洞之一。

3 "一塔"指保俶塔，在市区宝石山上。传说北宋开宝年间（968—976），吴越王钱俶奉北宋朝廷之命入京，吴越国大臣吴延爽祈求钱俶平安归来，建造了此塔。

4　水乐：指水乐洞，"烟霞三洞"之一，因"泉流岩中，皆自然宫商。"（苏轼《水乐洞小记》）而得名。窅：幽远、精深。

5　圣湖：指西湖。

理安寺遇雨

树树楩楠旷世珍[1]，理安古寺隔凡尘。万山螺黛如迎我，一阁松巅不见人[2]。桥枕九溪十八涧，塔留七宝庄严身[3]。沾将法雨题诗去[4]，它日重来证夙因[5]。

题 解

理安寺古称"涌泉禅院"，因内有与虎跑泉齐名的山泉胜景"法雨泉"而得名。五代时高僧伏虎志逢禅师曾栖居于此地，吴越王为之建寺。鼎盛时寺庙规模宏大、装饰华丽，建有山门、御碑亭、弥勒殿、大雄宝殿、禅堂、法堂、藏经楼、方丈、且住庵、松巍阁等建筑。

笺 注

1　诗人自注："楠树为理安寺特产。"

2　诗人自注："寺顶松巅阁人迹罕到。"

3　诗人自注："寺前有藏金塔及牌坊。榜曰'七宝庄严'"

4　诗人自注："寺内有法雨泉。"

5　夙因：前世因缘；前世的根源。化用许及之《益老过灵岩看筑塘因慰藉小隐索诗》："孤云一片自由身，古刹随缘有夙因。"

九溪十八涧

涧水清于沧浪[1]，溪流曲似回廊。林静不闻鸟语，山空只有茶香。

题 解

九溪十八涧在西湖西南方向。九溪是东支，发源于翁家山南面杨梅岭下；

十八涧发源于龙井村西。二水在溪中溪汇合，水面渐宽，南下注入钱塘江。清诗人俞樾认为它是西湖最佳处。

笺 注

　　1 语本屈原《渔父》："沧浪之水清兮，可以濯吾缨。"

题棋纹石

　　九溪十八涧，有石何荦峃[1]。势接龙泓亭[2]，质类荆山璞。埋没几千年，从未露头角。棋纹自生成，天然不雕琢。留与我锡名[3]，毫不假商榷。皎洁无藓苔，本色现斑驳。淋漓濡染深[4]，一任风雨雹。三生与排衙，从此鼎足卓[5]。始知事留心，才能许先觉。始知步行人，才能体玄邈[6]。

题 解

　　诗人自注："六月一日与赵子之远褰裳涉九溪十八涧，发现巨石一方，生成棋纹，屹立溪边。立即濡笔题'棋纹石'三字。题后始知写在方格中，殊奇异也。"按，赵之远（1894—1964），浙江绍兴人。诗人在北大教书时的学生。毕业后被派往美国深造，1929 年获美国西北大学法学博士学位。时任中央大学法律系主任兼教授。

笺 注

　　1 荦峃（luò xué）：同荦确，怪石林立不平的样子。
　　2 龙泓亭又名龙井亭，位于西湖风篁岭。为一座木结构歇山顶方亭，下临泉流。
　　3 锡名：赐名。屈原《离骚》："皇览揆余初度兮，肇锡余以嘉名"
　　4 淋漓、濡染都是指渲染、描绘。这里形容烟霞三洞所处的环境青翠欲滴。
　　5 并上句。三生：三生石。在杭州天竺寺，传说唐朝时李源和僧人圆泽在此预约三生缘分。排衙：排衙石。在将台山顶，相传是吴越王钱镠点将处。怪石排立两列，如衙役拱卫，故名。鼎有三足，比喻三方并峙之势。西湖原有三生石、排衙石，加上棋纹石，即成鼎足。

6 玄邈：指高远，幽远。

杭州雅集　二首

挹取虎跑冽冽泉[1]，卬盛龙井一炉煎[2]。天香楼畔如先约[3]，滴翠岩边又一天[4]。已觉人师惭欲汗，相期道诣造其巅。慨谈五四艰危事[5]，屈指于今十二年。

座上传观纪事诗，西湖尤爱夕阳时。予怀渺渺寄丘壑，山影青青入酒卮。往日生公曾说法[6]，而今举案各齐眉[7]。学生媳妇名辞妙，曾子谈言为解颐[8]。

笺　注

1 挹取：汲取。虎跑：泉名。在浙江省杭州市西湖西南大慈山白鹤峰下，泉自后山石英砂岩中渗出，清澈见底，甘冽醇厚，向有"天下第三泉"之称。据传有二虎刨地，泉水涌出，故名。

2 卬（yǎng）：我。又解作仰。盛：将物品放于容器中。《诗经·大雅·生民》："卬盛于豆，于豆于登，其香始升。"龙井：指龙井茶。龙井茶、龙跑水，作一炉煎，双绝合一，切合诗题之"雅"字。

3 天香楼，当时经营杭帮菜的酒楼，在杭州延龄门大街（今延安路）。

4 滴翠岩：在虎跑寺，是虎跑泉的泉眼所在。

5 五四运动期间，诗人与李大钊等人联合发动各界人士数百名，提出了弹劾交通总长曹汝霖议案，策应学生运动。蔡元培辞去北京大学校长职务后，5月13日，北大评议会和教授会联合召开会议，推举诗人等5位教授组成临时委员会，协助处理校务。6月初，北洋政府逮捕千余名学生，拘禁于北大法学院礼堂，诗人亲临现场慰问并组织救援。

6 生公：西晋高僧魏道生，传说曾在苏州虎丘聚石为徒讲经，石听经亦为之点头。后用为比称高僧之典。

7 举案齐眉：相传东汉时的隐士梁鸿和妻子孟光在无锡梁溪隐居，妻子孟光给他送饭时，把放有饭菜的托盘举得跟眉毛一样平，以示尊重。后以"举案齐眉"喻夫妻恩爱。诗人自注："是日均偕其夫人戾止。"按，戾止：来到。

8 曾子：即曾参（shēn）（前505－前432）。字子舆。春秋末期鲁国南武城（山东平邑县）人。孔子弟子，世称"曾子"。《论语》《大戴礼记》等典籍中有很多曾子言论。此处所指为何不详。解颐：开颜欢笑。

题与夔旭三潭印月合照

此间小住亦神仙，卍字阑干并蒂莲[1]。君似圜桥听讲者[2]，我如濠濮观鱼然[3]。同看湖上三潭月，不羡城南尺五天[4]。记取吾家山谷语，青山好去坐无钱[5]。

题 解

三潭印月是"小瀛洲"的一处景观。为1089年苏东坡任杭州通判疏浚西湖时所创。当时于湖中建立三塔，塔形如瓶，浮于水中。现在的三塔为1621年重建。这三座石塔均高二米，顶呈葫芦状，塔身为球形，中间空心，并开有五个圆孔，俗称为"三潭"。相传秋月之夜，以薄白纸糊在石塔五个圆孔上，在塔内点燃蜡烛，烛光映水，如同月影浮动，故称为"印月"。

笺 注

1 卍（wàn）字：佛胸前的符文，象征吉祥。印度传说以为乃有德者之标识。此符文于梵语佛经中并未视为文字，且形体不一。武则天时，定音为"万"。义为"吉祥万德之所集"。

2 圜桥听讲：古时皇帝讲学的地方叫辟雍。辟雍四面开门，围以圆形水池，东南西北各建一座石桥通达四门，连接内外，称"圜桥"。如果听讲的人太多，座位不够，就只能在圜桥上听讲。比喻好学，也用来形容听讲的人太多。

3 濠濮观鱼：喻闲适。见《寄郭闵畴兼谢赠印度椰子器（二首）》注7。

4 尺五天：比喻离帝王极近。杜甫《赠韦七赞善》："尔家最近魁三象，时论同归尺五天。"诗人居住在南京，且又在国民政府立法院工作，所以用此典故。

5 并上句。山谷：山谷道人的省称，是宋代诗人黄庭坚的别号。诗人族谱以黄庭坚为远祖。所引句出自黄庭坚《次韵裴仲谋同年》："白发齐生如有种，青山好去坐无钱。"意思是想辞官归隐深山，却连买山的钱都没有。

西湖散步与夔旭偶谈五则

西湖之所长，在于集众妙。如何那拉氏[1]，亦欲来仿照。广修颐和园，海军费动摇[2]。昆明湖水平，万寿孤山肖。愈学愈不似，无异管窥豹。赫赫肆锥威[3]，当时谁敢诮？反不如乾隆，湖山供傲啸。两次游西湖，惟将丹青诏。所以西施颦，不容东施效。老庄贵自然，匪徒有其貌[4]。

我爱玄武湖，浩荡而雄伟。旧日五洲名[5]，新老长麟趾[6]。秀不西湖如，雄浑足观矣。君从不爱游，行远忘自迩[7]。譬之学西文，中文为根底。又如学微积，几何代数起。而况价值论，物与物相比。归欤白下游[8]，先自后湖始。

我爱杭州城，旅馆无烟赌。上海大不然，乃是万恶薮。在我卧榻旁，外人酣睡久。大错一铸成，倒柄忘其丑。曩者公园禁，支那人与狗。怒发可冲冠，奇辱世无有。今法权未收[9]，痛心而疾首。视为安乐窝，毋乃颜之厚。速还我租界，洗尽河山垢。

君止满觉垄[10]，我理安遇雨[11]。山水亚洪涛，林木肃振羽[12]。雇人贵雨盖[13]，胜于王谢麈[14]。赤脚独行吟，深山无人语。气吞岭峡云，诗健钱塘弩[15]。自问二十年，未有此快举。其乐纯天然，而君悯我苦。乃知苦乐间，观察异客主。

者番游杭州，仅得十日住。其中雨三日，远行不敢去。遗憾所未游，未如吴山路。俗呼城隍山，形势足控驭。金亮南犯时，对此题诗句[16]。允文大败之[17]，书生气一吐。更有凤凰山[18]，古迹不胜数。巅有排衙石，吴越点将处[19]。他如云栖寺[20]，修篁翳云树。高登六和塔[21]，钱塘瞰鸟度。凡兹所云云，俱足供盼顾。然而急于归，恐为流连误。存于想象间，似觉更饶趣。它日作重游，并不嫌迟暮。我集两法言[22]，座右立之傅。大无畏精神，留有余地步。

笺 注

1 那拉氏：指慈禧太后。满族。清咸丰帝妃。同治、光绪两朝的实际掌权者。姓叶赫那拉。后因以"那拉氏"指慈禧太后。

2 慈禧在修建颐和园时，挪用了部分海军军费。民国初期，普遍认为颐和园的建造费用全部来自海军军费。诗人沿用了这个说法。

3 雉威：雌威。指女子发怒时显示的威风。雉俗称野鸡，这里含贬损意。

4 匪：非。全句的意思是并非空有其外表。

5 五洲：玄武湖中的五处小岛。

6 玄武湖内的五洲，在清乾隆年间称老、新、长、麟、趾洲，1917年改为美、欧、亚、澳、非洲。1935年，将亚洲改称环洲，欧洲改称樱洲，美洲改称梁洲，非洲改称翠洲，澳洲改称菱洲。

7 迩：近。这句的意思是到了远的地方，就把原来身边近代地方忘掉了。

8 白下：南京的别名。公元618年唐置金陵县，筑城于白石山下；626年，金陵县更名为白下县。故后世称金陵城（南京）为白下城。

9 鸦片战争后，英美法在上海设有租界。此时租界尚未收回。

10 满觉陇：又名满家弄，位于杭州西湖风景区。村名来源于佛寺"满觉院"，此地盛产桂花，也是龙井茶的主要产地之一。

11 理安：理安山。西湖风景区九溪十八涧之间的分水岭统称理安山，山因理安寺而得名，主峰称大人峰。山北即为凤篁岭。

12 振羽：昆虫奋动羽翼。《诗经·豳风·七月》："五月斯螽动股，六月莎鸡振羽。"朱熹注："振羽，能飞而以翅鸣也。"这句形容大树在狂风暴雨下树枝乱颤，哗哗作响。

13 赍（jī）：送。

14 王谢：六朝望族王氏、谢氏的并称，比喻豪门。麈：麈尾的简称。麈就是驼鹿，俗称"四不像"。麈尾可做拂尘，所以也把麈作为拂尘的雅称。

15 钱塘弩：吴越王钱镠用来射潮的弩。传说从前钱塘江的大潮经常冲毁海堤，钱镠在农历八月十五带领弓箭手在涨潮之际用强弩射住了大潮，使其止于六和塔下。

16 金亮：金朝皇帝完颜亮。诗人自注："金完颜南犯有'提兵百万西湖上，立马吴山第一峰'之句。"按，完颜亮（1122—1161），字元功，女真名迪古乃，金朝第四任皇帝。1161年，他御驾亲征，率军攻宋。11月，金军在采石矶渡江，被虞允文率部击退。金军移师扬州，计划在瓜洲渡江。未渡，部队哗变，完颜亮被弑身亡。

17 允文：即虞允文（1110—1174），字彬甫，世称虞雍公，隆州仁寿（今四川仁寿县）人，宋朝宰相和军事家。

18 凤凰山：在杭州市的东南面。主峰海拔178米，北近西湖，南接江滨，形若飞凤，故名。现还有报国寺、胜果寺、凤凰池及郭公泉等残迹。

19 并上句。排衙石：见《题烟霞洞》注8。按，排衙石在将台山，不在凤凰山，诗人误记。将台山山顶有一平台，相传是吴越时期钱镠讲武之地，也是南宋时检阅兵将、演练兵马的御教场，称"点将台"。

20 旧址在杭州西南郊五云山云栖坞。公元967年由伏虎禅师创建，为法眼宗名寺。

21 六和塔：又称开化寺塔。在杭州市闸口月轮山山腰，可俯瞰钱塘江。

22 法言：犹格言。

谒于少保墓晚遇钟挹香饮于自然居却寄

觌面无心况夕阳，衡文回首六星霜[1]。自然居里青灯乐，少保坟边宿草荒。玉脍金齑和酒美，闲云野鹤看山忙。扁舟送我难为别，明月一湖水一方。

题 解

于少保即于谦。见《西湖杂咏》注4。

钟挹香：从诗文推断，应是1925年毕业于北大法律系的学生，其毕业论文由黄右昌指导完成。余不详。自然居是当时在花港观鱼景区内的一间酒楼。

笺 注

1 诗人自注："钟子毕业论文系予评阅。"衡文：品评文章。特指主持考试。六星霜：六年。星辰一年一周转，霜每年遇寒而降，因以星霜指年岁。

题赵之远赠西湖风景全图却寄

风流摩诘与乐天[1]，一画一吟各自然。倜傥南阳宗少文[2]，山水曾以卧游闻[3]。我来杭州十日住，焉能一一都盼顾。赵子之远宏抱负，昔日弟子今老友。陪我入山裹裳游，涧涉十八溪涉九。有石有石名棋纹，赞美几于不绝口。知我足迹未曾遍，赠图情比赠策厚。维此西湖名胜首，三潭之月六桥柳[4]。仙人掌可比孤山，白堤为腋苏堤肘。南高峰与北高峰，宛如南箕与北斗。千岩万壑竞秀流，两个里湖作比偶。此外忠孝节义，三教九流神仙。鬼怪名士美人，无所不包无不有。斯图已得其大半，更有雷峰古塔似不朽[5]。归来拟学古之人，吟咏卧游不释手。待到八月钱塘潮，与子再饮杭州酒。

题 解

赵之远，见《题棋纹石》题解。

笺 注

1 摩诘：王维（701—761）的字。王维以诗名盛于唐开元、天宝间，尤长五言，多咏山水田园，与孟浩然并称王孟。又善书画，后人推为南宗山水画之祖。乐天：白居易（772—846）的字。白居易晚年号香山居士。诗文与元稹齐名，并称"元白"；晚年与刘禹锡唱和，又并称"刘白"。

2 宗少文：南朝宋画家宗炳（375—443）。宗炳字少文。好琴书，善图画。好山水，爱远游。

3 卧游：看山水画代游览。见《京沪道中》注 7。

4 六桥：指西湖外湖苏堤上映波、锁澜、望山、压堤、东浦、跨虹六座桥。

5 雷峰古塔于 1924 年坍塌，诗人游览时仅存遗址。

金山江天寺

宝鼎犹存铁瓮销[1]，浮屠气压海门潮[2]。无端胜迹遭兵燹[3]，不信梵天近市朝[4]。古色古香诸葛鼓[5]，江烟江雨龙游桥[6]。妙高台上独高望[7]，一点焦山十里遥[8]。

题 解

金山，见《沪宁道上至西湖》注1。江天寺即金山寺，位于金山，始建于东晋，原名泽心寺。唐代法海禅师重修，唐宣宗赐名为金山寺。清康熙帝南巡时赐名江天禅寺。

笺 注

1 周鼎：周鼎是西周宣王时代的铜器。诗人自注："寺内有周遂启諆鼎，载周宣王十三年赐臣遂启諆。迄今二千数百年。"铁瓮：指铁瓮城，故址在今镇江市，位于金山寺正东方向。相传为三国时吴大帝孙权所建，建有砌筑护城砖墙，以其坚固如金城，故号铁瓮城。

2 浮屠：佛教语。即佛陀；佛。海门：大江入海处。

3 兵燹：因战乱而造成的焚烧破坏等灾害。1853年3月底，太平军攻占镇江，金山寺毁于战火。

4 梵天：佛经中称三界中的色界初三重天为"梵天"。其中有"梵众天""梵辅天""大梵天"。多特指"大梵天"，亦泛指色界诸天。是修行禅定者才能往生的世界。市朝：市是民间贸易的场所，朝是政府办公的地方，市朝泛指人口聚集的公共场所。

5 诗人自注："寺内有铜鼓 相传为诸葛亮铜鼓。"

6 龙游桥：即玉桥。传说是苏东坡与金山方丈佛印打赌输了玉带，佛印命人仿照玉带的式样建造了一座桥。因金山寺又名龙游寺，故玉带桥也被称作龙游桥。

7 妙高台：一名晒经台，"妙高"是梵语"须弥"之意译。刘编《金山志》载："妙高台在伽蓝殿后，宋元祐，僧佛印凿崖为之，高逾十丈，上有阁，一称晒经台。"今仅存台址。

8 焦山：见《沪宁道上至西湖》注1。

题江天寺慈寿塔壁 二首

二万九千六百两，造成慈寿塔巍然。请看石上题名录，一角六分也写捐。

七层宝塔六层栏，二十八尊一一观。独有头层成就佛，毫无凭藉许人看[1]。

题 解

慈寿塔位于金山的西北峰，塔高 30 米。塔始建于距今 1400 多年前的齐梁，明初坍塌，光绪年间重建，适逢慈禧 60 寿辰，取名慈寿塔。塔为砖木结构，八面七级，玲珑挺拔。游人登塔凭栏眺望，江山市街，尽收眼底。

笺 注

1 诗人自注："塔七层，每层佛四尊。头层为成就佛、弥陀佛、宝生佛、阿閦佛；二层为威音王佛、过去多宝佛、日月灯明佛、大通智胜佛；三层托钵乞食、旃檀授记、蹴迹金刚、皇宫太子；四层宝胜如来、妙色身如来、多宝如来、广博身如来；五层弥勒菩萨、阿弥陀如来、离怖畏如来、甘露王如来；六层地藏菩萨、文殊菩萨、观音菩萨、普贤菩萨；七层慧达禅师、阿育轮王耶舍尊者、僧伽大士。"

游北固山望长江放歌

北固形势天下雄，悬崖千仞表江东[1]。鸟瞰瓜州金焦翼[2]，为水锁钥陆帡幪[3]。昔日仲谋建铁瓮[4]，讨虏亦有破虏风。土人为余指故事，多在前峰与中峰。甘露寺居前峰上[5]，孙刘曾此秦晋通[6]。凤凰池临中峰下[7]，野水荒凉瓜蔓丛。其间即为试剑石[8]，紫髯大耳盟私衷[9]。更有跑马坡古道，两雄搅辔赛青骢[10]。是耶非耶多怅触[11]，英雄割据总成空。万年遗臭大司马[12]，六朝天子可怜虫[13]。临江我悲檀道济[14]，先朝汗血百战功[15]。万里长城自毁坏[16]，胡马南来势汹汹[17]。春燕巢林鸠无语，元嘉治绩竟不终[18]。登高又笑僧道衍[19]，倦游北固眼欲慵。妙智庵内别旧侣[20]，不爱托钵爱从龙[21]。靖难兵起赞密勿[22]，杀气满天江水红。人言天堑限南北，我道蛮触事蜗攻[23]。何如后汉两隐士[24]，名山风雨大江中。

题 解

北固山又称北顾山，在江苏镇江市东北。因其北临长江，山壁陡峭，形势险固而得名。分前峰、中峰和后峰。前峰下鼓楼岗，为东吴孙权所建铁瓮城以及晋唐以来的郡治遗址；后峰临江，上有建于三国东吴孙皓甘露元年的著名古刹甘露寺，临江石壁下有观音洞，石壁上有"云房风窟""勒马"等古代石刻。

本篇曾在《时代公论（南京）》1933年第53—54号合刊上发表。

笺 注

1 表：屹然独立的样子。屈原《九歌·山鬼》："表独立兮山之上。"长江在九江与南京之间的一段北折。北固山在长江东岸。

2 瓜州位于镇江西北方向，为大运河入长江处。金山在镇江西北，焦山在镇江东北，犹如北固之两翼。

3 屏（píng）幪，本指帐幕，引申为庇荫，庇护。瓜州为水运要冲，而金、焦为江南屏障。

4 铁瓮：铁瓮城。见《金山江天寺》注1。

5 甘露寺：在北固山上。相传建于三国吴甘露年间。

6 秦晋通：谓两家通婚。春秋时，秦晋两国世为婚姻，后世称两姓联姻为"秦晋之好"。三国时吴、蜀联盟，孙权假意将妹妹孙尚香嫁与刘备，双方在甘露寺会面。甘露寺后有亭，相传为刘备见孙母处。

7 凤凰池：在北固山中峰南麓。"凤凰池"是禁苑中的池沼，中书省所在地。因传说明太祖曾临此地召选儒生，故名。

8 试剑石：在凤凰池畔。相传刘备因来甘露寺招亲被困，思返荆州，忧心忡忡，举剑击石，将巨石劈为两半。

9 紫髯：指孙权。大耳：指刘备。私衷：犹内心。此句是说孙刘以试剑来向对方表白自己的心事。

10 相传孙、刘一日并立甘露寺前，见江面小船逐浪航行。刘说："南人驶船，北人乘马，此言不虚。"孙以为刘在讥笑自己不善骑，于是跃马疾驰下山，刘亦跨马追上。这一联诗叙述的就是这个典故。

11 枨（chéng）触：感触。李商隐《戏题枢言草阁三十二韵》："君时卧枨触，劝客白玉杯。"

12 万年遗臭：东晋时，桓温以大司马之位专擅朝政，自知天下人侧目，故云："既不能流芳后世，不足复遗臭万载也！"大司马：官名。这里指桓温。桓温曾为琅琊太守，治所在金城，即今之江苏句容县北，镇江西南。

13 陈亮《念奴娇·登多景楼》："一水横陈，连岗三面，做出争雄势。六朝何事，只成门户私计？"多景楼在北固山甘露寺内，故诗人有此联想。

14 檀道济：南朝宋将领。山东金乡人，世居京口（今镇江）。曾跟随刘裕（宋武帝）攻后秦，为前锋入洛阳。431 年攻魏，粮尽退兵，敌不敢追。后为宋文帝刘义隆所忌，被杀。

15 先朝：指南朝宋武帝刘裕。檀道济从武帝征战有功。

16 檀道济被下旨问罪被捕时，怒曰："乃坏汝万里长城！"

17 胡马南来：450 年，南朝宋文帝派兵北伐拓跋氏，由于准备不足，又贪功冒进，大败而归，被北魏太武帝拓跋焘乘胜追至长江边。

18 元嘉治绩：元嘉是南朝宋文帝的年号。期间继承了宋武帝生前推行的多项改革政策，政治较为清明；又努力推行繁荣经济文化的各项措施，从而出现了短期内经济有所恢复、人民生活较为安定的政治局面，史称"元嘉之治"。

19 僧道衍：明初僧人，原名姚广孝（1335—1481），字斯道，苏州长州（今吴中区）人。14 岁出家为僧，洪武中从燕王（即明成祖朱棣）到北平府（今北京），为心腹谋士。明成祖即位，授太子少师。后复其僧人生涯，居北京西郊潭柘寺。

20 妙智庵：位于今苏州市相城区阳澄湖镇。始建于南朝，重建于明初，后在清末整修。地势居高临下、环境幽静气派。姚广孝 14 岁时在此出家，法名道衍。

21 托钵：指僧人生活。佛教戒律，比丘食时以手托钵至施主家乞食，故名。从龙：谓随从帝王创业。这里特指姚广孝还俗随明成祖起兵。

22 靖难：明惠帝削夺周、齐、湘、代、岷五王。1399 年燕王朱棣起兵北平，号称"靖难"。后朱棣破南京，惠帝不知所终。朱棣称帝后，大杀诸臣。赞：此处指帮助。密勿：原意为勤劳谨慎，这里其意是帝王创业的辛劳。

23 蛮触：典出《庄子·则阳》："有国于蜗之左角者，曰触氏；有国于蜗之右角者，曰蛮氏，时相与争地而战，伏尸数万，逐北旬有五日而后反。"后以喻指为小事而争斗者。

24 两隐士：一是东汉末焦光，隐居焦山，帝三次加官不受；另一是东汉初严光，与光武帝刘秀同学。光武任他为谏议大夫，不受，归隐于富春山。

焦山定慧寺

鼓枻乘涛鬓未霜[1]，看山也比看书忙。碑存鹅鹤赛金重[2]，气接象鹰固国防³。扑地涛声来北顾⁴，考文故事证焦光⁵。英雄割据销磨尽，浪打巉崖送夕阳。

题 解

定慧寺始建于东汉兴平年间，初名普济庵，宋称普济禅寺，元名焦山寺，清代赐名定慧寺。历代均有重修，为江南佛教圣地之一。

笺 注

1 鼓枻：这里指划桨行船。见《丁卯端午湘人会饮即席吊屈大夫》注4。

2 鹅鹤：书圣王羲之爱鹅，其门前有鹅池碑，碑上"鹅池"二字相传为王羲之父子合写。焦山碑林有《瘗鹤铭》，相传为王羲之所书，被尊为"大字之祖"。诗人自注："鹅字右军书，《瘗鹤铭》无书者名。"

3 象鹰：象指象山，在焦山对面；鹰指夷山，是焦山余脉，又叫小焦山。三山互为犄角，为长江天然屏障。

4 北顾：指北固山。诗人自注："梁武帝改北固为北顾。"梁武帝《登北顾楼》："南城连地险，北顾临水侧。"

5 考文：考订古代典籍中或金石上的文字。这里是说通过阅读碑刻上的文字来了解焦光的生平。

扬 州

城过百雉老垂杨¹，十里繁华迹半荒。都徙邗沟迷古道²，海移淮运感沧桑³。南朝景物空隋苑⁴，北宋风流集蜀冈⁵。拟与二分量月色⁶，一湖雨润一山苍⁷。

笺 注

1 百雉：指城墙的长度达三百丈。是春秋时国君的特权。雉，古代计算城墙面积的单位。长三丈高一丈为一雉。

2 邗沟：也称邗水、邗江等。水名。春秋时吴王夫差为争霸中原，于公元前486年筑邗城（今扬州市），引江水入淮以通粮道而开凿的古运河。南起扬州以南的长江，北至淮安以北的淮河，是中国最早见于明确记载的运河。

3 海移：指黄河在1128年至1855年间夺淮入海，从黄河带来的泥沙淤积，使海岸线东移，并且改变了江淮一带的水文状况。

4 隋苑：即上林苑，又名西苑，隋炀帝时所建。故址在今扬州市西北。

5 在今江苏扬州市西北郊，绵亘四十余里。南朝时称"昆岗"。春秋吴邗城、战国楚广陵城、汉吴王濞城、东晋及南朝宋先后所筑广陵城，唐扬州子城（牙城），南宋宝祐城均在此。南宋亡后，宝祐城废弃，蜀冈始成荒郊。

6 二分量月色：语本徐凝《忆扬州》："天下三分明月夜，二分无赖是扬州。"

7 诗人自注："是日细雨，别饶风味。"

香影廊听雨

回廊细听雨，地老又天荒。树影和人影，茶香杂酒香。城昏似古洞，路转疑横塘[1]。认得来时道，前村是绿杨。

题 解

香影廊是当时扬州城内一家著名的茶馆，为名人雅士聚会谈艺之所。

笺 注

1 横塘：又叫南塘。古堤名。三国时吴大帝于建业（今南京市）南淮水（今秦淮河）南岸修筑，约当今南京市中华门到水西门段的秦淮河岸。

钓鱼台畔有亭风景甚佳为锡名称

钓鱼台路望青青，湖上草堂作锦屏。中着一亭名未有，表情拟号留青亭。

题 解

扬州钓鱼台在瘦西湖，相传是演奏丝竹乐器的地方，因乾隆曾在此休憩钓鱼，遂成渔乐之所。

钓鱼台三面临水，仅一道长堤与小金山连接。在钓鱼台亭子内，北可以望见横卧波光的五亭桥，南能够看到巍巍典雅的白塔，东可欣赏凫庄美景，钓鱼台"框"出瘦西湖的精髓,正好对应"三星拱照"的名称,建造得十分巧妙,完美展现中国造园艺术中框景艺术魅力,堪称中国亭台建筑的典范。

锡:赐予。

梅花岭吊史阁部

伟哉兵部堂,再世文天祥。大气湖山小,复书日月光[1]。孤忠方汉节,少主亦屏王[2]。凄绝梅花岭[3],笏袍万古香[4]。

题 解

史阁部指明末将领史可法(1601—1645)。梅花岭在扬州广储门外,因多梅树而得名,据传是史可法生前点兵处。1644年李自成灭明朝,史可法在南京拥立福王(弘光帝),是谓南明。加大学士,称史阁部。守扬州,拒多尔衮诱降,城破被俘,英勇就义。扬州人在梅花岭筑衣冠冢并立祠祭祀。

笺 注

1 复书:指史可法《复多尔衮书》。1645年5月,清豫王多铎兵围扬州,清摄政王多尔衮致书劝降,史可法回信拒绝投降。

2 少主:谓指福王朱由崧,由史可法在南京拥立为弘光帝。

3 当时梅花岭史阁部墓久未修葺,墓道荒芜,祠宇零落,故曰凄绝。

4 笏:指史可法生前上朝作用之手板。笏袍指史可法生前用物。

扬州湖南会馆午节聚饮吊屈大夫

欲呼渔父唱渔歌,遥自扬州望汨罗。上国无端甘割地[1],下游何处吊余波。一城角黍香新箬[2],五月岭梅逗绿荷。魂些若逢史阁部,孤忠两两感怀多。

题 解

扬州湖南会馆建于1887年。原本是由湖南众盐商出资购买,计划送给曾国藩的一处小院,曾国藩未受,所以改作湖南会馆,供进京赶考的举子落脚。民国后逐渐成为湖南同乡、学子的旅居联谊之所。午节:端午节的省称。

笺 注

1 上国：指秦国，居楚国上游，故云。无端割地指秦相张仪许以商於之地六百里为条件，破坏齐楚联盟。楚怀王贪心上当，结果张仪却以六里封邑之地作搪塞。后因用为感慨人情多诈之典。

2 角黍：即粽子。以箬叶或芦苇叶等裹米蒸煮使熟。古用黏黍，故称。

隋炀帝墓

好头颈自有人斫[1]，极欲穷奢死已迟。不为鹰扬承父业[2]，大搜天下选鹰师[3]。

题 解

隋炀帝杨广（569—618），又名杨英，是隋朝第二代皇帝。604年七月即位，第二年改元大业。在位期间不恤民力，大兴土木，年年出巡，民不堪命，揭竿而起。618年，隋炀帝在江都被部下缢杀，就地掩埋。622年，唐高祖李渊下令将隋炀帝陵迁到雷塘（在今江苏省扬州市邗江区）。

笺 注

1 好头颈：《资治通鉴》载，唐高祖李渊起事之前，被隋炀帝猜忌，为自保常常酗酒自污，曾经在沉醉之后引镜自照，顾谓萧后曰："好头颈，谁当斫之？"

2 鹰扬：如鹰之飞扬；威武的样子。《诗经·大雅·大明》："维师尚父，时维鹰扬。"607年，隋炀帝改骠骑府为鹰扬府，隶于各卫，统领府兵。

3 鹰师：驯鹰的人。《隋书·炀帝纪》："（四年）九月辛未，征天下鹰师，悉集东京，至者万余人。"诗人自注："隋帝罪过多端，罄竹难书，举其特别者言之。"

扬州遇雨柬罗涵原

扬州昔日富多文，我欲观之且访君。诗境喜从人境得，河流欲与江流分。湖山名字多沿袭[1]，贤哲诗歌亦典坟[2]。辜负昨宵寻胜约[3]，晓来不住雨纷纷。

题 解

罗正纬（1848—1951），字达存，号涵原。湖南湘潭人。任过湖南省参议会议员，湖南教育会干事。五四运动中，他与李大钊等发动各界人士支持"三罢"运动，又与蔡元培等发起组织全国国民外交大会。有《涵原诗存》《涵原文存》等存世。时任国史馆编审委员兼顾问、国民政府行政院参议。

笺 注

1 诗人自注："瘦西湖、小金山。"
2 典坟：亦作"典贲"。三坟五典的省称，泛指各种古代文籍。
3 寻胜约：相约游赏名胜。李长庚《丁卯清明约邓致道游阳华》："甚欲与君寻胜去，何妨著脚到阳华。"

杂 咏 三首

栖霞红叶

两字栖霞仔细思，春花秋月互生姿。白门风物六朝梦[1]，说与游人知不知。

梁溪探梅[2]

恨我观梅已过辰，吟诗字字尚生春。梁溪花为齐眉茂[3]，那数谢家咏雪人[4]。

窈窕江天[5]

窈窕章胜赤壁秋[6]，飒然江上解新愁。诗肠喜读君诗润[7]，不在登临古润州[8]。

笺 注

1 白门：南朝宋都城建康（今南京）正南门宣阳门的俗称，又作南京别名。

2 梁溪，本为流经无锡的一条河流，其源出于无锡惠山，北接运河，南入太湖。历史上梁溪为无锡之别称。这里指无锡。探梅：寻访梅花。

3 齐眉喻夫妻恩爱。见《杭州雅集（二首）》注7。

4 谢家咏雪：晋太傅谢安，曾经在雪天与子侄集会论文赋诗，后遂以"谢家咏雪"作为咏雪的典故。诗人这里说花为梁鸿茂，不为谢家开，含有对富贵人家的不屑之意。

5 指江河上的广阔空际娴静美好。

6 句本苏轼《前赤壁赋》："壬戌之秋，七月既望，苏子与客泛舟游于赤壁之下，清风徐来，水波不兴。举酒属客，诵明月之诗，歌窈窕之章。"指优美的诗篇胜过绚丽的风景。

7 诗肠：诗思；诗情。孟郊《哭刘言史》："精异刘言史，诗肠倾珠河。"

8 润州：今镇江。隋唐时置润州，治所在今镇江。1113年升为镇江府。

次韵赠黄石安　二首

兄事长侬十五年，羊城秋柳白门烟[1]。徙薪曲突鸟鸣日，折狱讼庭花落天[2]。鄂渚鹤琴归缓缓[3]，吉垣桃李暧阡阡[4]。吾宗山谷诗清逸[5]，窃愿先生为绍先[6]。

老庄法意在忘形[7]，小试牛刀愉快胜。信谳精于相国吏[8]，宦情澹似阆仙僧[9]。闻名早岁交神契，争食让人捷足登。江夏元宗江夏住[10]，家珍数典更蒸蒸。

题　解

黄石安（1873—1942），名镇磐。直隶（今河北）威县人。回族。早年留学日本，毕业于东京早稻田大学政治经济科，在日本参加同盟会。辛亥革命后任上海地方检察厅检察官，是宋教仁被刺案主办检察官。后任国民政府最高法院刑一庭庭长、代理院长。1929年因营救廖承志与蒋介石发生矛盾，愤而辞职，隐居上海租界。抗日战争时期，坚拒出任伪职，被汪伪特务迫害致死。

笺　注

1 白门即南京。见《杂咏（三首）》注1。

2 并上句。徙薪曲突：防患于未然。见《平津道上》注4。折狱：判决诉讼案件。讼庭：即讼堂，旧时审理诉讼案件的场所。黄镇磐曾在最高法院任刑庭庭长，因营救廖仲恺与蒋介石争执，后辞职归隐。

3 鄂渚：相传在今武昌黄鹤山上游三百步长江中。隋置鄂州，即因渚得名。世称鄂州为鄂渚。鹤琴：表示别离的琴曲。因古有琴曲《别鹤操》，表现夫妻分离的悲痛。

4 吉垣：当时吉林省吉林市的别称。黄镇磐从日本归国后，和廖仲恺同在吉林巡抚陈昭常手下任幕僚。桃李：喻学生。黄镇磐在1926年参与创办上海法学院，任副院长。暧阡阡：郁郁葱葱的景象。暧：朦胧；阡阡：同"芊芊"，茂盛的样子。谢朓《游东田》："远树暧阡阡，生烟纷漠漠。"

5 山谷：指黄庭坚。见《题与夔旭三潭印月合照》注5。

6 绍先：继承先人的成就。语出《尚书·盘庚上》："绍复先王之大业。"

7 老庄：老子和庄子的并称。忘形：指超然物外，忘了自己的样子。《庄子·让王》："故养志者忘形，养形者忘利，致道者忘心矣。"

8 信谳：证据确凿的判决。相国吏：指汉朝的萧何（？—前193）。萧何，沛郡丰邑（今江苏省徐州市丰县）人，西汉开国功臣。西汉建立后，担任相国，史称"萧相国"，名列功臣第一。萧何早在辅佐沛公刘邦起义之前，担任过沛县主吏掾。

9 宦情：做官的志趣、意愿。阆仙僧：指唐朝诗人贾岛。见《扫叶楼吊龚半千》注3。1929年，黄镇磐任最高法院代理院长时，因营救廖承志与蒋介石爆发冲突，愤而辞职。

10 江夏：武昌的旧名。黄镇磐之父黄铭新武艺出众，应湖北按察使刘策先之邀委管湖北水师营。张之洞督鄂时，委任黄铭新为湖北全省武术总教习。黄镇磐等一家人随之移居武昌，所以诗人称其为"江夏元宗"。

万宝山案书愤 七月三日

彼则倔强此则孱，外交麻木复迁延。早知民怨偕亡日[1]，宁许国愁共戴天。矫制谁为冯奉世[1]，据鞍应有马文渊[2]。五分热度东邻笑，一片殷勤矢铁坚。

题 解

万宝山案是日本帝国主义在吉林长春制造的流血事件。1931年4月，吉林长春县长农稻田公司经理、汉奸郝永德强租万宝山村民土地3500亩，随后转租给朝鲜侨民。5月，郝永德未经与村民立约，即引朝鲜农民耕种。因开沟挖渠、引水灌溉等毁坏中国农民的土地，双方发生冲突。7月2日，日本领事馆派日警出面干涉，悍然向中国农民开枪，打死、打伤数十人。该事件实际上成了九一八事变的前奏。

笺 注

1 偕亡：同归于尽。语出《尚书·汤誓》："有众率怠弗协。曰：'时日曷丧，予及汝偕亡。'"讲的是夏朝百姓痛恨暴君夏桀，表示誓不与其共存。这里指东北民众同日本侵略者不共戴天的仇恨。

2 矫制：指假托君命行事。冯奉世（？—前39）：字子明，西汉上党潞县（治所在今山西黎城县黎侯镇古县村）人。宣帝时，以卫候使出使大宛，时莎车杀汉使，冯趁机矫制发兵，击破莎车。这一句表现了诗人对当时中央政府不抵抗政策的极大愤懑，希望有人勇于抗命，挺身而出痛击侵略者。

3 据鞍：跨鞍。指行军作战。马文渊：即马援。东汉初名将，字文渊。公元49年，在进击武陵时病死军中。

书感 四首

寄夔旭兼示儿辈以代家书。

操纵鲜民利汉奸[1]，满蒙政策已窥斑[2]。迟来杜牧添悲愤[3]，忍见丧权万宝山[4]。

诗文李杜道同风，一到穷愁更见工。莫笑英雄儿女累，人非儿女不英雄。

回首庭院树树花，遥知今日落谁家。养花何若买书好，携带随身总不差。

虽然好学不宜痴，活泼心胸爱读诗。寄语儿曹须努力，而今发愤未为迟。

笺 注

1 鲜民：这里指当时由日本人招募到东北垦田的朝鲜侨民。利，指利用。汉奸指万宝山事件中帮助日本人向农民租地的长春稻田公司经理郝永德。

2 日本军国主义者将我国东三省和蒙古合称"满蒙"。1927年6月27日至7月7日，日本首相田中在东京主持东方会议，讨论侵华。相传田中将会上讨论的意见拟成《日本帝国对满蒙之积极根本政策》的秘密文件，于7月25日奏呈天皇，此即《田中奏折》。这也是日本"满蒙政策"的来源。

3 杜牧（803—852），字牧之，唐朝诗人。与李商隐齐名，人称"小李杜"。喜兵法，曾注曹操所定《孙子兵法》十三篇。

4 诗人自注："万宝山在吉林长春县北，高临伊通河。事件发生后，即与同人提议起草《征兵法》。"按，万宝山事件见《万宝山案书愤》题解。

江南大水行

辛未六月凉于秋，黑云如墨雨不休。洪涛巨浪兴平陆，轩然大祸起阳侯[1]。江南从来叹卑湿，墙倾栋折载沉浮。沪宁津浦水没轨，街衢村里屋作舟。茵涸杂板成浊世，秦淮弥漫失中流。鱼鳖离渊都上市，鸡犬随人亦登楼。漂损何能更仆数[2]，转徙难写万家忧。原田膴膴成泽国[3]，定知秋后不有收。迩来雨雾水未减，排注瀹浚道无由。天灾外患久相逼，战关未已更添愁。嗟尔冯夷亦何苦[4]，不洗甲兵洗田畴。我闻尧时尚有九年水，老稚鼓腹康衢游。又闻齐国有备无水患，指示商羊自孔丘。若夫石犀镇，玉圭压，白马扠，古人御水方法固可哂，其愚亦何异乎今人临溢而掘沟。前车已覆，来轸方道。沿江各省多水患，治标治本宜兼筹。寄语此后主政者，迨天未雨早绸缪。

题 解

1931年6—7月，汉口和江淮连场大雨。8月26日凌晨5时许，江苏高邮湖决堤。这场水灾中，全国共15万人淹死。如包含病死、饿死的总死亡数字，有案可查的达42万余人，官方报告若考虑漏报情形估计有200万人，灾民有5311万—6000万人不等。农田涝灾至1932年春退水，灾区饥荒、蝗灾、霍乱，流行。秋收绝望，来年也无力耕种。至1931年冬天，农民均栖息于水中，165万人逃荒。蒋介石在洪水滔天时却忙于对苏区的第三次"围剿"，赈灾实际主要以民间自救为主。

笺 注

1 阳侯，传说中的波涛之神，常于江海之中兴风作浪。其说始于先秦。诗人自注："势破五十余年水位最高之记录，波及黄河南北乃至长江上下游。"

2 仆数：谓一一详加论列。

3 膴膴：膏腴；肥沃。《诗经·大雅·绵》："周原膴膴，堇荼如饴。"

4 冯夷：传说中的黄河之神，即河伯。这里泛指水神。

次韵和友人咏梦诗

梦入罗浮不喜平[1]，梅花一阕得同声。匆匆道左逢君日，两两诗清送我情。病有卢跗驱二竖[2]，郎从烟穗悟三生[3]。回书莫道故人晚，身在江天古夹城[4]。

笺 注

1 罗浮梦：传说隋开皇（581—600）年间，赵师雄于罗浮山遇一女郎，芳香袭人，与之交谈，语言清丽，遂相饮竟醉，醒来时发现自己身在大梅树下。后世因以为咏梅的典故。

2 卢跗：春秋时良医卢扁和相传黄帝时良医俞跗的并称。二竖指病魔。语出《左传·成公十年》："公梦疾为二竖子，曰：'彼良医也，惧伤我，焉逃之？'"

3 烟穗：袅袅上升的细长烟气。暗指寺院的气氛。陆游《慈云院东阁小憩》："香浓烟穗直，茶嫩乳花圆。"

4 诗人自注："游镇江。镇江在李唐建夹城。"

雨霁水杀 舟行后湖

连朝风雨喜新晴，浩荡舟任自在行。蛙龟栖荷双足巧，蜻蜓点水一身轻。长堤埋没疑无路，野鸟倦飞掠有声。最爱钟山人字缺，白云深处耸台城。

题 解

杀，同煞。止住的意思。避民间"水煞"讳，作"水杀"。

农历中秋愤东北之变夜不能寐

万案虚悬等石沉，徙薪曲突早知今[1]。一群狐鼠逃亡尽[2]，举目河山创痛深。锄恶椒山自有胆[3]，丧权叔宝全无心[4]。凄凉今夜辽阳月[5]，国破家亡泪满襟。

耳边风鹤警频惊，怒发冲冠誓请缨。等是垂亡宁碎玉，莫徒纸上侈谈兵。棋输一着关全局，祸到临头首息争[6]。四万万人心不死，枕戈待旦具同情。

题 解

东北之变即九一八事变。1931年9月18日（农历八月初七），日本驻中国东北境内的关东军突然炮击沈阳，同时在吉林，黑龙江发动进攻。蒋介石命令东北军不准抵抗，撤至山海关内。日军19日侵占沈阳，随后分兵侵占吉林、黑龙江等省，至1932年2月，东北全境沦陷。

笺 注

1 并上句。万案虚悬：1931年5月5日，国民党主持召开了已筹备半年的"国民会议"。会议期间通过了很多内政外交方面的提案，但闭会后如石沉大海，成一纸虚文。徙薪曲突：防患于未然。见《平津道上》注4。

2 九一八事变发生时，驻守沈阳北大营的第七旅高级军官，仅有参谋长赵镇藩在营中，其余自旅长王以哲以下，大都在外未归。事变爆发后，东北军又不战而退，撤向锦州。1931年9月19日上午8时，日军几乎未遇抵抗便占领沈阳全城。

3 椒山是明朝后期的名臣杨继盛的号。杨继盛（1516—1555），字仲芳，河北容城人。曾任南京兵部右侍郎。在任刑部员外郎时，严嵩专权，他上疏弹劾，数其十大罪状，因此被捕下狱，三年后被处死。明世宗死后，穆宗继位，追谥为愍忠。其后裔编有《杨愍忠集》传世。

4 叔宝即陈后主。陈叔宝（553—604），字元秀，小字黄奴，吴兴长城（今浙江长兴）人。在位时不问政事，通宵达旦与宠妃狎客酣歌游宴。公元589年，隋军渡江破建康（今南京），其与宠妃张丽华、孔嫔妃投井，被隋军俘获，后死于洛阳。后世以其为亡国之君的典型。

5 辽阳：泛指今辽阳市一带地方，古为东北边防要地。唐时置辽州，派重兵驻守。此处代指辽宁省或东北三省。

6 1931年7—9月，由蒋介石亲自指挥，调动30万人对中央苏区开展第三次"围剿"。诗人在这里呼吁国民党当局停止内战，全民族一致抗日。

书感　十月十九日

骇浪惊涛滚滚来，伫望辽沈不胜哀。怯于公战非豪杰[1]，羞作楚囚泣劫灰[2]。谁肯绸缪天未雨？漫言危难国无材！边云惨淡秋风急，含泪忍看丛菊开[3]。

笺 注

1 公战指为国家利益而战。《史记·商君列传》载，商鞅变法十年，"民勇于公战，怯于私斗，乡邑大治。"这里谴责蒋介石对日本帝国主义采取不抵抗政策。

2 楚囚：见《燕子矶》注11。劫灰：佛教所谓"劫火"之余灰。《高僧传·竺法兰》载：汉武帝穿昆明池底，得黑灰，高僧道是"世界终尽，劫火洞烧，此灰是也。"后指被兵火毁坏后的残迹。

3 诗人自注："时值农历重九。"菊花有思念、哀悼之意。承上句"边云惨淡"，故言"含泪忍看"。

登牛首山　二首

仰止人疑市虎谣，我来无畏上岧峣。此山雄杰称双塔，古寺荒凉味六朝。茁壮牛羊丰水草，盘空鹰隼薄云霄。酒酣耳熟酡于叶，忘却城南卅里遥。

高歌一阕满江红，岳字旌旗想象中[1]。正义自知无鬼蜮，废营何处吊沙虫[2]。伯通本是辽东豕[3]，新息无惭䮾铄翁[4]。我拟嗣宗登广武[5]，笑渠竖子不英雄。

题 解

牛首山古称仙窟山、天阙山、牛头山。在江苏省南京市中华门外及江宁区境内。以双峰角立形如牛首得名。是中国佛教禅宗支派牛头禅的发源地，有六朝古寺遗址、唐代古塔及部分石窟造像，寺塔周围有文殊洞、罗汉泉、白云梯等景点。西南麓有郑和墓。

本篇曾在《时代公论（南京）》1933 年第 53—54 号合刊上发表。

笺 注

1 诗人自注："《宋史》：宗弼趋建康，岳飞设伏于牛头山，败之。"按：1130 年，金兀术攻打建康（今南京），岳飞在牛首山设伏，大败金兵。

2 牛首山东侧至将军山、韩府山一带，至今尚断续残存岳飞当年破金古垒。故垒采用当地赤褐色石块垒筑而成，蜿蜒起伏，高低错落，天低云暗时，倍感苍凉。沙虫：这里指沙子和小虫，比喻小人物。李白《古风》之二八："古来圣贤人，一一谁成功？君子变猿鹤，小人为沙虫。"

3 伯通：北宋大臣熊本（1026 — 1091）的字。熊本 1046 年中进士，长期在北宋西南边疆任职，多次平定西南地区的叛乱及交趾国的入侵。但因为支持王安石变法和举荐蔡京，颇为后世文人诟病。辽东豕：典出《后汉书·朱浮传》："往时辽东有豕，生子白头，异而献之，行至河东，见群豕皆白，怀惭而还。"后以"辽东豕"指知识浅薄，少见多怪。

4 新息：指东汉伏波将军马。马援因战功被封为新息侯。矍铄翁：矍铄形容老人精神健旺。据《后汉书·马援传》，马援六十二岁时，有外敌入侵。官军失利，马援自请出征，"据鞍顾眄，以示可用。帝笑曰：'矍铄哉，是翁也！'"

5 嗣宗：阮籍的字。阮籍是魏晋时期"竹林七贤"之一，曾任步兵校尉。广武：古城名。故址在今河南荥阳东北广武山上。有东西二城。隔涧相对。楚汉相争时，刘邦和项羽各占一城相对峙。

6 据《晋书·阮籍传》，阮籍"尝登广武，观楚汉战处，叹曰：'时无英雄，使竖子成名。'"

壬申（1932）

元旦感赋 四首

存亡危急大关头，残喘难延痛锦州[1]。知否辽阳诸父老，新年含泪说新愁。

突决栋焚岂偶然[2]，卧薪尝胆口头禅。自强机会频频失，第一伤心是此年。

何必不辰恨我生[3]，何须标语侈新声。申公为政无他诀[4]，不在多言在力行。

兵农政策夹兵工，大道之行天下公。寄语同趋国难者，莫仍麻木类痴聋。

笺 注

1 并上句。九一八事变后，东北军退守锦州，日军随后步步紧逼。1932年元旦，驻锦州的东北军撤退至河北滦东地区和热河一带。1932年1月3日，日军兵不血刃占领锦州。

2 突：烟囱。栋：大梁。突决栋焚：烟囱垮塌了，大梁烧毁了。

3 不辰：不得逢其时。语出《诗经·大雅·桑柔》："我生不辰，逢天僤怒。"

4 申公：名培，亦称申培公，是汉代讲授《诗》学的儒学大师。汉文帝时曾任博士，后归隐。汉武帝派使臣将八十余岁的申公接出，任为太中大夫。申公抵达后，刘彻向他，大谈自己的施政理念，申公却始终不发一言。当刘彻问他意见时，申公缓缓说道："为政不在言多，但视力行即可。"

捷音 二首

数月愁颜为一开，吾华毕竟有人哉。若非壮气拼前去，那得国魂复活来。破釜沉舟吞小丑，排山倒海仗奇才。将军旗鼓从天下，日捧捷音读几回。

临冲茀茀气如虹[1]，蕞尔倭奴海陆空[2]。取彼凶残惟自卫，多行不义必途穷。已教临泽无颜返[3]，岂让雷池一步通[4]。声震中西湔国耻[5]，淋漓濡笔颂肤功[6]。

题 解

1932年1月28日，日军进攻上海，"一二八"事变爆发。十九路军在全国人民的支持下，进行了顽强抵抗。2月20日晨，日军对上海守军阵地发起总攻，在飞机、大炮、坦克掩护下，向闸北、江湾、庙行、吴淞猛烈进攻。21日，数千日军在向我庙行阵地猛扑，战斗异常酷烈，双方伤亡惨重。22日，日军一部突破防线，第五军军长张治中亲率教导总队驰援，十九路军六十一师也向侧后出击，日军大乱溃退，大部被歼。中国军队取得庙行大捷。

庙行大捷是自中日甲午战争以来中国军队第一次对日作战大捷，也是日军第一次在兵力占优势的情况下惨败。庙行大捷极大地振奋了全国人民抵抗日本侵略者的斗志。诗人闻讯大喜，写下这两首祝捷诗。

笺 注

1 临冲茀茀：语出《诗经·大雅·皇矣》："临冲茀茀，崇墉仡仡。"临和冲是古代攻城的两种战车。临车指可居高临下攻城的战车，冲车或称撞车，是前端裹铁皮，以冲撞的力量破坏城墙或城门的战车。茀茀：强盛的样子。

2 一二八事变爆发后，日军海陆空军数次增兵上海。至庙行大捷前夕，上海日军兵力达9万余人，有军舰80艘、飞机300架。而投入淞沪战场的中国军队总兵力不足5万。

3 临泽：地名，在甘肃省。西汉汉武帝元狩二年（前121）夏，霍去病在临泽一带歼匈奴主力3万余人，擒获2000余人，基本上击溃了匈奴在河西的力量。

4 雷池：水名。其源叫大雷水，在安徽省宿松县至望江县东南积而成池，称为"雷池"。《晋书·庾亮传》记载，庾亮曾写给温峤，叫他坐镇防区，不要越过雷池到京都去。后用以表示不可逾越的界限。王韬《言战》："俟其进而击之，彼岂能飞越雷池一步哉！"庙行大捷战场水网密布，诗人用"临泽"和"雷池"的典，显得更加生动贴切。

5 涮：清洗、洗刷。

6 肤功：同"肤公"。即大功。《诗经·小雅·六月》："薄伐猃狁，以奏肤公。"

太平门外 四首

太平门外道上

钟阜风光胜若耶[1]，纵横山势逼城斜。碧桃红杏争先发，谁是自由平等花[2]。

中山王徐达墓[3]

儒雅雍容冠五王[4]，巍巍勋绩赛旂常[5]。怜君阶下叩头日，辟杀何如张子房[6]。

歧阳王李文忠墓[7]

师次大同阃外专[8]，岂因国戚绘凌烟[9]。英雄事业丰碑在，生子如何不象贤[10]。

蒋王庙[11]

生前行事尚过人，救护黎民竟杀身。死后如何求血食[12]，甘为厉鬼不为神[13]。

题 解

太平门是南京明城墙十三座明代京城城门之一，位于南京市玄武区龙蟠路南端。太平门始建于明朝洪武初年，因城门外为三法司所在，三法司中刑部时常传出囚犯的哀呼之声，为盼城内太平和谐而命名为太平门。

笺 注

1 钟阜：钟山。见《后湖泛舟》注4。若耶：山名。在浙江省绍兴市南。山脚有若耶溪，溪旁旧有浣纱石古迹，相传西施浣纱于此。

2 并上句。高蟾《下第后上永崇高侍郎》："天上碧桃和露种，日边红杏倚云栽。芙蓉生在秋江上，不向东风怨未开。"天上碧桃、日边红杏指纨绔贵胄，芙蓉指寒门子弟。故言"谁是自由平等花"。

3 徐达（1332－1385），字天德。明朝开国元勋，封魏国公。去世后追封中山王，赐葬钟山之阴，御制神道碑文。徐达为明朝的建立与巩固立下不朽的功勋，是后世公认的明朝开国第一功臣。

4 诗人自注："开平王常遇春，歧阳王李文忠，宁河王邓愈，东瓯王汤和，黔宁王沐英。"

5 赑屃：古代神话传说中龙之九子之一，外形似龟，善驮重物，多用来做碑座。旂常：旂与常。旂画交龙，常画日月，都是王侯的旗帜。

6 辟杀：谓捏造罪名而杀之。张子房，即汉代名臣张良。他运筹帷幄，帮助刘邦夺得天下，又谢绝刘邦挽留，仅封留侯，随后隐居不出。野史传说徐达是被朱元璋诛杀功臣时赐死，故诗人有此一说。

7 李文忠（1339—1384），字思本，朱元璋外甥。元末投起义军，朱元璋抚以为子。晚年因劝元璋少杀戮，忤旨被责，不久病死。追封岐阳王。

8 师次：军队驻扎。阃外：指京城或朝廷以外，亦指外任将吏驻守管辖的地域。1369年，李文忠随常遇春攻占元上都。常遇春死后，李文忠受命代替统率其军，会合徐达进攻庆阳。行至太原时，获悉大同被围告急，于是临时变更作战计划，率军出雁门，打败元游兵，进至白杨门，左右夹击，大破元军。

9 凌烟：凌烟阁的省称。是封建王朝为表彰功臣而建筑的绘有功臣图像的高阁。这句的意思是，李文忠的荣耀不是靠他是朱元璋外甥的国戚身份得来的。

10 象贤：谓能效法先人的贤德。刘禹锡《蜀先主庙》诗："得相能开国，生儿不象贤。"李文忠有三子。李文忠死后，长子李景隆袭父爵封曹国公，为建文帝大将，屡屡败于燕王朱棣。朱棣南下进攻应天府时，李景隆和谷王朱橞开金川门投降。1404年，李景隆被人告发"在家坐受阁人伏谒如君臣礼，大不道"。被褫夺爵位，家族从此一蹶不振。

11 蒋王庙供奉东汉末年秣陵（今南京）县尉蒋子文，故址在李文忠墓对面。蒋子文，东汉广陵（今扬州）人，汉末任秣陵（今南京）县尉，一次为捉拿逃贼，一路追赶到钟山脚下，终于把贼抓住，自己却被贼击中额头，伤重而亡。东吴孙权建都秣陵后，封其为钟山神，改"钟山"为"蒋山"，建蒋王庙，历代祭祀不绝。

12 血食：谓受享祭品。古代杀牲取血以祭，故称。

13 干宝《搜神记》卷五载：传说蒋子文自认为"骨清"，注定死后将变成神。结果死后为厉鬼，多次在当地制造瘟疫、火灾，以迫使当地百姓为自己立庙。

春 感 八首

忽风忽雨过清明，乍暖乍寒透世情。桃李无言观自在，冈峦触眼半无名。立言岂尽人如意[1]？有志终看事竟成。果使一心同御侮，已堪万里抵长城。

长啸苏门复浩歌[2]，江南风物感怀多。漫漫长夜愁成梦，耿耿寸衷泪欲波[3]。夙愿未忘陶侃甓[4]，苦心誓返鲁阳戈[5]。焚香细读离骚句，斩却荆榛现薜萝[6]。

往来京洛罢风尘[7]，曾否溺饥问小民。忍见燕巢栖大厦[8]，不堪杜宇泣天津[9]。白门春草年年绿[10]，郑侠画图笔笔真[11]。纵有纥干冻杀雀[12]，黄金横带岂无人[13]？

丑奴气势等天骄[14]，歠浦声声起怒潮[15]。功废一朝岳武穆，名高百战霍嫖姚。贺兰安坐长遗恨[16]，曾母投机难辟谣[17]。东北沦胥疮满目[18]，欲繁西北转萧条[19]。

昔闻咏桧惹人猜[20]，言路于今说广开。荡垢涤瑕虮虱去，致知格物鹭鸥来[21]。欲行千里粮三月，岂救车薪水一杯。每念前方征戍苦，唯将文字效涓埃。

孰与思患防未然，盛衰之理不关天。无端病鹤羊公辱[22]，怎得玄珠象罔旋[23]。救世终须苦口药，括囊剩有杖头钱[24]。一官鲍系惭何补[25]，已办教材力砚田[26]。

货畅其流人尽能，何忧豆粥少于僧。棉花愈以因弹起，梨实从兹喜食蒸[27]。内乱民同罹祸水，外患事早履坚冰。廿年第一伤心处，放火无辜罪点灯[28]。

轰然霹雳走尸居，血肉模糊鬼一车[29]。父老苦秦谁媚虎，神州微禹我其鱼[30]。

风雄匕首今曹沫[31]，波撼申江旧伍胥[32]。报国留侯休恨晚[33]，皇姑屯事又何如[34]。

题 解

1932年初，上海爆发一二八事变，危及南京。国民政府为防止日军胁迫，决定先迁移政府于洛阳。1月30日，国民政府发布宣布迁都洛阳宣言，除军委会和外交部留驻南京外，国民政府各院、部、会开始迁往洛阳办公。国民政府立法院随之迁往。

4月7日，国民政府在洛阳召开"国难会议"。由于国民党严格限制会议讨论的主题，遭到民主人士和其他各派别的强烈反对，拒绝赴会。加上交通不便，原定520余名代表仅144人与会。内忧外患下，国难会议冷清开场，让诗人对国家前程忧心忡忡，写下这一组咏怀诗。

本篇曾在《时代公论（南京）》1933年第53—54号合刊上发表。发表时题为《春日感事八首》。

笺 注

1 立言：古人认为，一个人不朽的成就有"三立"：立德、立功、立言。诗人是鼓励国难会议的代表畅所欲言，不必刻意讨好当局。

2 苏门即苏门山，在河南辉县。《晋书·阮籍传》记载，阮籍曾往苏门山访隐士孙登，谈论道家导气之术，孙登不应答，阮籍因此长啸而退。行至半岭，闻山谷中传出有若鸾凤的声音，乃是孙登之啸。后以苏门长啸形容态度高傲或狂放不羁。浩歌：放声高歌。屈原《九歌·少司命》："望美人兮未来，临风恍兮浩歌。"

3 寸衷：同寸心，微薄的心意。岳珂《设醮太平宫竣事呈偕行诸君二首》："耿耿寸衷天所鉴，忧时惟冀五兵销。"

4 陶侃甓：陶侃（259—334），东晋庐江浔阳人，陶渊明的曾祖父，任广州刺史时，无事即终朝运甓（砖）以习劳。

5 鲁阳戈：鲁阳，春秋时期楚国县公。《淮南子·览冥训》神话故事：鲁阳公与敌作战，难解难分时，已近日暮，鲁阳公以戈挥日，阻止太阳下山，太阳为之后退九十里。后以"鲁阳戈"谓力挽危局的手段或力量。杜甫《伤春》："难分太仓粟，竟弃鲁阳戈。"

6 薜萝：薜荔和女萝。两者皆野生植物，常攀缘于山野林木或屋壁之上。屈原《九歌·山鬼》："若有人兮山之阿，被薜荔兮带女萝。"这里与"荆榛"对照，象征美好未来。

7 国民政府迁都洛阳后，诗人家人还在南京，只能在南京和洛阳之间奔波往来。罷（pí），通"疲"。又，东汉至北魏，洛阳皆为国都，故也习称洛阳为京洛。陆机《为顾彦先赠妇》："辞家远行游，悠悠三行里。京洛多风尘，素衣化为缁。"

8 燕巢栖大厦：用燕雀处屋的典故。《孔丛子·论势》："燕雀处屋，子母相哺，煦煦焉其相乐也，自以为安矣；灶突炎上，栋宇将焚，燕雀颜色不变，不知祸之将及也。"喻居安而不知危，毫无警戒之心。

9 杜宇：杜鹃鸟。见《螳矶灵泽夫人》注3。天津：指天津桥。古浮桥名。故址在今洛阳西南。隋炀帝大业元年迁都，以洛水贯都，有天汉津梁的气象，因建此桥，名曰天津。本句典出《邵氏闻见录》卷一八二：邵雍与客散步天津桥上，闻杜鹃声，惨然不乐。客问其故，则曰：洛阳旧无杜鹃，今始至，有所主。天下自此多事矣！

10 白门即南京。见《杂咏（三首）》注1。

11 郑侠（1041—1119）：北宋福州福清人，字介夫。曾绘流民图献给神宗，图中灾民疾苦状栩栩如生，神宗览后，下诏罢方田、保甲、青苗诸法。

12 纥干即纥干山，又名屹真山，在山西大同东。山头终年积雪。唐末朱全忠、寇彦卿迫昭宗东迁洛阳，昭宗与左右皆哭，相与谚语曰："纥干山头冻死雀，何不飞去生乐处！"时国民政府迁都洛阳，生活条件颇为艰苦。

13 黄金横带：喻发横财。典出《战国策·齐策六》："当今将军东有夜邑之奉，西有菑上之虞，黄金横带，而驰乎淄渑之间。"横带：系于腰上。迁都伴随大量工程，贪官污吏借机中饱私囊，大发横财。

14 丑奴：对日本侵略者的蔑称。天骄：天之骄子。汉时匈奴用以自称。后亦泛称强盛的边地少数民族或其首领。王维《出塞作》："居延城外猎天骄，白草连天野火烧。"

15 歇浦：黄歇浦的简称，黄浦江的别名。相传战国时楚春申君黄歇疏凿此浦而得名。怒潮：指一二八事变后爆发的抗日救亡运动。

16 贺兰即贺兰进明。唐天宝末年安禄山之乱，贺兰进明以御史大夫兼临淮节度。张巡被围睢阳,请求贺兰进明派兵救援,贺兰进明因嫉妒张巡声威,拒不增援,睢阳因此陷落。

17 曾母投机:曾参住在费地,有个和他同姓同名的人杀了人,有人告诉曾母:"曾参杀人!"曾母不信,继续织布。随后又两次有人来说,曾母于是丢开织梭越墙而跑。这一故事常喻流言可畏。

18 沦胥:指沦陷、沦丧。《诗经·小雅·雨无正》:"若此无罪,沦胥以铺。"

19 九一八事变后,国内有识之士开始意识到西北的重要战略地位,国民政府也抓紧了对西北的科学考察和产业规划。一二八事变爆发后,南京震动,国民党中央曾决议以长安为陪都,定名西京,同时成立西京筹备委员会,筹备西北建设。但是由于战乱和日军侵略步伐加快,西北移民和开发规划最后不了了之,大西北反而更加萧条。

20 咏桧:苏轼《王复秀才所居双桧》有"根到九泉无曲处,世间唯有蛰龙知"之句,宰相王珪借机制造口实,栽赃苏轼诽谤朝廷,致苏轼下狱。史称"乌台诗案"。

21 明朝思想家王守仁在被贬贵州龙场驿时,因穷荒无书,晤格物致知,当自求诸心,不当求诸事物,终于大悟,催生了"心学"。王守仁后有"烟花日暖犹之雨,鸥鹭春闲欲满洲"的诗句,表达自己顿悟后的畅快心情。

22 西晋大臣羊祜(221—278)性喜仙鹤,曾经取鹤教舞,并常常向人夸口。一次有客来,鹤却恰好生病,羽毛松垮,不肯舞蹈。后遂谑称盛名难副之人为"羊公鹤"。

23 玄珠,黑色的宝珠。象罔,《庄子》寓言中的人物。《庄子·天地》:"(黄帝)遗其玄珠。使知索之而不得,使离朱索之而不得,使吃诟索之而不得也。乃使象罔,象罔得之。"后用以作为寻求天道的典故。

24 晋朝人阮修(270—311)家虽贫穷,但能安然自乐自适。他喜欢步行游玩,杖头常挂百钱,一到酒家便独自畅饮。后世因称买酒钱为"杖头钱"。

25 匏系:匏瓜系而不食。语出《论语·阳货》:"吾岂匏瓜也哉!焉能系而不食?"后以比喻贤才不得志,如无用之人。

26 砚田:以砚为田。谓靠笔墨维持生计。

27 汉代秣陵(今南京)有户名叫哀仲的人家,种了一片梨树,结的梨个大味美，入口脆嫩，人称"哀家梨"。南朝刘义庆《世说新语》故事："桓南郡每见人不快，辄嗔曰：'君得哀家梨，当复不蒸食不？'""哀梨蒸食"就被用来比喻不识货。糊里糊涂地糟蹋好东西。

28 九一八事变发生后，中国向国联理事会控告日本侵略行径。1931年12月10日，国联理事会通过决议，决定派调查团实地调查事变情况。1932年1月21日，国联调查团正式成立。调查团团长是英国人李顿，故亦称李顿调查团。调查团在上海等地的调查活动中，对日本的侵略行径持明显的绥靖态度，认为中国抵制日货运动是"中日冲突的重要原因"。所以诗人用"只许州官放火，不许百姓点灯"的典故予以谴责。

29 1932年4月29日，侵华日军借庆祝天皇生日的机会，在上海虹口公园举行"淞沪战争祝捷大会"。日军的嚣张激起中、韩抗日义士的愤慨，策划借机袭击日军。日军做贼心虚，"祝捷大会"禁止中国人入场。流落到上海的韩国青年尹奉吉自愿孤身前去袭击。上午11时30分，尹奉吉将自制炸弹扔上检阅台。炸弹成功爆炸，侵沪日军总司令伤重而死，日本驻华公使、驻上海总领事、日军第九师团长、日本海军第三舰队司令官等一批在沪的日本军政要员被炸伤。史称"虹口公园爆炸案"。

30 语本《左传·昭公元年》："美哉禹功！明德远矣。微禹，吾其鱼乎！"本为歌颂禹治水的功绩，谓如无禹治水，则人皆将成鱼。后用以颂扬烈士功德。

31 曹沫：即曹刿，春秋时鲁国武士。相传齐君与鲁君在柯（今山东阳谷东）相会，他持剑相从，挟持齐君订立盟约，收回失地。

32 申江：春申江的简称，即黄浦江。伍胥：指伍子胥（?—前484），名员，春秋时期吴国人。楚平王听信谗言，要诛杀伍子胥父兄。伍子胥闻讯逃至吴国，帮助公子光刺杀吴王僚，取得王位，是为吴王阖闾。以曾封于申，故称申胥。

33 留侯即张良（?—前189）。战国时韩国人。《史记·留侯世家》载：秦灭韩，张良悉以家财求客刺秦王。公元前218年。张良求力士用铁椎在博浪沙行刺秦始皇未遂。

34 皇姑屯事：指1928年6月14日，日本关东军在沈阳附近的皇姑屯火车站炸死奉系军阀首领张作霖的事件。"虹口公园爆炸案"后，日军污蔑袭击行动是"卑鄙的行为"，诗人这里以日军在皇姑屯制造的的暗杀事件反唇相讥。

忆西湖

却忆孤山与不孤，去年此日在西湖。湖边景物今无恙，记否空濛潋滟无[1]？

笺 注

1 语本苏轼《饮湖上初晴后雨》句："水光潋滟晴方好，山色空蒙雨亦奇。"

阮嗣宗墓

《江宁府志》载：旧传明万历间，李昭掘得石碣，有"晋贤阮"；已又得半段，曰"籍之墓"，遂谓阮墓在此。即称之为晋贤，则其为后人所立而非当时墓阡可知矣。

我今不乐步城南[1]，门西仓顶有废苑。此苑名曰花露冈[2]，碑载晋贤嗣宗阮。忆昔读君咏怀诗，八十二首寄托远[3]。生就倜傥不羁才，天性旷达兼放诞。有时临水与登山，足迹所穷恸哭返。有时慷慨发悲歌，胸中块磊借酒遣。可奈江左成习尚[4]，清谈祸国有王衍[5]。伯伦荷锸毕盗甓[6]，濬仲鄙吝叔夜懒[7]。昏酣过度失中庸，一误苍生悔已晚。同游闻言齐怃然[8]，更道此碑似杜撰。不然新都游览记[9]，何以阙文未数典？余谓阮狂自有名，碑之真赝何足辨？君不见，春来冢上豌豆花，年年犹为青白眼[10]。

题 解

阮嗣宗即魏晋时名人阮籍。南京阮籍墓位于城西南凤凰台边花露北岗（一作花盝北岗）21号，在今南京市第四十三中学校园内。此墓实为东晋学子为纪念阮籍所立的衣冠冢。

笺 注

1 并上句。"今我不乐"套用曹丕《善哉行》"今我不乐，岁月如驰。"门西、仓顶：南京地名。在南京中华门以西。

2 "此苑"指胡家花园（愚园）。愚园号称"金陵狮子园"，由宅院和园林两部分组成，鼎盛时面积近 3 万平方米，后历经战乱，园林几乎损毁。花露冈（岗）是地名，诗人误以为是苑名。

3 《咏怀》八十二首是阮籍的代表作，内容多是抒发对世道的疾愤以及心中的忧郁。

4 江左：顺流而下的左手方为江左。晋建武年间，司马睿率中原汉族士族臣民从洛阳南逃，在王导的协助下重建朝廷，史称"衣冠南渡"。这一段长江东流，江南在左，所以江左特指江南地区或东晋政权。在这里指东晋政权。

5 王衍（256-311），字夷甫，为人喜好清谈，不愿参与实质政事，并以求自保为首要，最终被石勒俘杀。后世指责王衍"清谈误国"，应该对西晋覆亡负一定责任。

6 伯伦，晋刘伶（约 221-300）的字。刘伶是沛国（今安徽宿县）人，"竹林七贤"之一，嗜酒如命，有《酒德颂》。常乘鹿车，携一壶酒，使人荷锸（铁锹）而随之，谓曰："死便埋我。"毕盗甄：毕指晋吏部郎毕卓，字茂世。常饮酒废职。曾至邻舍酒甄下盗饮被捉。

7 濬仲是王戎（234-305）的字。王戎是"竹林七贤"之一。性贪吝，昼夜执牙筹算账。叔夜是"竹林七贤"之一嵇康（223-263）的字。嵇康好老庄导气养性之术。司马集团的山涛推荐嵇康任选曹郎，他在复信《与山巨源绝交书》里以懒于世俗之事推辞，故诗人谓其"懒"。

8 怃然：怅然失意的样子。

9 新都游览记：即《新都游览指南》，方继之编著。1928 年由大东书局出版发行。主要体现南京在升格为"新都"后各方面的风貌。本书分 6 章，名胜古迹单列一章，未提及阮籍墓。按，1934 年 7 月 17 日，上海《新闻报》始报道："晋阮籍墓在京市区内发现，将与六朝胭脂井同时修理。"故该书出版时阮籍墓应该尚未被发现。

10 青白眼：青眼，眼睛正视，眼珠在中间，表示对人器重或喜爱；白眼，眼睛向上或向旁边看，现出眼白，表示轻视或憎恶。《晋书·阮籍传》载：阮籍能为青白眼。见礼俗之士，以白眼对之，见喜见之人，用青眼。

周处读书台

在中华门内三条营古石观音庵。

乱石势突兀，高台矗崖巅。颓墙罗蟏蛸[1]，荒沼黑于烟。桓桓周府君[2]，曾此穷钻研。不畏蛟与虎，何况齐万年³。可惜制监子⁴，莫由阃外专⁵。五千当七万，孤军无后援。六陌敌攻急⁶，折刃复绝弦。斩获百战苦，慷慨大节全。高风邈千载，遗像犹肃然。愿言后来者，勿争个人权。放刀立成佛，负重莫逃禅⁷。同心御外侮，折节盖前愆。

题 解

周处（约236—297），西晋义兴阳羡（今江苏宜兴）人，字子隐。相传少时横行乡里，父老将其与蛟、虎合称"三害"。周处闻后发愤改过，斩蛟射虎。后世以周处为闻过善改的典范。周处读书台位于江苏南京雨花门内江宁路西侧老虎头上，此时周处任吴东观左丞时的堂宅，原名"子隐堂"，唐宋以前史书径称"周处台"。明人以《世说新语》有周处入吴拜陆机、陆云为师，励志勤学的记载，将之附会为"读书台"。

本篇曾在《时代公论（南京）》1933年第56号发表。

笺 注

1 蟏蛸：今作"肖蛸"，又称"喜蛛""蟢子"或"喜母"。广义指蜘蛛目肖蛸科，狭义指肖蛸属。常栖息于水边草际或树间，在中国广泛分布。

2 府君：汉代对太守的尊称。周处曾经当过新平太守，故称他为"周府君"。

3 齐万年（？—约299）：西晋时人。氐族首领。296年，匈奴郝度元起兵抗晋，关中氐、羌族之民纷纷响应。万年被推为帝，拥众数十万。297年，周处任建威将军，奉命率兵镇压。

4 监子：宦官。周处为司马懿之子征西大将军司马肜所忌，攻打齐万年时，仅派五千兵令其出战。周处因兵寡不敌，战死。司马肜无后，故诗人以宦官讥之。

5 阃外专：见《太平门外》注8。莫由，发表时作"末繇"。

6 六陌，古地名。在今陕西乾县东北。周处与齐万年在此决战。

7 逃禅：指遁世去参禅。

汤 山

汤盘九字省吾身¹，南北汤山细等伦²。两岸扶疏迎孟夏，几枝边撩傲残春³。

藤萝得雨都滋蔓，柳絮因风又逐尘。为爱渊明兼爱屋，性情丘壑本天真[4]。

题 解

南京汤山又称南汤山，在今江宁区。因山东南有汤涧，发源于汤泉，故名。汤山温泉在南朝萧梁时期被封为"圣泉"，是皇家御用温泉，自南朝以来，历代达官显宦，文人雅士来此游览沐浴。九一八事变后，这里建有号称"亚洲第一靶场"的炮兵射击场。

笺 注

1 汤盘九字：《礼记·大学》："汤之盘铭曰：苟日新，日日新，又日新。"汤之盘，沐浴盛水之盘。后以"汤盘"为自警之典。

2 南北汤山：北汤山在今北京市昌平区东，有大小二汤山。小汤山南有汤泉，清康熙时就泉凿池，乾隆时曾建行宫。

3 边撩：亦作"边橑"，柳之末梢。

4 丘壑：喻深远的意境。龚自珍《与秦敦夫书》："士大夫多瞻仰前辈一日，则胸中长一分丘壑；长一分丘壑，则去一分鄙陋。"

琼花歌 并序

> 扬州琼花，天下只一本。士大夫爱重，作亭花侧，匾曰'无双'，德佑乙亥，北师至，花遂不荣。赵棠国焱谓有绝句云："名擅无双气色雄，忍将一死报东风。他年我若修花史，合传琼花烈女中。"见《山房随笔》。

昔闻琼花产维扬，天下一本别无双。胡骑南犯花羞死，琼花亦与烈女芳。迩来将近一千年，真真琼花无闻焉[1]。惟此西园独盛开[2]，其种胡为乎来哉？我欲与之穷原委，愧无茂先博物才[3]。第觉此花玉无瑕，一瓣为数恰五葩。其干老练其质伟，其香馥郁其叶斐。不似姚黄与魏紫[4]，不比艳杏与浓李。不貌合而神离，不随风而披靡。枝若木兮拂日[5]，花取次兮序齿。让海棠兮争开，与奇石兮为伍。淡泊宁静如高人，绰约蹁跹若处子。发扬我天真烂漫之本性，揭橥我五族共和之盛轨[6]。表独立兮园之中[7]，纷吾既有此内美[8]。同人爱花合写真，多难兴邦共风雨。花如解语应相怜，石不能言直如矢。昔人每于园囿兴废以候天下之治乱[9]，我辈今对西园琼花而悟造物之真理。

题 解

琼花在古典文学中所指不详，只知是一种珍贵的花，叶柔而莹泽，花色微黄而有香。植物学界有人认为，扬州琼花观的古琼花就是现在的聚八仙。因是聚八仙种系中的单株差异或突变品种，所以"天下只一本"。

笺 注

1 今之琼花亦称"木绣球""八仙花"。落叶或半常绿灌木。夏季开花，花集成聚伞花序，边缘具白色大型无性花。为宋淳熙以后通过嫁接育成，分布于江苏、湖北、四川等地。周密《齐东野语》："扬州后土祠琼花，天下本无二本，绝类聚八仙，色微黄而有香。仁宗广历中，尝分植禁苑，明年辄枯，遂复载祠中，聚荣如故。淳熙中，寿皇亦尝移植南内，逾年，憔悴无花，仍送还之，其后宦者陈源，命园丁取孙枝移接聚八仙根上，遂活，然其香色则大减矣。"

2 西园：指国民政府立法院的西花园，在今南京市白下路237号。国民政府立法院办公地是原清朝靖逆侯张勇的宅府，俗称"侯府"。主楼为一幢三层楼房，东西两侧有花园。

3 茂先：晋代博物学家张华（232－300）的字。张华博学能文，被阮籍誉为"王佐之才"。晋惠帝时任太子少傅、司空等要职。后因拒绝参与"八王之乱"，为赵王司马伦所杀。著有《博物志》。

4 姚黄与魏紫：姚黄、魏紫是名贵的牡丹花品种，后成为牡丹的别名。欧阳修《牡丹记》："姚黄者，千叶黄花，出于民姚氏家；魏家花者，千叶肉红花，出于魏相仁溥家。"

5 拂日：遮住太阳。语出屈原《离骚》："折若木以拂日兮，聊逍遥以相羊。"

6 揭橥：揭示；显示。盛轨：美好的典范。这句诗的意思是：琼花五朵聚成一球，象征五族共和的国家。

7 表：特出状。独立：超凡拔俗，与众不同。屈原《九歌·山鬼》："表独立兮山之上，云客容而在下。"

8 意即自己荟萃了众多内在的美好。语本屈原《离骚》："纷吾既有此内美兮，又重之以修能。"

9 语本李格非《书洛阳名园记后》："且天下之治乱，候于洛阳之盛衰而知。洛阳之盛衰，候于园囿之兴废而得。"

乞琼花

一树琼花一首诗，公诸同好本无私。昨宵梦与花神约，许赐诗人三两枝。

偕胡默青观琼花联句

美枞枝里看琼花[1]，龋 玄质珊珊异众葩[2]。默 纵有昨宵风亚雨，龋 依然群玉拥中华。默

题 解

胡默青（1882—1941），名春霖。安徽含山人。1905 年在日本加入中国同盟会。回国后曾任北京大学学监主任，与诗人同事。后曾任北洋政府国务院国史编纂处编纂、黄埔军校政治教官、安徽省政府委员、建设厅厅长等职。著有《经济学专修研究》等。时任国立北平大学农学院教务长、代院长。

笺 注

1 美枞：挺拔的冷杉。郑樵《尔雅注》："《尸子》谓松柏之鼠，不知堂密之有美枞。"

2 玄质：指黑色的形体。珊珊：晶莹的样子。

题彭临九画梅

格老气苍骨有风[1]，亭亭劲节势凌空。独来独往一枝笔，不减君家刚直公[2]。

题 解

彭临九（1873—1946），名养光，湖北钟祥人。曾参加四川保路运动。辛

亥武昌首义回鄂，任都督府参议。1912年当选国会议员。1913年宋教仁在沪遇刺，彭养光在国会提出弹劾案，并多次共谋倒袁，均遭失败，乃逃亡日本，加入中华革命党。后奉孙中山命回国，在武昌成立中华革命党分部，组织讨袁活动。1929年任钟祥县长。时任国民政府立法院法制委员会委员，并担任中央国医馆代理理事长。善书画。

笺 注

1 格老气苍：格度老道、气势苍劲。夸赞他人书画成就卓越的套话。
2 刚直公：即彭玉麟（1816－1890），字雪琴，祖籍湖南，生于安徽安庆。清朝晚期军事家、书画家，人称"雪帅"。中法战争时往广东督办军务。晚年累官至两江总督兼南洋通商大臣、兵部尚书。于军事之暇，作画吟诗，尤以画梅闻名。因谥号"刚直"，故世人亦以"彭刚直"呼之。

游雨花台登方亭　二首

　　孝陵云树郁葱笼[1]，爽气东来挂笏通[2]。自笑出山成小草，未忘破浪趁长风。仙花五色长留石[3]，碧血千年早化虹[4]。赤族预人家务事[5]，可怜正学亦愚忠[6]。

　　右瞻岩岫左汀州，闾阎间阎眼底收[7]。但使耕桑安乐土，自无伏莽遍神州[8]。四郊多垒公卿辱[9]，五谷不分士子羞[10]。十载还乡空有梦，洞庭西去忆重游。

题 解

　　方亭，即木末亭，始建于明。"木末"二字，取于屈原《九歌·湘君》："采辟荔兮水中，搴芙蓉兮木末。"木末意为树梢，极言其高。亭为纪念方孝孺而建，所以这里也有称赞方孝孺高风亮节之意。方亭在历史上多次毁于战乱，又多次重修。

　　方孝孺（1357－1402），字希直，一字希古，人称正学先生。浙江宁海人。文章纵横豪放，诗亦雄奇俊逸，为人传诵。明惠帝时任侍讲学士，因不肯为明成祖朱棣起草登基诏书被杀，坐"诛十族"，死者达 873 人。有《逊志斋集》二十四卷传于世。

笺 注

1 孝陵：明太祖朱元璋陵，在紫金山南面。

2 典出《世说新语·简傲》：东晋名士王徽之做了车骑将军桓冲的参军。一天桓冲对他说："你来府里已经很长时间，也应该处理点事务了。"王徽之并不回答，只是看着高处，用手版支着脸颊说："西山朝来，致有爽气。"这里表达的是诗人想要脱离俗务、亲近自然的愿望。

3 雨花台出产雨花石，五彩缤纷，花纹斑斓。据传是佛祖说法时，各色香花如雨而落，落地后化为石。

4 苌弘是周朝时期刘文公的大夫，一生忠于朝廷，后蒙冤被杀。传说蜀人藏其血，三年后化为碧玉，称为"碧血"。后人从"苌弘碧血"派生出长虹碧血或碧血长虹的成语，用来形容忠烈。

5 赤族：被灭族。明惠帝朱允炆北伐燕王朱棣时，诏书檄文都出自方孝孺之手。朱棣占领南京后，称皇位之争是朱家的家务事，要方孝孺起草登基诏书。方孝孺拒不从命，最后被灭族。

6 方孝孺在汉中府任教授时，蜀献王朱椿赐名其读书处为"正学"，所以人称"正学先生"。

7 阊阖：泛指宫门或京都城门。闾阎：指里巷内外的门。

8 伏莽：莽，丛生的草木。伏莽指潜藏的盗匪。

9 四郊多垒：四郊营垒很多。指频繁地受到敌军侵犯。《礼记·曲礼上》："四郊多垒，此卿大夫之辱也。"

10 语本《论语·微子》："四体不勤，五谷不分，孰为夫子？"

游紫霞洞遂登钟山顶

清和雨乍晴，薄言爽垲发[1]。策蹇揽山阳[2]，徐徐入深樾[3]。鸟啼空六朝，紫霞亦飘忽。唯有洞口泉，淙淙无时竭。飞白如练裙，悬流若翻雪[4]。其源远以清，其味甘且冽。下有转轮钟，陈力而就列[5]。有心哉一鸣，深厉浅则揭[6]。旁有说法洞，凌霪补罄缺。饷以闭门羹，有法无处说。我乃振衣上[7]，披榛穷岩窟。步健犹少年，松青映我发。层峦峦培塿[8]，长江带石阙。狂歌自浩浩，怪事付咄咄。胸中抑郁气，昂首齐发泄。下山得得归，云山又一瞥。

题 解

紫霞洞又名朱湖洞，在明孝陵东北方向。洞深10余米，旁有悬瀑，银涛倒泻，直注方池。元代建有道院，为刘伯温之师元代道士周典修真处，院中供奉刘伯温像。红墙显露于松林丛翠中，恍若朝霞，故名。

笺 注

1 薄言：急急忙忙。《诗经·周南·芣苢》："采采芣苢，薄言采之。"爽垲：高爽干燥。语出《左传·昭公三年》："子之宅近市，湫隘嚣尘，不可以居，请更诸爽垲者。"

2 策蹇：见《游北戴河》注1。山阳：指山阳笛。见《挽徐伯轩》注6。

3 深樾：浓密的树荫。樾：路旁遮阴的树。

4 嬲（niǎo）雪：飞舞嬉戏的雪花。嬲：纠缠，戏弄。

5 陈力就列：语出《论语·季氏》："陈力就列，不能者止。"陈力：施展才力。就列：为官任职。韩愈《寄卢仝诗》"假如不在陈力列，立言垂范亦足恃。"

6 此句化用《诗经·邶风·匏有苦叶》："济有深涉，深则厉，浅则揭。"意思是过河的时候，遇浅水撩衣而过，遇深水和衣下水。寓意随机应变。

7 振衣：见《游栖霞山》注6。

8 培塿：小土山。

登钟山极顶席饮

是日率子同游。

山下行沽山上饮，我如元白性疏粗[1]。高歌响入云霄里，半醉不须儿辈扶。

笺 注

1 元白：唐代诗人元稹、白居易的并称。疏粗：亦作粗疏，粗忽疏慢。李商隐《偶成转韵七十二句赠四同舍》："我生粗疏不足数,梁父哀吟鸲鹆舞。"

明孝陵

元首良哉皇觉僧[1],伽蓝朕兆果堪凭[2]。东南崛起奄西北,五百余年名世兴[3]。

题 解

明孝陵是明太祖朱元璋的陵墓。位于紫金山南麓独龙阜。始建时间不明。1382年皇后马氏葬入,始有孝陵之名。1398年朱元璋死,与马氏合葬。全部陵墓工程延续到了1405年方全部完工。在清初和清末,孝陵建筑曾遭战火破坏,所存规模较小的陵门、享殿,均为清末重建,原址尚残存柱础等。

笺 注

1 元首:这里指君王。皇觉僧:朱元璋少年时候家贫乏食,曾经在安徽凤阳县皇觉寺出家为僧。

2 伽蓝:梵语僧伽蓝摩译音的略称,意为众园或僧院。后因称佛寺为伽蓝。朕兆:同"征兆"。

3 名世:著名于世。语出《孟子·公孙丑下》:"五百年必有王者兴,其间必有名世者。"朱熹集注:"名世,谓其人德业闻望,可名于一世者。"明孝陵1405年完工,至1932年有500余年。

灵谷寺

昔闻灵谷寺,今上独龙冈。池水俾修竹[1],山花艳夕阳。雄图张铁血[2],古佛倦津梁。缅想志公塔[3],云深草木荒。

题 解

灵谷寺在紫金山东麓,中山陵东。原址在紫金山南麓独龙阜,名开善寺,514年梁武帝葬宝志僧于此,开善精舍,造志公塔。唐代称宝公院,北宋大中祥符年间(1008—1016)改名太平兴国禅寺,明初称蒋山寺,1381年以营建明孝陵迁今址,并改名灵谷寺。原规模宏大,清初和太平天国时期曾遭战火严重破坏。建于明洪武年间的无量殿，又称无梁殿，高约22米，长50余米，宽30余米，内外无一梁柱，为全国现存最大的无梁殿。1928年在殿后修建国民革命军阵亡将士公墓和纪念塔（即灵谷塔）。为南京近郊风景区之一。

笺 注

1 傩（nuó）：姿态柔美。《诗经·桧风·隰有苌楚》："隰有苌楚，猗傩其枝。"

2 诗人自注："寺旁一室，绘有《惠州战役图》。"按，1925年10月，国民革命军第二次东征，讨伐陈炯明，攻克陈炯明盘踞的大本营惠州。奠定了第二次东征胜利的基础，史称"惠州战役"。

3 志公塔又名宝志塔，宝志公于梁天监年间（502—519）所建。原在钟山西南麓独龙阜，兴建明孝陵时迁至灵谷寺无梁殿西侧。宝志（418?—514），又作保志，南朝齐梁时高僧，俗姓朱。少年时在建康道林寺出家，师事僧俭，修习禅业。梁武帝闻名迎入宫内，甚见崇礼。也称宝公或志公。

题石达开诗钞

太平天国不知人，受制秀清疏秀成[1]。未与翼王置心腹[2]，不将钱江当阿衡[3]。终于社屋而族赤[4]，留与后人长太息。假畀翼王专北征，虽百曾侯亦奚益[5]。曾侯忘汉不足道，翼王雄才真可惜。子房借箸斥食其[6]，孺子用兵惊六出[7]。露布檄草日月光[8]，复书大义春秋律[9]。壮士穷途不灰心，悲歌慷慨蜀江碧[10]。吁嗟乎，害莫重于畏难苟安。哀莫大于离心离德，祸患积于忽微，智勇困于所溺。不以天命论兴亡。还从人事断得失，往者大江去滔滔。来者覆辙凛慄慄，不然窃恐后之视今，亦犹今之视昔。

题 解

石达开（1831—1863），清广西贵县（今贵港）人。道光末加入拜上帝会。1851年1月参加太平天国金田起义。在永安被封为翼王、五千岁。1856年秋，太平天国发生内讧，起兵讨韦。洪秀全诛韦后，召回京主政。次年，因遭疑忌，率军出走。此后转战赣、浙、闽、湘、桂、黔、滇、鄂等省，势力渐衰。1863

年在紫打地为大渡河所阻，无法突围，乃致书川督骆秉章，请免杀将士，旋自赴敌营。被解往成都，遭酷刑杀害。

在太平天国领导人中，石达开比较有悲剧性，事迹也比较壮烈，所以清末民初的南社诗人假托石达开之名创作了一些反清诗词以激发民众，石达开因此被赋予诗名。卢冀野（卢前）辑有《石达开诗钞》，1927年由上海泰东书局出版，以后再版4次之多。全书收诗作26首。前有编者的《石达开诗校印后记》《石达开传》，后附《讨虏廷檄》《致曾国藩书》及编者的《题石达开诗后》。据考证，所录诗作，多为伪作。

本篇先后在《法制周报》1933年第13期、《时代公论（南京）》1933年第56号发表。

笺 注

1 秀清即杨秀清（约1820—1856），太平天国东王，时与洪秀全并称为洪杨，遂居功自傲，逼天王封他为万岁，引起领导集团内部分裂。后洪秀全密诏韦昌辉将其杀死。秀成即李秀成（1823—1864），太平天国忠王。1862年，湘军围攻天京（今南京），他留城防守。1864年城陷，突围被俘，后为曾国藩所杀。

2 翼王即石达开。

3 钱江（约1800—1853），字东平。1853年，太平军攻克南京，钱江投奔清军北大营，出谋设立关卡收厘捐以供军饷。后各地相继仿行，厘金制度由此肇端。为人恃才傲物，被上司诬其谋反，遂被杀。阿衡：国君辅佐之官。《诗经·商颂·长发》："实维阿衡，实左右商王。"清末黄世仲小说《洪秀全演义》虚构钱江为太平天国军师，故诗人有此一说。

4 社屋：宗庙。钱谦益《跋王原吉〈梧溪集〉》："君臣之义，虽国亡，社屋犹不忍废。"赤：诛灭。"终于社屋而族赤"意思是太平天国的主要骨干全部被灭族。

5 曾侯即曾国藩（1811—1872），湖南湘乡人。1838年戊戌科进士。太平天国起义后，在乡办团练，扩充为湘军。后任两江总督，镇压起义军。因封毅勇侯，故称。

6 子房借箸：见《秦淮河边友人何宅社集》注2。食其即郦食其（？—前230），陈留高阳（今河南杞县西南）人。秦末投刘邦军，献计破陈留，得秦积粟。劝刘邦分封六国后人，以反项羽，被张良所阻止。

7 孺子指三国时吴国大将陆逊。陆逊40岁时拜大都督，抵抗蜀国。由于陆逊一直是地方官，没有军事资历，被老将们讥笑为"黄口孺子"。六出：传说诸葛亮北伐曾经六出祁山。这里借指诸葛亮。陆逊利用蜀军轻敌所致疏忽，火烧连营，大败刘备于夷陵，诸葛亮闻讯大惊失色。

8 露布：原指报捷文书。封演《封氏闻见记》卷四："露布，捷书之别名也。诸军破贼，则以帛书建诸竿上，兵部称为露布。"后用以指公开张贴的布告、海报等。檄草："草檄"的倒装，草拟檄文。《石达开诗钞》录有传为石达开所拟的《讨虏廷檄》。

9 复书指传为石达开所作的《致曾国藩书》。曾国藩曾致函石达开劝降，石达开回书予以拒绝。《石达开诗钞》附录收录此文。

10 石达开离开天京后，成为孤军，在广西、两湖和云贵川一带流动作战。1863年5月，转至紫打地（今四川安顺场附近），为大渡河所阻。石达开粮弹告罄，进退无路，陷于绝境。遂致书四川总督骆秉章，以免诛将士为条件乞降。6月13日，他带亲信数人及五岁儿子石定忠至洗马姑清营投降，随即被解往成都。25日，受酷刑致死。其所遗部属亦为清廷设计杀害。

西园美枞堂杂咏 五首

大雅维枞美，品题价值生。临池山简乐[1]，止水伯夷清[2]。故国深乔惜[3]，盘根破石横。西园公事了，我亦有诗鸣。

访落青铜亘[4]，三竿日上迟。鹏搏风挟势，豹隐雾藏姿[5]。滑滑秋无影[6]，油油暑不知。双忠方劲节，卞壶与桓彝[7]。

有一真堪绝，何期并二难[8]。桐封只树足[9]，禹贡九州宽[10]。亮节应求友，清标不寡欢。九三同醉饮，爽籁扑眉端[11]。

六代浑如梦，参天不改青。握瑜非臃肿[12]，抱素更宁馨[13]。虫语喓喓切，龙吟謖謖听[14]。江皋晁骋惊[15]，横绝远扬灵[16]。

塞北腥膻地，江南疢疾乡[17]。和诗惭竞病[18]，抚事感周章。白雪清音远[19]，黄庭好处刚[20]。如潮心绪涌，憾比长城长。

题 解
美枞堂是当时国民政府立法院立法委员休息室。

笺 注
1 山简（253—312）：西晋河内怀县（今河南武陟西）人，字季伦。"竹林七贤"之一山涛幼子。临池指山简因"社稷倾覆，不能匡救"，乃常醉饮高阳池，颓废至死。

2 伯夷：商末孤竹国君长子。"止水"指伯夷与弟叔齐听说周武王伐纣，认为这是以臣弑君，于是在黄河边上的孟津拦住周武王进行劝阻。美枞堂前有水池、假山，前句"临池"和本句"止水"亦有写景和自夸之意。

3 故国深乔：《孟子·梁惠王下》："所谓故国者，非谓有乔木之谓也，有世臣之谓也。"美枞堂因园内两棵高大冷杉而得名，又是国民政府立法院办公场所，故云"故国深乔"。

4 访落：继位的国君与群臣谋商国事。《诗经·周颂·访落序》："访落，嗣王谋于庙也。" 青铜：青铜镜的省称，喻明鉴。亘：回应。

5 豹隐：喻洁身自好，隐居不仕。按，此句与前句"鹏搏"呼应，表达一种积极而又自爱的人生态度。

6 湑湑：茂盛的样子。《诗经·唐风·杕杜》："有杕之杜，其叶湑湑。"朱熹《集传》："湑湑，盛貌。"

7 卞壸（kǔn）（281—328）：东晋时人，字望之。明帝时领尚书令，与王导等俱受遗诏共辅幼主。曾力劝庾亮勿征苏峻入朝。后苏峻反，攻建康，卞壸率六军拒击，力战而死。二子相随赴敌，同时见害。桓彝（276—328）：东晋时人，字茂伦。明帝将伐王敦，拜为散骑常侍，参与密谋。成帝咸和二年，苏峻反。次年，桓彝起兵赴难，屯泾县固守经年，城陷，力战而死。这里是用两株挺拔的冷杉来作为两位忠臣志士精神的象征。

8 二难：这里指美枞堂所在地西园兼有名贵的琼花和冷杉。

9　桐封："桐叶封弟"的略语。《史记·晋世家》记载：周成王与小弟弟叔虞开玩笑，把一张桐叶封给他。周公认为天子无戏言，于是封叔虞于唐，即是晋的始祖。

10　《禹贡》是《尚书》中的一篇。篇中假托夏制，详述了夏禹时代的贡赋制度。作者已不可考，成书年代亦无定论，但一般认为是战国时代的作品。《禹贡》把中国版图分为冀、兖、青、徐、扬、荆、豫、梁、雍九州。后以"九州"泛指全中国。

11　爽籁：指清爽之风。爽，清爽；籁，本乐器名，风吹物发声，故称。

12　握瑜：手里握着一块美玉。比喻人具有纯洁优美的品德。语出屈原《九章·怀沙》："怀瑾握瑜兮，穷不知所示。"

13　抱素：保持淳朴的本质。宁馨：古俗语，"如此""这样"之意。这句是对应首联中"参天不改青"而言的。

14　谡谡：劲风声。苏轼《西湖寿星院此君轩》："卧听谡谡碎龙鳞，俯看苍苍立玉身。"

15　语本屈原《九歌·湘君》："晁骋骛兮江皋，夕弭节兮北渚。"江皋：江岸；江边地。晁骋：清晨策马奔驰。晁，通朝。早晨。

16　远扬：向上扬起的枝条。

17　疢疾：忧患。语出《孟子·尽心上》："人之有德慧术知者，恒存乎疢疾。"

18　竞病：指作诗用险韵。典出《南史·曹景宗传》：南朝梁大将军曹景宗大破魏军，凯旋。梁武帝为他设宴庆功。宴饮间，群臣依韵联句。至景宗，只剩"竞""病"二字。景宗操笔立成一诗："去时儿女悲，归来笳鼓竞。借问行路人，何如霍去病。"众人惊叹不已。按，竞与病属仄声韵，作韵脚使用时艰僻，诗人称为"险韵"。

19　白雪：古琴曲名。传为春秋时晋国人师旷所作。

20　黄庭：指传为王羲之所书小楷法帖《黄庭经》。此帖逐字逐画气满势足，笔力刚劲。诗人善书法，从帖学，故钟情《黄庭经帖》。

遣　愁 四首

烟雨楼台认旧踪，江南江北路重重。亭亭柜柳修修竹[1]，漠漠秧田落落松。万里戎机存一发，十年归梦绕千峰。骑驴独向钟山道，风雪城东醉几钟。

敢云协律媲伶伦[2]，已觉申韩误此身[3]。目极十行忘夜永，力肩九口怪诗贫[4]。牢愁尽向杯中洒[5]，个性都从醉后真。见饷谁遗官法酒，轩窗添得瓮头春[6]。

渔歌几曲路漫漫，卵色江天一棹宽[7]。岩起新泉声似雨，笔题危石势如澜。疾书星使三千牍[8]，鄙视风头百尺竿[9]。但使钟期知者在，纵非高调不妨弹。

出门遥睇蒋山青[10]，花半开时酒半醒。无效讲谈皆画饼，速成工作亦零星。法宗罗马多奇数[11]，诗似文鸳爱偶形[12]。莫讶近来长句少，游踪久未涉林坰[13]。

笺 注

1 柜柳：即杞柳。落叶乔木，枝条细长柔韧，可编制箱筐等器物。也称红皮柳。

2 伶伦：传说为黄帝时的乐官。古以为乐律的创始者。

3 申韩：战国时申不害和韩非的并称。后世以"申韩"代表法家。

4 力肩九口：此时诗人有四子四女，加夫人为九口。

5 牢愁：楚语，意为忧愁不平。

6 并上句。官法酒：亦称法酒，朝廷正式宴饮用酒。瓮头春：新熟的酒。亦泛指好酒。瓮头即缸面；春指酒。

7 卵色：蛋青色。古多用以形容天的颜色。苏轼《和林子中待制》诗："共把鹅儿一樽酒，相逢卵色五湖天。"

8 星使：古时认为天节八星主使臣事，因称帝王的使者为星使。

9 百尺竿：百尺竿头略语。这里指极高的官位和功名。陈从易《贺王钦若罢相帅》："千重浪里平安过，百尺竿头稳下来。"

10 蒋山即紫金山。参见《太平门外（四首）》注11。

11 法宗罗马：诗人以专攻"罗马法"知名。早期罗马人认为偶数是极不吉利的，所以"多奇数"。不过罗马法起源于《十二铜表法》，儒略历也将一年分为十二个月，都是偶数。诗人这里是纯为对仗需要而用典。

12　文鸳：即鸳鸯。因其羽毛华美，故称。鸳鸯结对成偶，格律诗亦必有对偶。

13　林坰：远离城邑的郊野。《尔雅·释地》："邑外称为郊，郊外称为牧，牧外称为野，野外称为林，林外称为坰。"

漫歌赠张凤九

会我以永嘉之友，和我以琼瑶之诗[1]。饮我以茅台之酒，食我以清江之鲥。友为贞晦刘景晨[2]，温其如玉率天真。吐属写作皆大雅，前生天台采药人[3]。诗和古近体九首，心所欲言笔在手。字字咳唾皆珠玑，胸中云梦吞八九。酒产贵州仁怀县，品题堪入酉圣传[4]。绍兴太淡汾太烈，此酒外纯而内炼。鲥则其味胜鲤鲂，巨鳞细肉多脂肪。维其时矣物其旨，溉之釜鬵浸醋姜[5]。有诗有友，有肴有酒。今我不醉，得未曾有。我无太白量，谋醉亦有方。或为草飞白，或为吟诗章，或为知己累十觞。或为山水助徜徉，不因愤世流浪漫，不因沉湎失健康。顷者兴来拼一醉，醉归醺醺画酣睡。梦见周公与蒙庄[6]，呵叱不惧霸陵尉[7]。酒醒梦凉耳不热，情景依依心蕴结。心蕴结，气英发。今夕乃是四月即望夕[8]，清影婆娑入我室。急将醒时一枝笔，写入江南皓皓月。

题　解

张凤九（1882—1947），字生彩。新疆迪化（今乌鲁木齐）人。1911年在新疆高等学堂学习，因组织秘密团体，首倡剃发，被勒令退学。后经居正介绍加入中国同盟会。1914年，加入中华革命党。1917年，赴粤参加护法；8月，国会在广州召开非常会议，追补众议院议员。1924年冬，随孙中山北上。1928年11月，任第一届国民政府立法院立法委员。后一直连任。

漫歌：随意吟唱。元结《酬裴云客》："甚醉或漫歌，甚闲亦漫吟。"

笺　注

1　琼瑶之诗：谓唱和之作。《诗经·卫风·木瓜》"投我以木桃，报之以琼瑶。"

2　刘景晨（1881—1960）：字贞晦。永嘉（今浙江温州）人。民国初年，被选为第一届国会众议院候补议员。1923年拒曹锟贿选,退出政坛,专治书画。善诗文书画金石,绘画尤长梅花。

3 天台采药人:指东汉末年的刘晨、阮肇。见《寄郭闵畴兼谢赠印度椰子器》注6。

4 酉(jiǔ)圣:酒圣。周伯琦《六书正伪》:"酉,古'酒'字。"

5 釜鬵(zèng):语出《诗经·桧风·匪风》:"谁能亨鱼?溉之釜鬵。"釜和鬵都是古代炊具。釜是锅,鬵同"甑"。

6 周公与蒙庄都是关于梦的典故。《论语·述而》:"子曰:'甚矣吾衰也,久矣吾不复梦见周公。'"后因以"周公"喻梦。蒙庄指庄周,即庄子(约前369—前286),战国时哲学家。相传庄子为战国时宋国蒙邑(在今山东菏泽)人,故称。《庄子·齐物论》:"昔者庄周梦为蝴蝶,栩栩然蝴蝶也,自喻适志与,不知周也。俄然觉,则蘧蘧然周也。"

7 霸陵尉:汉将李广夜出打猎,与人饮酒后归至霸陵亭时,遭酒醉的霸陵尉呵斥。后以霸陵尉指盛气凌人的人。也作"霸陵醉尉"。苏轼《铁沟行赠乔太傅》:"明年定起故将军,未肯先诛霸陵尉。"

8 既望:古时月圆之日称"望",以后至下弦月这一段时间谓既望。后从简,称农历十五日为望,十六日为既望。据此推算本篇作于1932年5月21日。

对月有感示儿辈

皎皎庭中月,照我儿时事。忆自坠地来,三岁识千字。五岁至七岁,逢人喜属对。故乡诸父执,至今尚能记。八岁至十岁,寝馈在制义[1]。岂意甲午年,吾母悲见背?服阕试童子,年未满十二。忽忽举茂才,吾父泪暗坠。我时不解事,佻达喜游戏。不知父心伤,所问非所对。弱冠东瀛归,妾冠月中桂[2]。正欲慰亲心,吾父悲不讳[3]。自思儿童时,科名巨顺利。惟有屺岵痛[4],抱恨终天弃。追念父母恩,历历感不置[5]。忆母勖我书,独饷以精脍。忆父教我文,每日课一艺。而今所记者,都出双亲赐。早知今退速,悔不幼进锐[5]。幼时所读书,仿佛入腑肺。叮咛告儿辈,及兹早为计。西文学之梯,中文国之粹。校训首忠孝,三育德体智。我祖诗四句,宜世守勿替。书要自己读,饭要自己食。何不发汝愤,摆脱婴孩气。此诗浅而透,中有无穷味。毋空过光阴,致使我心悸。我心胡独苦,汝曹均熟睡。婚嫁眼前来,负担恐力匮。仰天顾清影,竟夕不能寐。作歌以告之,不知能感未?

笺 注

1 寝馈:睡觉与进餐。制义:八股文。明、清科举考试的一种文体,也称制艺、时文。文章就四书取题,其所论内容,都要根据朱熹《四书集注》等书"代圣人立说",不许自由发挥。

2 并上句。弱冠:男子二十岁。《礼记·曲礼上》"二十曰弱,冠。"诗人1908年从日本学成归国,年23岁。月中桂:古人以折桂比喻科举及第。黄右昌学部留学生戊申部试中获法政科第一名,授法政科举人。

3 不讳:死亡的婉辞。戊申部试至次年春始放榜。诗人在京等候放榜期间,父亲在家病逝。

4 屺岵痛:谓父母离世带来的悲伤。《诗经·魏风·陟岵》:"陟彼岵兮,瞻望父兮。……陟彼屺兮,瞻望母兮。"后应以"屺岵"代指父母。张宁《刘公秉望云思亲六韵》:"梦魂怀屺岵,涕泪满羹墙。"

4 不置:无穷尽。白居易《采诗官》:"周灭秦兴至隋氏,十代采诗官不置。"

5 并上句。退速、进锐:指急于求进者往往后退也快。语本《孟子·尽心上》:"其进锐者,其退速。"

书 感 次展堂先生韵

修远路曼曼,颙领心恻恻[1]。考槃有硕人[2],秉心渊且塞[3]。天何闇而晦[4],敌得寸进尺。变化以作诈,崦嵫竟相迫[5]。何世无卫毁,以八事兴国[6]。遂使周辙东[7],空荣乾时北[8]。抚剑泪纵横,披图增太息[9]。江离纷总总[10],抽思苦相忆。

题 解

展堂先生即胡汉民(1879-1936)。胡汉民和诗人是日本法政大学校友,但素未谋面。胡汉民在担任国民政府立法院院长后，因欣赏诗人在罗马法方面的造诣，力邀诗人到国民政府立法院任职，参与民法、社会法、经济法方面的立法工作。二人公务之余多有诗文往来。

笺 注

1 顑（kǎn）颔：形容因吃不饱而面黄肌瘦的样子。语出屈原《离骚》："苟余情其信姱以练要兮，长顑颔亦何伤。"

2 考槃：亦作"考盘""考磬"。诗文中咏隐居或隐居之地的典故。出自《诗经·卫风·考槃》："考槃在涧，硕人之宽。"硕人：有德之人，贤者。1931 年 2 月，胡汉民对召开国民会议独持异见，与蒋介石发生矛盾，被蒋软禁于汤山，被迫辞去所有职务。在国民党广东实力派的压力下，10 月 14 日才结束软禁。故诗人有此句。

3 渊塞：思虑深远而笃实。

4 语本屈原《天问》："何阖而晦？何开而明？"大地晦暗是因为天空关闭了。喻政治不清明。

5 崦嵫：山名。位于甘肃天水西。传说中为日落之山。屈原《离骚》："吾令羲和弭节兮，望崦嵫而勿迫。"

6 并上句。卫毁即卫文公。公元前 660—前 635 年在位。卫文公在位期间，实行努力生产，教导农耕，便利商贩，加惠各种手工业，重视教化，奖励求学，向臣下传授为官之道，任用有能力的人为官等八项政策。通过这些政策的落实，使卫国强大起来，并且灭了邢国。

8 周辙东：指周平王在公元前 770 年将国都正式东迁至洛邑，开始了东周的历史。而此时国民政府也因为避日军锋芒，迁往洛阳办公。

9 乾时：古地名，齐地，在今山东青州。

10 披图：展阅图籍、图画等。这里指查看地图。这一联诗对国民党当局抗日无能的局面表示深深的忧虑。

11 江离：亦作"江蓠"，又名"蘼芜"，香草名。屈原《离骚》："扈江离与辟芷兮，纫秋兰以为佩。"总总：聚合的样子。屈原《离骚》："纷总总其离合兮。"

次韵赠王石荪

曾听谈瀛亹亹词[1]，烂柯又历几盘棋[2]。江边芳草存姱节[3]，爨下劳薪足疗饥[4]。官样文章依旧画，空头票据究谁欺。伤心义比当年约[5]，我亦与君力谏之[6]。

题 解

王石荪（1882－1941），名景岐，福建闽侯（今福州）人。外交官。历任驻法国使馆翻译、农业部编纂、外交部主事、外交部参事等职。1921年，被任命为中华民国驻比利时全权公使。时任国立劳动大学校长、中华民国拒毒会主席、外交部顾问。

笺 注

1 谈瀛：谈论海外事。语出李白《梦游天姥吟留别》："海客谈瀛洲，烟涛微茫信难求。"亹（wěi）亹：勤勉不倦。语出《诗经·大雅·文王》："亹亹文王，令闻不已。"

2 烂柯：指世事变幻。典出任昉《述异记》：晋朝王质到石室山伐木，见仙人弈棋，弹琴唱歌，没多久，斧柄烂尽，回到家中，同时代人都已老死。

3 姱（kuā）节：美好的节操。语出屈原《离骚》："汝何博謇而好修兮，纷独有此姱节。"

4 诗人自注："君为劳动大学校长。"

5 改订新约是国民政府为废除和改订清朝和民国初年与其他国家签订的一系列不平等条约而进行的一场运动。1928年7月起，国民政府开始与各国进行取消协定关税、收回关税自主的谈判。同月，签订了新的《中美关税条约》。此后意大利、比利时等九国相继与中国签订了类似条约。

6 诗人自注："一九二八年，意比新约，我许外人以土地所有权为撤销领事裁判权之交换条件。君时任比使，电争不可，余亦著文批判。" 按，1929年4月和9月，国民政府两次要求英美等国进行领事裁判权谈判，但无果而终。比利时租界由于财政困难，比利时政府表示愿意交还中国。8月31日，中比两国签订了交还天津比租界的约章，规定该租界的行政管理权以及所有租界公产，

喜 雨

八月有八日，泥龙满街舞[1]。天油然作云，旋沛然下雨。高低一以灌，良苗色斯举[2]。农人欣有秋，都会顿消暑。如何求雨人，竟以此自诩。其心虽可嘉，其事徒自苦。实适逢其会，于义无所取。欲贪天之功，毋乃类狂瞽。

题 解

1922年—1932年，黄河流域持续发生特大旱灾。灾区主要集中在甘肃、陕西、宁夏、内蒙古、河南、山东等地。这场旱灾从始旱年起，先经过6年肆虐，耗尽了民间和政府的粮食储备之后，于第7—9年旱情猛然加重，从而造成了深重的灾难。1932年，河南仍有50个县有严重干旱。而河南当时90%以上的耕地为旱地，旱灾带来的影响尤其严重。旱区民众盼雨已久。

笺 注

1 泥龙：泥塑的龙像。旧时用以祈雨。

2 色斯举：出《论语·乡党》："色斯举矣，翔而后集。"旧解认为此言孔子善于通过察言观色决定去留，见颜色不善则离去。这里用字面意思，表示雨后禾苗颜色转青。

读 史

世间大乱先尸位[1]，天下隐忧在不均。臣朔侏儒饥饱异[2]，拾遗补阙斗车陈[3]。

笺 注

1 尸位：谓居位而无所作为。这句是说，天下大乱首先是由于居高位者无能。

2 臣朔：指汉代名臣东方朔。《汉书·东方朔传》："朱儒长三尺余，奉一囊粟，钱二百四十。臣朔长九尺余，亦奉一囊粟，钱二百四十。朱儒饱欲死，臣朔饥欲死。"

3 拾遗、补阙都是唐代谏官名，分属门下、中书两省。斗车：车载斗量的略语，意为众多。这里指官场冗员充斥，也是双关自己国民政府立法院立法委员身份的尴尬。

后湖舟中与朱子英联句

一叶湖心又水滨，婵娟有意渐窥人。山垂倒影明如画，棹撼波纹色似银。英 渴食西瓜方有味，卧看北极更传神[1]。听琴司马风流甚[2]，惆怅珠江历几春[3]。黼

题 解

朱子英（1880—1940），名和中，湖北建始人。早年就学湖北武备学堂，1903年公费赴欧洲留学，先入德国陆军步兵学校，后转到柏林兵工大学。1912年1月中旬回国，此后历任参谋总部第二局局长、参谋总部高级参谋。护法战争爆发后，到广东任护法军政府秘书、厅长和机要秘书等职务。1926年到1928年，朱和中曾两次奉派考察欧洲及苏联。因受排挤，1928年起改任立法委员。

笺 注

1 北极：指北极阁。见《登北极阁散步至鸡鸣寺》题解。

2 司马：指汉代辞赋家司马相如。司马相如精通琴艺，在卓王孙家做客时，弹了两首琴曲挑动卓王孙之女卓文君。而后两人相悦，结伴私奔。

3 朱和中在欧洲留学期间即追随孙中山，护法战争后，曾长期在南方政府任职。

题子英《仙槎缘》诗稿

紫云去后怅樊川[1]，苦忆珠江旧管弦。约指一双人不见[2]，仙槎缘是定情篇[3]。

笺 注

1 樊川指唐代诗人杜牧。孟棨《本事诗》载：杜牧任御史分司洛阳时，到赋闲在家的兵部尚书李愿家中赴宴，看上了李尚书最宠爱歌女紫云，当场要求主人把紫云送他。众人皆笑。杜牧当场赋诗一首，云："华堂今日绮筵开，谁唤分司御史来。忽发狂言惊四座，两行红粉一时回。"吟罢，意气闲逸，旁若无人。

2 约指：戒指；指环。繁钦《定情诗》："何以致殷勤，约指一双银。"

3 仙槎：神话传说中能来往于海上和天河之间的竹木筏。承上句，指朱子英诗集《仙槎缘》相当于定情诗。

后湖即事

湖光远接翠岚明，榴放嫩红柳放晴。鼓枻舟同鸥上下，插天堡以石峥嵘[1]。长人共讶防风现[2]，细草还怜带雨生。一峙一渟皆自得[3]，高山流水不胜情。

笺 注

1 堡指天堡城。见《京沪道中》注12。

2 诗人自注："此长人即北平三贝子园守门二长人之一。"按，三贝子园即当时的国立北平天然博物院（现在的北京动物园），因在原乐善堂基础上建成，而乐善堂前身后为乾隆朝大学士傅恒三子福康安贝子的私人园邸，故俗称"三贝子花园"。博物院雇用了两个身高两米以上的"长人"守门，成为当时北京一景。这里提到的可能是二"长人"之一的刘玉清，他被美国导演看中，去好莱坞拍过电影，可惜因不善表演，不久即回国。

3 渟：水停止不动。一峙一渟：山岳屹立，湖水平静。

五洲公园堤上口占 次朱子英韵

野迥春先觉，风狂路不迷。参差青荇老[1]，叆叇白云低[2]。君住洞庭北，我家衡岳西。同仇齐杀敌，草檄助征辇。

题 解

五洲公园即玄武湖。民国初年,玄武湖辟为公园,以湖中五个岛为五大洲,命名为五洲公园。见《西湖散步与夔旭偶谈五则》注5。

朱子英,见《后湖舟中与朱子英联句》题 解。

笺 注

1 青荇:即荇菜。多年生草本植物,叶子略呈圆形,浮在水面,根生在水底,花黄色,蒴果椭圆形。《诗经·周南·关雎》:"参差荇菜,左右流之。"

2 嗳曃(ài dài):云多而昏暗的样子。

游半山寺谢公墩

茫茫劫后抚恫瘝[1],我屋公墩亦等闲[2]。若舍文章论事业,半山毕竟逊东山[3]。当日吁谟定远猷[4],两贤个性判刚柔。双墩莫问东西躅,何处江南非屐游[5]。

题 解

半山寺始建于1085年,故址在今南京中山门附近。北宋王安石变法失败后,辞官隐居半山园。一场重病初愈后,他上书宋神宗赵顼,请求将住宅改建寺院。神宗准奏,并赐名为"报宁禅寺"。因寺庙正好在白下门到钟山的半道上,故被人称作半山寺。明初,朱元璋修筑南京城墙时,将半山寺包入城内,因其接近皇城,成为禁区,寺因此荒废。今在旧址建有王安石故居。

谢公墩即谢安墩, 在南京共有四处,分别在冶城、东山、半山寺、谢公祠(门西)。本篇所吟咏的谢公墩即是半山寺所在。

笺 注

1 王安石在宋神宗的支持下推行变法,但是由于用人不力及执行出现偏差,变法也出现一些副作用,加之朝廷"新旧党争",变法基本失败,王安石辞去相位,到半山园养病隐居。恫瘝:病痛,疾苦。

2 半山园其实是谢安的侄子谢玄及其后代所居住的地方,王安石误认为是谢安住处,于是写了一首《谢公墩》:"我名公字偶相同,我屋公墩在眼中。公去我来墩属我,不应墩姓尚随公。"后人根据王安石首诗认为,谢公墩是在半山园。

3 半山这里指王安石,东山指谢安。谢安(320—385),字安石,东晋政治家,军事家。谢安在淝水之战击败前秦,并通过北伐夺回了大片领土。在功成名就之时,急流勇退,因此被后世人视为良相的代表。因谢安退隐后隐居会稽(今浙江绍兴)东山,所以人称"谢东山"。

4 吁谟:远大宏伟的谋划。这句是吟咏将当年谢安在东山别墅遥控指挥淝水之战,大获全胜。

5 诗人自注:"李白《登冶城谢公》诗:'冶城访古迹,犹有谢公墩。'据此墩在冶城之西。自王安石作诗,于是城东又有一谢公墩。考古者其说不一,余意以两存为是。"按,《登冶城谢公》即《登金陵冶城西北谢安墩》略写。

秋感示北大诸子 二首

五四锄奸一炬红[1],为牢画地景山东[2]。当时与子同忧患,十有三年感雪鸿[3]。

一寸一金谁守土,同仇同泽岂无衣[4]?长城秋草辽阳月[5],冉冉周年泪共挥。

题 解

五四运动爆发以后,北大师生以敏锐的历史主动性关注到了五四精神遗产的归纳和传承。五四运动刚刚落幕,就提出了五四运动和"五四精神"的概念。以后每年都要在五四前后开展纪念活动。1932 年 5 月 5 日,北大学生在三院大礼堂(即 1919 年 5 月 3 日决定发起学生运动的北大法科大礼堂)举行纪念大会,会后出版了纪念册。诗人收到纪念册以后,题诗回赠北大学子,勉励学生继承五四爱国精神,抵抗日寇侵略。

笺 注

1 指五四运动中提出的惩办曹汝霖、陆宗舆、章宗祥的要求和火烧赵家楼的举动。

2 为牢画地：语出司马迁《报任安书》："故有画地为牢，势不可入。"这里指北洋政府6月初拘押被捕学生于北大法学院礼堂。参见《杭州雅集（二首）》注5。景山东：时北京大学法学院位于景山东侧。

3 并上句。五四运动期间，诗人是北大管理校务的五人临时委员会成员之一，曾亲自前往北大法学院礼堂探视、救助被拘禁的学生。参见《杭州雅集（二首）》注5。雪鸿："雪泥鸿爪"的略语。比喻往事遗留的痕迹。

4 语本《诗经·秦风·无衣》："岂曰无衣，与子同袍。王于兴师，修我戈矛，与子同仇。""岂曰无衣，与子同泽。"后以"同仇"表示面对共同敌人；"同泽""同袍""袍泽"用于战友之间互称。

5 泛指当时东北、华北被日本铁蹄践踏的严峻形势。

友人以其重刊明遗民陈菊潭先生《菊花百咏》见赠即题其后 四首

菊花百咏味缠绵，以佐菊杯更畅然[1]。自是先贤灵不昧，鸿编今日结鸥缘[2]。

初刊重刻岁壬申[3]，甲子四周大有因。二百余年知己在，肯教遗稿付沉沦。

唾壶击碎问苍穹[4]，彼黍离离恨满胸[5]。一个吟花一扫叶，菊潭陈氏半千龚[6]。

泉明亮节傲秋霜[7]，菊以人传韵更长。公与泉明同感慨，寓言十九类蒙庄[8]。

题 解

友人指张维翰（1886－1979），字季勋。云南昭通人。早年毕业于公立云南法政学堂。1912年加入国民党。此后为滇系领导人唐继尧的部下。1927年2月，唐继尧被龙云推翻，张维翰被龙云继续任用。1931年8月离开云南，转到国民政府中央任职。1932年5月任国民政府立法院秘书长，10月补为国民政府立法院立法委员。

陈菊潭即陈王廷（生卒年不详），河南人。因家乡为隋置菊潭县，故号"菊潭"。明末武庠生。崇祯五年（1632）曾任乡兵守备。明亡后，隐居家乡，耕读自给。因其不仕于清，故称遗民。《菊花百咏》由张维翰在1932整理刊印。

笺 注

1 菊杯：一种薄胎敞口的酒杯。潘彷《九月梅》："洒扫东篱具菊杯，仙翁折送几枝梅。"

2 张维翰号莼鸥，《菊花百咏》亦署"莼鸥重刊"。

3 《菊花百咏》清康熙三十一年（1692）初刻，干支纪年为壬申。

4 唾壶击碎：唾壶是古时一种小口巨腹的痰盂。南朝刘义庆《世说新语·豪爽》故事：晋朝时期，大将军王敦每次喝完酒后总是吟咏曹操的诗句："老骥伏枥，志在千里。烈士暮年，壮心不已。"一边吟咏一边用如意敲打唾壶，壶口都给敲破了。后世遂用"唾壶击碎"表示对文艺作品的高度欣赏。

5 彼黍离离：语出《诗经·王风·黍离》："彼黍离离，彼稷之苗。"谓亡国之痛。参见《扫叶楼吊龚半千》注6。

6 半千龚：见《扫叶楼吊龚半千》题解。

7 泉明：即陶渊明。因避唐高祖李渊讳，"渊"尽改为泉。

8 蒙庄即庄子。见《漫歌赠张凤九》注5。

重游灵谷寺

四百八十寺[1]，荒废十之七。兹寺独岿然，轮奂美新葺[2]。有幸有不幸，无所谓得失。我来正逢秋，抚事感今昔。极目云礧硊[3]，入耳蝉骚绎[4]。缅想古高僧[5]，于此曾振锡[6]。三藐三菩提[7]，八水八功德[8]。佛法本弘通，时事有缓急。西南民力罄，东北外氛炽。胡不挞伐张，而罢诸无益。同泰三舍身[9]，末路饿鬼泣[10]。殷鉴在六朝[11]，怆然心戚戚。

笺 注

1 四百八十寺：语本杜牧《江南春绝句》："南朝四百八十寺，多少楼台烟雨中。"据《南史·郭祖深传》："都下佛寺五百余所。"杜牧诗用约数。

2 轮奂：高大而华丽。《礼记·檀弓》："美哉轮焉，美哉奂焉。"新葺：新修整。

3 靉靆：云多而暗。见《五洲公园堤上口占》注2。

4 骚绎：同绎骚。骚动，扰动。语出《诗经·大雅·常武》："徐方绎骚，震惊徐方。如雷如霆，徐方震惊。"

5 诗人自注："指唐宝志公及宋僧昙隐。"

6 振锡：锡，即僧道所持的锡杖，因行路时振地有声，故言振锡。李白《送通禅师还南陵隐静寺》："道人制猛虎，振锡还孤峰。"

7 三藐三菩提：佛教语，亦省作"三菩提"。指佛陀所证的"等正觉"，意思是对佛法无不通晓。

8 八水八功德：谓西方极乐世界浴池中具有八种功德之水。不同的经典对八功德的解释不一。又，灵谷寺有泉名"八功德水"。查慎行《人海记》："南京灵谷寺琵琶街侧，有池曰八功德水，今涸。按八功德水见佛书，在天竺国。一清、二冷、三香、四柔、五甘、六净、七不噎、八除病。"

9 同泰：《梁书·武帝纪》记载，南朝梁武帝萧衍（503—549在位）酷嗜佛，三度在南京同泰寺舍身为奴隶。

10 饿鬼泣：梁武帝后为侯景所逼，饿死在台城。

11 殷鉴：语出《诗经·大雅·荡》："殷鉴不远，在夏后之世。"指沉痛的教训。南京为六朝古都，但是这些王朝都很短命，所以南京又常常被人称为"亡国之都"。

泽 畔

泽畔行吟怀屈子，市中底处访荆卿[1]。可怜淞沪江边骨[2]，输于匆匆城下盟[3]。

题 解

泽畔：湖泽旁边。《楚辞·渔父》："屈原既放，游于江潭，行吟泽畔。"

所以后世把失意官员或乱世忧国忧民的作品称为"泽畔吟"。

　　1932年的"一二八"淞沪抗战，中国军队在各方支持下坚守月余，最终以中国军队撤离上海，日军占领真如、南翔后宣布停战而告一段落。4月在洛阳召开的"国难会议"上，尽管国民党设置了许多障碍，但是代表们同仇敌忾，在大会的决议中仍然呼吁抗战，要求政府不得与敌妥协。但是国民党当局不顾民意，仍然于5月5日在英国驻上海领事馆和日本代表签订了《淞沪停战协定》。消息传来，诗人悲愤莫名，写下了这首咏怀诗。

笺　注

　　1　荆卿：即荆轲。这里借指敢于舍身犯险的壮士。荆轲出身贵族，非"市中底处"人。这里代指在虹口公园爆炸事件中行刺日军首脑的韩国义士尹奉吉，他本是韩国乡村教师，1930年流亡中国，于1932年4月26日加入流亡韩人组成的爱国团敢死队。

　　2　化用陈陶《陇西行》："可怜无定河边骨，犹是春闺梦里人。"

　　3　城下盟：指《淞沪停战协定》。根据这个协定，中国实际上承认日军可以常驻上海吴淞、闸北等地，而中国军队却不能在浦东和苏州河南部，以及龙华对岸若干地区驻防。交战区划为非武装地区。这个协定固定了日军的侵略成果，对中国极为苛刻，故曰"输"。

无锡杂咏　十首

梅园浒山

　　一角太湖横牖户，满山明月吐清晖。此来香海梅花落[1]，差幸慰情有紫薇。

太湖

　　太湖三万六千顷，七十二峰各有名。眼底濛濛青未了，又听水石搏铿铿。

小箕山锦园[2]

　　秋到锦园荷未凋，小箕山色似垂髫。酒酣走上嘉莲阁，四面湖光入望遥。

鼋头渚

万顷堂南充山麓[3],厥形如岛又如觚。鼋鼍不是池中物,掀起犊山满太湖。

杨园[4]

古铜深藏广福寺[5],特书明末紫渊杨[6]。先生更有伤心句,天地无言痛国亡。

军将山真武庙[7]

庙名真武何无武,辜负最高军将山。南坞官来西竹箬,山灵默默亦羞颜。

五里湖蠡园[8]

五里湖滨怀少伯[9],茫茫烟水一轻舠。蠡园饶有观鱼乐,我亦忘机等在濠[10]。

无锡农村

初秋江北升新谷,何独江南晚稻毿[11]。工厂缫丝纷总总,此邦风土富桑蚕。

惠山及锡山

游罢惠山又锡山,雷封百里瞰全斑[12]。振衣更上龙光塔[13],一勺太湖缥缈间[14]。

锡苏道上

云迷锡惠中秋节,车到姑苏月又圆。好是三更天气后,阊阎城外望婵娟[15]。

笺 注

1 香海:即梅园。在无锡西郊的东山、浒山及横山西南坡上,占地约 60 公顷。原为清进士徐殿的桃园,1912 年由荣德生、荣宗敬在旧址上植梅数千株筑成,是江南著名的赏梅胜地。因梅花林中有三间敞厅,康有为题额"香海",故称。

2 锦园位于无锡小箕山。此地原为芦苇滩,四面临水。1929年,著名实业家荣宗敬在此辟园,因荣宗敬又名宗锦,故名"锦园"。园中有荷花轩,又名花厅,为楠木构建,为赏荷、宴会之处;嘉莲阁为茶楼;高妙台是观赏太湖风景的绝佳处。

3 万顷堂:位于管社山(又名北犊山)南坡,与中犊山隔湖相对。原为朝神庙旧址,由杨翰西等人于公元1906年改建而成。万顷堂东坡有夏王庙。据传犊山门为夏禹所凿,所以立庙以祀。后讹为项王庙。后人附会将庙旁的岩崖,称虞美人崖。在堂侧湖边,建有重檐彩绘方亭,题名"驻美亭"。

4 杨园:明末,抗清义士杨紫渊(1674—?)曾在驻美亭东麓隐居。杨后人在此建有管社山庄,称"杨园"。有翠胜阁、尚友堂、潜乐堂等建筑,后毁。民国时,杨氏后裔在此建杨氏祠堂,但园未复旧观。

5 广福寺:1925年秋,由量如和尚向杨紫渊后人募化山地重建。寺内僧房华严精舍藏有杨紫渊铁锏,为镇寺之宝。锏:短兵器的一种,出于晋唐之间,以铜或铁制成,形似硬鞭。

6 诗人自注:"杨紫渊,名维宁。明亡隐居管社山,即所称'杨园'是也。诗有'湖山虽好非吾有,天地无言痛国亡。'之句。"

7 军将山即军嶂山。为锡南第一高峰。五代时期南唐屯兵于此,故名军帐山、军将山。明崇祯年间(1628—1644),僧人陈望坡始建寺庙,清康熙年间(1662—1722)又先后扩建过二次,当时取名为"静寿寺"。后因相传三月三为真武帝诞辰,居民燃香明烛,环座殿前一夕、岁以为常,形成香市,寺亦俗称为真武庙。

8 五里湖即蠡湖,相传春秋末期,越国大夫范蠡偕西施在此隐居,故名。蠡园坐落在蠡湖北岸,是遐迩闻名的江南水景园林。

9 少伯:即范蠡。见《挽徐伯轩(二首)》注3。

10 忘机:消除机巧之心。见《北海即景》注3。濠:见《题与桂旭三潭印月合照》注3。

11 毵(sān):毛发细长的样子。这里用来形容幼苗瘦弱。

12 雷封:古代县令的代称。因古代县令治理百里之地,犹如雷霆可及百里范围。时无锡为县。

13 龙光塔：在今锡惠公园内，始建于明正德年间。历代屡有修葺。1930年荣德生捐资重修。此塔属振兴文风的风水塔，也是寄畅园、杜鹃园、吟苑的重要借景，是无锡城市地标之一。

14 一勺：见《秋夜渡洞庭》注3。又，无锡鼋头渚广福寺旁有"一勺泉"，是以"有源之水聚而为一勺，散而为三万六千顷"而得名。

15 阖闾城：苏州的别称。因苏州为春秋时吴王阖闾所筑，故名。

题与夔旭五里湖滨蠡园小照

坐而言者起而行，五里湖滨万里情。剪取太湖山一角，照来秋水石三生[1]。万丝杨柳千丝藕，百亩桑麻十亩粳。最是西南云蔼处，疏疏红蓼钓舟横。

笺 注

1 石三生：三生石的倒装。见《题棋纹石》注4。

苏州全景

除却太湖修远外，其余都不让杭州。沧浪濯足闻渔笛[1]，狮子回头望虎丘[2]。绕郭诸峰群玉屑，带城一水八门秋[3]。风亭月榭知多少，争及枫桥夜半舟。

笺 注

1 沧浪濯足：屈原《渔父》："沧浪之水清兮，可以濯吾缨；沧浪之水浊兮，可以濯吾足。"本谓洗去脚污。后以"濯足"比喻清除世尘，保持高洁。

2 诗人自注："吴中土语。"按，这里的狮子和虎丘，分别是指在苏州的狮子山和虎丘山。狮子山在古代志书里记作"岞（zuò）公式山"，亦名"鹤阜山"。朱长文《吴郡图经续记》："岞公式山，在吴县西南一十五里。《图经》云：形如狮子，今以此名山也。"虎丘山古称海涌山。陆广微《吴地记》："阖闾冢在吴县阊门外。以十万人治冢，取土临湖。葬经三日，白虎踞其上，故名虎丘山。"传说吴王僚葬于狮子山，吴王阖闾葬于虎丘，吴王僚不满吴王阖闾规格高于自己，魂魄化作山灵，回头怒视虎丘。

3 诗人自注："阊、胥、盘、葑、齐、娄、平、金八门。"

登天平山怀范文正

　　苏州城西天平山，奇石兀兀耸层峦。上有气象峥嵘千仞高兮卓笔峰，中有线脉萦络百斛涌兮白云泉，左有范氏乔梓之祠宇[1]，右有范氏祖考之冈阡[2]。更兼满山枫叶老，衬出万丈红霞天[3]。我来正逢九一八，心含万愁看万笏[4]。复地御侮等空谈，下旗志哀循故辙[5]。翠然高望古之人[6]，浩歌一洒满腔血。忆昔吴县范仲淹，二岁丧父命偃蹇[7]。母适朱氏身朱郎，长大辞母泪泫泫。五年攻苦不解带，天下己任在勤勉。秀才勋业有由来，归功祖茔抑何诞。博得一官迎母归，大义私情两无忝。万言受知晏元献[8]，四论触怒吕夷简[9]。抚亡修堡事预防，对使焚书勇且敢。威镇元昊慑诸羌，数万甲兵腹坦坦[10]。人言无用是书生，似此书生古今鲜。我愿大家齐学先忧后乐一书生，早使贼子闻之惊破胆。

题 解

　　天平山古称白云山。在苏州灵岩山、支硎山之间。山高顶平，多林木泉石，为太湖风景名胜区组成部分。山上有范仲淹祖坟和范仲淹故居，山顶有望湖台，上有一圆石，面向太湖，称照湖镜。

　　范文正即范仲淹（989—1052），字希文。宋吴县（今苏州）人。是北宋著名的政治家、军事家、文学成就亦斐然可观。卒谥文正，有《范文正公集》。

笺 注

　　1 指范文正公祠，又称忠烈庙，奉祀范仲淹及其长子纯佑、次子纯仁、三子纯礼、四子纯粹。乔梓：谓父子。典出《尚书大传·梓材》："南山之阳有木焉，名乔，高高然而上，乔者父道也；南山之阴有木焉，名梓，晋晋然而俯，子道也。"

　　2 冈阡：冈峦上的墓葬。阡：通往坟墓的道路。

　　3 天平山麓有成片枫林，深秋红叶如火，人称"万丈红霞"。

　　4 天平山笔架峰后岩石参差错落，人称"万笏朝天"。

5 九一八事变爆发后的第三天，即 1931 年 9 月 20 日，国民政府召开临时会议，决议在 9 月 23 日全国下半旗并停止娱乐一天，以示对沈阳陷落表示沉痛之情。1932 年 9 月 18 日，国民党中央组织九一八一周年纪念大会，降半旗致哀。各省党部也均组织了相应的纪念活动。诗人这里对国民党当局止于形式上的表演而不务实抗日表示不满。

6 罙（yì）然高望：语本《孔子家语·辩乐解》："孔子有所缪然思焉，有所罙然高望而远眺。"罙然：高远的样子。

7 范仲淹两岁丧父，母贫无依，改嫁朱氏，因取朱姓，名说。中进士后始迎母归，复本姓，更名仲淹。

8 万言：1028 年，范仲淹向朝廷上万言疏《上执政书》，奏请改革吏治，裁汰冗员，安抚将帅。晏元献：即晏殊（991—1055），宋抚州临川人，文章赡丽，尤工诗词。元献是他的谥号。1027 年，范仲淹居宋朝南京应天府（北宋陪都，今河南商丘）为母守丧。时晏殊为南京留守、知应天府，邀其执掌应天书院教席。晏殊为相后，又当面向皇帝陈述范仲淹既往政绩。范仲淹得以启用为秘阁校理，进入中央政府。

9 吕夷简（979－1044）：字坦夫，寿州（今安徽寿县）人。真宗时进士。仁宗初，刘太后临朝，任宰相十余年。仁宗亲政，仍在相位，长期把持朝政。范仲淹作《帝王好尚论》《选贤任能论》《近名论》《推委论》，建言对宰辅等臣僚应该"委以人臣之职，不委以人君之权。"吕夷简大怒，诉仲淹越职言事，荐引朋党，离间君臣。范仲淹因而被贬，并牵连到同情范仲淹的欧阳修、尹洙。史称"景祐党争"。

10 并"抚亡修堡"以下四句。1040 年 3 月，因边事吃紧，宋仁宗将范仲淹召回京师，先后担任天章阁待制、出知永兴军，龙图阁直学士、陕西经略安抚副使。八月，范仲淹兼知延州。范仲淹在戍边西北期间，修筑承平、永平等要塞，把十二座旧要塞改建为城，以使流亡百姓和羌族回归。又修筑大顺城，修葺细腰、胡芦等军塞，切断敌军通路，巩固了西北防线，使西夏军队不敢轻易侵犯他所统辖的地区，最终向北宋称臣。孔平仲《孔氏谈苑·军中有范西贼破胆》云："贼闻之曰：'无以延州为意，今小范老子腹中有数万甲兵，不比大范老子可欺也。'"

偕王石荪参观淞沪战区凄然感赋

创巨平民甚[1]，痛深学舍多[2]。萧条余瓦砾，起伏叠风波。不共戴天耻，无惭曳落河[3]。未寒淞沪骨，御侮又蹉跎[4]。

题 解

王石荪，见《次韵赠王石荪》题解。

笺 注

1 创巨：创伤深重。语出《礼记·三年问》："创巨者其日久，痛甚者其愈迟。"

2 诗人自注："劳动大学、持志大学、中大商学院、复旦大学、东南女子体育学校、吴淞中学、同济大学均毁。"

3 曳落河：契丹语，意为壮士、健儿。

4 一二八事变后，国联派遣李顿调查团前来调查。1932 年 10 月 2 日，《国联调查团报告书》在东京、南京和日内瓦同时发表。报告书虽然不予承认伪"满洲国"，但是总体上明显偏袒日本，并且荒谬地提出中国东北地区由各大国共同管理的主张。报告书引发中国各界强烈不满。10 月 6 日，中国驻国联代表团发表宣言，对国联报告书表示遗憾。11 月 14 日，中国代表团宣布拒绝国联报告书提出的关于建立东北顾问会议的建议。参见《春感（八首）》注 28。

登扫叶楼

劲草今亡矣[1]，临风意惘然。空山半日雨，古井六朝泉。双阙娟娟黛[2]，长江渺渺船。秋来多怅触[3]，世乱又经年。

题 解

扫叶楼，见《扫叶楼吊龚半千》题解。

笺 注

1 劲草：喻操守坚贞、威武不屈的人。《东观汉记·王霸传》："上谓霸曰：'颍川从我者皆逝，而子独留，始验疾风知劲草。'"亡（wú）：同无"。没有；不复存在。

2　双阙：古代宫殿前两边高台上的楼观，借指京城。

3　怅触：感触。见《游北固山望长江放歌》注11。

村兴八首 并序

　　《无逸》先稼穑之艰难[1]，《豳风》叙田园之乐事[2]，可见古人治国之要道，端在乎"劳动"二字。此作描写江村秋来之景物，意在引起建造农村之热情，其中"池影经秋瘦"句系梦中所得，醒犹能记全文，唯一转侧间仅记此一句，于是配成一首，并因此演成八首。昔谢灵运于永嘉西堂思诗，竟日不就，忽梦惠连，得"池塘生春草"句，大以为工，自云："此语有神助，非吾语也。"[3]窃思灵运西堂闲适，因思诗而梦得句；余则案牍劳形，因梦句而后成诗，余曷敢与比哉？诗成聊记缘起如右。

　　策策风摇荻[4]，黄黄叶落桑。白衣欣送酒[5]，青女渐降霜[6]。封汕鳝盈筍[7]，穰田谷满仓。但教生事足，何惜露沾裳！

　　篱笆编竹董[8]，茅屋隐溪烟。雀跃枝垂地，鱼游沼破天。红侵樵子笠，绿渍稻孙田。吾欲跨黄犊，行行懒着鞭。

　　有田都近水，无屋不依山。池影经秋瘦，松声着雨闲。征鸿望不断，飞燕去仍还。欲问渔樵路，涧溪故故湾。

　　独酌三叉道，无腔一笛歌。食贫淹苦苣，置散老藤萝。气爽蝇营少，衣缕犬吠多。醉将青白眼[9]，细数露珠荷。

　　山松何郁郁，篱菊亦娟娟。露促蒹葭老，霜包橘柚圆。宁为洴澼絖[10]，饶有柘枝颠[11]。但得耦沮溺[12]，无须阳羡田[13]。

开荒长柄耜,把钓小桥津。流下岩阿叶[14],化为涧户薪[15]。凫鹥眠乙乙[16],葵藿立申申[17]。何处采菱曲,布裙一幅巾。

蹄涔妨葛屦[18],蓬矢傍胡麻[19]。马齿青青苋,鸡冠灼灼花。堰低龟曝日,溪浅蟹藏沙。忙煞捣衣女,砧声碎宿鸦。

三五盈盈月,参差窈窈峰[20]。其间佣小艇,隔岸听疏钟。斋饭香新枥,散墟闹故封。星河皖杼柚[21],轧轧伴吟蛩[22]。

题 解

本篇曾在《国民外交杂志(南京)》1934 年第 5 期、《时代公论(南京)》1933 年第 82 号发表。

笺 注

1 无逸:《书经》篇名。相传周公所作。其开篇云:"周公曰:呜呼!君子所其无逸。先知稼穑之艰难,乃逸。"意思是君子处世,不贪图安逸;先知道了农事的艰难,就会得到快乐。

2 豳风:《诗经》十五国风之一。共计 7 篇 27 章,均为西周时的诗歌。

3 钟嵘《诗品》引《谢氏家录》云:"康乐每对惠连,辄得佳语。后在永嘉西堂,思诗竟日不就。寤寐间忽见惠连,即成'池塘生春草'。故尝云:此语有神助,非吾语也。"谢灵运袭爵封康乐公,世称"谢康乐";谢惠连是谢灵运的族弟。时以灵运为大谢,惠连为小谢。

4 策策:象声词。韩愈《秋怀诗》:"秋风一披拂,策策鸣不已。"荻:多年生草本植物,生在水边,似芦苇,茎可供编织或造纸。秋季开花,故在古诗中常作为咏秋的起兴。

5 白衣送酒:典出南朝檀道莺《续晋阳秋》:"陶潜尝九月九日无酒,宅边菊丛中,摘菊盈把,坐其侧久,望见白衣至,乃王弘送酒也。即便就酌,醉而后归。"按,王弘时为江州刺史,白衣人是其童仆。

6 语本《淮南子·天文》:"至秋三月,青女乃出,以降霜雪。"

7 封洫:区分田界的水沟。语出《左传·襄公三十年》:"田有封洫,庐井有伍。" 笱:小鱼篓,与笼相似,口阔颈狭腹大,喉内编有细竹倒刺,鱼能入不能出。鰌，即泥鳅。

8 编竹：指用细竹竿或竹片编织成的篱笆。刘敞《黄州临皋亭》："比屋皆编竹，孤城半跋山。"墐：涂抹。本句指用黏土涂敷于竹编表面为墙，为旧时乡下民居常见。

9 青白眼：见《阮嗣宗墓》注10。

10 洴澼（píng pì）纩：在水上漂洗棉絮。洴澼表现水絮相击的声音，纩即棉絮。这里代表辛苦而又卑微的工作。

11 柘枝是一种古曲调，柘枝舞因曲而名。宋朝宰相寇准有"柘枝颠"之称，宴客必有柘枝舞。这一联诗表达了诗人安贫乐道的人生观。

12 耦沮溺：语出《论语·微子》："长沮、桀溺耦而耕。"长沮和桀溺是古时超脱尘世、淡漠禄位的两位隐者。耦，两个人在一起耕地。

13 阳羡田：阳羡即今江苏宜兴。秦置阳羡县，汉时属会稽郡，以其地封功臣。

14 岩阿：山的曲折处。

15 涧户：山涧中的陋室。引申为居于山涧的人家。

16 凫鹥（yī）：凫，野鸭；鹥，鸥鸟。乙乙：凫鹥在睡眠时，其形状如"乙"字。

17 葵藿：葵，指向日葵；藿，指藿香。申申，葵藿其茎叶挺拔，形状如"申"字。

18 蹄涔（cén）：牛蹄印里面的积水。葛屦（jù）：以葛藤纤维纺绳，再编织而成的草鞋或粗布鞋。

19 蓬矢：蓬梗制成的箭。古代男子出生，以桑木作弓，蓬梗为矢，射天地四方。胡麻：芝麻，高承《事物纪原》卷十："中国之麻，称为大麻，张骞始自大宛得油麻种，亦称为麻，故以胡麻别之。"

20 窈窈：遥远而幽暗。苏轼《过庐山下》："亭亭紫霄峰，窈窈白石庵。"

21 杼柚：织布机的梭子和滚轴，此代指织布机。皖：明亮。

22 吟蛩：蟋蟀的别名。崔豹《古今注·鱼虫》："蟋蟀，一名吟蛩。一名蛩。秋初生，得寒则鸣。"

游古林寺

言入古林寺，正值旧重阳。红蓼横沟浍[1]，苍葭乱涧塘。冬青荫夹道，秋阳隐修篁。寺外已幽绝，寺内更清凉。登高必自卑，入室先升堂。拾级蹑高阁，藏经列两廊。觥觥五千卷[2]，琅琅七宝装。展观砭俗念，摩挲发古香。此中悟净理，小住憩禅房。煮茗餐山果，有僧话沧桑。云是萧梁建[3]，几经兵燹荒。所以古碑碣，至今都渺茫。余谓城门火，不免池鱼殃。万事皆如此，何分彭与殇[4]。言罢别僧去，落日下山冈。却顾来时道，归途又一方。清景不可失，作诗急追亡[5]。

题 解

古林寺旧址在今南京市古林公园附近北京西路、虎踞北路一带。为南朝宝志和尚所建，宋代称为古林庵。明代万历年间，古心大和尚在古林庵研习律学，振兴律宗，古林寺被誉为"中兴戒律第一祖庭"。清代时，古林寺更是与香林寺、毗卢寺并称为南京城内的三大名寺。古林寺在民国时期屡遭兵火，损毁严重，如今已无建筑遗迹可寻。

笺 注

1 沟浍（kuài）：泛指田间水道。浍，田间水渠。

2 觥觥：庄重盛大的样子。

3 萧梁：即南朝梁（502—556）。因梁朝皇室姓萧，故称。

4 彭殇：彭祖为古代传说中的长寿者。夭折的婴儿，称殇子。《庄子·齐物论》："莫寿于殇子，而彭祖为夭。"即彭祖可称夭折，殇子可谓长寿。后因以彭殇喻指寿夭，用作感叹人生虚幻的典故。

5 并上句。化用苏轼《腊日游孤山访惠勤惠思二僧》："作诗火急追亡逋，清景一失后难摹。"追亡：喻作诗的灵感稍纵即逝，要像追捕逃亡者一样抓住时机，否则容易丢失。

鹤林寺谒米元章墓

先生生前一支笔，先生身后一抔土[1]。怪底河岳钟灵秀，黄鹤山是米家主[2]。上堂了然悟前生，终为伽蓝护梵宇[3]。我昔清宫展遗墨，俨同吉光与片羽[4]。儿时学帖未学碑，时代于今感落伍[5]。鹤林寺前展公墓，摩挲碑文读三五[6]。安得挹取寄奴泉[7]，磨墨三斗石作楮[8]。一束芦苇当毛锥，有肯如林酒如洔。大气磅礴走龙蛇，下笔纵横快风雨。先生灵魂应大笑，小子班门来弄斧。我生景慕有二颠，宋米唐张义窃取[9]。海岳之墓幸见之[10]，草圣之墓在何许？怀古齐上此心头，行矣一步一延仁。山花五色照眼明，今宵梦与笔飞舞。

题 解

鹤林寺在今江苏镇江市南郊黄鹤山下。公元 321 年创建。南朝宋武帝未登基时曾栖息其中，登帝位后大事修建，称"鹤林律院"。以后历代多次重修，为江南著名寺院。米元章即米芾（1051—1109），太原人，后徙襄阳（今属湖北），晚居丹徒（今江苏镇江）。初名黻，字元章。世称米南宫，因性情倜傥不羁，又称米颠，为文奇险，书法得王献之笔意，山水画亦自成一派。与蔡襄、苏轼、黄庭坚合称宋四家。

本篇曾发表于《国民外交杂志（南京）》1933 年第三期。

笺 注

1 一抔土：一捧黄土。《史记·张释之列传》载：汉文帝时，有人盗了高祖庙中的玉环，依法应处死罪犯本人。但汉文帝知道后要株连抄斩盗者的亲族。大臣张释之出面劝止，说："假令愚民取长陵一抔土，陛下何以加其法乎？"故后世用"一抔土"借指坟墓。

2 并上句。意思是为什么这里的山河聚集了天地间灵秀之气，原来是因为黄鹤山的主人是米芾。

3 诗人自注："先生两尊人客死润州，瘗寺左黄鹤山麓。又《襄阳志》载先生爱鹤林松石沉秀，誓以来生为寺伽蓝，永护名胜。后果还宿愿。"按，"两尊人"即父母，"伽蓝"即护法神。传说米元章自愿死后为鹤林寺的伽蓝神，永护名胜。果然在米元章刚死之后，鹤林寺里的伽蓝神忽然无故倒塌。

4 并上句。清宫：指故宫。吉光片羽：比喻残存的珍贵文物。吉光：传说中的神马名，它的毛入水不沉，入火不焦。片羽：一片毛。

5 书法临二王（王羲之、王献之）以下诸帖，称"帖学"。崇尚碑刻的书派称"碑学"。碑学为北派，帖学为南派。诗人是湖南人，幼时习帖，属南派。民国后碑学大盛，故言"落伍"。

6 诗人自注："墓旁有明天启四年碑。"

7 诗人自注："宋武帝微时栖此山下，凿泉种为寄奴泉。泉中旧有白龟，疑为龙种，又名龙泉，大旱不涸。"按，南朝宋武帝刘裕小字寄奴。寄奴泉传说为刘裕所凿。

8 石作楮：以石为纸。楮的树皮是制造书法用宣纸的原料，这里转喻纸。

9 宋米唐张：宋代米芾，唐代张旭。张旭（685？—759？），字伯高，一字季明，苏州吴县（今江苏苏州）人，擅长草书，被尊为"草圣"；喜欢饮酒，世称"张颠"。

10 海岳之墓：米芾墓。米芾号海岳外史。

游招隐寺

我来招隐寺，红叶似栖霞。童语肖鹂语[1]，山花杂荻花[2]。有书读最乐[3]，当酒味宜茶[4]。处士遗踪在[5]，登临忘日斜。

题 解

招隐寺在江苏省镇江市南郊招隐山腰，最初由南北朝戴颙（377—441）的私宅改建而成，原在山顶，五代时移至现址。太平天国战争期间毁于火，以后重建。寺内有大殿、读书台、增华阁、虎泉亭等名胜。附近花木繁茂，尤以秋天红叶最佳。

本篇曾发表于《国民外交杂志（南京）》1933年第三期。

笺 注

1 诗人自注："秋末无鹂鸣，儿童学之酷之。"

2 诗人自注："寺旁荻花望之如积雪。"发表时自注"近山多旱荻，望之如积雪然。"

3 诗人自注："昭明太子读书台在寺上。"按，昭明太子萧统（501—531）

在此编纂了《文选》一书。

4 诗人自注："寺有鹿跑、虎跑、珍珠三泉。今唯虎泉尚存，水味绝佳。"发表时自注"寺有鹿跑、虎跑、珍珠三泉。虎泉煮茶不减西湖。"

5 处士：指戴颙。戴颙为南朝宋名士，长于琴书，不应征聘，隐居于山水园林之中，以著述自娱。

游竹林寺

寺南寺北竹青青，招隐鹤林鼎足形。清磬权当醒酒石，老僧解诵法华经[1]，八功德水一池绿[2]，七宝庄严五果灵[3]。众鸟声喧暝色里，渺然诗思挹江亭[4]。

题 解

竹林寺位于镇江南山风景区。因掩映于山间竹海之中而得名。始建于东晋，初名"夹山禅院"。雍正年间，为竹林寺全盛时期，全寺有殿宇259间，到民国尚有僧侣数百，寺内并设有佛学院。崖顶处有一古"挹江亭"，可远眺长江。

本篇曾发表于《国民外交杂志（南京）》1933年第3期。

笺 注

1 佛经译著。全称《妙法莲华经》。"莲华"即莲花。此经调和大小乘各种说法，宣扬"三乘归一"，并证明唯有《法华经》才是"一乘"（成佛唯一之教）法。为中国天台宗和日本日莲宗所依据之主要经典。

2 诗人自注："寺内有林公泉，榜曰'八功德水'。"按，八功德水，见《重游灵谷寺》注8。

3 七宝庄严：形容佛教建筑富丽堂皇，气象尊严。七宝：佛教经典所说的七种宝物。《法华经》以金、银、琉璃、砗磲、码磂（玛瑙）、真珠、玫瑰为七宝。五果：五种果报，即：异熟果、等流果、增上果、士用果、离系果。

4 诗人自注："寺顶挹江亭风景绝佳。"

栖霞红叶

山顶望白云，山腰瞰红叶。白云无四季，红叶只秋节。我来正时哉，叶与霞一色。三茅宫巍巍，千佛岩屹屹。舍利塔光明，无量殿幽寂。乔木何森梢，绀殿亦岌嶪[1]。涧泉滴琤琮，山鸟鸣格磔。奇迹隐六朝，天倪钟万物[2]。不醉复何如，举手谢我佛。请恕阮籍狂，并宥庄生达。

题 解

本篇曾发表于《国民外交杂志（南京）》1933年第三期。发表时题为《秋杪游栖霞山》。

笺 注

1 绀殿：佛殿。李白《流夜郎至江夏陪长史叔及薛明府宴兴德寺南阁》："绀殿横江上，青山落镜中。"岌嶪（yè）：高壮的样子。杜甫《九成宫》："曾宫凭风回，岌嶪土囊口。"

2 天倪：多指自然之道。王维《座上走笔赠薛璩慕容损》："君徒视人文，吾固和天倪。"

十月初度感怀 二首

四十七年鬓未华，栖霞红叶醉流霞[1]。此身浑似柳三变[2]，得句易如温八叉[3]。陶侃能寻法外意[4]，庄周每感知无涯[5]。元龙豪气今犹昔[6]，时向车前式怒蛙[7]。

达夫五十始能诗[8]，似我年华不算迟。好酒自知难学佛，无才深悔做人师。诛仇囊有横磨剑[9]，爱国策惟塞漏卮[10]。赢得小儿齐拍手，天真不减习家池[11]。

题 解

初度，见《庚午初度感怀》题解。

本篇曾发表于《国民外交杂志（南京）》1933年第三期。发表时题为《初度感怀》。

笺 注

1 诗人自注："是日与家属至栖霞山席石而饮。"

2 柳三变即柳永（约984—约1053）。柳永原名三变，字景庄，后改名柳永，字耆卿。宋代词人。作词善用铺叙和白描手法，又善于向民间曲子词学习，促进了词的通俗化、口语化。

3 温八叉：指温庭筠。见《次韵答袁炼人》注5。

4 陶侃：见《春感》注4。《晋书·陶侃传》："谢安每言：'陶侃虽用法，而恒得法外意。'"法外意就是在法律条文之外的精神实质。

5 庄周：见《庚午初度感怀》注5。《庄子·养生主》："吾生也有涯，而知也无涯。以有涯随无涯，殆已。已而为知者，殆而已矣。"

6 元龙豪气：见《天津中秋夜饮村酒香》注4。

7 式怒蛙：式通"轼"，车前横木。《吴越春秋》故事：勾践伐吴，道见蛙张腹而怒，即停车，凭轼向怒蛙致敬，以鼓励士兵勇敢轻死。

8 达夫：唐代诗人高适（700－765）的字。高适出生穷困，甚至曾经以乞讨为生，一直到五十岁时才开始他的文学创作。高适善作边塞诗，与岑参齐名，并称"高岑"。

9 横磨剑：长而大的利剑。

10 漏卮：用来过滤酒的器具。后用来形容国家利权外溢。

11 习家池：在湖北襄阳岘山南。相传是汉侍中习郁的私人园林。习郁后人、东晋史家习凿齿亦曾在此隐居。西晋镇南将军山简时常到习家池饮酒，醉后自呼"高阳酒徒"，因此习家池又称为"高阳池"。后用为咏名园宴游之典。

病中告见访者

民苦殿屎忍恝怀[1]，天教下走与之偕[2]。乐于饮水饭蔬在[3]，用到竹头木屑皆[4]。日历看看撕愈薄，法条累累愿多乖。我今欲广人间世，即重心斋更口斋[5]。

笺 注

1 殿屎：愁苦呻吟。语出《诗经·大雅·板》："民之方殿屎，则莫我敢葵。"毛传："殿屎，呻吟也。"恝（jiá）怀：不在意；置之不理。

2 诗人自注："患泻。"

3 诗人自注："禁荤酒。"按，原稿为"禁晕酒"，疑抄误，迳改。

4 诗人自注："服竹叶桔梗等药而愈。"

5 心斋：庄子哲学的概念。指谓摒除杂念，使心境虚静纯一。后来也成为道家的一种修炼方法。口斋，指食素。

岁终喜雨漫兴 二首

赋得东征零雨蒙[1]，删诗定稿趁年终。图书与我同高阁，江海随心入远空。野水添新眢井涨[2]，活泥补旧燕巢工。何人苦作三都赋，扬厉铺张左太冲[3]。

益之霢霂兆丰年[4]，拔剑登台洗瘴烟。象曰疑亡占遇吉[5]，诗云薄伐美言旋[6]。索绹灯火三冬夜[7]，挂席波涛一叶天[8]。自昔均权方案在，公田先雨后私田[9]。

笺 注

1 凡摘取古人成句为诗题，题首多冠以"赋得"二字。亦应用于应制之作及诗人集会分题。后遂将"赋得"视为命题作诗的一种诗体。即景赋诗者也往往以"赋得"为题。东征、零雨都是《诗经》中的成句。

2 野水：野外的水流；未经人工的天然水流。眢（yuān）井：废井；枯井。

3 扬厉铺张：夸大渲染。左太冲即西晋文学家左思。左思《三都赋》成于公元 280 年，辞藻壮丽，体制宏大，事类广博，故诗人对其风格作此评价。

4 霢（mài）霂：小雨。语出《诗经·小雅·信南山》："益之以霢霂，既优既渥。"

5 语本《周易》睽卦爻辞上九："象曰：遇雨之吉，群疑亡也。"意思是象辞说：遇到雨就会吉祥，是因为许多疑虑都没有了。象：卦象。占：占卜。

6 语出《诗经·小雅·出车》："赫赫南仲，薄伐西戎。"薄伐：征伐；讨伐。《诗经·小雅·黄鸟》："言旋言归，复我邦族。"

7 索绹：搓制绳索。语出《诗经·豳风·七月》："昼尔于茅，宵尔索绹。" 郑玄笺："夜作绞索，以待时用。"

8 挂席：犹挂帆。典出木华《海赋》："于是候劲风，揭百尺，维长绡，挂帆席。"李善注："刘熙《释名》曰：'随风张幔曰帆，或以席为之，故曰帆席也。'"

9 公田：井田制中集体共耕，收获全部归统治者的土地。《诗经·小雅·大田》："雨我公田，遂及我私。"

癸 酉（1933）

元旦感赋 四首

春到江南感岁年，回思往事倍凄然。涸鱼久待西江水，汗马徒挥北地鞭[1]。冉冉空教驹过隙，滔滔曷异杞忧天[2]。侧闻关外三千万，泣望同仇解倒悬。

景物无殊岁又阑，闻鸡起舞竟忘寒[3]。江南胜迹题将遍，塞北妖氛枕岂安[4]。高唱大风招猛士，害丧时日蕲弹丸[5]。不龟手药子龙胆，誓与倭奴雪窖拌[6]。

欧战终经十六春[7]，眼中世事几番新。那堪聚敛徒齐盗，毕竟荒亡最误人。几见寄篱成大事，还须自卫振精神。不寒而栗緊何故[7]，齿冷由来感缺唇。

自古诗词不值钱，漫将岁月换吟笺。陶潜止酒情无那[8]，韩愈送穷计枉然[9]。大抵英雄来畎亩，宁闻蝼蚁制鲟鳣[10]。竹窗旧稿如山积[11]，一一今年手自编。

笺 注

1 并上句。西江水：《庄子·外物》寓言，一条鲫鱼困在干涸的车辙里向路人求救，要求一升水救命。路人说他去引南方的西江的水来救它。喻亟待救援，而承诺的救援却不切实际。北地鞭：在北方征战。借喻为收复国土而征战。毛泽东《七律·洪都》："闻鸡久听南天雨，立马曾挥北地鞭。"

2 并上句。驹过隙：白驹过隙的缩用，喻时光飞逝。杞忧天：杞人忧天的缩用。这里指谏言不起作用。

3 闻鸡起舞：喻发愤。见《鸡鸣寺下访友》注2。

4 塞北：通称长城以北广大的干燥地带。九一八事变后，日本帝国主义继续觊觎我国领土，蠢蠢欲动，随时准备越过长城，入侵华北。

5 害丧时日:"时日害丧"的倒装。《孟子·梁惠王上》引此句作"时日害丧,予及汝皆亡。"诗人用典从《孟子》。见《万宝山案书愤》注1。弹丸:弹丸之国。这里指日本。

6 并上句。不龟(jūn)手药:春秋时宋国人制造的一种防止手冻裂的药。吴人用于冬天作战时预防和治疗冻伤。子龙胆:子龙即赵云。三国时蜀国猛将。刘备曾称赞"子龙一身是胆也。"雪窖:借指酷寒和酷寒的地区。这里指东北。这一联诗赞颂东北义勇军健儿以顽强的意志和不怕死的精神,在冰天雪地抗击日寇。

7 繄(yī):语气词。相当于文言"惟""唯""维"。

8 止酒:戒酒。陶潜为嗜酒所苦,作有《止酒》诗自勉。

9 送穷:旧时驱送穷鬼的一种习俗。韩愈有《送穷文》。

10 语本贾谊《吊屈原赋》:"横江湖之鳣鲸兮,固将制于蝼蚁。"意思是横行江湖的大鳣巨鲸,如果被困也会受制于蝼蚁。鳣,即鲟鳇鱼。

11 诗人祖父黄道让为晚清诗人,诗斋名为"雪竹楼"。诗人传承家学,故以"竹窗"名斋。最初的诗集以《竹窗诗存》为题。

开岁三日闻榆关失守 二首

去岁锦州蹉莫保[1],今年又复失榆关。亡羊若补犹非晚,此鸟不鸣亦等闲[2]。痛哭长城风雪外,悲歌绝塞莽苍间。夜来梦勒燕然石[3],亲见犁庭扫穴还[4]。

寒侵蓟北肤如裂[5],冻入江南笔不呵。旧恨宁随除日少,新诗又逐感时多。乡音未改茫归路,髀肉复生感逝波[6]。惆怅台城春柳绿[7],天阴仿佛叫荷荷[8]。

题 解

榆关即山海关,是长城起点,北依角山,南临渤海,形势险要。隋开皇三年(583)设榆关总管。明洪武初徐达修建,改名山海关。1933年元旦,日军为切断关内与华北的联系,向山海关发动进攻。2日,日军在空军掩护下猛攻山海关,中国守军顽强抵抗,打退日军多次进攻。3日,中国守军终因消耗甚剧,不得不放弃阵地。下午六时，日军占领山海关及临榆城（今属河北秦皇岛市山海关区）。

笺 注

1　1932年1月3日，日军兵不血刃占领锦州。见《元旦感赋（1932）》注1。

2　典出《史记·滑稽列传》："此鸟不飞则已，一飞冲天；不鸣则已，一鸣惊人。"这里此鸟喻中国，恨其不能振作起来，抵抗日本的侵略。

3　燕然石：东汉窦宪破北匈奴，登燕然山，刻石记功。后以"燕然石"指建立边功的记功碑。

4　犁庭扫穴：谓彻底摧毁敌人巢穴。语本《汉书·匈奴传下》："固已犁其庭，扫其闾，郡县而置之。"赵希逢《和寄王谓夫》："直须扫穴犁庭后，放马山阳脚始酸。"

5　蓟北：蓟州以北。蓟州，战国燕地。西晋末汉刘渊、燕慕容儁皆以此为都，民国改州为县。自县城而东道路平坦，为清时通东陵及山海关御路。这里蓟北指河北省北部，当时处于日军严重威胁之下。

6　髀肉复生：因久不骑马，大腿上肉又长起来了。《三国志·蜀志·先主传》裴松之注引司马彪《九州春秋》："备住荆州数年，尝于表坐起至厕，见髀里肉生，慨然流涕。"后因以"髀肉复生"为自叹壮志未酬，虚度光阴之辞。

7　台城：见《登北极阁散步至鸡鸣寺》注1。

8　荷荷：怨恨声。典出《南史·梁武帝纪》："（帝）疾久口苦，索蜜不得，再曰荷荷，遂崩。"后用以比喻国土沦丧时的哀鸣。

咏 雪 二首

> 先祖岐农公雪竹楼诗稿以咏雪诗为绝唱，当代诗人评为雪中之有岐农犹梅中之有和靖，余对此题搁笔久矣。今春大雪，朗诵祖诗，执笔为之即皇而又泫然也。

山逼寒光上小楼，和风和月一窗收。睡狮老去谁青眼[1]，竹马人归已白头。粉本酒帘南北鹞[2]，锦衣芦港去来鸥。朱门茅屋都平等，清气轮囷盖九州[3]。

红尘隔住即禅关,诗在灞桥驴背间[4]。云去来今明灭夜,天冥晦处有无山。因风柳絮枝千态,戴月渔舟水半湾。等是作霖偏尚白[5],银河秋冷比容颜。

题 解

本篇曾在《国民外交杂志(南京)》1933年第5期发表。

笺 注

1 因相传拿破仑曾以"睡狮"比喻中国,时人多沿用此典。自1931年九一八事变以来,中国政府一再吁请国联主持公道,制止日本侵略行为,但国联却对日采取绥靖和偏袒的态度。

2 古人将画稿称"粉本"。鹢是古书上说的一种似鹭的水鸟,常被作为吉祥物画在船头,故亦泛指船。这句诗的意思是挂着彩绘酒帘的船南来北往。

3 轮囷(qūn):屈曲盘绕的样子。语出《史记1·天官书》:"若烟非烟,若云非云,郁郁纷纷,萧索轮囷,是谓卿云。"

4 灞桥在陕西省西安市东,筑于灞水之上。汉人常于此折柳送别。后引申为离别之地。孙光宪《北梦琐言》卷七记载,唐朝相国郑启虽有诗名,尝曰"诗思在灞桥风雪中驴子上。""灞桥风雪驴背"从此成为诗画史上一个经典的意象。

5 作霖:语出《尚书·说命上》:"若岁大旱,用汝作霖雨。"原谓充作救旱之雨,后以指降甘霖或下雨。尚白:依然白色。又,古人称无禄位者为"白衣","尚白"也喻功名无所成就。这句字面意思是瑞雪本是甘霖,但又白茫茫一片,双关自谦本欲达济天下,但又一无所成。

偕郭渫史鸡鸣寺踏雪

何处饶诗兴,茅斋遇己公。豀蒙看积雪[1],联袂傲寒风。山意冲梅柳,水生戏雁鸿。铅华齐洗尽,不约素心同[2]。

题 解

郭渫史,生平不详。推测为当时交际场名士。辑有《刘菊仙集》。

笺 注

1 豁蒙楼，在南京鸡鸣寺，建于1894年，是张之洞为纪念其门生，戊戌六君子之一的杨锐而修建的。取杜甫《赠秘书监江夏李公邕》"郎吟六公篇，忧来豁蒙蔽"诗意命名。

2 素心：本心。见《题美人倚梅图》注1。

乡思 二首

雪竹楼传七十年[1]，余生也晚每凄然。犹留陇上明明月，返照山间霭霭天[2]。桑梓重游翻做客，萑苻不靖误归田[3]。敝庐无恙乡心怯，累我年年负杜鹃。

一角青山水一湾，宅前水绕复山环。芙蕖不染任泥浊，薇蕨无言笑我顽。竹马儿童今老大，沙鸥饮啄总清闲。何当策蹇岩门口[4]，载酒寻诗自往还。

笺 注

1 诗人自注："先祖《雪竹楼诗稿》出版距今七十年。"雪竹楼：诗人祖父黄道让斋名。按，《雪竹楼诗稿》初刻于1868年，有诗12卷，文2卷，存诗800余首。七十年为约数。

2 并上句。陇，这里指坟墓。《墨子·节葬下》："棺椁必重，葬埋必厚，衣衾必多，文绣必繁，丘陇必巨。"诗人自注："祖茔地名兔儿望月。"

3 萑苻不靖：盗贼土匪很多，治安不平静。萑苻本是春秋时郑国泽名。此地多盗，被引申为盗贼出没之处。

4 诗人自注："家乡小地名。"

书 愤（1933）

风尘澒洞夜何其[1]，孤愤填膺欲语谁。臧穀羊亡原等耳[2]，中周虎落竟如斯[3]。大江呜咽悲今古，老树昂藏阅盛衰[4]。上马杆酋下草檄，几人得似傅修期[5]。

笺 注

1 风尘澒洞：语本杜甫《观公孙大娘弟子舞剑器行》："五十年间似反掌，风尘澒洞昏王室。"风尘谓：战争引起的烟尘；澒洞：广漠无边的样子。夜何其：夜里什么时候了？语本《诗经·小雅·庭燎》："夜如何其？夜未央。"

2 臧榖羊亡：《庄子·骈拇》故事：臧与榖二人相与牧羊而俱亡其羊。臧是因为挟筴读书，榖是因为贪玩闲游。这句诗是反驳"战必亡"的投降主义言论。意思说：与其降而亡，不如战而亡。

3 中周虎落：围绕于内外城堡中间的篱笆。虎落，以竹篾相连的篱笆。于内城小城之中间以虎落周绕之，故曰中周虎落。在本篇中特指横于东北与华北之间的要塞山海关。

4 昂藏：挺立。高昂的样子。

5 傅修期即傅永，北魏清河（今山东临清东）人，勇武过人，兼有才笔。时人赞其"上马能击贼，下马作露布。"

书 怀（1933）

回首家山蕨正肥，竹楼雪后映清晖。两重端午寒难尽[1]，三月清明我未归。春水渐随春草长，白门望断白云飞[2]。何时得傍溪边柳，一理儿时旧钓矶。

笺 注

1 诗人自注："今年闰五月。"

2 白门即南京。见《杂咏（三首）》注1。望断白云飞：言其思亲心切。刘肃《大唐新语·举贤》故事：狄仁杰到并州赴任，登太行，南望白云孤飞，谓左右曰："吾亲所居，近此云下！"伫立久之，云移乃行。

书 感（1933）

吴门何处访要离[1]，五夜孤怀一剑知[2]。愁去看山非有癖，病来止酒未抛诗。天津鹃泪邵雍感[3]，大厦燕巢薛珝嗤[4]。野马尘埃齐等量[5]，南华内外手纷披[6]。

笺 注

1 吴门：指苏州或苏州一带。曾为春秋时吴国故地，故称。要离：春秋末吴国人。吴王阖闾所养死士。奉阖闾命刺杀吴王僚儿子庆忌，然后伏剑自杀。

2 五夜即五更。孤怀指孤傲清高的情怀。

3 事见《春感》注8。邵雍（1011—1077），字尧夫。北宋哲学家。原籍河北范阳（在今河北涿州），幼年随父迁共城（在今河南辉县），中年又迁居洛阳，终身不仕。与司马光等人交游甚密。主张"皇、帝、王、霸"四个时期一代不如一代历史退化论。死后谥康节，故后人亦称其"邵康节"。

4 大厦燕巢：用"燕雀处屋"典。见《春感》注8。《汉晋春秋》载：三国时，吴国五官中郎将薛珝出使蜀国，见蜀国"主暗而不知其过，臣下容身以求免罪，入其朝不闻正言，经其野民皆菜色。"归国后，就用"燕雀处屋"的典故来概括蜀国的局面，断言蜀国很快会亡国。薛珝，稿本作薛诩，疑抄误，迳改。

5 野马：指浮游的云气。野马尘埃即云烟灰尘，比喻容易消失的事物。语本《庄子·逍遥游》："野马也，尘埃也，生物之以息相吹也。"

6 南华：指《庄子》。《庄子》又名《南华经》。内外：《庄子》分《内篇》和《外篇》。

书 喜

泛舟江沔一齐平，伟矣公庭疏北征[1]。学法阳明崇实践[2]，劳如葛亮本躬耕[3]。爰爰有兔空三窟，脱脱无龙吠五更[4]。稍喜背嵬旗帜在[5]，大刀辟易斫倭兵。

笺 注

1 诗人自注："公庭，晋张骏字。"按，张骏（307—346），十六国时前凉君主。字公庭，安定乌氏（今甘肃平凉西北）人。继承其叔张茂保据凉州，称凉州牧、西平公，继续效忠晋室。并上句，张骏曾向晋成帝上疏，请求北伐，收复故土，并"乞敕司空鉴、征西亮等泛舟江沔，首尾齐举。"未被采纳。

2 阳明即我国明代著名的哲学家王守仁（1472—1529）。王守仁字伯安，浙江余姚人，因被贬贵州时曾居住于阳明洞（在今贵州省修文县），故世称阳明先生。是朱熹后的一位大儒，"心学"流派最重要的大师。

3 葛亮即诸葛亮。《三国志·诸葛亮传》记载，诸葛亮未出山时，隐居隆中，躬耕陇亩，好为《梁父吟》。

4 化用《诗经·召南·野有死麕》："舒而脱脱兮，无感我帨兮，无使尨（máng）也吠。"脱脱：舒缓的样子。尨：长毛狗。

5 背嵬。古代大将的亲随军。王士禛《分甘余话》卷上："韩蕲王、岳鄂王皆有背嵬军。"这里指东北抗日义勇军。

次韵寄剑城凤道人 二首

昔年唱和两相思，今日行藏取次知[1]。腹笥君偏家国重[2]，邮签我觉水程迟[3]。缤纷雨雪樽中酒，爽垲江天画里诗[4]。寄语道人烦豫约，白门邂逅定何时[5]？

饭颗山头寄别思，瘦生惟有谪仙知[6]。舞雩风月闲追点[7]，农圃生涯力学迟。旧岁声中怀旧雨[8]，新村栏里读新诗[9]。海滨同志如相问，为道清狂似少时。

题 解
剑城凤道人是李祝文的号。李祝文，生卒年不详。江西丰城人，画家。

笺 注
1 行藏：指出处或行止。语本《论语·述而》："用之则行，舍之则藏。"

2 腹笥：笥为藏书之器。以腹比笥，喻学识渊博。典出《后汉书·文苑列传第七十上》：东汉学者边孝先因大腹便便被人嘲笑，以"边为姓，孝为字，腹便便，五经笥"解嘲。

3 邮签：驿馆、驿船夜间报时的更筹。

4 爽垲：高爽之举。全句的意思是：清爽明亮的江山如画，而画中有诗。

5　白门即南京。见《杂咏（三首）》注1。

6　并上句。以李祝文比附李白，以李祝文原唱比附李白《戏赠杜甫》，吟咏二人之间的友谊。饭颗山头：饭颗山传说在长安（今西安）。李白《戏赠杜甫》开篇为"饭颗山头逢杜甫，头戴笠子日卓午。"

7　舞雩（yú）：古代求雨时举行的伴有乐舞的祭祀。点，曾参父曾点。《论语·先进》载，曾点述其志向，是在暮春季节"冠者五六人，童子六七人，浴乎沂，风乎舞雩，咏而归。"这句诗的意思是：我愿追随曾点，陶醉于舞雩的闲情逸致之中。

8　旧雨：老友。见《将毋同十六韵》注6。

9　诗人自注："《民生报》辟新村诗栏。"

偕九一八学会同人步太平门外

同观起伏与纷缤，同是不忘在抱人[1]。花向阳时多暮气，树从聚处大精神。后湖势接前湖水，三月天寒二月春。山若有灵来告语，怕看和议径途新[2]。

题　解

九一八学会是九一八事变爆发后，以法学界人士为主组建的学术社团，主要从国际法角度研究中日关系，谴责日军的侵略，为中国的涉日外交提供国际法方面的咨询意见。学会著有《九一八学会对于国联调查团报告书之意见》，编辑出版《不忘》月刊。诗人是发起人之一。

笺　注

1　诗人自注："学会出有《不忘》杂志。"

2　1933年初，日军开始向中国关内的热河等地发起进攻，引发了热河战役和长城抗战。国民党当局表面上宣称对日"不讲和、不订约"，但是从3月起，暗地里仍然由何应钦出面和日本侵略者进行谈判。诗人对国民党当局一贯的丧权辱国早已失望透顶，所以"怕看和议"。果然，5月31日，双方达成了《塘沽协定》。该协定实际上默认了日本帝国主义侵占东北三省和热河的合法性，并承认冀东为"非武装区"。

后湖即事

家国愁多草不春,无端京洛混缁尘[1]。渐看花事戎戎盛[2],又见湖光晔晔新。鸟惯茅人知面假[3],鸠居鹊室久形真[4]。桧谋实现蕲王隐[5],驴背飘然一字巾[6]。

笺 注

1 语本谢朓《酬王晋安》:"谁能久京洛,缁尘染素衣。"京洛,见《春感》注7。缁尘:黑色灰尘。常喻世俗污垢。

2 戎戎:茂盛的样子。语出张衡《家赋》:"乃树灵木,灵木戎戎。"

3 茅人:湖南方言,指插在田里的稻草人。

4 鸠居鹊室:语本《诗经·召南·鹊巢》:"唯鹊有巢,唯鸠居之。"谓鸠不自为巢,居鹊之成巢。这里喻日本霸占我国东北,后竟被"国联"认可。《国李顿联调查团报告书》竟声言:"承认日本在满洲有重要特殊利益。"

5 蕲王即韩世忠。秦桧杀害岳飞之后,解除了韩世忠的兵权,与金国达成"绍兴和议"。韩世忠从此隐居, 浪迹西湖。死后被追封为蕲王。

6 一字巾:相传是韩世忠发明的一种头巾。洪迈《夷坚甲志·韩郡王荐士》:"韩郡王既解枢柄,逍遥家居,常顶一字巾,跨骏骡,同游湖山之间。"

闻热河之变 二首

满蒙政策已垂成[1],尚是田中第一声[2]。只想瓦全甘宰割,妄思国际代牺牲。十余万众如无物,百二十人竟入城[3]。有史以来无此辱,都缘赏罚不分明。

侵渔掊克久殃民,伥鬼偏为虎噬人。鼠窜犹然勤暴敛[4],狼贪从此瞰平津。誓师那得岳鹏举[5],除恶终须郑虎臣[6]。最是伤心三月六[7],还期消息信非真。

题 解

热河事变,又称热河战役、热河抗战,发生于1933年2月至3月。热河

1928 年置省，省会在承德。1933 年 1 月，日军占领东北通往华北的门户榆关（山海关）。2 月 21 日，日军发动热河战役，以 10 万人分三路进攻热河。当地守军 10 余万人望风而逃。日军先头部队仅百余人，兵不血刃，在 3 月 4 日侵占了热河省会承德。热河事变以热河沦陷而告结束。

本篇曾在《国民外交杂志（南京）》1933 年第 1 期和《不忘》杂志 1933 年第 4 期发表。发表时有题注"悲愤填膺，泫然赋此。为梦梦者解其惑。韵调工拙弗计也。"

笺 注

1 满蒙政策：见《书感寄夔旭兼示儿辈以代家书》注 2。

2 "第一声"指传为日本首相田中义一所作之《田中奏折》开篇："惟欲征服支那，必先征服满蒙；如欲征服世界，必先征服支那。"

3 1933 年 2 月 21 日，日军侵占热河南岭，热河战役爆发。3 月 3 日，日军兵临承德，负责防务东北军将领惊慌失措，弃城逃跑。守军群龙无首，四散溃逃。4 日午后，日军以 128 名骑兵轻易占领承德，热河宣告沦陷。

4 当时热河省主席是汤玉麟。他横征暴敛，大肆搜刮民财，有些地方在 1931 年时已将赋税预征到 1961 年。热河百姓对汤玉麟恨之入骨，称他为"土匪省长"。

5 岳鹏举即岳飞。岳飞字鹏举。

6 郑虎臣：字景兆，宋朝人，官会稽尉。其父被贾似道所害。后贾似道贬为高州团练使，郑虎臣自请监押，将其私杀于福建漳州木棉庵。

7 诗人自注："倭寇于三月四日上午（十一时三十分）占领承德，京各报三月六日始证实。"

榆关失守感赋 八首

耻被儒冠误[1]，怆然感岁华。盈庭风过水[2]，大漠血飞沙。读律同鸡肋[3]，穿墉自鼠牙[4]。匈奴长不灭，何处是吾家[5]？

安得飘飘翼，往凌浩浩空。伤心扪北斗[6]，作意醉东风。豺虎凶原一，薰莸气不同[7]。相持嗤鹬蚌[8]，底事忘渔翁？

繁霜正月里，玉宇不胜寒[9]。麈尾挥江表[10]，鸽音断曲端[11]。阜螽仍跃跃[12]，松柏尚丸丸[13]。眷彼朔方道，何时复旧观？

破烂成千孔，忧患遇百罹。靴尖天险踢[14]，堂奥狡夷窥。息壤言犹昨[15]，覆巢鉴在兹。君看南渡史，又送一於期[16]。

梅福弃妻子[17]，范蠡变姓名[18]。其中非矫节，一往有深情。但愿开言路，无须闭禁城。沦胥良甚矣[19]，揽辔志澄清[20]。

治道综名实，明君重笑颦[21]。成功由信赏，执事恶因循。掘井胡临渴。桃源又避秦。隆隆千驷马，输与采薇人[22]。

微管谁攘狄[23]，无连早帝嬴[24]。行言如鼎重，利害比毛轻。仗马羞三品[25]，戴鳌举众擎[26]。翩翩原上鸟，曷不一鸣惊？

博浪椎秦后[27]，而今孰继之？谁来教孺子？我且为婴儿。盟约皆刍狗[28]，遗言大宝龟[29]。出车歌小雅[30]，春日莫迟迟。

题 解

见《开岁三日闻榆关失守》题解。

本篇曾在《时代公论（南京）》1933年第53—54号合刊上发表。发表时题为《春日感事八首》。

笺 注

1 语本杜甫《奉赠韦左丞丈二十二韵》："纨袴不饿死，儒冠多误身。"儒冠：儒生戴的帽子，借指儒生。

2 狂风过后，雨水盈庭。喻指当时风雨飘摇的国际国内形势。

3 读律：指研习法律。苏轼《戏子由》："读书万卷不读律，致君尧舜知无术。"鸡肋：弃之可惜而又索然无味的小利益。

4 穿墉：语本《诗经·召南·行露》："谁谓鼠无牙？何以穿我墉。"这里用穿墉形容学术上的穿凿。鼠牙喻上述的研究态度渺小不足道。

5 此句化用霍去病名句"匈奴未灭，何以家为？"此处的"匈奴"指日寇。

6 《诗经·小雅·大东》："维北有斗，不可以挹酒浆。"这里反其意而用之，执天上的北斗酌酒。

7 薰莸：香草和臭草。喻善恶、贤愚、好坏等。语本《左传·僖公四年》："一薰一莸，十年尚犹有臭。"

8 尽管日寇步步紧逼，华北危在旦夕，但是蒋介石却坐镇江西指挥"剿共"。

9 此句化用苏轼《水调歌头》："又恐琼楼玉宇，高处不胜寒。""玉宇"借指国民党中枢，和后文呼应，揭露国民党当局在外敌入侵时麻木不仁的状态。

10 麈尾：见《西湖散步与夔旭偶谈五则》注14。江表：指江南地区或南朝宋、齐、梁、陈及其统治下的地区，这里指南京。刘义庆《世说新语·容止》载：西晋王衍喜好手持白玉柄麈尾，与人清谈。后以"麈尾清谈"指空泛地高谈阔论。

11 曲端是南宋名将，治军极严。据传与金军对阵时，其所部严整的军容曾经吓哭金军统帅。他善用鸽子传令调度军队，有"点军纵鸽"的典故。这一联诗的意思是，南京的官僚们只知高谈阔论，却再没有像曲端那样的将才可供驱使。

12 阜螽：蝗的幼虫。《诗经·召南·草虫》："喓喓草虫，趯趯阜螽。"

13 丸丸：高大挺直的样子。《诗经·商颂·殷武》："陟彼景山，松柏丸丸。"并上句。这一联意思是沦陷区虽然景物依旧，但人事已非。

14 靴：同鞾。这里指日军铁蹄已经跨过山海关。

15 息壤：战国时地名，属秦。秦武王与甘茂在此地盟约伐韩。后遂以息壤喻盟誓。这句诗谓日本的任何盟约都是缓兵之计，皆不可信。

16 并上句。於期即秦将樊於期。樊於期投到燕太子丹门下，荆轲为刺杀秦王，借樊於期人头做见面礼。南宋时，主和派礼部侍郎史弥远亦杀韩侂胄，将其首级献于金人以议和。这一联是借谴责南宋投降派，声讨国民党当局应日军要求取缔国内抗日社团的无耻行径。

17 梅福：汉朝人，字子真，官南昌尉。王莽当政时，弃妻子去九江隐居。

相传成仙,其后有见于会稽者,变名姓为吴市门卒。

18 范蠡:见《挽徐伯轩(二首)》注3。

19 沦胥:沦陷。见《春感》注19。

20 揽辔:喻以天下为己任,豪情满怀。典出《后汉书·范滂传》:"时冀州饥荒,盗贼群起,乃以滂为清诏使,按察之。滂登车揽辔,慨然有澄清天下之志。"

21 语本《韩非子·内储上》:"吾闻明主之爱,一颦一笑,颦有为颦,而笑有为笑。"意即高明的统治者治国必须赏罚分明。

22 采薇人指伯夷和叔齐。见《西园美枞堂杂咏》注2。这里喻民间的正义之士。这一联诗是谴责十万国民党正规军,还不如起于民间的义勇军抗日坚决。

23 管即管仲。管仲为齐桓公相,主政时富国强兵,尊周室,攘戎狄,使齐国迅速富强。

24 连指鲁仲连。见《东渡舟中感怀》注5。

25 仗马:皇帝仪仗队所用的马,唐时按三品官俸禄拨给给养。充当仪仗不能嘶鸣,故而用来比喻坐享俸禄而不敢言事之官员。

26 戴鳌即戴山鳌。传说古代渤海之东有五座仙山,随潮往来,漂流不定。天帝使巨鳌十五举首而戴之,始峙而不动。这联诗的意思是大敌当前,为官的要敢于言事,各派政治力量要团结御侮。

27 博浪指张良狙击秦始皇于博浪沙中。见《春感》注33。

28 刍狗是古代供祭祀用的草编狗,用后弃之,用来形容无用、轻贱之物。

29 遗言指孙中山先生遗言。大宝龟:古代用龟占卜吉凶,故以龟为宝。

30 《诗经·小雅》有《出车》篇,为慰劳凯旋的车队而作。

朝鲜史

世间有二事,万无试验理。其一为国亡,其一为人死。人生不复苏,国亡难再起。廿纪世界中[1],复国能有机。亡于外国人,其害更烈矣。谓余言不信,请观朝鲜史。

题 解

日本与朝鲜半岛同属汉字文化圈。元以后,日本逐步摆脱中国,但朝鲜一直受中国保护。1876年，日本和朝鲜缔结《日朝修好条约》，否定清朝对朝鲜之宗主权。清朝甲午战败后，和日本签订《下关条约》，朝鲜表面上取得了独立地位，但实际上彻底沦为日本殖民地，并成为日本进一步侵略中国的跳板。

笺 注

1 廿纪：二十世纪。见《东渡舟中感怀》注6。

感 事

柳绿秦淮草绿池，春光黯淡不胜悲。建炎总误和戎策[1]，傀儡偏张叛国旗[2]。触眼腥膻随地老[3]，惊心烽火等星驰。至今为梗谁阶厉[4]，误事全由一念私[5]。

题 解

本篇为闻热河事变后悲愤而作。曾以《续闻热河之变悲愤填膺》为题发表于《国民外交杂志（南京）》1933年第1期。见《闻热河之变》题解。

笺 注

1 建炎是宋高宗赵构的第一个年号，也是南宋建国之始，起讫时间为1127年—1130年。建炎年间，赵构在与金国战与和之间摇摆不定，结果被金军一路追杀，不得不南渡，最终偏安杭州。

2 傀儡指伪"满洲国"。1932年9月15日签署的《日满议定书》规定，日本在"满洲国"驻军负责其国防，由日本管理"满洲国"的铁路、港湾、航路、航空线，日本人有权充任"满洲国"官吏，日本有权向"满洲国"移民等等。

3 腥膻在历史上指入侵中原的北方游牧民族。这里指日本侵略者。

4 为梗即充当木偶。阶厉：祸首。

5 热河沦陷，东北军元老汤玉麟不服指挥、不战而逃被认为是主要原因。而汤玉麟主政热河期间大肆搜刮民脂民膏，甚至侵吞军饷，以至于民怨沸腾、军心不稳，都是战败原因。

清凉山扫叶楼社集即事 二首

眼中多少伤心泪，洒向半千扫叶楼[1]。治网渔人推艇出[2]，忘机鸥鸟泛田游[3]。无山不带江边郭，有水都归海上沤[4]。老尽名花销尽艳，松间明月独长留。

菜畦常爱野人家，散作山中百种花。蓄水池添泉万斛，收兵桥绾路三叉[5]。旧题壁处纱笼字[6]，新涨苔时草没芽。拟乞清凉一片土，青门学种邵平瓜[7]。

题 解

扫叶楼，见《扫叶楼即景》题解。社集，见《湘人社集次陈梅老韵》题解。

笺 注

1 半千：龚半千，见《扫叶楼吊龚半千》题解。

2 渔人：即渔父。见《丁卯端午湘人会饮即席吊屈大夫》注4。

3 忘机：见《北海即景》注2。泛田游：满田游走，咏其自在不避人。

4 沤，即浮沤，水中气泡。《楞严经》："空生大觉中，如海一沤发。"

5 收兵桥：南京地名，位于清凉山附近伏龙山麓。绾，联结。

6 诗人自注："旧题已刊入《扫叶楼诗集》并以玻璃罩之。"纱笼字：典出王定保《唐摭言·起自寒苦》：唐代王播家贫，曾寄居扬州惠昭寺读书，随僧众进餐。被僧众嫌弃，于是饭后才敲开饭钟，王播去时已经没饭了。因题诗"上堂已了各西东，惭愧阇黎饭后钟"离去。二十年后，王播为淮南节度使，旧地重游，见僧人已把他题的诗用碧纱笼罩了起来，于是又续题其下云："三十年来面扑尘，如今始得碧纱笼。"

7 青门是汉长安城东南门，本名霸城门，因门色青，俗呼为青门。《史记·萧何世家》载，秦东陵侯邵平在秦灭后，种瓜于长安城东，世称东陵瓜。

书怀 二首

城市居无半日闲，神游屡到天平山。几层石磴几层岭，一道枫林一道关。卓笔峰高风浩浩，白云泉激水潺潺。世人看取挥毫处，定在丹崖万仞间[1]。

胶胶扰扰发鬖髿[2]，闭户著书恨未能。九十人中滥竽我[3]，半生心事芋煨僧[4]。忧时剩有兴亡泪，悟道何分大小乘[5]。长啸一声天地阔，满山风月笑孙登[6]。

笺 注

1 并上句。挥毫处：指原为范仲淹祠堂的高义园。清乾隆帝往天平山游览时，曾赐题"圣之清"。丹崖：指天平山的著名景点"万丈红霞"。见《登天平山怀范文正》注3。

2 胶胶扰扰：纷乱不宁。《庄子·天道》："尧曰：'胶胶扰扰乎！子，天之合也；我，人之合也。'"鬖髿：头发散乱。喻事物参差散乱。

3 1933年1月12日，第三届国民政府立法院立法委员就任，共90名。

4《宋高僧传》记载，唐代衡岳寺有僧自号懒残。隐居衡山的银青光禄大夫李泌夜半往见，时懒残正在拨火煨芋。这里用来表达懒于世俗的避世心态。

5 大小乘：乘是佛教流派名。佛教中以羊车、鹿车、牛车分别喻声闻乘、缘觉乘和菩萨乘。声闻乘与缘觉乘都是小乘，菩萨乘是大乘。

6 孙登：见《春感》注2。

醉后遣愁　四首

笞在弦头祸在墙[1]，迩来世事愈诪张[2]。心如屈子烦而乱，迹似次公醒亦狂[3]。到眼云山都草草，荡胸岁月去堂堂[4]。无为二字荒唐甚，送过萧梁又汴梁[5]。

未觉春宵故故迟，羲和弭节尚能追[6]。欲寒贼胆呼红线[7]，久淡名心近紫芝[8]。一醉何妨薄薄酒，两头耻作纤纤诗。去年揭破倭烟幕[9]，我有罪言继牧之[10]。

翼予两腋叫天阍[11]，公道人心仔细论。见说郭开间李牧[12]，未闻骆统理张温[13]。虫生大抵物先腐，毛传其如皮不存。谲谏主文言有物[14]，滑稽谁似淳于髡[15]？

妄思玉帛化干戈[16]，寇至日深可奈何？死象祁连霍去病[17]，生憎粉饰敬新磨[18]。壁间空贴平戎策,海外遥传出塞歌。谁解中流频击楫,气吞胡羯誓江波[19]。

笺 注

1 筈(guā):箭尾,即射箭时搭在弓弦上的部分。祸在墙犹祸在阋于墙。《诗经·小雅·常棣》:"兄弟阋于墙,外御其侮。"全句的意思是,箭在弦上,然而却是在准备内战。

2 诪张:欺诳。见《次韵答袁炼人》注4。

3 并上句。屈子:指屈原。次公:汉代盖宽饶的字。《汉书·盖宽饶传》载:盖宽饶为官廉正不阿。宣帝许皇后之父平恩侯许广汉新居落成,请他赴会,亲为酌酒。宽饶曰:"无多酌我,我乃酒狂。"丞相魏相笑道:"次公醒而狂,何必酒也?"

4 薛能《春日使府寓怀》:"青春背我堂堂去,白发欺人故故生。"后人用以伤叹岁月流逝。

5 萧梁:见《游古林寺》注1。汴梁指北宋政权。南朝梁元帝萧绎追求"无为",当西魏兵马要前来攻打江陵时,萧绎还在聚众臣玄说《老子》,全无抗敌准备,终于亡国。而北宋的宋徽宗赵佶大力提倡黄老清静之治,他不但诵读《老子》,而且亲自为之作注。因疏于理政,最终导致了"靖康之难",北宋因此灭亡。

6 化用屈原《离骚》:"吾令羲和弭节兮,望崦嵫而勿迫。"羲和:古代神话传说中驾驭日车的神。弭节:驻节,停车。

7 红线:传说中的唐代女侠名。袁郊《甘泽谣·红线》故事:红线原系潞州节度使薛嵩的青衣。时魏博节度使田承嗣将并潞州,红线乃夜到魏郡,入田所,盗床头金盒,以示儆戒。

8 紫芝:比喻贤人。《淮南子·俶真训》:"顺风纵火,膏夏紫芝,与萧艾俱死。"高诱注:"膏夏、紫芝皆喻贤智;萧、艾,贱草,皆喻不肖。"

9 诗人自注:"去年著作《日本外交政策底烟幕》载《国民外交》杂志特刊。"

10 牧之是杜牧的字。《新唐书·杜牧传》载:杜牧上书追究长庆以来朝廷处置不当,复失山东,"嫌不当位而言,实有罪,故作《罪言》。"1933年4

月6日，蒋介石发出"侈言抗日、不知廉耻者，立斩无赦"的手令，而诗人一直呼吁抗日。"我有罪言"系指此而言。

11 天阍：天门。借指天帝的守门人。屈原《远游》："命天阍其开关兮，排闾阖而望予。"喻指君门。此处谓向政府请愿。

12 《史记·廉颇蔺相如列传》载：赵国猛将李牧曾大破秦军，秦国贿赂赵王宠臣郭开，诬李牧欲反，赵王捕李牧斩之。赵王中郭开反间计杀李牧后三月，秦灭赵。

13 骆统、张温为三国时吴国人。《三国志·张温传》载：张温官太子傅，名声不好，被孙权遂罢斥。将军骆统上书为张温解脱。认为是有人嫉贤妒能故意败坏张温的名声，消除了孙权的怒气。

14 谲谏：委婉地规劝。《诗经·周南·关雎序》："上以风化下，下以风刺上，主文而谲谏，言之者无罪，闻之者足以戒，故曰风。"

15 淳于髡：战国时齐国谋士。以博学滑稽多辩著称，多次讽谏齐威王和邹忌改革内政。

16 玉帛：圭璋和束帛。古代诸侯会盟执玉帛，故又用以表示和好。诗人基于对日本军国主义本质的认识，直斥想通过和日本修好的方式来制止侵略是痴心妄想。

17 《史记·卫将军骠骑列传》载：汉代名将霍去病死后，天子悼之，以祁连山的形象筑其冢墓。

18 敬新磨：五代唐庄宗时伶人。《新五代史·伶官传》载，庄宗在中牟行猎，践踏民田，县令劝谏，庄宗怒而欲杀之。敬新磨假意责备县令不应让百姓种庄稼，妨碍天子行猎。庄宗知错，赦免了县令。

19 语本文天祥《正气歌》："或为渡江楫，慷慨吞胡羯。"晋元帝时，名将祖逖率师北伐，渡江于中流，立下不清中原不罢休的誓言。遂破石勒，恢复黄河以南失地。

大碑歌

大碑大碑耳久矣，乃在坟头村山里¹。地距汤山十五里，一往观之果奇伟。在岭下者斧凿痕累累，似是试办不成弃如屣。在岭上者高七八丈雄无比。

碑帽峻似侯门棨[2]，形如严关要塞古城垒。势如掣尾长鲸横海水。土人告余碑原始，当日洪武死后时无几。欲斸此碑钟山徙[3]，建文逊国事中止[4]。至今地老天荒雨淋日炙风捲云驰雷奔电掣挥之不去撼不起。终古兀兀此山峙，碑无一字载要旨。即此口碑当信史，我观此碑实诙诡，造物神奇良有以。或者留待恢复失地勒石铭勋诸君子[5]。

题 解

　　大碑即阳山碑材，在今南京市江宁区阳山南坡，是明成祖朱棣为颂扬其父明太祖朱元璋功德而开凿的神功圣德碑遗址。1402年，明成祖朱棣起兵篡夺侄儿朱允炆的帝位，为了笼络人心，表示正统，除将年号改回洪武外，还决定要为朱元璋立一巨型石碑以表功德。于是征集了万余工匠，在阳山南麓的古采石场，利用该处山体中完整性好又巨大的栖霞灰岩开凿三块碑材。三块碑材均已成形，其中碑额已与山体分开，碑身、碑座也仅有一端相连，但朱棣决计迁都北京，工程遂搁置，只留遗迹。

笺 注

　　1 坟头村：在南京市江宁区汤山街道。因地有阳山碑材，故名。一说因开采碑材时死亡民工合葬于此而得名。
　　2 棨：古代官吏出行时，用作前导之仪仗。通常以木制成，形状似戟。
　　3 斸（zhú）：硕大的锄头。
　　4 阳山碑材开工在朱棣篡位以后，非建文帝时。诗人此处误信野史。
　　5 诗人自注："王仲瞿《烟霞万古楼文集》卷二载，金陵城外大碑无字，厚丈许，阔三丈，高七八丈，明建文时将以树之神烈山者，永乐破都，碑遂刻。"按，王仲瞿即王昙（1760—1817），自号瓶山。清代诗人。神烈山即钟山。所引原文下尚有"此石无文，必作《哀江南文》以补之。"诗人反其意，有"留待恢复失地勒石铭勋诸君子"句，紧贴时事。

宿汤山晓发宝华山

　　落红减却春，新泉随地沸[1]。秉烛浴我身，濯足兼濯发[2]。淮南子有言，沐具吊虮虱[3]。而我无是焉，身心素清洁。浴罢一枕眠，为周或为蝶[4]。野迥四郊清，尘静万籁寂。蛙鸣当鼓吹[5]，鸟啼转清越。山头几点星，天际一钩月。时有犬吠声，灯火光明灭。遥忆故山中，此景正仿佛。平明入宝华，计里十有八。驴背肆游观[6]，野茶花如雪。

题 解

汤山又称南汤山，在南京市江宁区境内，因东端山脚温泉出露而得名。宝华山在江苏省句容市西北部，与南京接壤，距句容、南京、镇江市区各30公里。因春天黄花漫山，原名花山，后因南朝梁高僧宝志（传说为济公的原型）来此结庵讲经，遂易名宝华山，号称"律宗第一山"。

笺 注

1 当时汤山温泉共有六穴。

2 语本屈原《渔父》。见《苏州全景》注1。稿本二"濯"字皆为"浊"，疑为抄误，迳改。

3 语出《淮南子·说林》："汤沐具而虮虱相吊。"虮，虱卵。意思是：将洗浴用具烫过之后，虮虱与虱就都被杀死了（相互吊唁）。

4 化用《庄子·齐物论》"不知周之梦为蝴蝶与，蝴蝶之梦为周与？"

5 《南齐书·孔稚珪传》载：孔稚珪的住房周围杂草丛生，蛙声乱噪烦人，他却说"我以此当两部鼓吹"。后因用"两部鼓吹"咏蛙鸣，常寄寓陶醉自然的情怀。

6 驴背：同"策蹇"。泛指野游。

宝华山

崔巍宝华山，仿佛古天竺。寺前环戒池，寺外翳修竹。白遍野茶花，杜鹃红于烛。我来微雨过，群峰如新沐。曳筇穿深林[1]，寻幽遂所欲。皎皎云度冈，习习风生谷。更上拜经台[2]，长江如在目。下循环翠楼[3]，翛然忘幽独。钟声隔岭闻，鸟语清且淑。纷吾芳袭衣，草径几回折。一切寓自然，领略殊未足。明发挹朝岚[4]，暮就禅房宿。

题 解

宝华山,见《宿汤山晓发宝华山》题解。

笺 注

1 曳筇:拄着拐杖。筇,古书上说的一种竹子,可以做手杖。借指用这种竹做成的拐杖。

2 拜经台:又名晒经台、会经台,为宝华山西部峰顶一平坦巨石,相传是梁武帝会宝志处。1932 年,张治中在此立有一二八淞沪抗战为国捐躯将士纪念碑。

3 环翠楼:环翠楼位于隆昌寺前,为一两层朱红色木结构小楼。初建于 1675 年。因为周围环绕着青翠的树木,因此得名。

4 明发:见《沪宁道上至西湖》注 3。

宿宝华山隆昌寺禅房

白云皓皓拥崚嶒[1],清磬数声路几层。姓冠华山崇宝志[2],经谈梵纲见高僧[3]。戒池水碧清无滓[4],见月塔高冷欲冰[5]。方丈精斋禅院律[6],修篁影里味青灯[7]。

题 解

隆昌寺原名宝华寺。始建于 502 年,最初是梁代高僧宝志在此结庵传经,故名宝志公庵。1605 年奉旨扩建,明神宗赐"护国圣化隆昌寺"额,遂改名隆昌寺。1703 年,康熙临山,曾赐改惠居寺,后复名隆昌。隆昌寺规模宏大,气势雄伟,殿宇结构精巧,雕刻细腻。寺前有环翠楼,上有清代御史、书画家笪重光手书"律宗第一山"牌匾。

笺 注

1 崚嶒(léng céng):山势高峻重叠。

2 宝华山原名花山,花与华通,因宝志和尚更名为宝华山。

3 诗人自注:"灭尘上人时讲《梵网经》。"按,《梵网经》全称《梵网经卢舍那佛说菩萨心地戒品第十》），是佛教大乘菩萨戒的基本经典。

4 戒池：戒公池的省称。戒公池是隆昌寺僧人取水之处，也是秦淮河的源头。

5 见月塔：即见月律师墓塔。在隆昌寺西北方。墓塔由三块巨石垒成，上刻"传南山宗中兴止作宝华第二代见月律师塔"，塔顶有一石顶，圆如大盆。

6 精斋：斋精的倒置，意思是斋洁身心。禅院律：隆昌寺称"律宗祖庭"。律宗是汉传佛教宗派之一，因着重研习毗奈耶及传持佛教戒律、严肃佛教戒规而得名。

7 青灯：光线青荧的油灯。借指孤寂、清苦的生活。

游邓尉山放歌

饱看吴山与吴水[1]，一身以外酒而已。逢着梅花醉几杯，梅与我今结知己。前年我曾游西湖，孤山之树可屈指。去年又复游无锡，园在浒山范围里。何如邓尉有野梅，绵亘十里势迤逦。东南有圣恩寺之幽闲贞静竹作邻[2]，西北有司徒庙之清奇古怪柏为宰[3]。天开太湖作画图，岩涌清泉等嘉醴。就中群山谁知名？青芝米堆与至理[4]。更有玄墓山葬郁泰玄[5]，道是当年风流青州晋刺史[6]。我观城西诸名峰，各有一奇或一伟：天平峭，穹窿垒，灵岩孤，洞庭岿。未若兹山轩豁不病隘[7]，清幽不失傀，爽秀不病癯，深邃不失累，综合众长具四美[8]。具四美，叹观止，听风听水咏而归，又隔吴城七十里。

题 解

邓尉山位于今苏州吴中区境内，因东汉太尉邓禹隐居于此而得名。山上多植梅树，花盛时，势若雪海，香气四溢，故又称此山为"香雪海"。唐天宝年间（742—755），创建天寿禅寺。宋宝祐年间（1253—1258），又建圣恩禅庵。元末寺毁庵存。明初有万峰禅师在此开山说法。现存天寿圣恩寺。

本篇曾发表于《国民外交杂志（南京）》1933年第1期。

笺 注

1 吴山与吴水：吴地的山水。常泛指江南山水。

2 圣恩寺全名天寿圣恩寺，在邓尉山东南麓柴庄岭半山，临太湖。是佛教南宗发祥地。清康熙、乾隆到光福探梅多次驻足于此。

3 司徒庙又叫邓尉庙、古柏庵，是祭祀东汉光武帝大司徒邓禹的祠庙。庙里有四株古柏，传为邓禹手植。乾隆为四棵古柏树分别赐名清、奇、古、怪。

4 青芝、米堆、至理均山名。

5 玄墓山：为邓尉山南峰。郁泰玄：东晋青州刺史。明《姑苏志》："玄墓山，相传郁泰玄葬此，故名。"

6 诗人自注："凡此均包邓尉山，称光福山从俗耳。"按，明《姑苏志》："邓尉山，在光福里，俗名光福山。"

7 轩豁：谓轩昂开阔，气宇不凡。沈辽《送曾处善赴宝应尉》："六峰老师气轩豁，九华雌山苦阴晦。"

8 "四美"是古文化中常用的典故，不同场景有不同的内涵。这里是指邓尉山具有轩豁、清幽、爽秀、深窈四大优点。

游玄墓山圣恩寺还元阁

智谷上人出缣轴诗卷一索题，即书四绝。

右抱青芝左米堆[1]，还元阁为雅人开[2]。青州刺史风流甚，千有余年我又来[3]。

绕阁株株费化裁[4]，巡檐索笑且徘徊[5]。临行寄语向阳者，终让山阴缓缓开。

自是滨湖气候凉，冰心似说晚来香。不须惆怅探梅早，看到含苞味更长。

法华山在太湖清[6]，渟峙相兼更有情[7]。水鸟山禽如识我，迎人唱和两三声。

题 解

玄墓山为邓尉山南峰。当地习惯上称北峰为邓尉山，称南峰为玄墓山。圣恩寺，见《游邓尉山放歌》注5。还元阁是圣恩寺内一两层楼阁，始建于1648年，是寺院接待贵宾的地方。

本篇曾发表于《国民外交杂志（南京）》1933年第一期。

笺 注

1 诗人自注："青芝、米堆，山名。"

2 还元阁一楼为茶室，是高僧与贵宾茶叙和品鉴书画之处，二楼是贵宾下榻之处。王士祯、沈德潜等文人墨客都曾下榻此阁。

3 诗人自注："玄墓山以后晋青州刺史郁泰玄葬此得名。"

4 化裁：谓随事物变化而相裁节。语本《易·系辞上》："是故形而上者称为道，形而下者称为器，化而裁之称为变。"

5 见《题美人倚梅图》注2。

6 法华山：古山名。在今浙江省湖州市西北，有晋代僧法华之灵迹及法华泉，山下另法华寺。约指今弁山一带。

7 诗人自注："昔人有'不见太湖真面目，眼前终恨法华山'之句。"按，诗人所引诗句，出自明代陈炜《吴中金石新编》卷八。渟峙："渊渟岳峙"的缩用。喻渊水深沉，高山耸立。

由邓尉至姑苏杂诗 四首

山存老树山才古，水有雏凫水不寒。寺渍湖光涵万象，诗潮酒气耸层峦。兴来独往成行易，语我方言索解难。它日春风寻旧路，沿途香雪许重看[1]。

峡里云烟叠叠关，柔桑短短竹闲闲。楚天那识阴阳历[2]，石窟犹名真假山[3]。放眼清奇古怪处[4]，腾身缥缈虚无间。还元阁上骋游目，无数风帆自往还。

放翁化出万千身[5]，山后山前气未匀。到处风光堪入画，此邦习俗尚存真。梅经雪履枝枝劲，神缺金装面面贫。翠黛重重迎送我，令人十步九逡巡。

绿水青槐带浚池[6]，列真之宇别宫基[7]。灵岩顶上钟闻远[8]，木渎镇边舸泛迟[9]。句换僧斋坚却值[10]，梅还祖债苦无诗[11]。尔来自笑寒酸甚，未许头衔驿使知[12]。

题 解

本篇曾发表于《国民外交杂志（南京）》1933 年第 1 期。

笺 注

1 邓尉山以梅林著称，又名"香雪海"。

2 梵天：佛经有梵众天，为梵民所居；梵辅天，为梵佐所居；大梵天，为梵王所居。统称梵天。"阴阳历"即公历和农历。九一八事变后，由于战事吃紧，国民政府无暇顾及历法改革，1933 年民间基本恢复了农历春节的习俗，公历和农历并用。

3 真假山：观音殿东北面有天然玲珑湖石二座，孔隙曲折，玲珑剔透，敲之有声，抚之温润，恰似人工堆砌的假山，故名。

4 清、奇、古、怪指司徒庙中的四株古柏。见《游邓尉山放歌》注 3。

5 放翁是宋朝词人陆游的号。本句典出陆游《梅花绝句》："闻道梅花坼晓风，雪堆遍满四山中。何方可化万千身，一树梅花一放翁。"

6 浚池：犹深池。语出左思《三都赋》："带朝夕之浚池，佩长洲之茂苑。"

7 列真：道家称得道者为真人，列真谓众仙人。列真之宇指灵岩寺，其旧址即馆娃宫，即诗中所说的别宫。因它是为西施在别地营筑的宫殿，故名。

8 灵岩：一名砚石山，在今苏州市吴中区。春秋末吴王夫差建离宫于此，今灵岩寺即在此地。

9 木渎：镇名，在灵岩山南坡脚下，面向太湖。有"吴中第一镇"之誉。

10 诗人自注："智谷道人为余磨墨索题，留饭坚不取值。"

11 诗人自注："先祖《雪竹楼诗稿》有'年来有债都偿遍，但欠梅花数首诗'之句。"

12 未许：不让的意思。驿使原指邮差，这里借指梅花。陆游《老学庵笔记》卷八："国初尚《文选》，当时文人专意此书，故草必称王孙，梅必称驿使，月必称望舒，山水必称清晖。"全句的意思是，因为处境寒酸，怕辱没了先祖，不让梅花知道我的身份。

无锡杂咏 三首

管社山头理钓纶[1]，一湖锁钥几重津[2]。恰逢细雨梅花日，来踏梁溪震泽春[3]。轻舸何时寻少伯[4]，竹炉无处访茶神[5]。不如乘兴江村去，醉逐东风泛芷萍。

旧地重游不计程，胸中丘壑早分明。太湖更比西湖好，无锡免教有锡争[6]。五里街头蚕豆美，二泉亭畔鸟声清[7]。黄公涧上硁硁石[8]，历尽风霜百炼精。

飘然一叶伴沙鸥[9]，草拂芒鞋柳拂头。溪鸟忘机时入寺，岩花劝客慢登楼。凫鹭泛泛都平等，舴艋轻轻各自由。我亦治梦常在抱[10]，鳟诸塔上试吴钩[11]。

笺 注

1 钓纶：钓竿上的线。

2 诗人自注："管社山即北独山。鼋头渚为南独山，小蓬莱为中独山，其实皆独山也。五里湖水西达震泽，独山实当其冲。"

3 梁溪：见《杂咏》注 2。震泽：太湖的别名。《汉书·禹贡》："震泽底定"注："震泽，吴南太湖名。"

4 见《无锡杂咏（十首）》注 9。

5 茶神：即陆羽，字鸿渐。生活在唐玄宗至唐德宗年间。他编写了世界上第一部茶叶专著《茶经》。死后被民间奉为茶神。

6 无锡有锡山产锡，后矿竭，故名无锡。王莽篡位后，因锡矿复出，改无锡为有锡，而刘秀推翻新莽后，又改回无锡。

7 无锡惠山泉号称"天下第二泉"，分上、中、下三池。上、中池在亭内，称二泉亭。

8 黄公涧，又名春申涧，在无锡惠山。因传战国时楚国春申君黄歇在此饮马而得名。

9 一种水鸟，因栖息于沙滩，故名。杜甫《旅夜书怀》："飘飘何所似，天地一沙鸥。"后人多借沙鸥喻人生漂泊。

10 治棼：治，整理；棼：纷乱。全句的意思是在治乱之间找不到头绪，心烦意乱。

11 鱄诸塔：即专诸塔。诗人自注："塔在城中大娄巷。"按，专诸是春秋时吴国人，公子光（后为吴王阖闾）所养死士。公元前515年，专诸在公子光宴请吴王僚时，藏匕首于鱼腹之中进献，当场刺杀吴王僚，专诸也被吴王僚的侍卫杀死。吴钩：钩是古代的一种兵器，形似剑而曲。春秋吴人善铸钩，故称"吴钩"。后泛指锋利的刀剑，以及驰骋疆场立志报国的精神象征。

清晨散步梅园

独来独往步梅园，浮动横斜仔细论[1]。一遇朝阳欣起色，不堪细雨昨销魂。望云我痛念劬塔[2]，拓墨人荒留月村[3]。招鹤无由还自酌[4]，万花丛里泛吟樽。

题 解
梅园，见《无锡杂咏（十首）》注1。

笺 注
1 化用林逋《山园小梅》："疏影横斜水清浅，暗香浮动月黄昏。"

2 念劬（qú）塔：在梅园浒山半腰的高地上。1930年，园主荣宗敬、荣德生为纪念母亲而建。其名取自《诗经·小雅·蓼莪》"哀哀父母，生我劬劳"和《诗经·邶风·凯风》"棘心夭夭，母氏劬劳"句。诗人自注："园有念劬塔，对之不禁生风木之悲。"

3 诗人自注："村在园东南角，墨榻极多，昔未加整理。"按，留月村建于1916年，其建筑有四周环廊的碑亭和牡丹亭，廊间镶嵌有快雪堂残碑300余方。

4 在诵豳堂后面有招鹤亭，建于1915年。因古人奉梅鹤为"双清"，梅园为与西湖孤山梅林"放鹤亭"相呼应而建。

游华藏寺

昔闻华藏寺，有宋张俊墓[1]。封号曰循王[2]，马鬣巍巍驻[3]。中心窃怪之，恐是传闻误。以彼嫉岳飞，主和与桧附。故违刘锜言[4]，濠州守不固[5]。恢复遂无期，偏安终南渡。大罪功不掩，史笔难曲护。魋骨葬于斯，毋乃湖山污。驱车往观之，真相才毕露。墓道夷废墟，石人榛莽仆。碑碣作桥梁，石马没烟雾。公道在人心，难犯是众怒。高位生前荣，生铁死后铸[6]。反观岳王庙，精忠永布濩。名山寿须眉，祭祀岁时胙。何去与何从，奸细盍速悟[7]。

题 解

诗人自注："寺在梅园西去十余里，背山面湖，风景甚佳。"按，华藏寺在无锡市滨湖区的华藏山下，始建于1154年，初名青山寺，后改今名。民国以前，鼋头渚、梅园尚未开发，游太湖者多至华严寺，所留名人题咏颇多，为江南十大名刹之一。

笺 注

1 张俊（1086—1154），南宋初年名将，与岳飞、韩世忠、刘光世并称南宋"中兴四将"。但后来协助秦桧推行乞和政策，又制造伪证，促成岳飞冤狱，故后人以黑铁铸其跪像，置于岳飞墓前。

2 张俊深得宋高宗赵构宠幸，赵构曾亲临张俊府邸进封其为太师，死后又追封循王，赐葬无锡青山（今华藏山）。为便于祭奠，特在墓左侧建造了寺院，赐名"华藏褒忠显亲禅寺"，即今华藏寺。

3 马鬣（liè）：马颈上的长毛。因有的坟墓封土也如马鬣状，故亦指坟墓。李白《上留田行》："蓬科马鬣今已平，昔之弟死兄不葬。"

4 刘锜（1098—1162）：字信叔，南宋名将。善于骑射，宋高宗初年被任为陇右都护，后晋升为太尉。金兵南侵时，他被任为江淮浙西制置使，总领各路军马。死后谥为"武穆"。

5 1141年宋金淮西之战，刘锜在柘皋（今安徽省巢湖市西北）大败金军，收复庐州（今合肥）。主帅张俊为争功，令刘锜的部队返回，准备自己耀兵淮上。不料金兵转而攻打濠州。张俊急令刘锜回援濠州。刘锜到达濠州附近时，谍报金军已经撤离。张俊又为争收复之功，再令刘锜守营，自己率军前进，结果中敌埋伏，几乎全军覆灭。

6 诗人自注："西湖岳王庙前跪秦桧、王氏、万俟卨（mò qí xiè）三像，万历间增跪张俊像。"

7 诗人自注："《宋史》翟汝文目桧为金人奸细。"按，翟汝文（1076—1141）在高宗时任翰林院学士兼侍读，升参知政事，曾当面直斥秦桧"私植党羽，谗害善良。"

游常熟虞山四大寺

兴福寺（即古破山寺）[1]

我法也应如是观，一经贝叶一蒲团[2]。未凋唐桂中兴易，已死宋梅复活难[3]。日照亭旁春婉婉，空心潭上影姗姗。虞山自与庐山异，真面须从内里看。

清凉寺（一称三峰寺）[4]

古寺巍然占上头，天荒地老瞰龙湫[5]。三峰桃李花三月，一壑云烟锁一邱。绀殿沉沉朝亦暝[6]，松涛叠叠翠如浮。傥同白下清凉比[7]，但少望江扫叶楼。

藏海寺[8]

晴岩高拂岭云尖，望海墩南一霎潜[9]。在此山中无汉魏[10]，笑人世外有炎凉。腾腾剑气冲牛斗，岳岳禅关挂水帘。到得兹游才绝顶，湖光峦影入眸间。

维摩寺[11]

久泯贪瞋与佛邻，维摩寺外尽劳人。谛观大块无边景[12]，赢得天涯自在身。日出庵光全市晓，雨晴树压一湖春。吴山吴水知多少，望海楼前最畅神。

题 解

虞山古称乌目山，又称海虞山、海隅山，在江苏省常熟市西北部，东端伸入市区内。《越绝书》："虞山者，巫咸所出也。虞故神出奇怪。"一说因西周仲雍（虞仲）葬此得名。山南以石景取胜，有剑门奇石、宝岩、石梅等；山北以山涧著名，有秦坡飞瀑、桃源等。还有仲雍墓、言子墓、黄公望墓、读书台等古迹。山上苍松翠竹，风景秀丽，为江南名山。

笺 注

1 兴福寺始建于南朝齐南齐延兴至中兴年间（494—502），初名"大悲寺"。在公元539年大修并扩建，改名"福寿寺"。因寺在破龙涧旁，故又称"破山寺"。

2 诗人自注："寺开办法界学院。"贝叶：一种叫作贝多罗（Pattra）的热带棕榈树的树叶。古代印度人用来抄写佛经，抄成的经书叫贝叶经。蒲团：用蒲草编成的圆形垫子，多为僧人坐禅和跪拜时所用。全句的意思是研习法律也要像僧人那样勤动笔、耐寂寞。

3 并上句。寺内时有一棵唐朝桂树，树冠如伞。另有宋梅一株，与唐桂合称"双宝"，1930年代初被白蚁蛀食枯死。

4 清凉寺相传建于齐梁。因其地合乌目峰、龙母峰、中峰，故旧名三峰禅院。

5 诗人自注："寺后有白龙神寺，有龙井，方可丈许，故井亦名龙湫。"

6 绀殿：指佛寺。绀，深青透红色。传言佛之毛发及西方极乐世界之地皆呈绀青之色，故取其色以称。

7 白下指南京。见《西湖散步与夔旭偶谈五则》注8。

8 藏海寺在虞山剑门绝顶拂水岩上。宋时为觉海庵，明代称拂水东庵，清初顺治时更为今名。

9 望海墩：位于虞山的最高峰。因天晴时站在墩上能眺望长江而得名。相传齐景公之女嫁于吴王阖闾，早殁。临终求葬虞山之巅，以望齐国。刹：寺庙，指藏海寺。潜：隐藏不见。

10 用陶渊明《桃花源记》："问今是何世，乃不知有汉，无论魏晋"意，喻此地为世外桃源。

11 维摩寺在虞山北部高处，常被轻云笼罩，清旷幽绝。寺东园内有"望海楼"，登楼可远眺长江。

12 谛观：审视，仔细看。大块：大自然；大地。李白《春夜宴从弟桃李园序》："阳春召我以烟景，大块假我以文章。"

尚父湖

晴旭篷窗漾[1]，淈波柔舻闲[2]。临风怀尚父，把酒眺虞山。鸂鶒清杨婉[3]，鸬鹚悖入顽。满湖烟水阔，欲画少荆关[4]。

题 解

尚父湖亦称尚湖，在常熟西郊，虞山之南。尚父本姓姜，字子牙。其先封于吕，从其封姓，故称为"吕尚"。年老隐于钓，周文王出猎，遇于渭水，曰："吾太公望子久矣。"因号"太公望"，后世称为"姜太公"。相传商周之交，吕尚为避纣虐，隐居虞山，常在此湖垂钓，故名。相沿多称尚湖。

笺 注

1 晴旭：阳光。篷窗：船窗。

2 柔舻：轻盈的小船。赵景淑《舟过露筋祠》："白芡红蕖出水香，一枝柔舻送轻航。"

3 鸂鶒（xī chì）：一种水鸟。形似鸳鸯而稍大，羽毛多紫色，尾如船舵。多栖息于溪涧湖沼间，以小鱼、小虫为食。也称为"溪鸭"。

4 荆关：五代时画家荆浩、关仝师徒以擅画山水齐名，并称"荆关"。

小云栖寺露珠泉题石

无风常泠泠[1]，不雨亦濛濛。万斛明珠滴，原来色即空。

题 解

小云栖寺在虞山西麓，又名白云栖禅院、松泉寺，建于清康熙年间。寺后有一山洞，深三米多，当地人称"小石洞"，左面有石崖覆盖如屋，右面有泉从石坎中溢出，汇成池沼，碧水盈盈，清澈见底。泉水甘洌，故称洌泉，又名露珠泉。

笺 注

1 泠泠：形容清脆激越的声音。郦道元《水经注·江水注》："猿鸣至清，山谷传响,泠泠不绝。"稿本作"冷冷",疑誊抄错误,迳改。

由无锡舟行至常熟虞山转苏州杂咏　八首

河流曲曲水洋洋,芦荻半青又半黄。记取锡常交界处,羊尖真个似羊肠[1]。

斑斑古籍夏商周,六代繁华一笔勾。言子多文虞仲让[2],山因人重四千秋。

虞山高处瞰狼山[3],山在南通江口间。西望尚湖北望海,南窥震泽拥风鬟[4]。

避纣太公东海滨[5],此间浪迹岂无因。湖名尚父虽牵强,胜号西湖窃效颦[6]。

剑门西上数峰清[7],齐女埋兹语亦经[8]。望海墩前望故国[9],伫观胜似辛峰亭[10]。

诗钞惠我好吾庐,一个奚童一酒壶。赖有玉衡勤指点[11],两天眺览更游湖。

半夜枫桥泊舟处,清晨禅院鸟鸣时。寒山寺与破山寺,名在唐人二首诗[12]。

虞山送我上行舟,夜泊阊门古渡头。历历水程七十里,疏星淡月过苏州。

笺 注

1 诗人自注:"过羊尖即常熟,河窄仅容一舟。"

2 言子:即言偃,字子游。是孔子弟子中唯一的南方弟子。他住过的小巷称言子巷。虞仲:周太王的次子,泰伯之弟。与兄泰伯同让位于其弟季历,南来建立吴国。去世后葬于此地,虞山因而得名。

3 狼山在江苏南通长江东岸。由军山、剑山、狼山、马鞍山、黄泥山五座山峰组成,号称"江海第一山"。

4 震泽即太湖,见《无锡杂咏(三首)》。风鬟谓女子发髻为风吹雾湿而散乱,此处用以形容雾中山峦。

5 见《尚父湖》题解。

6 诗人自注:"尚父湖,土人名西湖,以远望辛峰亭似保俶塔也。"按,当地人俗称尚湖为"西湖",系因湖在城西之故。

7 剑门在虞山中部最高处,以石景著称。从南坡拾级而上,山势险峻,怪石凌空。山路既陡又狭,笔直如鞭,古称"霸王鞭"。

8 诗人自注:"见《越绝书》。"按,齐女即齐景公之女。《越绝书》载,齐女埋于剑门以西山上。"语亦经"言其出自可靠的史书上。

9 望海墩:见《游常熟虞山四大寺》注9。

10 诗人自注:"齐女墓有说在齐峰亭,有说在望海墩,余以后说为近。"

11 诗人自注:"常熟蒋玉衡为余再传弟子,惠其尊人《好吾庐诗钞》,并指点游览。"

12 指张继《枫桥夜泊》"姑苏城外寒山寺,夜半钟声到客船"和常建《题破山寺后禅院》"曲径通幽处,禅房花木深。"两座寺庙因这两句诗声名远播。

观明末史

流寇胡披猖[1],制造者污吏。污吏胡为来,倖进所由至。熏心在金钱,侈口说仁义。自欺以欺人,鼓动不平气。狗苟而蝇营[2],国法等儿戏。天变不足畏,上下交征利[3]。诛之不胜诛,漏网无巨细。奸豪因之兴,杀机满天地。劳师兼转饷[4],丝棼愈难治[5]。敛尽九州怨,滴尽亿兆泪。患贫贫转甚,言利利终弃。虏骑闯然来[6],内讧肆无忌。唯恐亡不速,惟恐寇不至。而彼马阮辈[7],方自命得意。虽有史阁部[8],决策排众议。虽有黄石斋[9],直言揭时弊。厦倾一木支,亦无济于事。瓦解复土崩,善者难为继。

题 解

史学界一般把万历二十八年(1600)到崇祯十七年(1644)间称明末。与此同时,1616年后金立国,1636年皇太极称帝,改国号大清,和明朝并立,又是清朝初年,所以也并称"明末清初"。这一时期共经历了后金开国(1616)、明清战争(1616—1644)、明末民变(1628年—1644)、大顺建立(1642)、李自成灭明(1644)、清军入关(1644)等重大历史事件,是中国历史的一个重要节点。

笺 注

1 披猖：嚣张；猖獗。苏轼《次韵子由所居六咏》："先生坐忍渴，群嚣自披猖。"

2 狗苟蝇营：语本文天祥《御试策一道》："牛维马絷，狗苟蝇营，患得患失，无所不至者，无怪也。"比喻不顾廉耻，到处钻营。

3 语出《孟子·梁惠王上》："上下交征利，而国危矣。"指国家机构之间、上下级官员以及官民之间互相争夺利益。

4 明末同时面临"流民起义"与"后金叛乱"两大军事问题。但军队存在大量空额，实际兵力严重不足。又因朝廷财政紧张，拖欠粮饷，故军纪涣散，屡有叛变。转饷：本意运送军粮，这里指将帅克扣军饷。

5 丝棼：纷繁紊乱。见《无锡杂咏（三首）》注9。

6 虏骑：指清军。闯然：突然而至。

7 马阮：指马士英和阮大铖二人。马士英崇祯间为兵部侍郎，南明建立后，把持弘光朝廷。弘光政权覆亡后，被清军俘获，虽投降，仍被处死。阮大铖天启时依附魏忠贤，召为太常少卿。福王政权建立后，任兵部尚书。危难之际置战防之事不顾，除报复政敌外，惟以索贿敛财为务。清军南下，率先剃发降清。自请为前驱破金华，于行军途中病死。

8 史阁部：即史可法。见《梅花岭吊史阁部》题解。

9 黄石斋：石斋是黄道周（1585—1646）的号。黄道周因弹劾权臣而三度被贬。南明福王时为礼部尚书。清军攻破南京后，唐王即位福州，授武英殿大学士。自请往江西图恢复。至婺源遇清兵，战败被俘，至江宁（今南京）被杀。

浪荡子

世有浪荡子，忿妻与人奸。操刀往捉之，怒发直冲冠。乃在事前后，反用奸通钱。妻大惑不解，忿忿情难甘。旁人乃告知，此事亦等闲。不见某某省[1]，公卖鸦片烟[2]。种运售无罪[3]，吸者入狴犴[4]。为阱以取利，那管骂与讪。上下皆如此，汝又何怪焉。其妻从此悟，厌情实同然。始知利所在，法律亦无权。始知利所在，廉耻一齐捐。

题 解

　　1933年3月初，日军进犯热河，热河省主席汤玉麟不战而逃，还调用了200多辆军车转移金银财宝等巨额家财。汤玉麟在职期间，让儿子汤佐荣担任禁烟局长，公然种植鸦片获取暴利的丑闻也公诸于世。消息传出，举国哗然，国民政府宣布将汤玉麟褫职查办，并予以通缉。本篇就是为谴责汤佐荣这个浪荡子而作。

笺 注

　　1 指汤玉麟把持下的热河省。
　　2 当时由热河禁烟局监督烟片销售。
　　3 当时热河省政府以预征鸦片种植税的方式，强迫农民种植鸦片。
　　4 狴犴：传说中的一种走兽。是古代牢狱门上常见的图形，因此又用来代指监狱。汤佐荣主要通过向外销售烟土征税敛财，对吸食鸦片表面上也予以查禁，以应付中央。

泰山杂咏　四首

　　聊将短句代长歌，才薄其如泰岱何？脉走幽燕雄朔漠，星分齐鲁古山河[1]。碑封七十二家渺[2]，柴望四千余载多[3]。秩视三公年五祀[4]，而今寂寞冷岩阿[5]。

　　群峰俯伏似儿孙，云气胸中八九吞[6]。存六合间千个字[7]，到中心点二天门[8]。青松对对凌风立，东海遥遥接雾昏。笑汝獝来空自大，近看终让泰山尊[9]。

　　南天门上鼓晨挝，香火隆隆祀碧霞[10]。没字碑高摩顶蠡[11]，舍身岩险缭垣遮。未观日出观云出，不见僧家见道家。惹得诗人频拭目，仙桃四月始开花。

　　唐槐汉柏几株株，笑煞秦松五大夫[12]。难见阊门形白马[13]，最怜炉火假青蚨[14]。乾坤亭圮碑零落[15]，功德铭存字有无[16]。极目边疆烽燧警，向天我自唱呜呜。

题 解

本篇曾发表于《国民外交杂志（南京）》1933年第5期。

笺 注

1 星分：谓以天上的星宿划分地上的区域。泰山介乎齐鲁之间，山北古为齐国，山南为鲁国。

2 《史记·封禅书》："古代封泰山禅梁父者七十二家。"

3 柴望：古代的两种祭礼，烧柴祭天称为"柴"，祭山川称为"望"。

4 秩视三公：《礼记·王制》："天子祭天下名山大川，五岳视三公。"意即以拜见三公的礼仪等级来祭泰山。

5 岩阿：山的曲折处。

6 吞：容纳。司马相如《子虚赋》："吞若云梦者八九于其胸中，曾不蒂芥。"这里是形容胸怀广阔，山间的十分云气，胸中能包容八九分。

7 六合：指宇宙。诗人自注："经石峪摩崖原存《金刚经》九百九十二字，近于西南隅发现七十三字。"

8 二天门：今中天门。中心点：一半路程。聂鈫《泰山道里记》云："再上为二天门坊。自回马岭坊至此五里，峰回路转，是为登岱之半。"

9 诗人自注："居人有'远看猴来高，近看达不到泰山腰'之谚。"按，猴来即傲来峰，又称傲来山，是泰山西路山峰之一，峰高低于泰山主峰，但犀利峥嵘，有傲然不向泰山低头之势。

10 诗人自注："碧霞元君传述不一，其以为黄帝所遣玉女者，《瑶池记》也；其以为泰山为神女者，《博物志》也。明人崔文奎独取神道成女之说，今人多称为泰山神女云。"按，碧霞元君全称为"东岳泰山天仙玉女碧霞元君"，是中国古代神话传说中的女神。道教中碧霞元君的道场就在泰山。泰山极顶之南的碧霞元君祠是其祖庭。

11 没字碑：即无字碑。指泰山登封台下无字的石碑。据传为秦始皇所立，因朝拜者摩挲日久，文字湮灭，故而无字。

12 典出《史记·秦始皇本纪》："乃遂上泰山，立石，封，祠祀。下，风雨暴至，休于树下，因封其树为'五大夫'。"后人就以"五大夫"为松树的别名。

13 阆门指城门。《庄子·知北游》："人生天地之间，若白驹之过隙，忽然而已。"驹，小马，跨过城门不可能立刻长成大马。喻光阴易逝。

14 青蚨一名鱼伯，虫名。《淮南子》载有"青蚨还钱"的方术，故也用来代指铜钱。炉火状似青蚨而非真，借以用来隐喻钱财虚幻。

15 乾坤亭故址在玉皇顶东南平顶峰，建于1684年，上刻"孔子小天下处"。亭毁于民国年间。

16 诗人自注："摩崖碑系宋真宗述功德铭，今仅存二百二十五字，篆额有'登泰山述二圣功德之铭'"十字。

济南大明湖舟中与子英联句

环湖绕野景，麟 朝日漾清流。英 两岸青青荻，麟 双桡乙乙舟[1]。莲花开佛座，藻镜映鱼钩[2]。赝鼎嗤书贾[3]，英 龙钟渡老妪。流觞皆曲水，冲斗有高楼[4]。麟 蒲剑尖尖矗，麟 杨花絮絮浮。南丰文一代[5]，北渚铁千秋[6]。麟 鞭影惊游鲫，砧声起宿鸥。篙分青雉尾，菰长碧鸡头。英 矮矬云盈岫[7]，蒙茸草满沟[8]。鱼罾傪绿柳[9]，酒旆艳红榴。绕廓峰峦秀，因城道路周。麟 乾坤洵逆旅，吾辈且勾留。英

题 解

大明湖在济南市区。由珍珠泉、芙蓉泉、王府池等多处泉水汇成，出小清河流入渤海。子英：见《后湖舟中与朱子英联句》题解。

本篇曾发表于《国民外交杂志（南京）》1933年第5期。

笺 注

1 乙乙：象声词。摇橹时的轧轧声。

2 藻镜：美丽的镜面。这里指水面如镜。

3 赝鼎：指仿造或伪托之物。书贾：书商。旧时的书商兼做古旧图书交易，

有版本知识，却未必有文物知识。这里也隐指死读书的书呆子。

4 冲斗：冲上天际。斗，北斗。

5 南丰，指曾巩（1019—1083）。曾巩是江西南丰人，故人称"南丰"。贯穿大明湖南北的百花堤（曾堤）为曾巩任齐州（今济南）知州时所筑。

6 北渚：北面的水涯。大明湖北岸有铁公祠，祭祀明初曾任山东布政使的铁铉（1366—1402）。铁铉在靖难之变时坚守济南，不肯投降。在朱棣篡位后被施以磔刑，年仅37岁。

7 叆叇：云浓密的样子。见《五洲公园堤上口占》注2。

8 蒙茸：蓬松；杂乱的样子。孟郊《寻言上人》："竹韵漫萧屑，草花徒蒙茸。"

9 傩：古时腊月驱逐疫鬼的仪式。这里指追逐。

观趵突泉

五岳今游一，四时只剩三。偶来观趵突，无意暂停骖。乐水予心洁[1]，烹茶众口甘。斯泉冠七二[2]，喷薄浪花酣。

题 解

趵突泉又称槛泉，位于济南西门桥南，有清泉三股，日夜涌流，状如三堆白雪，"趵突"二字即形容其跳荡不息的情态。

本篇曾发表于《国民外交杂志（南京）》1933年第5期。

笺 注

1 语本《论语·雍也》："仁者乐山，智者乐水。"

2 趵突泉名列七十二泉之首。

崂山杂咏 四首

车过胶东路[1]，乡村一一观。儿童新气象，妇女古衣冠。麦叠风中浪，鸟欢雨后峦。难哉惟博济[2]，民食地瓜干[3]。

观乡王道易,草草待成编[4]。九水分南北,丛岩象万千。蔚蓝揩石镜,飞白跃深渊[5]。夙有山林癖,何关佛与仙。

独有明霞洞[6],一泓在目前。盈虚潮起落,规矩石方圆。洋面望如镜,崖缝半是泉。青黄山下路[7],东海与周旋。

题册留鸿爪[8],披榛到太清[9]。千盘难度鸟,四月始闻莺。盛夏浑忘暑,耐冬早得名。林林乌桕树,排闼送人行。

题 解

崂山在山东省青岛市崂山区境内,分北、中、南三段。主峰巨峰,又名崂顶,海拔 1132 米。东、南两面濒海,山、海、林、泉兼胜,自然风光优美。宋、元以来,成为道教名山。现存有太清宫、上清宫等道观。

本篇曾发表于《国民外交杂志(南京)》1933 年第 5 期。

笺 注

1 胶东路:当时青岛市胶州东路的简称。东西走向,顺山就势,弯多坡陡,路面皆以花岗岩小方石铺装,俗称为"波螺油子"。由于坡陡弯多路滑,极难通行。1933 年诗人考察此地时,胶东路正在扩建改造。

2 博济:广泛救助。

3 诗人自注:"地瓜干,青岛土语,即沥干之山薯。"

4 诗人自注:"时与朱子英同草市自治法视察市政。"按,1933 年 1 月 20 日国民政府立法院第 22 号令指派诗人等 5 人组成自治法委员会,诗人为召集人。

5 诗人自注:"二句指靛缸湾。"按,靛缸湾为崂山北九水风景区的一处景点,有飞泉、深潭。

6 明霞洞,又称斗姆宫,本为崂山上清宫别院,在崂山南部昆仑山之玄武峰下。洞后攀升可达昆仑极顶,上有天池。

7 诗人自注:"青山、黄山。"

8 诗人自注:"为明霞洞道人题册。"

9 崂山太清宫俗称下宫,在崂山蟠桃峰下,襟山面海。始建于公元前 140 年,后屡加修建。为中国崂山道教祖庭。

崂山明霞洞与子英联句

云路穿山峡，迂回望远洋。竹阴笼翠影，松盖障骄阳。奇石迎人立，山花到处香。英千年擎白果，双柱老黄杨。霞雾天边净，藓苔洞口荒。何方医不死，忙煞古秦皇[1]。

题 解

明霞洞，见《崂山杂咏》注8。

笺 注

1 诗人自注："洞碑载始皇二十八年到此。"

参观青岛市政

乘马牧民光旧物[1]，连乡轨里待新篇[2]。饱看蜃气临无地[3]，博览鸿规别有天[4]。风向云端飞雨湿，雾从树里润花妍。于今渤海欣重见，买犊人人事力田。

题 解

本篇曾发表于《国民外交杂志（南京）》1933年第5期。

笺 注

1 牧民：管理民众之意。《管子》有《牧民》篇，记载治国理民的思想，是管仲及其学派的政治学说总纲。

2 连乡轨里：春秋时期管仲设计的军事制度。一乡有十连，一连有四里，一里有十轨，一轨有五家。

3 蜃气：海面风平浪静时，远处出现由折光所形成的城郭楼宇等幻象。古人常误以为蜃所吐之气而成，故称。无地：犹言看不见地面。形容位置高渺或范围广袤。屈原《远游》："下峥嵘而无地兮，上寥廓而无天。"

4 鸿规：犹言百年大计、根本大法。当时青岛在市政管理、街坊自治方面颇有成就，为全国样板。

视察北平感赋

燕云一别两星霜[1]，旧地重游百感伤。后宅庭槐成老大[2]，故人杯酒话苍凉。管弦夜静歌台寂，校舍尘封学殖荒。城下之盟何足耻，早将古物徙他方[3]。

笺 注

1 星霜：年。见《谒于少保墓晚遇钟挹香饮于自然居却寄》注1。

2 诗人自注："后宅为余住宅所在，庭槐系二年前手植。"按，诗人离开北平时，住绒线胡同新平路甲三十四号，为一独立四合院。

3 "时北平戒严，日机时来侦察，风声鹤唳。"按，1933年1月山海关失陷后，故宫博物院理事会决定将故宫部分文物分批运往上海。2月5日夜，第一批南运文物启运。至5月15日共运走文物五批。

晋游杂诗 三首

蜿蜒正太路[1]，崫崂隐重重[2]。道转车头曲，云深峡口封。可耕皆白壤，无险不崇墉[3]。领略沿途景，闲听鸟语雍。

唐俗崇勤俭，流风尚未磨。居官劳抚字，问政少烦苛。矿产千金重，冈峦四面罗。天然形势在，表里古山河[4]。

晋祠风物古[5]，泛览太匆匆。悬瓮真如瓮[6]，伴桐不见桐[7]。清泉分左右[8]，乔木列西东。独爱周朝柏，汉唐一扫空[9]。

笺 注

1 正太路：河北正定（今石家庄）至山西太原的铁路。1904年动工兴建，1907年全线竣工通车。正太铁路横穿太行腹地、沟通晋冀大地，是山西第一条出省铁路。铁路的开通，推动了太原的发展，催生了石家庄新城。

2　崱屴（zè lì）：高大险峻的样子。

3　崇墉：高大的城垣。诗人自注："一路险要甚多，不独娘子关为然。"

4　表里山河：外有大河，内有高山。指有山河天险作为屏障。

5　晋祠：位于太原市郊区悬瓮山麓。原为祭祀周武王之子晋开国君主唐叔虞而建。始建年代已不可考。

6　诗人自注："祠在悬瓮山下。"按，悬瓮山在今山西省太原市西南。因山腹巨石如瓮，故名。

7　诗人自注："祠中有伴桐亭。"按，伴桐亭又名读书台，是晋祠三圣阁建筑群的核心建筑，位居晋祠最高处的中心位置。

8　诗人自注："祠前二泉左名善利，右名难老，俱源悬瓮山。溉田千顷，善利今涸。"

9　诗人自注："在泰山见汉柏唐槐以为古，今见周柏，乃知前此所见之小。"

定　县

地古中山国，县今实验区。村村娴讲诵，井井润膏腴[1]。酒爱松醪淡，枝存白果枯[2]。育才真普及，领导半吾徒[3]。

题　解

定县，今定州市。春秋时属中山国，后为定州治所。1913年废州设县，由定州改置定县，属直隶省。1928年改隶河北省。

笺　注

1　诗人自注："县人口三十四万六千五百四十九。每村均有学校。全县有井六万余口，以是永无旱干。"

2　诗人自注："中山松醪为定县特产。城中有大白果一株，相传未有此城即有此树。今已枯矣。"　按，松醪是用松脂或松花酿制的酒。中山松醪久负盛名，苏轼有《中山松醪赋》，乾隆帝弘历为此赋两度题诗，有句云："洞庭春及定州醪,二赋同书一卷豪。"

3 诗人自注:"北方各县自治,定县首屈一指。教育普及,现乡村师范学校校长谷葆华、省立第十九中学校长马澍之均余门人。"

六月十三日重返北平寄夔旭代柬

第二家乡地,重来各问期。因公权小住,寄语托相知[1]。迎客多桃李,振衣服绤絺[2]。修书辞太冗,言简莫如诗。

笺 注

1 诗人自注:"余与子英分途工作,余赴津,尚稽时日,语托转告。"
2 绤絺(xì chī):葛布的统称。

考察事毕吴子昂招饮赠诗依韵答之

阮狂贾哭只徒伤[1],世事浮云变白苍。重见文翁时雨化[2],曾闻武邑惠风扬[3]。苍苍君鬓韶华老[4]。草草我劳视察忙。五载天津才一聚,愿为知己尽壶觞。

题 解

吴子昂(1878—1964),名家驹。湖南湘潭人。1902年官费派赴日本,入东京明治大学政科。1908年毕业回国,任教于天津北洋法政专门学校。1930年12月任河北定县实验县长。1932年2月起任河北省立法商学院院长、法律系主任。与诗人是多年好友。

笺 注

1 阮狂贾哭:阮籍性情狂放;贾谊上《治安策》有"可为痛哭者一,可为流涕者二,可为长太息者六。"故有"贾生哭"的典故。
2 文翁:汉朝人。景帝末为蜀郡守,在成都办官学,入学者免除徭役,成绩优者为郡县吏。蜀郡自是如雨露滋润,教化大兴。
3 诗人自注:"君曾长国立法政大学,其时余任民法教授;今又长河北省立法商学院。又曾宰定县，办理自治、修筑道路。余此次考察该县，邑人犹称道之。"

4 诗人自注："见赠有'相看双鬓各苍苍'之句。"

天津村酒香醉后抒感

簿书鞅掌赋归休[1]，燕市重寻旧酒楼[2]。一月以来无此醉，十杯而外更何求。乃知饮啄皆前定，负有仔肩敢久留[3]。今日平津非昔日[4]，几回缱绻几回愁。

题 解

村酒香，见《天津中秋夜饮村酒香》题解。

笺 注

1 簿书：官署文书档册之统称。王充《论衡·谢短》："以儒生修大道，以文吏晓簿书。"鞅掌，指繁忙的样子，形容忙碌。白居易《寄杨六》："公门苦鞅掌，尽日无间隙。"

2 燕市：战国时燕国的国都。天津属燕地，诗人借用。又，《史记·刺客列传》："荆轲嗜酒，日与狗屠及高渐离饮于燕市。"后人亦用"燕市"喻朋友间宴饮之所。

3 仔肩：所担负的任务；责任。语出《诗经·周颂·敬之》："佛时仔肩，示我显德行。"

4 1933年3月热河失陷以后，日军开始威胁平津。5月31日，《塘沽协定》签订。该协定实际上默认了日本帝国主义侵占东北三省和热河的合法性，并承认冀东为"非武装区"。平津完全暴露在日军兵锋之下。

考察归来子英以近事见示叠韵十二首见示次韵答之 二首

铜标十二著全球[1]，飞到吟笺数恰酬。毕竟蔺廉无隔膜[2]，要知李郭是同舟[3]。连篇累牍珠玑吐，淮雨别风梓匠尤[4]。岱庙未观宁介意，不妨它日作重游。

眼看四省等琉球[5]，九岛于今又暗酬[6]。黎庶已成破落户，秦淮仍泛木兰舟。张南周北难为理[7]，暮四朝三等效尤。日下江河宁一醉，君胡不继习池游[8]。

笺 注

1 古罗马最早的法律刻在12块铜牌上，故名"十二铜表法"，是大陆法系中"罗马法"的源头之一，被认为是世界成文法的始祖。诗人深研罗马法，所率团队正在草拟的《市县自治法》也属于罗马法的领域，朱子英赠诗刚好是十二首，故借用此典故。

2 蔺廉，战国时赵国的蔺相如和廉颇的并称。司马迁《史记·廉颇蔺相如列传》载：赵国大将廉颇居功自傲，不服身居相位的蔺相如，并多次羞辱蔺相如，蔺为顾全大局多次退让。后来廉颇自省，知道自己错了，便"肉袒负荆，因宾客至蔺相如门谢罪"。

3 李郭同舟：见《将之南京留别》注4。

4 淮雨别风："别风淮雨"的倒装，语出《尚书大传》，系"列风淫雨"之讹。后称用讹字以求新异为"别风淮雨"。梓匠：两种木工。梓，梓人，造器具；匠，匠人，主建筑。全句是对刻意雕琢文字的风气表示不屑。

5 四省指抗战前的奉天、吉林、黑龙江和热河。琉球在1879年被日本吞并。《塘沽协定》默认了日本侵占四省，故诗人说等同于琉球了。

6 1933年7月初，法国派员登上我国北纬十度东经一百十五度左右的九座小岛，竖立法国旗，宣布为法国所有。7月25日，法国政府发布公告，宣称占领中国南海九小岛，引起国内舆论哗然。

7 张融、周颙和刘绘是南朝齐武帝永明年间知名文人，都住在漳水畔，时人以"张南周北刘中央"描述三家的位置，兼及三人的成就。

8 习池即习家池。见《十月初度感怀》注11。

清凉山即事

水光黛色逼城闉[1]，身在尘中不染尘。眼底町畦添野趣，个中林壑助吟神。满襟书画王摩诘[2]，一曲湖溪贺季真[3]。今日名山欣有主[4]，清凉二字属诗人。

题 解

见《清凉山》题解。

笺 注

1 城闉（yīn）：城内重门。亦泛指城郭。陆游《野兴》诗："东望城闉十里遥，野人生计日萧条。"

2 王摩诘：即王维（701？—761）。唐代诗人、画家。开元进士。因官至尚书右丞，世称王右丞。中年后居蓝田辋川，过着亦官亦隐的悠游生活，故亦称辋川。诗与孟浩然齐名，并称"王孟"。兼通音乐、精绘画。善写泼墨山水及松石，尤工平远之景，曾绘《辋川图》。

3 贺季真：即贺知章（659－744）。唐代诗人、书法家。官至秘书监。后还乡为道士。工书，尤擅草隶，笔力遒雄。诗作今存二十首，以《回乡偶书》传诵最广。

4 指扫叶楼主龚贤。见《扫叶楼吊龚半千》题解。

送罗钧任出巡新疆 二首

豪气纵横大九州，支机未许擅风流[1]。莽苍戈壁空间过，南北天山眼底收。周代封沟先制地[2]，汉廷都护重防秋[3]。此行不负平生略，合继吾乡恪靖侯[4]。

自指年来鬓未华，以身许国早忘家。烹茶烟袅乌苏柳[5]，祛火冰凉哈密瓜。擘画多方传木铎[6]，胸怀万法被河沙[7]。穷源本有凌云策，八月何须泛海槎[8]。

题 解

罗钧任（1884—1941），名文干，广东番禺人。1904 年赴英国留学，获法律硕士学位。归国后先后在南方政府、北洋政府的司法部门任职，参加过倒袁运动。1920 年任北京大学教授，与诗人同事。后历任司法部次长、大理院院长、代理司法总长等职。1932年1月后任国民政府司法行政部长兼外交部长。1933年5月,因反对签订《塘沽协定》,愤而辞去外交部长职。此次赴新疆,是前去调解马仲英与盛世才之间的矛盾。

笺 注

1 支机指支机石,今在成都青羊宫二仙庵。相传张骞西行寻找黄河源头,乘木筏抵天河,见一女浣纱,女赠以一石,后问卜于成都,卜者谓:此织女支机石也。罗文干此次亦西行,故用此典。

2 封沟:周分封诸国,凿沟为界。制地:控制土地。周穆王(前977－前922在位)西征昆仑,周朝的疆域扩张到了新疆地区。

3 都护:汉宣帝(前74年9月－前48年1月在位)置西域都护,总监西域诸国,并护南北道,为西域地区最高长官。

4 左宗棠于光绪四年二月封恪靖侯。左宗棠在1876年—1877年率军消灭了盘踞新疆的浩罕汗国将领阿古柏,收复新疆大部分地区,结束了同治朝开始的新疆回民暴动。

5 乌苏指乌苏里江,借指东北地区。罗文干曾在1928年任东北边防司令长官公署顾问。

6 木铎:铎,古乐器,形如大铃。宣教政令时,用以警众。文事用木铎,武事用金铎。

7 河沙:恒河沙数,形容数量多得无法计算。

8 海楂:楂同槎,用竹木编制的渡海的筏。宋之问《经梧州》:"春去闻山鸟,秋来见海槎。"这里借张骞西行的仙槎指罗文干此次西行。

和黄石安梦咏袁中郎瓶史诗次韵

幽树经秋叶满庭,斋中习静亦清醒。诗推三俊公安派[1],艳插一枝成化瓶。接木移花谁著谱,远方殊俗独传经[2]。西江坠绪何人继[3],一是石安一黼馨[4]。

题 解

黄石安,见《次韵赠黄石安》题解。袁中郎即袁宏道(1568—1610),明朝文学家。字仲卿，号石公，湖广公安（今属湖北公安县）人。万历进士。善诗歌古文，其诗以风雅自命，以清新见长。时人将他及其兄袁宗道、弟袁中道并称"三袁"，文坛称"公安派"。《瓶史》是袁宏道所著的一本关于插花艺术的随笔集，成书于1599年。

笺 注

1 公安派：明代后期以袁宏道及其兄宗道、弟中道为首的文学流派。因三人是湖广公安县（今湖北省公安县）人而得名。他们反对李攀龙、王世贞等"后七子"的拟古风气，主张文学要"独抒性灵，不拘格套"。创作上以小品文成就最高。在当时很有影响。

2 《瓶史》曾在日本造成轰动，被尊崇为"宏道流"，奉为经典。

3 西江：唐人多称长江中下游为西江，后世诗文亦常沿用。李白《夜泊牛渚怀古》："牛渚西江夜，青天无片云。"坠绪：指行将绝灭的学说。韩愈《进学解》："寻坠绪之茫茫，独旁搜而远绍。"西江坠绪指袁宏道的文学主张。

4 黼馨是诗人本人的字。

竹窗社集兼送剑城凤道人

偶然蜡屐结风流[1]，怪底嘤鸣昨不休[2]。文字缘深今识面[3]，梧桐叶落又惊秋。别来江水增三尺，乱后诗篇只百忧。料得道人留不住，秣陵夜月送行舟[4]。

题 解

竹窗是诗人曾经用过的斋号。因诗人祖父黄道让斋号"雪竹楼"，诗文集为《雪竹楼诗稿》，诗人传承家学，以"竹窗"为号，诗集亦名《竹窗诗存》。竹窗社集应是诗人发起的一次诗会。剑城凤道人即李祝文，见《次韵寄剑城凤道人》题解。

笺 注

1 蜡屐：以蜡涂木屐。刘义庆《世说新语·雅量》故事：名士阮孚喜欢收藏木屐，有人去拜访他，"见自吹火蜡屐，因叹曰：'未知一生当著几量屐？'神色闲畅。"几量，谓几双。后用以指悠闲、清静无为的生活。

2 嘤鸣：朋友间同气相求。语出《诗经·小雅.伐木》："嘤其鸣矣，求其友声。"

3 诗人自注："壮侯、素心、雪庐于是日识面。"按，壮侯即毛福全。生卒年不详。江西清江（今属樟树市）人，早年加入同盟会。辛亥革命中，参与光复江西，任都督府委员。1924年北京大学成立报学系，聘毛福全为主任，与诗人相识。此时与诗人同是石城诗社的成员。素心、雪庐不详。

4 秣陵：在今南京市江宁区东南，秣陵桥东北。楚威王以其地有王气，埋金镇之，号称金陵，秦改金陵为秣陵。

壮侯招饮即席赠诗并柬寄侯

自得壮侯与寄侯，晁张岂让擅风流[1]。庭除洒扫开三径[2]，意气轩昂亘九州。鲑菜藕丝和酒美[3]，乌衣斜日送山秋。只愁醉眼酕醄甚[4]，双脚踏平白鹭州[5]。

题 解

壮侯见《竹窗社集兼送剑城凤道人》注3。寄侯，姓朱。作家，生平不详，有短篇小说集《国境线上》。

笺 注

1 晁张：宋词代表人物晁补之、张耒的并称。

2 开三径：典出赵岐《三辅决录》卷一。汉朝王莽篡政，在哀帝时为兖州刺史蒋诩隐归乡里，足不出户，院中开了三条小路，唯与羊仲、求仲相伴而游。后世因以"三径"指归隐者的家园，以"开三径"谓迎接挚友来访。

3 鲑菜：古时鱼类菜肴的总称。杜甫《王竟携酒高亦同过共用寒字》："自愧无鲑菜，空烦卸马鞍。"

4 酕醄：大醉的样子。

5 诗人自注："香山诗'踏平鱼鳖宅'，太白诗'划却君山好'，皆醉语也。壮侯居近白鹭州，故云。"

题毛壮侯《仰天长啸楼诗集》

六代多文弱，骚坛几霸才。词源开黻佩[1]，笔阵走风雷。枕上兼车上[2]，山隈与水隈。胸中今古事，倾吐亦豪哉。

题 解

"仰天长啸楼"是毛福全的斋号。

笺 注

1 黻佩：佩系官印的丝带。借指官员。毛福全时任国民政府行政院新疆建设委员会委员、内政部公报处主任等职。

2 诗人自注："去年车上敲句，忘形坠车伤足 。"按，敲句：推敲诗句；炼句。

重九与子英登钟山极顶联句

重阳偕作紫霞游[1]，英 不到高峰意不休。黼 一览长江烟水阔，几冲霄汉斗牛浮。山桃预结明年蕊，野菊齐欣此日秋。英 戏把茱萸来佐酒，可能豪饮十杯不。黼

笺 注

1：紫霞：紫色云霞。道家谓神仙乘紫霞而行。陆机《前缓声歌》："献酬既已周，轻举乘紫霞。"

重九恕斋招饮豁蒙楼未赴约

一山花鸟不知秋，力占群峰最上头。此日高歌狂把酒，故人有约负登楼。寥天云影迷征雁，满市灯光射斗牛。采采盈车皆野菊 ，台城西望月如钩[1]。

题 解

恕斋是周邦式（1899—1968）的号。周邦式名辰宪。湖南长沙人。是诗人北大教书时的学生，五四运动前后曾与毛泽东等组织读书会。1922年毕业，获法学士。时任大夏大学、光华大学校教授。

豁蒙楼位于南京鸡鸣寺内，见《偕郭渫史鸡鸣寺踏雪》注1。因这里是南京城内登临望景的绝佳处，抗战前南京文人常在此聚会。

笺 注

1 台城：见《登北极阁散步至鸡鸣寺》注1。

次韵和恕斋癸酉豁蒙楼登高

九月飞霜秋气老，一楼面水酒人多。参军帽影翩翩落[1]，斯立松声谡谡哦[2]。分出韵牌三十莫[3]，化为高士五噫歌[4]。鸡鸣寺外钟山顶，两地较量兴若何。

笺 注

1 "参军"指东晋时文人孟嘉，曾任大将军恒温的参军。《晋书·桓温传》载：征西将军桓温于重阳节召集部下宴饮，孟嘉在宴席上被风吹落帽子，仍显得洒脱风流，应付自如。后世用"孟嘉落帽"形容才思敏捷，洒脱有风度。这里借指参加活动的诸位文人。

2 斯立：此处挺立。谡谡：象声词。形容风吹的声音。苏轼《次韵奉和钱穆父、蒋颖叔、王仲至诗四首见和》："谡谡松下风，霭霭陇上云。"

3 诗人自注："《考槃余事》：沈约为韵牌，刻诗韵，上下二平声，为纸牌式，总三十叶。山游分韵，人取一叶。"按，《考槃余事》是明代屠隆的一部艺术随笔，杂论文房清玩。诗人注文出自该书《文房器具笺·韵牌》。

4 五噫歌：诗歌篇名。相传东汉梁鸿因事路过洛阳，看到宫室豪华富丽，帝王奢侈淫逸，民生劳苦憔悴，因作《五噫歌》，表达对国家和人民深切关怀和忧伤。全诗五句，句末均有"噫"字，故名。

重九后五日竹窗社集

满城风雨过重九[1],一卷蕙兰读楚骚。愿以此心期白首,更于何处察秋毫。北山有杻南山枸[2],右手持杯左手螯。今夕同倾京口酒[3],不知人世莽惊涛。

笺 注

1 宋僧惠洪《冷斋夜话》故事:黄州潘大临(1057—1106)工诗。一日闲卧,闻林风雨声,诗兴大发,题其壁曰:"满城风雨近重阳",忽催租人至,遂败意,止得此一句。后人遂用"满城风雨"为吟咏重阳的典故。

2 语本《诗经·小雅·南山有台》"南山有栲,北山有杻。""南山有枸,北山有楰。"杻(niǔ):古书上说的一种树。叶似杏而尖,木质坚硬。

3 京口故址在今镇江。三国吴时称京城。东晋、南朝时,因城凭山临江,通称京口城。为长江下游军事重镇和东晋南朝通向北方门户。《晋书·郗超传》:"时愔在北府,徐州人多劲悍,温恒云'京口酒可饮、兵可用。'深不欲愔居之。"后因以"京口酒"称烈酒。

送贺贵严之任甘肃

恪靖勋名今有继[1],骅骝道路待公开[2]。乃腾青海肘边翼[3],不信黄河天上来。文武旧疆归铚秸[4],皋兰淑气集盐梅[5]。临岐我致拳拳意[6],遥指酒泉共举杯。

题 解

贺耀组(1889-1961),原名贺耀祖,字贵严,湖南宁乡人。曾两次留学日本。1911年加入中国同盟会。1926年接受共产党人谢觉哉劝说加入国民革命军,参加北伐。1928年4月末,率部攻入济南,同日军发生冲突,由于蒋介石下达不抵抗命令,发生了震惊中外的济南惨案。事后,日军胁迫蒋介石将贺耀组罢免。1931年12月15日,国民政府任命贺耀组为甘宁青宣慰使,并兼任甘肃省政府委员。1934年11月至1937年春,贺耀组任中国驻土耳其公使。公使任满归国后,短暂代理甘肃省政府主席。这是诗人在贺耀组走马上任时写的送别诗。

笺 注

1 恪靖：见《送罗钧任出巡新疆》注4。

2 骅骝：传说是周穆王八骏之一。泛指骏马。 耿湋《上将行》："枥下骅骝思鼓角，门前老将识风云。"

3 甘肃在青海东南，新疆在青海西北，恰如青海双翼。

4 诗人自注："传武都、文县、成县为文王、武王、成王旧采邑。"按，采邑即封地。铚秸：镰刀和谷子，是周朝时诸侯向天子的贡品。《尚书·禹贡》："二百里纳铚，三百里纳秸服。"

5 皋兰：旧县名，即今兰州市。汉设金城县，明为兰县，清改皋兰县。淑气：温和之气。柳道伦《赋得春风扇微和》："青阳初入律，淑气应春风。"

6 临岐：面临分手的岔道口。后亦用为赠别之辞。杜甫《送李校书》："临岐意颇切，对酒不能吃。"

再观明末史

防患未知先守险[1]，乞怜不免等为奴。几人罪恶干天纲[2]，结局兴亡一地图[3]。酷好内讧甘酖毒[4]，每逢外侮更糊涂。歼旃倭寇申征讨[5]，唯戚俞谭是丈夫[6]。

笺 注

1 防患指防边患。倭寇是由海上犯边的日本武士和浪人的统称，自明洪武年间开始为患。明嘉靖年间为害最烈。按现在的历史分期，嘉靖朝属于明中叶。

2 天网比喻朝廷的统治。苏轼《次韵和王巩》："久已逃天网，何须服日华。"嘉靖、万历年间，严嵩、魏忠贤及其党羽把持朝政，贪污之风盛行，海防废弛，地方贪官、匪徒通倭，是倭患的重要原因。

3 指明末清初明、清、南明统治范围的消长和国家的最后统一。

4 内讧指明末党争。开始是东林党和齐、楚、浙三党为选立太子发生争斗，魏忠贤发迹后，又演变为东林党与阉党之争。党争一直延续到明朝覆亡。

5 歼旃（zhān）：歼灭之。旃，语助词，取之焉的合音。

6 诗人自注："戚继光、俞大猷、谭纶聚歼倭军。读之令人大快。"按，三人均为明末抗倭名将。

独游后湖醉卧舟中失慎坠水

何叙父为作《满湖烟水一诗翁》图，诗以纪之。

昔闻忠信可济水[1]，今一试之果然矣。是日饮酒并不多，程度不过微醉止。岂若太白醉如泥，诗魂沉沉呼不起。小舟误作大舟看，隐几而卧高举趾。双舄化凫等王乔[2]，一身犹龙学老子[3]。乃知小材难大用，未济征凶良有以[4]。归来濡首告家人，即不饮酒亦如此。

题 解

何叙父即何遂（1888—1968）。何遂字叙甫，福建闽侯人。早期与林觉民等宣传革命。1907年加入中国同盟会。1931年10月起任国民政府立法院军事委员会委员。

诗人有一天在南京参加国民政府考试院阅卷，事后与同事分韵作诗。分字得韵后，到玄武湖附近一酒楼独酌。饮罢，乘艇游玄武湖，寻找作诗的灵感。他酒后斜躺在藤椅上，不料船摇晃不稳，不慎落水。船家急忙将诗人救起，浑身早已湿透，只好雇马车狼狈而归。事后，何叙甫将其落水情形绘成一图相赠，并遍征题咏，为南京诗坛一时趣事。

笺 注

1 忠信济水：《孔子家语》故事：孔子从卫国返鲁国，在一处河堤上停下，见河水湍急，却有一个男子轻松游过了河。孔子问："你有什么游泳的诀窍吗？"那人回答说："我心怀忠信。"

2 《后汉书·王乔传》故事：王乔为叶县县令，用神术将尚方赐给郎官的鞋子变为两只野鸭，每月朔望都飞到京城朝见皇帝。这里自嘲落水后鞋子浮在水面。

3 《史记·老子列传》载：孔子问礼于老子，归去之后，谓弟子曰："吾今日见老子，其犹龙耶！"龙入水，这里也是自嘲落水。

4　未济：《易》六十四卦之一。离上坎下。《周易》："六三。未济，征凶。"意思是渡不了河，出行有凶险。

十一月十八日为长女婚期诗谢亲友

愿持一语反仓山，已嫁女儿作子看[1]。多感群公攽厚渥[2]，顿教奁具洗寒酸。香笺耀日鸣威凤，锦幛裁云叠彩鸾。典丽乔皇诗意在[3]，隆施转觉受难安。

题　解

诗人长女黄湘（1910—1962），生于临澧。1933年毕业于北平大学法学院。毕业后回到长沙，从事妇幼救助活动，先后担任湖南妇孺教养院、中国战时儿童保育会湖南分会第二保育院院长。抗战爆发后，日军进逼湖南，黄湘率第二保育院难童辗转迁至重庆。时任国民政府立法院编纂。

笺　注

1　并上句。诗人自注："仓山《嫁女词》有'未嫁女如儿，已嫁女如客'之句。余反其语，为未嫁女如客，已嫁女如儿为合于时代性。因女子出嫁在民法上尚与男子有同等之继承权也。"仓山：指袁枚。袁枚自号"仓山居士"。

2　攽：同"颁"。发给；分给。全句的意思是：多谢大家的厚礼。

3　乔皇：盛美的样子。语本扬雄《太玄经·交》："物登明堂，乔乔皇皇。"

十一月二十五日为余与夔旭二十五年银婚纪念

天真烂漫容犹昔，故国凋零壳仅存。清与梅花盟铁骨，俗随欧化证银婚。劳人草草无黔突[1]，生事悠悠付酒樽。二十五年甘苦共，细将诗学数渊源[2]。

题　解

欧洲风俗称结婚25周年为银婚。

笺 注

1 劳人草草：语出《诗经·小雅·巷伯》："骄人好好，劳人草草。"意即忧伤之人心灰意冷。黔突：因烧火做饭而熏黑了的烟囱。李商隐《五言述德抒情诗》："岂有曾黔突，徒劳不倚衡。"

2 诗人自注："指山谷诗集及先祖雪竹楼诗集。"

锡苏旅行漫兴 四首

萧寺红墙眼夕阳[1]，江天如练苇如霜。饫闻纺绩听吴语[2]，醉脱征衫着楚狂[3]。野草荒荒牛肆牧，太湖森森鸟依樯。山幽丛桂方荀令，坐处能生三日香[4]。

泄泄桑园十亩闲，打禾场外水回环。试携无二泉酒，往看姑苏万笏山[5]。小港回航帆页页，危崖骨树藓斑斑[6]。江旻林叶憨如我[7]，也向黄花展醉颜。

枫桥渔火景重逢，又听寒山古寺钟。梦与要离谈任侠[8]，醒同庙祝说仙踪。种胥潮急秋归越[9]，南北江流水入淞。父老隔篱来告语，今年谷贱亦伤农。

洵吁嘆嗜憾遥岑[10]，不废先忧后乐心。诗逐鹤汀凫渚远，秋随瓜架豆棚深。山间萼绿今无恙[11]，江上峰青底处寻[12]。输与匣中三尺剑，风风雨雨作龙吟。

笺 注

1 萧寺：即佛寺。李肇《唐国史补》卷中："梁武帝造寺，令萧子云飞白大书'萧'字，至今一'萧'字存焉。"后因称佛寺为萧寺。

2 饫闻：饱闻。

3 春秋时楚国人陆通，见政局混乱，佯狂不仕，人称"楚狂"。后常用为典，亦用为狂士的通称。李白《庐山谣寄卢侍御虚舟》："我本楚狂人，凤歌笑孔丘。"

4 并上句。《襄阳耆旧记》卷五载：东汉末年的荀彧到别人家里做客，坐过的地方三天都有香味。荀彧是曹操的谋士,因其担任过尚书令,所以世人尊称其为"荀令"。

5 指苏州天平山。见《登天平山怀范文正》注4。

6 危崖胥树:高峻的悬崖长满小树和灌木。

7 江旻:江天。旻:天空。

8 要离:春秋时期吴国的刺客。见《书感(1933)》注1。

9 种胥:文种和伍子胥的并称。文种帮助越王勾践灭了吴国,伍子胥协助吴王夫差打败了越国,二人在功成之后都被赐死。传说伍子胥死后成为潮神,兴起钱塘潮。

10 洵吁:嬉戏调笑。语出《诗经·郑风·溱洧》:"且往观乎!洧之外,洵吁且乐。"嚘喑:大声呼叫,形容勇悍。遥岑:远处陡峭的小山崖。

11 萼绿即萼绿华。传说中女仙名,自言是九嶷山中得道女子罗郁。又指绿萼梅花。范成大《范村梅谱》:"绿萼梅:凡梅花跗蒂皆绛紫色,惟此纯绿,枝梗亦青,特为清高,好事者比之九嶷仙人萼绿华。"因绿萼梅名贵,又附会神话,故诗文中亦用以作梅花别称。

12 此句本钱起《省试湘灵鼓瑟》:"曲终人不见,江上数峰青。"传说湘灵是舜帝妃子,死后变成湘水女神,常江边鼓瑟。

虎丘生公讲台

虎气斑斓安在哉,千人石上一人来[1]。二十五年勤说法[2],也似生公有讲台。

题 解

生公讲台相传为竺道生讲经处。在今苏州虎丘山下。此外大石盘陀径亩,可坐千人,故又称千人石。竺道生(355—434),又称"道生""生公"。俗姓魏。南朝晋、宋间僧人。提出"一切众生皆有佛性"之说,否定流行的轮回报应,不为当时僧界接受,被逐出建康(今南京)。入虎丘山聚石为徒,讲《涅槃经》,相传群石皆为点头。

笺 注

1 千人石:生公讲台的别称。

2 诗人 1908 年归国后即从事法学教育，至此时正 25 年。

乡 思 十首

斗室篝灯勤读夕[1]，斜阳引领望儿时。那堪树静风狂甚，有梦思亲泪暗垂。

年来父执伤凋谢，洛下耆英幸健存[2]。拟欲论诗樽酒共，盘桓十日话乡村。

往日姜生欢共被，今朝叔子冷吹箎[3]。生来手足情原重，荆树伤心一二枝[4]。

劫余城郭菽花泣，乱后田园野草遮。何日地方真自治，欣随父老话桑麻。

松杉绕屋禽巢处，梨枣傍墙果熟初。此景依稀犹在目，秋风袅袅意何如。

黄米饭香青菜熟，白粳酒热素羹陈。田家不解公权味，乐业安居是性真。

年年上冢送灯节[5]，岁岁中元致祭辰。春露秋霜无限恨，天涯感触宦游人。

回思往事浑如梦，相看故山不改青。记得儿时游钓地，溪流漱漱树亭亭。

漾漾新安河泛艇[6]，荒荒洞子坪探幽。故乡山水虽然好，孰与丹青孰与游。

恨少长房缩地诀[7]，聊因纵酒写归思。风清月白还乡梦，说与间邻知不知？

笺 注

1 篝灯：谓置灯于笼中。

2 耆英：高年硕德者之称。《宋史·文彦博传》记载：文彦博、富弼、司马光等十三人，常置酒赋诗相乐，序齿不序官，称"洛下耆英会"。这里借指年长的乡贤。

3 吹篪（chí）：篪，古代管乐器，形如笛，有八孔。《诗经·小雅·何人斯》："伯氏吹埙，仲氏吹篪。"

4 诗人自注："伯兄、仲兄先后去世。"

5 送灯节和中元节都是在农历七月十五。送灯节早期源于纪念梁祝，后演化为农历七月十五傍晚给先人坟茔送灯。

6 新安河是澧水今临澧县新安镇河段的俗称。新安镇是诗人故乡。

7 葛洪《神仙传·壶公》故事：相传费长房有法术，能使两地之间距离缩短。千里之外，瞬时可达。后用以表达思念故乡的心情，希望有缩地之术，使路途变短。

自题竹窗诗存 四首

坡老祭牛存梦笔，少陵度陇客秦州[1]。文章有力贫非病[2]，家国多艰醉亦愁。阳鸟翩翩人字阵[3]，明星皎皎个中楼。狷狂卅载今依旧，晏子萧然一敝裘[4]。

伯玉中年思寡过[5]，香山老去爱逃禅[6]。旧诗狼藉三分二，新法牛毛万取千。学剑学书都卤莽，逢山逢水总缠绵。追维咏雪楼边影[7]，一度摩挲一怃然。

河北廿年徇木铎[8]，江南数载伴沙鸥[9]。一场春梦兼秋梦[10]，匹马青州又冀州[11]。兀兀腾腾三尺剑，苍苍莽莽四时秋。了清婚嫁谈何易，辜负向禽五岳游[12]。

北里家邻舍饭寺[13]，西园味绕读书缸[14]。暮投岱顶遽簜榻[15]，朝泛明湖窈窕艭[16]。海客谈瀛名第一[17]，将军走笔昼无双[18]。勖吾缵咏吾加勉，且把窗改竹窗[19]。

题 解

《竹窗诗存》一卷。为诗人前期诗作的结集。时诗人入石城诗社，为便于和同人交流，遂将从前诗稿加以删订，结为一集自印。

笺 注

1 并上句。诗人自注："苏东坡梦作《祭春牛》文，杜甫度陇客秦州均四十八岁。余今年适与之同。"坡老指苏东坡。苏轼《东坡志林》卷一故事：苏轼曾经梦到有人持纸一幅，请撰《祭春牛文》。取笔疾书，云："三阳既至，庶草将兴，爰出土牛，以戒农事。衣被丹青之好，本出泥涂；成毁须臾之间，谁为喜愠？"

2 贫非病：典出《史记·仲尼弟子列传》：孔子死后，原宪隐居不出。子贡去看望他，见他面黄肌瘦，衣衫破烂，于是问他是不是病了。原宪回答："吾闻之，无财者称为贫，学道而不能行者称为病。若宪，贫也，非病也。"原宪即子思。春秋时鲁国人，孔子弟子。

3 阳鸟：即候鸟。亦专指大雁。《幼学琼林·鸟兽类》："雁性随阳，因名之曰阳鸟。"

4 晏婴《晏子春秋·杂上二四》故事：晏子出使晋国，到中牟，看见一个人戴着破旧的帽子，反穿着皮衣，背着柴草在路边休息，派人去打听，原来是智者越石父。因为饥寒交迫，做了人家的奴仆。比喻经济状况极度困窘。

5 伯玉即春秋时卫国的上大夫蘧瑗。蘧伯玉对自己要求非常严格，经常检讨自己，常常静坐思过。《淮南子·原道训》："蘧伯玉年五十而知四十九年非。"

6 香山即唐代诗人白居易。逃禅指因遁世而参禅。白居易号香山居士，他晚年在洛阳时白天吃斋，夜晚坐禅。其《斋戒满夜戏招梦得》自述："纱笼灯下道场前，白日持斋夜坐禅。"

7 诗人自注："指先大父岐农公《雪竹楼诗集》。"按，大父即祖父。诗人祖父黄道让，号岐农，斋号雪竹楼，有《雪竹楼诗稿》行于世。

8 河北：泛指黄河以北的地区。木铎，见《送罗钧任出巡新疆》注6。诗人自1912—1930年在北京、天津的大学授课，20年是约数。

9 沙鸥：一种水鸟。见《无锡杂咏（三首）》注9。

10 诗人自注："指'池影经秋瘦'句。"按，此句见《村兴（八首）》。

11 青州和冀州都是古"九州"之一，大致包括黄河中下游地区。这里指为立法调研奔波。

12 向禽是向长平与禽庆的并称.《后汉书·逸民传》载,向长平隐居不仕,与同好北海禽庆,俱游五岳名山,竟不知所踪。指隐士之志。

13 诗人 1920 年代后期住北平绒线胡同,北邻舍饭寺。

14 西园指国民政府立法院办公地侯府的西花园。见《琼花歌》注 2。

15 籧篨:竹席。扬雄《太玄·闲》:"跙跙闲于籧篨,或寝之庐。"

16 明湖指济南大明湖。艭(shuāng):古书上说的一种小船。并上句。回顾在山东立法调研的情形。

17 指诗人 1908 年参加清廷学部戊申留学生部试,获法政科第一。

18 将军指何遂。见《独游后湖醉卧舟中失慎坠水》题解。何遂出任国民政府立法院立法委员前,一直在军界,曾任黄埔军校代理校长,故称"将军"。

19 诗人自注:"余改法窗为竹窗,一时题赠甚多。何将军叙父为作《竹窗缵咏图》。"按,诗人因专研法学,斋号初为"法窗",后为传承家学,从祖父"雪竹楼",改为"竹窗"。

展堂先生为余题《竹窗诗存》 诗以谢之

心仪不匮室[1],神往妙高台[2]。问字江天阔,奉书竹牖开。我怀通梦寐[3],此笔郁风雷。思与关河远,悠悠粤海隅[4]。

题 解

展堂先生即胡汉民。见《书感(次展堂先生韵)》题解。

笺 注

1 不匮室是胡汉民的斋号。
2 妙高台,在镇江金山寺。见《金山江天寺》注 7。
3 指梦中得句。见《村兴(八首)》序。
4 胡汉民是广东番禺人,故云"粤海隅"。

题画自遣 二十四首

幽寻不觉暝,万壑森凹凸[1]。时见漾舟人,棹歌江上发。

杖藜遗世立[2]，荷篠趁墟归[3]。各有山中意，风清月上衣。

山影鱼嘬沼[4]，波光鹬首寒[5]。何人垂钓去，横插一鱼竿[6]。

岩巅飞瀑布，石罅老春花。雁字诗人觉，跨驴访酒家。

招提藏峭壁[7]，窣堵矗山窗[8]。更有瓜皮艇，秋深钓碧江。

远树云连寺，轻烟水接山。翠岚迷谷口，缥缈绝尘寰。

风来浑不觉，危坐水云中。依旧渔舟稳，身轻不转篷[9]。

松林接远山，山山滴翠鬟。诗寻沽酒处，驴背往还间。

散步南塘路[10]，空山叶满廊。乡心何处是？雁阵度斜阳。

青山孤处寺，碧树满梢花。林壑西南美，寻芳到水涯。

一棹随波去，归来箬笠春[11]。江南鱼米地，风物问渔人。

溪山双绝处，造物幻奇观。舟人过惯险，出没乱峰间。

深槛淙声出[12]，板桥野趣多。群峰争窈窕，秀色濯新螺[13]。

落落梵天树[14]，飘飘钓渚舟。铅华无着处，缟素亦风流。

拳石连珠演，山花碎锦飞。幽篁情更远[15]，独护野人扉。

隐约层峦树，苍茫万岭岩。翛然云水隔，天际见双帆。

红叶疏林处，婆娑亦有姿。寒空鸦噪急，秋瘦入陂池[16]。

涧鸣风细拂，山暝日初过。不辨高低树，爽籁回岩阿[17]。

吟梅来萼绿[18]，瀹茗唤樵青[19]。泛宅浮家去，蘋蘩绿满汀。

鸡栅因山筑，麑牢冒树成[20]。东皋春雨足[21]，买犊事躬耕。

桑柘团阴覆，牛羊傍晚回。有田兼种秫[22]，生事亦悠哉！

蔬圃分红药[23]，酒帘挂绿杨。潢池添竹筏[24]，风味半江乡。

行药复行药[25]，云深处士家。仙衣微有露，老树妙无花。

蘼芜渚际青[26]，茅屋烟中绿。奇石老苔芩[27]，早春寒入谷。

笺 注

1 形容画作笔触细腻。语本米芾《画史》："王防家二天王皆是吴之入神画，行笔磊落，挥霍方圆凹凸，装色如新。"

2 杖藜：谓拄着手杖行走。

3 篠：竹器。储光羲《同王十三维偶然作》："荷篠者谁子，皤皤来息肩。"趁墟：赶集。

4 鱼罾：渔网。杜甫《寄刘峡州伯华使君》："林居看蚁穴，野食待鱼罾。"

5 鹢首：船头。古代画鹢鸟于船，故称。

6 因在池沼中用网捕鱼，无法垂钓，故"横插一渔竿"。

7 招提：梵语。音译为"拓斗提奢"，省作"拓提"，后误为"招提"。

其义为"四方"。北魏太武帝造伽蓝,创招提之名,后遂为寺院的别称。

8 窣(sū)堵:窣堵波的省略。窣堵波是梵语的音译。即佛塔。释道诚《释氏要览》:"梵云窣堵波,此言塔也。"

9 转篷:篷谓船篷。杜牧《独酌》:"何如钓船雨,篷底睡秋江。"又,蓬草遇风而转,称为转蓬。这里以谐音双关:小舟身轻如蓬,但其篷又不能随风转动。

10 南塘:即横塘。见《香影廊听雨》注1。

11 箬笠:用箬竹叶及篾编成的宽边帽。

12 深樾:见《游紫霞洞遂登钟山顶》注3。

13 新螺:比喻江南青翠的山峦美人刚梳好的螺髻。

14 梵天:见《由邓尉至姑苏杂诗》注2。

15 幽篁:指幽深的竹林。语出屈原《九歌·山鬼》:"余处幽篁兮,终不见天。"

16 陂池,即池塘。秋瘦:指秋天映在池塘中的树影。全句从诗人诗《村兴(八首)》"池影经秋瘦"脱出。

17 爽籁:自然界清朗的声音。

18 萼绿即萼绿华。见《锡苏旅行漫兴》注11。

19 瀹(yuè)茗:煮茶。樵青指女婢,典出颜真卿《浪迹先生玄真子张志和碑》:"肃宗尝锡奴婢各一,玄真配为夫妻,名夫曰渔僮,妻曰樵青。"

20 豗牢即猪圈。罥,悬挂,纠结。全句诗的意思是:树干和树枝编结成天然的猪圈。

21 东皋:水边向阳高地。也泛指田园、原野。陶渊明《归去来兮辞》:"登东皋以舒啸,临清流而赋诗。"

22 秫:黏高粱,可以做烧酒。

23 分:拿出一部分。《左传·昭公十四年》:"分贫济富。"杜预注:"分,与也。"红药:即红芍药。全句的意思是:分出一部分菜园用来种芍药。

24 潢池:积水的池子。

25 行药:见《西湖杂咏》注15。

26 蘼芜:香草名。见《燕子矶》注8。

27 芩(qín):古书上指芦苇一类的植物。《诗经·小雅·鹿鸣》:"呦呦鹿鸣，食野之芩。"

赠彭临老

建康路畔缦卿云[1]，中有道林识领军[2]。折服强权文潞国[3]，生成仙骨武夷君[4]。梅花妙笔春常满，贝叶夙缘老更勤[5]。它日香山图九老[6]，耆英会上醉醺醺[7]。

题 解

彭临老，即彭养光。见《题彭临九画梅》题解。

笺 注

1 卿云：即庆云。一种彩云，古人视为祥瑞。《史记·天官书》："若烟非烟，若云非云，郁郁纷纷，萧索轮囷，是谓卿云。卿云见，喜气也。"

2 道林是东晋高僧支遁（314—366）的字。支遁俗姓关，25岁出家。晋哀帝时，应邀至建康（今江苏南京），讲法于东安寺。3年后返剡山，与王羲之、谢安、孙绰等为友。

3 诗人自注："公于国难发生致书犬养毅，言王霸之辩，词严义正。"按，犬养毅时为日本首相。犬养毅曾在1912年1月和2月两赴南京会晤孙中山，并在孙中山"二次革命"失败后，极力设法使日本当局允许孙入境，对孙等革命党人仍在力所能及范围内予以援手。故彭养光与犬养毅相识。文潞国：即文彦博（1006—1097），字宽夫。历仕四朝，任将相五十年。封潞国公。卒谥忠烈。

4 武夷君：古代传说中武夷山的仙人。吴栻《武夷杂记》："又考古秦人《异仙录》云：始皇二年，有神仙降此山，曰余为武夷君，统录群仙，受馆于此。"钱谦益《吴门送福清公还闽》："拂衣归揖武夷君，九曲仙山帝许分。"

5 贝叶借指佛经。见《游常熟虞山四大寺》注2。

6 计有功《唐诗纪事》卷四九载：唐朝白居易年老退居洛阳，曾聚九老作尚齿之会，绘其形貌，并书姓名、年齿，题为九老图。后因以"九老图"为告老还乡者聚会之典。

7 耆英会：年高有德者的集会。见《乡思（十首）》注2。

苏州萃英中学四十周年纪念

莽莽虎丘石，涓涓姑苏月。渺渺吴江枫，溶溶山塘樾。有校曰萃英，年龄纪不惑。基础久稳固，规模亦宏达。值兹旷典逢，使我心蕴结。为因望之深，不觉言之切。文化为国基，教育乃命脉。科学日以精，国耻自然雪。毋忘廿一条，毋忘九一八。无畏大精神，进步速效率。棫朴蔚青青[1]，风云会勃勃。鹏搏九万里，勉旃其毋忘[2]。

题 解

萃英中学最初叫"萃英书院"，创办于 1892 年。1911 年改名为萃英中学。40 周年校庆，是从萃英书院算起。

笺 注

1 棫（yù）朴：本义指白桵和枹木。后用以喻贤材。《诗经·大雅·棫朴》："芃芃棫朴，薪之槱之。"毛传："山木茂盛，万民得而薪之；贤人众多，国家得用蕃兴。"青青形容久盛不衰。唐玄宗《赐新罗王》诗："益重青青志，风霜恒不渝。"

2 勉旃：努力。多于劝勉时用之。欧阳修《送谢中舍》："人生白首吾今尔，仕路青云子勉旃。"旃，语助词。见《再观明末史》注 5。

甲戌（1934）

开岁试笔 二首

地球绕日一周年，谁识义和算在先[1]。阴历不如阳历古[2]，远山更比近山妍。大哉周礼乡三物[3]，夐矣李悝法六编[4]。自履霜来身久蛰，登临我欲觅斜川[5]。

村烟淡淡水粼粼，浩荡鸥波万里春[6]。两戒河山宁许缺，大家饱煖不患贫[7]。曾闻北海邀工部[8]，近说东坡遇道人[9]。愿得素心同抱朴[10]，归来洗尽软红尘[11]。

题 解

新年开始动笔赋诗作文，叫"试笔"。

笺 注

1 义和：《左传·襄公九年》："利，义之和也。"后以"义和"指讲义气，彼此和睦。

2 阳历又叫太阳历，以地球绕太阳一周为一年。公历的前身儒略历就是太阳历，从公元前45年开始执行。阴历又称回历，纯粹以朔望月为基本单位，从公元622年开始执行。民间习惯称农历为阴历，而当时使用的农历是阴阳历，实际上是明崇祯七年才制定的，当然就更晚。所以"阴历不如阳历古"。

3 三物：指六德、六行、六艺。典出《周礼·地官·大司徒》："以乡三物教万民，而宾兴之。一曰六德：知、仁、圣、义、忠、和。二曰六行：孝、友、睦、姻、任、恤。三曰六艺：礼、乐、射、御、书、数。"郑玄注："物犹事也。"乡，通"向"。

4 夐（jiǒng）：久远。李悝：（约前455—前395），战国初魏国人。为魏文侯相，主持变法，著有《法经》六篇（已佚）。

5 斜川：古地名。在江西星子（今庐山市）、都昌二县县境。濒鄱阳湖，风景秀丽，晋陶潜曾游于此，作《游斜川》诗并序。后泛指游览胜地。

6 鸥波：鸥鸟生活的水面。比喻悠闲自在的退隐生活。

7 并上句。痛心山河破碎而达官贵人却耽于享乐。两界：国家疆域的南北界限。宁许：如此；这样。

8 北海指李邕（678—747）。唐代书法家。745年，杜甫过齐州（今济南），北海太守李邕，连日赶往齐州，在历下亭宴请杜甫。时李邕已名满天下，这让年仅33岁的杜甫十分感动，即席写下《陪李北海宴历下亭》，内有句云"海右此亭古，济南名士多。"

9 苏轼幼时随眉山道士读书学《易》，终生与道士高人交往频繁，自称"铁冠道人"，曾任宋代著名道观玉局观提举，并撰有《东坡易传》。

10 素心：本心。见《题美人倚梅图》注1。抱朴：持守本真，不为外物所诱惑。

11 盍来：何不来。软红尘：飞扬的尘土，形容繁华热闹。亦指繁华热闹的地方。

元旦谒陵 八首

岁阅逢阉茂[1]，乾元亨利贞[2]。人风除旧染，心境悦新晴。云接长江水，山衔四面城。长留朝气在，自足致升平。

隔岁频回首，无思只百忧。弭兵劳向戍[3]，雏国耻谯周[4]。虎出人言市[5]，狐鸣野火篝[6]。古今丘一貉，史笔付春秋。

西南望闽海[7]，东北睇辽疆[8]。固圉需长策[9]，焚香问彼苍。一天开爽籁[10]，四海苦欃枪[11]。陈事先流涕，非关贾谊狂[12]。

嘉卉候梅栗[13]，作歌系杞棫[14]。东风吹马耳[15]，大木笑骈枝[16]。灵爽常临汝[17]，舟流届不知[18]。瞻乌嗟靡止[19]，刿莫辨雄雌[20]。

紫霞明拭镜[21]，灵谷远闻钟[22]。飞白离离草，枞金卓卓松。穿墉嗤雀鼠[23]，战野老蛇龙[24]。独有江天色，开张万古胸。

兴托江湖远，心随鹿豕邻[25]。晴光山色暖，遗教墨痕新[26]。修竹怜青瘦，老农诉苦辛。如何名利客，未解厌风尘。

百草望春发，层峦瞰廓骄。垌空堪走马，机旋似盘雕[27]。晓日烘髡柳，严霜湿板桥。梢头骎老矣，未忍一攀条[28]。

旧游鸿印雪[29]，幽谷䓖牵萝。谷贱鱼盐贵，林深雉鹭多[30]。虚心师竹节，醉眼看风波。诗债思清偿，才疏奈尔何。

题 解

谒陵，指当时每年元旦国民党中央以及国民政府五院集体拜谒南京中山陵的活动。按照当时的规定，国民党中央执行和监察委员、国民政府委员、各特任官、在京各机关文官简任、武官上校以上官员都必须出席这项活动。

本篇曾在《国民外交杂志（南京）》1934年第四期发表。发表时题为《二十三年元旦谒中山陵，天朗气清，林壑肃穆，抚今思昔，有感於中，率尔赋诗，用当试笔》。

笺 注

1 指当年干支纪年甲戌年。阏逢是天干中"甲"的别称，阉茂是地支中"戌"的别称。

2 《周易·乾卦》："乾：元亨利贞。"程颐《程氏易传》卷一："元亨利贞，称为四德。元者，万物之始；亨者，万物之长；利者，万物之遂；贞者，万物之成。"

3 向戌：春秋时宋国大夫。生卒年不详。公元前546年，他倡议发起弭兵运动，邀十四国诸侯会于宋，决定以晋、楚两大国为盟主，除齐、秦外，其他各国从属于晋、楚，停止相互征战。1933年11月，蔡廷锴发动了福建事变，蒋介石派兵镇压，发生内战。1934年元旦，胡汉民通电要求南京及福建停战。诗人这是引"弭兵"的典实响应胡汉民的通电。

4　谯周（199—270）为三国时蜀汉老臣，为官前耽古笃学，佐后主刘禅官至光禄大夫。见后主沉溺酒色，而姜维不恤国力，屡次攻魏，作《雠国论》谏之，不被采纳。魏军临境时，说服刘禅降魏，封阳城亭侯。后世用以喻指笃学之士或主降之臣。

5　《战国策·魏策二》："夫市之无虎明矣。然而三人言而成虎。"比喻谣言与讹传重复再三，就会蛊惑民心。

6　《史记·陈涉世家》载：秦朝末年，陈胜吴广起义前，半夜在古庙用竹笼罩上篝火，学狐狸叫"大楚兴，陈胜王。"后因以"篝火狐鸣"指图谋起事。

7　闽海：指福建和浙江南部沿海地带。这里特指福建事变。见注3。

8　辽疆：指辽地。此时辽宁已全部沦陷于日寇。

10　爽籁：指清风。见《西园美枞堂杂咏》注11。

11　欃（chán）枪：彗星的别名。《尔雅·释天》："彗星为欃枪。"古人认为彗星是凶星，主不吉，故又用以喻邪恶势力。此处主要象征日寇。

12　贾谊狂：见《考察事毕吴子昂招饮赠诗依韵答之》注1。

13　嘉卉：美好的花草树木。语出《诗经·小雅·四月》："山有嘉卉，侯栗侯梅。"

14　作歌：谓作歌词而咏唱。杞棟：杞，枸杞；棟，古书上说的一种树，多丛生于山中。《诗经·小雅·四月》："山有蕨薇，隰有杞棟。"

15　用于描写把人家的话当作耳边风。李白《答王十二寒夜独酌有怀》："世人闻此皆掉头，有如东风吹马耳。"

16　骈枝："骈拇枝指"的简化。骈拇是脚的拇指跟第二指连成一指，枝指是手的拇指旁多生一指成六指。比喻多余无用的东西。王勃《四分律宗记序》："芟夷疣赘，剪截骈枝。"

17　灵爽：指自然界的云气。陆云《赠郑曼季·谷风》："玄泽坠润，灵爽烟煴。"

18　届，通"界"。《诗经·小雅·小弁》："譬彼舟流，不知所届，心之忧矣，不遑假寐。"

19　瞻乌：指富人屋上的鸟。《诗经·小雅·正月》："瞻乌爰止，于谁之屋？"毛传："富人之屋，乌所集也。"苏轼《五色雀》："我穷惟四壁，破屋无瞻乌。"这里借指依附于国民党当局的投机分子。靡止：小。《诗经·小雅·小旻》："国虽靡止，或圣或否。"毛《传》："靡止，言小也。"孔《疏》："靡止，犹言狭小无所居止，故为小也。"

20 矧：况且。莫辨雄雌：喻难辨高下强弱。

21 紫霞：紫霞洞。见《游紫霞洞遂登钟山顶》题解。

22 灵谷：灵谷寺。见《灵谷寺》题解。

23 穿墉：见《榆关失守感赋》注4。

24 化用《周易·坤》："龙战于野，其血玄黄。"龙蛇在荒野大战。讽刺当时的军阀混战。

25 鹿豕：鹿和猪。比喻山野无欲无知之物。与鹿豕邻，比喻一种亲近自然无欲无求的心态。

26 遗教：临终的教诲；遗命。这里指孙中山《总理遗嘱》。《总理遗嘱》立于1925年2月24日。"恭读《总理遗嘱》"是元旦拜谒中山陵开始时的程序之一。

27 并上句。描写战乱情形。良田沃土大片荒芜，天上飞机像老鹰一样盘旋。垌（dòng）：田地。

28 攀：攀折；折取。

29 鸿印：同"鸿爪雪印"。比喻往事留下的印迹。语本苏轼《和子由渑池怀旧》："人生到处知何似，应似飞鸿踏雪泥，雪上偶然留爪印，鸿飞那复计东西。"

30 雉鷕（yǎo）：野鸡的叫声。《诗经·邶风·匏有苦叶》："有瀰济盈，有鷕雉鸣。"毛传："鷕，雌雉声也。"

梅花十首

此题名作如林，曷敢率尔操觚？惟以一在主张明定为国花：梅花品格清高，可提倡清洁之人格。一在还祖债：先祖岐农公[1]《雪竹楼诗稿》有"年来有债都偿遍，但欠梅花数首诗"之句。缘起在兹，工拙弗计。诗成得和诗二百余首，另刊有《梅花唱和集》。

探梅人住阊阖城[2]，酒在吴缸第几罂[3]。萼绿殷勤司管领，罗浮消息梦分明[4]。嫩晴微笑如新妇[5]，豪饮对君去老兵[6]。好是峰回山缺处，寥天一鹤写双清[7]。

超超玄箸冠群芳[8]，出世浑如太古装[9]。开到山阴尤峭拔，纵非海样亦琳琅。蜜蜂珍重含葩蕊，胡蝶驮留隔岭香。堪笑乐天评错误[10]，榴花当作百花王[11]。

生成傲骨远荆榛，福慧几生结净因[12]。天上有风吹白玉，人间无地着红尘。粼粼钓渚弓新月，寂寂寒林卵早春[13]。疏影暗香何处是？寺边窣堵酒边津[14]。

不斗繁华不斗奇，天然韵味迥然姿。除开白雪非知己，倾倒黄封有几枝[15]？生长山林原自在，同沾雨露本无私。逋翁去后髯翁邈[16]，千载遥遥我赋诗。

纸帐铜瓶夜不眠[17]，惹侬吟兴入云天。种来净土无非道[18]，参破尘根即是仙[19]。玉骨修成香海雪[20]，冰魂冷到佛堂烟[21]。株株百八牟尼子[22]，遮莫乾坤转妙年。

木末高悬百宝幢[23]，庄严色相本无双。清标过眼宵成梦[24]，春意无形早渡江。乱洒寒香风亚雨[25]，斜横晴昊鸟窥窗[26]。笑颜不用巡檐索[27]，短笛声声弄几腔[28]。

占尽扬州月二分[29]，句吴於越万重云[30]。妆成额点佳人面[31]，赋得神传宰相文[32]。海阔无鲛来亥既[33]，天寒有鹤守辛勤[34]。超山底事留遗恨，肠断千年一炬焚[35]。

野人村落本幽居，赢得淡宁到草庐。细雨关山魂断此[36]，小桥野水趣何如[37]？谁怜脂粉无颜色，我与离骚补子虚[38]。肯共李桃争艳冶，最清峭处是枯疏[39]。

影落涧溪卧浅沙，添来整整复斜斜[40]。品惟寒士真高士，天与山崖傍水涯。偶折一枝逢驿使[41]，遥瞻九澧指侬家[42]。瑶章拟向通明乞，只把梅花当国花[43]。

欲拣繁枝故故寻，插瓶簪帽涤尘襟。已空岚彩千层远，不管樵纵一径深。风细才知春有脚，夜阑只觉月同心。偿吾祖债谈何易[44]，为汝竹窗费晚吟[45]。

笺 注

1 岐农公即诗人祖父黄道让。见《自题竹窗诗存》注7。

2 阊阆城即今苏州。见《无锡杂咏》注15。

3 吴缸：吴地陶业历史悠久，吴缸被奉为酒缸极品，后以泛指酒缸。罂：古代大腹小口的酒器。这里亦指酒缸。

4 并上句。萼绿即萼绿华。见《锡苏旅行漫兴》注11。罗浮梦：见《次韵和友人咏梦诗》注1。罗浮山上多植梅，故名梅岭。

5 嫩晴：雨后、雪后初晴。谢逸《春词》："院落帘垂春日长，嫩晴天气牡丹香。"

6 老兵：《晋书·谢安传》故事：晋代安西司马谢奕有名士风，一日乘醉逼大司马桓温共饮，未成，又邀桓温一看门兵帅共饮，称他们为"老兵"。后世用为酒友典故。

7 并上句。写：这里是作画的意思。双清：指梅与鹤。峰回山缺之处，辽阔的天空飞过一鹤，衬托眼前梅花，就是一幅《双清图》。

8 超超玄箸：谓言辞高妙，不同凡俗。语出刘义庆《世说新语·言语》："我与王安丰说延陵、子房，亦超超玄箸。"

9 太古：远古，上古。李白《赠清漳明府侄聿》："心和得天真，风俗犹太古。"

10 乐天指白居易。见《题赵之远赠西湖风景全图却寄》注1。

11 化用白居易《山石榴花十二韵》"好差青鸟使，封作百花王。"

12 福慧：福德和智慧。净因：佛缘。诗人一直认为自己与佛、与梅花有缘，故有此说。

13 卵：孵育。韩愈《射训狐》："我念乾坤德泰大，卵此恶物常勤劬。"

14 窣堵即宝塔。见《题画自遣》注8。酒边津：酒楼的旁边的渡口。

15 黄封：宋代官酿用黄罗帕或黄纸封口。后泛指酒。苏轼《岐亭》："为我取黄封，亲拆官泥赤。"

16 逋翁即林逋。见《孤山吊林处士》题解。髯翁即苏轼,苏轼多髯,因而人称髯苏。

17 纸帐:用藤皮茧皱纹纸做的帐子,上面多画有梅花。铜瓶:铜制花瓶,用以插梅。

18 净土:全称"清净土",为佛所居世界。据说佛有无数,故净土也无数。

19 尘根:佛教以色、香、声、味、触、法为六尘,与之相应器官眼、耳、鼻、舌、身、意为六根。参破尘根意思是看破了客观世界、主观世界及二者之间的关系。

20 玉骨:梅花枝干的美称。蒋堂《梅》:"玉骨绝纤尘,前身清净身。"香海:佛经指须弥山周围的海,借指佛门。

21 冰魂:形容梅、莲等花清白纯净的品质。苏轼《松风亭下梅花盛开》:"罗浮山下梅花村,玉雪为骨冰为魂。"

22 牟尼子即数珠。佛教徒念佛、持咒、诵经时用来计数的成串珠子,每串以二十七颗、一百〇八颗为常见。

23 木末:树梢。屈原《九歌·湘君》:"采薜荔兮水中,搴芙蓉兮木末。"百宝幢:装饰华丽的旗帜。这里指华贵的经幢。

24 清标:俊逸;清美出众。王十朋《次韵张叔清见寄》:"苕溪昨夜梅花发,目对清标有所思。"

25 "亚"同"压",为洽韵而借字。格律诗中通过借义或借音来使对仗或平仄工整称"借对"或"假对"。张乔《如试月中桂》:"根非生下土,叶不坠秋风。"借"下"为"夏",以对下句之"秋"。

26 晴昊:晴空。

27 巡檐索笑:见《题美人倚梅图》注2。

28 笛曲中有汉代名曲《梅花落》,故常用为咏梅的典故。李白《黄鹤楼闻笛》:"黄鹤楼中吹玉笛,江城五月落梅花。"

29 月二分:见《扬州》注4。全句的意思是:天下月色扬州分得三分之二,而扬州月色现在又为梅花所占尽。

30 句(gōu)吴於越就是吴越。"句"亦作"勾",是吴语的发声词。《史记·吴太伯世家》:"太伯之奔荆蛮,自号句吴。"在今江苏一带;於越即今浙江。

31 《太平御览》卷九七〇故事：南朝宋武帝女寿阳公主卧于檐下，有梅花落其额上，成五出之花，拂之不去，宫女用粉脂仿效，遂有梅花妆。

32 宰相指的是唐玄宗时宋璟。他刚正不阿，有吏才，敢直谏，与姚崇并称，同为"开元之治"的名相。素爱梅花。皮日休《桃花赋序》："余尝慕宋广平之为相，贞姿劲质，刚态毅状，疑其铁肠石心，不解吐婉辞。然睹其《梅花赋》清便富艳，殊不类其为人。"

33 亥既即亥既珠。传说亥既珠是海中的鲛人泪珠所变。如夜间悬于殿中，光彻如白日。诗人把梅林比喻为海，梅花如夜明珠璀璨满目。

34 相传林逋死后所养仙鹤守于墓前不肯离开，亦悲鸣而死。明遗民项圣谟有《天寒有鹤守梅花图》。

35 并上句。超山在杭州临平塘栖境内，与苏州邓尉、无锡梅园并称江南三大观梅胜地，梅花栽培已有1000多年历史，素有"十里梅香雪海"之称。安隐寺有唐梅一株，报慈寺有宋梅一株。1933年3月25日，报慈寺曾遭仇家焚掠。

36 此句化用苏东坡《正月二十日往岐亭》"去年今日关山路，细雨梅花只断魂。"

37 此句化用陆游《正月二十日晨起弄笔》"零落残梅临小彴（zhuó），纵横野水赴清池。"按，小彴，即独木桥。

38 子虚即司马相如《子虚赋》。《离骚》表现对楚国命运和人民生活的关心，有强烈的责任感；《子虚赋》则处处显示楚之强盛，是对邦国强烈的荣誉感。《离骚》《子虚赋》通篇无"梅"字。

39 清峭：清瘦俊逸。表现"枯疏"之态。

40 并上句。化用林逋《山园小梅》："疏影横斜水清浅，暗香浮动月黄昏"句。

41 盛弘之《荆州记》："宋陆凯与范晔相善，自江南寄梅花一枝并赠诗曰：'折梅逢驿使，寄与陇头人，江南无所有，聊赠一枝春。'"后世遂用"折梅""驿使"为遥寄友情典故。

42 九澧：即澧水。澧水为溇水、溧水、道水等九条干流汇合而成，故称九澧。诗人家乡临澧有澧水横贯。

43 并上句。通明：指通明殿。传说中玉帝宫殿，诗文中常用来代指皇宫。这里借指当时的中央政府。国民政府内政部礼制服章审订委员会于1928年首先提出以梅花为国花，国民政府在1929年2月8日通令全国指定梅花为各种徽饰纹样。但国花案在 1929 年 3 月召开的中国国民党第三次全国代表大会上无果而终，未予认定。所以诗人作《梅花十首》向当局请求立梅花为国花。

44 祖债：诗人祖父黄道让《睡起》诗云："年来有债都偿遍，但欠梅花数首诗。"诗人此处云作此咏梅诗之初衷，是了却先祖心愿，又殊为不易。

45 竹窗：诗人斋名。见《自题竹窗诗存》注 19。

超山观梅

出自浙东门[1]，溪清竹琄琄。一瞥到超山，五出开大衍[2]。南北亩纵横，东西枝招展。迤逦拼驿遥，缤纷耀日烜。更上报慈寺[3]，宋梅存古典[4]。一种憔悴颜，似诉偏安腆[5]。神物鬼神呵，未随劫灰殄[6]。高望何所似，积雪绵翠巘[7]。虎岩风送香，龙洞根藏藓。宜称廿六条[8]，于此乃丕显。洋洋乎大观，国花合加冕。梁溪方斯下[9]，邓尉比何敢[10]？谓为策源地，当之诚无忝。迎接目不暇，幽寻浑忘返。十步九逡巡，下山日已晚。暗香沁衣襟，人归心自远。满船唐栖月，沿途弄清浅[11]。

题 解
超山见《梅花十首》注 35。

笺 注
1 浙东指唐朝宰相、诗人李绅（772—846）。唐大和年间，李绅曾任浙东观察使。超山梅花始于此时。

2 五出指梅花，因每朵花有花瓣五。大衍：原指大片沼泽地。这里借指大片山林。

3 报慈寺在超山北麓。建于 1131 年。寺内大明堂建筑宏伟华丽，后人直接以大明堂指称报慈寺。

4 1912 年，大明堂正法禅师访知丁河唐家桥一株数百年树龄的老梅，出资购归，移植在大明堂右侧，号称"宋梅"。旁建宋梅亭，由吴昌硕、王一亭等名家撰写之联句，镌刻于亭柱。

5 报慈寺始建于南宋，梅又传说是宋梅，且在杭州，故言"偏安"。1930

年代日寇侵华气焰嚣张，国土沦丧，而蒋介石顽固坚持"攘外必先安内"的政策，对日寇一再忍让，故而诗人时时表现出对"偏安"之耻的痛心疾首。

6 大明堂曾遭仇家劫掠。见《梅花十首》注35。

7 巘：大山上的小山。《诗经·大雅·生民》："陟则在巘，复降在原。"全句咏叹梅花似雪，绵延在翠绿的小山。

8 明代王路纂有《花史左编》，卷一附有"兰花品"二十六条，罗列名贵兰花品相。超山梅品种繁多，品类自然不让兰花。

9 梁溪：见《杂咏》注2。

10 邓尉：见《游邓尉山放歌》题解。

11 并上句。从林逋《山园小梅》"疏影横斜水清浅，暗香浮动月黄昏"化出。

再题超山观梅 二首

竹苞松茂隐禅关[1]，梅在青林杳霭间[2]。浩劫未将花事改[3]，诗情应共老僧闲。万枝临水鱼咀嚼，三友传书鸟往还[4]。和靖风流东去也[5]，超山从此胜孤山。

为君品称写相思，二十六条事事宜[6]。入寺香凝风定后，上墙影集日中时[7]。枝因南北分浓淡，蕊以阴晴辨早迟。忙煞乾元观下路[8]，袭人十里雪纷披。

笺 注

1 竹苞松茂：松竹繁茂。语出《诗经·小雅·斯干》："如竹苞矣，如松茂矣。"苞：茂盛。禅关：指寺院正门及门前诸建造。超山唐梅、宋梅均植于寺内。

2 杳霭：朦胧深幽的样子。

3 诗人自注："报慈寺宋梅，安隐寺唐梅均尚在。"参见《梅花十首》35。

4 松、竹、梅为三友。典出林景熙《五云梅舍记》："即其居累土为山，种梅百本，与乔松、修篁为岁友。"这句诗的意思是：鸟儿在松、竹、梅之间飞来飞去，好像在为这岁寒三友人传递书信。

5 和靖即林逋。见《孤山吊林处士》题解。

6 见《超山观梅》注8。
7 赏梅须在冬日，此季节日光斜照，午间花影正好投于墙上。
8 乾元观：在超山南麓海云洞前。

超山观梅便至西湖

西湖便道偶浮槎，一别三年感物华[1]。已故老僧新建塔，旧题粉壁碧笼纱[2]。理安楠木云楼竹，灵隐石泉葛岭花。看到此间深有悟，始知学殖尚专家[3]。

笺 注

1 感物华：见物兴感。物华指自然景物。参见《次韵答袁炼人（二首）》注1。

2 并上句。化用苏轼《和子由渑池怀旧》："老僧已死成新塔，坏壁无由见旧题。"喻人事、景物全非。按，中国佛教僧人死后一般火葬，火化后收其舍利，建舍利塔收藏，故言"成新塔"。碧笼纱：见《清凉山扫叶楼社集即事》注6。

3 学殖：本指研习学问当像农夫培植苗木一般，勤奋不懈。后用以指学问的累积增长。语本《左传·昭公十八年》："夫学，殖也。不殖，学将落。"

嘉 兴

鸳鸯湖艇往来间[1]，十里长堤绕廓湾。烟雨楼中宛在水，东西塔外并无山。当年吴越争衡地[2]，今日苏杭孔道间[3]。二月嘉兴春事足，花明柳暗鸟关关[4]。

笺 注

1 鸳鸯湖即南湖。在嘉兴西南。汇长水塘诸水成湖。湖中有烟雨楼、钓鳌矶、鱼乐国诸名胜。

2 诗人自注："古槜李。"按，槜李在今浙江嘉兴西南。春秋时，越曾败吴于此。

3 孔道：必经之道；大道。

4 关关：鸟类雌雄相和的鸣声。后亦泛指鸟鸣声。语出《诗经·周南·关雎》："关关雎鸠，在河之洲。"

骑驴寻梅

于仰止亭遇张溥泉，邀游紫霞洞，遂至其山居晚饮。

跨驴出城东，草木春无数。林际黄叶脱，柳梢青芽露。倚徒旗亭前[1]，小梅发几树。野水板桥边，山坡篱落处。邂逅玄真子[2]，欣然抒积素[3]。携我游紫霞，论道忘日暮。名山数兴废，往迹证典据[4]。归示金陵图[5]，古本加笺注。庭梅影上墙，廊风香随步。喜我性疏狂，呼酒治供具。一饮常精严，百感增忧虑。我闻贾长江[6]，驴背寻诗句。道逢韩文公，两字得深悟[7]。今我无其才，而亦有其遇。人日为寄诗[8]，伫望钟山路。

题 解

仰止亭位于中山陵以东的梅岭。1931年始建，1932年秋建成。亭为钢筋混凝土结构，四角攒尖顶覆蓝色琉璃瓦，额枋为捐建者叶恭绰题写。

张溥泉（1882—1947），名继，河北沧县人。早年留学日本，在此期间与孙中山等相识。辛亥革命后，张继从欧洲回国，参与创建改组国民党。北伐结束后，继任南京国民政府司法院副院长，1931年底被任命为国民政府立法院院长，但未到职。

紫霞洞：见《游紫霞洞遂登钟山顶》题解。

笺 注

1 倚徒：流连徘徊。旗亭：酒楼。因悬旗为酒招，故称。

2 玄真子：《新唐书·隐逸传》载，张志和因犯事贬南浦尉，赦还后不复为官，自号玄真子。后泛指归隐江湖之人。张继因参与西山会议派的活动被国民党第二次全国代表大会书面警告，此后一直态度消极，不过问政务，虽先后被任命为国民政府立法院院长、西京筹委会委员长、国民党华北办事处主任等职，均未赴任。

3 积素：犹故旧。

4 典据：典实和根据。

5 《金陵图》：描绘宋代南京城市风貌的清代宫廷写实风俗画长卷。成于清乾隆年间。作品采用散点透视构图和细腻严谨的写实手法，生动描绘了宋代金陵的城市面貌和各阶层人民的社会生活。被称为南京的《清明上河图》。

6 贾长江：指唐代诗人贾岛。见《扫叶楼吊龚半千》注3。贾岛曾任长江主簿，故世人称其为贾长江，其诗集亦名为《长江集》。

7 指韩愈为贾岛定"推敲"二字。胡仔《苕溪渔隐丛话前集》卷十九故事：贾岛一日于驴上得句云："鸟宿池边树，僧敲月下门。"于推、敲二字犹豫不决，遂于驴上吟哦，时时引手作推敲之势。不料冲撞了韩愈的仪仗。韩立马良久，谓岛曰："作敲字佳矣。"

8 人日：宗懔《荆楚岁时记》："正月七日为人日。……又造华胜以相遗，登高赋诗。"

农历上元

今岁金吾似不禁[1]，都缘结习入人深。无关大体何须问，民溺民饥盍动心。南望故山先子茔[2]，天涯肠断鲜民生[3]。儿时佳节传今夕，不住笙歌到五更。

题 解

元宵节的别称。旧以夏历正月十五日为上元节，其夜为上元夜。

笺 注

1 金吾不禁：金吾是秦汉时执掌京城卫戍的地方官。本指古时元宵及前后各一日，终夜观灯，地方官取消夜禁。后也泛指没有夜禁，通宵出入无阻。1930年代初，国民政府曾禁用农历，禁过春节，但受到民间消极抵制。1933年起，禁令逐渐无疾而终。

2 先子：泛指祖先。见《清凉山》注2。

3 鲜民：无父母穷独之民。语本《诗经·小雅·蓼莪》："鲜民之生，不如死之久矣。"诗人7岁丧母，20岁丧父，故自称"鲜民生"。

酬陈树人并次原韵 二首

疏淡荆关米董酣[1]，君于两派与之三。岂惟三绝诗书画，五绝今传虞世南[2]。

山水怡情酒畅神，鸳湖移作后湖春[3]。未曾识面深惭我，献曝几番学野人[4]。

题 解

陈树人（1883—1948），广东番禺人。自幼学画，后留学日本，入京都美术学校绘画科。1905年在香港加入同盟会。民国初年在广东优级师范学校高等学堂任教，后再度去日本，入立教大学文学科，学成归国，1922年任广东省政府政务厅长。陈炯明叛乱后，与孙中山同乘永丰舰抵上海。1924年国共合作后，历任广州国民政府秘书长、国民党中央工人部长、广东省代理省长等职。时任国民政府侨务委员会委员长。

陈树人是岭南画派创始人之一。有《自然美讴歌集》《专爱集》《战尘集》等。

笺 注

1 疏淡：疏朗有致。司马光《投梅圣俞》："累累数十字，疏淡不满幅。"荆关：荆浩、关仝的并称。见《尚父湖》注4。米董：书画家米芾和董其昌的并称。米芾创造了"米氏云山"之独特画风；董其昌山水画山树奇险，笔墨秀润，画风影响后世达三百年之久。

2 诗人自注："君于诗书画外，又添品学二绝。"虞世南（558—638），字伯施，越州余姚（今浙江余姚）人。唐贞观中任著作郎、秘书少监、秘书监，封永兴县公。唐太宗谓世南有五绝：德行、忠直、博学、文辞、书翰。

3 鸳湖：即鸳鸯湖。见《嘉兴》注1。后湖即玄武湖。

4 献曝：《列子·杨朱》寓言：相传有个农夫，衣薄不足以御寒，春天到地里晒太阳，觉得很舒服。以为是重大的发现，进而想到要献给君主请赏。后用作谦词，意思是礼物微薄或意见愚拙。

朱寄侯遣伻送画走笔谢之

妙笔健于铁，瑶情深似海[1]。寥寥二十字，神传惟尔乃。

题 解

朱寄侯：见《壮侯招饮即席赠诗并柬寄侯》题解。伻：使者。陆游《出都》："缘熟且为莲社客，伻来喜对草堂图。"

笺 注

1 瑶情：纯洁深挚的情意。

怀戚大将军 并用其登盘山绝顶韵

戚大将军诗本不多见，余读其《登盘山绝顶》诗曰"霜角一声草木哀，云头对起石门开。朔风虏酒不成醉，落叶归鸦无数来。但使玄戈销杀气，未妨白发老边才。勒铭峰上吾谁与？故李将军舞剑台。"读其诗慨然想见其为人。

勇于公战不须哀[1]，什伍鸳鸯八阵开[2]。破虏楼船横海出[3]，攘夷旗鼓自天来。会稽先后一王会[4]，定远西南两霸才[5]。民族英雄应继起，莫教人哭谢翱台[6]。

题 解

戚大将军指明朝抗倭名将戚继光。戚继光（1528—1587），字元敬。山东蓬莱人。明嘉靖中调浙江任参将，抵抗倭寇。他改革军事，组建新军，纪律严明，闻名当时，人称戚家军。后以功升总兵官，调镇蓟州、昌平、广东等地，成为抗倭主力。著有《纪效新书》《练兵实纪》等书。明史有传。

《登盘山绝顶》是戚继光所作的一首七律。诗曰："霜角一声草木哀，云头对起石门开。朔风虏酒不成醉，落叶归鸦无数来。但使玄戈销杀气，未妨白发老边才。勒名峰上吾谁与，故李将军舞剑台。"盘山在今天津市蓟州区西北。明神宗万历年初，戚继光在东南沿海荡平倭患之后，北调京师，总理蓟州、昌平、保定练兵事务。《登盘山绝顶》大致作于此时。

笺 注

1 公战：为国家而战。见《书感（十月十九日）》注1。

2 诗人自注："大将军所结阵名。"按，戚继光为了应付倭寇重箭、长枪、火器装备，为适应山丘沼地作战，创立鸳鸯阵。以步兵十二人为一队，队长居前指挥。次为二盾牌手，掩护后队前进。继为二狼筅手，再为四长枪手，后为二短兵手，长短兵器交互杀敌。最后为一伙夫兵。因兵马两翼分列，相互照应，如鸳鸯结伴，故名。

3 楼船：有楼的大船。古代多用作战船。亦代指水军。

4 会稽：见《幕府山阴》注2。戚继光统领台州、严州和金华三地军务时，领兵抗击倭寇，九战九胜，将倭寇几乎全歼。立功后，戚继光升任为都指挥使。诗人将其与当年大禹计功行赏的"王会"等同视之，故言"先后一王会"。

5 诗人自注"一据《历代名臣言行录》称大将军为定远人；一指班超以功封定远侯。班超为扶风平陵人。"意即出身南方的定远人戚继光和出身西部的定远侯班超是两位难得的霸才。

6 谢翱（1249—1295），字皋羽，福州长溪（今福建霞浦县南）人。南宋德祐二年（1276），元兵南下，他倾家资率乡兵数百人往从文天祥勤王，任谘议参军，兵败后流亡浙东。闻文天祥死节，在严州（今浙江建德东）子陵台设奠哭祭，作《西台恸哭记》。

卞忠贞公墓

在南京城内朝天宫西。

五马渡江一马龙[1]，纷纷清议满江东[2]。正色立朝能有几，庾亮颟顸导朦胧[3]。卞公骨鲠如舍瓦，能以一木支大厦。片言折服谟与怡[4]，抗疏不畏王与马[5]。惟有时中枢失重心，神州半杂犬羊腥[6]。安内攘外两无策[7]，局促甘为小朝廷。坐使苏峻反历阳，阻援覆辙丹阳防[8]。卞公抵抗具决心，城存与存亡与亡。一战西陵再清溪，身经百创力不支。守土有责惟有一死，二子眕眐亦随之。母女三人齐殉焉，遗踪常留忠孝泉[9]。当日一家瘗六棺，只今泉香井犹寒。与公战死仁有三，羊曼周导与陶瞻[10]。愧然王谢纨绔子[11]，凛然大节重于山。吁嗟乎，洛阳铜驼荆棘里[12]，司马诸陵都渺矣[13]。朝天宫西公墓祠，柳下丘垄鲁殿荣[14]。墓门正对北极阁，祠坊遥与方亭峙。莽苍苍兮石头城，郁汤汤兮长江水。正气日月争辉光，忠魂河山作柱砥。假使当年不抵抗，亦足全躯保妻子。妻子虽保躯难全，安能流芳一千六百年。

题 解

卞忠贞公即东晋名将兼书法家卞壸。见《西园美枞堂杂咏（五首）》注7。苏峻叛乱时，成帝令卞壸为都督大航东诸军事。公元238年，苏峻攻青溪栅，卞壸正大病未愈，抱病力战而亡。他的两个儿子也在巷战中殉国。329年，苏峻之乱平定，经朝议，追赠卞壸骠骑将军等荣衔，谥号"忠贞"，葬于冶城（今南京城内朝天宫）。

本篇曾在《法治周报》1933年第10期发表。

笺 注

1 五马渡江：指西晋末司马氏五王南渡长江，于建邺（今南京）建立东晋王朝。《晋书·元帝纪》："太安之际，童谣云：五马浮渡江，一马化为龙。"一马龙：指琅邪王司马睿渡江后登基为东晋元帝。

2 清议：东汉后期，统治阶级越来越腐败，农民起义此伏彼起，官僚和知识分子中间，也对当权者不断地发出抗议，形成一种社会舆论，叫作"清议"。清议之风，以东晋为甚，故云"满江东"。

3 庾亮（289－340），字元规。颍川鄢陵（今河南鄢陵）人。辞赋家。东晋时期权臣和外戚，妹妹是明帝司马绍的皇后庾文君。晋成帝即位初期，庾太后临朝，政事都由庾亮决策。颟顸：糊涂而马虎。庾亮不听劝阻，坚持召苏峻入朝为大司农，以剥夺其兵权，激起苏俊之乱。"导"指与庾亮、卞壸等共同辅政的大司马王导（276－339）。王导与庾亮不和，庾亮专权，王导称疾不上朝。

4 庾太后临朝，下令召乐谟、庾怡为官，但二人都借口父命，拒不赴任。卞壸当即奏禀太后，云："乐广（谟之父）以平夷称，庾珉（怡之父）以忠笃显，受宠圣世，身非己有，况及后世而可专哉！"由于卞壸的奏章很有说服力，因而朝议一致赞成。乐谟、庾怡不得已,只好上任。

5 王与马:王导与司马氏皇亲。王导历仕晋元帝、晋明帝和晋成帝,是三朝元老,明帝甚至还要拜他,故时人称"王与马,共天下"。成帝登基大典,王导竟称病缺席。卞壸在朝廷上直斥:"王公,社稷之臣邪!大行在殡,嗣皇未立,宁是人臣辞疾之时!"王导只好匆忙赶来。

6 东晋时,北方有匈奴、鲜卑、羯、氐、羌等多个少数民族建立的政权并连年征战,史称"十六国"。

7 东晋王朝衣冠南渡以来,有志之士多次进行北伐。但由于权贵集团彼此倾轧,结果每次都功败垂成。内部也接连发生王敦之乱、苏俊之乱。诗人这里是暗讽蒋介石集团的无能。

8 苏峻起兵后,徐州刺史郗鉴、江州刺史温峤都提出率兵入卫京城,但庾亮不许。苏峻大军渡江后,有人再次建议庾亮在小丹阳(今南京江宁区丹阳镇)设伏兵擒拿苏峻,庾亮还是不听。叛军行军途中,夜间在小丹阳迷路,却有惊无险,很快攻破京城。

9 忠孝泉:即卞壸井,井栏隐约可见"忠孝泉"题刻。在南京市秦淮区朝天宫西门外,今为南京市文物保护单位。

10 羊曼为丹阳尹,周导为黄门侍郎,陶瞻为庐江太守,均在青溪栅之战中阵亡。

11 王谢指世家子弟王澄、谢鲲。王澄官至魏兴太守、散骑常侍,袭爵褒中县公。谢鲲在东晋时出任豫章太守。二人好宏议,不拘小节。卞壸曾面斥二人:"悖礼伤教,罪莫斯甚!中朝倾覆,实由于此。"

12 铜驼荆棘:《晋书·索靖传》:"靖有先识远量,知天下将乱,指洛阳宫门铜驼,叹曰:'会见汝在荆棘中耳!'"后因以"铜驼荆棘"指山河残破、世族败落或人事衰颓。

13 晋室开国皇帝司马懿曾立下"不坟""不树""不谒"的特殊葬制,加上晋帝陵都临近国都,导致后世容易盗墓,所以整个东晋帝王陵至今无一座能够被确认。

14 鲁殿:"鲁灵光殿"的省称。鲁灵光殿是景帝之子恭王所立。王莽篡政时,天下大乱,未央宫、建章宫以下宫殿悉数被毁,独存灵光殿。故用以比喻硕果仅存的人或事物。棨:木制,形状似戟。见《大碑歌》注2。

春日农村即事 四首

于于复于于[1],言访野人居。竹马和秧马[2],风车杂水车。坐观鹯逐爵[3],瞥见鼠为鴽[4]。积雨开新霁,菜畦绿满蔬。

岂无襱襶子[5],不爱草鞋钱。茅补三间屋,牛耕五亩田。绸缪桑彻土[6],榾柮灶生烟[7]。亦好城中髻,农忙赛纸鸢。

荷蓧常携杖[8],看花独折腰。摽梅将有实[9],竹筥自成桥[10]。驴以驮薪苦,蛙因得雨骄。穷乡无日晷,膈膊报终朝[11]。

山坡三四里,尔牧叱牛羊。新笋林林立,散金处处香[12]。池塘浑鸭脚,荇藻茁鱼秧[13]。一曲渔家傲,大瓠挂绿杨。

题 解

本篇曾发表于《时代公论(南京)》1934年第111期。

笺 注

1 于于:自得、闲适。白居易《和朝回与王炼师游南山下》:"兴酣头兀兀,睡觉心于于。"又用来形容多难、屈曲。扬雄《太玄•饰》:"白舌于于,屈于根。"范望注:"于于,多难之貌。"诗人这里两义互用,表现当时中国农村的多难和人民的坚韧。

2 秧马:南方农民拔秧时所坐的器具。形如船,底平滑,首尾上翘,利于秧田中滑移。

3 鹯(zhān):一种形似鹞的猛禽,羽色青黄,常以鸠、鸽、燕雀等作为猎物。爵:同"雀"。

4 鼠为鴽(rú):田鼠化为鹌鹑。隐喻天旱。典出《大戴礼记•夏小正》:"是时恒有小旱,田鼠化为鴽。鴽,鹌也。"

5 襱襶(nài dài)子:不懂事人。

6 绸缪桑彻土:语出《诗经•豳风•鸱鸮》:"迨天之未阴雨,彻彼桑土,绸缪牖户。"孔颖达疏:"以为鸱鸮及天之未阴雨之时,剥彼桑根以缠绵其牖户,乃得成此室巢。"按,绸缪:紧密缠缚捆绑。

7 榾柮(gǔ duò):木柴块,树根疙瘩。可代炭用。陆游《霜夜》:"榾柮烧残地炉冷,喔咿声断天窗明。"

8 蓧(diào):古代一种除草的农具。本句语出《论语·微子》:"子路从而后,遇丈人,以杖荷蓧。"

9 标梅:同"摽梅",指女子已到结婚年龄。典出《诗经·召南·摽有梅》:"摽有梅,其实七兮;求我庶士,迨其吉兮。"

10 竹笕:引水的长竹管。陆游《闭户》:"地炉枯叶夜煨芋,竹笕寒泉晨灌蔬。"

11 腷(bì)膊:象声词,形容家禽尾部摆动或鼓翅的声音。鸡上架、鹅鸭归圈,一天就结束了。

12 散金:比喻张开的黄花瓣。张翰《杂诗三首》:"青条若总翠,黄华如散金。"这里指油菜花。

13 荇藻:多年生水生草本植物,叶子略呈圆形,叶子浮在水面,根生在水底。根茎可食,全草可供药用或作饲料。

暮春登钟山顶

平明款段出城东[1],行遍钟山日未中。访古残碑苔藓剔[2],支筇迻径莽榛空[3]。林深影见江天线,涧远香来药草丛。夏浅胜春何处识,紫霞洞口楝花风[4]。

笺注

1 款段(jiǎ):劣马。谢维新《古今合璧事类备要别集·畜产门·马》:"驽骀款段,皆马之钝者也。"

2 诗人自注:"钟山之阳,有石一方。载'宋赵希坚李谓道题名';正书载:'淳熙己酉,赵希坚、李谓道同游';侧行载:'饮八功德水,晚至定林乃还。'考《江宁府志》,朱绪曾云:'此题名在钟山龙泉庵经半道下石壁。又有正书,大字径尺许,云:洗兵马及忠执,字可识。余为石脉横生,苔藓斑剥,不可尽读。'"按,诗人所引见《金陵朱氏家集·钟山石壁字》,文字略有出入。

3 支筇：拄杖。筇，筇竹。因高节实中，常用以为手杖，为杖中珍品。迮径：狭窄的小路。

4 紫霞洞：见《游紫霞洞遂登钟山顶》题解。

暮春登牛首山

秋日宜栖霞，春日宜牛首。故谚有之云，脍炙在人口。吾得及春游，天开积雨后。杜鹃剩淡黄，奇石老垩黝[1]。峰高鹰下韝[2]，林密雉求牡。危塔蚀藓苔，古殿阴榆柳。高距牛鼻泉[3]，群山皆培塿[4]。遐想岳家军，设伏敌人诱。草木助声威，胆气慑群丑。一战败宗弼，建康赖以守[5]。斯人不复生，山以人不朽。大势今如何，艰难更棘手。何以图生存，治安策长久。何以雪国耻，洗尽山河垢。矍矍瞻四方，荦荦骋九有[6]。悲风从天来，纵饮酌大斗。今古此长江，酬汝一杯酒。

题 解

牛首山：见《登牛首山》题解。

笺 注

1 垩黝：白色与黑色。王慎中《题钤山堂》："岚翠代垩黝，璿源浚圆方。"

2 鹰韝（gōu）：豢鹰者所用的皮臂套。打猎时用以保护手臂，停立猎鹰。

3 牛鼻泉：在三茅宫。见《游栖霞山》注9。

4 培塿：小土丘。

5 并上句。宗弼：指完颜宗弼（？—1148），金太祖第四子，即兀术。《宋史·岳飞传》载："兀术趋建康，飞设伏牛首山待之，夜令百人黑衣混金营中抗之，金兵惊，自相攻击。"

6 荦（luò）荦：卓绝的样子。徐积《赠刘阁使》："荦荦雄名骇世间，堂堂谁敢举头看。"九有：九州。《诗经·商颂·玄鸟》："方命厥后，奄有九有。"毛传："九有，九州也。"

与北京同学泛舟后湖

湖上盍簪笑拍肩[1]，燕云回首意茫然。人逢旧雨兼新雨[2]，利市小船与大船[3]。茭白绿于田际麦，峰青翠入岛中烟。惭余汀柳泽蒲质[4]，共济时艰仗隽贤。

题 解

1934 年 4 月，原北大校长蔡元培被推举为故宫博物院理事长，北京大学师生代表专程从北平前往南京祝贺。诗人以北大前辈身份参与接待。

笺 注

1 盍簪：《易·豫》："勿疑，朋盍簪。"孔颖达疏："群朋合聚而疾来也。"后以指士人聚会。杜甫《杜位宅守岁》："盍簪喧枥马，列炬散林鸦。"
2 旧雨、新雨：新老朋友。见《将毋同十六韵》注 6。
3 诗人自注："是日星期，船价极昂。"
4 汀柳泽蒲：水边的柳、沼泽地的香蒲。喻平凡。

东坡消夏十六事杂咏 十六首

入夏酷暑，咏先祖《雪竹楼诗集·东坡消夏十六事》以排之。并仿其体。

花坞樽前微笑[1]

含笑自成蹊，无言更有味[2]。好花岂偶然，培养劳花尉。

隔江山寺闻钟

忽闻山寺钟，似劝众生渡。声自大江来，岭云遮不住。

月下东邻吹笛

明月照东邻，笛声清似徵[3]。惹人不欲眠，露重侵衣履。

晨兴半炷名香

匆匆一日中，惟有晨光好。扫地静焚香，惜阴独起早。

午倦一方藤枕

书城已倦看，入梦笔生彩。倚枕只斯须，应非朽木宰[4]。

开瓮忽逢陶谢[5]

有酒嫌无诗，有诗又少酒。客来逢瓮开，酒友兼诗友。

接客不着衣冠

本是葛天民[6]，所交无俗客。归真返自然，潇洒似彭泽[7]。

乞得名花盛开

以彼园之花，移栽于我圃。相逢笑矣乎，安土不怀土。

飞来佳禽自语[8]

声自树间来，清扬更宛转。恍如求友声，公冶可能辨[9]。

客来汲泉烹茶

爱此在山泉，清清可见底。客来汲且烹，其味深于醴。

抚琴听者知音

瓦釜雷鸣日[10]，何人独抚琴。吾侪快意事，无过有知音。

清溪浅水行舟

有溪清且浅，泛泛任中流。不费推移力，笑他利涉舟[11]。

凉雨竹窗夜话

竹非籍雨凉，雨更凉生竹。话久忘情深，一灯如一菽[12]。

暑至临流濯足

夏日水如汤，即之殊可濯。莫因太热衷，也要辨清浊[13]。

雨后登楼看山

看山不喜平，雨后更醒目。野旷万峰青，俗尘齐一扑。

柳荫堤畔闲行

依依堤柳青，踽踽独行缓。莫作汉南看，何嫌去日短。

题 解

晚明时，小品大兴，文人争相追逐雅致闲适的生活方式。于是有人从苏轼轶事中整理出"赏心十六事"，伪托苏轼所作，以书法条幅、工艺摆件、小品笔记的形式广为传播。诗人祖父有《夏昼无事闲咏东坡十六事》一组十六首，收录于《雪竹楼书稿》卷九。1930年代初，此风也颇为盛行，故诗人附和为消遣游戏之作。

笺 注

1 花坞：茶名。陆游《兰亭道上》："兰亭酒美逢人醉，花坞茶新满市香。"自注："花坞，茶名。"

2 并上句。用"桃李不言，下自成蹊"意。含笑：花初绽而未全放之际。李峤《桃花行》："桃花灼灼有光辉，无数成蹊点更飞。为见芳林含笑待，遂同温树不言归。"

3 徵（zhǐ）：古代五音之一。刘勰《文心雕龙·声律》："古之佩玉，左宫右徵，以节其步，声不失序。""清似徵"形容笛声清越如玉佩叮咚之声。

4 朽木宰：典出《论语·公冶长》：宰于大白天睡觉。孔子骂他："朽木不可雕也。"宰，指孔子的学生宰予。

5　陶谢：东晋末、南朝初诗人陶渊明、谢灵运的并称。

6　远古帝王有葛天氏，其民曾作古歌，即葛天歌。后世以"葛天民"喻旷达不为世俗所羁。杜甫《晦日寻崔戢李封》："上古葛天民，不贻黄屋忧。"

7　彭泽指陶渊明。陶渊明曾为彭泽令，故后世常以其官职指代。

8　佳禽：善鸣之鸟。韦应物《游南斋》："池上鸣佳禽，僧斋日幽寂"。

9　公冶：即公冶长（前519－前470），字子长，春秋时期齐国人（一说鲁国人）。他是孔子弟子之一，也是孔子女婿。相传公冶长通鸟语。

10　瓦釜雷鸣：陶制的锅具中发出如雷的巨响。比喻平庸无才德的人却居于显赫的高位。语出屈原《卜居》："世溷浊而不清，蝉翼为重，千钧为轻，黄钟毁弃，瓦釜雷鸣，谗人高张，贤士无名。"

11　利涉舟：抢时间赶路的船。典出孟浩然《夜渡湘水》："有舟贪利涉，暗里渡湘川。"

12　一灯如豆，形容光线昏暗。菽：大豆。

13　语本屈原《渔父》："沧浪之水清兮，可以濯吾缨；沧浪之水浊兮，可以濯吾足。"

初夏闷极感怀　四首

闲却故都旧讲堂[1]，梦魂犹绕读书床。一樽京口桓温酒[2]，万里长城道济粮[3]。醉倒山风偎薜荔[4]，织成苇箔了蚕桑[5]。胡尘滚滚何时靖[6]？独为兴亡百感伤。

胸中浩浩洞庭波，起舞频挥落日戈[7]。救国宁凭三寸舌，从军凯唱百年歌[8]。忙来抱佛毫无用，师克在和语不磨[9]。晞发阳阿何处是[10]？钟山顶上白云多[11]。

素衣京洛化缁尘[12]，大地繁华久失真。布谷声随人意转[13]，飞泉响滴石头皴。泥衔社燕巢林木[14]，地复桑榆问水滨[15]。北顾南望均蠢蠢[16]，可能赤手拯斯民？

也曾倚遍酒家楼，也泛钱塘药玉舟[17]。一曲饭牛歌宁戚[18]，百年蝴蝶梦庄周[19]。野梅山杏垂垂老，涧草岩花细细愁。雪耻诛仇吾辈事，长江不变古今流。

题 解

本篇曾在《国民外交杂志（南京）》1934 年第 3 期发表。

笺 注

1 故都：旧都，昔日的国都。这里指当时的北平。

2 京口为镇江的古称。桓温，东晋大将。见《重九后五日竹窗社集》注 3。

3 道济粮：道济指檀道济。见《游北固山望长江放歌》注 14、注 16。

4 薜荔，一种香草。屈原《离骚》："揽木根以结茝兮，贯薜荔之落蕊。"全句谓即便在山风中醉倒，也还偎依着香草。喻虽醉酒，心中仍然好恶分明。

5 苇箔：用芦苇编织的蚕箔，用以养蚕。稿本为"苇泊"，即种满芦苇的沼泽。疑抄误，迳改。

6 胡尘：胡人兵马扬起的沙尘。这里喻日军的凶焰。

7 落日戈，即鲁阳戈。见《春感》注 5。

8 并上句。强调救国不能讲空话，要靠军事力量。后诗人次子黄宏煦、三子黄宏嘉均从西南联大投笔从戎，投入印缅战场。百年歌：古曲名。这里指激励战斗的乐曲。

9 师克在和：语出《左传·桓公十一年》："师克在和，不在众。"意为军队克敌制胜贵在精诚团结。此时蒋介石正在展开对中央苏区的第五次"围剿"，诗人也再次表明反对内战的态度。

10 语本屈原《九歌·少司命》："与女沐兮咸池，晞女发兮阳之阿。"晞发：晒干头发。阳阿，神话中晨曦所照的第一座山丘。

11 此句以中山陵为太阳初照之地，呼应上联"师克在和"，希望在孙中山精神的感召下，实现全民族团结抗日。

12 素衣为白色衣服。缁，黑色，染七次方成。陆机《为顾彦先赠妇》："京洛多风尘，素衣化为缁。"这里隐喻京城的腐朽对人天性的污染。

13 布谷：鸟名。体形似杜鹃，但形体更大，鸣声不同。布谷鸣于播种之时，农人听来，声似"布谷"，因而得名。播种之时正值春深，人在异乡，听来又为"不如归去"，故又名子归。

14 社燕：社是古代祭祀土地神的活动。燕子春社时来，秋社时去，故有"社燕"之称。

15 桑榆：这里指田园。问水滨：问诸水滨，即不知该问谁。喻无人知晓。语出《左传·僖公四年》："昭王之不复，君其问诸水滨！"

16 日军在侵占东北后，继续向华北扩张。在南方，由于两广实际上处于半独立状态，日军也不断派人赴广州与陈济棠接洽，策动两广联日反蒋。1934年3月22日，日本第三舰队访粤，陈济棠曾分别与其司令今村信次郎中将会谈。后果然在1936年发生了"两广事变"。

17 药玉舟：用药玉制成的栖杯。石在药中煎煮后色泽如玉，故称药玉。苏轼《二月三日点灯会》："试开云梦羔儿酒，快泻钱塘药玉船。"

18 饭牛歌：相传春秋时卫国人宁戚喂牛于齐国东门外，待桓公出，扣牛角而唱此歌。歌辞有云："短布单衣适至骭（gàn），从昏饭牛薄夜半，长夜漫漫何时旦。"后遂用作寒士自求用世的典故。屈原《离骚》"宁戚之讴歌兮，齐桓闻以该辅。"

19 梦庄周：见《漫歌赠张凤九》注5。

普陀杂咏　八首

一二两首总咏；三首咏海水浴；四五两首咏前寺（即普济寺）风景；六七两首咏寺后风景；八首则为后来善泅之青年下一警告，俾知所戒。其中固有名词则略加注释以明之。

此身日日住莲池[1]，弘景三层阁在兹[2]。海上波涛皆斥卤[3]，山中泉涧独涟漪。曾闻才子能成佛，喜遇故人便说诗[4]。饮水饭蔬吾足矣[5]，何须觅枣访安期[6]。

悟到禅机物我齐[7]，独从静处得天倪[8]。坐观治乱佛无语，不管是非禽自啼。琪草瑶花峰左右[9]，朝潮暮汐峥高低。却怜松柏枝和叶，都被海风卷向西。

持斋沐浴礼空王[10]，不跽蒲团不进香[11]。已泛航登清净境[12]，更将身卧水云乡。一帆风送孤舟影，千步沙增彼岸光[13]。日与群儿游泳乐，老夫犹似少年狂。

出门一笑海天横，峰自崔嵬路自平[14]。几宝山头分二戒[15]，磐陀石上话三生[16]。悟来法意龟惟肖，听到潮音剑欲鸣[17]。梅福葛洪今若在，人间何处不泉清[18]。

扶筇直到南天门[19]，来与龙华证凤根[20]。地入三摩新宇宙[21]，法空四大小乾坤[22]。罡风势欲吹山立，巨浪瞬将落日吞。望紫竹林无一竹，俯看群岛共朝尊[23]。

慧济寺前瞰太空，修篁古木蔚青葱[24]。云扶石上一瓢饮，海会桥边三面通[25]。洞籍仁光称古佛，山除梵宇数茅蓬[26]。落伽东望如拳大，一盏明灯晚更红[27]。

洞见梵音金甲神，载观宝筏渡迷津[28]。藏经好在无详解[29]，大士随时现化身。念佛一心求法雨[30]，结缘满眼尽僧人。白华朱萼余情恻，回首南陔痛两亲[31]。

我怀近事每心惊，太息阳侯不世情[32]。海若先期来警惕，潮神连日更纵横。问谁保险能逃险，怜尔卫生反丧身[33]。草就条文编就稿[34]，仙风吹送一身轻。

题 解

普陀是普陀山的简称。普陀山在浙江省舟山市，是舟山群岛属岛。"普陀"即梵语"普陀落迦"的音译，汉语意为"小白华"，因古时小白华树遍布山中，故名。

本篇曾发表于《国民外交杂志（南京）》1935年第1—2期合刊。其中诗序、第八首原稿缺，据发表版补。

笺 注

1 莲池：指诗人下榻处旁边的海印池。海印池尊普陀山普济寺山门前，俗称"放生池"，海印池遍植荷花，故又称"莲池"。这里也双关佛地。

2 诗人自注："余住文昌阁，莲池禅院之三层楼。"文昌阁是 1920 年僧人化珣到上海募化而建的中西合璧风格的建筑，主要用于接待社会名流。共三层，故俗称"三层楼"。陶弘景（456—536），字通明，南朝齐梁时丹阳秣陵（今南京）人，曾为齐诸王侍读，后隐居句曲山学道术，更又筑楼舍与世隔绝。后世常以代指隐士，也用以表示求仙访道。

3 斥卤：指盐。宋应星《天工开物·作咸》："四海之中，五服而外，为蔬为谷，皆有寂灭之乡，而斥下榻卤则巧生以待。"

4 诗人自注："晤吴一飞、常任侠，谈诗甚乐。"按，吴一飞即吴尚鹰（1892—1980），广东省开平县人。毕业于美国俄勒冈州立大学经济学专业。1908 年在美国加入中国同盟会。时任中央土地局主任、国民政府立法院经济委员会委员长。常任侠（1904—1996），安徽省阜阳人。1927 年加入北伐学生军。1928 年入南京国立中央大学文学院，1931 年毕业后留校任教。此联上句是常任侠出句称赞诗人，下句是诗人对句。

5 饮水饭蔬：语出《论语·述而》："子曰：饭疏食，饮水，曲肱而枕之，乐亦在其中矣。"按，"疏食"指粗粮，诗人此处谐音化用为素食。

6 诗人自注："安期岛即桃花山，隔海未往。"

7 物我：彼此，外物与己身。"齐物我"意为我如万物，万物如我。

8 天倪：事物本来的差别；自然的分际。语出《庄子·齐物论》："何谓和之以天倪？"郭象注："天倪者，自然之分也。"

9 琪草瑶花：指仙草仙花。王世贞《仙人峰》："瑶花琪草遍仙山，山色长依天地间。"

10 持斋：遵行戒律不茹荤食。佛教原谓过午不食，后多指素食。空王：佛的尊称。佛说世界一切皆空，故称"空王"。《园觉经》："佛为万法之王，又曰空王。"

11 跽：长跪，挺直上身两膝着地。

12 诗人自注："清静境指金山而言，详见宋文宪公《清静境亭铭序》。"按，宋文宪公即宋濂（1310－1381），字景濂，号潜溪，谥文宪。浙江浦江县人。曾任翰林，修《元史》，是方孝孺之师。

13 诗人自注："千步沙在东海滩，长约三里许，一片细沙如金。"

14 崔嵬：高耸的样子；高大的样子。

15 诗人自注:"山为前寺与后寺分界处。"

16 诗人自注:"石在山之西境,傍空中倚,环眺山海,都在目中。"三生:见《题棋纹石》注4。

17 诗人自注:"二龟听法石在盘陀石西;潮音洞在龙湾之麓,声若雷吼。"

18 诗人自注:"梅福井在梅岑山;葛洪井在烟霞洞侧。"按,梅福,见《榆关失守感赋》注17。

19 诗人自注:"地在山之西南。"按,普陀山南天门处于普陀山最南端,孤悬入海,与本岛一水相隔,架有石桥相通。扶筇:拄着拐杖。参见《暮春登钟山顶》注3。

20 龙华指龙华树。传说弥勒得道为佛时,坐于龙华树下。因花枝如龙头,故名。凤根:谓前生的慧根。可与本篇之一"曾闻才子能成佛"句参照。

21 三摩:即三昧。梵文音译,意译为"正定"。谓屏除杂念,心不散乱,专注一境。这里"三"表示大数,不是确数。

22 四大:佛教以地、水、火、风为四大,认为四者分别包含坚、湿、暖、动四种性能,人身即由此构成。因亦用作人身的代称。

23 诗人自注:"由南天门东望紫竹林,并无一竹。"

24 诗人自注:"寺在佛顶山上,亦称佛顶山寺,为后山最高处。"

25 诗人自注:"云扶石有泉,仅容一瓢,取之不穷,不取不溢。海会桥在后寺之东南。"按,《论语·雍也》:"子曰:一箪食,一瓢饮,在陋巷,人不堪其忧,回也不改其乐。"

26 诗人自注:"古佛洞有仁光法师坐化肉身,一茅蓬只容一僧居住。"按,茅蓬为僧舍,故在山中地位仅次于寺院。

27 诗人自注:"落伽山在普陀东南海中悬岛,舟楫之往闽、广外洋者经此。"

28 诗人自注:"梵音洞山之正东,与潮音洞东南相峙,余至洞谛观,先见金甲佛,次见宝。"按,佛教谓大梵天王所出的声音为梵音。亦指佛、菩萨的声音。宝筏,佛教所说的普度众生的佛法。这里指佛教经典。载观,见《题友人百骏图》注14。

29 藏经:亦称大藏经。"藏"的意思是包含一切,故藏经又称"一切经"。禅宗以心传心,不借文字,故"无详解"。

30 诗人自注:"时苦旱。"按,法雨喻佛法。佛法普度众生,如雨之润泽万物,故称。这里是双关语。

31 并上句。诗人自注:"山多小白华树,亦称小白华山。"南陔,《诗经·小雅》篇名。后人引用为做子侍养父母之意。诗人不幸七岁丧母,二十岁丧父,故有"回首南陔痛两亲"句。

32 阳侯:古代传说中的主波涛之神。《淮南子·览冥训》:"武王伐纣,渡于孟津。阳侯之波,逆流而击。"高诱注:"阳侯,陵阳国侯也。其国近水,溺水而死。其神能为大波,有所伤害,因称为阳侯之波。"

33 并上联。诗人自注:"八月六日下午海水浴,风浪甚大。场主揭有警告。余目睹某君竟遭不测。事后据闻系上海光华银行总经理兼福新烟草公司创办人丁柏泉君。年仅二十七岁有为青年,结果如此。痛哉惜哉!后来者其知所戒。"

34 诗人一行此次游普陀山,主要是借此地幽静,起草《市县自治法》草案。

普陀梅岑峰观日出

连日海扬波,恢诡而凶猛[1]。矫如群龙斗,兀如万马骋[2]。兹游虽壮观,未睹日出景。是夜云渐收,潮平风稍静。仗剑出寺门,言登梅岑顶。落落天际星,灯火犹未屏。海风从东来,吹澈衣裳冷。翻怪日出迟,转觉夜更永。爰浮大白催[3],独酌还独饮。一酌露半轮,湿渍光炯炯[4]。出头不生芒,皎如月在岭。再酌涌全轮,大海金摇影。水云一色红,霞光万万倾。正视已不能,酒力亦渐醒。呼吸海山空[5],傲过箕与颍[6]。矫首瞻四方,众生尚酣寝。海上达清晨,尘世在梦境。喔喔天鸡鸣[7],舜跖盍自醒[8]?

题 解

梅岑峰是普陀山南山最高处,唐以前曾以"梅岑"概称全山。相传西汉道人梅福曾来此隐居炼丹,故称。

本篇曾发表于《国民外交杂志(南京)》1935年第1—2期合刊。题下标注"八月九日。"

笺 注

1 恢诡：谓变幻莫测。语出《庄子·齐物论》："恢诡谲怪，道通为一。"

2 兀，高立的样子。杜牧《阿房宫赋》："蜀山兀，阿房出。"

3 大白，杯名。左思《三都赋》"里宴巷饮，飞觞举白。"浮大白：原指罚酒。《说苑·善说》："饮不釂者，浮以大白。"釂谓饮尽。后又称满饮一大杯曰"浮一大白"。

4 此句谓太阳从海上升起似出浴，湿漉漉的却光芒万丈。

5 呼吸之间似吞下海和山。

6 尧时，隐者许由耕于箕山之下，颍水之阳，后人因以箕颍为隐者之居。这句是形容自己比隐士还要超脱。

7 天鸡：《述异记》云"东南有桃都山，上有大树，名曰桃都，枝叶相去三千里，上有天鸡，日初出照此木，天鸡则鸣，天下鸡皆随之鸣。"李白《梦游天姥吟留别》："半壁见海日，空中闻天鸡。"

8 舜指圣人，跖指强盗。《孟子·尽心上》："鸡鸣而起，孳孳为善者，舜之徒也；鸡鸣而起，孳孳为利者，跖之徒也。欲知舜与跖之分，无他，利与善之间也。"自醒亦双关自省。

普陀山与志圆石瓢二上人摄影联句纪念

举杯照影恰三人，麟 杯去月存性自真。圆 迦叶阿难维摩诘[1]，瓢 梅花树树是前身[2]。麟

题 解

志圆上人：湖南人，生卒年不详。幼年出家于南海，光绪末年渡台，不久离去。1919年再至，挂单龙山、宝藏、西云诸寺。能诗、善画。后返普陀。

石瓢即若瓢（1902—1976）。俗名林永春。曾任杭州净慈寺知客，上海吉祥寺住持。能诗、善画。时在文昌阁挂单。

本篇曾发表于《国民外交杂志（南京）》1935年第1—2期合刊。题下标注"八月十一日。"

笺 注

1 佛弟子中以迦叶为名的有五人。如单说迦叶，则指的是摩诃迦叶，是释迦的衣钵传人。阿难，为释迦佛堂弟，佛陀十大弟子之一，以"多闻第一"著称。常与迦叶分立于佛陀之左右。维摩诘，为早期佛教著名居士、在家菩萨。唐朝诗人王维字摩诘，即以维摩诘居士自况。这句诗是以三古人比附宾主三人身份。

2 喻自己和僧人是梅花转世。

口占送志圆上人

名山毕竟有名僧，悟道何分大小乘[1]。读罢述怀三十首，禅宗从此有南能[2]。

题 解

本篇曾发表于《国民外交杂志（南京）》1935 年第 1—2 期合刊。

笺 注

1 佛教分大小乘。大乘佛教提倡发大慈悲心，普度众生，追求成佛济世，建立佛国净土。流传于中国、朝鲜、日本等国，称北传佛教。小乘佛教原是大乘佛教对原始佛教和部派佛教的贬称。后为学术界沿用。主张自利、自度，坚持声闻、缘觉之道，以证得阿罗汉果为最高目标。主要流传于泰国、缅甸等南亚、东南亚国家，称南传佛教。

2 南能：指唐代佛教禅宗南宗创始人慧能。

口占送石瓢上人

无端忽起沧桑感，一棹匆匆结伴归。激我酒酣来抚剑，天风横扫海潮飞[1]。

题 解

本篇曾发表于《国民外交杂志（南京）》1935 年第 1—2 期合刊。

笺 注

1 诗人自注:"时与上人共饮于文昌阁。余醉,舞剑。"

口占谢化珣上人

身住莲池不染尘,浮生草草亦劳人。上人深谊逾潭水,锡我山珍与海珍[1]。

题 解

僧化珣(1889—1951),文昌阁住持。1920年到上海募化,在寺中增建中西合璧式洋楼及小花园,置假山池桥。是普陀山最早的欧式建筑。

本篇曾发表于《国民外交杂志(南京)》1935年第1—2期合刊。

笺 注

1 锡:赐予。

留别志圆石瓢二上人

东坡倅杭时[1],友惠勤惠思[2]。今我游南海[3],喜得二法师。其一为志圆,悦岭庵住持。述怀三十首,字字擅色丝[4]。出家不忘国,大慈而大悲。况乃书与画,亦不落恒蹊[5]。其一为石瓢,住西湖净慈。卓锡来补怛[6],觌面在莲池。与我谈万法[7],潇洒出尘姿。和我游山什[8],不假敲与推。三人同一癖,爱梅与吟诗。山中感寂寞,得此足悦怡。海水奔波急,岭云下山迟。海山常在望,水云无尽期。三教参同契[9],人生贵相知。乾坤一逆旅[10],有合即有离。名山重把酒,此诗其证之。

题 解

本篇曾发表于《国民外交杂志(南京)》1935年第1—2期合刊。发表时题为《悦岭庵访志圆石瓢二上人即以留别》。题下标注"八月十一日。"

笺 注

1 倅（cuì）：古代地方副职。1071年冬，苏轼通判杭州。凡兵、民、钱谷、狱讼听断之事，都与太守联合裁决。

2 惠勤惠思：杭州两诗僧，皆余杭人。苏轼到杭三日，访惠勤、惠思二僧，相谈甚欢，结为诗友。苏轼有《腊日游孤山访惠勤惠思二僧》记述此次会面。

3 普陀山在东海，但由于是南海观音道场，所以称"南海"。

4 丝指琴瑟。色丝意即有声有色。白居易《酬微之》："声声丽曲敲寒玉，句句妍辞缀色丝。"

5 恒蹊：谓惯常的途径。这一联夸奖志圆的书画不落俗套。

6 卓锡：卓，植立；锡，锡杖，僧人外出所用。因谓僧人居留为卓锡。补怛：普陀的另一种译法。

7 万法：种种佛法。

8 与我唱和游山诗篇。《诗经》以十篇诗编为一卷，叫作"什"，后用以泛指诗篇或文卷。

9 三教这里指儒、释、道。参同契：《周易参同契》的简称。共二卷，旧题汉魏阳伯作。该书以《周易》、黄老、炉火三家相参同（汇合），成为丹经的始祖。这里"参同契"借喻三教的融合。

10 化用李白《春夜宴桃李园序》："夫天地者，万物之逆旅。"逆旅：客店。

自取法名智仁

芒鞋竹杖喜登临，身在蓬莱第几层。法号智仁君识否[1]，乐山乐水一诗僧。

题 解
法名是皈依佛教后，在教内所使用的名字，一般由剃度的法师起名。诗人对佛教文化有浓厚兴趣，相信自己有慧根，喜游名刹，广结善缘，但并未拜师皈依，故自取法名。

笺 注
1 语本《论语·子罕》："仁者乐山，智者乐水。"呼应法名"智仁"。

同时双关自己的快乐在于山水之间。

为常任侠题普陀寺僧装摄影

海上相逢笑拍肩[1],与君前寺证前缘。是僧是侠心常一,任被人呼贾阆仙[2]。

题 解

常任侠,见《普陀杂咏》注4。

本篇曾发表于《国民外交杂志(南京)》1935年第1—2期合刊。

笺 注

1 拍肩:典出郭璞《游仙诗七首》:"左挹浮丘袖,右拍洪崖肩。"浮丘、洪崖都是传说中的仙人。后遂以"拍肩"用作同游仙境之典。

2 贾阆仙即贾岛。见《扫叶楼吊龚半千》注3。

与石瓢上人至宁波延庆寺晤亦幻上人

延庆寺里小勾留,后乐园中气已秋[1]。难得上人缘一面,殷勤送我到行舟。

题 解

延庆寺位于今海曙区灵桥路。始建于公元953年,初名报恩院。北宋大中祥符三年(1070)改今名寺,是天台宗重要的道场。寺院历经兴废,目前建筑为清代所建。

亦幻(1903—1978),俗名叶环,浙江黄岩人。曾在厦门闽南佛学院任教,时主持慈溪金仙寺,开律学道场于石磊寺,并整顿延庆寺。

本篇曾发表于《国民外交杂志(南京)》1935年第1—2期合刊。发表时题目增"谈论甚得为诗赠之"八字。

笺 注

1 诗人自注:"后乐园,宁波公园名。"

怀石瓢并柬志圆上人

别后秋风起,相思日几回。名山曾独往,樽酒记同开。影在如真也,诗成亦快哉。梦中骑白鹿[1],携手到蓬莱。

题 解

诗人在普陀山游览之时,与石瓢、志圆结下了深厚的友谊,至秋后仍不能忘怀,所以写下这篇怀旧诗。诗中回顾了诗人与石瓢、志圆饮酒赋诗、合影留念等温馨情节。参见《留别志圆石瓢二上人》。

笺 注

1 骑白鹿:葛洪《神仙传》中,仙人常骑白鹿或乘白鹿所驾之车。后因以"骑白鹿"指仙人行空之术。韦渠牟《步虚词》:"无烦骑白鹿,不用驾青牛。"

题友人跏趺图

吉祥坐与降魔坐[1],都在静安二字中。更恐群儿戏火宅,故将蒲扇扇仁风。润屋润身自广胖[2],智珠在手此心宽[3]。致知格物由诚意[4],一切法应如是观[5]。

题 解

跏趺又名"结伽趺坐",是佛教徒打坐的姿势。

笺 注

1 诗人自注:"吉祥坐先以左趾押右股,后以右趾押左股,令二足掌仰于二股之上,如来成道时如此坐;降魔坐先以右趾押左股,后以左趾押右股,诸禅宗多传此坐。"

2 语本《大学》:"富润屋,德润身。"润屋:装饰屋子;润身:谓使自身受益。

3 智珠：谓智慧圆妙，明达事理。张祜《题赠志凝上人》诗："愿为尘外契，一就智珠明。"

4 致知格物：亦简称"格致"。《大学》在修身之前有"格物、致知、诚意、正心"诸条，认为"致知在格物，物格而后知至"。其大意是通过研究物理而获得关于事物的知识。

5 佛教称总括万有的法为一切法。又叫一切诸法。

哭刘半农　二首

用杜集《梦李白》韵[1]。

骏骨委燕台[2]，伤哉我心恻。魂亦不可招，遥望空太息。沙滩学府中[3]，十载忍追忆[4]。讲堂顾盼雄，奇伟渺难测。文字崭然新，青藜爇昏暗[5]。结契陈胡钱[6]，各展摩天翼。康德教授功[7]，当之无愧色。白话搜歌谣[8]，何用祖梦得[9]。

我是楚狂人[10]，随兴之所至。报颜坐皋比[11]，盍簪同趣意[12]。印须道义交[13]，尘世怵变易[14]。一别今几年，游湖舟忽坠。君诗戏言耳，幽然独见志[15]。秋高北风凉，明哲竟淹悴[16]。响像寻生平[17]，末由解心累[18]。天地伊运流[19]，千古悲志事[20]。

题　解

刘半农（1891—1934），原名刘复，江苏江阴人。1917年秋应陈独秀邀请任北京大学教员，是文学革命初期有影响的白话诗诗人之一。1920年赴欧洲留学，1925年获法国国家文学博士学位。同年秋回国，任北京大学中文系教授。其间与诗人相识，以后多有酬唱。1934年6月下旬往西北一带调查方言，在考察途中染回归热，回京后耽误治疗，于同年7月中旬离世。

本篇曾发表于《时事旬报》1934年第16期。

笺　注

1 杜甫《梦李白（二首）》作于759年，是杜甫听说李白流放夜郎后，积思成梦而作。

2 骏骨：骏马之骨，喻杰出人才。典出《战国策·燕策》："三月得千里马，马已死，买其首五百金，反以报君。""燕台"即黄金台，又叫"招贤台"，故址在今河北易县东南。为燕昭王所筑。此处"燕台"双关。

3 沙滩：当时北大三院所在地，北大文、法学院在此办学。

4 十载：刘半农1917—1920年在北京大学预科任教，1925年回国后在北京大学中文系任教。与诗人先后共事约十年。

5 青藜：指夜读之灯火。典出王嘉《拾遗记·后汉》："刘向于成帝之末，校书天禄阁，专精覃思。夜有老人著黄衣，植青藜杖，登阁而进，见向暗中独坐诵读，老父乃吹杖端烟然（燃），因以见向。"

6 结契：谓结交相得，交谊深厚。旧时结拜兄弟，要宣读誓词，故称。陈、胡、钱指当时新文化运动主将陈独秀、胡适、钱玄同。

7 伊曼努尔·康德（Immanuel Kant，1724—1804）是启蒙运动时期著名德意志哲学家，德国古典哲学创始人。康德被认为是继苏格拉底、柏拉图和亚里士多德之后，西方最具影响力的思想家之一，其学说深深影响近代西方。康德也长期从事大学教育。新文化运动时期推崇启蒙运动，所以诗人将刘半农的贡献与康德相比。

8 刘半农生前致力于白话诗歌和民间歌谣的搜集，遗作《初期白话诗工作稿》于1935年刘半农逝世周年时出版。

9 梦得是唐朝诗人刘禹锡（772—842）的字。刘禹锡诗文俱佳，涉猎题材广泛，与柳宗元并称"刘柳"，与白居易合称"刘白"，其《竹枝词》《杨柳枝词》有浓郁的民歌风，近白话诗。

10 借用李白《庐山谣寄卢侍御虚舟》"我本楚狂人，凤歌笑孔丘"句。《论语·微子》："楚狂接舆，歌而过孔子曰：'凤兮！凤兮！何德之衰？往者不可谏。来者犹可追。'"诗人湖南临澧，属楚地，故以楚狂自比。

11 赧颜：犹愧色。皋比：虎皮。古人以虎皮铺座，后因以指座席。这里指讲席。意思是自谦很惭愧自己当了那么多年教师。

12 盍簪：与朋友聚会。见《与北京同学泛舟后湖》注1。

13 卬（yáng）须：翘首以盼。卬：我；须：等待。语出《诗经·邶风·匏有苦叶》："人涉卬否，卬须我友。"诗人与刘半农有格律诗和白话诗的主张不同，但并不妨碍成为君子之交，故言"印须道义交"。参见本篇注15。

14 怵：犹怵惕。惊恐的意思。《楚辞·九辩》："蟋蟀鸣此西堂，心怵惕而震荡兮。"全句的意思是人世间的变化使人心惊。

15 幽然：深远貌。亦用于称赞人学养深厚。刘义庆《世说新语·赏誉》："（裴楷）见山巨源，如登山临下，幽然深远。"并上句。诗人曾在酒后游玄武湖，失慎坠水，何叙甫为作画《满湖烟水一诗翁》，遍征题咏。参见《独游后湖醉卧舟中失慎坠水》题解。此时刘半农在北平，作打油诗《遥题诗翁落水图》嘲讽，以"玄武湖中忽扑通，浪花翻处一诗翁"开篇，语极尖刻。诗人宽厚，以"戏言"待之，且赞其有独到见解。

16 淹悴：为病所困；重病。《尔雅·释诂》"悴，病也。"

17 响像：声音容貌。常指死者。陆机《叹逝赋》："寻平生于响像，览前物而怀之。"

18 末由：无从、无法。《论语·子罕》："虽欲从之，末由也已。"

19 运流：运行流转。陆机《叹逝赋》："伊天地之运流，纷升降而相袭。"

20 志事：抱负；志向及事业。语本《中庸》："夫孝者，善继人之志，善述人之事者也。"

游善卷庚桑二洞放歌

吾闻邃初之民睢睢盱盱处野而居穴[1]，一种洪荒之气经太湖以至阳羡产此土敦[2]。火烜风挠水裹自然之建设[3]，东有善卷西有庚桑，吐纳乾端坤倪称双绝[4]。一迂回而玲珑，一恢诡而奥折[5]。有桥有梁有隧有窍复有磴，有亭有台有沼有涧更有沆[6]。善卷独何奇，水洞幽邃石欲裂。一舟危坐悄然行，鸱吻犬牙相龃龉[7]。忽尔天光一线开，咸池节节现清澈[8]。更有山曰小须弥[9]，今文古文罗碑碣。庚桑独何奇，洞中有洞内有千年不死蝙蝠精[10]，钟乳旁魄酷似三峰太古未消雪[11]。一日双洞匆匆游，天籁地籁人籁各有别。尤奇者，海王厅容数千人，冬不觉冷夏不热[12]。阳羡主人擅风流，一觞一咏都高洁。开我抑塞磊落之诗怀，古寺夕阳，酒酣耳热为击节。乃知登山临水等闲事，独有兹游能于恐怖奇怪中生怡悦。

题 解

善卷洞又名龙岩洞。在江苏宜兴西南螺岩山上。有上、中、下、后四洞，多大型石笋和钟乳石。下洞地下河可行小舟，自后洞出。庚桑洞又名张公洞，位于宜兴城西南孟峰山麓，洞内有大小洞穴达72个，各洞的温度又不相同。从海王厅逐级而上，由天洞出，即达孟峰山顶。洞顶有望湖亭，可远眺太湖。

笺 注

1 邃初：远古，始初。睢睢盱盱：浑厚淳朴的样子。徐瑞《夏日六首》："问事唯唯否否，逢人睢睢盱盱。"

2 阳羡在今江苏宜兴。见《村兴八首》注13。

3 火烜（xuān）风挠水裹：语本《周易·说》："风以散之，雨以润之，日以烜之。"烜：晒干；挠：扰乱；裹：通"浥"，浸润。

4 乾端坤倪：天地显示的征兆。语出韩愈《南海神庙碑》："乾端坤倪，轩豁呈露。"

5 恢诡：荒诞怪异。奥折：幽深曲折。

6 泬（jué）：水从洞穴中奔泻而出。这里指洞内悬泉瀑布。

7 龁啮：咬毁。形容洞内怪石呈犬牙交错状。

8 咸池：神话中的日浴之处。《淮南子·天文训》："日出于旸谷，浴于咸池。"这里形容豁然开朗后水面的灿烂景象。

9 善卷洞入口有一巨大的钟乳石，称"砥柱峰"，又称"小须弥山"。

10 时庚桑洞内多蝙蝠。民间相传因有蝙蝠精之故。

11 旁魄，广大宏伟貌。语出左思《吴都赋》："旁魄而论，抑非大人之壮观也？"刘逵注："旁魄，取宽大之义。"

12 海王厅，又称天蓬大场。是庚桑洞内最大的大厅，也是全洞精华所在。

再题庚桑洞

巨灵大力辟层峦[1]，甲子荒荒碧落宽[2]。天上晴光双阙转[3]，山中浩气一盂蟠[4]。虎跳龙拿云端现[5]，鸟道羊肠火里看。羡煞张公犹有洞[6]，好同勾漏炼砂丹[7]。

笺 注

1 巨灵：神话传说中劈开华山的河神。李白《西岳云台歌送丹丘子》："巨灵咆哮擘两山，洪波喷流射东海。"

2 甲子：泛指岁月，光阴。杜甫《春归》诗："别来频甲子，倏忽又春华。"荒荒：指匆忙，仓促。碧落：道教语。天空；青天。

3 双阙：古代宫殿、祠庙、陵墓前两边高台上的楼观。有时借喻对峙的山峰。

4 盂：古代田猎之阵名。这句的意思是群峰罗列如将军布阵，蕴含浩荡之气。

5 虎跳龙拿：像老虎那样跳跃，像龙那样伸爪抓取。比喻生龙活虎。

6 诗人自注："庚桑洞又名张公洞。"按，相传东汉末年"五斗米教"的创始人张道陵（?—156）曾在此修道，故名。

7 勾漏：山名。在今广西北流市东北。有山峰耸立如林，溶洞勾曲穿漏，故名。汉置勾漏县，炼丹家葛洪曾为勾漏令。

由太湖至湖州即景

一重巘崿一重关[1]，七十二峰任往还。得意桃园花木处，放怀苕霅水云间[2]。烟中白雀六朝寺[3]，天际浮屠四面山[4]。好是酒阑灯炧后，轩窗脉脉对双鬟[5]。

笺 注

1 巘崿：指山崖；峰峦。巘，上大下小的山；崿，山崖。

2 苕霅（zhà）：苕溪、霅溪二水的并称。在今浙江省湖州市境内。

3 白雀：白色的雀。古时以为祥瑞。

4 "浮屠"一词在佛教有多种解释，这里指佛塔。

5 双鬟指太湖中的东、西洞庭山，是名茶碧螺春的产地。

重游宝华山隆昌寺 四首

重到隆昌寺，浩然念昔游。老僧叹劫火[1]，玉佛毁琼楼[2]。殿宇多新葺，筼当比旧修³。东风吹泰谷，林木返清秋。

涧泉拌野回，洗我眼朦胧。严壑萧疏际⁴，炉烟缥缈中。蒲团天地静，清磬古今空⁵。借问羡门子⁶，何如宝志公⁷。

斜阳增返景，山色更伶俜⁸。峭壁窗前幕，疏灯槛外星。挥毫陈笔砚，成趣涉园亭⁹。吉贝缯鏊冷，安禅见性灵¹⁰。

晨兴登峻岭，木叶蔚斑斓。远岫长江接，柔条稚子攀¹¹。会心知共赏，斋饭不吾悭¹²。归路穷幽谷，饱看山外山。

题 解

见《宿宝华山隆昌寺禅房》题解。

笺 注

1 劫火：佛教语。谓坏劫之末所起的大火。借指兵火。

2 诗人自注："寺有玉佛楼，不戒于火。玉佛亦焚。"按，不戒：不慎；未警惕。

3 筼（yún）当：一种皮薄、节长而竿高的竹子。又泛指竹子。《幼学琼林·花木类》："筼筜，竹之别号。"

4 严壑：宽阔的山谷。蔡邕《述行赋》："迫嵯峨以乖邪兮，廓严壑以峥嵘。"萧疏：萧条，稀疏。

5 磬：佛寺中使用的一种打击乐器，既可念经时作伴奏，亦可敲响集合寺众。

6 羡门，一作羡门高，古代传说中的仙人，秦始皇至碣石曾派人寻求。后世用作咏求仙的典故。

7 诗人自注："山本名小华山，以志公改名宝华山。"按，宝志公：见《灵谷寺》注3。

8 伶俜：原指漂泊流离，引申为残落，凋零。张炜《知果寺参寥泉》："破屋伶俜断碣横，剥苔仿佛见题名。"

9 涉：原指徒步渡水，这里引申为在其中漫步。园亭：由藤本或树枝或由攀缘灌木或藤本覆盖的格子细工构成的亭子。

10 并上句。写僧人生活的清苦。吉贝：梵语或马来语的译音，古时兼指棉花和木棉，引申指棉布。缯：中国秦汉时称丝织物为缯。鏊：一种用以烙饼之平底锅。

11 诗人自注："时率家眷同游。"

12 悭：欠缺。陆游《怀昔》："泽国气候晚，仲冬雪犹悭。"

黄 花

吐艳摇金傲物华，平分秋色正而葩。衔杯只有东篱好[1]，我与此花是本家。

题 解

黄花这里指菊花。

笺 注

1 东篱：陶渊明《饮酒》："采菊东篱下，悠然见南山。"后因以指种菊之处；菊圃。

初度感怀 四首

灾祥云汉辨周宣[1]，今岁已枯润德泉[2]。布被粗缯初试冷[3]，寒林古塑独参禅。青阳港上匆匆酒[4]，甫里祠边渺渺船[5]。一卧菊花秋色杪，吴江如练水如天[6]。

月共放翁日不同[7]，丈夫五十未称翁[8]。荞花渐与芦花白[9]，枫叶又随槲叶红[10]。云物九秋蛩结束[11]，关河千里雁书空[12]。多年不鼓潇湘舵，肠逐洞庭统候风[13]。

一枕青山瘦野塘，故乡黄稻梦中香。酒难聚戒诗为祟，书以贪多读易忘。末了秋容犹澹荡[14]，每忧国难转佯狂[15]。尔来逸兴遄何处？红树白云满岫霜。

舌敝唇焦更秃毫，那知律令等牛毛[16]。诗名已类铁炉步[17]，书法愧称金错刀[18]。酒饮中山千日醉[19]，骥深知己九方皋[20]。孟梁虽有齐眉乐[21]，为顺民情肯调高[22]？

笺 注

1 周宣即周宣王（前827－前788在位）。云汉是《诗经·大雅》里面的一篇。周宣王时，连年干旱，周宣王作此诗求神祈雨，抒写为天灾愁苦的心情。

2 润德泉在陕西关中岐山周公庙内，誉称"周公圣水"。

3 布被：布制被子。粗缯：粗制的丝织品。布被粗缯形容生活清苦。全句的意思是：盖着布被，穿着粗绸衣，已开始感到寒冷。

4 青阳港亦称青阳江，位于今江苏昆山市境内，河道南起吴淞江，北至娄江，是太湖流域区域性骨干河道。

5 甫里祠是奉祀唐代文学家陆龟蒙（？—约881）的古祠，始建于北宋年间。陆龟蒙字鲁望，长洲（今苏州）人，唐代诗人、农学家。曾作湖、苏二州刺史幕僚。后隐居松江甫里（今江苏苏州甪直），自号"甫里先生"，死后亦葬于此。

6 诗人自注："近游昆山，乘轮至甪直，谒甫里祠，观保圣寺唐杨惠之所塑罗汉像，遂至青阳港观菊把酒，宿一宵。"

7 诗人自注："放翁十月十七日生。"

8 诗人自注："借放翁句。"按，句出陆游《醉中到白崖而归》："行路八千常是客，丈夫五十未称翁。"

9 荞花：荞麦的花。荞麦是蓼科植物，开白色小花。白居易《村夜》："独出前门望野田，月明荞麦花如雪。"

10 槲：谷斗科落叶乔木。叶片大，可饲养柞蚕。边缘呈钝齿形，深秋变红，留存枝上，至翌年将发新叶时才开始脱落。

11 云物指秋天景物。赵嘏《长安秋望》："云物凄凉拂曙流，汉家宫阙动高秋。"九秋，指深秋。《幼学琼林·岁时类》："九秋授御寒之服，自古已然。"蛩，即蟋蟀。

12 关河：原指函谷等关隘与黄河。后泛指关山与河流。陈师道《送内》诗：

"关河万里道,子去何当归。"雁书,书信的代称。典出《汉书·苏武传》:"(苏武)教使者谓单于,言天子射上林中,得雁,足有系帛书,言武等在某泽中。"此句诗言久未接到家乡书信,从而引出以下两句。

13 并上句。意为虽多年未在湘水行船,但仍然心系洞庭湖船上的风向标。綄候风:系于船桅杆顶端以示风向的鸡毛。

14 澹荡:恬静畅适的样子。杨炯《青苔赋》:"春澹荡兮景物华。"诗人生日在农历十月,俗谓小阳春。

15 佯狂:装疯。《史记·殷本纪》载:纣淫乱不止。微子、比干强谏。纣怒,剖比干,观其心。箕子惧,乃佯狂为奴,纣又囚之。这里指假装狂放。

16 律令犹法令,牛毛言其多而细。套用杜甫《述古三首》:"秦时任商鞅,法令如牛毛。"时民国草创法制,立法工作甚为繁重,诗人因而有自顾不暇的感觉。

17 铁炉步:指柳宗元。柳宗元《永州铁炉步志》:"江之浒,凡舟可縻而上下者曰步,永州北郭有步曰铁炉步。"柳宗元曾任永州司马,此处以地名代指人物。

18 金错刀:一种书画法。徐应秋《玉芝堂谈荟》:"南唐李后主善书,作颤笔樛曲之状。遒劲如寒松霜竹,称为金错刀。"

19 千日酒:醇厚醉人的美酒。典出干宝《搜神记》:"狄希,中山人也,能造千日酒,饮之亦千日醉。"

20 九方皋是秦穆公时善相马者,为伯乐所称道,见《列子·说符》。这句诗是说:九方皋善相马,故良马亦引九方为知己。

21 孟梁:指孟光与梁鸿"举案齐眉"的典故,见《杂咏》注3。诗人与夫人自结发以来,形影不离,伉俪情深,为时人所称道。

22 《五噫歌》:见《次韵和恕斋癸酉豁蒙楼登高》注4。诗人以梁鸿自况,表明自己不因儿女情长而淡忘忧国忧民。

乙亥（1935）

开岁书怀 二首

　　昌言窃比仲长统[1]，戆直生成屈突通[2]。竹叶耐寒兼耐暑，梅花非色亦非空。梦回南海三千里[3]，兴逐东皇廿四风[4]。惭愧春来蒲柳质[5]，被人呼我作诗翁[6]。

　　神烈山头鸟报春[7]，还汀往渚水粼粼。景怀圣哲如师保[8]，别忆林峦似故人[9]。诗到难言无注脚，事因观过每知仁。连乡轨里成规在[10]，四载磋磨德有邻[11]。

题 解

本篇曾发表于《国民外交杂志（南京）》1935年第4期。

笺 注

　　1 仲长统（180—220）：东汉山阳高平人，字公理。献帝时为尚书郎，后参丞相曹操军事。性倜傥，敢直言，时人称为狂生。主要著作为《昌言》34篇，今多亡佚。部分保存在《后汉书》和《群书治要》中。内容多是谴责统治阶级骄奢淫逸的生活，表现诗人愤世嫉俗之情。

　　2 屈突通（557—628）：隋唐间雍州长安人。唐高祖李渊时拜为兵部尚书，封蒋国公。忠勇不贪，为官刚正，时人语曰："宁食三斗葱，不逢屈突通。"

　　3 南海这里指东海。见《留别志圆石瓢二上人》注3。这是诗人回顾当年留学日本时的意气风发。

　　4 东皇：指天神东皇太一，古代传说中的天神名。屈原《九歌·东皇太一》吕向题注："太一，星名，天之尊神，祠在楚东，以配东帝，故云东皇。"廿四风："二十四番花信风"的简称。古人把从小寒到谷雨八个节气中的每一节气分为三个候，共二十四候，每候五日，应以一花，始于梅花，终于楝花，共二十四个花期。风应花期而来，称"花信风"。

5 蒲柳：即水杨。一种入秋就凋零的树木。用以比喻轻贱。

6 诗翁：当时国民政府立法院人称诗人为"诗翁"。见《独游后湖醉卧舟中失慎坠水》题解。

7 神烈山即钟山。

8 师保：古时任辅弼帝王和教导王室子弟的官，有师、有保，统称"师保"。后泛指老师。

9 林峦：树林与峰峦。泛指山林。王昌龄《山行入泾州》："林峦信回惑，白日落何处。"

10 连乡轨里：见《参观青岛市政》注2。

11 四载：指诗人1931年初就任国民政府立法院立法委员，已满四年。德有邻：语本《论语·里仁》："德不孤，必有邻。"意思是有道德的人不会孤单，一定有志同道合的人来和他相伴。

杂　感　四首

　　旱灾独苦自耕农，落叶添薪过一冬[1]。甑已生尘兼税重[2]，村原似水值年凶[3]。牵萝各扫门前雪[4]，乞食谁怜饭后钟[5]。却倚修篁长太息，天寒日暮抚孤松。

　　主和主战两无方[6]，坐令东邻势益猖。公约真成除日历[7]，国雏真是破天荒[8]。近闻萨尔重归德[9]，誓勒燕然共保疆[10]。莫唱胡笳十八拍[11]，安排刀剑挂辽阳。

　　拨灰暖酒起旁皇，泛览申韩与老庄[12]。鲑食庾郎三韭淡[13]，粥留白傅七朝香[14]。乌云有恨遮弓月[15]，蔽蔓无心傍女墙[16]。大点小痴君莫笑[17]，攻书博簺等亡羊[18]。

　　梅矾次第老烟霞[19]，禁体诗成手自叉[20]。埭口鸡鸣萧寺月[21]，岭头春醉秣陵花[22]。虞山有友赠红豆[23]，邓尉留题笼碧纱[24]。扫墓时期归未得，洞庭西去是吾家。

笺 注

1 落叶添薪：以枯叶为柴。形容生活物资极度匮乏。

2 甑是蒸饭的炊具。甑里积了灰尘，形容生活贫困，断炊已久。《后汉书·独行列传·范冉》载，范冉生活窘迫，时常断炊，时有民谣云："甑中生尘范史云，釜中生鱼范莱芜。"

3 村原：乡村，乡间。韦应物《乘月过西郊渡》："已举候亭火，犹爱村原树。"

4 牵萝：牵萝补屋。拿藤萝补房屋的漏洞。形容生活贫困，挪东补西。典出杜甫《佳人》："侍婢卖珠回，牵萝补茅屋。"

5 饭后钟：见《清凉山扫叶楼社集即事》注6。

6 经过1933年的长城抗战，日本针对中国的战略由"武力鲸吞"转变为"渐进蚕食"。1935年1月中旬，日军首先制造了"察东事件"，迫使南京政府承认察哈尔沽源以东地区为"非武装区"。国民党当局在日寇的步步紧逼下束手无策，华北主权逐渐丧失。

7 除日历：指西方列强撕毁国际公约如撕日历。随着世界法西斯势力的崛起，一战以来签订的许多国际公约被撕毁。

8 国雠：亦作"国仇"。国家的仇敌或仇恨。曹植《杂诗》："国雠亮不塞，甘心思丧元。"

9 萨尔州西邻法国，西北与卢森堡接壤。德国一战战败后，根据《凡尔赛和约》，萨尔地区由国际联盟管辖，法国被授予萨尔煤矿的控制权。在国际联盟管理15年后，1935年1月13日，该地区按计划举行了全民公投，通过萨尔地区政治上重归德国。当时中德关系友好，诗人对萨尔重归德国持赞赏态度。

10 燕然：古山名。古山名。即今蒙古国境内的杭爱山。亦泛指边塞。公元89年，车骑将军窦宪领兵出塞，大破北匈奴，登燕然山，勒石记功。后世诗文常用为建立边功的典故。范仲淹《渔家傲·秋思》："浊酒一杯家万里，燕然未勒归无计。"诗人受萨尔回归德国的鼓舞，联想到东北尚未收复，故发此感慨。

11 胡笳十八拍：此处指古琴曲《胡笳十八拍》。汉朝蔡文姬善琴，胡虏犯中原，为胡人所掠，入番为王后。后文姬归汉。胡人思慕文姬，乃捲芦叶为吹笳，奏哀怨之音。后人以琴写胡笳声为十八拍。

12 申韩：战国时法家申不害和韩非的并称。后世以"申韩"代表法家。老庄：老子与庄子，亦指以老子、庄子学说为代表的道教思想。诗人的专长为法律，又偏好佛、道之学，故有此言。

13 鲑（xié）食：古时由鱼类菜肴的总称。庾郎指南朝齐尚书驾部郎庾杲之。《南齐书·庾杲之列传》载：庾杲之家清贫，食唯有韭菹、瀹韭、生韭杂菜，人戏之曰"谁谓庾郎贫，食鲑常有二十七种。"因三九二十七，谐音三韭。

14 白傅即白居易。冯贽《云仙杂记·防风粥》载："白居易在翰林，赐防风粥一瓯，剔取防风得五合余，食之口香七日。"

15 弓月：弯月；弦月。

16 蔹：一种蔓生草。《诗经·唐风·葛生》："葛生蒙楚，蔹蔓于野。"

17 大点：大的方面，主要部分。

18 簺：又叫"格五"，即五子棋。博簺指用戏。《庄子·骈拇》故事："臧与谷二人相与牧羊，而俱亡其羊。问臧奚事，则挟筴读书；问谷奚事，则博塞以游。二人者事业不同，其于亡羊均也。"这一联诗表现了诗人在国难当头时作为一介文人的无力感。

19 梅矾：梅花与山矾。山矾，常绿灌木。春开白花，芳香。烟霞：烟雾；云霞。泛指山水、山林。

20 禁体诗：一种遵守特定禁例写作的诗。其禁例大略为不得运用通常诗歌中常见的名状体物字眼，如咏雪不用玉月犁梅练絮白舞等，意在难中出奇。手自叉：温庭筠作诗，常叉手构思。见《次韵答袁炼人》注5。叉稿本作"义"，疑抄误，迳改。

21 埭口鸡鸣：埭，堤坝。玄武湖北堤名鸡鸣埭。相传南朝齐武帝经常带宫嫔一早出游，到北堤时鸡才鸣叫，故称。萧寺即佛寺。见《锡苏旅行漫兴》注1。

22 秣陵：南京古称。见《竹窗社集兼送剑城凤道人》注4。

23 相传南朝梁太子萧统在虞山编《文选》，认识了一个女孩慧如，萌生了情愫。分别之际，慧如赠予他一捧红豆留念。故后世以红豆为寄怀友情之物。

24 邓尉留题：见《清凉山扫叶楼社集即事》注6。

扫墓节有感 四首

春水方生矣，青山曷住哉。犁耕三月雨，石炼一窑灰。桑扈飞还集[1]，林鸟去复来。无诗述祖德，何以补南陔[2]。

手植门前柏，别来翠掩扃。流光双涧白[3]，往事一灯青。茁壮笋成竹，密疏网满汀。清明归有梦，不雨亦忪惺。

兔罝何肃肃[4]，桑者亦闲闲。世乱田谁问，年荒草尽删。摘花人扫墓，绕树鸟啼山。何日酹尊酒[5]？松楸故垄间[6]。

少日钓游地，劫余慨式微。村贫如水洗，民困望生机。井渫犹潜润[7]，园荒觉昨非[8]。归欤陶靖节[9]，此愿与心违。

题 解

扫墓节即清明节。清明节最初只是一个节气，后来与寒食节合并，才有了扫墓祭祖的习俗。1935 年，国民政府明定 4 月 5 日为国定假日，为民族扫墓节，由国府中央派员前往黄陵祭扫。当年 4 月 7 日，在陕西黄帝陵举行了公祭仪式。随后，国民政府发布政令，要求在全国推行"民族扫墓节"，以"发扬民族历史精神"而团结抗战。

笺 注

1 桑扈：鸟名。即青雀。《诗经·小雅·小宛》："交交桑扈，率场啄粟。"

2 南陔：《诗经·小雅》篇名。见《普陀杂咏》注 31。

3 双涧：指诗人家乡的溇江和道水。

4 兔罝：捕兔的网。《诗经·周南·兔罝》："肃肃兔罝，椓之丁丁。"

5 酹：把酒洒在地上表示祭奠。尊酒：犹杯酒。黄公度《送外兄方卿公美赴广东宪十绝》："凭君到日酹尊酒，酝藉风流事事同。"

6 松楸：松树与楸树。墓地多植，因以代称坟墓。又特指父母坟茔。故垄：指古坟。

7 井渫（xiè）：谓井已浚治，洁净清澈。渫：淘井、除去污泥。潜润：谓渐渐滋润。

8 园荒：此处谓家乡田园已荒芜。此句用陶渊明《归去来兮辞》"归去来兮，田园将芜胡不归？……实迷途其未远，觉今是而昨非"意。表现出诗人已对官场生涯产生倦意。

9 陶靖节，即陶渊明。陶渊明死后被朋友私谥为靖节征士，故称。

后湖泛舟即事

我行郊外未亭午，及泛扁舟日已斜。风为饯春浓似酒[1]，榴才嫩叶赭于花。一湖密藻青双桨，两岸垂杨绿几家？人字峰头之字岭，并随山影漾朱霞。

笺 注

1 饯春：犹送春。饯，以酒送行。故言清风"浓似酒"。

赠友人

宁诗来觅我，不我去寻诗[1]。勿用咬和嚼，遑论敲与推。苦吟无代价，费力只荒时。最爱香山叟[2]，自然真可师。

笺 注

1 诗人自注："君诗有：'我不觅诗诗觅我，信手拈来却清新'句。"按，此联化用袁枚《老来》："我不觅诗诗觅我，始知天籁本天然。"

2 香山叟即白居易。见《自题竹窗诗存》注6。

观王淮君画展即席题赠

元宰风流久不闻[1]，而今继者王淮君[2]。气吞浩浩长江水，胸荡层层岱顶云。在莽苍间寻古雅，于生动处挹清芬。最难笔下勤分润[3]，付与丹青为策勋[4]。

题 解

　　王淮君（1890—1937），名祺，号思翁，湖南长沙人。1906年加入同盟会。辛亥革命爆发后，他中断湖南优级师范学业，回衡阳参加起义。中华民国临时政府成立，孙中山召王祺任内务部秘书。袁世凯篡权后，王祺参与组织反袁起义。后曾任湖北省政府委员兼农工厅厅长、水利局局长。时任国民政府立法院立法委员。王祺是书画名家，其书法深厚苍雄，磅礴大气；其画意境高远，自成一家。

笺 注

　　1 元宰：丞相。这里指唐朝曾任德宗宰相的画家韩滉。韩滉书画俱佳，草书得张旭笔法。画摹写牛、羊、驴等动物尤佳。

　　2 王祺先后在孙中山的中华民国临时政府、广州军政府任秘书。将其比附"元宰"，是应酬时的赞美之词。

　　3 分润：分享好处。这里指王祺的画题材广泛。

　　4 丹青：国画颜料。借指绘画。杜甫《丹青引赠曹将军霸》："丹青不知老将至，富贵于我如浮云。"策勋：记功勋于策书之上。

采石矶太白楼放歌

　　乍寒乍暖气悬殊，有酒不饮胡为乎？载酒携幼晨驱车，地古姑孰今当涂[1]。翠螺山形何渠渠[2]，中有一楼谪仙居[3]。我来四顾瞰清虚，南望金陵北濡须[4]。天门博望遥纷挐[5]，江流回环洞邃纡[6]。宛在江中州靡芜[7]，楚尾吴头衔舳舻[8]。风帆沙鸟影蘧蘧[9]，青松郁郁万千株。白华璨璨颗如珠[10]，青山白纻两相于[11]。峨嵋亭上云卷舒[12]，然犀亭下烛无余[13]。风物美尽东南区，诗境一一足起予[14]。予本燕市旧酒徒[15]，不敢言诗试言酤。开我囊中酒一壶，歌我祖题谪仙图。知公平生喜豪粗，以歌侑酒意何如？公醉欲眠不须扶，一剑一樽二童俱。玉山颓然旁若无，捉月之事太模糊[16]。公以疾卒载唐书，歌罢自念还自斟[17]。百感茫茫肠辘轳，李杜并世称亮瑜。各有千秋道不孤，抑李扬杜门户奴[18]。

沾沾字句诚小儒，悠悠众口任毁誉。毋乃蚍蜉与蟪蛄[19]，酒酣耳热发长吁。好鸟故故下山隅，楼前楼后频我呼。呼我作诗追亡逋，不然醒后景难摹[20]。

题解

采石矶，见《燕子矶》注1。太白楼原名谪仙楼，为明正统五年广济寺僧在寺前所建。清康熙元年（1662）重建，易名为"太白楼"，又将神霄宫旁的李白祠移建于此，形成楼阁合璧的格局。咸丰年间，毁于战火。现存太白楼系光绪三年重建。楼位于采石矶西南一公里处，面临长江，背依翠螺山，素有"风月江天贮一楼"之称。

笺 注

1 姑孰即今安徽当涂县，因境内有姑溪河而得名。

2 翠螺山：原名牛渚山、采石山，位于安徽省马鞍山市雨山区，因山林松翠欲滴，山形酷似蜗牛得名。渠渠：高大的样子。《诗经·秦风·权舆》："于我乎，夏屋渠渠！"

3 谪仙居：即太白楼。

4 金陵指金陵山，即紫金山。濡须：山名，在今安徽含山县林头镇境内。三国时，东吴在濡须口筑有要塞，魏、吴在此多次大战。

5 天门，山名，即博望山，在当涂西南，与和县北部的西梁山，合称梁山。形势雄伟，为金陵门户。纷拏：犹言纠缠在一起。

6 邃纡：深远曲折。

7 蘼芜：亦名江蓠，是川芎的苗，叶有香。产于河边泽畔水草丛生处。

8 楚尾吴头：当涂地处吴地之上流，楚地之末端，故云。舳舻：船之首尾。

9 蘧蘧：悠然自得的样子。

10 白华：白色的花。苏轼《四月十一日初食荔支》："南村诸杨北村卢，白华青叶冬不枯。"璨璨，明亮的样子。

11 青山：一名青林山，在今安徽当涂县东南。李白本葬县境龙山，后改葬于此。白纻：即白纻山。在今安徽当涂县城东，姑溪河与青山河汇合之处。《太平寰宇记》卷一〇五：白纻山"本名楚山。桓温领妓游山，奏乐好为《白纻歌》，因改为白纻山"。李白《书怀赠南陵常赞府》："歌动白纻山，舞回天门月。"

12 峨眉亭建立在采石矶绝壁上。因大江西来,天门两山(即东西梁山)对立,望之若峨眉,故名。

13 然犀亭:位于采石矶峨眉亭前临江处。亭额题为"江天一览",亭内有一块石碑,镌刻"然犀亭"三字。《晋书·温峤传》载,温峤至采石矶,听闻其下多怪物,遂燃犀角而照之。燃犀亭即建于传说中的温峤燃犀处。

14 起予:给我启发。语出《论语·八佾》:"起予者商也!始可与言诗已矣。"

15 旧酒徒:指素来嗜酒而狂放不羁的人。燕市:指宴饮之所。见《天津村酒香醉后抒感》注2。

16 传说李白酒醉泛舟采石矶,俯身捉江中月影,失足溺死。诗人认为传说不足信。

17 斣(jū):舀取,此处言酌酒。段玉裁《说文解字注》:"挹,亦抒也。《诗》笺《礼》注皆用斣,皆谓挹酒于尊中也。"

18 抑李扬杜:指诗话史上尊崇杜甫贬低李白的流派。始于唐朝诗人元稹,盛于宋代,民国时也颇为风行。

19 蚍蜉:一种大蚁。常用以比喻渺小的力量。蟪蛄:蝉的一种。体短,吻长,黄绿色,有黑色条纹,翅膀有黑斑,雄虫夏末自早至暮鸣声不息。

20 并上句。意为抓住灵感进行创作。见《游古林寺》注5。

长江上游舟中即事

卅年不鼓长江棹,应被江神笑老夫。列子御风行善也[1],众生微禹竟鱼乎[2]。据闻水位杀三尺,已觉灾情匪一隅,安得传神阿堵笔[3],沿途为写监门图[4]。

笺 注

1 列子御风:传说列御寇修炼成仙,能乘风在天空中遨游。典出《庄子·逍遥游》:"夫列子御风而行,泠然善也,旬有五日而后反。"后因以"列子御风"为仙人乘风飞游的典实。

2 语本《左传·昭公元年》："美哉禹功！明德远矣。微禹，吾其鱼乎！"本为歌颂禹治水的功绩，谓如无禹治水，则人皆将成鱼。这里形容水面的浩瀚。

3 阿堵：犹言这、这个。系套用六朝人口语。

4 监门图：即流民图。指反映民众疾苦的图画。

江行杂诗 五首

小孤山[1]

遥望江心拥翠螺，近观殿阁亦嵯峨。此山孤小休轻视，独战狂流与大波。

彭泽怀陶令

陶令不存彭泽在，清风亮节水之湄。惭余才逊坡公敏[2]，遍和义熙归隐诗[3]。

舟中望匡庐

江到浔阳九派分[4]，晓来岚气更氤氲。若非舟子向南指，认作天边一段云。

晚泊武昌

我本有心观赤壁，无如日暮过黄冈。满天星斗一钩月，听水听风到武昌。

渡江望汉阳武昌

武昌城与汉阳城，撇到沿江太不情。今日孟津来捧土[5]，始知做事欠分明。

笺 注

1 小孤山：见《步随园有感》注3。

2 坡公：对苏轼的敬称。因苏轼号东坡居士。林则徐《中秋眺月有作》："坡公渡海夸罗浮，凉天佳月皆中秋。"

3 义熙是晋安帝的年号（405—418）。陶渊明在义熙元年秋辞去彭泽县令归隐田园。

4 九派：长江在湖北、江西一带，分出很多支流，因以九派称这一带的长江。"九"是大数，非确数。孟浩然《自浔阳泛舟经明海作》诗："大江分九派，淼漫成水乡。"

5 孟津是古黄河津渡名，在今河南省孟津县东北、孟州市西南。《后汉书·朱浮传》："此犹河滨之人，捧土以塞孟津，多见其不知量也。"

舟中与朱子英联句

江平岸阔火烧天，_英 无数云山供眼前。_黼 消夏三人行更乐，_黼 好风吹送夕阳船。_英

题 解

朱子英：见《后湖舟中与朱子英联句》题解。

南 岳

十六年来劳梦想，九千丈外寄游踪[1]。云浓云淡诸天雨，风疾风徐万壑松。白石清泉纷戛玉，禅林道观远闻钟。昨宵曾上祝融顶，看遍衡山七二峰。

题 解

南岳衡山，位于湘中衡阳盆地北缘，湘江西侧。中国"五岳"之一。

笺 注

1 诗人自注："旧传南岳高九千七百三十丈。"按，彭簪《衡岳志·山水考》云："祝融峰在县西北三十里。高九千七百三十丈，为诸峰之最高。"释智愚《登祝融峰》："南岳诸峰七十二，惟有有祝融峰最高。九千七百三十丈，下视寰海如秋毫。"

南岳山行杂咏 四首

晓发炎荒道[1]，长驱霹雳车[2]。油桐沿路叶，菡萏满田花。丘止翔黄鸟[3]，巢居噪白鸦[4]。还乡殊有待，揽胜即为家[5]。

翩翩朱鸟翼[6]，送我上崎嵚[7]。岳道分新旧，碑文半古今。学书惭俭腹[8]，避雨出无心。故事传煨芋[9]，懒残底处寻[10]。

独有上封寺[11]，灵光伴斗牛。松涛卷暮雨，云海幻虚舟。晕碧天为醉，莽苍气盖秋。僧寮一夕话，是岸兆回头[12]。

宿酒天风遣，山兜望眼开。花香三日雨，树老一身苔。是曰藏经殿，亦邻磨镜台[13]。匆匆游未尽，留以待重来。

笺 注

1 炎荒：指南方炎热荒远之地。储光羲《同诸公送李云南伐蛮》："耀耀金虎符，一息到炎荒。"

2 霹礰车：传说中的雷车。

3 语本《诗经·小雅·绵蛮》："绵蛮黄鸟，止于丘阿。"意即鸟止于小山坳。

4 典出王嘉《拾遗记》：介之推不愿为官，隐居山林。晋文公以烧山相逼，有白鸦绕烟而噪。巢居：喻隐居。

5 诗人自注："入山沿路景物。"

6 朱鸟：南方之神。《太平御览》卷八八一引《河图》："南方赤帝，神名赤熛怒，精明朱鸟。"王延寿《鲁灵光殿赋》："朱鸟舒翼以峙衡，腾蛇蟉虬而绕榱。"

7 崎嵚（yín）：山不平处。杜甫《上后园山脚》："小园背高冈，挽葛上崎嵚。"

8 俭腹：腹中空虚。比喻学识浅陋贫乏。龚自珍《己亥杂诗》之三〇三："俭腹高谈我用忧，肯肩朴学胜封侯。"

9 煨芋：见《书怀（二首）》注3。

10 诗人自注："邺侯书院避雨。"按，邺侯书院位于衡山南烟霞峰。又称明道山房、端居室。书院为纪念唐代宰相、邺县侯李泌而建。

11 上封寺是南岳衡山上海拔位置最高的寺庙，位于祝融峰侧。原为道观，因大业年间（605—618）隋炀帝南巡至此，敕建改为寺庙，更名上封寺。

12 诗人自注："上封寺住持名是岸。时余等仍乘湘鄂铁路北返，故云。"

13 又名马祖庵，世称传法院，位于掷钵峰下。相传是禅宗七祖怀让和尚借磨砖作镜之处。

祝融峰观日出

暮宿上封寺[1]，便于观日出。中夜不能寐，汲汲惟有恐失。披衣起窥之，白光生虚室[2]。仔细按方向，知为将落月。一笑仍复眠，静待山僧促。须臾走告余，天际红光烛。出寺着棉衣，罡风吹瑟缩。酒气化为云，衣裳薄于縠[3]。炯炯注东方，亦莫敢或逸。乌云杂朱霞，结合如胶漆。倏尔云全收，炳焉一轮昱[4]。影为湘江吞，同时现二日。奇景即在兹，壮观无与匹。忆我幼涉洋，海上屡寓目。数见本不鲜，况无峰高矗。前年登泰山，全为云气覆。去年游普陀，数次只见一。此来时匆匆，居然饱眼福。梦想所不到，大快生平欲。三湘为酒樽，五云为彩笔。薜荔为衣裳[5]，烟霞为黼黻[6]。栩栩蝶与周[7]，彬彬文与质。韵不和昌黎[8]，法不拘古律[9]。所以子绝四，毋意毋必[10]。

题 解

祝融峰在湖南省衡山县西北部，是衡山主峰。传说远古祝融葬于此，故名。有祝融殿、上封寺、会仙桥等景点。

笺 注

1 上封寺：见《南岳山行杂咏》注11。

2 虚室：比喻心境。语出《庄子·人间世》："瞻彼阕者，虚室生白，吉祥止止。"

3 縠（hú）：质地轻薄、表面有皱纹的平纹丝织物。《汉书·江充传》："充衣纱縠襌衣。"颜师古注："轻者为纱，绉者为縠。"

4 炳焉：清晰。明亮夺目。何乔新《谒李忠定公祠》："慷慨陈十策，炳焉如日星。"昱：日光。

5 薜荔：见《初夏闷极感怀》注 4。

6 黼黻： 泛指礼服上所绣的华美花纹。

7 蝶与周：用庄周梦为蝴蝶事。见《漫歌赠张凤九》注 5。

8 昌黎指韩愈。韩愈祖先世居昌黎，因此自称为昌黎韩愈。又，宋代元丰年间（1078—1085）追封韩愈为昌黎伯，故后世称其为"韩昌黎"。

9 律指格律。

10 并上句。典出《论语·子罕》："子绝四：毋意，毋必，毋固，毋我。"意即孔子杜绝了四种毛病：不凭空臆测，不武断绝对，不固执拘泥，不自以为是。

水帘洞

北望湘西半陆沉[1]，水帘洞口动乡心。问余何事生悲感，疑是山洪暴发音。

题 解

水帘洞位于衡山紫盖峰下，距祝圣寺约 4 公里左右。传说是道教朱陵大帝的居所。唐朝人称为"紫盖仙洞"。此地还是道家的"第三洞真虚福地"，又称朱陵洞天。水帘洞水四季长流，泉水从石壁上飞流直下，声如雷鸣。

笺 注

1 陆沈：亦作陆沉。陆地陷没于水。1935 年，湖南遭受洪灾，全省 38 个县市、410 余万人受灾，淹死 3 万余人，损失稻谷 2919.4 万担，房屋、牲畜、财产损失无法计数。

星沙留别

记别星沙十六周，今来五日小勾留[1]。数觞桑梓故人酒，一叶梧桐天下秋。长学宫街曾假馆[2]，朱张渡口旧停舟[3]。三生杜牧重回首[4]，感物能无念昔游[5]。

题 解

星沙，湖南省会长沙市的别名。长沙因长沙星得名。《长沙县志·拾遗》

云："长沙之名，……以轸旁有长沙星，正在其域分野，故云。"文人撰文赋诗时，往往把长沙与长沙星联系在一起，称长沙为"星沙"。

笺 注

1 勾留：逗留，停留。见《秦淮河边友人何宅社集》注5。

2 诗人曾在位于学宫街的湖南省立第二政法学堂任教并担任过校长。

3 朱张渡是旧时长沙设立在湘江边的古渡口之一，在今长沙市天心区。因宋代理学大师朱熹、张栻在"朱张会讲"时经常在此渡口乘船往来因而得名。

4 唐代诗人杜牧去官后，落拓扬州，放浪形骸，好作青楼之游。后多以"三生杜牧"比况出入歌舞繁华之地或历经坎坷的风流才子。黄庭坚《广陵春早》："春风十里珠帘卷，仿佛三生杜牧之。"

5 感物：见物兴感。见《次韵答袁炼人（二首）》注1。

登天心阁

凉飙拂牖振飕飕[1]，豁我长江万里眸。少日高歌曾把酒，泊今岸帻一登楼[2]。鹰扬快展摩天翼[3]，帆力斜兜破浪舟。北望洞庭西望岳，麓山湘水最宜秋[4]。

题 解

天心阁遗址在今湖南长沙市东南天心公园内的老城墙上。始建年无考。阁名据传源于星象之说，以此处地脉隆起，必将文运昌隆，因建"天心""文昌"二阁以应之。清乾隆时重修，并为天心阁。1924年旧阁改建，1938年11月12日毁于火。

笺 注

1 凉飙：秋风。王勃《易阳早发》："复此凉飙至，空山飞夜萤。"

2 岸帻：推起头巾，露出前额。形容态度洒脱，或衣着简率不拘。白居易《喜与杨六侍御同宿》："岸帻静当明月夜，匡床闲卧落花朝。"

3 鹰扬：见《隋炀帝墓》注2。

4 麓山湘水：岳麓山和湘江。

牯岭

匡庐草木远含滋[1],我独清凉民殿屎[2]。真面究从何处识,行踪只觉此间宜。闲云出岫连江湿,高屋建瓴亚岭卑[3]。幸未崎岖寻蜀道,眼前处处是峨眉。

题 解

牯岭又称牯牛岭。江西省庐山北部山峰。海拔1167米。山麓为庐山中心地带的街区。有"云中山城"之称。牯岭在清光绪年间先后为英、法、美等租占,建有大量别墅。1935年收回租借权。

笺 注

1 匡庐:庐山的别名。相传道人匡俗在此结庐,学道求仙,周朝国君获悉此事后,邀其出山辅政,匡俗表面应允,随后潜入深山不知所踪。后来,相传匡俗已得道成仙,故将其居所称为"匡庐"。

2 殿屎:愁苦呻吟。语出《诗经·大雅·板》:"民之方殿屎,则莫我敢葵。"

3 亚岭:周边更矮的山岭。

五老峰放歌

昨上铁船观瀑布[1],奔流万丈飞白练。今晨来观五老峰,身在云中目瞑眩。道人正色为余言,往往终朝不得见。我闻此语意茫然,有酒姑酌静观变。云迷更兼零雨濛[2],冷气袭人等冰霰[3]。有时云气帛裂缝,空中隐约见一线。如蠡测海管窥豹,渺小奚能偿夙愿?天风忽尔从东来,下与云雾相激战。至此眼界始大开,五老须眉齐发现。一峰一峰看分明,各具奇伟素以绚[4]。南望浩渺鄱阳湖,旁罗一颗星子县[5]。西望崒岉汉阳峰[6],旗鼓相当足会弁[7]。北望蜿蜒大月山[8],恍如卿云纠缦缦[9]。东望潆洄三叠泉[10],直下碧空若传箭。万千气象一刹那,望眼仍为云雾幻。天公于我何厚哉,作意扫开识真面。假使刚到便见之,不过等闲一顾盼。乃知看山与诲人,苦中生乐在不倦。

题 解

五老峰在庐山牯岭东南。因五峰并峙，从山麓海会寺仰望群峰，似五位老人并坐，故名。

笺 注

1 铁船：指庐山铁船峰。铁船峰在庐山牧马坊西二里处，为一铁青色悬崖，崖顶巨石如船，故名。

2 零雨濛：细雨濛濛。语出《诗经·豳风·东山》："我来自东，零雨其濛。"

3 等：等同。冰霰：白色小冰粒。王昌龄《从军行》："万里云沙涨，平原冰霰涩。"

4 素以绚：在白底上加以装饰。语出《论语·八佾》："子夏曰：巧笑倩兮，美目盼兮，素以为绚兮，何谓也？"全句的意思是：五老峰个个都十分奇伟而且绚丽多姿。

5 星子县：背倚庐山，临鄱阳湖，宋太平兴国三年（978）设县。2016年5月改设为庐山市。

6 嵬为：高大峻险的样子。见《晋游杂诗》注2。

7 会弁：弁是古代用皮革制成的一种帽子。会，谓冠的缝合处。语出《诗经·卫风·淇澳》："充耳琇莹，会弁如星。"此处犹言媲美。

8 大月山：庐山第二高峰，在五老峰之北，日照峰之南。三叠泉即出自大月山下流出。

9 卿云，即祥云。见《赠彭临老》注1。

10 潆洄：水流回旋的样子。朱熹《精舍闲居戏作武夷棹歌》："八曲风烟势欲开，鼓楼岩下水潆洄。"

游西林寺东林寺

西林寺与东林寺，名著永公与远公[1]。殿宇荒凉僧寂寞，虎溪溪水自西东[2]。

题 解

西林寺又名西琳寺，位于庐山西北麓。创建于公元377年，宋太宗赵炅赐额太平兴国乾明禅寺,为庐山北山第一寺。东林寺紧邻西林寺,正对香炉峰。始建于公元384年。1136年岳飞曾在东林寺中为母守孝。

笺 注

1 永公指西林寺的创建人慧永(332—414)。慧永,俗姓繁。慧永在前往罗浮山修行,行经庐山时,江州刺史陶范在香炉峰下舍宅为其建造西林寺,从此慧永就留在庐山开始弘扬佛法。远公指晋高僧慧远。慧远(334—416),俗姓贾。是慧永的师弟,追随慧永创建了东林寺,并在此开创了净土宗。

2 虎溪在东林寺前。相传慧远法师居此时,送客不过溪,过此,虎辄怒号,故名虎溪。

牯岭倚装寄夔旭

万山寒气逼中秋,在笥无衣不可留[1]。结束簿书徐整理[2],浔阳江上买归舟[3]。

题 解

倚装:靠在行装上,谓整装待发。

笺 注

1 笥:竹箱。《尚书·说命中》:"惟衣裳在笥。"
2 簿书:官署中的文书簿册。李绅《宿越州天王寺》:"休按簿书惩黠吏,未齐风俗昧良臣。"
3 浔阳江:唐时称长江流经浔阳县境一段,在今江西省九江市北。

调查江西自治遂至临川留别

洪都新府暂停骖[1],乱后规模试讨探。经始庶民勤力役,振兴百废薄空谈。侵晨送别情潭宛[2],掌画有书味蔗甘。更喜临川村政美,纷披材料到江南。

笺 注

1 洪都：指南昌。南昌为江西省会，此处代指江西省。停骖：将马勒住，停止前进。

2 侵晨：天快亮时。拂晓。

青云谱

双桂何年植，一庵明代留[1]。持斋偏置酒，话别又惊秋。泛泛芡菱老[2]，登登秔稻收[3]。西望章贡水[4]，吾意与东流。

题 解

青云谱古称梅仙祠、太极观、青云圃等，坐落于南昌梅湖之滨，定山桥畔。青云谱始建于汉末，是一座依据道家规范建设，具有赣派建筑江西民居特色和明清制式特点的古建筑群。是江西净明道教发源地。

笺 注

1 诗人自注："额署朱良月始建。"按，朱良月是朱耷的原名，号八大山人。清代著名画家，清初画坛"四僧"之一，

2 芡菱：芡实和菱角。

3 秔稻：即粳稻。

4 章贡水：章水和贡水的并称。亦泛指赣江及其流域。宋苏轼《郁孤台》："日丽崆峒晓，风酣章贡秋。"

视察归来喜得吴宓诗集 走笔谢之

慨自欧化东，古调日剥落。近得吴宓诗，杂俎有线索[1]。融合中与西，学古不古缚。取材旧与新，言外深寄托。论理金在镕[2]，抒情香出萼。和若春明莺，矫若秋空鹗。笔端挟海潮，胸中饶丘壑[3]。时代为前驱，风气开先觉。对此表同情[4]，吾道不寂寞。

题 解

吴宓（1894—1978），字雨僧。陕西泾阳人。1911年入清华学校留美预科，1917年赴美留学，获哈佛大学硕士学位。1921年回国后任成都大学教授，后任北京大学教授，因而与诗人结识。时任国立北京师范大学外国语言系讲师。

笺 注

1 杂俎：各色纷呈。意谓如菜杂陈于俎，故称。

2 金在镕：出自任昉《为王嫡子侍皇太子释尊宴》："冰实因水，金亦在镕。"《汉书·董仲舒传》："夫上之化下，下之从上，犹泥之在钧，唯甄者之所为；犹金之在镕，唯冶者之所铸。"这里借喻论理精辟。

3 指心中对事物的判断处置自有高下。黄庭坚《题子瞻枯木》："胸中元自有丘壑，故作老木蟠风霜。"

4 同情：同一心思。指好恶观念、意见相同。文天祥《哭金路分应》："险夷宁异趣，休戚与同情。"

黄右昌诗稿笺注
（下）

黄右昌 ○ 著

李桂杨 黄 柯 ○ 注

HUANGYOUCHANGSHIGAOJIANZHU

团结出版社

丙 子（1936）

开岁书怀 四首

宅徙仍居市，天寒独步园[1]。峥嵘新岁月，莽荡旧乾坤[2]。虎啸风生谷，莺鸣客到门。梅花谁赋得，韵事说开元[3]。

三径梅松竹[4]，一楼诗酒茶。云低钟岭雪，春候秣陵花[5]。阅世任千变，遣怀只八叉[6]。有书皆涉猎，率性不专家。

哀感中年集[7]，将无嗔与痴？养生祛药石[8]，识味辨渑淄[9]。孔圣艾知命[10]，阆仙腊祭诗[11]。我心胡郁郁，恨与岁除之。

赣湘于役后[12]，草草又劳人[13]。属稿宁辞累，量才不厌频。焚膏冬继昏，正朔笔书春[14]。象曰天行健[15]，火风一转轮[16]。

笺 注

1 1935年冬，诗人举家迁入盛园（旧址在今南京市仁寿里西段南侧今四条巷内）。

2 莽荡：激荡。韩淲《石尉归杭》："乾坤莽荡盘今古，贤否交驰迫市朝。"

3 唐朝开元初年，宋璟以广州都督召拜刑部尚书，寻继姚崇为相，时称姚宋。见《梅花十首》注32。

4 三径：指家园，或喻归隐。见《壮侯招饮即席赠诗并柬寄侯》注2。

5 秣陵，南京旧称。见《竹窗社集兼送剑城凤道人》注4。

6 八叉，指温庭筠。见《次韵答袁炼人》注1。

7 哀感：悲伤的感情。句本刘义庆《世说新语·言语》："中年伤于哀乐，与亲友别，辄作数日恶。"诗人人到中年，身逢乱世，故每逢新岁，辄兴沧桑之感。

8 道家养生之道有服用丹药一派，尤以魏晋文人为甚。诗人对此持否定态度，故云。

9 渑淄为渑水与淄水的并称。二水战国时属齐，在今山东省。《吕氏春秋·精谕》载，二水相合，齐桓公臣易牙能辨别其味。

10 《礼记·曲礼》："五十曰艾。"《论语·为政》："五十而知天命。"诗人当年正50周岁。

11 阆仙即贾岛。见《扫叶楼吊龚半千》注3。腊祭：古时岁终祭祀，一般在冬至以后第三个戌日举行。辛文房《唐才子传》卷五：贾岛"每至除夕，必取一岁所作置几上，焚香再拜，酹酒祝曰：'此吾终年苦心也。'"

12 于役：谓因兵役、劳役或公务奔走在外。《诗经·王风·君子于役》："君子于役，不知其期。"这里指上年诗人到湖南、江西等地进行《乡村自治法》立法调研。

13 劳人犹劳碌之人。草草：忧虑劳神的样子。语出《诗经·小雅·巷伯》："骄人好好，劳人草草。"

14 正朔：指一年的第一天。正，一年的开始；朔，一月的开始。

15 语出《周易·乾》"象曰：天行健，君子以自强不息。"意思是谓天体运行昼夜不息、君子应当以此为榜样，发奋图强，永不乏力。象，象辞。见《岁终喜雨漫兴》注5。

16 火风：佛教以地、水、火、风为四大。认为四者分别包含坚、湿、暖、动四种性能，人身即由此构成。这里是感叹岁月流转，永不停息。

和友人鸡鸣寺看雪

占得楼东角，天寒昼掩关。湖光笼白雪，樽影沼青山[1]。云动峰还静，风狂树不闲。兹游欣胜侣，爽籁溢眉间[2]。

题 解

鸡鸣寺，见《登北极阁散步至鸡鸣寺》题解。

笺 注

1 化用元结《石鱼湖上醉歌》："山为樽，水为沼，酒徒历历坐洲岛。"
2 爽籁：指清风。见《西园美枞堂杂咏》注 11。

湖楼禊集分韵得竹字

去年三月三，湖上花绕屋。蜂蝶闹东风，红紫纷满目。今年三月三，梅花尚瑟缩。百花不敢开，百草亦未绿。我久感春阴[1]，十寒无一暴。数日未出门，闭户了公牍。是日天宇开，和风放晴旭。欣逢社友招[2]，登楼接芳躅[3]。杯盈公瑾醇[4]，邱盛东坡肉[5]。次公醒而狂[6]，有疾戒蘖曲[7]。瀹茗涤尘襟，加餐果枵腹。即席率成诗，赎罚逃金谷[8]。湖光眺娇娆，鸟声悦清淑。修篁翳长廊，垂杨袅堤曲。油油出岫云，欣欣向荣木。笑语社中人，此景已自足。遐想左太冲[9]，十字真不俗。山水有清音，何必丝与竹[10]。

题 解

禊集：古时习俗，于农历三月上旬的巳日（魏以后定为三月三日），人们群聚于水滨嬉戏洗濯，以祓除不祥和求福。实际上这是古人的一种游春和社交活动。

笺 注

1 春阴：春季天阴时空中的阴气。陈与义《寓居刘仓廨中晚步过郑仓台上》："世事纷纷人易老，春阴漠漠絮飞迟。"
2 社友：指诗人所在的石城诗社的成员。
3 芳躅：指前贤的踪迹。方文《题张虞山理琴图》："虞山者谁子，异代承芳躅。"
4 公瑾是三国时周瑜的字。典出《三国志·吴志·周瑜传》裴松之注引《江表传》：老将程普尝云，"与周公瑾交，如饮醇醪，不觉自醉。"
5 邱：小土丘。邱盛，形容在碗里高高地堆起。
6 次公：汉朝人盖宽饶的字。盖宽饶为官刚直，不事权贵，人称为狂。《汉书·盖宽饶传》记载：平恩侯许伯新宅落成，权贵均往贺，盖宽饶请而后往。许伯亲为酌酒，盖宽饶推脱说："无多酌我，我乃酒狂。"丞相魏侯笑道："次公醒而狂，何必酒也？"后遂以"次公狂"比喻蔑视权贵的情态。

7 蘖曲：酒曲。这里借指酒。

8 晋代富豪石崇筑有金谷园，专供宴饮娱乐。借指仕宦文人游宴饯别的场所。

9 左太冲即左思。见《岁终喜雨漫兴》注3。

10 套用左思《招隐诗》："非必丝与竹，山水有清音。"诗人为押己韵，将二句顺序颠倒引用。

足疾排闷

连朝轻暖忽轻寒，辜负寻花病蹒跚。未往游山时杖策[1]，偶然独步亦凭栏。静心自觉安眠易，重足才知行路难[2]。九十春光春又老[3]，尚留一月与侬看。

笺 注

1 杖策：拄杖。杜甫《别常徵君》："儿扶犹杖策，卧病一秋强。"

2 重足：迭足，谓无法行走。李东阳《题丁御史同年墨竹走笔长句》："侧身重足恐无路，五步一涧十步冈。"

3 九十春光：春季三个月，共九十天。指春天的美好光景。陈陶《春归去》："九十春光在何处？古人今人留不住。"

焕章函约聚晤信到过时

青眼逢君良不易，白云出岫预为期[1]。短檠焰焰归来晚[2]，匪我愆期信到迟[3]。

题 解

焕章是冯玉祥（1882—1948）的字。时任国民政府军事委员会副委员长。

笺 注

1 白云出岫：谓冯玉祥重新出山。1930年3月，冯玉祥与阎锡山联合讨蒋，史称"中原大战"。失败后曾先后在汾阳峪、泰山隐居。1933年5月，在察哈尔组织民众抗日同盟军，任总司令。1935年12月，以蒋答应抗日为条件，出任军事委员会副委员长。并当选国民党第五届中常委。

2 典出韩愈《短灯檠歌》："一朝富贵还自恣，长檠焰高照珠翠。吁嗟世事无不然，墙角君看短檠弃。"檠指灯架。诗人自谓"短檠燄燄"，系自谦贫寒。归来：这里指回信。

3 愆期：误期，失期。《诗经·卫风·氓》："匪我愆期，子无良媒。"

次韵谢俞友清四赠红豆　二首

行不得也唤哥哥，脊令原上望峰螺[1]。友清好友清于水，诗比桃潭情更多[2]。

姑苏城外寄相思[3]，南国春深到柳眉。约指一双中有物[4]，竹窗举案和新诗[5]。

题 解

俞友清（1900—1975），原名炳镛，后改名琴。江苏常熟人。早年任教中学，后就职中国农业银行。流徙于南昌、南京、镇江、扬州等多地。勤于著述，先后出版《灵岩山志》《苏州指南》《红豆集》等。生平酷爱红豆，有"红豆诗人"之称。

笺 注

1 脊令原：语出《诗经·小雅·常棣》："脊令在原，兄弟急难。"脊令为水鸟，而今在原，则失其所。后以"脊令原"指兄弟急难不能相顾。并上句。诗人自注："余伯兄仲兄先后逝世，来诗有'闻君策杖唤哥哥'之句，重有所感。"

2 桃潭指桃花潭。李白《赠汪伦》："桃花潭水深千尺，不及汪伦送我情。"

3 时俞友清执教于苏州萃英中学。

4 约指：戒指。见《题子英〈仙槎缘〉诗稿》注2。

5 竹窗：诗人斋名。见《元旦感赋（1933）》注10。

俞友清索红豆集序

　　猝无以应，书此报之。

　　红豆寄相思，忙中未有诗。故人索我序，疏懒又愆期。

题 解

　　《红豆集》，俞友清编。上海开明书店1936年5月初版。诗文合集，内收近人关于红豆的散文和考证文章76篇。书中有序文10篇，未见有诗人所作序，当是仓促之间未能成稿。

冯焕章赠相片

　　铜琶铁板大江东[1]，日下滔滔砥柱中[2]。惠我写真真爱我[3]，盎然满室坐春风。

题 解

　　冯焕章即冯玉祥。见《焕章函约聚晤信到过时》题解。

笺 注

　　1 典出俞文豹《吹剑续录》：东坡问"我词比柳词何如？"友人对曰"柳郎中词，只好十七八女孩儿执红牙拍板，唱杨柳岸晓风残月；学士词，须关西大汉执铁板，唱大江东去。"因以"铜琶铁板"形容豪爽激越的文辞。

　　2 日下：目前。砥柱中：即砥柱中流。冯玉祥主张抗日，九一八事变后，冯玉祥与旧部方振武、吉鸿昌等组织察哈尔民众抗日同盟军，自任总司令。1935年复出到中央任职，也以蒋介石答应抗日为条件。故诗人对冯玉祥十分赞赏。

　　3 写真：源自日语的外来词。当时对摄影和摄影作品的通行叫法。

旧历除夕排闷

　　安排酒脯祭吟笺，不学谪仙学阆仙[1]。喜见冬残花六出[2]，自居白下舍三迁³。老怀旷达耽书卷⁴，国步艰难愧俸钱。童子不知崇正朔⁵，一年要过二回年。

笺 注

1 阆仙指贾岛，见《扫叶楼吊龚半千》注3。学阆仙指上句"安排酒脯祭吟笺。"参见《开岁书怀（四首）》注11。

2 花六出：指具有六花瓣的梅花。梅花最常见品种是五出，六出的品种较稀见，故而珍贵。

3 白下指南京。见《西湖散步与夔旭偶谈五则》注8。

4 老怀：老年人的心怀。杨万里《和萧伯和韵》："桃李何忙开又零，老怀易感扫还生。"

5 正朔：见《开岁书怀（四首）》注14。因公历和农历兼用，引出下句"一年要过二回年。"

赠冯焕章

皓皓山云郁郁松¹，我瞻大树更雍容²。当年塞北观新政³，此日江南话旧踪。乃春元戎来作镇，肯教胡马度吾封⁴。仲宣雅解从军乐⁵，陪抵黄龙醉几钟⁶。

题 解

冯焕章即冯玉祥。见《焕章函约聚晤信到过时》题解。

笺 注

1 郁郁松：典出晋左思《咏史》诗："郁郁涧底松，离离山上苗。以彼径寸茎，荫此百尺条。世胄蹑高位，英俊沉下僚。地势使之然，由来非一朝。"后多以喻德才高而官位卑下的人。

2 大树：《后汉书·冯岑贾列传》载，冯异为人谦让，与诸将相逢，辄引车避道；诸将共论功伐，常屏止树下，军中号"大树将军"。诗人这里以冯玉祥比冯异。

3 塞北：指长城以北。亦泛指西北或北方干燥地区。1921年，冯玉祥率部入陕，不久接任陕西督军，并以此地为基础扩充势力，其军队因此被称为"西北军"。冯玉祥在陕西统一军政，筑路办厂，在省政上颇有建树。

4 化用王昌龄《出塞》："但使龙城飞将在，不教胡马度阴山"。胡马，这里指日军铁蹄。封，指疆界。

5 仲宣：汉末文学家王粲的字。王粲有《从军诗》五首，其中有句云："从军有苦乐，但闻所从谁。"

6 黄龙：泛指敌军巢穴。典出《宋史·岳飞传》："金将军韩常欲以五万众内附。飞大喜，语其下曰：'直抵黄龙府，与诸君痛饮尔！'"按，黄龙府即今吉林省长春市北部的农安古城。

再谢俞友清赠红豆

美哉红豆产虞山，贻我双双鹤顶丹。诗思不知添几许，投报莫作等闲看。

题 解

俞友清，见《次韵谢俞友清四赠红豆》题解。

一二八有感

先雨雪维霰[1]，无钟鼓曰侵[2]。偕亡烈士骨[3]，后死国人心。边塞风云急，江城草木深[4]。桑榆犹未晚[5]，岁月忍浮沉。

题 解

一二八即第一次淞沪抗战。见《捷音》题解。

笺 注

1 语本《诗经·小雅·頍弁》："如彼雨雪，先集维霰。"意思是下雪时先下霰。霰：冬季雨点遇冷空气凝成雪珠后，降落到地面的白色小冰粒。

2 语本《左传·庄公二十九年》："凡师有钟鼓曰伐，无曰侵，轻曰袭。"这里是谴责日军在一二八事变中不宣而战、偷袭上海的侵略行径。

3 偕亡：见《万宝山案书愤》注1。

4 江城，临江之城市。这里指上海。

5 夕阳照在桑榆树梢，因以指日暮。也比喻晚年。此时诗人50周岁，正值中年，故言"桑榆犹未晚。"

仇亦山谢赠红豆走笔答之

人日故人为寄诗[1]，寒宵几度燃吟髭[2]。相思君爱贻红豆，下酒吾方啖荔枝。

题 解

仇亦山即仇鳌（1879—1970），湖南省湘阴县（今汨罗市）人。早年曾三次赴日留学，和诗人是日本法政大学校友。1908年，加入中国同盟会，任湖南副支部长。仇鳌是诗人加入国民党的介绍人。1922年国民党湖南支部成立，仇鳌任副支部长，诗人任评议委员。时任国民政府铨叙部次长。

笺 注

1 人日寄诗：见《骑驴寻梅》注8。

2 句本卢延让《苦吟》："吟安一个字，撚断数茎须。"

次韵答周恕斋见怀

曾记孝陵屐一双，梅花满岭酒盈缸。与君醉卧横斜里[1]，清梦而今绕竹窗。

题 解

周恕斋即周邦式，见《重九恕斋招饮豁蒙楼未赴约》题解。时任国民党湖南省党部宣传部长。

见怀：袒露心迹。

笺 注

1 横斜：指梅花丛中。语本林逋《山园小梅》："疏影横斜水清浅，暗香浮动月黄昏。"

陵园晚归

雅爱林泉向晚时[1]，轻烟蔼蔼接葳蕤。寒光积雪宵磨剑[2]，世事浮云局赌棋。池水解凝鱼最乐，梅花入梦鹤先知[3]。绸缪牖户遮风雨[4]，击鼓声中有所思。

笺 注

1 林泉：山林与泉石，此处兼有赋闲隐居之意。参见《寄怀蔡孑民先生（四首）》注1。

2 用韦庄《和人岁宴旅舍见寄》"积雪满前除，寒光夜皎如"句意。

3 用林逋"梅妻鹤子"典，并化用苏轼《惠崇春江晚景二首》："竹外桃花三两枝，春江水暖鸭先知"句意。

4 语本《诗经·豳风·鸱鸮》。见《春日农村即事（四首）》注6。

有自辛亥三月二十九日广州革命生还者怆怀往事 书此赠之

当年志士剩晨星，百战余生万死经。一种伤心难遣处，黄花岗上草青青[1]。

题 解

"三月二十九日广州革命"指黄花岗起义，是中国同盟会于1911年4月27日（农历三月二十九日）在广州发起的一场起义。起义部队在黄兴率领下一度攻入两广总督署，随后在巷战中被冲散，大多被俘或阵亡。起义中的死难者由同盟会组织社会力量安葬于红花岗。时人认为黄花比红花更能代表烈士的精神，故改称烈士安葬地为黄花岗，起义因而也被称为黄花岗起义。

笺 注

1 在广东省广州市白云山麓。原名红花岗。黄花岗起义失败后，死难烈士葬此。1918年由华侨捐款建成墓园，陵墓周围广布黄槐、黄花夹竹桃、黄素馨等开黄花的花木，象征革命烈士的高风亮节。

春日即事书怀（1936）

越水吴山处处家[1]，玉溪翰藻玉川茶[2]。春寒未怯绨袍薄[3]，金尽肯将浊酒赊？免却俗情空北阮⁴，了无悔恨读南华⁵。小园尚有梅双树，候我归来满着花。

笺 注

1 越水吴山：浙江的碧水，江苏的青山。泛指江南山水。李白《下途归石门旧居》："吴山高，越水清，握手无言伤别情。"

2 玉溪在今河南济源市西北王屋山下。唐李商隐未第时习业于此，因号玉溪生。翰，原意是笔毫。翰藻犹文藻。"玉溪翰藻"言李商隐诗文辞藻绮丽。玉川，一名玉泉，在今河南济源市泷水北。唐卢仝喜饮茶，常汲玉泉水煎煮，自号玉川子。

3 绨袍：厚缯制成之袍。见《即事》注 4。

4 典出《晋书·阮咸传》："（阮）咸与籍居道南，诸阮居道北，北阮富而南阮贫。七月七日，北阮盛晒衣服，皆锦绮粲目。咸以竿挂大布犊鼻于庭，人或怪之，答曰：'未能免俗，聊复尔耳。'""空北阮"意思是看破荣华富贵。

5 南华：即《庄子》。见《书感（1933）》注 6。

湖楼社集即景

罨画湖光入酒杯¹，一楼环抱水云隈。刚为南国证红豆²，又见清流漾绿苔。山意未随天气改，蕊香时共信风来³。百花怪底迟迟甚，终让花魁不敢开⁴。

笺 注

1 罨（yǎn）画：色彩鲜明的图画。多用以形容自然景物或建筑物等的艳丽多姿。秦韬玉《送友人罢举除南陵令》诗："花明驿路胭脂煖，山入江亭罨画开。"

2 指由 1930 年代中期俞友清、程思白之间的"红豆之争"。当时江南文人一致支持俞友清的"常熟说"，后经植物学家加入声援，遂为定论。1936 年，俞友清辑录《红豆集》出版，争论于是结束。

3 信风，指花信风。见《开岁书怀（二首）》注 4。

4 花魁：品花时称百花之首为花魁，梅花开在百花之先，故常指梅花。

谢友人赠大字笔

写遍吴笺与蜀笺[1]，劳君惠我笔如椽[2]。挥毫自此军横扫[3]，行学杨风草学颠[4]。

笺 注

1 吴笺、蜀笺：指吴地和蜀地所产的笺纸，均以精致华美著称。

2《晋书·王珣传》故事：王珣以才学文章为帝所重。一日梦人送一支如椽大之笔，他认为将有大手笔事要他办理。果然，帝崩后，一切文件都交由他撰写。后世遂以"笔如椽"比喻文章好、大手笔。诗人这里是戏谑，用字面意义。

3 军横扫：形容书法家运笔挥洒豪迈，描写狂草的豪放气势。语本杜甫《醉歌行》："词源倒流三峡水，笔阵独扫千人军。"

4 化用陆游《暇日弄笔戏书》："草书学张颠，行书学杨风。"张颠指唐代书法家张旭，其草书笔势奇逸；杨指唐末五代时期杨凝式（873—954），其行书结体精当。诗人书法属于南派，以帖学为宗，故遵循陆游的模式。

题俞友清红豆集 二首

树号相思伴枸根[1]，吴都有赋笔汪洋[2]。兴怀首唱辋川集[3]，好事讹传拂水庄[4]。一别琴河温旧梦[5]，几番花木绕禅房[6]。凭谁省识幽人意，为写鸣鸾寄女床[7]。

争把秋来误作春[8]，信风笑煞紫姑神[9]。东禅寺里垂垂老[10]，北郭村边旳旳新[11]。鲤解传书通尺素[12]，珠能记事当家珍[13]。比红有兴吾狂在[14]，又办芒鞋踏软尘[15]。

题 解

俞友清：见《次韵谢俞友清四赠红豆》题解。红豆集：见《俞友清索红豆集序》题解。

笺 注

1 相思树即红豆树。左思《吴都赋》云："相思之树，宗生高冈。"注："相思，大树也，材理坚，可作器，其实如珊瑚，历年不变，东冶有之。"。枸桹，树名。《吴都赋》："木则枫枰橡章，栟榈枸桹。"注："枸桹，树也，直而高，其用与栟榈同。"

2 吴都，春秋时期吴国的都城。在今之江苏苏州。左思《三都赋》中有《吴都赋》。

3 《辋川集》是唐代诗人王维的诗集。其五言绝句《江上赠李龟年》："红豆生南国，春来发几枝。愿君多采撷，此物最相思。"是吟咏红豆的千古绝唱。

4 诗人自注："红豆山庄非拂水山庄。集中有辩证。"按，红豆山庄位于常熟市古里镇芙蓉村，始建于宋末元初，原名碧梧山庄，明代山东副使顾玉柱的次子顾耿光从海南移来红豆树，改名红豆山庄。拂水山庄原址位于虞山南麓拂水岩下，是常熟历史上著名的园林和藏书楼。两个山庄都号称曾是钱谦益和柳如是读书居住之所，俞友清考证当为红豆山庄。

5 琴河即琴川，因七条溪流平行若琴弦，故名。诗人与俞友清曾相聚于常熟，今读其《红豆集》，如旧梦重温。

6 禅房：指兴福寺（即古破山寺）。诗人于1933年曾由无锡舟行至常熟虞山。见《游常熟虞山四大寺》注1及《由无锡舟行至常熟虞山转苏州杂咏》注12。

7 女床，山名，在今陕西华阴西。《山海经》："女床之山有鸟焉，其状如鹤，五色文，名曰鸾鸟，见即天下安宁。"这一联诗借鸾鸟和女床的典故，称赞俞友清在实地详细考订红豆渊源。

8 诗人自注："王摩诘'秋来发几枝'，坊本误为'春'。"按，王维《江上赠李龟年》第二句"春来发几枝"，清以前刻本多作"秋来发几枝"。清《唐诗三百首》定为"春来发几枝"后，坊间刻本多从之，遂为通行。争，同"怎"。

9 信风：指花信风。见《开岁书怀（二首）》注4。紫姑亦作子姑，中国古代神话中的厕神，能预言未来之事。何媚被害于正月十五夜，故世人以其日作其形于厕间迎祝，以占众事。本句承上句，意思是花信风嘲笑紫姑神弄错了季节，把秋当作春。

10 苏州东禅寺有红豆树，植于宋，清康熙时生长还十分茂盛，大约乾隆、嘉庆年间逐渐枯萎。

11 的的：光亮、鲜明的样子。

12 鲤解传书：典出汉乐府《饮马长城窟行》："客从远方来，遗我双鲤鱼。呼童烹鲤鱼，中有尺素书。"尺素：古代用绢帛书写，通常长一尺，后世用以代指书信。解：懂得。车万育《声律启蒙》："青衣能报赦，黄耳解传书。"

13 王仁裕《开元天宝遗事》故事：开元中，有人送宰相张说一颗宝珠，名曰记事珠。或有阙忘之事，则以手持弄此珠，便事无巨细，焕然明了，一无所忘。

14 化用陆游《夜酌》："比红有句狂犹在，染白无方老已成。"表示对《红豆集》的赞赏。比红是唐代歌伎。初与罗虬相交往，后为罗虬所杀。虬追悔之余，作《比红儿》绝句百首，历数古代美人与红儿相比，皆在其下。

15 芒鞋即草鞋。软尘：飞扬的尘土。指都市的繁华热闹。着芒鞋踏繁华市井，喻诗人甘于淡泊，不为世俗所累。

再题俞友清红豆集　二首

红豆书庄播学风[1]，冷香溪北大江东[2]。独余别有因缘在，生与松崖月日同[3]。

婆娑老干着云霞，庶子家丞本一家[4]。从此诗人无独癖，不为红豆即梅花。

笺　注

1 红豆书庄，即红豆书屋，又名红豆斋。是清乾隆间长洲（今苏州）人惠栋（1697—1758）的室名。栋字定宇，号松崖，是吴派经学的集大成者和"汉学"的开创者，著有《古文尚书考》《后汉书补注》等。惠栋为惠士奇之子。惠士奇自号红豆主人，人因称惠栋"小红豆"。

2 冷香溪：原吴县城东的一条小溪。红豆书屋即在冷香溪北畔。

3 诗人自注:"松崖,惠栋号。"按,惠栋生于 1697 年 11 月 18 日,农历为十月初五,与诗人农历生日相同。

4 庶子、家丞都是古代的官名。陈寿《三国志·魏志·邢颙传》载,庶子刘桢上书曹植,推荐家丞邢颙,希望曹植像看重自己一样看重邢颙。不要"采庶子之春华,忘家丞之秋实。"梅花可供请赏,诗人以"庶子"喻之;红豆秋实,诗人以"家丞"喻之。引出下联"从此诗人无独癖,不为红豆即梅花。"

送王石荪出使瑞典挪威

奉使斯堪狄[1],看山基阿连[2]。风云增感触,樽俎费周旋[3]。问政诗二百,观光象万千。恨余方茧足[4],送别意茫然。

题 解

王石荪:见《次韵赠王石荪》题解。

笺 注

1 斯堪狄:今译斯堪的,是斯堪的纳维亚半岛的缩写。位于欧洲西北角,挪威在其西部,瑞典在其南部。

2 基阿连:基阿连山脉,今译斯堪的纳维亚山脉,又叫"舍伦山脉",横亘于挪威、瑞典之间,是欧洲知名的避暑胜地。

3 樽俎:樽俎折冲的缩用。指不以武力而在宴席交谈中制胜敌人。后泛指外交谈判活动。

4 茧足:足上长茧。喻行动困难或难以出行。

题穹窿松海 回文

绿水山光冷,苍髯镜色寒。谷深啼鸟去,云淡抚琴看。

题 解

穹窿山位于今苏州市吴中区西北部,主峰箬帽峰海拔 341.7 米,为太湖东岸群山之冠,苏州市最高峰。民国十二年(1923),国民党元老李根源因反对曹锟贿选总统,辞去国会代表职务,隐居吴中。四年后,李根源母亲逝世,他葬母于此地,寄庐守墓,建有当时驰名京沪的"松海十景"。

"回文"是使语句顺念倒读都能成文的一种修辞方式。有回文诗、回文词、回文对等常见的体裁。

赠叶楚伧

> 楚伧先生以余贻双红豆,会有所感,来诗"别有相思在远天,向人欲语已涓涓。未央夜纳胡姬舞,入破今调赵女弦。无分姻缘通蝶使,何尝幽约递鸾笺?一双红豆红于血,苦自为卿策万全。"

葛亮贵和书有篇,[1]杜甫且将身世付酡然[2]。宋祁深藏组丽三千牍[3],王安石贱卖文章二十年[4]。高蟾守道还如周柱史[5],杜牧寓言诗寄反游仙[6]。袁牧玲珑骰子安红豆[7],温庭筠吟入关河万里天[8]。张蕴

题 解

叶楚伧(1887—1946),原名宗源,号卓书。江苏吴县(今苏州)人。早年肄业于苏州高等学堂。擅长诗文词曲。曾任江苏省政府主席、宣抚使等职。时任国民政府立法院副院长。著有《楚伧文存》《叶楚伧诗文集》等。

本篇是一首集句诗。集句诗就是集合前人诗句成诗。诗人只有博闻强记,才能集句成诗。创作集句诗要求对原诗句融会贯通,才能如出一体。还要内容恰当,才应酬得体。

笺 注

1 本句集自杜甫《赤霄行》。葛亮指诸葛亮。 陈寿定诸葛氏集目录,凡二十四篇,贵和第十一。

2 本句集自宋祁《把酒》。酡然:饮酒脸红的样子。这里指淡泊处世。

3 本句集自王安石《示德逢》。组丽:谓文章华美。

4 此句出处不详。胡兆爵《醉笔有感》:"丰歉由来只信天,笔为锄来砚为田。衔杯笑领前人句,贱卖文章二十年。"疑是诗人误记。叶楚伧1908年任

《中华新报》主笔，后长期从事政论写作，并在国民党中央党部担任秘书长。诗人认为屈才，故称"贱卖文章"。

5 本句集自杜牧《送国棋王逢》。柱史即柱下史，古代官名。老子曾为周柱下史，这里使用堪比老子来夸赞叶楚伧超凡脱俗。

6 本句集自袁枚《寄怀梁山舟侍讲》。晋代郭璞有《游仙诗》十四首。梁山舟有《反游仙》十三首。

7 本句集自温庭筠《南歌子词二首》。以红豆镶嵌于骰子之中，云入骨相思。

8 本句集自张蕴《江湖伟观》。

镇江大雨倾盆至武进则未有雨

意与江湖远，兹游亦壮哉。酒为因病止，雨不随车来[1]。剑气行装勃[2]，灯花旅店开。闻鸡宵起舞，老大未心灰[3]。

题 解

本篇曾在《丙子于役集》题下发表于《地方自治专刊》1937 年第一期。诗人自注作于 1935 年 6 月 15 日。

笺 注

1 《后汉书·郑弘传》故事：郑弘为官，政不烦苛。春天旱，郑弘随车致雨。后以"随车雨"比喻加惠人民的好事或良吏。诗人这里自嘲未能造福于民。

2 剑气：指剑的光芒。这里指诗人胸中的豪气。勃：兴盛；旺盛。

3 并上句。谓人虽然老了，但是壮心不已，仍然在发奋努力。闻鸡起舞：喻发愤。见《鸡鸣寺下访友》注 2。老大：年纪已长。

同人往登马鞍山

余不良于行，独坐亭林公园。

六年三度到昆山，身自奔波意自闲。重礼词人刘过墓[1]，似曾相识鸟关关。

题 解

马鞍山即玉峰山，因状似马鞍，故名。亭林公园位于江苏省昆山市西北隅，玉峰山坐落其中。

本篇曾在《丙子于役集》题下发表于《地方自治专刊》1937年第一期。诗人自注作于1935年6月16日。

笺 注

1 重礼：再次拜谒。刘过（1154—1206）字改之。南宋词人、诗人。吉州太和（今江西泰和）人。作品风格豪放，为"辛派词人"之一；亦以诗名世，有"诗侠"之称。

宿青阳港

旧地重游倍有情，我心脉脉水盈盈。酴醾触处阴皆满[1]，鹅鹈啼时天未明[2]。足有疮痍双屐重，胸无芥蒂一身轻。空桑今已成三宿[3]，束带又惊髀肉生[4]。

题 解

青阳港：见《初度感怀》注4。

本篇曾在《丙子于役集》题下发表于《地方自治专刊》1937年第一期。诗人自注作于1935年6月17日。

笺 注

1 酴醾：荼蘼的别名。蔷薇科悬钩子属，落叶小灌木。叶为羽状复叶，柄上多刺，清明前后开黄白色重瓣花。司马光《山斋》："春老酴醾香，夏浅笼䇹绿。"

2 鹅（xīng）：水鸟，似鹭，色苍。鹈：鸟名，即杜鹃。

3 空桑：桑树下的空地。因苦行僧常宿树下，故借指僧人或佛门。三宿：连续睡了三夜。佛门有"空桑不三宿"的传统，以免对景物产生眷恋和依赖。典出《后汉书·襄楷列传》："浮屠不三宿桑下，不欲久生恩爱，精之至也。"

这句诗的意思是，我已经在这里停留太长时间了。

4 髀肉生：髀肉：大腿上的肉。《三国志·蜀志·先主传》载：刘备住荆州数年，终日流涕。刘表怪问。刘备答曰："吾常身不离鞍，髀肉皆消。今不复骑，髀里肉生。日月若驰，老将至矣，而功业不建，是以悲耳。"后世以"髀肉复生"表示赋闲已久而壮志未酬。

茜墩谒顾亭林先生墓并其旧居

匹夫与有兴亡责[1]，郡国犹存利病书[2]。幼读遗文深景仰，而今始得礼丘庐[3]。

题 解

本篇曾在《丙子于役集》题下发表于《地方自治专刊》1937年第一期。

顾亭林即顾炎武（1613—1682）。初名绛，字宁人，号亭林，江南昆山人。明诸生。少年时参加"复社"反宦官权贵的活动。清兵南下，嗣母王氏殉国后，参加昆山、嘉定一带人民的抗清斗争。入清后不仕。治经重考据，注意经世致用，开清代汉学风气。与黄宗羲、王夫之并称清初三大儒。其诗沉郁苍凉，有强烈的爱国精神。有《日知录》《亭林诗集》等。

笺 注

1 "天下兴亡，匹夫有责"源于顾炎武《日知录》卷十三的"正始"条。

2 顾炎武著有《天下郡国利病书》一百二十卷。本书虽然是一部地理书，但诗人立足于"经世致用"，保存了大量当时的社会、经济史料，对研究明代的社会经济，也很有参考价值。

3 丘庐：坟茔和旧居。

俞 塘

东南地画处，风物数俞塘。野趣生云树，农功足稻粱。弦歌声出户[1]，蓓蕾影逾墙。之子不余觏[2]，意随涧水长。

题 解

俞塘：水体名。在今上海市松江区中部、闵行区南部，是当地农田排灌和调节水量的主要河道之一。

本篇曾在《丙子于役集》题下发表于《地方自治专刊》1937年第一期。

笺 注

1 弦歌：指诵读之声，见《东渡舟中感怀》注14。

2 发表时有诗人自注："时往谒纽惕生先生及其夫人黄校长未遇。"之子：这个人。元好问《寄赠庞汉》诗："之子贫居久，诗文日有功。"觏：遇见。这句和下句连贯，意思是：我没有和屋内诵读之人见面，但觉得意味深长。按，钮惕生（1870—1965），名永建，号天心。上海松江人。1905年加入同盟会，曾任南京临时政府代理参谋总长、南京国民政府秘书长兼江苏省主席、内政部部长等职。

视察嘉兴平湖

仆仆沪杭道[1]，欲西转向东。鸳湖烟水阔[2]，乍浦海天空[3]。政治多朝气，间阎少窳风[4]。嘉平何所宝，农业与蚕丛。

题 解

本篇曾在《丙子于役集》题下发表于《地方自治专刊》1937年第一期。诗人自注作于1935年6月22日、23日。

笺 注

1 仆仆：风尘仆仆。形容旅途劳顿。

2 鸳湖即鸳鸯湖。见《嘉兴》注1。

3 乍浦：地名。在浙江省平湖县城东南15公里，钱塘江口，是江浙两省的海防重镇。

4 间阎：里巷内外的门。见《游雨花台登方亭》注7。窳风：陋习恶俗。窳：恶劣，粗劣。

记嘉兴三塔湾妙谛禅师死难事 并序

明嘉靖间，倭寇犯东南沿海数省，嘉兴被祸尤酷。倭寇掠资财妇女贮三塔湾寺中，率众往攻桐乡。妇女数百人日夜悲泣，寺僧妙谛醉守者而遣之。妇女中恐累及者，求与俱逃。妙谛曰："不可，吾逃则追兵立至。"众皆罗拜，俱逃去。守者醒，亟询之，曰："适应见韦驮尊者，以宝杵击门，令出。吾不敢追。"守者半信半疑，且正病酒难行，缚妙谛以俟之。俄寇归，知其情，重笞守者，而缚妙谛于寺东石坊，丛矢毙之，焚其尸以泄忿。后寇平，受其赐者拾烬葬寺后，而血痕入石，至今宛然，盖已三百年矣。事见清凉道人《听雨轩笔记》及所立寺内碑记。

豺牙宓厉虺毒吹[1]，数百生灵命如丝。哭声惨惨天地黑，虎口何敢望生归。妙谛禅师大慈悲[2]，出计更比陈平奇[3]。殷勤置酒醉守者，乘其无备尽遣之。果然众生全性命，感恩投地拜禅师。欲与俱逃师不可，与我同去贼立追。死生早已置度外，更托神明俾不疑[4]。寇归暴怒笞守者，射杀禅师火其尸。乱定众生瘗余烬[5]，咨嗟彷徨涕涟洏[6]。此事岂可听埋没，流传至今仗口碑。孰发幽光兴潜德[7]，吏斯土者太守危[8]。树之以碑笔之简[9]，民族大义即在兹。君不见，明末迄兹三百年，中经物换星移、雨淋日炙，至今石上血痕尚宛然。

题 解

三塔湾今为浙江嘉兴市三塔路，有血印禅寺。寺前的司宪牌坊为明代遗物。石牌坊西立柱下，有块铁锈色的印迹，宛如僧人侧影，人称"血印柱"。"血印"的形成，民间有抗倭、抗清和抗太平军诸多传说。1930年代中期，各大报刊均采纳抗倭传说，以激励民众的抗日意志。本篇作于全面抗战前夕，亦有唤醒民众抗日情绪的创作动机。

笺 注

1 套用庾信《哀江南赋》："豺牙宓厉，虺毒潜吹。"豺牙：豺狼的牙齿。多以形容恶人的凶相。宓厉，密集而尖锐。虺，一种剧毒蛇。毒吹，喷射毒液，是"吹毒"的倒装。这一句形容倭寇的气势汹汹和残暴。

2 妙谛禅师：传说中虚构的人物。《嘉兴府志》称其为"血印禅僧"。

3 陈平：汉武阳人，惠帝时为左丞相，后与周勃合力诛诸吕，安汉室。《史记·陈丞相世家》称其"常出奇计，救纠纷之难，振国家之患难。"

4 更托：还可以假托。谓妙谛把尽遣被囚众生说成是神明的旨意，使倭寇不生疑。

5 瘗余烬：将骨灰埋葬。瘗，埋葬。

6 涟洏：形容涕泪交流。王粲《赠蔡子笃诗》："中心孔悼，涕泪涟洏。"

7 潜德：谓不为人知的美德。"潜德幽光"指有道德而不向外人炫耀，而诗人则认为应当让德行发扬光大。

8 血印和尚是民间传说，当地并无寺庙或寺庙遗址。1925年当地民众根据传说建成血印禅院。1929年嘉兴县长危道丰改此地作"血印禅祠"，后又改作"血印禅寺"。称县长为"太守"只是带溢美性质的类比。

9 简：竹简。这里指写进书本、记载下来。

杭 州

六年三度到杭州[1]，不觉韶华去若流。老树多情还识我，青山无语自当楼。有如此水盟于水，亦欲同舟用作舟。知否西湖今夜月，照人得似南湖不。

题 解

本篇曾在《丙子于役集》题下发表于《地方自治专刊》1937年第一期。诗人自注作于1935年6月24日。

笺 注

1 诗人1931年夏携眷专程至杭州游览。1934年春至临平超山观梅，顺道在杭州停留。此为第三度到杭州。

三到杭州仅吴山未游 因于昧爽独往

独上吴山第一峰[1]，冈峦极目兴无穷。晨兴鸟度千林雾，潮退船横两岸风。此地婆留曾演武[2]，而今虎落重防空[3]。排衙石上看朝日[4]，领取钱塘在眼中。

题 解

吴山一名胥山，俗称城隍山，在杭州城区南隅、西湖东南。

昧爽：天将晓而尚暗之时。

本篇曾在《丙子于役集》题下发表于《地方自治专刊》1937年第一期。诗人自注作于1935年6月25日。发表时标题最后增"以补游记之缺"6字。

笺 注

1 1161年9月，完颜亮率金兵南侵，意在攻陷杭州。抵达扬州时，写下《题临安山水》云："万里车书尽混同，江南岂有别疆封。提兵百万西湖上，立马吴山第一峰。"诗人此处沿用成句。

2 婆留：五代吴越王钱镠小名。钱镠初生时，父将弃于井，祖母强留之，名"婆留"。

3 诗人自注："传此地旧为钱王演武台，今为防空监视所。"虎落：要塞。见《书愤》注3。

4 排衙石：见《题烟霞洞》注8。

浙赣道上

浪打钱塘过客船，回崖沓嶂秀连天。征衫点点杭州酒，汽笛匆匆陆地仙[1]。秧与柔桑齐竟夏，云和野水乱烘烟。计程又宿金华县，夜色朦胧月上弦。

题 解

浙赣道指浙赣铁路，由杭州连接江西萍乡，与粤汉铁路会合。1930年杭（州）江（山）铁路开工。1932年一二八淞沪抗战爆发后，为适应国防需要，杭江铁路扩张为浙赣铁路。1936年1月，杭州到南昌段通车。1937年9月，铺轨到萍乡，接上粤汉铁路。11月17日，杭州钱塘江大桥开通，浙赣铁路全线在战火中通车。自抗战军兴至1939年3月南昌沦陷，全路运送部队约有二百万，补给运输亦近百万吨。难民由沪杭甬一带撤退西来者，不计其数。

本篇曾在《丙子于役集》题下发表于《地方自治专刊》1937年第一期。诗人自注作于 1935 年 6 月 26 日。发表时标题最后增"即景"二字。

笺 注

1 陆地仙：葛洪《抱朴子·内篇·论仙》："上士举形升虚，称为天仙；中士游于名山，称为地仙；下士先死后蜕，称为尸解仙。"诗人雅爱山水，故自称"陆地仙"。

游金华北山三洞

吾宗得道有初平[1]，我到更抒怀旧情。石破天惊龙跃水，兽蹄鸟迹象成精。乳钟响滴千年雨，泉吼声疑百万兵。最是疑关先面壁[2]，刹那一苇渡蓬瀛[3]。

题 解

北山即金华市北的金华山，金华北山的"双龙""冰壶""朝真"洞，合称为"金华三洞"，道家称它为"第三十六洞天"。

本篇曾在《丙子于役集》题下发表于《地方自治专刊》1937 年第一期。

笺 注

1 葛洪《神仙传》载：丹溪人皇初平，十五岁时牧羊山中，被道士引进金华山石室，后得道登仙，能起石为羊。皇初平亦作黄初平，即黄大仙，故诗人云"吾宗"。

2 疑关：犹难关。比喻令人疑惑不解而又棘手的事情或问题。面壁：面向墙壁，端坐静修。

3 佛教故事：南北朝时达摩至中国传扬佛法，途经北江，没有渡江的工具，遂将一束苇草置于江面，踏蹑而渡。这里指顿悟得道，达于彼岸。

赠罗钧任

顽廉懦立伯夷清[1]，受命艰危倍有声。说法记曾同启迪[2]，抗言早已薄功名。允文本以书生显[3]，彦博能教使者惊[4]。尚忆秦淮春夜饮，风萧雨晦赏瑶琼[5]。

题 解

见《送罗钧任出巡新疆》题解。

笺 注

1 顽廉懦立：使贪婪者变得廉洁，使懦弱者能够自立。形容志节之士对社会巨大的感化力量。1922 年 11 月，罗文干因订立《奥国借款展期合同》被诬告受贿而被捕，并导致王宠惠内阁辞职，史称"罗文干案"。蔡元培曾为此愤而辞去北大校长职务，并发表《关于不合作宣言》。顾维钧在被任命为外交总长时也表示，罗文干案不澄清，绝不上任。次年 6 月。罗文干被无罪释放。

2 1920 年，罗文干在北大任教授时，诗人为北大法律系主任。

3 允文：谓有文德。语出《诗经·周颂·武》："允文文王，克开厥后。"

4 文彦博（1006—1097），字宽夫，汾州介休（今山西省介休市）人。北宋时期著名政治家、书法家。宋仁宗时，文彦博为宰相，有辽使入辞，仁宗置酒紫宸殿，使者入至庭中，仁宗突然发病，扶入禁中。文彦博处变不惊，遣大臣就驿赐宴，仍授国书。这里是借典故夸赞罗文干在外交工作中的建树。

5 诗人自注："余有《琼花歌》，为君称赏。"

临川青莲山温泉纪事

去年游临川，一日车往复。今年游临川，幸得温泉浴。水嬉乐融融，尘容洗仆仆。贤主意何殷，杂然陈肴蔌[1]。快意资一饱，厌味胜粱肉。纳凉坐田畔，明月出幽谷。耳目清以新，谈论高且阔。主归我亦眠，纱窗伴月宿。蛙鸣当鼓吹[2]，鸟语悦清淑[3]。只有蚊虫苦，恼人睡不足。倘为入幕宾，岂仅德润屋[4]。

题 解

青莲山在今江西抚州临川西部。青莲山南麓有温泉，颇著名。苏轼曾评价临川温泉"天下温泉有七，汝水其一也"。1930 年代，民国要人常到此沐浴疗养，并留下"经国亭""经国书屋"等遗迹。

笺 注

1 肴蔌：鱼肉与菜蔬。颜延之《三月三日曲水诗序》："肴蔌芬藉，觞醳泛浮。"
2 见《宿汤山晓发宝华山》注5。
3 清淑：清美，秀美。苏轼《寓居定惠院有海棠一株土人不知贵也》："雨中有泪亦悽怆，月下无人更清淑。"
4 《礼记·大学》："富润屋，德润身"谓财富可以修饰房屋，道德足以修养身心。诗人因不富，故反其意而用之。

喜 雨

雨后试登楼，郊原见万绿。甘霖兆岁丰，远岫如新沐。

题 解

本篇曾在《丙子于役集》题下发表于《地方自治专刊》1937年第一期。

赣湘道中

路线由南昌高安上高万，载慈化，过栗市（赣湘交界处），经浏阳以至长沙。

辚辚不许此身闲，行遍崦陬与涧湾[1]。计至湖南七百里，饱看江右万重山。冈峦排闼送迎客，碉堡沿途上下关[2]。回首临川光照笔[3]，急书疾苦到民间。

题 解

本篇曾在《丙子于役集》题下发表于《地方自治专刊》1937年第一期。发表时标题最后多"即景"二字。

笺 注

1 崦陬、涧湾，喻穷山僻水。

2 湘赣边区是十年内战时期"围剿"和反"围剿"的重点战场。尤其是 1933 年开始的第五次"围剿"中，蒋介石采取步步为营的战术，对中央苏区进行封锁，大量构筑碉堡，严重破坏了当地民众的生产生活秩序，当地民众苦不堪言。故而下文有"急书疾苦到民间"句。

3 临川：地名，即今江西抚州。南朝宋文人谢灵运曾任临川内史，后世亦以"临川"相称。王勃《滕王阁序》："邺水朱华，光照临川之笔。"湘赣铁路要通过抚州地界，故诗人化用此典故。

晓游岳麓山遂至云麓宫

廿载重游岳麓山[1]，山灵或不笑余顽[2]。江心晓映半轮月，渡口新添一道关。峰顶诵诗崇祖德[3]，道人把酒醉童颜。归来记取留题处，散在青松翠柏间[4]。

题 解

岳麓山在湖南长沙西南，又名麓山，也叫灵麓峰，其与长沙隔湘江相望，因是南岳衡山的北麓，故名岳麓山。其山形秀美，素为名胜。主要古迹有爱晚亭、云麓宫等。山下有岳麓书院，为宋张栻、朱熹讲学之所。

本篇曾在《丙子于役集》题下发表于《地方自治专刊》1937 年第一期。诗人自注作于 1935 年 7 月 10 日。

笺 注

1 诗人 1915 年北上北京大学任教，至此时 21 周年。

2 山灵：山神。房皞《送王升卿》："我欲从君觅隐居，却恐山灵嫌俗驾。"此句化用苏轼《游金山寺》："江山如此不归山，江神见怪惊我顽。"

3 诗人自注："云麓宫先祖所书'西南云气来衡岳，日夜江声下洞庭。'一联保存无恙。联系其《雪竹楼诗集》中登岳麓山之作。"按，此联是诗人祖父黄道让所作七律《重登岳麓》中的颔联。全诗为："万壑风来雨乍晴，登高一览最怆恒。西南云气来衡岳，日夜江声下洞庭。我发实从近年白，此山犹似旧时青。读书老友今何在？古木秋深爱晚亭。"

4 1852年云麓宫曾毁于兵乱。1863年，按原格局再加以修葺，并在殿前后左右建五岳殿、天妃殿，又增建宫门。

衡 阳

先贤故迹未全荒，石鼓犹存旧讲堂[1]。青草桥边船尾尾[2]，朱陵洞口藓苍苍[3]。两河总汇分泾渭[4]，双塔争衡孰短长[5]。二十年前门弟子[6]，相逢却喜在衡阳。

题 解

本篇曾在《丙子于役集》题下发表于《地方自治专刊》1937年第一期。诗人自注作于1935年7月15日。

笺 注

1 石鼓：指石鼓书院，始立于公元810年。原为石鼓山寻真观，邑秀才李宽（亦名李宽中）来此读书研学，遂改为书院，是湖湘文化的重要发祥地。宋代朱熹有《石鼓书院记》述其盛况。时为衡郡女子职业学校所在地。

2 青草桥：横跨蒸水。此地原有渡口，称青草渡。1186年4月，始建木桥于青草渡。1545年，青草桥遭火焚毁，改建为石桥，逾年讫工，并更名为"永济桥"。1762年，洪水冲坏五墩桥脚面，栏杆多坏，又募捐修复，改称"青草桥"。船尾尾：形容船一艘接着一艘的样子。

3 朱陵洞位于石鼓山东侧。相传唐天宝年间，董奉先曾在洞内炼丹。又传此洞北通南岳与水帘洞（亦名朱陵洞）相连，南岳有道高僧曾借此洞往返衡岳之间。杜甫、韩愈、张籍等历代名流吟咏此洞的诗词达千首之多。为衡阳八景之一。

4 诗人自注："一湘河，源自广西，清；一蒸水，源自宝庆，浊。"

5 诗人自注："双塔一名来雁塔，一名朱晖塔。"按，"朱晖塔"当为珠晖塔，诗人误记。

6 发表时诗人自注："谓宋县长正笙郭科长锡璜钟科长与生谢院长慈舫等。"

经史偶得

　　修身先正心，齐家后治国。近道知先后，幽独莫敢逸[1]。理欲潜机微[2]，闲居争一息。邪正不相蒙[3]，善恶不并立。如彼植树然，繁实须剪棘。又如褥苗然，去莠苗斯殖。君子慎自明[4]，揆务而皆得[5]。至道在絜矩[6]，人身一太极[7]。大学意在兹[8]，古本示典则。

题 解

　　本篇曾在《丙子于役集》题下发表于《地方自治专刊》1937年第一期。发表时题为《题大学古本讲义》。

笺 注

　　1 幽独：独处于僻静之地。杜甫《自瀼西荆扉且移居东屯茅屋》："幽独移佳境，清深隔远关。"逸：放松自己。这句诗是在表达《礼记·中庸》"君子慎独"的意思。

　　2 理欲："天理人欲"的省称。语出《礼记·乐记》："人化物也者，灭天理而穷人欲者也。"机微：细微之处。张继先《金丹诗》："莫嫌野客漏机微，要接仁人至上蹊。"

　　3 相蒙：相关联；相符合。杜甫《岁晏行》："刻泥为之最易得，好恶不合长相蒙。"

　　4 自明：自我表白。屈原《九章·惜诵》："恐情质之不信兮，故重着以自明。"

　　5 揆务：考虑、研究各类事务。

　　6 至道：最高的原则、准则。絜矩：絜，度量；矩，画方形的用具，引申为法度。儒家以絜矩来象征道德上的规范。全句本《礼记·大学》："所谓平天下在治其国者，上老老而民兴孝，上长长而民兴弟，上恤孤而民不倍，是以君子有絜矩之道也。"

　　7 理学家认为"太极"即是"理"。王夫之《张子正蒙注·太和》："道者，天地人物之通理，即所谓太极也。"

8 《大学》原本是《礼记》中一篇，传为孔子后学所作。南宋时，朱熹撰《四书章句集注》，将《大学》从《礼记》中抽出，与《论语》《孟子》《中庸》并列为"四书"，将《大学》置于四书之首。

还山扫墓纪事抒感　八首

晓发自长沙，到城日未斜[1]。豆棚刚结子，苗圃已开花。道水源何远[2]，村醪味更赊。旗亭新驿路[3]，夜坐一瓯茶。

杲杲天无雨[4]，苕苕澧有兰[5]。停弦移古渡[6]，乱石响前滩。合口朝泥酒[7]，新安夕授餐。殷勤诸父老，会面总称难。

念我违乡里，惝惝十七年[8]。儿童报姓字，长老话桑田。陵谷伤今昔[9]，公私辨后先。尚余乔木在，相见亦欣然。

眷我读书堂，思亲泪两行[10]。课经忘夜永，纺绩授衣忙。手泽今犹在[11]，薪传老不忘[12]。陇头来扫墓，一步一悲伤。

手植五株柏，今来剩四株。攀条增感触，绕树一嗟吁。物理如心理，今吾念故吾。更寻游钓地，历历未模糊。

儿时游戏事，斗草捉迷藏。蟏蛸犹在户[13]，町畽半无墙[14]。逐涧寻流水，看山坐夕阳。自怜归也晚，诗好在他乡[15]。

复饮城中酒，旧新雨在庭[16]。庭柯当户碧[17]，水稻入眸青。出昼还三宿[18]，传家守一经[19]。徘徊书院里[20]，桂老弥芬馨。

无限河梁感[21]，茫茫集此身。太浮常在眼，相看不嫌频[22]。往事怀当日，故交剩几人？我行殊未已，去问桃源津[23]。

题 解

本篇曾在《丙子于役集》题下发表于《地方自治专刊》1937年第一期。诗人自注作于1935年7月20至26日。发表时题为《临澧小住回家扫墓纪事抒感八首》。

笺 注

1 "城"指临澧县城。时人习称县城为"城"、省会为"省"。

2 道水是澧水的支流之一。相传汉代有浮邱子在此洗药，丹成得道，故名。道水全长102公里，有南、北两源。南源出自慈利县五雷山东麓，北源水量较大，又分东泉、西泉两支，源出慈利县苗市境内。两条支流在石门县尖刀嘴汇合后，于澧县境内注入澧水。

3 旗亭，市楼或酒楼。见《骑驴寻梅》注1。这里旗亭指的是茶楼。

4 杲杲：明亮的样子。语出《诗经·征风·伯兮》："其雨其雨，杲杲出日。"

5 苕苕：通迢迢，用来形容澧水的源流修长。澧有兰：澧水又名兰江。语本屈原《九歌·湘夫人》："沅有芷兮澧有兰。"

6 停弦：见《停弦渡》题解及注1。此时停弦渡地名尚在，而渡口已迁往他处。

7 合口：临澧所辖镇，位于澧水北岸。泥，通"溺"，这里指沉醉于酒。

8 慆慆：长久。语出《诗经·豳风·东山》："我徂东山，慆慆不归。"

9 陵谷：丘陵变山谷，山谷变丘陵。意思与沧海桑田接近。语本《诗经·小雅·十月之交》："百川沸腾，山冢崒崩；高岸为谷，深谷为陵。"

10 诗人事父母至孝，但七岁丧母，二十岁丧父，令其终生抱憾。

11 手泽：先人遗物或手迹。《礼记·玉藻》："父没而不能读父之书，手泽存焉耳。"

12 薪传：谓先薪烬而火传于后薪。后多指学问技艺的世代相传。诗人祖父进士出身，又是湘西著名诗人，这里有诗书传家的意思。

13 蟏蛸：喜蛛。见《周处读书台》注1。《诗经·豳风·东山》："伊威在室，蟏蛸在户。"

14 町疃（tuǎn）：田舍旁空地，禽畜践踏的地方。语出《诗经·豳风·东山》："町疃鹿坊，熠燿宵行。"

15 此联化用诗人祖父黄道让《出游》:"归也先生休恨晚,好诗强半在他乡。"

16 旧新雨:谓新老朋友。参见《将毋同十六韵》注6。

17 庭柯:庭院里的树。陶渊明《归去来辞》:"引壶觞以自酌,眄庭柯以怡颜。"

18 出昼:昼,地名,在今山东临淄县境。"三宿出昼"典出《孟子·公孙丑下》:"予三宿而后出昼,于予心犹以为速:王庶几改之。"孟子是希望通过留宿三天来观察齐宣王能否用他。这里诗人借用这一典故来表白离开临澧时的依恋心情。

19 一经:指儒家经典。语出《汉书·韦贤传》:"遗子黄金满籯,不如一经。"

20 书院:这里指临澧县城内的道水书院。道水书院创建于1804年,1840年由乡绅捐资扩建。诗人考中秀才以后,曾在道水书院学习。

21 河梁:河梁即桥梁。李陵《答苏轼》:"携手上河梁,游子暮何之?徘徊蹊路侧,悢悢不能辞。"这里河梁感泛指离别时刻的哀愁。

22 化用李白《独坐敬亭山》句"相看两不厌,唯有敬亭山。"太浮:山名。又名独浮山、彰龙山,在临澧县城西南部12公里。相传汉代浮邱子在此修行得道而闻名。

23 相传陶渊明《桃花源记》所记桃花源在湖南桃源县境内,与诗人故乡临澧相邻。这里暗示下一程将会去寻访桃源。

由临澧至常德途中抒感

迎我德山洵美矣[1],送人道水更悠然[2]。儿时负笈经斯地,犹记长途雪满天。求艾方医瘢瘰足[3],趱程又刺布帆船[4]。高堂白发倚闾望[5],旧物青毡顾影怜[6]。今日沅河流浩浩[7],当年江上月娟娟。泛槎东去从兹始[8],海外归来已卅年[9]。

题 解

常德古称"武陵""朗州",位于湖南北部,洞庭湖西侧,号称"川黔咽喉,云贵门户",是西南地区,也是临澧通过洞庭湖进入长江的门户。1936年,国民政府正式在常德设立专员公署,临澧县为其所辖县。这是诗人回乡祭祖后返程途中所作的一首感旧怀亲诗。

本篇曾在《丙子于役集》题下发表于《地方自治专刊》1937年第一期。诗人自注作于1935年7月28日。

笺 注

1 德山:古称枉山,在常德境内。相传古先贤善卷先生居此地,倡人德,重教化,启民智,耕读化人,仕民共仰。隋朝因此传说改枉山为善德山,简称德山。洵美:确实美好。语出《诗经·邶风·静女》:"自牧归荑,洵美且异。"

2 道水:见《还山扫墓纪事抒感》注2。

3 求艾:采集艾草。《诗经·王风·采葛》:"彼采艾兮,一日不见,如三岁兮。"艾为菊科植物,是多年生草本,可入药,亦是灸疗法之燃料。并可用煎水供药浴。这里是说当年采集艾草煎水烫脚,医治冻疮。

4 趱程:犹赶路。刺,谓以竹篙撑船。《史记·陈丞相世家》:"乃解衣裸而佐刺船。"帆船本借风力航行,但因急于趱程,故辅以篙撑。

5 高堂:年迈的母亲。倚闾望:靠着家门向远处眺望。形容母亲盼望子女归来的迫切心情。典出《战国策·齐策六》:"女朝出而晚来,则吾倚门而望;女暮出而不还,则吾倚闾而望。"。

6 旧物青毡:青毡旧物的倒置,喻传家之物。典出《晋书·王献之传》:"(献之)夜卧斋中,而有偷人入其室,盗物都尽,献之徐曰:'偷儿,青毡我家旧物,可特置之。'群偷惊走。"

7 沅河即沅江,一名芷江。发源于贵州省,经常德南流入洞庭湖。与湘、资、澧并为湖南四大河流。

8 泛槎:指飘洋过海。典出张华《博物志》卷三:"天河与海通,近世有人居海渚者,年年八月有浮槎去来,不失期。"

9 诗人于1902年东渡日本求学,此时已逾三十年。

桃源洞遇雨

地入辰沅路[1]，路旁有洞天。桃飞千树雨，水锁一溪烟[2]。弦诵声闻谷，稻秔穗满田。交通成孔道[3]，何处隔凡仙。

题 解

桃源洞又名秦人洞、白马洞，在湖南省桃源县西南桃源山下。相传是东晋时陶渊明所记桃花源的遗址。

本篇曾在《丙子于役集》题下发表于《地方自治专刊》1937 年第一期。诗人自注作于 1935 年 7 月 28 日。

笺 注

1 辰沅：清末设立辰沅永靖道，1914 年改置辰沅道。辖凤凰、芷江等 20 县。1916 年裁武陵道，将所属大庸、石门、慈利、桃源等 4 县划入。1922 年废。

2 溪指施家溪，发源于桃源洞，经避秦处自乐桥、唐诗桥峡口与水溪汇合。沅水倒灌时，避秦处景区下段，可与沅水通航，联系洞庭湖水系。溪口有桃花源村，户户备有渔舟。

3 孔道：大道，四通八达的要道。1935 年湘黔公路建成通车，此处山体受到局部破坏。故诗人在下句感叹"何处隔凡仙"。

醴 陵

渌江清且碧[1]，景物似南塘[2]。窈窕群峰树，琳琅满目篁。晚秧犹在陇[3]，新谷已登场。消夏茶当酒，醴泉味更香。

题 解

醴陵，地处湖南省东部湘赣边境，因境内醴泉得名。

本篇曾在《丙子于役集》题下发表于《地方自治专刊》1937 年第一期。诗人自注作于 1935 年 8 月 12 日。

笺 注

1 渌江，即渌水。古称漉水，漉、渌声相近，后人借便，以渌为称。湘江支流。在湖南省东部。源于江西省萍乡市千拉岭南麓，流经湖南省醴陵市，在株洲县渌口镇入湘江。

2 南塘，古地名。见《题画自遣》注10。

3 晚秧：晚稻的秧苗。

长江舟中寄夔旭

又送羊城去，临岐话不休[1]。征衣初试冷，江水已深秋。子女偏君教[2]，舟车乐求艾[3]。傲霜篱有菊，屈指大刀头[4]。

笺 注

1 临岐：本义为面临歧（岔）路，后用为赠别之辞。

2 偏：偏劳、倚重。

3 求艾：见《由临澧至常德途中抒感》注3。

4 大刀头：还、归来的隐语。刀头常有环，谐音"还"，故以大刀头暗指还家。典出《汉书·李陵传》：汉朝时，李陵的朋友任立政奉命出使匈奴，见面时，因匈奴单于在场，不便交谈，任注目李陵，不断用手摸自己的刀环。示意李陵还汉。

安庆即事

垂杨秋老两堤清，独向菱湖作野行[1]。寺塔临江堪入画[2]，冈峦负廓少\知名。水含帆影摇云影，地挟涛声捲市声。庠序在东吾往矣[3]，依然文物重桐城[4]。

笺 注

1 菱湖：在安庆城东与长江之间，以湖中多菱而得名。原为自然水塘，后扩建成游览胜地。内有明史可法"宜城天堑"石碑及清书法家邓石如精美碑刻。

2 诗人原注："临江有迎江寺振风塔。"

3 诗人原注："安徽大学在菱湖东。"

4 桐城：时为安庆所辖县。春秋时为桐国。隋置同安县，唐改桐城县。清代作家方苞、刘大櫆、姚鼐都是安徽桐城人，承袭其文风的散文作家因而被称为桐城派。

维舟浔阳上岸未果

病与酒为雠，懒寻旧酒楼。心如秋淡荡[1]，船以货夷犹[2]。常恐耽行役，因之敛自由。庐山遥在望，何必作重游。

题 解
维舟：系船停泊。

笺 注
1 淡荡：水迂回缓流的样子。引申为和舒。陈子昂《与东方左史虬修竹》："春风正淡荡，白露已清泠。"

2 夷犹亦作"夷由"，谓犹豫，迟疑不前。语出屈原《九歌·湘君》："君不行兮夷犹。"

游白云山

濂溪泉汩汩，蒲涧草青青[1]。云无心出岫，山有仙则灵。

题 解
白云山在广东省广州市北部。由三十多座山峰组成。主峰摩星岭，峰顶常有白云飘绕，故名。

笺 注
1 蒲涧是白云山中一条南流山涧。上句濂溪泉即濂泉。是在蒲涧中"滴水岩"的高崖滴水。滴水被山风吹散，化成雨点，自三四十米高崖飘下，溅浪如雾，下雨时水大，成为水帘，称为"濂泉"。后来蒲涧改道，水量较以前锐减，濂泉逐渐消失。

子英遇十年前顾曲之丽霞　三首

邀余与芙若同饮。与佛有缘，有感畴昔，联句记之。

一别珠江历几春，嫦娥犹是女儿身。龋　三生石上缘非尽[1]，英　又续仙槎证凤因[2]。龋

刘阮重来已白头[3]，龋　绿珠依旧擅歌楼[4]。英　餐霞居士多情甚[5]，龋　杯酒斜阳话素秋。孚

当年顾曲有周郎[6]，龋　此日梨花对海棠[6]。英　无限深情渟碧水[7]，英　婵娟明月照归航。龋

题 解

子英即朱和中，见《后湖舟中与朱子英联句》题解。芙若，亦作孚若，刘盥训（1876－1953）的字。刘盥训，山西省猗氏县（今临猗县）人。早年在日本参加同盟会。归国后曾任山西大学堂中斋教务长等职。后追随孙中山革命。辛亥革命胜利后，当选临时参议院议员。1928年后任国民政府立法院立法委员。丽霞当为朱和中在广州时相好的歌女，生平不详。

顾曲：相传三国时周瑜精于音乐，当时有"典有误，周郎顾"之语。后因以"顾曲"为欣赏音乐或戏曲的典故。

笺 注

1　三生石：见《题棋纹石》注4。

2 朱和中有诗集《仙槎缘》，纪念与丽霞的友情。参见《题子英〈仙槎缘〉诗稿》。夙因：前世因缘。见《理安寺遇雨》注5。

3 刘阮：东汉时刘晨、阮肇的并称。见《寄郭闵畴兼谢赠印度椰子器》注6。

4 绿珠：晋代石崇的侍妾，善吹笛。石崇参与八王之乱被逮，她坠楼自杀。

5 餐霞：餐食云霞。指修仙学道。语出《汉书·司马相如传下》："呼吸沆瀣兮餐朝霞。"

6 此句化用传为苏东坡所作的调笑诗《戏赠张先》"一树梨花压海棠"句。梨花喻白发老者，海棠喻红颜少女。

7 渟：水流静止不动。

广州杂咏 六首

百花灿灿不知秋，四季皆春是广州。可奈匆匆归去也，桂林不梦梦罗浮[1]。

丰碑矗矗字煌煌，七十二人姓字香[2]。辛亥成功谁嚆矢[3]，策源还是黄花岗。

一江秋水一江珠，青岛风光总不殊。一个广州整个市，可容南海与番禺。

我来蒲涧寺前过[4]，不见菖蒲见薜萝[5]。更有难于持赠物，白云山上白云多。

生活太高本位银，此邦贫富不平均。殷勤为语卫生局，尚有寄居厕所人。

文园分我一杯羹[6]，桃李相逢话别情。席有长蛇肉与酒，令人不羡五侯鲭[7]。

笺 注

1 梦罗浮：参见《次韵和友人咏梦诗》注1。

2 指安葬在黄花岗的广州起义七十二烈士。

3 嚆（hāo）矢：带响声的箭。喻发生在先的事物，事物的开端。

4 蒲涧寺：古寺名。故址在今广东省广州市白云山滴水岩。蒲涧寺在民国前已废，后湮没不存。

5 蒲涧从前因盛产菖蒲草而得名。茑萝：茑与女萝这两种藤蔓草本植物。

6 文园：当时广州知名的园林式酒家，位于文昌巷。

7 五侯鲭：一种鱼肉美食。后亦泛指美味。五侯，汉成帝母舅王谭、王商、王立、王根、王逢时同日封侯，故号为五侯。《西京杂记》卷二："五侯不相能，宾客不得来往。娄护丰辩，传食五侯间，各得其欢心，竞致奇膳。护乃合以为鲭，世称五侯鲭，以为奇味焉。"宋代苏轼《次韵孔毅父集古人句见赠五首》："今君坐致五侯鲭，尽是猩唇与熊白。"

岁暮怀北京同学

青青苜蓿对青灯[1]，长忆初禅最上乘[2]。共拟谪仙为酒圣[3]，岂知岛佛是诗僧[4]。山藏石累堪攻玉[5]，水抱冬心更结冰[6]。今日江南望冀北，砚田廿载绕觚棱[7]。

笺 注

1 苜蓿、青灯借喻清苦的教师生活。见《次韵答袁炼人》注3及《宿宝华山隆昌寺禅房》注7。

2 初禅：佛教用语，指通过修行证得第一类禅定。禅是指修行者将精神高度集中于某对象或主题去思维；定是指心集中在唯一对象的境界之内。佛教通常把禅定划分为初禅、二禅、三禅、四禅四个阶段。最上乘：乘在佛教中指超度世人的工具。上乘即大乘，是相对于小乘而言的。小乘重在个人解脱。大乘则旨在度一切众生。这句诗意指师生满怀以法治救国救民的理想主义梦想。

3 谪仙：指唐朝诗人李白。

4 岛佛即贾岛。见《扫叶楼吊龚半千》注3。

5 山藏石类：喻他山之石。这里界指北大兼容并包。

6 冬心：冬日孤寂凄清的心情。崔国辅《子夜冬歌》："寂寥抱冬心，裁罗又褧褧。夜久频挑灯，霜寒剪刀冷。"

7 砚田：以砚喻田。见《春感》注26。觚棱：宫阙上转角处的瓦脊成方角棱瓣之形，借指宫阙或京城。这里指北大的讲堂。

挽马海饶博士

几度望书得讣闻,故都聚首悔轻分。鉴如伯乐群空野,义仗仲连善解纷[1]。少旅柏林精万法,老横笔阵扫千军。戊申回首霓裳咏[2],文字交深我与君。

题 解

马海饶(1871—1937),名德润,又名玉琨。湖北枣阳人。清末秀才。1903 官费派赴德国留学,获柏林大学法学博士学位。孙中山到柏林时,他曾参与组织留学生欢迎会。毕业回国后曾任京师地方审判厅厅长。中华民国成立后,他历任全国第一届县知事考试主试委员、北洋政府司法部参事修订法律馆总裁等职。此后在京津两地任执业律师,并曾任北京律师公会会长。

马海饶于 1937 年 6 月逝世,此篇在编年时误置于此。

笺 注

1 仲连指鲁仲连。见《东渡舟中感怀》注 5。

2 指 1908 年清政府学部召集的留学生部试。见《湖广会馆百廿年纪念王绍荃袁炼人两公赋诗唱和并以见示谨次原韵》注 1。

丁 丑（1937）

开岁书怀（1937）

苏浙赣湘记漫游，船唇车腹两悠悠[1]。董勋传座分蓝尾[2]，江总还家尚黑头[3]。同轨迤逦新粤汉[4]，论诗慷慨旧曹刘[5]。穗垣明月珠江水[6]，又送寥天海上舟。

笺 注

1 船唇：吴地方言，指船头接近水的地方。车腹：车厢内。

2 董勋传座：董勋，东汉人。《荆楚岁时记》载：有人问董勋：元日饮屠苏酒何故从少者起？对曰："以小者得岁，先酒贺之；老者失岁，故后与酒。"蓝尾：亦作婪尾。唐代称宴饮时巡酒至末座为"蓝尾"。白居易《岁日家宴》："岁盏后推蓝尾酒，春盘先劝胶牙饧。"

3 江总（519—594）：字总持。济阳考城（今河南兰考）人。南朝梁时，官至太常卿。侯景之乱，江总流寓岭南十四五年。至公元563年还朝，年四十五，故称为"还家尚黑头"。入陈后，官至尚书令，不理政务，专与陈后主游宴宫中，时人称为"狎客"。

4 粤汉铁路从1898年开始修筑，因工程量大、经费紧张，加上军阀割据，时局动荡，工程建设一直断断续续。1915年修成广州至韶州（今韶关）段，1918年基本修成武昌长沙段。至1936年8月，株洲至韶州段接通，历经30多年波折的粤汉铁路终于成功建成。1936年9月1日，从武昌开出直达广州的第一趟列车。

5 曹刘：指魏晋时时人曹植和刘琨。论者认为他们的诗歌内容充实、慷慨刚健、风清骨俊，代表了建安文学的优良传统。元好问《论诗三十首》盛赞："曹刘坐啸虎生风，四海无人角两雄。"

6 穗垣：广州的别称。相传西周夷王时，有五仙人乘五色羊，执每茎六穗的谷种至此。仙人隐去，羊化为石。后人遂别称广州城为五羊城或穗城。

农历除岁书事

　　容容岸柳渍春泥[1], 漠漠江云亚槛低[2]。平子长吟青玉案[3], 小儿解唱白铜鞮[4]。席间烛暖杯中酒, 林外蔬眠雪后畦。一事报君留胜赏, 孝陵梅蕾似梁溪[5]。

题 解

　　除岁与除日、除夕、除夜同义。即农历腊月的最后一天。丁丑年除夕为公历 1937 年 2 月 10 日。

笺 注

　　1 容容：随和的样子。《史记·张丞相列传》附韦玄成："其治容容，随世俗浮沉。"渍，浸染。这句诗的要点在"岸"字。河流涨水时，岸柳浸在浑浊的流水之中，水退后必然为泥所渍。

　　2 漠漠，弥漫的样子。王逸《九思》："时昢昢兮旦旦，尘漠漠兮未晞。"亚同压，为洽韵而择字。槛，栏杆。这句诗的意思是：广阔无边的江云低低地压在栏杆的上方。

　　3 平子：张衡的字。张衡精天文，善属文，其《二京赋》为世称颂。青玉案是盛食的美器。张衡《四愁诗》有"美人赠我锦绣缎，何以报之青玉案"。

　　4 小儿：家中幼子。李白《襄阳歌》："襄阳小儿齐拍手，拦街争唱白铜鞮。""鞮"原字是"蹄"，白铜蹄谓毛色金白的马。这一联诗咏其夫唱妇随、儿女天真烂漫的家庭和睦之态。

　　5 梁溪指江苏无锡，见《杂咏三首》注 2。

集 句

　　平头七十从头数[1],〔元遗山〕 绛帻鸡人报晓筹[2]。〔王摩诘〕 四塞山河归汉阙[3],〔陈子龙〕 一帆风雨忆沧洲[4]。〔李中〕 开轩历历明星夕[5],〔徐积卿〕 瘿木累累满道周[6]。〔黄山谷〕 此日履端同献寿[7],〔金幼孜〕 便看雷雨润迟陬[8]。〔陆放翁〕

笺 注

1 此句出自元好问《赵元德御史兄七秩之寿》。元好问，字遗山。平头：凡计数逢十，如十、百、千、万等不带零头，称为齐头，亦称平头。

2 此句出自王维《和贾舍人早朝大明宫之作》。王维，字摩诘。绛帻：用红布包头似鸡冠状。鸡人：古代宫中，于天将亮时，有头戴红巾的卫士，于朱雀门外高声喊叫，好像鸡鸣，以警百官，故名鸡人。晓筹：即更筹，夜间计时的竹签。

3 此句出自陈子龙《潼关》。

4 此句出自李中《赠蒯亮处士》。

5 此句出自徐祯卿《晚过献吉斋所》。

6 此句出自黄庭坚《予既不得叶遂过洛滨醉游累日》。黄庭坚，字山谷。㼆木指楠树树根。可制器具。

7 此句出自金幼孜《次罗修撰元旦纪事》。年历的推算始于正月朔日，称为"履端"。

8 此句出自乐雷发《读系年录》。遐陬：边远一隅。乐雷发，湖南宁远人。南宋政治家、军事家、诗人。诗人标注集自陆游，当为误记。

芜湖重修怀爽楼成，纪念袁忠节公

吁嗟庚子岁，妖氛蔽辇毂[1]。浅见惊为神[2]，几乎鼎折足[3]。凶焰势方张，盈庭皆碌碌。卓哉袁京卿，直谏继以哭。当宁默无言[4]，垂帘竟怒目。权奸肆劫持，遽尔付诏狱。成仁旦夕间，百身不可赎。孤忠大节全，梦梦天何酷。我爱读公诗[5]，清言式如玉。念公昔备兵，弋矶山之麓[6]。学府峙岑楼，怀爽名所独[7]。忽忽三十年，土木渐颓剥。近者焕然新，丹楹重刻桷[8]。旧都我旧游，故宅访遗躅[9]。竭来烟雨墩[10]，吊古襟心曲[11]。岂惟咏甘棠[12]，颇欲荐寒菊。万方正多难，世变益翻覆。风涛颒洞中[13]，纲纪何由肃。试赓正气歌[14]，庶泯浇风黩[15]。永怀忠节公，伟烈光民族。

题 解

袁忠节即袁昶（1840—1900），原名振蟾，字爽秋，一字重黎。浙江桐庐人。1876年成进士后任户部主事、总理各国事务衙门章京。办理外交事务多年。戊戌政变后，以三品京堂在总理衙门行走。1899年4月为光禄寺卿。7月改太常寺卿。1900年，八国联军侵犯大沽，袁昶与许景澄等人联名反对慈禧太后对外草率宣战及围攻各国驻京使馆。7月28日，被慈禧以"任意妄奏""语多离间"之罪名处死，与徐用仪、许景澄、联元、立山合称"庚子被祸五大臣"。八国联军退出北京后，光绪帝宣布为袁昶等人平反，1909年又追谥其为忠节公。袁昶昭雪后，芜湖地方将他建立的尊经阁更名为"怀爽楼"，以资纪念。

笺 注

1 妖氛：不祥的云气。多喻指凶灾、祸乱。辇毂：皇帝的车舆，这里代指京城。

2 义和团号称有神灵附体，可刀枪不入。慈禧希望利用义和团驱逐列强，于是派刚毅等人前往考察。刚毅考察后回复"拳民忠贞，神术可用"。

3 鼎折足：喻亡国。《易•鼎》："九四，鼎折足，覆公餗，其形渥，凶。"八国联军借口德国驻华公使克林德被杀，发动侵华战争，进攻北京。八国联军攻入北京后，慈禧仓皇逃离北京，"西狩"西安。

4 当宁：天子。这里指光绪皇帝。宁，古代宫室门内屏外之地，君主在此接受诸侯的朝见。陈造《赠钱郎中》："孤忠当宁知，宏图时宰领。"慈禧太后几次召集御前会议，决定利用义和团的力量向列强宣战，并且攻打各国在京使馆，袁昶等人坚决反对，而光绪默不作声，惟与许景澄执手痛哭，被慈禧斥为无礼，故下句有"垂帘竟怒目。"

5 袁昶同时也是晚清著名诗人，是同光体浙派诗人的代表。有《安般簃诗续钞》《春闱杂咏》《于湖小集》等传世。

6 弋矶山：本名驿矶山，位于安徽省芜湖市，临长江东岸。这里地势险要，为江防要隘。袁昶于1892年底升任皖南兵备道道员，驻芜湖六年。

7 袁昶在芜湖任职期间，践行"中学为体、西学为用"的主张，扩办中江书院，增设经史、性理、舆算、格致（物理）等实用学科。购书数万卷，在中江书院建立藏书楼——尊经阁，捐募官私各刻新旧书籍数万卷。袁昶平反后，当地人取其字"爽秋"，将尊经阁更名为"怀爽楼"。

8 丹楹：用朱漆涂柱；刻桷：有绘饰的方椽。均言装饰富丽堂皇。《汉书·货殖传》："及周室衰，礼法堕，诸侯刻桷丹楹，大夫山节藻棁。"

9 遗躅：犹遗迹。何儒亮《亚父碎玉斗》："嬴女昔解网，楚王有遗躅。"

10 烟雨墩位于芜湖市区镜湖风景区内，传说是南宋词人张孝祥的读书处，有诸多历朝名人遗迹。

11 襮：表明、暴露的意思。心曲：内心深处。语出《诗经·秦风·小戎》："在其板屋，乱我心曲。"

12 甘棠：本是《诗经·召南》的篇名。内容颂扬召伯的美德，后借以形容官吏的政绩。

13 澒洞：弥漫无际的样子。见《书愤》注1。

14 赓：继续，连续。李白《明堂赋》："千里鼓舞，百寮赓歌。"正气歌：文天祥在狱中写成的一首长诗，表现了他的伟大的爱国精神和崇高的民族气节。

15 庶：希冀、盼望。泯消除，消灭。浇风：浮薄的社会风气。李白《古风》诗之二五："世道日交丧，浇风散淳源。"全句的意思是希望能够消除浮薄的社会风气。

江上送别友人

江烟江雨湿行装，江上送君江水长。岂谓凤鸾栖积棘，待看骐骥骋康庄。寻梅回首刚三日，别酒离情累十觞。乡里如逢知己问，为言草草著书忙[1]。

笺 注

1 并上句。化用王昌龄《芙蓉楼送辛渐》"洛阳亲友如相问，一片冰心在玉壶。"

小黄山公园樱花盛开感而有作

一寸地同一寸金，收回权利有深心[1]。樱花我比昙花现[2]，何若青松郁茂林。

题 解

诗人自注："园在镇江县。"按，镇江黄山位于镇江市南郊九华山北侧。相传山上长满了野茼蒿，夏秋开花一派金黄，因以得名。为区别于安徽黄山，人称"小黄山"。山上有明代户部主事张莱墓。

笺 注

1 小黄山公园原为日商私人园林,园内遍植樱花。后由镇江士绅集资购回,辟为公园。

2 意即我把樱花盛开比作昙花一现。

镇江留别

高楼瞰大江,山纳疏棂里[1]。菜麦秀农田,桃李映春水。我久处都门[2],风光无此美。城居静不哗,街道平如砥。更谢贤主人,授餐多且旨。

笺 注

1 疏棂:稀疏的窗格。黄庭坚《次韵张秘校喜雪》:"寒生短棹谁乘兴,光入疏棂我读书。"

2 都门:借指京都。见《次韵答袁炼人（二首）》注2。

丁丑生日寄夔旭汉上

平戎决不事和戎[1],咄尔倭奴哆总攻[2]。江水泱泱连汉水,秋风忽忽变冬风。晨窥明镜霜侵鬓,夜读阴符气吐虹[3]。一事报君差告慰,近郊到处有防空[4]。

题 解

诗人自注:"一九三七年八月十七日,日寇大轰炸南京。内子夔旭同嘉儿荃儿到汉口。住德兴里。绍湘随后来汉。子懋季彬到汉口住对江乡下。"按,嘉儿即三子黄宏嘉,荃儿即四子黄宏荃,绍湘为次女,子懋、季彬为诗人三女黄季彬及三女婿赵子懋。此时长女黄湘在长沙湖南妇孺教养院工作,次子黄宏煦在上海交通大学求学。

笺 注

1 平戎:原指平定外族的侵略。和戎:原指与少数民族或别国媾和修好。

这里"戎"指日本侵略者。

2 咄尔：表示轻蔑、斥责的语气词。哆：夸口，侈言。

3 阴符：即《太公阴符》，古兵书。后泛指兵书。杜甫《哭台州郑司户苏少监》："从容询旧学，惨澹闼阴符。"

4 此时诗人留京履职，未与家人同行。

连接夔旭汉皋来书却寄

一九三七年十一月二十日，我与院中同人疏散到汉。十一月二十五日到长沙。

匆匆岁月去来今，三接君书抵万金。子女偏劳君教养，相知相印是心心。公园乍见傲霜菊，故里犹存雪竹楼¹。待到虾夷平定日²，便偕鸿案泛归舟³。

题 解

八一三淞沪抗战失利后，日军直逼南京，形势非常危急。1937年11月12日，国防最高会议常务会议决定国民政府迁都重庆。国民政府立法院在当月17日举行第四届第119次会议，决定随政府西迁，并于当天下午开始迁移。在西迁期间，国民政府立法院立法委员们分赴各省市考察，为战时立法工作做准备。期间，诗人携家人回湘，参加当地的救亡活动。

笺 注

1 雪竹楼：诗人祖父黄道让斋号。见《自题竹窗诗存》注7。

2 虾夷：日本古时北方未开化的民族。其人多毛及须髯、颧高、眼凹、鼻尖、肤色浅棕，居住在本州东北奥羽、北陆地方。一般认为北海道阿伊努人即其后裔。这里蔑指日本侵略者。

3 鸿案：东汉隐士梁鸿妻孟光，贤淑温婉，事夫举案齐眉。后以比喻夫妻相敬如宾。参见《杂咏（三首）》注3。

长沙酒楼即和周邦式韵

星沙今聚首¹，失喜饮亡何²。解唱从军乐³，能当曳落河⁴。酒因知己醉，诗为感怀多。凄绝孝陵树，春来冷涧阿[5]。

题 解

诗人自注："一九三七年十一月二十五日到长沙。"

周邦式，见《重九恕斋招饮豁蒙楼未赴约》。时任湖南省立师范学院教授。

笺 注

1 星沙：长沙的别名。见《星沙留别》题解。

2 失喜：喜极不能自制。杜甫《远游》："似闻胡骑走，失喜问京华。"饮亡（wú）何：谓不问他事，只管饮酒。《汉书·爰盎传》："南方卑湿，丝能日饮，亡何，说王毋反而已。"

3 三国时王粲有《从军诗》，吟诵从军出征的欢乐心情。后用为咏从军之典。此时全面抗战刚刚爆发，长沙也掀起轰轰烈烈的救亡运动，热血青年踊跃从军，故诗人有此感叹。

4 曳落河：壮士。见《偕王石荪参观淞沪战区凄然感赋》注3。

5 涧阿：山涧弯曲处。元好问《除夜》："一灯明暗夜如何，寐梦衡门在涧阿。"

附：邦式原唱

乱后今相聚，衔杯意若何。腥膻遍京国，血泪满山河。眷属神仙似，门生白发多。孝陵梅已放，幽梦到岩阿。

戊 寅（1938）

春日即事书怀（1938）

忽回天地一舟轻，破浪初闻欸乃声[1]。半醉情怀关旧雨[2]，万花消息问春晴。有如此水中流楫，令出唯行细柳营[3]。耿耿拿云心事在[4]，誓将长剑斩长鲸[5]。

笺 注

1 欸乃：摇橹声。见《京沪道中（四首）》注8。
2 旧雨：老朋友。见《将毋同十六韵》注6。
3 细柳：地名。在今陕西咸阳市西南。汉文帝时将军周亚夫屯军细柳，治军有方，戒备森严，纪律严明，皇帝亲自劳军至营门，因无军令，亦不得入。后用以称赞称军营纪律严明。
4 拿云：能上干云霄之意。比喻志气远大，本领高强。
5 化用李白的《临江王节士歌》"安得倚天剑，跨海斩长鲸。"这里"长鲸"指日本侵略者。

还乡闻捷书喜

一九三八年二月到临澧新安。

百炸余生在[1]，归来喜放晴。故山形起伏，我胆气纵横。驹影惊过隙[2]，箫声暖卖饧[3]。云端高奏凯，饮至庆春正[4]。

题 解

1938年2月18日12时40分，日军12架重型轰炸机和26架三菱96-1战斗机空袭武汉。我空军第四大队代理大队长李桂丹率29架战斗机于13时10分自汉口机场起飞，与敌空战。战斗中共计击落日军驱逐机12架、轰炸机1架，我军损毁战机 5 架，受伤 2 架。这次空中大捷极大地鼓舞了军心和民心，也更加激发了中国军民的抗战热情。

笺 注

1 八一三淞沪抗战爆发后，诗人先后经历了日军对南京、武汉、长沙的多次轰炸。

2 驹影过隙：快马闪过狭缝，形容时光飞逝。典出《庄子·知北游》："人生天地之间，若白驹之过隙，忽然而已。"

3 暖：暖场；营造气氛。饧：糖稀，一种淡黄色胶状软糖。梅尧臣《出省有日书事和永叔》："千门走马将看榜，广市吹箫尚卖饧。"

4 春正：谓新年正月。

家居感怀

乱后还家味故园[1]，雪盈楼角竹盈轩[2]。东风作意偏吹帽，夜月多情早到门。大抵彝伦存野老[3]，最怜清瘦是农村。山间古木依然在，谷口徐看没烧痕[4]。

笺 注

1 味故园：尝到家乡味道的饭菜。谓还乡。张耒《春日》："旅饭二年无此味，故园千里几时还。"

2 此句隐指诗人祖父黄道让的斋名雪竹楼。

3 彝伦：犹言伦常。古指人与人之间的道德关系。野老：乡下老人。

4 化用苏轼《正月二十日往岐亭》："稍闻决决流水谷，尽放青青没烧痕。"谷口：山谷的入口。没：遮没。烧痕：农村烧草积肥留下的痕迹。

扫 墓

手植株株柏，吟诗慰祖灵。萦回双涧白[1]，重复万山青。密密疏疏树，深深浅浅江。含愁来扫墓，身世感飘萍[2]。

笺 注

1 澧水河在新安镇南分成两股水道，蜿蜒而过，在镇东复又汇合。

2 飘萍：漂流的浮萍。多比喻漂泊无定的身世或行踪。诗人十七岁起，赴日本留学五年，在北京教书十六年，在南京任职七年，如今又要随国民政府西迁重庆，前路未卜。故有此感叹。

将之重庆留别

一九三八年四月到长沙，赴渝。

扫除妖雾现青天，沧海横流忍息肩[1]。饮恨张仪犹有舌[2]，合纵季子本无田[3]。喜延明月常开径[4]，又及春风伴入川。为语故乡诸父老，救亡各着祖生鞭[5]。

笺 注

1 沧海横流：喻政局动荡、兵荒马乱。《晋书·王尼传》："沧海横流，处处不安也。"参见《戊申归国感怀》注1。

2 张仪（？—前310）：战国时魏国贵族后代，纵横家连横派代表人物。秦惠文君十年（前328），任秦国相，为秦国制订连横的外交和军事策略。秦武王即位后，张仪失宠，回魏国为相。一年后去世。

3 季子：战国时洛阳人苏秦（？—前283）的字。苏秦是战国时纵横家合纵派代表人物。早年外出游说，传说其身佩六国相印。后奉燕国命进入齐国从事反间活动，败露后被车裂而死。

4 延：邀请。开径：开放园中的小路迎接挚友。见《壮侯招饮即席赠诗并柬寄侯》注2。

5 祖生鞭：祖生即东晋名将祖逖，曾率部渡江北伐，誓复中原。《晋书·刘琨列传》："（琨）闻逖被用，与亲故书曰：'吾枕戈待旦，志枭逆虏，常恐祖生先吾著鞭。'"后以"祖生鞭"指争先立功。

途中寄弟

居家能几日，做客便难闲。云动心还静，愁多酒未删。长途一片月，故里万重山。季弟怜吾老[1],拳拳蜀道艰。

题 解
诗人兄弟四人,有兄二、弟一。四弟黄君昌(1887—1946),原名逢昌。居乡下老家行医。

笺 注
1 季弟:最年幼的弟弟。

汉渝舟中 二首

一九三八年五月由汉赴渝。时煦儿在汉口船上分手,去做救亡工作,未到重庆。嘉儿荃儿同船到渝。

无数好山不记名,彝陵西上更峥嵘[1]。楚江晓渡黄牛峡[2],蜀水春残白帝城[3]。人杂夕阳喧市语,地从舟子问邮程[4]。层云莽漾风涛急,天险能当百万兵。

舟过巫山十二峰[5],风鬟雾鬓影重重[6]。回崖沓嶂疑无路,鼓浪乘涛转有踪[7]。力保中原关大局,漫将天府侈吾封[8]。印须我友船唇立[9],相与同开万古胸[10]。

题 解
诗人在经汉口赴渝时,长女黄湘、二女黄绍湘因分别在长沙、大庸(今张家界市)负责湖南战时妇幼救济院工作,各自率救济院转移;次子黄宏煦赴大别山参加抗日救亡活动,未与同行。

笺 注
1 彝陵,即西陵峡。长江三峡之一。兵书宝剑峡、牛肝马肺峡、灯影峡、宜昌峡的总称,西起湖北省官渡口,东至南津关,是长江三峡中最长、最险的峡谷。

2 黄牛峡：在湖北宜昌西，形状如人（黑色）牵牛（黄色）就江水而饮。因而这里有"朝发黄牛，暮宿黄牛，三朝三暮，黄牛如故"的谚语。

3 白帝城：在今重庆奉节县东白帝山上。西汉末公孙述于此筑城。由于其割据四川，称帝后，尚白，自称白帝，故曰白帝城。

4 邮程：本义为驿道，驿路。此处犹言路程。

5 巫山十二峰：巫山位于今重庆巫山县东，因山势曲折盘错，形如"巫"字，故名。长江贯穿其间，形成巫峡。巫山有十二峰，包括分布于长江北岸的神女峰、圣泉峰、集仙峰（剪刀峰）、松峦峰、朝云峰、登龙峰和耸立于长江南岸的翠屏峰、飞凤峰、起云峰、净坛峰、聚鹤峰、上升峰。十二峰以神女峰最秀拔。

6 风鬟雾鬓：原指妇女头发蓬松。此处形容云雾中若隐若现的青翠山峰。

7 并上句。化用陆游《游山西村》："山重水复疑无路，柳暗花明又一村。"回崖沓嶂：形容山势重叠。

8 天府：天子的库房，喻物产丰富。多专指四川盆地。侈犹侈言。封：封地。这一联诗意思是：保障中原事关大局，不要耽于"天府之国"而偏安一隅。按，抗战军兴以来，四川军民以国家兴亡为重，川军不顾装备劣势，主动出川参加淞沪抗战、台儿庄战役。四川各界热忱欢迎国民政府迁都重庆，民生轮船公司更是为战略大撤退付出了巨大牺牲。诗人这里主要针对的是国民党内部的权贵和消极抗战言论。

9 卬须：谓朋友。见《哭刘半农（二首）》注13。船唇即船头。见《开岁书怀（1937）》注1。

10 化用李白《将进酒》："与尔同销万古愁。"

白帝城怀古

日落白帝城，厥地临夔府[1]。当年大耳儿，托孤于此处[2]。遗命永安宫，不可君自取[3]。一种猜忌心，将死尚一吐。信不及霍光[4]，遑论伊与吕[5]。无怪东征时，鱼水竟失所[6]。出师名不正[7]，成败可逆睹。遂令王业偏，覆车在弃辅[8]。惜哉武乡侯，褊矣刘先主[9]。怀古发长吁，悲风起江浒[10]。

题 解

白帝城，见《汉渝舟中（二首）》注3。

笺 注

1 夔府：唐置夔州，州治在奉节，为府署所在，故称。杜甫《秋兴》："夔府孤城落日斜，每依北斗望京华。"

2 并上句。指刘备白帝城托孤。大耳儿：指刘备。典出《三国志·蜀志·先主传》：刘备耳大，能自顾见之。托孤：以所遗孤儿相托（多指君主把遗孤托付给大臣）。语出《论语·泰伯》"可以托六尺之孤"。《三国志·蜀志·先主备传》："先主病笃，托孤于丞相亮。"刘备托孤之地就在白帝城。

3 并上句。典出《三国志·蜀志·诸葛亮传》：刘备托孤时对诸葛亮说，"如其不才，君可自取。"永安宫：三国时刘备所建，故址在今重庆市奉节县城内。公元222年，刘备伐吴，在猇亭战败后，驻军白帝城（今奉节），建此宫，次年死于此地。

4 霍光（？—前68）：西汉河东平阳（今山西临汾西南）人，字子孟。侍武帝二十余年，甚见亲信。后元二年（前87），以大司马大将军职与金日磾、上官桀等受遗诏辅政。昭帝年幼继位，他决断政事，权倾朝廷。昭帝死，立昌邑王刘贺为帝，旋废之，改立宣帝。前后秉政二十年，轻徭薄赋，与民休息，使西汉统治重新稳定，史称"昭宣之治"。

5 伊与吕：指伊尹和吕尚。商朝的伊尹辅商汤，西周的吕尚佐周武王，皆有大功。后因并称伊吕，泛指辅弼重臣。

6 鱼水失所喻刘备和诸葛亮的关系失和。《三国志·蜀志·诸葛亮传》载，刘备曾言"孤之有孔明，犹鱼之有水也。"221年7月，刘备不顾诸葛亮劝阻，孤身一人执意东征，结果在夷陵之战被陆逊击败，全军覆没。

7 公元219年，吴国孙权趁关羽北伐樊城的空档，派兵攻掠荆州以南要地，进而偷袭关羽，随后在麦城之战将关羽、关平父子擒捉斩杀。刘备为替关羽报仇而亲征伐吴。荆州本是刘备向孙权所借，又因私仇兴兵，故诗人认为刘备师出无名。这一观点和诗人《蟂矶灵泽夫人》中以蜀汉为正统的观点有所不同。

8 覆车：比喻失败的教训。司马光《三月晦日登丰州故城》："满川战骨知谁罪，深属来人戒覆车。"弃辅：刘备东征时，命诸葛亮留守成都，未与同行。

9 褊：衣服狭小。借喻心胸狭隘。

10 江浒：江边。李白《相和歌辞·丁都护歌》："万人凿盘石，无由达江浒。"

南温泉即事

嘉儿一九三八年五月进南温泉学生营。

花滩溪里缓舟行[1]，旋转乾坤一棹轻。百道飞泉来虎啸，双悬瀑布作龙鸣。路多岌嶪山乘梮[2]，雨潋连宵昼放晴。更喜青年能尚武，卧尝先见学生营[3]。

题 解

嘉儿即诗人三子黄宏嘉。南温泉亦称观音寺温泉，在今重庆市巴南区，因位于重庆市长江以南而得名。开发始于明万历年间，原规模较小。清同治年间开始修建浴池，后规模逐渐扩大。抗战初期，国民政府在南温泉建有半军事化管理的学生营，收容沦陷区流亡来渝的中学生。诗人三子黄宏嘉在营中受训、学习。

本篇曾发表于《民族诗坛》1938 年第 1 期。

笺 注

1 花滩溪：又名花溪河。小溪横贯景区，流水清浅，刚可泛舟。是南泉十二景之一。

2 岌嶪：险峻的样子。杜甫《九成宫》："曾宫凭风回，岌嶪土囊口。"梮：行走山路时安装在鞋底防滑的锥形物。《汉书·沟洫志》："泥行乘橇，山行则梮。"

3 卧尝：卧薪尝胆的略语。

赠仇亦山

永怀白下倾樽酒[1]，偏值黄杨厄闰年[2]。每出新诗传众口，可无大计返侵田[3]。九袪守宋谋归墨[4]，三户亡秦楚有贤[5]。岁月峥嵘耆指使[6]，还期定策赋安边。

题 解

仇亦山即仇鳌。见《仇亦山谢赠红豆走笔答之》题解。

笺 注

1 白下即南京。见《西湖散步与夔旭偶谈五则》注 8。

2 诗人自注:"今年闰七月。"按,俗说黄杨岁长一寸,遇闰年不长反缩。苏轼《监洞霄宫俞康直郎中所居四咏》:"园中草木春无数,只有黄杨厄闰年。"

3 侵田:侵占的田地。《左传·襄公十六年》:"警守而下,会于溴梁。命归侵田。"这里指被日本侵略者占领的国土。

4 九袪守宋:事见《墨子·公输》。公元前 440 年前后,楚国准备攻打宋国,请鲁班制造攻城器械。墨子赶去劝阻,当面演习攻与守的战阵。鲁班九设攻城之机变,墨子九拒之,仍有余力。楚国只好放弃攻宋的打算。袪,同祛。除去;驱逐。谋归墨:言谋略以墨家最为卓越。墨家是春秋时期的显学,《孟子·滕文公》称"天下之言,不归杨,则归墨。"

5 语出《史记·项羽本纪》:"自怀王入秦不反,楚人怜之至今,故楚南公曰:'楚虽三户,亡秦必楚也。'"诗人和仇鳌家乡都属楚地,这里是在昭示抗战到底的决心。

6 耆指使:语出《礼记·曲礼上》:"六十曰耆,指使。"郑玄注:"指事使人也。六十不与服戎,不亲学。"这句诗的意思是,时代风云激荡,还需要长者出谋划策。引出下句"还期定策赋安边"。

次吟韵寄王太蕤

独弹古调入高吟,考证分明体孰禁[1]。湖海秋风豪士气,蕙荃隽韵雅人心[2]。每携山影浮江去,常爱松声看雨沈。异日南泉重剪烛[3],离骚一卷是诗箴[4]。

题 解

王太蕤(1881—1944),名用宾,室名半隐园,山西临猗人。1904 年赴日本留学，入法政大学，是诗人学弟。毕业后回国，于太原创设《晋阳公报》。1928 年任首届国民政府立法院立法委员。1934 年 12 月任司法行政部部长。时任中央公务员惩戒委员会委员长。

笺 注

1 诗人自注："来函引《楚辞》'兰芷变而不芳兮，荃蕙化而为茅。'茅韵古本在尤。"按，此处所引句出自屈原《离骚》。兰、荃、蕙均为香草名。兰草芷草失去了芳香，荃草蕙草变成了茅莠，喻世风日下。在近体诗的平水韵中，"茅"在下平三肴部，而在楚辞中，"茅"在幽部，平水韵中属于十一尤。故诗人云"茅韵古本在尤。"

2 此处诗人回应原唱关于"荃蕙化而为茅"的慨叹，称赞王用宾依然保持高洁的情操。

3 南泉是南温泉的简称。见《南温泉即事》题解。

4 诗箴：成为经典，世代传诵，作为箴言的诗篇或诗句。

叠吟韵再寄太玄

庄舄时时作越吟[1]，乡思与共意难禁。愿依巴郡千山月，照见羁人两地心[2]。蟋蟀偎墙声断续，醯鸡扑瓮影浮沉[3]。醉乡滋味君如识，哪管杨雄作酒箴[4]。

笺 注

1 庄舄（xì）越吟：《史记·张仪列传》记载：越国人庄舄在楚国做官，病中思乡，呻吟作越声。

2 羁人：旅居在外的人。一般用指被事务羁绊在异地。王安石："羁人乐此忘归志，忍向西风学越吟。"

3 醯（xī）鸡：即蠛蠓，俗称"墨蚊"。双翅目蠓科的一种昆虫。孳生于潮湿有水的地方。古人误以为是酒、醋上的白霉变成，故名。

4 杨雄（前 53—18），多作扬雄。字子云，蜀郡成都（今四川成都）人，汉代著名的辞赋家、哲学家和语言学家。《酒箴》是杨雄所作的一篇小赋，借比较盛酒的器具，劝诫汉成帝不要因亲近那些圆滑的小人而疏远了淡泊的贤人。

三叠吟韵寄太甦

却忆金陵旧雨吟[1]，无端聚散感难禁。衔杯共爱碧筒饮[2]，投老吾犹赤子心[3]。天入江流随广狭，山藏雾气互升沉。秋来景物添新样，也似汤盘九字箴[4]。

笺 注

1 旧雨指老友。见《将毋同十六韵》注6。
2 碧筒亦作碧箭、碧桐，一种用荷叶制成的饮酒器。冯惟敏《此景亭雨酌》："碧筒纵饮，清商朗讴，海天一雨彩虹收。"
3 投老：临老；垂老。语出《后汉书·仇览传》："母守寡养孤，苦身投老。"
4 汤盘九字：见《汤山》注1。

四叠吟韵寄太甦

新波青翰渡江吟[1]，拥楫悦君雅不禁[2]。幸免尖义斗险韵[3]，岂知夫子有蓬心[4]。渚清沙白秋绵邈，雨荷风蓼气肃森。倘见鹢鹒凉孕碧[5]，纵然一羽可名箴[6]。

笺 注

1 青翰：信天翁的别称。信天翁，见《寄郭闵畴兼谢赠印度椰子器》注8。
2 拥楫：原意为持桨。后特指舟中咏唱。刘向《说苑·善说》："越人拥楫而歌。"
3 尖义：锋芒。险韵：难押的诗韵。多人联句或赋诗填词时以险韵竞胜，称"斗韵"。苏轼《次韵曾子开从驾》："衰年壮观空惊目，险韵清诗苦斗新。"
4 蓬心：蓬是一种拳曲不直的野草。蓬心比喻不能通达事理，常作自喻浅陋的谦辞。《庄子·逍遥游》："今子有五石之瓠，何不虑以为大樽而浮乎江湖，而忧其瓠落无所容？则夫子犹有蓬之心也夫！"

5 䴔䴖：鹭鸶的一种。头细身长，身披花纹，颈有白毛，头有红冠，能入水捕鱼，又名"鱼鹰"。

6 一羽：一只。箴：计算禽类数目的量词。《尔雅·释器》："一羽称为箴，十羽称为缚。"

哲生来渝

车抵江干日影斜[1]，行旌喜见到三巴[2]。万山过雨青归树，百草驰烟绿隐花。脱险机惟有争顷刻[3]，复兴天已相中华。于今国际深同忾，有耀星明使者槎[4]。

题 解

哲生是孙中山长子孙科（1891—1973）的字。孙科早年毕业于美国加州大学伯克利分校，回国后历任国民政府广州市市长、代理广东省省长、交通部部长、国民政府建设部部长、财政部部长、铁道部部长、国民政府行政院院长等职。1932年年底起任国民政府立法院院长。1938年1月至9月，孙科率团出使欧洲和苏联。访苏期间，同斯大林等苏联领导人举行了会谈，成功争取到苏联援助中国抗战。本篇是诗人在迎接孙科出使归来时所作。

笺 注

1 江干：江边；江岸。王勃《羁游饯别》："客心悬陇路，游子倦江干。"孙科结束对苏联的第二次访问，经香港辗转到武汉，然后乘船返渝，故诗人一行到江边迎接。

2 三巴：东汉末分巴郡为永宁、固陵、巴三郡，后又改为巴、巴东、巴西三郡，称为三巴，统有今四川嘉陵江和綦江流域以东地区。亦专指重庆地区或泛指川渝。

3 孙科结束访苏后，途经香港回国。当时香港有飞往重庆和汉口两条航线。因正值武汉会战，汉口形势危急，日本特务判定孙科将要搭乘返回重庆的航班，于是日本海军派出战机，将当天由香港飞往重庆的中国航空公司民航班机在广东中山县（今中山市）境内击落，机上人员除一人外全部遇难。孙科因为要向当时在汉口指挥武汉会战的蒋介石汇报访苏成果，冒险飞往汉口，侥幸躲过暗杀。

4 使者槎：指出使者所乘之船只。何景明《古井篇》："沧海空流使者槎，悲风暮起将军树。"参见《海上逢赵善臣师》注1。

佟麟阁赵登禹两将军双忠亭诗 并序

> 二十六年七七事变，佟、赵二将军负南苑指挥之责，与敌作殊死战。众寡悬殊，同时殉国。全部随之，事闻中央震悼。追赠陆军上将。宋明轩长官拟在南岳观音阁建双忠亭。贺主席贵严嘱，为诗纪事。

东北嗟沦胥[1]，倭欲壑未满。平津绾要冲，当先罹兵燹。佟赵两将军，奉命守南苑[2]。孤军撄贼锋，炸弹密雨点。慷慨以成仁，临难毋苟免。全部齐殉之，至烈亦至惨[3]。国家礼数隆，饰终荣令典[4]。缅惟革命功，荦荦皆伟显[5]。佟君高阳人，韬略蚤岁展。十五年誓师[5]，南口扼要险[6]。决死守延庆[7]，危幕赖以转。冯公驻五原，命率师援陕。遂解长安围[8]，军长称人选[9]。完成北伐功，不伐孟之反[10]。抱道隐西山[11]，经典邃研纂。端忧念寇深[12]，有席不暇暖。赴约廿九军，阳泉任训练[13]。赵君菏泽人，一身都是胆。长城敌人惊，军中有一范[14]。喜峰口负疮[15]，锐气无稍减。衔枚袭敌营[16]，肉搏兵接短。白台子一战[17]，敌南下不敢。锁钥镇北门[18]，安边肃查捡。张北事虽严[19]，狂暴迹渐敛。勋业如二君，都可光册简[20]。我闻燕赵人，豪侠多悲感。民气素强悍，体力少孱懦。间气河岳钟[21]，地灵人杰产。佟君性谨严，笃学崇实践。赵君性任侠，谠论更侃侃。以此国殇多，抗战绩匪浅。我昔欧美回，于役北留淹[22]。虚衷宋长官[23]，大势相推算[24]。在座有二君，宴谈掬诚款[25]。齿切寇雠深，发指复涕泫。偕亡具决心，抵抗弗可缓。此事载笔记，岁月感荏苒。大树部下凋[26]，人亡国之玷。冀鲁郁葱茏，太行形蜒蜿。浩气贯岳云，旦暮蔚舒卷。峨峨双忠亭，遥遥巡与远[27]。铭勋表贞珉[28]，泪多襄阳岘[29]。亮节振军威，正气扶国本。民族卜存亡，国脉决续断。必胜持久战，后死齐加勉。平倭会有期，妥灵重侑盏[30]。

题 解

佟麟阁（1892—1937）：爱国抗日将领、革命烈士。原名凌阁，字捷三，直隶高阳（今属河北）人。1911年从军，在冯玉祥部从排长逐级升任至旅长。1925年任国民军第一师师长兼陇南镇守使。1931年起任国民党第二十九军教导团团长兼张家口警备司令、察哈尔省政府代主席兼抗日同盟军第一军军长、第二十九军副军长。七七事变爆发时，在北平（今北京）南苑，率部抗击日军。7月28日遭敌机袭击殉国。是抗日战争中殉国的第一位国民党高级将领。被国民政府追赠为陆军上将。

赵登禹（1890—1937）：爱国抗日将领、革命烈士。山东菏泽人。字舜诚、舜臣。1914年入冯玉祥部，1930年参加反对蒋介石的中原大战。次年初所部被改编，任第二十九军第三十七师第一旅旅长。1933年率部参加长城喜峰口抗战，取得喜峰口大捷，旋因战功升任第一三二师师长。1937年卢沟桥事变爆发，任北平南苑前线总指挥。7月28日在南苑遭日军袭击殉国。31日，国民政府追赠陆军上将。

双忠亭在今湖南衡阳市南岳区。是宋哲元1938年在南岳休养时，为纪念部属佟麟阁、赵登禹两位抗战烈士而建。亭正面额"双忠亭"为冯玉祥所书，亭内石碑上镌有国民政府对佟、赵两将军的褒扬及宋哲元撰写的碑文。今为湖南省文物保护单位。

宋明轩即宋哲元。贵严是贺耀组的号。见《送贺贵严之任甘肃》题解。

笺 注

1 沦胥：指沦陷。见《春感（八首）》注19。

2 南苑又名南海子。在北京永定门外。明清时为皇家园林，其中养殖禽兽，专供皇帝游猎享乐。清同治间于此设神机营，为驻军之所。光绪末年荒废。辛亥革命后仍为驻兵重地。

3 1937年7月27日，日军开始进攻南苑。此时，镇守南苑的部队仅7000余人，其中包括一个尚未武装的学兵团1700余人。27日的战斗异常惨烈，但我军仍然打退了日军的多次进攻。但由于汉奸出卖，日军掌握了我军全部兵力部署和作战方案。28日下午4时，当我军撤退至大红门一带时，遭到日军伏击。

日军以地面优势火力疯狂射击，加上敌机猛烈轰炸扫射，我军遭到重创。南苑守军7000余人，阵亡5000人之多。佟麟阁、赵登禹两位将军多次负伤后仍然坚持在火线指挥作战，相继殉国。

4 饰终：死后追赠尊荣。

5 荦荦：卓绝的样子。见《暮春登牛首山》注6。

6 并上句。民国十五（1926）9月17日，冯玉祥及所部一万余国民军官兵举行誓师大会并举行易帜仪式，加入北伐。史称"五原誓师"。南口：燕山山脉在北京西北郊的一个山口，是北京通往绥远的交通要道。1926年4月，冯玉祥的国民军在反奉战争中失利，从北京城撤退至南口预设阵地固守。此时佟麟阁为国民军第十一师师长，担任南口正面防御。

7 南口大战中，佟麟阁主要驻守延庆、德胜口一带。其关公岭是南口全线的主要阵地。

8 1926年3月，吴佩孚委任刘镇华为"陕甘剿匪总司令"，以8个师的兵力将西安四面包围。杨虎城所部万余人固守西安8个月之久，几近弹尽粮绝。10月初，刚刚在肃清甘肃军阀残余的佟麟阁奉命援陕，星月驰援西安。几经激战，会同友军在11月底击溃刘镇华，西安之围得解。

9 1927年4月，蒋介石发动四一二政变，并在南京另组国民政府，宁汉分裂。5月，武汉国民政府任命佟麟阁为改编后的国民革命军第三十五军军长。

10 不伐孟之反："孟之反不伐"的倒装。意思是孟之反不喜欢自夸。语出《论语·雍也》"孟之反不伐。奔而殿，将入门，策其马，曰：'非敢后也，马不进也。'"孟之反又名孟之侧，鲁国大夫。伐：夸耀。有一次鲁国打了败仗，孟之反主动掩护撤退。快进城门时，他用鞭子抽打着马说："不是我想要殿后，是我的马跑不快呀！"

11 抱道：持守正道。西山：一指首阳山。在今山西省永济县南，相传伯夷、叔齐隐居于此。这里借指隐居。1928年，佟麟阁在任陇南节度使兼第十一师师长期间，在河州（今属甘肃省临夏回族自治州）被回族武装马仲英部包围。佟麟阁为避免激化民族矛盾，处处退让，第十一师蒙受很大损失，因而引咎辞职，回原籍高阳县边家务村侍奉双亲。其次，西山也是北京西北一带山脉的泛称。1933年8月上旬，察哈尔民众抗日同盟军解散，佟麟阁抗日之志未酬，再度退隐，到北平香山赋闲隐居。

12 端忧：深忧。寇深：敌寇深入国土。语出《左传·僖公十五年》："晋侯谓庆郑曰：'寇深矣，若之何？'"

13 1929年1月，南京国民政府召开整编会议，冯玉祥的第二集团军整编为第二编遣区，辖十二师。佟麟阁被重新起用，任暂编第十一师师长。中原大战冯玉祥讨蒋失败，佟麟阁被迫将部队交给杨虎城。随后宋哲元等也退入山西，接受张学良改编为国民革命军第二十九军。佟麟阁任副军长，驻阳泉一带整训。

14 一范：指范仲淹。范仲淹曾任陕西经略安抚招讨副使，防御西夏，有声威。朱熹《五朝名臣言行录·参政范文正公》引当时民谣云："军中有一范，西贼闻之惊破胆。"1933年3月初，日军占领热河，随后进攻北京东北方向的长城各口。中日双方军队在长城一线发动了多场战斗，史称"长城抗战"。赵登禹时任第二十九军第三十七师第一〇九旅旅长，所部是长城抗战中喜峰口大捷的主力，其大刀队大破日军，令敌人胆寒。

15 负疮：负伤。1933年3月9日，日军企图抢占长城喜峰口。赵登禹奉命率部跑步驰援，直插喜峰口接管阵地，打退了日军的多次进攻。战斗中，赵登禹腿部中弹，仍坚持指挥战斗。

16 衔枚：古代行军袭敌时，令军士把箸横衔在口中，以防喧哗。后用以指静默行进。1933年3月10日、11日深夜，赵登禹率大刀队两度夜袭日军，在友军配合下，共砍死砍伤日军逾千人。在11日的夜袭中，全歼进犯长城的日军骑兵与炮兵部队。喜峰口战斗史称"喜峰口大捷"，催生了唱响整个抗日战场的《大刀进行曲》。

17 白台子是长城城子峪关附近的一座小山，当时是参加喜峰口战斗的日军指挥部和炮兵阵地所在。在1933年3月11日的夜袭中，由赵登禹所部王长海团负责袭击白台子敌炮兵阵地，共砍杀敌兵600余名。

18 长城抗战失利后，1933年5月31日，国民政府与日本侵略军达成丧权辱国的《塘沽协定》，中国军队退守至延庆、通州、宝坻、芦台所连线以西、以南地区。此时赵登禹已升任第一百三十二师师长，率部移驻张家口。张家口在河北省西北部，地处东北连接西北、华北要冲，历来号称京北门户、边关锁钥。

19 1935年6月5日，4名无护照日本军人由多伦往张家口，途经张北县被赵登禹部守卫官兵检查，送师部军法处拘留8小时后释放。但日方以受到"恐吓"为借口，要求中方惩办直接负责人。18日，国民政府行政院会议免去宋哲元察哈尔省主席之职，由秦德纯代理。6月27日，秦德纯与日方代表土肥原贤二在北平签订了非正式《秦土协定》，致使中国失去察哈尔的大部分主权。史称"张北事件"。

20 册简：指书籍、文牍、档案。林廷模《送杨邦桢还蜀》："雪案且劳亲册简，云衢终许骋骅骝。"这里特指史籍。

21 间气：旧谓英雄豪杰上应星象，禀天地特殊之气，间世而出，称为"间气"。河岳：黄河和五岳的并称。后泛指山川河流。钟：凝聚。这句诗的意思是，河岳之间汇聚了英雄豪杰之气。

22 于役：行役。谓因兵役、劳役或公务奔走在外。《诗经·王风·君子于役》："君子于役，不知其期。"留淹：淹留的倒置。谓久留、逗留。陈著《与前人对酌醉中》："天宽地阔无拘嫌，日往月来无留淹。"这句的意思是我曾经为谋生在北方居住许久。

23 虚衷：胸中无成见。宋长官：指宋哲元（1885—1940）。字明轩，山东乐陵人。七七事变时任国民党军第二十九军军长、晋察冀政务委员会委员长。七七事变爆发后，所部奋起抵抗日本侵略。但当时舆论对宋哲元本人在公开场合依然与日周旋愤愤不平，以致舆情汹涌。1938年后，宋哲元离开部队养病。1940年4月病逝，国民政府追赠为陆军一级上将。

24 大势：事物的大概；大致状况。这句的意思是：推测起来大致的情况是。

25 诚款：忠诚；真诚。

26 大树：指冯玉祥。见《赠冯焕章》注2。此时不仅佟麟阁、赵登禹已经殉国，原西北军将领杨虎城已被蒋介石软禁，宋哲元也离开部队，辗转湘、桂、川养病。故诗人有此感叹。

27 巡与远：唐代张巡与许远。安史之乱时，二人在睢阳共同作战，外无援兵，内无粮草，坚守数月，睢阳失守，不屈遭害。后唐肃宗李亨敕建双忠庙于睢阳。庙中并有"国士无双双国士，忠臣不二二忠臣"名联传诵于世。

28 贞珉：石刻碑铭的美称。

29 襄阳岘：指襄阳岘山。在今湖北省襄阳市襄城区。山中有羊公碑，又名"堕泪碑"，是当地百姓怀念西晋著名政治家、军事家羊祜建立的。这里借喻佟、赵二人德高望重。

30 妥灵：安置亡灵。韩愈《衢州徐偃王庙碑》："故制牺朴下窄，不足以揭虔妥灵。"侑盏：祭奠、祭祀。这一联的意思是，等打败了日本鬼子，再来重新祭奠先烈，告慰英灵。

赠朱子英

人知与否两嚣嚣[1]，老去悲秋气自豪[2]。一片婆心洪佛子[3]，千金报国郑弦高[4]。岂无内政寄军令[5]，亦有殷忧托楚骚[6]。擿发强权申正义[7]，紫阳家世笔如刀[8]。

题 解

朱子英：见《后湖舟中与朱子英联句》题解。

笺 注

1 化用《孟子·尽心上》："人知之，亦嚣嚣；人不知，亦嚣嚣。"嚣嚣：自得无欲的样子。

2 悲秋：对萧瑟秋景而伤感。语出《楚辞·九辩》："悲哉！秋之为气也。萧瑟兮，草木摇落而变衰。"杜甫《登高》："万里悲秋常作客，百年多病独登台。"这句称赞朱子英虽然老去，依然豪情满怀。

3 婆心：指仁慈之心。洪佛子即洪皓（1088—1155）。南宋官吏、史学家。字光弼，鄱阳（今江西波阳）人。曾出使金国，因拒绝出任金国官职，被流放冷山，历尽艰难苦楚。在金国凡十五年，大赦南归。回朝后，任徽猷阁直学士，因与秦桧不合，屡贬至英州（今广东英德）、袁州（今江西宜春），后死于南雄州（今广东南雄）。

4 弦高是春秋时期的郑国大商人。《吕氏春秋·悔过》记载：一次秦军攻打郑国，路过滑邑时，正巧弦高在这里做买卖。弦高分析秦国军队远道而来必然是偷袭郑国，而郑国却没有丝毫准备。他立刻派人回郑国报信，同时拿出自己的12头牛，诈称奉郑伯之命前来犒劳秦军。秦军以为郑国早有准备，偷袭已难实现，也只好班师回秦。

5 语出《管子·小匡》："作内政而寓军令焉。"意谓在举办内政时就要在其中贯彻军令，把居民的地方组织与军队编制结合起来，寓兵于农，平战结合。朱子英前期一直在军界任职，后来和诗人共同负责地方自治法的立法工作。

6　殷忧：忧伤。阮籍《咏怀》："感物怀殷忧，悄悄令心悲。"楚骚：指屈原所作的《离骚》。这句诗的意思是也通过诗词来排遣胸中的忧愁。

7　摘（tī）发：揭露。朱和中和诗人当时都是国民外交协会的会员，协会的宗旨是揭露日本侵华政策本质，鼓动抗日。

8　紫阳家世：紫阳是宋代理学家朱熹的别称。朱熹之父朱松曾在紫阳山（在今安徽省歙县）读书。朱熹后题厅事曰"紫阳书室"。后人因以"紫阳"为朱熹的别称。朱子英与朱熹同姓，故诗人称其为"紫阳家世"。

谢陈树人赠战尘集

昔别金陵雨雪霏，今来巴蜀柳依依[1]。仓庚声里铙歌奏[2]，一卷战尘当采薇[3]。

题解

陈树人，见《酬陈树人并次原韵（二首）》题解。

《战尘集》辑录了陈树人在抗战军兴以来创作的抗战诗词，初版于1938年，由三民印刷所刊行，收录诗歌200余首。以后多次再版，所录作品增至500余首。

笺注

1　这一联用《诗经·小雅·采薇》"昔我往矣，杨柳依依。今我来思，雨雪霏霏。"

2　仓庚：黄莺，又名黄鹂。《诗经·豳风·七月》二章："春日载阳，有鸣仓庚。"《禽经》："仓庚今称为黄莺。"铙歌：汉乐府《鼓吹曲》的一部，用于激励士气及宴享功臣。李白《入朝曲》："铙歌列骑吹，飒沓引公卿。"

3　采薇：《诗经》篇名，吟咏戍边战士归乡途中对战场的缅怀。

合川濮岩寺即景

濮湖名著古丛林[1]，唐宋碑文尚可寻[2]。江水合流环碧玉，菜花遍野灿黄金。岂无历史存乔木[3]，尽有弦歌惠好音[4]。此去钓鱼城不远[5]，长留日月照丹心。

题 解

  合川时为合川县，今重庆市合川区。濮岩寺在合川城北，原名定林寺，始建于唐代开元年间（713—741），因其所在地名濮岩，故从明代起俗称濮岩寺。抗战时期为国立第二中学所在地。当时诗人的三子黄宏嘉、四子黄宏荃分别在该校高中部、初中部求学。

  本篇曾发表于《民族诗坛》1939年第4期。

笺 注

  1 濮湖：濮岩寺山门前古有一水塘，称濮湖。水塘枯涸已久，成一片洼地，仅地名沿用未改。丛林：寺院的泛称。

  2 濮岩寺以寺后绝壁多唐、宋、元、明、清各朝摩崖造像而闻名。据顾颉刚等人《大足石刻图征录》考证，此处石刻为大足石刻源头。

  3 乔木，谓故国、故园。见《西园美枞堂杂咏（五首）》注3。

  4 弦歌：指学校诵读之声。见《东渡舟中感怀（四首）》注14。好音，即美好的音调。杜甫《蜀相》："映阶碧草自春色，隔叶黄鹂空好音。"

  5 诗人自注："城东钓鱼城，宋将张珏御元兵处。"按，钓鱼城在合川东郊钓鱼山上，为宋蒙战争时期四川安抚制置使兼知重庆府余玠所筑，是重庆屏障和南宋长江防御体系之枢纽。1259年2月，蒙古大汗蒙哥亲率4万兵马攻打钓鱼城。战斗中蒙哥被城上火炮击中，死于城下（一说重伤后逝于温泉寺）。钓鱼城以弱胜强、孤城守土36年的事迹，是抗战时期鼓舞军民斗志重要的历史文化资源，各界人士纷纷登临凭吊。

九一八感言

  七年国耻亘胸间，蚕食鲸吞一例删[1]。纵使腥膻丛狗彘[2]，终教胜利返河山。旌旗有意连三辅[3]，刁斗无声壮九关[4]。江汉汤汤秋气爽，捷书指日破愁颜。

题 解

  1938年5月，徐州陷落，日军开始计划攻占武汉。6月13日，日军占领当时对安徽省会安庆市，拉开武汉会战序幕。武汉会战战场横跨安徽省、江西省、河南省、浙江省及湖北省等广阔地域，历时四个月。尽管中国军队最终弃守武汉，但日军为攻占武汉已竭尽全力，成为强弩之末，从此再也无力发动战略进攻，抗日战争从此转入相持阶段。9月中旬，武汉会战正处于胶着状态，诗人次子黄宏煦还在大别山前线参加救亡活动。这首诗就是在这样的时代背景下创作完成的。

笺 注

1 一例：一律。删：削除。此句谓日本帝国主义对我国采取的蚕食鲸吞的侵略政策，在今天全民抗战的大好形势下，已经全面崩溃。

2 腥膻：这里指日本侵略者。见《感事》注3。狗彘：狗与猪，比喻行为卑鄙的人。这里指汪伪汉奸。

3 三辅：原指西汉共治长安城的京兆尹、左冯翊、右扶风。后三辅又转喻京畿地区。这句诗的意思是：重庆上空飘扬着威武的旗帜。

4 刁斗：古时行军的用具。铜制，有柄，夜间可用以打更，白天可当锅煮饭。一说一种小铃。高适《燕歌行》："杀气三时作阵云，寒声一夜传刁斗。"九关：众多关卡要塞。这里指抗日军队威武雄壮，严阵以待。

送林伯渠之陕北　一九三八年十月

香晚花盈菊，江澄山逼秋。入城访之子[1]，携手上高楼。别来双鬓改，往事说从头。书味忆道水[2]，家山念太浮[3]。世变真忽忽，心事转悠悠。君今往陕北，我亦滞渝州。风雨嗟异地，艰苦济同舟。仗剑驱小丑，固圉完金瓯[4]。扼要复据点[5]，努力争上游。寇势成强弩[6]，失地诘朝收[7]。愿以一樽酒，共诛九世仇[8]。

题 解

林伯渠（1886—1960），字祖涵，号邃园。湖南临澧人，和诗人是道水书院同窗。抗日战争的国共合作时期，林伯渠以中共代表身份参加国民参政会，多次参加国共两党谈判，从事统一战线工作和对外联络工作。与诗人常有往来和诗词唱和。

笺 注

1 之子："这个人"的尊称。《尔雅·释训》："之子者，是子也。"

2 书味：书中的韵味。陆游《晚兴》："客散茶甘留舌本，睡余书味在胸中。"道水即道水书院。见《还山扫墓纪事抒感（八首）》注20。

3 太浮，山名。见《还山扫墓纪事抒感（八首）》注22。

4 固圉：指巩固边疆。圉，边陲。金瓯：喻疆土。语出《梁书·侯景传》："（武帝）独言：'我国家犹若金瓯无一伤缺。'"

5 扼要：扼制要冲。《新唐书·高崇文传》："鹿头山南距成都五百五十里，扼二川之要。"

6 强弩：这里是强弩之末的缩语。《史记·韩安国传》："且强弩之极，矢不能穿鲁缟。"

7 诘朝：多指早晨。这里指明晨、明日。李复《和李献甫守岁》："却愁诘朝祗明日，便数今宵为去年。"

8 九世仇：谓世代不解之仇。春秋时，齐哀公被纪侯诬陷，遭周天子烹杀。经历九世之后，齐襄公灭了纪国，报了此仇。这里指从明嘉靖年间倭寇犯边算起，日本侵略者对中国人民犯下的罪行。

附：林伯渠和诗

秋深微霰菊花黄，尊酒市楼意未央。卅载心期原不负，十年戎马独何伤。揭来待整金瓯缺，此去莫愁锦水长。三户仅存能复国，共看子弟满湖湘。

次韵答友人招饮

故人诗当束，邀我晚来餐[1]。列嶂初过雨[2]，嘉肴已盛盘。亲朋时聚散，歌咏杂悲欢。旦醉渝州酒，忘忧亦不难。

笺 注

1 化用孟浩然《过故人庄》："故人具鸡黍，邀我至田家。"

2 列嶂：相连的山峰。李益《再赴渭北使府留别》："列嶂高烽举，当营太白低。"

次韵答友人见赠

他乡竟获比邻居，我寓稚园君寄庐[1]。齿痛深杯那解饮[2]，诗成细字尚能书[3]。巴江曲共山形转[4]，春水明随柳眼舒。何日平戎同小隐[5]，不为耕稼即陶渔。

题解

见赠：指赠诗。

笺注

1 稚园在重庆枣子岚垭，为临街两层小楼。因稚、雅字形相近，常被人误读为"雅园"，后从众更名为雅园。诗人初到重庆时在此租住。寄庐：在重庆七星岗（今属渝中区），为一两楼一底砖木结构小楼。郭沫若1938年从武汉到重庆后曾租住于此。周恩来常在此处召集民主人士和文化界人士座谈。

2 深杯：满杯。指饮酒。高启《清平乐·夜坐》："侍儿劝我深杯，好怀恰待舒开。"

3 喻人虽渐老，目力尚可。苏轼《送渊师归径山》："为言百事不如人，两眼犹能书细字。"

4 巴江：指嘉陵江。因其南流曲折如巴字，故名。

5 平戎：平定异族侵略。这里指日寇。小隐：谓隐居山林。语出王康琚《反招隐》："小隐隐陵薮，大隐隐朝市。"

己卯（1939）

渝州农历除夕

今年事与去年殊，抗战情形转利趋[1]。搜我陈编新注释[2]，醉人大曲旧屠苏[3]。渡江梅柳沽春意[4]，卷幔云山赛画图。记取渝州除夕日，晚来细雨润如酥。

笺 注

1　1938年10月，在日寇占领武汉和广州以后，由于中国军民的英勇抵抗以及战线的延长，日军消耗甚剧，兵力捉襟见肘，已经无力发动新的战略进攻，抗日战争迎来转折点，进入相持阶段，形势开始有利于中国。

2　陈编：指旧著。诗人公务之余，修订《罗马法与现代》《民法诠解》等旧著，交由商务印书馆等出版商重印，获版税用以补贴家用。

3　大曲是用来酿制白酒的一种酒曲，相对于"小曲"。亦称用大曲酿造的一种白酒。这里指的是大曲酒。屠苏：酒的别名。旧屠苏，指陈酿老酒。

4　化用杜审言《和晋陵陆丞早春游望》："云霞出海曙，梅柳渡江春。"从江南到江北渐次梅红柳绿，仿佛春色渡江而来。沽：卖弄。

农历元旦试笔

双柑斗酒共诗清[1]，直把闲愁付晓莺[2]。四面山形争起伏，一宵天气判阴晴[3]。畦蔬过雨青环野，径草拖烟绿上城[4]。但使开年长奏凯，羁人不必动离情[5]。

题 解

农历元旦即农历正月初一。民国以前，"元旦"一直指正月初一，国民政府宣布采用公历后，才用"元旦"指公历一月一日，"春节"指农历正月初一。己卯年农历正月初一是公历1939年2月19日。试笔见《开岁试笔》题解。

笺 注

1 双柑斗酒：典出冯贽《云仙杂记》卷二："戴颙春携双柑、斗酒。人问何之，曰：'往听鹂声。此俗耳针砭，诗肠鼓吹，汝知之乎？'"后遂用为春日雅游的典故。斗为酒器，斗酒即一斗酒。

2 莺：黄莺，也即黄鹂。承上句"双柑斗酒"而来。柳宗元《零陵春望》："平野春草绿，晓莺啼远林。"

3 通过守岁时的感受，可以判断次日的阴晴。一宵：通宵。除夕通宵守岁，故云。

4 上城：当时重庆城区主要集中在长江和嘉陵江之间的半岛。重庆是山城，山顶台地部分习惯上称为"上半城"，缓坡至江边部分习惯上称为"下半城"。诗人所居的稚园在上半城。

5 羁人：旅居异乡的人。见《叠吟韵再寄太甡》注2。重庆是战时首都，诗人于此算是寄居，故自称羁人。

代夔旭嚻书助妇女献金 三月六日

裴頠原非拙用长[1]，自经丧乱砚田荒[2]。我书意造真潦草，市纸价高贵洛阳[3]。切齿仇深姑止酒[4]，平戎期近好还乡[5]。昔闻一木难支厦，今见大家作栋梁。

题 解

自1937年7月开启全面抗战以来，连年战争使国家人力、物力和财力消耗巨大，国民政府财政资金难以为继。抗战大后方的民众为支援抗战，掀起了献金运动。1939年3月5日，是重庆妇女界竞赛献金日，有重庆各界妇女1000多人参加竞赛活动。当天重庆妇女界共献金632359.36元，献金总数为重庆各行各业献金之最。诗人将自己的书法作品参加义卖，所得款项由李夔旭夫人作为献金当场捐赠。

笺 注

1 裴頠（267—300）：西晋河东闻喜人，字逸民。河东裴氏是盛名久著的一个望世家族。裴頠善清言，时称"言谈之林薮"。曾奏修国学，刻石写经。这句诗的意思是：裴頠写经，旨在推崇国学，并非拙于用其所长。

2 砚田：以砚为田。见《春感（八首）》注26。

3 典出《晋书·左思传》：左思《三都赋》成，豪贵之家竞相传写，洛阳为之纸贵。这里仅指纸价，隐言物价高昂。

4 诗人自注："近拔齿，戒酒。"

5 平戎：指驱逐日寇。见《次韵答友人见赠》注5。

民族扫墓节有感

去年今日感游踪，曾上故山两三峰。看镜无端霜入鬓，还家有梦鹤归松[1]。衣冠忍令沦夷狄[2]，面目何由对祖宗？寄语知心齐努力，作书意重手亲封。

题 解

民族扫墓节即清明节，见《扫墓节有感（四首）》题解。1939年清明是4月6日，国共两党在这一天合祭黄帝陵。

笺 注

1 鹤归：指丁令威化鹤归辽事。见《东渡舟中感怀（四首）》注10。鹤与松常并提，鹤归松亦有鹤倦飞而知还的意思。

2 衣冠：指文明礼教，也指教化、教养。古称中国四周未开化的民族为"夷狄"，这里指的是日寇。

独石桥新院址

东西山送两眉开[1]，大道之行亦快哉[2]。五百奇踪终不隐[3]，十年老鹤又重回[4]。浮云有意偎深谷，寄草无心长古槐。省识春风田畔路[5]，好寻石径步苍苔。

题 解

独石桥在今北碚区歇马镇辖区，当时为重庆远郊农村。国民政府立法院

1937年迁渝后，在原义林医院（今渝中区中山三路中山医院）内办公。1938年底，日本开始轰炸重庆。为安全起见，各政府机关奉令分别转移到农村，独石桥为迁建区之一。国民政府立法院、司法部于1939年5月迁移到独石桥新址办公，直到抗战胜利。

笺 注

1 东西山：独石桥东为鸡公山，西为缙云山。

2 大道：指当时的渝北（重庆—北碚）公路。公路穿独石桥而过，路东为国民政府司法部新址，路西为国民政府立法院。

3 五百奇踪：语出陶渊明《桃花源诗》："奇踪隐五百，一朝敞神界。"秦人隐居桃花源避乱，至晋五百年，终于还是为人所知。

4 诗人自注："院后多鹤，去后十年，因院址迁此，复集。"

5 省识：犹认识。杜甫《咏怀古迹五首》："画图省识春风面，环佩空归月夜魂。"

僦居龙凤桥即景　二首

南来躞蹀山岩峣[1]，偶尔卜居龙凤桥[2]。簇簇修篁都在奥[3]，嘤嘤众鸟等闻韶[4]。岩飞云雾迷幽谷，雨足田畴长夏苗[5]。敢告名山从此始[6]，著书与我解无聊。

北泉圣傲南泉贤[7]，霭霭翠微淡淡烟。山影分青杯共赏，槐风带雨叶争妍[8]。窗含远岫亭孤树，笔写新诗叠蜀笺[9]。最是中原传捷报[10]，挑灯细读百愁捐。

题 解

僦居：租赁房屋居住。龙凤桥，地名，在北碚场郊外（今重庆市北碚区龙凤桥街道）。1939年5月，国民政府立法院迁移到重庆郊区独石桥办公，诗人因此由重庆稚园迁至龙凤桥，租一农家小院居住，自题为"纯园"。

笺 注

1 南来：国民政府立法院新址独石桥在北碚西北，位于渝北（重庆至北碚）公路沿线的迁建区。龙凤桥在独石桥之南。蹑屩：穿着草鞋步行。岧峣（tiáo yáo）：山势高峻的样子。曹植《九愁赋》："践蹊径之危阻，登岧峣之高岑。"

2 卜居：择地居住。参见《丁卯端午湘人会饮即席吊屈大夫》注3。

3 修篁：修竹，长竹。张九龄《南山下旧居闲放》："乔木凌青霭，修篁媚绿渠。"奥：原意为屋内西南隅，泛指住所深处。

4 闻韶：《论语·述而》："子在齐闻《韶》，三月不知肉味。"《韶》相传为虞舜之乐。后世常用作称美音乐或称美诗文佳作的典故。

5 田陬（zōu）：田间；田角。陬，角落。

6 化用李颀《琴歌》："清淮奉使千余里，敢告云山从此始。"名山：指可以传之不朽的藏书之所。典出任昉《为范始兴作求立太宰碑表》："既绝故老之口，必资不刊之书，而藏诸名山。"借指著书立说。故下句有"著书与我解无聊。"

7 北泉是北温泉简称。北温泉临嘉陵江温塘峡。内有温泉寺，始建于公元423年。1259年，相传蒙古大汗蒙哥在钓鱼城为炮风所伤后，驾崩于此。1927年，卢作孚于此开辟嘉陵江温泉公园，后更名为重庆北温泉公园。南泉即南温泉，见《南温泉即事》题解。

8 槐风：初夏的风。因槐花公历5月开，时值初夏，故称。

9 蜀笺：自唐以来，蜀地所制笺纸统称蜀笺。司空图《力疾山下吴村看杏花》："更恨新诗无纸写，蜀笺堆集是谁家？"

10 指1939年5月1日至18日展开的第一次"新唐战役"。5月1日起，日军侵犯南阳地区的新野、唐河、桐柏、泌阳等县。5月14日，我军同时向唐河、新野县城发起反攻，收复了两座县城。15日凌晨，我军发起总攻，由泌阳、方城、新野、唐河一线整体向南推进。血战三天三夜，击毙日军三千余人，残余日军不得不向南溃退。这就是抗日战争开始以来河南在正面战场取得的第一场胜利。

山中暮雨

潇潇暮雨子规啼[1]，暝色苍然失迳蹊。岭草展开人字路，涧云乱入水中泥。几回沉醉怜春去，若个良禽择木栖。更喜天然来鼓吹，群蛙声在万山西[2]。

笺 注

1 本句用苏轼《浣溪沙·游蕲水清泉寺》"萧萧暮雨子规啼"成句。子规，杜鹃鸟的别名。传说为蜀帝杜宇的魂魄所化。常夜鸣，声音凄切，故借以抒悲苦哀怨之情。

2 并上句。鼓吹：指蛙鸣。见《宿汤山晓发宝华山》注5。

山居即景 二首

棕榈纂纂竹姗姗[1]，径自榛芜境自宽[2]。俯涧危崖平似削[3]，奔桥叠浪急成湍[4]。已看栲栳胃农圃[5]，欲及清和斩钓竿[6]。流水高山无限意，幽篁影里瞰跳丸[7]。

山前山后氤烟霞，绿到垂杨有几家？窗外雨声都着叶，云中树影似开花。芭蕉肥大齐楼角，荇藻参差乱水涯[8]。爽气朝来容挂笏[9]，肯因漂泊负年华。

笺 注

1 纂纂：集聚的样子。韩愈《游青龙寺赠崔大补阙》："桃源迷路竟茫茫，枣下悲歌徒纂纂。"姗姗，缓行的样子。《汉书·外戚传》："立而望之，偏何姗姗其来迟。"这里言竹枝的摇动似女子的缓行。

2 榛芜：草木丛杂。形容荒凉的景象。王勃《梓州飞乌县白鹤寺碑》："林院榛芜，轩堂委寂。"这句诗谓乱生的草木埋没了小道，但心境却很开阔。

3 俯涧：谓下临涧溪。孔武仲的《忆九江呈李端叔》："乘马寨虹蜺，俯涧窥蟾蜍。"这句诗的意思是：下临深涧的崖壁像刀削一般的陡峭险峻。

4 奔向桥梁的溪流带着叠浪急泻而来。

5 栲栳：亦称笆斗，用柳条编成的盛物器具。卢延让《樊川寒食》："五陵年少粗于事，栲栳量金买断春。"胃：悬挂。这句诗是说笆斗已经挂在了菜园的栅栏，暗示已入初夏。

6 清和：农历四月的俗称。见《沪宁道上至西湖（二首）》注4。

7 幽篁：幽深的竹林。见《题画自遣（二十四首）》注 15。跳丸：古代一种抛掷弹丸的游戏。这里泛指儿童游戏。

8 荇藻：一种水生草本植物。见《春日农村即事（四首）》。

9 见《游雨花台登方亭（二首）》注 2。这句意思是：如此清爽的早晨，不妨放下功名利禄，好好欣赏大自然的美妙。

敌机夜袭三次 时欧战正开 一九三九年九月一日

半空霹雳战云开，技似黔驴止此哉。每值瞳瞳看月上，遽闻轧轧从天来。德苏转眼联新约[1]，丑虏登时变死灰[2]。大战爆兴吾努力，那容胡马束装回[3]。

题 解

抗战进入相持阶段以后，日军为消弭中国军民的抗战意志，自 1939 年 5 月起，开始了对战时首都重庆的大轰炸。仅 1939 年间，日机对重庆就进行了一万四千余架次的轰炸，投弹六万多枚，造成两万八千多人死亡、三万一千，多人受伤，近一万四千栋房屋被毁。9 月 1 日夜，三批共 27 架敌机对重庆广阳坝机场等地进行轰炸，其中造成广阳坝 1 人受伤、2 人死亡，被毁房屋 8 间。

欧战：指第二次世界大战欧洲战场。1939 年 9 月 1 日，德国向波兰发动闪电战，第二次世界大战爆发。当时国内一些知识分子沿袭一战旧说，称为"欧战"。

笺 注

1 指 1939 年 8 月 23 日苏联与德国之间签订的《苏德互不侵犯条约》。因当时国民政府同苏、德都保持比较好的双边关系，所以中国知识分子对这个条约的签订也持乐观态度。一年后的 1940 年 9 月 27 日，德国、日本和意大利三国外交代表在柏林签署了《德意日三国同盟条约》，成立以柏林－罗马－东京轴心为核心的军事集团。1941 年 6 月 22 日，希特勒对苏联发动进攻，苏德战争爆发，条约被彻底撕毁。

2 丑虏：众多的敌人。语出《诗经·大雅·常武》："铺敦淮濆，仍执丑虏。"

郑玄笺:"丑,众也。"这里用以蔑称日本侵略者。

3 胡马:此处指日本侵略者。束装:整理行装。本句的意思是绝不容侵略者从容回家。

次韵周惺老己卯九日漫兴

老将热血铸神州,把酒登高忘白头。政喜文翁能化蜀[1],又欣都护重访秋[2]。旧游再历悲秦火[3],新法实行释杞忧[4]。为问识荆何日始[5],周官一卷是曹丘[6]。

题 解

周惺老即周钟岳(1876—1955),字生甫,号惺甫、惺庵。白族。云南省丽江府剑川州(今剑川县)人。早年留学日本,并在袁世凯称帝时掩护蔡锷回归云南发动护国战争。时任国民政府内政部长,并且兼任县政计画委员会主任委员。

九日指农历九月初九,即重阳节。公历是1939年10月21日。

笺 注

1 文翁化蜀:文翁姓文,名党,字翁仲(一说仲翁)。庐江(今安徽庐江西南)人。汉景帝时为蜀郡太守,首倡兴办官学,为中国历史上地方政府设立学校之始。文翁兴学振兴了蜀地的文化,此后出现了司马相如、扬雄等知名才学之士。1916年,周钟岳曾在四川任滇系代理四川督军罗佩金的秘书长,故诗人用文翁的典故夸奖。

2 都护:官名。汉唐时管理边政事务的官吏。1911年10月30日,蔡锷、唐继尧等在昆明举行"重九起义",响应辛亥革命。起义成功后,周钟岳被蔡锷任命为云南都督府秘书长。此后,周钟岳成为滇系政权行政事务方面的要人,曾任云南省省长、内务厅长等职。云南地处边陲,周钟岳又长期担任内务部门主官,故诗人用"都护"比附。因起义日也是重阳,故云"重访秋"。

3 1915年2月,周钟岳担任全国经界局秘书长兼局评议委员会主任。在任期间参与研究并制定了田地调查方面的法规,并有《经界法规草案》《中国历代经界纪要》《各国经界纪要》等著作。此次再回中央，故曰"旧游"。秦火：指秦始皇焚书事。这里借指战火。

4 "新法"指 1939 年 9 月 19 日由国民政府行政院颁布的《县各级组织纲要》。这个纲要由周钟岳担任主任委员的县政计画委员会主持起草，诗人也参与其中。为区别之前的县制，这一新制度被称为"新县制"。杞忧：杞人忧天的略语。

5 识荆：李白《与韩荆州书》："白闻天下谈士相聚而言曰：'生不用封万户侯，但愿一识韩荆州。'"后人遂以"识荆"为久慕其名而初次见面的敬辞。见《将之南京留别》注 1。

6 周官：《尚书》篇名，记述周王朝官职设置及成王的训诫。曹丘：《史记·季布栾布列传》记载，汉代有曹丘生，到处赞扬季布的任侠义勇，季布因之享有盛名。后因以"曹丘"或"曹丘生"作为荐引、称扬者的代称。国民政府内政部同时负责公务员管理，诗人这里是称赞周钟岳尽职。

次林庚白韵　十一月四日

机声昨日掠山丘[1]，尚有闲情话九州。双束诗笺双韵雅，一犁烟雨一山秋。迟归淡忘日过午，高咏兴来警不忧。独石桥边无限景，齐眉日日倚楼头[2]。

题 解

林庚白（1894—1941），原名学衡，字凌南，自号摩登和尚。福建闽侯（今福州）人。1910 年加入同盟会。1913 年出任"宪法起草委员会"秘书长。1917 年 8 月任广州国会非常会议秘书长，1917 年 9 月兼任孙中山大元帅府秘书。后来孙中山辞去大元帅职，林庚白也随之引退。1936 年 8 月起，任国民政府立法院立法委员。林庚白也是当时著名诗人，多以新思想、新事物入诗，诗作理想瑰奇而魅力雄厚。

笺 注

1 机声指飞机的轰鸣声。从后文看，当有空袭警报。但重庆防空司令部档案中未见该日有空袭的记载。

2 齐眉喻夫妻恩爱。见《杭州雅集（二首）》注7。林庚白与林北丽1937年9月在南京结婚。夫人出身名门，夫妻二人相与知音，十分和睦。

慰孚若覆车养疴次原韵

名署更生合继先，君家藜兆美延年[1]。老成有志惟谋国，都护无时不重边[2]。已覆前车成梦幻，方长来日祝安旋。遥知勿药臻康健[3]，霭霭吉人相自天。

题 解

孚若即刘盥训。见《子英遇十年前顾曲之丽霞》题解。

笺 注

1 并上句。刘盥训在年初外出视察中遭遇翻车事故，腰部受伤。养伤期间吟诗纪事以赠，署名"更生"。继先：继承先人。藜兆：长寿之兆。藜指藜杖，即用藜的茎制成的拐杖。代指老年人。

2 都护：见《次韵周惺老己卯九日漫兴》注2。1938年，刘盥训曾奉国民政府之命到陕甘宁边区发放赈济，故诗人用"都护"比附。

3 勿药：指病愈。见《寄怀蔡子民先生（四首）》注1。

山居冬晴 四首

崖裂虬枝蔓[1]，苔深竹影迷。秀苗知土润，归鸟觉飞低。秋末辞芭栩[2]，凉先入杖藜[3]。欲寻垂钓处，即此是磻溪[4]。

红叶丛中现，白云雾里藏。千林留宿雨[5]，一狭耨初阳。有柏都如笔，无鱼可入梁[6]。畏人禽渐熟，缓羽度高冈。

西崦炊方作[7]，东畲耜未闲[8]。无风叶满径，不雨云生山。树影依天立，溪流绕屋弯。磨崖吾意懒[9]，窄磴滑难攀。

石径直通市，趁墟恰放晴[10]。井泉经夜复，野菊自由生。林鸟冲暝色，风篁学徵声[11]。莓苔随意坐，不是听铜钲[12]。

笺 注

1 虬枝：盘屈的树枝。宋祁《禁中庭树》："冒雪虬枝密，凌空尘影匀。"

2 苞栩：丛密的柞树。苞，草木丛生。栩：栎树，一名柞树。

3 杖藜是藜杖的倒装。参见《慰孚若覆车养疴次原韵》注1。这句诗的意思是秋天到了，先感觉到拐杖有些凉意。

4 磻溪：水名。在今陕西省宝鸡市东南，传说为姜太公垂钓处。借指隐居地。

5 宿雨：夜雨，经夜的雨水。巴山多夜雨，而北碚又是夜雨最多的地方。

6 梁是濠梁的缩写。参见《寄郭闵畴兼谢赠印度椰子器（二首）》注7。

7 西崦：指崦嵫山。见《书感（次展堂先生韵）》注5。

8 东畲：东边的耕地。这里只是和上句对偶，非确指。畲：开垦过两年的田地，泛指耕地。耜是一种铁锹状翻土的农具。

9 磨崖，亦作摩崖。磨平山崖石壁镌刻文字。

10 诗人自注："北碚二、五、八为墟。"按，墟即集市，当地人称"场"。趁墟即赶集，当地人称"赶场"。

11 徵为五音之一。大致相当于简谱中的5。这句诗的意思是，竹林被风吹动，发出美妙如乐的声音。

12 诗人自注："山中有警鸣锣，故云。"按，钲与锣形似，均为铜制。这里为谐韵以钲代之。

江 行

鹢首匆匆便向东[1]，我来有信似秋鸿。行云作意穿红叶，流水无心溅短篷。乔木修藤争送客，峭峰邃壑宛吞胸[2]。嘉陵景物今犹昔，又着江湖一放翁[3]。

笺 注

1 鹢首：船头。见《题画自遣（二十四首）》注5。

2 吞胸：胸吞的倒置。孟郊《投赠张端公》："君子量不极，胸吞百川流"。这里是逆向比喻高山深涧像胸怀一样能包容汹涌激流。

3 放翁：即陆游。这里是诗人自况。

覆车行

了却公事日未晡[1]，捷足先登我向隅。偃蹇忽乘下泽车[2]，遵大路兮匪崎岖。车夫未能范驰驱[3]，疾行更甚过隙驹[4]。险哉无力阻辘轳，曾是不意踬田渠。簿籍衣裳委泥涂，身若泥龙首为濡。谷风习习透湿襦[5]，旁皇歧路比杨朱[6]。路人无端笑胡卢[7]，将伯有人前助予[8]。殷勤为我觅肩舆，归来洗涤一身舒。虽有损失幸完肤，前车已覆徒嗟吁。来轸方遒姑徐徐[9]，君不闻吕氏东莱曾有书[10]，地之于车莫仁于羊肠而莫不仁于康衢[11]。

笺 注

1 晡：申时，即午后三点至五点。

2 偃蹇：困顿、窘迫的样子。下泽车：原指一种适宜在沼泽地上行驶的短毂轻便车，借指简易的车辆。后用以表现小吏的奔走生涯。这里本义和引申义兼而有之。

3 范驰驱：规规矩矩地行驶。见《题友人百骏图》注15。

4 过隙驹：用白驹过隙典故。形容极快。

5 谷风：山谷中的风。

6 歧路：岔路。这里指荒郊野外。杨朱：中国战国初期思想家。魏国人。生活时代略早于孟子，约与墨翟同时。传说杨朱因为道路多分叉，走错一步即难以挽回而痛哭。阮籍《咏怀》："杨朱泣歧路，墨子悲染丝。"

7 胡卢：喉间的笑声。陆游《书感》："成败只堪三太息，是非终付一胡卢。"

8 将伯：语出《诗经·小雅·正月》："载输尔载，将伯助予。"本谓请求长者帮助。后用以向人求助的套语，或称别人对自己的帮助。

9 来轸：后继之车。喻相续而来的人或事。方遒：正当旺盛有力。语出《后汉书·左周黄传论》："往车虽折，而来轸方遒。"

10 吕氏东莱：即吕祖谦（1137—1181），南宋哲学家、文学家。字伯恭，学者称东莱先生，婺州（治今浙江金华）人。和朱熹、张栻齐名，时称"东南三贤"。著有《东莱集》《吕氏家塾读书记》《东莱左传博议》等。

11 语出吕祖谦《东莱先生左氏博议集要》卷三："地之于车也，莫仁于羊肠，而莫不仁于康衢；水之于舟也，莫仁于瞿唐，而莫不仁于溪涧。"

对酒行

齿痛不饮呼负负[1]，欠君诗债时已久。君不见，国际浮云变苍狗[2]。美废商约首怒吼[3]，英国急起亦恐后。法英苏联渐携手[4]，外汇信用日以厚。西北各省年大有，倭寇捉襟已见肘。傀儡为伥徒献丑[5]，会当洗尽山河垢。联袂谒陵登钟阜，与君痛饮金陵酒。

笺 注

1 负负：犹言惭愧、惭愧；对不起、对不起。陆游《东斋杂书十二首》："负负无可言，上上不须说。"

2 浮云苍狗：杜甫《可叹》有"天上浮云如白衣，斯须改变如苍狗"句，以天上浮云形状的变化不定来比喻世事的变幻无常。

3 经中国政府的大力游说，加上美日矛盾逐渐激化，1939年7月27日，美国政府决定废除美日两国政府1911年签订的《美日商约》。宣布该条约从1940年1月26停止生效。

4 1939年9月1日，德国进攻波兰。英、法随即向德国宣战，联合波兰以及加拿大、澳大利亚等国家组成反德同盟。9月17日，苏联进攻波兰。但苏联其实是根据《苏德互不侵犯条约》的秘密条款，与德国共同瓜分波兰。《苏德互不侵犯条约》的秘密条款当时并不为人所知，所以诗人误以为苏联是在配合英法作战。

5 傀儡：这里主要是指汪精卫。中国全面抗战开始时，汪精卫任国防最高会议副主席、国民党副总裁，地位仅次于蒋介石。国民政府迁都重庆后，汪精卫开始策动投降日本的所谓"和平运动"。1938年年底叛逃日本。1939年6月，汪精卫离开日本经天津回到上海，谋划另立国民党中央以及成立伪政府。诗人直斥其卖国行径是"为伥"。

己卯初度感怀 三首

一住巴渝近二年，日望河洛扫腥膻[1]。偶因疾作便妨饮，却看油干得早眠。松柏凌云如许寿，蒹葭泣露为谁妍[2]。每思前线征人苦，九月寒衣已乐捐[3]。

愁来掩卷便茫茫，镇日文书有底忙。小雪距今无十日[4]，新编嗣后剩三章[5]。棕榈叶未经秋老，薯蓣味能杂饭香。所恨山居交散漫，不相来往类参商[6]。

丧乱叠经典籍空[7]，英雄从不哭途穷[8]。采荓采菲操觚牍[9]，曰雨曰旸变谷风[10]。四面云山归眼底，一时人物在胸中。松崖著作吾难比[11]，恰有悬弧月日同[12]。

题 解

初度即生日，见《庚午初度感怀》题解。己卯十月初五为公历1939年11月15日。诗人满54周岁。

笺 注

1 河洛：黄河与洛水的并称，也指这两条河之间的地区。这里指中原。腥膻这里指日本侵略者。见《感事》注3。

2 蒹葭：泛指芦苇，见《天津法商学院课余散步》注1。泣露：谓滴露。

3 九月寒衣：《诗经·豳风·七月》："七月流火，九月授衣。"农历九月为前线的士兵发放寒衣。这里指大后方的抗战募捐活动。

4 诗人自注："历载农历十月十三小雪。"按，1939年小雪为公历11月23日。

5 诗人自注："新编民法《总则》《物权》均剩三章。"按，诗人有《民法诠解》系列专著，分《总则编》《亲属编》《物权编》，在1940年代中期陆续由商务印书馆出版。

6 参商：参星和商星。参星在西，商星在东，此出彼没，喻彼此隔绝，不得相见。杜甫《赠卫八处士》："人生不相见，动如参与商。"

7 典籍谓藏书。诗人在南京时有近万册藏书，西迁时无法带走。南京沦陷后，日寇将诗人寓所夷毁，藏书也被洗劫一空。

8 哭途穷：谓作穷途之哭。参见《燕子矶》注10。

9 采葑采菲：葑菲是蔓菁之类，根茎皆可食。《诗经·邶风·谷风》："采葑采菲，无以下体。""下体"即根，有时美，有时恶，需要甄别。觚，古代用来书写的方形木块。牍，古代用来书写的木片。"操觚牍"谓进行文字工作。这句诗是描写自己爬梳剔抉从事著作的生涯。

10 曰雨曰旸：雨天和晴天。语出《书·洪范》："庶征：曰雨，曰旸，曰燠，曰寒，曰风。"谷风：谓东风。《诗经·邶风·谷风》："习习谷风，以阴以雨。"这句通过吟咏天气变化，表现诗人常年单调的写作生活。

11 诗人自注："松崖，惠栋号。"惠栋，清代经学家。见《再题俞友清红豆集（二首）》注1。

12 悬弧：喻男子生日。弧即弓。《礼记·内则》："子生，男子设弧于门左，女子设帨于门右。"诗人生日与惠栋恰好相同。

得子嘉子荃书

就学儿书来合川，老人眼看亦忻然[1]。行间亹亹胪成绩[2]，字里醇醇胜肆筵[3]。小院未干连夜雨，前山又放欲晴天。衡文有约渝州会[4]，着我嘉陵下水船。

题 解

子嘉、子荃指诗人三子黄宏嘉、四子黄宏荃。此时在位于合川的国立第二中学高中部、初中部求学。

笺 注

1 忻然：喜悦的样子；愉快的样子。韦应物《清明日忆诸弟》："冷食方多病，开襟一怃然。"

2 亹亹：勤勉不倦。胪：陈列、展示。

3 醰醰：醇厚、浓厚。肆筵：设宴。《诗经·大雅·行苇》："戚戚兄弟，莫远具尔，或肆之筵，或授之几，肆筵设席，授几有缉御。"

4 衡文：品评文章。旧时特指科举考试。这里指当时教育部组织的重庆地区国立中学会考。

即 事

时煦儿自大别山前线回。

瞥见寥天一鹤归[1]，乱峰缺处见晴晖。断云含雨山如幕，败叶眷秋树有衣。峭壁风多鹰愈健，故乡书少雁空飞。凭谁贻我双鱼锦[2]，为报幽居久忘机[3]。

题 解

煦儿即诗人次子黄宏煦。1937年淞沪抗战爆发时，黄宏煦中断了交通大学的学业，流亡到武汉、长沙等地参加抗日宣传活动，1937年10月前往大别山敌后从事抗日动员组织工作，诗人称"前线"，是相对于大后方而言。

笺 注

1 鹤归：归来。见《东渡舟中感怀（四首）》注10。

2 双鱼锦：指书信。参见《题俞友清红豆集（二首）》注12。

3 幽居：僻静的居处。忘机：甘于淡泊。见《北海即景》注2。

嘉陵舟中

不辞清晓趁行舟，假寐舱中作卧游。赢得疏林秋未尽[1]，旋看列嶂雾全收。江清树醉后凋叶[2]，岸阔沙搏试浴鸥[3]。我有缊袍差自足[4]，何须缓带着轻裘？

笺 注

1 赢得：这里是落得、剩得的意思。白居易《重题》："不能成一事，赢得白头归。"

2 后凋：指松柏。语出《论语·子罕》："岁寒，然后知松柏之后凋也。"

3 岸阔：入秋后嘉陵将进入枯水季节，两岸沙滩显露，变得宽阔。沙搏：谓波浪搏击沙滩。浴鸥：鸥鸟嬉水。嘉陵江合川－北碚段为红嘴鸥越冬地。

4 缊袍：以乱麻为絮的袍子。语出《论语·子罕》："衣敝缊袍，与衣狐貉者立，而不耻者，其由也与？"

授课途中口占

敢云为政即多闻，况复光阴道上分。陟降兜肩高下径[1]，纵横囊括古今文。囷圃有树皆黄桷[2]，暧曃无山不白云[3]。好是沿溪堤畔路[4]，竹梢嫩翠滴纷纷。

题 解
诗人公务之暇，在中央大学兼职教授民法课程。

笺 注

1 陟降：升降，上下。《诗经·大雅·文王》："文王陟降，在帝左右。"这里指历史发展的轨迹，即"上下五千年"。

2 黄桷：即黄葛树。桑科落叶乔木。为重庆常见的绿化树和行道树。

3 暧曃：云多而昏暗。见《五洲公园堤上口占》注2。

4 时中央大学在柏溪建有新校区，濒临九曲河。九曲河为一汇入嘉陵江的小溪。

庚辰（1940）

元旦试笔

天放嫩晴暖独回[1]，东风入律岭云开[2]。小窗半夜萦归梦，幽树一庭见早梅。国运已随新岁转，诗情又被旧樽催。行都济济衣冠会[3]，我亦遥望共举杯。

笺 注

1 嫩晴：初晴。见《梅花十首》注5。

2 东风入律：谓春风和畅，律吕协调。用以形容祥和喜悦的气氛。

3 行都：在首都之外另设的一个都城，以备必要时政府暂驻。1937年11月20日，林森发表《国民政府移驻重庆宣言》，宣布国民政府即日起移驻重庆，重庆成为中国的战时首都。此时尚未宣布重庆为"陪都"（1940年9月6日，国民政府方发布《国民政府令》，正式确认重庆为陪都）。衣冠：指士绅、官员等上层人物。

春日山居漫兴 五首

春风有意褭垂杨，春鸟无心噪短墙。溪水如争修竹绿，菜花不改去年黄。袭人爽气云归峡，乱我乡愁草满塘[1]。时听钟声来岭上，石桥西去是龙冈[2]。

萝月松云掩映间[3]，村烟缕缕水潺潺。峰头古树三株辣，梦里清明一客还。因有孤花春色老，天无飞祸洞门关[4]。登楼莫漫愁搔首，是处青山似故山。

雨足郊原谷价松，今年生事问村农。社神装束分今古[5]，水鹤梳翎现淡浓。一涧通江流曲曲[6]，群峰争长路重重。输它昨夜山风急，蕉叶吹皴似鬓松[7]。

尚记渝州载酒归，诗情每逐岭云飞。阪田不断驱乌犍[8]，野竹相连入翠微[9]。夜雨暗添行潦水[10]，春寒漫脱结鹑衣[11]。六韬五卷分明在[12]，又向磻溪续钓矶[13]。

早从虎尾凛春冰[14]，豪杰凡民各自兴。莫学桃人嘲土偶[15]，枉教劫烬话胡僧[16]。雨花台上荒坟月[17]，扫叶楼中古佛灯[18]。肠绕钟山号魏阙[19]，疾清妖雾现崚嶒[20]。

笺 注

1 草满塘：用谢灵运《登池上楼》："池塘生春草，园柳变鸣禽"句意，表达对故乡亲人的思念之情。参见《村兴八首》注3。

2 石桥指龙凤桥，为一三拱石桥。龙冈：即龙岗山。位于龙凤桥西南方向，是一座海拔500米左右的小山丘。

3 萝月松云：藤萝间的明月和松间的明月。杜甫《秋兴八首》："请看石上藤萝月，已映洲前芦荻花。"李白《赠孟浩然》："红颜弃轩冕，白首卧松云。"

4 飞祸：指日寇的空袭。洞门指防空洞门。诗人寓所后山悬崖下有一天然石洞，经修凿后加门，用作防空洞。

5 社神即土地神。时北碚郊外乡村多土地庙，其神像塑于不同时代，风格各异。故云。

6 涧，指龙凤溪。龙凤溪是梁滩河的一段，经北碚南郊蜿蜒而过，在毛背沱汇入嘉陵江。

7 鬣松：针叶松。姚宽《西溪丛语》卷下："《名山记》云：松有两鬣，三鬣、五鬣者，言如马鬣形。"

8 阪田：山坡上的田。乌犍：阉过的公牛，常泛指耕牛。

9 翠微：山光水色青翠缥缈。也泛指青翠的山。

10 潦水：雨后的积水。苏辙《杀麦二首》："潦水来何暴，秋田望已微。"

11 鹑衣：破烂不堪的衣服。因鹑尾秃，故称。语本《荀子·大略》："子夏贫，衣若县（xuán）鹑。"苏轼《踏莎行》："一从迷恋玉楼人，鹑衣百结浑无奈。"

12 六韬：又名《太公六韬》，中国古代兵书之一，相传为吕尚（姜太公）所作，由文、武、虎、豹、龙、犬六部分组成，故名。今本《六韬》六卷，《隋书·经籍志》著录《太公六韬》为五卷。诗人从之，故云"六韬五卷"。

13 磻溪：相传为姜太公垂钓处。见《山居冬晴（四首）》注4。并上句。意思是：姜太公的兵书仍在，我效仿他隐钓，也同样关注国家大事。

14 虎尾春冰：踩着老虎尾巴，走在春天将解冻的冰上。比喻处境非常危险。典出《尚书·君牙》："心之忧危，若蹈虎尾，涉于春冰。"这句诗的意思是，对目前的战争形势要保持谨慎，不可松懈。

15《战国策·齐策》记载：苏秦给孟尝君讲过一个寓言：土偶与桃梗互嘲。桃梗说土偶，你是西岸之土捏成的，到夏天下雨涨水，你就消失了。土偶说：我西岸之土，又回到西岸。你是东国的桃梗刻成，待河水泛滥，就不知道会漂到哪里。这句诗是呼吁参加抗日的各方要团结，不可相互攻击。

16 劫烬：即劫灰。喻兵后残迹。胡僧指竺法兰，中印度人，故称胡僧。《高僧传·竺法兰》载：汉武帝从昆明池底挖出黑灰，众人不知为何物。后竺法兰至，众人问之。答曰："世界终尽，劫火洞烧，此灰是也。"这句诗是"枉教胡僧话劫烬"的倒装，意思是：莫让国土变焦土，徒然让后人的感叹。

17 雨花台：见《雨花台》题解。

18 扫叶楼：见《扫叶楼吊龚半千》题解。

19 号：谓大声地呼唤。魏阙：古代宫门上巍然高出的楼观。这里指中山陵的祭堂。

20 妖雾指日寇。峥嵘谓山形。这句诗的意思是尽快光复大好河山。

挽吕天民

滇池南望意凄然[1]，春树暮云叫杜鹃。侯府十年同议席[2]，蒙庄一卷托诗篇[3]。渔阳老将气横槊[4]，麟阁策勋首着鞭[5]。今日朋侪怀旧雨[6]，枢庭更念渭滨贤[7]。

题 解

吕天民（1881—1940），名志伊。云南思茅人。1904年官费留学日本，次年加入中国同盟会，被推为中国同盟会总会评议、云南主盟人。中华民国成立后，被孙中山任命为南京临时政府司法部次长。后历任广州军政府司法部次长、内政部次长、代理内政部长等职。1928年起，一直任国民政府立法院立法委员。

笺 注

1 滇池南望："南望滇池"的倒装。吕天民是云南人，故以"滇池"代指其故乡。

2 侯府：国民政府西迁重庆之前，国民政府立法院在南京的办公地点是清朝靖逆侯张勇的府邸，故以"侯府"指代。诗人1931年初到国民政府立法院任立法委员，至此取整为十年。

3 诗人自注："君有读庄子五言古。"按，吕天民是南社的重要诗人。有《吕天民诗集》等遗世。

4 渔阳老将：唐玄宗天宝元年改蓟州为渔阳郡，治所在渔阳（今天津市蓟县），是重要的边关。因此在唐以后的边塞诗中，常有以"渔阳老将"为题材者。横槊：横持长矛，形容气概豪迈。吕天民曾参加黄花岗起义、云南重九起义，策划了后来的护国战争。云南地处边陲，所以诗人以"渔阳老将"誉之。

5 麟阁：麒麟阁的简称，泛指画有功臣图像的楼阁。策勋：把功勋记录在简策上，且定其次第。首着鞭：着先鞭的意思。比喻先人一步，处于领先地位。这句诗的意思是，如果要论建立民国的功劳，吕天民要算元老。

6 朋侪：同辈朋友。旧雨：老朋友。见《将毋同十六韵》注6。

7 枢庭：亦作"枢廷"。政权中枢。渭滨：指太公望吕尚。典出《韩非子·喻老》："文王举太公于渭滨者，贵之也。"吕天民在孙中山逝世后，不满国民党政客争权夺利，逐渐淡出政坛，除担任国民政府立法院立法委员外，辞去了一切职务。太公望本姓姜。封吕地，以封地为氏，故诗人以吕天民比。

首夏即事 二首

柳花槐花依次落，粳稻糯稻接连栽。嫩荷贴水钱初展，新笋出墙裓乍开。楼外青山山外月，松间翠竹竹间梅。清和景物争供眼[1]，收拾闲愁付酒杯。

故里双鱼重几封[2]，归田我欲耦村农[3]。江通扬子三千里[4]，云锁巫山十二峰[5]。竹粉荆钗添逸兴[6]，秧畦桑墅寄游踪[7]。云何布谷音千啭，不及鹃声韵入松[8]。

题 解

首夏：犹孟夏，即农历四月。

笺 注

1 清和：指农历四月。见《沪宁道上至西湖（二首）》注4。

2 双鱼：指书信。见《即事（时煦儿自大别山前线回）》注2。

3 耦：这里指耦耕，即二人并耕。

4 "江"指嘉陵江。嘉陵江全长二千二百余里，言三千里为夸张。扬子即扬子江。长江在江都至镇江之间的一段，古称"扬子江"，因其地古有扬子津而得名。《天津条约》签订后，长江一带各口岸通商，外国人溯江而上，"扬子江"遂为长江别名。

5 巫山十二峰：见《汉渝舟中（二首）》注5。

6 竹粉：指用竹皮上的细霜充作脂粉。荆钗指荆枝制作的髻钗。竹粉荆钗言其贫寒朴素。

7 桑墅：即桑田。

8 杜鹃传说为蜀王杜宇所化，啼声似"不如归去"，寄托思乡之情。故诗人认为远胜布谷的婉转悠扬。

龙凤桥泛舟

雨后呼舟泛翠微[1]，掀篷一笑浑忘机[2]。亭亭树改中流立[3]，皎皎鹤偏傍岸飞。江上看人竞渡去[4]，渔翁待我买鱼归。年年龙凤桥头水，徂夏依然没钓矶[5]。

题 解

龙凤桥，地名。见《僦居龙凤桥即景（二首）》题解。

笺 注

1 翠微：见《春日山居漫兴（五首）》注 9。

2 忘机：消除机巧之心。见《北海即景》注 2。

3 龙凤溪平时为一婉约小溪，夏日若上游暴雨，溪水猛涨，岸边树木浸于流水中，宛如中流砥柱。

4 竞渡：北碚当时有复旦大学、国立国术体育师范专科学校等大专院校，体育氛围浓厚，常有横渡嘉陵江的游泳集训或比赛。

5 徂夏：到了夏天。徂，犹到。《诗经·豳风·东山》："我徂东山，慆慆不归。"钓矶指桥侧面状如龙凤的两巨石，可据以垂钓。

散步龙冈

蹀躞冈头一径斜[1]，雨余罢亚绿于瓜[2]。经行竹所不知午，沿路蝉声直到家。偪仄何期牛让道，菁深尚有蝶寻花[3]。盈虚消长原无定，水落前溪瞬见沙。

题 解

龙冈：地名。见《春日山居漫兴（五首）》注 2。

笺 注

1 蹀躞：小步行走；往来徘徊。鲍照《拟行路难》："丈夫生世会几时？安能蹀躞垂羽翼！"

2 罢亚：稻名，亦用来形容稻多。杜牧《郡斋独酌》："罢亚百顷稻，西风吹半黄。"

3 菁：称大竹林或树木丛生之山谷。

寄谢陈树人见赠近作战尘集

战尘历历入新诗，知是江南老画师。笔意随时能写实，吟肩无处不齐眉[1]。

青鞋布袜还初服[2],白石青泉惬素期[3]。一事报君应共赏,农田饱雨水平池。

题 解

见《谢陈树人赠战尘集》题解。陈树人此次寄赠的《战尘集》应是新出的增订版。

笺 注

1 吟肩:诗人的肩膀。因吟诗时耸动肩膀,故云。陆游《病后自咏》:"盘除鲜食生蔬美,衣耸吟肩束带宽。"齐眉:喻夫妻恩爱。见《杂咏》注3。

2 初服:当初的衣服。屈原《离骚》:"进不入以离尤兮,退将复修吾初服。"

3 素期:平时所期望。刘禹锡《马大夫见示浙西王侍御赠答诗,因命同作》:"秣陵从事何年别,一见琼章如素期。"

山园小集

树叶微黄气带秋,门前溪水接江流。翩翩蜡屐来仙侣[1],草草杯盘愧案头。今日岭云争出岫,昨宵山雨又盈丘。耳边幸免闻空警,匕鬯无惊释杞忧[2]。

笺 注

1 蜡屐指清静无为的生活。见《竹窗社集兼送剑城凤道人》注1。仙侣:指人品高尚、心神契合的朋友。杜甫《秋兴》:"佳人拾翠春相问,仙侣同舟晚更移。"

2 匕鬯(chàng)无惊,匕是一种羹匙类的餐具;鬯是祭祀用的香酒。原指宗庙祭祀不受惊扰。后用来形容战争对老百姓无所惊扰。语本《易经·震》:"震惊百里,不丧匕鬯。"

挽孙寒冰 敌机炸复旦大学遇难

害丧时日与偕之[1],复旦一朝失导师。愁绝嘉陵江畔路,满梁月色不胜悲[2]。

题 解

孙寒冰，原名锡琪，又名锡麟、锡麒。上海南汇人。早年赴美留学，获硕士学位。回国后，历任复旦大学社会科学系主任、劳动大学经济系主任、暨南大学政治经济系主任兼教授。抗日战争爆发后，复旦大学迁至重庆北碚，孙寒冰任复旦大学教务长兼法学院院长。1940年5月27日，日机轰炸北碚，孙寒冰和复旦大学其他6名师生不幸罹难。

笺 注

1 害丧时日：见《元旦感赋（1933）》注5及《万宝山案书愤》注1。
2 满梁月色：喻对古人的思念。见《挽胡致平（二首）》注7。

挽戴劲忱 敌机炸合川遇难

飞祸临头不忍云，传来噩耗丧征君[1]。于俄顷饮千秋恨[2]，拼九死归一炬焚[3]。贫仗知交营后事[4]，诗成谶语剩遗文[5]。人间辣手无斯烈[6]，肠断涪江惨淡云。

题 解

1940年7月22日下午1时许，日寇出动96架重型轰炸机，在20架零式战斗机护航下，分3批对合川县城进行了轮番轰炸，投掷重磅炸弹和燃烧弹500多枚，并用机关枪扫射街上的人群。合川县城街巷被毁大半，致700余人死亡，2000多人受伤，各种物资损失折合法币3000多万元。

戴劲忱，一作戴劲沉。生年不详，原苏州中学首席国文教员，苏州沦陷后流亡重庆。时任国立第二中学高中部国文教员。

笺 注

1 征君：对曾被朝廷征聘而不肯受职的隐士尊称。
2 俄顷：片刻；一会儿。郭璞《江赋》："倏忽数百，千里俄顷，飞廉无以睇其踪,渠黄不能企其景。"

3 诗人自注:"君闻警即避,仅七月二十二日疏忽。"按,当日适逢当年全国高等学校统一招生考试,戴劲忱因是毕业班任课教师。无课且不能监考,故携子进城闲游。恰逢七二二轰炸惨烈空前,父子二人同时遇难。

4 仗:依靠,仰仗。知交:彼此投合,互相结交。《韩非子·解老》:"知交,朋友之接也。"

5 诗人自注:"君和余《濮岩寺即景》,首句为'焦氏如何撰易林'。"谶语:可为日后征兆的话。

6 辣手:毒辣、残暴的手段。这里指日寇对重庆的野蛮轰炸。

北温泉即景

鹭只鹤双解见从[1],一帆烟雨路重重。白分江水岩巅瀑[2],青隐山隈寺后松[3]。石濑回风声窾坎[4],野云争岫影征伀[5]。秋来更起莼鲈感[6],采采蒹葭宛在胸[7]。

题 解

北温泉,北碚名胜。见《僦居龙凤桥即景(二首)》注6。

笺 注

1 解:懂得。见从:何去何从。陆游《秋雨初霁试笔》:"远游更动轻舟兴,太息何人解见从。"

2 在北温泉乳花洞旁的岩巅,温泉从石孔喷出,飞泻而下,形成瀑布。"北泉飞瀑"是北温泉主要景点之一。

3 山隈:山的弯曲处。李峤《秋山望月酬李骑曹》:"愁客坐山隈,怀抱白悠哉。"

4 石濑:石潭。窾坎:象声词。水流冲击石窍的声音。北温泉有乳花洞,深150余米,洞底有地下河。夏季洞内凉风习习,水声回响。

5 征伀:亦作"征忪"。惊慌失措的样子。王禹偁《谢除右拾遗直史馆启》:"通宵未息于征伀,诘旦遽谐于告谢。"

6 莼鲈：莼羹鲈脍，喻思乡之情。见《挽徐伯轩（二首）》注7。

7 采采蒹葭：蒹葭采采的倒装。《诗经·秦风·蒹葭》："蒹葭采采，白露未已。"吟咏思念之情。蒹葭：泛指芦苇，见《天津法商学院课余散步》注1。

次韵答李清悚

连朝窘雨怨天公[1]，老友书来日正东。憔悴江潭为国难[2]，铸熔经史属人雄。深宵抚剑锋芒白，万里看山泪眼红。剩欲与君同泛月[3]，秋光收拾一船中。

题 解

李清悚（1903——1990），号晴翁。江苏南京人。曾任抗战时期国立第二中学校务委员，是国立第二中学校歌的词作者。时任中央大学师范学院教授、教育部教科书编委会副主任、中华教育电影制片厂厂长等职。

笺 注

1 窘雨：谓下雨困于室内。语出《诗经·小雅·正月》："终其永怀，又窘阴雨。"

2 江潭：江水深处。屈原《渔父》："屈原既放，游于江潭，行吟泽畔，颜色憔悴，形容枯槁。" 诗人这里是将李清悚比作屈原。

3 剩欲：更欲，还欲。高适《赠杜二拾遗》："听法还应难，寻经剩欲翻。"

无 题

衡门之下赋栖迟[1]，射影含沙事可悲。厚薄酒情分赵鲁[2]，异同臭味辨渑淄。有怀李白风天末[3]，无那杨朱泣路岐[4]。一卷蒙庄常节取[5]，养生主与大宗师[6]。

笺 注

1 衡门：横木为门，房屋简陋，后以称隐者所居。栖迟：休息，游憩。化用《诗经·陈风·衡门》："衡门之下，可以栖迟。"

2 《淮南子》故事：楚王大会诸侯，鲁、赵俱献酒。鲁酒薄而赵酒厚。而楚国酒吏挟私以赵酒易鲁酒。楚王以赵酒薄，怒而围邯郸。故《庄子·胠箧》云"鲁酒薄而邯郸围。"

3 天末：天的尽头。唐肃宗时，李白因被诬参与永王李璘叛乱，被判流放。杜甫写下《天末怀李白》，寄托对李白深切的牵挂、怀念和同情。本句就是咏的这段佳话。

4 杨朱泣路岐：见《覆车行》注6。

5 蒙庄指庄子。见《漫歌赠张凤九》注5。

6 《养生主》《大宗师》均为《庄子》篇名。

庚辰初度抒怀 四首

时煦儿、嘉儿在北碚纯园。

攘夷又入四周年[1]，回首金陵一怆然。缭乱羁愁归酒盏，飘零典籍剩诗篇。郢书那许附燕说[2]，越石争先着祖鞭[3]。闻道中原收失地[4]，阗阗振旅鼓渊渊[5]。

遥看巴江学字流[6]，那堪人海幻虚舟[7]。狂来直欲吞三峡，老去宁甘赋四休[8]。塞上风云时送雨，山间木叶又辞秋。请君试问嘉陵客，不是渝州定合州[9]。

谪仙有酒便诗狂，元叟作官亦漫郎[10]。南北关河双去雁，是非臧谷两亡羊[11]。乡心已逐三巴水[12]，旅服难禁十月霜。准拟春江来岁约，峡猿壑鹳伴归航。

不施芗泽况铅华[13]，鸿案相庄挽鹿车[14]。岁岁山松为比寿，年年野菊自开花。一天雷雨三冬梦，万里风云八口家[15]。闭户著书应未晚，杞其无棘人无哗[16]。

题 解

初度即生日。见《庚午初度感怀（四首）》题解。诗人庚辰生日公历为1940年11月14日。诗人时年55周岁。黄宏煦、黄宏嘉当年考入西南联大，因西南联大新创办叙永分校，当年新生推迟到 12 月 10 日入学，故此时仍在家中。

笺 注

1 攘夷：抗拒异族入侵。这里指中国的全面抗战。

2 郢书燕说：《韩非子·外储说左上》故事：郢人在给燕相的信中误写"举烛"二字，而燕相则解释为尚明、任贤之义。后比喻对他人作品和言论进行牵强附会的解读。

3 越石：指晋代抗敌名臣刘琨。着祖鞭：奋勇争先。见《将之重庆留别》注 5。

4 指 1940 年 10 月 30 日我军收复南宁。

5 阗阗：形容声音洪大。《楚辞·九辩》："属雷师之阗阗兮，通飞廉之衙衙。"渊渊：鼓声。亦泛用作象声词。何逊《宿南洲浦》诗："沉沉夜看流，渊渊朝听鼓。"

6 巴江又作巴水，主要指嘉陵江重庆段。学字流：长江、嘉陵江蜿蜒交汇于重庆朝天门，形似古篆书"巴"字，故云。此江段又有"字水"之称。

7 虚舟：谓任其漂流的舟楫。常比喻人事飘忽，播迁无定。

8 四休：宋代太医孙昉别号"四休居士"，曰："粗茶淡饭饱即休，补破遮寒暖即休，三平二满过即休，不贪不妒老即休。"

9 合州即今合川，公元 556 年（西魏恭帝三年）置，1913 年民国政府废州设县，合州改合川县。时作者居北碚，在嘉陵江合川至重庆段之间。

10 元叟：元结（719—772），字次山，号漫郎、聱叟。河南人，天宝进士。在安史之乱平乱有功。后任道州刺史，官至容管经略使。有《元次山集》。

11 臧与谷二人相与牧羊，而俱亡其羊。见《杂感（四首）》注 18。

12 三巴：指重庆地区。见《哲生来渝》注 2。

13 芗泽：芗通"香"。指香气。

14 鸿案相庄：表示夫妻和好相敬。鸿案：梁鸿的案。参见《杭州雅集（二首）》注 7。挽鹿车："鹿车共挽"的倒置。《后汉书·鲍宣妻传》载：鲍宣苦学，很受老师赏识，于是把女儿嫁给他，妆奁丰厚。鲍宣因家贫，不愿接受。其妻乃退回陪嫁，着短布裳，与鲍宣共挽鹿车归乡里。后以"挽鹿车"为夫妻安贫乐道的典故。

15 诗人有四子四女，故称"八口家"。

16 杞其无棘：杞即枸杞。一般认为枸杞有棘，但《本草图经·木部上品·枸杞》则认为"其实形长而枝无刺者，真枸杞也；圆而有刺者，枸棘也。"无哗：不要喧闹。肃静无声。

刘卓吾尊人怡卿老人八十有五为诗寿之即以送别

闲闲十亩且优游[1]，绕膝含饴岁月遒[2]。白发人行秋万里，洪都气爽水双流[3]。如公道义真难得，愧我尊贤礼未周。借问香山诸长老[4]，风怀得似老人不[5]。

题 解

刘卓吾（1893—1974），名克儁。江西省安福县人。1921年至1926年在柏林大学、慕尼黑大学学习法律，获慕尼黑大学法学博士，回国后在中山大学、中央大学法学院担任教授。1928年起任国民政府立法院立法委员。曾参与《民事调解法》《民事诉讼法》等重要法律起草。

尊人：对他人或自己父母的敬称。怡卿老人是刘卓吾的母亲。

笺 注

1 闲闲：从容自得的样子。《诗经·魏风·十亩之间》："十亩之间兮，桑者闲闲兮，行与子还兮。"

2 绕膝：围绕膝下。多用于形容子女侍奉父母。含饴：谓哺育幼儿。形容亲子之情。遒：这里是迫近的意思。

3 洪都：江西省南昌市的别称。隋、唐、宋时南昌为洪州治所，唐初曾在此设都督府，因以得名。水双流：指赣江和抚河贯通南昌市内。刘卓吾江西人，故以南昌为由头。

4 香山长老：唐朝白居易曾聚九老作尚齿之会。见《赠彭临老》注6。

5 风怀：抱负，志向。《晋书·祖逖传赞》："祖生烈烈，风怀奇节，扣楫中流，誓清凶孽。"

题何适园老人诗存　二首

　　即次其七十述怀原韵。

　　正学淳风雨不磨[1]，船山岁月肯轻过[2]。长吟已拔形骸累[3]，行药应眈野趣多[4]。东去大江衔蜀水，南飞一曲续高歌。欣看莱彩阶前舞[5]，个个男儿曳落河[6]。

　　我来巴蜀已三年，客里逢君亦可怜。季重知交多感逝[7]，乐天投老爱参禅[8]。山中松柏霜经饱，江畔楼台月倍鲜。今日适园称胜会，昭潭回首岳云边[9]。

题　解

　　何适园即何衢。见《秦淮河边友人何宅社集》题解。何衢自号"适园"，抗战爆发后，由南京避乱入川，时在国民政府军事委员会外事局任职。

笺　注

　　1　正学：谓合乎正道的学说。淳风：敦厚古朴的风俗。
　　2　船山：王夫之（1619－1692），字而农，号姜斋，人称"船山先生"，湖广衡阳县（今湖南省衡阳市）人。明末清初思想家。他"行先知后"的观点对推动中国近代社会运动的产生和发展产生了深刻的影响。
　　3　长吟：哀愁怨慕时发出长而缓的声音。
　　4　行药：服用丹药后漫步以散发药性。见《西湖杂咏（十首）》注10。
　　5　莱彩：即莱衣。《二十四孝》有"戏彩娱亲"。相传春秋时，老莱子侍奉双亲至孝，行年七十，犹着五彩衣，为婴儿戏。后因以莱彩或莱衣表示对双亲的孝养。
　　6　曳落河：壮士。见《偕王石荪参观淞沪战区凄然感赋》注3。
　　7　季重是吴质（177—230）的字。吴质是三国时期著名文学家，同"建安七子"交往密切。曹丕有《与吴质书》感叹二人昔日同游共饮之欢。后世以"季重旧游"咏叹故友分离怀念旧情。韩偓《乱后春日途经野塘》："季重旧游多丧逝，子山新赋极悲哀。"诗人为谐韵，将"旧游"改为"知交"。

8 投老：垂老。见《三叠吟韵寄太甙》注 3。乐天指白居易。曾聚九老作尚齿之会，又喜坐禅。参见《赠彭临老》注 6 及《自题竹窗诗存（四首）》注 6。

9 昭潭：在湘潭市东北湘江东岸的昭山下。相传周昭王南征至此，坠入潭中淹死，故名。岳云：山中之云。杜荀鹤《行次荥阳却寄诸弟》："枕上算程关月落，帽前搜景岳云生。"

高坑岩观瀑

昔游阻云雾，今来见晴空。村景恣心赏，野趣荡心胸。爰申川上志[1]，泠然御天风[2]。杖策陟坡陀[3]，危崖矗穹窿。雪涛飞皑皑，烟雾湿濛濛。快如舞潜蛟，矫若翔游龙。注溢万丈渊，波摇五色虹。荡漾眩双目，颠倒乱群峰。回顾大磨滩[4]，桥扉更玲珑[5]。奔流两辉映，逸响答琤瑽[6]。匡庐无此奇[7]，虎啸无此雄。旁有洞新辟，径与新居通[8]。欢言得所止，小坐憩游踪。全景纳牖下，清光入眼中。主座勤宵旰[9]，退食赋自公[10]。濠濮聊寄意[11]，未遑息政躬。同舟共风雨，训谟启余衷[12]。回首钟山月，山花照眼红。公余觞企咏[13]，折东屡过从[14]。满座谈霏屑[15]，雅歌更雍容。流光闻奔壑，高云感飞鸿。金陵我国都，孝陵明故宫。紫霞净拭镜[16]，灵谷远闻钟[17]。久蜀终郁郁，有船俱欲东。磨崖为草檄[18]，愿国速平戎[19]。

题 解

高坑岩在龙凤溪尽头，在独石桥以南，距国民政府立法院约 7 公里。龙凤溪上游磨滩河水从岩巅跌落，形成宽 62 米，高 38 米的瀑布。瀑布冲击成一深潭，水深十数米，宽百余米，名为高坑。瀑布因此得名。因水源为磨滩河，故又名磨滩瀑布。抗战时期，孙中山之子、国民政府立法院院长孙科在此建有别墅。此为诗人应邀去别墅做客后所作酬答诗。

笺 注

1 川上志：语本《论语·子罕》："子在川上曰：逝者如斯夫，不舍昼夜。"喻自强不息、永不懈怠的奋斗精神。

2 泠然：同"泠然"，爽快、轻妙的样子。语本《庄子·逍遥游》："列子御风而行,泠然善也。"并上句,这里是借孔子和列子两位先贤的不同状态来抒发自己此刻的心情。

3 杖策:拄杖。见《足疾排闷》注1。

4 磨滩河因水流湍急,河岸边多水磨而得名。此处有大水磨,故名大磨滩。上游还有一处为小磨滩。

5 大磨滩处当时有一座石桥,桥两端系利用河岸亘石凿成。

6 玲珑:象声词,形容弹拨弦乐所发的声音。引申为流水声。殷文圭《玉仙道中》:"山势北蟠龙偃蹇,泉声东漱玉玲珑。"

7 匡庐:庐山。见《牯岭》注1。

8 新居指孙科别墅。国民政府立法院迁独石桥后,院长孙科在此地修建别墅"独石山房",会期在此住宿,并用于招待各界人士。郭沫若、翦伯赞、于右任等亦曾来此地下榻做客。

9 主座:主人。指时任国民政府立法院院长孙科。宵旰:宵衣旰食的略语。形容为处理国事而辛勤工作。

10 退食:减食。自公:尽心奉公。语出《诗经·召南·羔羊》:"退食自公,委蛇委蛇。"

11 濠渤:濠指濠水,庄子与惠子游于濠梁之上观鱼;渤指东海,《庄子·山木》:"东海有鸟焉,其名曰意怠。"终日优游。这里指休闲、游乐。

12 训谟:《尚书》六体中训与谟的并称。后亦用以泛指训教谋划之词。范仲淹《任官惟贤材赋》:"大哉考古典之训谟,观前王之取舍。"

13 企咏:谓以吟咏寄托向往之情。谢灵运《答范光禄书》:"故人有情,信如来告,企咏之结,实成饥渴。"这句的意思是,公务之余在一起饮酒赋诗,共叙衷情。

14 折东:万折必东的略语。意思是河流不论有多少曲折,必定会流向东方。磨滩河过高坑岩瀑布后为龙凤溪,东入嘉陵江。嘉陵江南下汇入长江,东流入海。

15 谈霏屑:"谈霏屑地"的缩语。指谈话时口若悬河,精彩无比。

16 紫霞:紫霞洞。见《游紫霞洞遂登钟山顶》题解。

17 灵谷:见《灵谷寺》题解。

18 磨崖即摩崖。见《山居冬晴(四首)》注9。

19 平戎指驱逐日寇。见《次韵答友人见赠》注5。

挽刘伯英

噩耗传来薤露凉[1],金陵旧雨共沾裳[2]。三年羁旅纯忧国,万里家园老战场。明志早能甘淡泊[3],存真独见古肝肠。石城诗酒浑如昨,楚尾吴头梦渺茫[4]。

题 解

刘伯英(1898—1940)广东梅县人。曾任孙中山陆海军大元帅大本营咨议,后入黄埔军校第三期步兵科学习,1926年毕业。先后担任广东省税警总队总队长、中央公务员惩戒委员会秘书。在南京时,与诗人同为石城诗社诗友。

笺 注

1 薤露:挽歌。见《挽徐伯轩(二首)》注4。

2 旧雨:老友。见见《将毋同十六韵》注6。

3 淡泊:恬淡寡欲,不求名利。语出诸葛亮《诫子书》:"夫君子之行,静以修身,俭在养德;非淡泊无以明志,非宁静无以致远。"

4 楚尾吴头:泛指长江中下游地区。因其地在楚地下游,吴地上游,如首尾相衔接,故称。

有 感

青灯伴我红于豆[1],明镜照人雪上髭[2]。但使风尘知己在[3],人间何处不相思。

笺 注

1 青灯喻孤寂,红豆喻相思。视青灯如红豆,描摹诗人思念故人的心情。

2 雪上髭:胡须开始变白。髭,嘴上之短须。

3 风尘知己:尘世中的知己朋友。

重九登高

欣闻滇缅路重开[1]，此日登高气畅哉。扬子江衔巴水转，涂山晴放岭云来[2]。立言我草治安策[3]，送酒儿传潋滟杯[4]。喜值明朝双十节[5]，欢呼雷动凯歌催。

笺 注

1 滇缅公路起于云南昆明，终点缅甸腊戍，全长1453公里。公路始建于1938年春，于当年12月初步建成通车。是抗日战争时期中国最重要的国际通道。1940年7月，英国应日本要求，封锁了滇缅公路（当时缅甸为英国殖民地）。1940年9月底，德意日《三国同盟条约》在柏林签订，日本正式参加轴心国。英国政府调整对日政策，在1940年10月底重新开放滇缅公路。

2 涂山：即重庆南山。相传为夏禹娶涂山氏为妻的住所，自古为重庆游览胜地。

3 《治安策》是贾谊上给汉文帝的奏疏。书中力陈时弊，并提出了使国家长治久安的方针。后泛指治国建言。

4 送酒：奉酒；敬酒。潋滟杯：满杯。陆游《闲意》："学经妻问生疏字，尝酒儿斟潋滟杯。"

5 双十节为民国时期的国庆节。1940年农历九月初九为公历十月九日。

宿李家花园 二首

等是长年鬓未华[1]，名园管领属公家。才开窗见一江月，不出门看四季花。城郭重来悲化鹤[2]，文书急就理涂鸦。陈蕃设榻留徐孺[3]，剩欲秋乘银汉槎[4]。

自经丧乱讶无书，差免义山獭祭鱼[5]。常以此心同皓月，更于何处不安居？园中嘉卉争供眼，江上清风近接庐。块垒全消茶当酒，又听鹁鸠似鸣琚[6]。

题 解

李家花园在重庆市城区佛图关。抗战初期，一度为蒋介石官邸。后为国民政府内政部办公地。从诗的内容看。这首诗应该是写给当时李家花园管理负责人的。

笺 注

1 等是：同是。长年：老年。

2 化鹤：《搜神后记》载：丁令威学道于灵虚山，成仙后化鹤归辽，见城郭如故人已非，悲鸣不已，冲天而去。形容物是人非的伤感。

3 陈蕃：东汉汝南平舆（今河南平舆西北）人，字仲举。徐孺即徐稚，字孺子，豫章南昌人。徐稚以品德高尚鸣世，屡征不仕。陈蕃为豫章太守时，特设一榻以待之。后为重才惜才的典实。

4 剩欲：更欲。见《次韵答李清悚》注3。银汉槎：犹仙槎。见《题子英〈仙槎缘〉诗稿》注3。因此时正值秋季，故云"秋乘"。

5 差：几乎。义山指李商隐。宋庠《杨文公谈苑》："李商隐为文，多检阅书册，左右鳞次，号獭祭鱼。"后因以诗文堆砌典故为獭祭鱼。

6 鹎鵊（bēi jiá）：鸟名。似鸠，身黑尾长而有冠。凌晨先鸡而鸣，俗称催明鸟。欧阳修《鹎鵊词》："红纱蜡烛愁夜短，绿窗鹎鵊催天明。"琚为佩玉，在风中能发清响。这一联诗写诗人与友人促膝长谈至天将破晓。

留 赠

已作平原十日留[1]，江烟园草不胜秋。今朝公事匆匆毕，唤起催归互唱酬[2]。

笺 注

1 平原，指平原君。战国时赵国人。与齐国孟尝君、魏国信陵君、楚国春申君并称战国四公子，门下有食客数千。《史记·范雎列传》载，秦昭王曾写信给平原君，表示愿成布衣之友，为十日之饮。后因以"十日饮"比喻朋友连日欢聚。

2 诗人自注："韩愈诗'唤起窗全曙，催归日未西。'唤起、催归，二鸟名。"按，此句出自韩愈《游城南十六首》其八。

冬日山居杂感 四首

小楼镇日坐清晖，抱膝长吟闲是非。白堕低斟刚解禁[1]，青毡尚在久怀归[2]。衣难改造仍初服，米贵惊人伏骇机[3]。传语衡阳西北雁[4]，莫教零落故山薇[5]。

诗怀何处不慕陶[6]，岂为饥驱一折腰。政苦灯花昏短檠[7]，闲听暮雨打芭蕉。芸芸野菊田间路，冷冷村烟竹外桥。一夜西风凋万木，毫端心事涌如潮。

倚徒岑楼着我顽[8]，枳篱桔井护柴关[9]。到来远客招龙吠[10]，踏碎朝云伴鹤闲。投老情亲木上座[11]，倦游羞负大刀环[12]。棹歌未觉沧浪远[13]，赊买嘉陵一崦山[14]。

记曾劫后历陪都[15]，歌舞楼台眼底无。那管尘埃飞野马[16]，还教敏政长蒲卢[17]。穷愁每辟新诗境，㦚乱欣逢旧酒徒[18]。破碎山河劳补缀，挑灯忍泪看舆图[19]。

笺 注

1 白堕：刘白堕，晋时河东人。善酿酒，酒香无比，饮罢经月不醒。后遂以白堕为酒的别名。苏轼《次韵子瞻病中大雪》："殷勤赋黄竹，自劝饮白堕。"低斟犹浅注。诗人因齿痛戒酒，此时康复，自解酒禁。

2 青毡：喻传家之物。见《由临澧至常德途中抒感》注6。

3 骇机：突然触发的弩机。比喻猝发的祸难。语出《后汉书·皇甫嵩传》："今将军遭难得之运，蹈易骇之机。"

4 衡阳旧城南有回雁峰，形状如雁的回旋。传说雁至此不再南飞。雁归而人未归，有思乡之意。范仲淹《渔家傲》："塞下秋来风景异，衡阳雁去无留意。"诗人故乡临澧在衡阳西北，故说衡阳西北雁。

5 故山薇：用伯夷叔齐不食周粟，采薇而食之的典故。见《西园美枞堂杂咏（五首）》注2。

6 慕陶：钦慕陶渊明。《晋书·陶潜传》载：陶渊明为彭泽令，不愿束带迎接上司，云："吾不能为五斗米折腰，拳拳事乡里小人邪！"即日解印绶辞官。故下句有"岂为饥驱一折腰。"

7 "政"通"正"。"政苦"犹"正苦"。檠，灯架，此处指油灯台。诗人当时住在郊外农村，不通电。当地农村所用的油灯台较矮，用两三灯芯草引菜油或桐油燃烧照明，光很暗。

8 倚徙：徙倚的倒装，意即流连徘徊。岑楼：山岭与高楼。这句诗的意思是：我顽童般地徘徊于崇山与高楼之间。

9 枳篱：枳木篱笆。桔井：传说郴州苏耽得道成仙，仙去时嘱其母以庭中井水和橘叶替人治病。柴关即柴门。均表现诗人的乡村生活。

10 尨：长毛狗。见《书喜》注4。

11 投老：垂老。见《三叠吟韵寄太夷》注3。木上座：对木制手杖的戏称。典出《景德传灯录·杭州佛日和尚》："佛日禅师见夹山。夹山问：'什么人同行？'师举拄杖曰：'惟有有木上座同行耳！'"

12 大刀环：归来的隐语。见《长江舟中寄夔旭》注4。

13 棹歌即船歌。据后文，此处特指屈原《渔父》中渔父所歌"沧浪之水清兮，可以濯吾缨，沧浪之水浊兮，可以濯吾足。"

14 化用韩偓《睡起》"终撑舴艋称渔叟，赊买湖心一崦田。"赊买：先买后付钱。一崦犹一片。

15 指亲历日寇对重庆的野蛮轰炸，目睹街市被毁为瓦砾。

16 尘埃、野马即云烟灰尘。见《书感（1933）》注5。

17 化用韩偓《安贫》："窗里日光飞野马，案头筠管长蒲卢。"勉励自己安贫乐道，不管世事浮沉，都要勤于政事。敏政：勤勉于政治。蒲卢：即果蠃。一种细腰的蜂。典出《诗经·小雅·小宛》："螟蛉有子，蜾蠃负之。"螟蛉即桑虫。蒲卢抚育桑虫之子若己子，后因以比喻对百姓的教化。《中庸》："夫政也者，蒲卢也。"

18 旧酒徒：豪侠之人。见《采石矶太白楼放歌》15。

19 舆图：地图。陆游《书事》："闻道舆图次第还，黄河依旧抱潼关。"当时大片国土沦于日寇铁蹄之下，故忍泪而看。

挽朱子英

用国父挽刘道一诗韵

少年霸气久称雄，晚具禅心色相空[1]。佛法精深惟有子独，国花癖好与侬同[2]。几人直谅存风鲠[3]，十载交游感雪鸿[4]。独石桥边弹老泪，也为私谊也为公。

题 解

朱子英，见《后湖舟中与朱子英联句》题解。抗日战争爆发后，国民政府西迁重庆，朱子英未随迁，离职回湖北老家赋闲。1940年春，因湖北战况险恶，国民政府电召其赴渝到职。仅三月，鄂西北频传败绩，朱子英焦急中风，逝于北碚。

《挽刘道一》作于1907年1月。是孙中山得到刘道一在长沙殉难的消息后写的一首挽诗，也是孙中山传世的惟一一首律诗。刘道一（1884—1906），湖南湘潭人。曾参加华兴会。后赴日留学，并加入同盟会，从事反清活动。萍浏醴起义时，在长沙准备响应，因奸人告密，被捕遇害。

笺 注

1 禅心：佛教用语。谓清静寂定的心境。孙中山逝世后，朱子英厌倦国民党政客的尔虞我诈，对政治心生倦意，回老家赋闲，其间以吃斋事佛度日。

2 国花：指梅花。见《梅花十首》注43。

3 风鲠：谓风骨鲠直。

4 雪鸿："雪泥鸿爪"的略语。比喻往事遗留的痕迹。

辛巳（1941）

初春即事书怀 二首

三株古树老非老[1]，一舸晴江东复东。珠粟谁赊新赵酒[2]，草书共拟旧杨风[3]。往时乡镇多移俗，曩日生徒半寄戎。谓我诗孙知我切[4]，胜他泛泛唤诗翁[5]。

炉烟瓦釜煮来其[6]，素食无如此物宜。急景政同羊胛熟[7]，家翁难得虎头痴[8]。昨宵归梦千山月，余债欠人数首诗。俯仰桔槔成底事[9]，旷怀何处不安期[10]。

笺注

1 诗人所居纯园可远眺嘉陵江观音峡张飞岭山顶的三棵黄葛古树。

2 珠粟：粟贵如珍珠。典出《战国策·楚策三》："楚国之食贵于玉，薪贵于桂。"赵酒：谓厚酒。见《无题》注2。全句的意思是今物价高涨，因而店家不肯赊好酒。

3 杨风指五代时书法家杨凝式。杨凝式（873—954）字景度，善书法，行草有破方为园，削繁为简之妙。风同疯。《旧五代史·杨凝式》载：杨凝式为人放纵怪诞，有风子之号。"共拟"即与他人共同模仿。"杨"稿本作"扬"，疑抄误，迳改。

4 诗孙：诗人祖父黄道让是晚清诗人，在湘西享有盛名。

5 诗翁：国民政府立法院同仁给诗人的雅号。见《独游后湖醉卧舟中失慎坠水》题解。

6 来其：旧时四川一些地方称豆腐为来其。虞集《豆腐三德赞序》："乡语谓豆腐为来其。"

7 急景：犹短促的光景。羊胛，羊肩背，易熟。这句诗说：迅速流逝的光阴正如同羊胛易熟，说法类似于"白驹过隙"。

8 家翁：一家之主；家长。虎头痴：晋代顾恺，小字虎头，有三绝：才绝、画绝、痴绝。古谣谚："不痴不聋，不作家翁。"诗人子女均倾向进步，视诗人为封建家长，诗人颇感委屈，故有此言。此联化用陈愭《书怀》："百年羊胛熟，万事虎头痴。"

9 人的一生如桔槔，汲上水又倒掉，俯仰劳累一生，究竟能做成什么事呢？语本《庄子·天运》："且子独不见夫桔槔者乎？引之则俯，舍之则仰。"桔槔：一种汲水的简单机械。见《将毋同十六韵》注10。

10 旷怀谓开阔的胸怀。安期即安期山，在今山东莱芜县南，传说为秦汉时仙人安期生隐居处。这句诗的意思是：只要心胸开阔，到处都是人间福地。类似于苏轼句"此心安处是吾乡。"

次韵赠刘世善

射策金门定去留[1]，衡文皮里有阳秋[2]。多君月桂冠除目[3]，更喜风诗占上头。笔阵力能穿铁砚，心兵面不戴铜鍪[4]。为霖为楫亦为砺[5]，良弼何劳梦寐求[6]。

题 解

刘世善（1906—1998），湖南长沙人。先后毕业于中央军校武汉分校、群治法政专门学校。时任内政部禁烟委员会文书。

笺 注

1 射策：汉代考试取士方法之一。刘勰《文心雕龙·议对》："射策者，探事而献说也。言中理准，譬射侯中的。"大致相当于现在公务员考试的"申论"。金门：金明门的省称。唐时宫门名，内为翰林院所在。民国时公务员的录用和晋升都要通过考试来决定，故云"定去留"。

2 衡文：考试。见《得子嘉子荃书》注4。皮里阳秋：嘴上不说好坏，内心却有所褒贬。

3 诗人自注："君去秋高考第一。"按，民国时期的事务类公务员考试依考试水平分为高等考试、普通考试、特种考试三类，这里"高考"指高等考试。

这年刘世善刚从长沙来重庆，报考国民政府公务员。除目：除授官职的文书。犹今之任免名单。

4 并上句。刘世善所学为军队文书，之前也一直在军队供职，故诗人用"笔阵""铜鍪"来形容他的行文风格。

5 为霖：像解救旱情的甘雨那样，施泽于民。为楫：像渡河的船那样，解救民众。为砺：像粗犷磨刀石一样，消耗自己来提升民众。这些都是咏官员的典故。

6 良弼：优秀的助手。弼，辅佐元首之官员。傅岩，古地名，在今山西平陆县东北。相传殷相傅说曾隐居于此。《尚书·说命上》记载，商高宗武丁发布布告说："梦帝赉予良弼，其代予言。"后来遇到了在傅岩隐居的傅说。

途中遇雨口占

天工为我洗缁尘[1]，安步当车不算贫。谁识濛濛烟雨里，行吟忘倦一诗人。

笺 注

1 缁尘：黑色灰尘。见《后湖即事（家国愁多）》注2。

题王太羹半隐园诗草 二首

峨峨高丘接阆风[1]，悠然高唱大江东[2]。未闻巢许买山隐[3]，怕学阴何偏句工[4]。旧事六朝吟味里，新诗三峡客程中。肩随君恰五年长[5]，廊庙江湖意自同[6]。

诗人节后饮醇醪，山有榛兮园有桃[7]。回首量才添玉尺[8]，当年明法长秋曹[9]。燕然勒石行濡笔[10]，虎落中周仗补牢[11]。疋奏鹤南飞一曲[12]，为君击节叶云璈[13]。

题 解

王太羹即王用宾。见《次吟韵寄王太羹》题解。半隐园是1932年王用宾在山西猗氏县（今临猗县）城东街购得的一处宅院，准备告老回乡居住，自题半隐园。王用宾一生清苦，除此宅外再无其他庭院，故以"半隐园"为室名。诗集亦题名《半隐园诗草》。

笺 注

1 阆风：神话传说中昆仑山仙境的山巅。屈原《离骚》："朝吾将济于白水兮，登阆风而绁马。"王逸注："阆风，山名，在昆仑之上。"

2 大江东：指苏轼词《念奴娇·赤壁怀古》。见《庚午初度感怀（四首）》注7。

3 巢许：巢父和许由的并称。二人均为传说中帝尧时期的隐士。《世说新语·排调》："未闻巢由买山而隐。"本句呼应王用宾室名"半隐园"，意思是有一小院半隐足矣。

4 诗人自注："来诗有'怕学阴何苦用心'之句。"按，阴何是南朝梁诗人何逊和陈诗人阴铿的并称。何逊见《秦淮河边友人何宅社集》注1；阴铿字子坚，生卒年不详。长于五言诗，以描写山水著称。

5 肩随：即追随。典出《礼记·曲礼上》："五年以长，则肩随之，"古时年幼者与年长者并行时，斜出其左右而稍后，称"肩随"。王用宾生于1881年，诗人生于1885年底，约取大5岁。

6 廊庙：指殿廊与太庙，古代帝王与群臣议论政事之所。后因以"廊庙"代指朝廷。本句取意范仲淹《岳阳楼记》："居庙堂之高则忧其民，处江湖之远则忧其君"

7 山有榛：出自《诗经·邶风·简兮》："山有榛，隰有苓。"园有桃：出自《诗经·魏风·园有桃》："园有桃，其实之肴。"

8 玉尺：玉质的尺。比喻衡量人才或评价诗文的标准。典出李白《上清宝鼎》："仙人持玉尺，度君多少才。"王用宾1931—1934年曾任国民政府考选委员会副委员长，时任中央公务员惩戒委员会委员长。

9 明法：彰明法度。秋曹：刑部的别称。王用宾1934—1937年曾任国民政府司法行政部长。

10 燕然勒石：击败入侵者，建立边功。见《开岁三日闻榆关失守（二首）》注3。

11 虎落中周：防线。见《书愤（1933）》注3。

12 诗人自注："君别署鹤村。"尟（yǎ）奏：待奏。《广韵·马韵》："尟，待也。"苏轼《玉局文》故事：1083年苏东坡生日那天，进士李委作新曲《鹤南飞》以献。曲罢，求东坡赐诗。东坡笑而从之，吟成一绝："山头孤鹤向南飞，载我南游到九嶷。下界何人也吹笛，可怜时复犯龟兹。"

13 击节：打拍子。表示对诗文或音乐的赞赏。叶云：叶片状白云。多用于悠闲的场景。郑清之《家园纪事》："水满横塘占晓凉，莲腮霞举叶云生。"

授课感赋

法官训练所第七届。

投老重开旧讲堂[1]，当年草创几星霜[2]。又携五卷新民法，来试千金古药方。转眼秋风吹木叶，恼人旦暮罢津梁[3]。伫望收复夷陵道，取次看山到故乡[4]。

笺 注

1 投老：垂老。见《三叠吟韵寄太虚》注3。

2 星霜：指年岁。因星辰一年一周转，霜每年遇寒而降。

3 罢（pí）：同"疲"。

4 并上句。夷陵道：泛指今湖北省宜昌市西陵峡贯穿地区通向江汉平原地区的大道，有"三峡门户"之称是诗人由重庆返乡的必经之地。1940年枣宜会战后，宜昌沦陷，至抗战胜利才光复。

宿法官训练所

放怀无处不家乡，卖却闲愁典却狂。细听倚楼吹玉笛[1]，初为说法宿空桑[2]。著书漫续参同契[3]，安睡何分上下床[4]。天马山前频极目[5]，才知翌日是重阳[6]。

题 解

法官训练所1929年创办于南京，先隶属于司法行政部，1934年改隶司法院，

1937年随司法院迁重庆，选址在沙坪坝兴隆场。

笺 注

1 倚楼吹玉笛：喻怀旧。见《挽徐伯轩（二首）》注5。

2 说法：戏用佛教语。指在法官训练所讲授法律课。空桑：指僧人或佛门。杨载《次韵钱唐怀古》："空桑说法黄龙听，贝叶繙经白马驼。"这里戏指独宿空房。

3 参同契：书名。见《留别志圆石瓢二上人》注9。这里《参同契》实喻法律典籍。

4 上下床：从"百尺楼"衍生的典故。见《天津中秋夜饮村酒香》注3。

5 天马山：国内名天马山者颇多。从下句推测，此天马山当指湖南湘潭县的天马山，其主峰形似飞马，为"南岳七十二峰"之一。

6 1930年国民政府废农历，定重阳节在公历九月九日。

次韵中秋望月

吟肩一耸万山秋[1]，月满高楼霜满头。书已速成酬夙愿[2]，音闻大捷破新愁[3]。腰间宝剑化龙去[4]，眼底巴江学字流[5]。吾亦欲东难久郁[6]，安排买棹共南游。

题 解

1941年中秋节是公历10月6日。此时诗人的家乡湖南正在遭受战火摧残，第二次长沙会战已接近尾声。由于长沙形势转危为安，诗人心情稍安，得以一吐胸中郁闷之气。

笺 注

1 吟肩：诗人的肩膀。见《寄谢陈树人见赠近作战尘集》注1。

2 指诗人的系列专著《民法诠解》中的某一部已竣稿。

3 大捷：指在1941年9—10月的第二次长沙会战中，中国军队击退进犯日军，歼敌三万余人，击落敌机6架，击沉汽艇9艘，胜利保卫长沙。同时，中国军队还主动发起宜昌战役，歼敌7000人。

4 化龙：王嘉《拾遗记》记载：丰城令雷焕得双剑，送了一柄给司空张华，一柄自佩。二人死后，双剑化为双龙飞入延平津中。后世用为咏剑的典故。

5 巴江学字流：见《庚辰初度抒怀（四首）》注6。

6 本句化用《史记·淮阴侯列传》"王曰：'吾亦欲东耳，安能郁郁久居此乎？'"表达诗人中秋望月思乡，盼望抗战早日胜利的心情。

挽蔡孑民先生

云山苍苍水泱泱，遗风山高复水长[1]。先生学问民之望，一卷哲学迈老庄[2]。洗尽铅华扫秕糠，先生道德民之坊。襟怀如月品如璋，英雄肝胆佛心肠。事迹国史传其详，鲰生毋庸走笔忙[3]。却忆故都旧讲堂，我占十有八星霜[4]。五四运动除奸铓，诸生伏阙子畏匡[5]。画地为牢景山阳[6]，杀君马者在路旁[7]。波及池鱼毋乃殃，民亦劳止遥故乡[8]。去后师生增悲凉，民气奋发若沸汤。当局明令褫虎伥[9]，是非大白道弥彰。来时学府顿发皇[10]，海内人才半门墙[11]。金陵师生进寿觞，举杯共祝安且祥。我歌宾筵第三章[12]，老人掀髯乐无央。抗战军兴拒虎狼，神州不幸污犬羊。遵海滨处百感伤[13]，时路荆棘事沧桑。悲愤填膺损健康，不慭一老萎栋梁[14]。薄海震悼泪沾裳[15]，革命精神不死方。气贯太虚日月光，丝绣金范炳旗常[16]。人间长留一瓣香[17]，指日我武奏惟扬[18]。诛仇雪耻复故疆，预告灵爽书破羌[19]。

题 解

蔡孑民即蔡元培。见《寄怀蔡孑民先生（四首）》题解。蔡元培1940年3月5日病逝于香港。3月24日，重庆各界举行蔡元培追悼大会，蒋介石主祭。毛泽东、董必武送挽联。国内未沦陷的各大城市也同时举行了追悼会。1941年3月5日，重庆举行蔡元培逝世一周年纪念会，本篇即是为纪念会而作。

笺 注

1 并上句。化用范仲淹《严先生祠堂记》："云山苍苍，江水泱泱。先生之风，山高水长。"按，严先生即严光。见《哭严范荪师（二首）》注9。

2 指蔡元培1910年由上海商务印书馆出版的《中国伦理学史》。全书分绪论、先秦创史时代、汉唐继承时代、宋明理学时代四大部分32章，系统地介绍了我国古代伦理学界重要的流派及主要代表人物。是第一部系统整理和研究中国古代伦理思想发生、发展及其变迁的学术著作。

3 鲰生：犹小生。文士自谦之词。语出《汉书·张良传》："沛公曰：'鲰生说我曰：距关，毋内诸侯，秦地可尽王也。'"服虔注："鲰，小人也。"

4 诗人1915年到北大任教，至1930年底离开，满算近16年。黄右昌本人1931年1曰27日《致蒋校长函》云："北大三十二周纪念，此中光阴，弟将占其一半"，亦可印证此说。诗人此处所言在北大"占十有八星霜"，与履历不相符。

5 伏阙：拜伏于宫阙下。多指直接向皇帝上书奏事。这里指学生在天安门前向北洋政府请愿。畏匡：典出《论语·子罕》："子畏于匡"。匡，春秋征地，在今河南长垣县。畏，通"围"。孔子周游列国至此地，匡人以兵围孔子。后以"畏匡"指遭遇困厄。按，五四运动爆发后，蔡元培为抗议政府逮捕学生，于5月8日宣布辞职。并于9日离京。

6 五四运动期间，北大校园一度被军警包围。6月初，一千余名学生被拘押在法学院礼堂。此时北京大学法科在沙滩办学，在景山的东南方向，故云"景山阳"。

7 指蔡元培五四时辞去北大校长时的感言。见《寄怀蔡孑民先生（四首）》注13。

8 并上句。指五四运动中北洋政府镇压学生，蔡元培愤而辞职离开北京，回乡赋闲。民亦劳止：语出《诗经·大雅·民劳》："民亦劳止，汔可小休。"蔡元培1923年第二次辞职回乡时，亦有感言"我欲小休矣"。遄：往来迅速。

9 褫：革职。五四运动爆发后，北洋政府疯狂镇压学生，从而激起了全国人民的愤怒。全国各地纷纷举行罢工和示威游行。北洋政府迫于压力，不得不于6月6日释放全部被捕学生。10日宣布批准曹、章、陆三人"辞职"。

10 来时：回来时。1919年9月，蔡元培重回北京大学主持一切。发皇：发达兴盛。

11 门墙:"门墙弟子"的省称。门墙即师门。典出《论语·子张》:"夫子之墙数仞,不得其门而入。"

12 1936年2月16日,南京北大同学会在中央饭店举行春季聚餐会,庆贺蔡元培70寿诞。诗人在席间起立诵诗祝福。宾筵第三章:《诗经·小雅·宾之初筵》共五章。其第三章咏宴会中酒至半酣,宾主融洽的情态。

12 遵海:语出《孟子·梁惠王》:"遵海而南。"这里"遵"犹"沿"。这句诗说:蔡元培赴香港时,所经沿海之地的所见所闻,令其百感丛生。

13 不慭(yìn):不慭遗的缩语。不愿意留的意思。语出《诗经·小雅·十月之交》:"不慭遗一老,俾守我王。"旧时多用作对大臣逝世表示哀悼。

15 薄海:谓海内外。语出《尚书·益稷》:"外薄四海。"薄,迫近、接近的意思。

16 旂常:见《湖广会馆百廿年纪念》注4。本句谓蔡元培的精神如绣之以丝、围之以金的旗帜永放光芒。喻蔡元培精神不朽。

17 一瓣香是一瓣心香的缩语。见《寄怀蔡孑民先生(四首)》注10。这句诗说:蔡先生的道德文章将永远为后世怀念。

18 我武奏惟扬:语出《尚书·泰誓》:"我武维扬"。意为武功强盛,军威高扬。此处"惟"是语助词,无意义。"维扬"并非指扬州。

19 灵爽:神灵,神明。这里指蔡元培在天之灵。破羌:汉代将军名号,辛武贤、赵充国先后因击溃与匈奴联合的羌人而拜破羌将军。本句与上句紧密相连,预告故土必将光复,抗战必然胜利。

挽胡默青 二首

用杜集《梦李白》韵[1]。

我友政印须[2],我心转凄恻。分襟无几时[3],惊传赋鹏息[4]。驰函墨未干,往事忍回忆。厥疾何日作,风云天不测。当君来北碚,催诗片云黑[5]。嗣君洵隽英[6],就学奋鹏翼。安国传家风,缵乃无愧色[7]。人去淮泗空[8],高风渺难得。

结交三十年,不知老将至。太学共传经,典农君寄意[9]。建设长乡邦[10],釽椳良不易[11]。自北忽自南,周孔道未坠[12]。两袖清癯风,万里江海志。间关来行都[13],忧愤竟淹悴[14]。茕茕藐诸孤[15],遗此身后累。参佐廨凄凉[16],著述未竟事。

题 解

胡默青,见《偕胡默青观琼花联句》题解。1935年以后,胡默青先后担任中央银行专门委员、正风文学院教授。1941年初,胡默青从上海租界辗转来到重庆,按照李济深的意见,准备回安徽参与新四军的工作。即将出发之际,不料突然吐血,因治疗有误,于17日9时病逝于重庆。

笺 注

1 梦李白:见《哭刘半农(二首)》注1。

2 政,通"正",正好。庾信《贺平邺都表》:"政须东南一尉,立于比景之南。"印须:翘首以盼。见《哭刘半农(二首)》注13。

3 襟:衣袖。分襟指分手。

4 赋鵩:指汉代贾谊为鵩鸟作赋。鵩鸟是传说中的凶鸟,形似猫头鹰。贾谊被贬谪长沙,有鵩鸟飞入室内,以为自己不久于人世,成《鵩鸟赋》。后遂用"赋鵩"指仕途失意,或指死亡的凶讯。息:音信。

5 化用杜甫《陪诸贵公子丈八沟携妓纳凉晚际遇雨》"片云头上黑,应是雨催诗"句。

6 嗣君:对别人儿子的敬称。隽英:杰出人物。

7 缵:继承。

8 淮泗:指淮河中下游一带。三国时,跟随孙策进入江东的以周瑜、鲁肃为代表的江北势力执掌着孙吴大权,她们大多来自淮泗地区,被归入"淮泗集团"。公元210年起,随着周瑜、鲁肃接连死去,淮泗集团逐渐式微。公元220年,年仅42岁的虎威将军吕蒙因病死亡,淮泗集团宣告瓦解。孙权不得不启用出身江东士族的陆逊担任都督。胡默青是安徽人,所以诗人这里用周瑜、鲁肃、吕蒙来比附。

9 胡默青长期从事农业教育。在任北大学监主任之前,曾任安徽农业学校教务主任，北京国立农业专门学校学监主任，1930年后任国立北平大学农学院教务长、代院长。

10 胡默青1928年起曾任安徽省政府委员兼建设厅厅长，国民政府建设委员会委员。

11 釱梡（gū guī）：釱是古时冶炼铜第一道工序的产物。陆蓉《菽园杂记》卷十四："次将碎连烧五火，计七日七夜，又依前动大旋风炉，连烹一昼夜，是谓成釱。釱者，粗浊既出，渐见铜体矣。"梡，即梣。木犀科白蜡树属，落叶小乔木。釱梡在这里借指生产活动。谢灵运《山居赋》："铜陵之奥，卓氏充釱梡之端。"铜陵在安徽，胡默青是安徽人，故用此典。又，杨雄《方言》："梁、益之间，裁木为器曰釱，裂帛为衣曰梡。"

12 周孔：周公和孔子。胡默青是运动中的尊孔派，北大时期曾提出"孔子伦理学之研究问题"，引起激烈争论。

13 间关：形容道路艰险。胡默青曾任正风文学院教授，上海沦陷后，正风文学院迁入租界办学。以后由于时局恶化，留守租界的大学处境艰难，胡默青遂离开上海，辗转抵达重庆。行都：在首都之外另设的一个都城，以备必要时政府暂驻。这里指重庆。

14 淹悴：重病。悴，病。刘向《九叹·远逝》："草木摇落时槁悴兮。"王逸注："槁，枯也。悴，病也。"

15 嫈嫈：孤独无依的样子。藐诸孤：亦简作藐孤。谓孤儿。《左传·僖公九年》："以是藐诸孤，辱在大夫。"孔颖达疏："藐诸孤者，言年既幼稚，县藐于诸子之孤。"

16 参佐廨：参佐即僚属、小官吏；廨指办公场所。抗战期间，立法权收归国防最高委员会，国民政府立法院职能虚置。本句为诗人自嘲在国民政府立法院坐冷板凳。

五四课余值诸同学于大磨滩邀饮

偶逢呼酒大磨滩，山影分青日影斜。同学人人皆砥柱，万钱草草几杯盘[1]。插秧时节纷宜雨，搏石浪花雪作湍。似此风光堪话旧，何戡心事感无端[2]。

题 解

诗人此时在中央大学、复旦大学和法官训练所兼课讲授民法。中央大学、法官训练所在沙坪坝,复旦大学在北碚嘉陵江对岸的下坝。复旦大学离大磨滩最近。诗人平时和复旦大学师生也更多互动,推测参与活动的应该是复旦大学学生。大磨滩,见《高坑岩观瀑》题解。

笺 注

1 万钱:《晋书·何曾传》:"(何曾)日食万钱,犹曰无下箸处。"何曾,西晋大臣,官至司徒、太傅,进太宰。后用"万钱一食"为咏饮食奢侈之典。联系后文"草草几杯盘",此处则为调侃战时物价高昂。

2 何戡:唐朝长庆时著名歌者。唐刘禹锡《与歌者何戡》:"旧人唯有何戡在,更与殷勤唱渭城。"后借指遭逢世乱后幸存的歌者。这里是诗人自况。

游北温泉

飞泉洗我发鬅鬙,自笑水嬉老亦能。香出崖㟎知有药,龛于弥勒未逢僧[1]。橹声遥自滩头急[2],江色相于竹缝凭。西去缙云寺不远[3],解谙禅悦便传镫[4]。

题 解

北温泉,见《僦居龙凤桥即景(二首)》注6。

笺 注

1 温泉寺左后侧山麓为石刻园,有雕刻于宋宣和年间的18尊罗汉摩崖造像。

2 温塘峡上游峡口有长生滩,水流湍急。

3 缙云寺在缙云山半山。建于公元423年,历代均有修葺扩建,明末毁于战火。现存寺院为1683年重修。温泉寺古为缙云寺下院。

4 解谙:谙解的倒装,谓熟悉了解。禅悦:佛教语。谓入于禅定,使心神愉悦。禅,稿本作"惮"。疑抄误,迳改。传镫:同"传灯"。佛家指传法。

佛教谓佛法犹如明灯，故称。

龙凤桥垂钓

此间小憩亦濠梁[1]，脉脉素心水一方[2]。竹外山光增返景[3]，桥边树影衬斜阳。人怜湍急鱼难饵，我喜浪恬波不扬。海上钓鳌期有待[4]，蛟龙端不恋池塘[5]。

题 解

龙凤桥：见《僦居龙凤桥即景二首》题解。

笺 注

1 濠梁：指隐居之所。参见《寄郭闵畴兼谢赠印度椰子器（二首）》注7。

2 素心：初心。见《题美人倚梅图》注1。水一方：语出《诗经·秦风·蒹葭》："所谓伊人，在水一方。"这里是诗人自况心无杂念，安居于水畔农家。

3 返景：日光反照。王维《鹿柴》："返景入深林，复照青苔上。"

4 钓鳌：典出《列子·汤问》。相传渤海之东有五座仙山，天帝令巨鳌十五背负，不使漂流。龙伯国有巨人，出门要经过这五座山，十分方便，于是一次就钓走六只大鳌。有二仙山因而流于北极，沉于大海。后以比喻举止豪迈或抱负远大。

5 语本《三国志·吴志·周瑜传》："恐蛟龙终非池中物也。"

挽林庚白

虺毒豹牙浪拍天[1]，陡惊沧海变桑田[2]。旧游海上生明月，老泪风前感逝川。血溅九龙哀半岛，诗吟一字响千年[3]。庄周知命著齐物[4]，恶乎不然于不然[5]。

题 解

林庚白，见《次林庚白韵》题解。1941年12月，林庚白不甘于战时国民政府立法院人浮于事，遂携妻带子来到香港，拟创办日报以宣传抗日。但抵达香港仅8天，日军即偷袭珍珠港，随即占领香港。12月19日，林庚白夫妇住九龙天文台道，因未有理会日军哨兵喝令停步，遭到日军开枪射击，林庚白胸部中弹，当场身亡。其妻林北丽右臂中弹受伤。

笺 注

1 虺毒：蛇虺之毒。多用于比喻人祸。豹牙：喻凶残。

2 诗人自注："丙子同舟海上，君和余诗有'剧乱行经海变田'句。"按，丙子年即1936年。

3 诗人自注："借仓山挽蒋心余句。"按，句出袁枚《哭蒋心余太史》其一："名动九重官七品，诗吟一字响千年。"

4 庄子哲学持"天命不可违"的宿命论，主张安时处顺，逍遥自得。

5 语本《庄子·齐物论》："恶乎不然？不然于不然。"意思是为何认为它不对呢？我认为它不对就是不对。

无 题

罗马开基始七丘[1]，建安七子亦风流[2]。青云待旦方离岫，红叶在山尚春秋。以我诗情怀旧雨[3]，知君心事系孤舟。机神明鉴陶公法[4]，实即于今法自由。

笺 注

1 罗马七座山丘位于罗马心脏地带台伯河东侧。根据罗马神话，其为罗马建城之初的重要宗教与政治中心，所以罗马被称为"七丘之城"。

2 建安七子：建安年间（196—220）七位杰出文学家的合称。最早由曹丕在《典论·论文》中提出，包括即孔融、陈琳、王粲、徐干、阮瑀、应玚、刘桢。这七人大体上代表了建安时期除曹氏父子而外的优秀诗人，所以"七子"之说得到后世的普遍承认。

3 旧雨：老友。见《将毋同十六韵》注6。

4 陶公：指晋代名将陶侃。《晋书·陶侃传》："陶公机神明鉴似魏武，忠顺勤劳似孔明，陆抗诸人不能及也。"按，魏武即曹操；孔明即诸葛亮；陆抗是陆逊的次子，孙策的外孙。陶侃执政打击豪强，体恤民情，爱惜人力，深得民众拥戴。所以下文说"实即于今法自由"。

挽何叙父之母

万方多难慨登临，东阁南陔岁月深[1]。在昔登堂瞻鹤发，祇今陟屺废莪吟[2]。将军才大兼文武，贤母德高迈古今。转眼平戎旋故里，一篇家祭慰慈心。

题 解

何叙父：见《独游后湖醉卧舟中失慎坠水》题解。

笺 注

1 东阁：古代称宰相招待宾客的地方。南陔：《诗经·小雅》篇名。《诗经·小雅·南陔序》："《南陔》，孝子相戒以养也。"后用为奉养和孝敬双亲的典实。这句是说何叙父长期以来待客和侍亲都很用心。

2 陟屺：典出《诗经·魏风·陟岵》："陟彼岵兮，瞻望父兮……陟彼屺兮，瞻望母兮。"郑玄笺："此又思母之戒，而登屺山而望也。"后因以"陟屺"为思念母亲之典。废莪吟：《晋书·王裒传》载，王裒至孝，每闻《诗经·小雅·蓼莪》篇中"哀哀父母，生我劬劳"时，便会痛哭不止。他的学生为不让老师难过，便废去《蓼莪》篇不读。

辛巳九七太燊约高台丘 豫作重阳分韵，代拈明字。

登车揽辔志澄清[1]，赤叶黄花照眼明。迟我龙山参胜会[2]，多君牛耳主诗盟[3]。茱萸醉插他乡客[4]，笳鼓威宣汉将营[5]。亟欲论文重把酒，绿芳阁外听松声。

题 解

民国辛巳年为公元1941年。九七即九月初七。太燊即王用宾，见《次吟韵寄王太甈》题解。高台丘，地名，位于缙云山南麓，在国民政府立法院以北约五里。

笺 注

1 登车揽辔：喻豪情满怀。见《榆关失守感赋（八首）》注7。

2 龙山会：指重阳登高聚会。典出《晋书·桓温列传》：桓温于九月九日在安徽当涂龙山召集下属宴饮，宾主尽欢。后世引为登高聚会的典实。参见《次韵和恕斋癸酉豀蒙楼登高》注1。

3 牛耳：春秋诸侯会盟时，由主盟者割牛耳取血，执盘分与诸侯为誓，以示信守。后用以指在某方面居于领袖地位的人。

4 融合王维《九月九日忆山东兄弟》"遥知兄弟登高处，遍插茱萸少一人"以及王勃《蜀中九日》"九月九日望乡台，他席他乡送客杯"句。

5 融合祖咏《望蓟门》"燕台一望客心惊，笳鼓喧喧汉将营"以及岑参《九日使君席奉饯卫中丞赴长水》"预知汉将宣威日，正是胡尘欲灭时"句。

梦庚和余庚辰生日诗十章

于辛巳双十节邮到，走笔谢之。

克复夷陵美我军[1]，又披雅什藻纷纷[2]。凯歌声里添秋兴，胜读华阳十费文[3]。

题 解

梦庚是李希莲（1876—1946）的字。李希莲，吉林农安人。1917年任广州军政府大元帅府咨议。1924年被孙中山派回东北，宣传政治，组织党务。南京国民政府成立后，任农矿部东北国有林整理委员会主任委员。1931年2月起任国民政府监察院监察委员。常和诗人在一起参加国民外交学会的活动，宣传抗日。

笺 注

1 夷陵即今宜昌。1941年第二次长沙会战期间，为配合第九战区长沙会战，第六战区乘敌后方空虚,主动发起宜昌反攻战。10月9日,我军全线总攻,一举攻入宜昌城内,克复了东山城、土城等据点。但由于日军北撤,以空中优势狂轰滥炸并施以毒气,我军不得不撤出宜昌。11日,双方战线恢复战前态势。

2 雅什:高雅、优美的诗篇。藻:辞藻。修饰文辞的典故或华丽的词语。

3 十赉文:即《授陆敬游十赉文》。是南北朝时陶弘景写给弟子陆敬游的一篇文章,里面讲到用于十种赏赐。陶弘景号华阳隐居,故云"华阳十赉文"。

对酒行

时来风雨晦,鸡鸣正不已[1]。冒雨来说法,逢君胡不喜。出酒以饷余[2],此中有法理。酒以官法名,其诗见苏子[3]。官法正邦治[4],其语出周礼。论字之偏傍,酒法都从水。英国衡平法[5],字意盖取此。谁谓诗酒连,惟有法亦尔尔。君如言不信,则请自隗始[6]。

笺 注

1 并上句。语出《诗经·郑风·风雨》:"风雨如晦,鸡鸣不已。既见君子,云胡不喜。"引出后文"逢君胡不喜"。

2 饷:款待;馈赠。

3 并上句。苏轼有《有以官法酒见饷者因用前韵求述古为移厨饮湖上》诗。官法酒,指官方宴饮用酒。

4 典出《周礼·天官·大宰》:"以八法治官府……六曰官法,以正邦治。"郑玄注:"官法,谓职所主之法度。"按,与前文贯通,诗人是想论证法律本质上就是一种治理方法,与诗人以前所持的"法律即权力"观点一脉相承。

5 衡平法:英国自14世纪末开始与普通法平行发展的适用于民事案件的一种法律。是英美法系中法的渊源之一,与诗人深研的罗马法是不同法系。衡平法英文为 equity,源自中古英语 equite(相等的,相同的)。

6 请自隗始:请从我开始。隗,战国时燕国大臣郭隗。典出《史记·燕召公世家》:"王必欲致士,先从隗始;况贤于隗者,岂远千里哉!"

壬 午（1942）

暮春杂感 四首

欲向邮签问水程[1]，初闻鹈鴂两三声[2]。油桐过雨花添腻，䥽麦迎风浪吐清[3]。谁与饭山怜子美[4]，几人卜肆遇君平[5]。所言九事八为律[6]，一笑巴江眼底横[7]。

乱离儿女又团圆，八口分途着祖鞭[8]。车腹船唇行不易[9]，米珠薪桂力难肩[10]。闲愁杜宇三更月，归梦夔门下水船。我有泷阡犹未表[11]，故山东望泪潸然。

回首梅花证夙因[12]，添来掌故国花新[13]。闲时蔬圃分红药[14]，何处汀洲不白萍[15]。与妇谋樽宵抚剑[16]，呼儿荷蓧手披榛[17]。劫余行李都零落，剩有陶潜漉酒巾[18]。

知也无涯生有涯，许身稷卨愿何赊[19]。偶拈一曲弦无谱，不管四时树有花。社肉能均吾欲宰[20]，匈奴未灭曷为家[21]。江南莫问留题处，多恐悲风卷碧纱[22]。

笺 注

1 邮签：驿馆驿船等夜间报时的更筹。见《次韵寄剑城凤道人（二首）》注1。本句化用杜甫诗："宿桨依农事，邮签报水程。"

2 鹈鴂（tí jué）：也写作鹈鴂。出《离骚》"恐鹈鴂之先鸣兮，使夫百草为之不芳。"一般认为即杜鹃鸟，也有认为是和杜鹃相近的另一种鸟。

3 䥽（móu）麦：即大麦。

4 饭山即饭颗山，相传是唐代长安（今西安）附近的一座山。

5 君平：即严君平（约前73—17）：西汉哲学家，尤精《易》。扬雄曾为其弟子。隐居不仕。著有《老子指归》。

6 语出《史记·平津侯主父列传》："（主父偃）朝奏，暮召入见。所言九事，其八为律令，一事谏伐匈奴。"诗人时任国民政府立法院立法委员，故以此典故自况。

7 巴江：即嘉陵江。见《次韵答友人见赠》注4。

8 八口分途：此时诗人长女黄湘、二女黄绍湘、三女黄季彬、长子黄宏建均已结婚，各有事业。次子黄宏煦、三子黄宏嘉就读于西南联大，四女黄颂康、四子黄宏荃尚在中学就读。着祖鞭：争先奋进。参见《将之重庆留别》注5。

9 当时黄宏煦、黄宏嘉就读的西南联大在昆明，黄颂康就读的国立九中在江津，黄宏荃就读的国立二中在合川，舟车劳顿，团聚不易。车腹船唇：见《开岁书怀（1937年）》注1。

10 米珠薪桂：米如珠、薪如桂。参见《初春即事书怀（二首）》注2。

11 泷阡：泷冈阡的略语。因欧阳修为其父亲死后六十年所作的墓表《泷冈阡表》被奉为祭文经典，故后世以"泷阡"婉指父母坟墓。这句诗言双亲坟墓尚未立碑石、写铭文。

12 诗人自认是梅花转世。见《普陀山与志圆石瓢二上人摄影联句纪念》注2。

13 诗人1934年发表了《梅花十首》，倡导梅花为国花，诗成后唱和者甚众。诗人认为这给梅花又增添了新的掌故。

14 蔬圃分红药：拿出一部分菜园种芍药。见《题画自遣（二十四首）》注23。

15 汀即水中小洲。白蘋：又叫苹菜、马尿花，是一种生长在浅水中的浮草，其根生于水底，初夏时开白色四瓣小花。柳恽《江南曲》"汀洲采白蘋，日落江南春。"

16 与妇谋樽：向夫人求酒。谋，谋求；樽：酒杯，代指酒。

17 荷蔟：带着锄草的农具。见《春日农村即事（四首）》注8。

18 《宋书·陶潜传》记载：陶潜曾用头巾漉酒去糟，滤毕又将头巾戴在头上。后常借以咏酒或咏嗜酒的人。诗人西迁时，家赀荡然无存，故自叹只剩下是陶渊明滤酒用的布巾。

19 稷禼（xiè）：稷是舜的农官，教民稼穑；禼是殷始祖。稷禼常并称，喻指贤相或有德之人。赊：遥远。这句诗的意思是：我立志要做稷和禼那样的贤人，但是要实现这个心愿太遥远了。

20 社肉即祭祀社神所供之肉。吾欲宰：《史记·陈丞相世家》："里中社，（陈）平为宰，分肉食甚均。"诗人曾主持县市自治法立法，这里是说愿为基层治理的公平公正出一份力。

21 化用霍去病"匈奴未灭，无以家为也。"见《戊申归国感怀》注3。

22 碧纱：碧纱笼的略语。见《清凉山扫叶楼社集即事》注6。

北碚公园即景

园柳䪻和风，江波漾小艇。市声趁墟喧[1]，野色衔山迥。繄彼鹤与凫[2]，长短各有胫[3]。饮啄天生成[4]，截续谁其肯？大块假文章[5]，与之无畦町[6]。感此意浩然，囊括科溟涬[7]。

题 解

北碚公园位于嘉陵江右岸的火焰山上，1930年代由卢作孚投资兴建。公园原址为东岳庙，地处北碚城中心，是一座兼有景观公园和动物园功能的综合园林。最初取名"北碚火焰山公园"，不久更名为"北碚平民公园"。

笺 注

1 趁墟：即赶集。当地人称"逢场"。

2 繄（yī）：语气词。见《元旦感赋（四首）》注7。凫：野鸭。

3 语本《庄子·骈拇》："是故凫胫虽短，续之则忧；鹤胫虽长，断之则悲。"胫：脚。

4 语本《庄子·养生主》："泽雉十步一啄，百步一饮，不蕲（qí）畜乎樊中。"按：泽雉，生长于沼泽地的野鸡；蕲，祈求；樊，牢笼。

5 语本李白《春夜宴桃李园序》："阳春召我以烟景，大块假我以文章。"吴楚材注："烟景，春景。大块，天地也。"

6 语本《庄子·人世间》："彼且无町畦，亦与之为无町畦。"畦町：即町畦，谓田界。承上句，意思是我与大自然融为一体，没有隔阂。

7 科：洼地。溟涬：汪洋；水无边际的样子。承上句，意思是养成浩然之气，巨细无不包容。

龙凤桥垂钓即景 二首

　　荦荦三株树[1],悠悠万古心。春随蚕豆老,水共钓缗深[2]。酒禁何关独[3]?桥扉可憩阴[4]。鱼虾一已足,底事更多寻?

　　闻道清明节,垂纶务及晨[5]。浮花怜细草[6],夜雨写宜春[7]。天气温暾水[8],野怀淡荡人。括囊鱼亦苦[9],避饵岂无因?

笺注

1　荦荦:这里是分明、显著的意思。
2　钓缗:钓鱼绳。
3　酒禁:诗人常因齿痛而戒酒,而抗战期间政府有禁酒令。何关独:犹非独我一人。
4　桥扉:桥洞。龙凤桥有三拱形门洞。桥墩基石水浅时露出水面,可以憩阴。
5　垂纶:钓鱼。庾信《拟咏怀诗》:"赭衣居傅岩,垂纶在渭川。"
6　浮花:指寻常的小花。
7　宜春:指"宜春帖"。旧俗在立春日用来祝贺新春,上多有宜春二字帖子。
8　温暾:微暖;不冷不热。
9　括囊:犹言囊括。此处谓鱼苦于会被一网打尽。此句立足于《论语·述而》"子钓而不纲"的生态思想。

宿北碚

　　数声山磬入暝天[1],驿柳萧疏野趣便。老骥长途良悫矣,青灯有味亦悠然[2]。西窗榻累陈蕃设[3],东道人传宓子贤[4]。一卧嘉陵惊秋杪。潇潇暮雨送愁眠。

笺注

1　山磬:山中寺庙传出的敲磬的声音。这里指缙云寺的钟声。暝天:黄昏。

伍乔《晚秋同何秀才溪上》："倒尊尽日忘归处，山磬数声敲暝天。"

2 青灯：油灯。见《宿宝华山隆昌寺禅房》注7。

3 本句用陈蕃设榻的典故。见《宿李家花园（二首）》注3。

4 宓（fú）子：孔子弟子宓子贱（前521或502—前445）。春秋末期鲁国人，曾在鲁国为官，为政有声。是孔门"七十二贤"之一。

陈淑子挽诗

忆昔丙子年，十月二十五。典礼参奉安，穗垣谒慈宇[1]。遗嘱宏三民，读罢泪如雨。迄今近七年，雪耻固我圉[2]。神州杂腥膻[3]，生民失其所。羊城香港间，澒洞无宁处[4]。房骑阗然来，间关来蜀土[5]。傫居歌乐山[6]，忧世心独苦。凉秋九月中。一病遽千古。巾帼失英雄，吾邦丧元辅[7]。思昔与伤今，感恸深肺腑。史实缅生平，荦荦允范矩[8]。蚤岁加同盟[9]，革命襄国父。辛亥佐戎机，统筹主军部[10]。关中赖萧何，转漕充粮糈[11]。河内赖寇恂，秣厉壮师旅[12]。开创与中兴，汉业奠基础。女界大有人，伯仲见伊吕[13]。弘达今之雄[14]，木兰今之女。平倭会有期，家祭告屺岵[15]。奕奕此精灵，昭哉式来许[16]。

题 解

陈淑子（1883—1942），胡汉民之妻，广东番禺（今广州）人。曾留学日本，加入同盟会，参与黄花岗起义。抗战前期寓居香港。1941年香港沦陷，辗转到重庆。1942年因患痢疾病逝。

笺 注

1 民国丙子年为公元1936年。胡汉民于1936年5月12日逝世，7月13日葬于广州城东龙眼洞狮岭斗文塱。9月5日国民政府颁令，定1936年10月25日为胡汉民举行国葬。由于此时胡汉民已经下葬，故只是行典礼而已。

2 固我圉：巩固我边防。语本《左传·隐公十一年》"亦聊以固吾圉也。"圉：边陲。

3 指日本侵略者。见《感事》注3。

4 澒洞：弥漫无际的样子。见《书愤（1933）》注1。

5 承上句，指日寇侵占香港，陈淑子经历千辛万苦来到蜀地。间关：形容道路艰险。见《挽胡默青（二首）》注13。

6 僦居：租赁房屋居住。

7 元辅：重臣；重要领导人。

8 荦荦：卓绝的样子。见《暮春登牛首山》注6。

9 蚤岁：指年少之时。蚤，通"早"。陈淑子1902年与胡汉民结婚，随同赴日留学，在日本加入同盟会。

10 陈淑子在广州黄花岗起义中往来香港、广州之间，运送炸药子弹，为前线配送军火，同时负责秘密机关的日常后勤工作。故后文用萧何、寇恂的功绩来比喻陈淑子对黄花岗起义的贡献。

11 萧何，汉相国。见《次韵赠黄石安（二首）》注8。楚汉相争，萧何将关中粮食转漕前线以供军食，对汉军的胜利起了重大的保证作用。

12 寇恂（前1世纪？—36），东汉大臣。镇守河内（黄河以北地区），为前线转运箭矢、马匹和粮食，在东汉统一战争中立下汗马功劳，史书比之为萧何。

13 伯仲：古指兄弟。伊吕：伊尹、吕望的合称。伊尹是商汤贤相，吕望辅佐周武王灭商。二者都用来比喻不相上下的人或事物。

14 弘达是南朝齐光禄大夫全景文（？—491）的字。全景文在宋明帝泰始初，连破晋安王刘子勋、薛索儿、刘胡叛军，身先士卒，受伤数十处。以功封骁骑将军。

15 屺岵：代指父母。典出《诗经·魏风·陟岵》。见《挽何叙父之母》注2。

16 语出《诗经·大雅·下武》："昭兹来许，绳其祖武。"马瑞辰《毛诗传笺通释》："兹、哉古同声通用。"来许：同"后进"。这句诗的意思是，陈淑子的精神堪为后世树立了榜样。

次韵和适园老人七二生日感怀 二首

大小山高迥绝尘[1]，先生杖履自成春。轮囷柏干经霜茂[2]，潋滟江波对酒巡。螭兆西都应主梦[3]，梅开东阁着吟身[4]。天边紫气来衡岳[5]，七十二峰面面真[6]。

浮生静处得长生，惠我诗来岁欲更。日数邮戳同圣诞[7]，诗随逸兴满江城。公真律细晚追杜[8]，我亦年青早识荆[9]。以此言深交不浅[10]，瑶章字字眼中明。

题 解

适园老人即何衢。见《题何适园老人诗存（二首）》题解。

笺 注

1 大小山：汉淮南王刘安招纳文士，诸文士撰文，或署"大山"，或署"小山"。大山、小山既是诗人的集体笔名，又带有作品分类的性质。唐代诗人罗隐诗《暇日投钱尚父》有"望高汉相东西阁，名重淮王大小山"之句。宋人沿用为典，借以称誉诗文高手。迥绝尘："迥绝"与"绝尘"的缩语，谓超群卓绝，超凡脱尘。袁华《春草池·绿波亭》："大谢文章迥绝尘，江淹词赋亦清新。"

2 轮囷（qūn）：硕大的样子。《礼记·檀弓下》"美哉轮焉"郑玄注："轮，轮囷，言高大。"

3 螭：古代传说中一种没有角的龙。西都：周武王时定都鎬京（在今西安），周成王时，兴建东都洛邑，称鎬京谓"西都"。

4 东阁：待客之所。见《挽何叙父之母》注1。

5 本句化用诗人祖父黄道让《重登岳麓》："西南云气来衡岳，日夜江声下洞庭"句。

6 南岳衡山号称有七十二峰。

7 诗人自注："诗筒上邮戳为十二月二十五日。"

8 律细：作诗格律严谨细致。

9 识荆：谓久慕其名而初次见面。见《次韵周惺老己卯九日漫兴》注5。

10 诗人自注："和余《壬午初度》诗有'赠言非浅乃交深'句。"

即 事

春草满池塘[1]，离愁日以长。豆花青白眼[2]，蝶粉绿黄裳。新霁看溪涨，旧游认涧芳。僦居何郁郁，强意作家乡[3]。

笺 注

1 用谢灵运《登池上楼》"池塘生春草，园柳变鸣禽"句意。

2 豆花：豌豆花。青白眼：见《阮嗣宗墓》注10。

3 强意："差强人意"的缩用。意为勉强让人满意。

赠刘卓吾

龙凤桥边理钓纶[1]，知君便是素心人[2]。一杆两手无腥气，万法三生有夙因[3]。话旧莺声何睍睆[4]，将雏燕语亦清新。澹津遥接潇湘水[5]，它日还乡结比邻。

题 解

刘卓吾，见《刘卓吾尊人怡卿老人八十有五为诗寿之即以送别》题解。

笺 注

1 龙凤桥是诗人住地。见《僦居龙凤桥即景（二首）》题解。钓纶：钓鱼线。见《无锡杂咏（三首）》注1。

2 素心：本心。见《题美人倚梅图》注1。

3 万法：佛教语，指一切事物。三生：即"三世"，佛教语，即过去（前世、前生）、现在（现世、现生）、未来（来世、来生）的总称。本句的意思是万物的联系都自有因缘。

4 睍睆（xiàn huǎn）鲜明美好的样子。语出《诗经·邶风·凯风》："睍睆黄鸟，载好其音。"

5 澹津：湖南津市的别称。地处澧水下游，紧邻洞庭湖，与诗人故乡临澧相邻。故有下句"它日还乡结比邻"。

彭临老七十 一九四二年

大椿岁月与人殊[1]，亦佛亦仙亦硕儒。迟我未曾吹李篴[2]，不凡于此揽桓须[3]。卧龙功盖三分国[4]，司马名高九老图[5]。岂独经纶吾党重，更将理学绍程朱[6]。

题 解

彭临老，即彭养光。见《赠彭临老》题解。

笺 注

1 大椿岁月：喻人长寿。典出《庄子·逍遥游》："上古有大椿者，以八千岁为春，以八千岁为秋。"

2 李篴（dí）：篴通"笛"。唐朝宫廷乐师李谟善吹笛，是开元年间出名的神笛手。

3 揽桓须：《晋书·桓伊传》载：谢安功名盛极时，见疑于晋孝武帝。乐师桓伊为鸣不平，在一次宴会上当孝武帝面抚筝而歌曰："为君既不易，为臣良独难。忠信事不显，乃有见疑患。"谢安非常感动，乃越席而捋其须曰："使君于此不凡！"孝武帝也面有愧色。后用为忠而见疑的典故。

4 语出杜甫《八阵图》："功盖三分国，名成八阵图。"卧龙：指诸葛亮。

5 司马指白居易。因白居易曾为江州司马。九老图：见《赠彭临老》注6。

6 绍：传续，继承。这句诗称赞彭养光同时也是程朱理学的传承者。

农历正月二日即事留柬诸同学

翠竹青松接涧弯，谷风习习鸟关关[1]。履端又值一年始[2]，无事且消半日闲。此地几曾看积雪？出门不觉是春山。近来禁酒君知否，尚有沽春人未还[3]。

题 解

农历癸未年正月二日即公元1943年2月6日。留柬：犹赠诗留念。从开篇"翠竹青松接涧弯"的环境描述推测，"诸同学"指的应该是中央大学的学生。参见《授课途中口占》注4。

笺 注

1 谷风习习：语出《诗经·小雅·谷风》："习习谷风，维风及雨。"谷风指东风。鸟关关：鸟类雌雄相和的鸣声。后亦泛指鸟鸣声。语出《诗经·周南·关雎》："关关雎鸠，在河之洲。"

2 履端：年历的推算始于正月朔日，称为"履端"。语出《左传·文公元年》："先王之正时也，履端于始。"后亦用以指正月、元旦。

3 沽春：指买酒。古时未经蒸馏的酒颜色泛绿，故以"春"代指。

赠别第八届同学

漫将温故诩新知[1]，岁月浸寻已八期[2]。又见扬镳分祖道[3]，可无问俗托清诗。情深酒食先生馔[4]，力仗栋梁大厦支。切磋琢磨洵有斐，觉生堂畔竹猗猗[5]。

题 解

第八届同学，指法官训练所的第八期学员。

笺 注

1 法官训练所属于向司法机关输送公务员的培训机构，招收的学员一般已经具有相关学历，受训只是提升职业能力，故云"温故"。

2 浸寻：渐渐；渐进。

3 祖道：古代为出行者祭祀路神，并饮宴送行。

4 语本《论语·为政》："有酒食，先生馔，曾是以为孝乎？"原文"先生"指老年人，这里谑指老师。

5 并上句。本《诗经·卫风·淇奥》："瞻彼淇奥，绿竹猗猗。有匪君子，如切如磋，如琢如磨。"洵：真实；确实。斐通"匪"。觉生堂为法官训练所办学地。

山居漫兴 四首

有山不改旧时容，有耳不听饭后钟[1]。三叶郎潜颜驷老[2]，五噫歌罢伯鸾佣³。短筇独石桥边立⁴，野碓大磨滩畔舂⁵。一月几回经此地，犹难活计校村农⁶。

栖栖南北又西东⁷，靡尽轮蹄寄断篷⁸。车少立锥销髀肉⁹，壁多标语愈头风¹⁰。与人转烛贫交久¹¹，于我浮云老眼空¹²。鱼不过时偎不食，何曾饿坏信天翁¹³。

居奇垄断匪人情¹⁴，年末荒时象已呈。得意草花多近水，应声山鸟不知名。乍寒乍暖一身病，日雨日旸四野清¹⁵。谁解乘舟寻少伯¹⁶？此怀我欲与鸥盟¹⁷。

讲学归来有所思，篮舆无事只吟诗¹⁸。数株柳密仓庚织¹⁹，一抹山低落日迟。微醉蕉窗灯下酒，关心海岛局中棋²⁰。试看清浅蓬莱水²¹，容汝风平到几时？

笺 注

1 饭后钟：见《清凉山扫叶楼社集即事（二首）》注6。

2 三叶：指汉朝文、景、武三朝。《汉武故事》载：汉代颜驷文帝时为郎，文帝好文而颜好武；景帝好美而颜貌丑；武帝好少而颜已老。不见重用，老于郎署。后以"郎潜"喻为官久不升迁。

3 五噫：即《五噫歌》。见《次韵和恕斋癸酉豁蒙楼登高》注4。伯鸾：梁鸿的字。这句是感叹梁鸿吟《五噫歌》之后，还得为人佣保。

4 短筇：短杖。独石桥：当时国民政府立法院所在地。

5 野碓：野外无主的舂具。大磨滩，地名。见《高坑岩观瀑》注4。

6 抗战中后期重庆物价飞涨，诗人家庭人口众多，且多学生，生活负担很重，生活质量又不如村农的感觉。

7 栖栖：语出《诗经·小雅·六月》："六月栖栖，戎车既饬。" 朱熹集传："栖栖，犹皇皇不安之貌。"

8 靡尽：耗尽；用尽。蹄轮指车马，断篷指孤舟。本句感叹谓生涯飘转不定。

9 髀肉：大腿上的肉。见《开岁三日闻榆关失守（二首）》注6。这句诗的意思是，由于车少：车辆拥挤到几乎无立锥之地。这样的旅行把我大腿上的肉都消耗掉了。按，诗人在中央大学兼课，距离较远，需要借助公共交通。

10 头风：一种神经性头疼。本句谑指城市墙上到处刷有标语，使人精神振奋，可治头疼。

11 转烛：风摇烛火。用以比喻世事变幻之快和光阴流逝之速，如烛焰的转动。这句诗的意思是：在这世事变幻的时代，我与他人能长久保持贫贱之交。

12 化用《论语·述而》"不义而富且贵，于我如浮云。"

13 信天翁凝立水际，只捕食在其眼下游过的鱼，但也并不因此而挨饿。诗人常自比信天翁，参见《寄郭闵畴兼谢赠印度椰子器（二首）》注8。

14 抗战时期，重庆屡屡有奸商囤积居奇扰乱市场牟取暴利，一些国民党军政要员也参与其中。

15 曰雨曰旸：语出《尚书·洪范》："庶征：曰雨，曰旸，曰燠，曰寒，曰风。"是古人归纳的五种征候。

16 化用温庭筠《利州南渡》："谁解乘舟寻范蠡，五州烟水共忘机。"少伯：范蠡的字。范蠡助越王勾践灭吴。知勾践不可与共安乐，遂携西施浮海而去。指功成身退，泛舟江湖。

17 谓与鸥鸟为友。比喻隐退。陆游《夙兴》："鹤怨凭谁解，鸥盟恐已寒。"

18 篮舆：竹轿。川渝称为"滑竿"。重庆多山路，抗战时期公路交通尚不发达，滑竿为常见代步工具。

19 仓庚：黄莺。见《谢陈树人赠战尘集》注2。织：谓黄莺往来飞行如梭穿行其中。

20 海岛局中棋：指太平洋战争。日本是岛国，1941年12月7日日本偷袭珍珠港，挑起太平洋战争，又以双方争夺海岛为重点。

21 蓬莱水：指日本海域。传说秦朝方士徐福去从东海去蓬莱寻长生不老药，结果到了日本。接下句"容汝风平到几时"，暗喻尽管现在日本国内平安，但随着战争形势的逆转，从长远看，日本自身也将难保长久太平。

送别刘卓吾迁居高台丘

闲风吹汝到高丘，三载难忘共一楼[1]。从此蒹葭萦别梦[2]，定知鲑菜味新秋[3]。重来可下旧眠榻，漂泊还同不系舟。岂不尔思室是远[4]，令人长忆笃公刘[5]。

题 解

刘卓吾，见《刘卓吾尊人怡卿老人八十有五为诗寿之即以送别》题解。高台丘：北碚地名。见《辛巳九七太龏约高台丘豫作重阳分韵代拈明字》题解。

笺 注

1 指1938—1940年诗人与刘卓吾同时租住在稚园。

2 蒹葭：泛指芦苇，见《天津法商学院课余散步》注1。蒹葭：泛指芦苇，见《天津法商学院课余散步》注1。《蒹葭》有咏思念之意，故云"从此蒹葭萦别梦"。

3 鲑菜：古时鱼类菜肴的总称。秋季鱼肥美，故云。

4 句本《论语·子罕》："岂不尔思？室是远而。"意思是难道不思念你吗？是因为家住得太远了。

5 笃公刘：《诗经·大雅·公刘》每章都用"笃公刘"起句，意思是"忠厚诚实的公刘"。公刘为周族兴起之奠基人。这里是借以夸奖刘卓吾。

送别刘孚若考察西北 一九四二年

五省輶轩记客踪[1]，星河云海路重重[2]。遨翔有侣雄如岳[3]，矍铄羡翁劲似松。自卫前提管教养[4]，必闻其政温良恭[5]。笑余胝足难为别[6]，留待公归醉几钟。

题 解

刘孚若，名盥训。见《子英遇十年前顾曲之丽霞》题解。

笺 注

1 五省：民国时期所指"西北五省"多有变化，这里所指为陕西、甘肃、宁夏、青海、新疆。輶轩：古代对使臣的代称。

2 星河：银河。用张骞出使西域乘坐星槎到达天河典故。

3 遨翔：飞翔。语本敦煌曲子《皇帝感辞九首》："龙鱼带鳞潜戏水，鸳鸯刷羽远遨翔。"

4 "管教养卫"是当时国民政府推行县市乡村基层自治建设的政纲，分别包含了基层社会组织管理、教育，经济、军事四方面的内容。

5 语本《论语·学而》："子禽问于子贡曰：'夫子至于是邦也，必闻其政。求之与？抑与之与？'子贡曰：'夫子温、良、恭、俭、让以得之。'"意思是到一个地方熟悉政事，要靠靠温、良、恭、俭、让的美德才能得到可靠的信息。

6 诗人时患足鸡眼，行走不便。胝（zhī）足，足底长茧。

谢徐复生惠赠郑柴翁《巢经巢遗诗》即题其后

我昔太学膺讲坛[1]，民法曾授亲属编。取材先生亲属记[2]，文字早已结因缘。先生周孔窥奥妙[3]，更宗许慎与郑玄[4]。一官彭泽陶靖节[5]，五经腹笥边孝先[6]。保存国粹数千载，卓然自成一家专。独有诗卷我未睹，徐子远寄意拳拳。风檐开卷回环诵[7]，如王爱竹周爱莲[8]。追逐李杜空门户[9]，淑季咸同浮靡捐[10]。庾鲍清新与俊逸[11]，屈宋悱恻兼缠绵[12]。其言霏霏式如玉[13]，有味醇醇深于渊[14]。发我幽情抒蓄念，晓人精义得真诠。更从遗诗睹年谱，事迹五十有九年。私谥文贞敛古服[15]，民族大义实炳然。所南心事昭日月[16]，丈人外号同半千[17]。时穷愈厉冰霜洁，岁寒弥觉松柏坚。特书此事告徐子，柴翁不仅以诗传。

题 解

徐复生（1909—1993），原名祖銮，江苏扬州人。1929年毕业于烟台益文商专，入大连市美孚行石油公司任职。九一八事变后，东北沦陷，携眷返回烟台。七七事变后，复又率全家返回原籍地扬州，在乡下从事基督教教会活动。江苏沦陷后，徐复生孤身流亡云贵川青甘蒙各地，继续从事传教活动。

郑珍（1806—1864），字子尹，贵州遵义人。号柴翁，道光十七年（1837）举人，精训诂，为贵州一代名儒，也是晚清宋诗派的重要作家。《巢经巢遗诗》收其《巢经巢诗钞》未录之作为一卷，另有附录一卷。

笺 注

1 太学：我国古代设于京城的最高学府。这里指北京大学。北京大学前身京师大学堂，按当时的体制是最高学府，兼全国教育主管机关故称。

2 先生：指郑珍。《亲属记》二卷，是郑珍著笔记类著作。主要内容是亲属的相互关系及称呼，诗人在讲授民法中亲等的内容时，多有参照本书。

3 周孔：周公和孔子的并称，代指儒家经典。郑珍以经学驰名，李慈铭《越缦堂日记》云："子尹《经说》虽只一卷，而精密贯串，尤多杰见"。著有《仪礼私笺》《巢经巢经说》等经学著作。

4 郑珍兼工小学。有《说文逸字》《说文新附考》《郑学录》行世。

5 郑珍未能考中进士，一生只在本地做过一段时间教官。同治二年（1863），经大学士祁寯藻举荐，获任知县，分发到江苏，但未赴任。故云"一官彭泽陶靖节。"

6 腹笥：喻学识渊博。见《次韵寄剑城凤道人（二首）》注2。

7 风檐：指风中的屋檐。句本文天祥《正气歌》："风簷书读，古道照颜色。"按，簷同"檐"。

8 晋代王徽之爱竹。尝云"何可一日无此君？"宋人周敦颐爱莲，作有《爱莲说》，谓"莲，花之君子者也。"

9 空门户：谓没有门户之见。按，1940年代初期，由于特殊的时代背景，国内评论界普遍扬杜抑李。

10 淑季咸同：淑通"叔"，老三；季，老四。淑季咸同谓兄弟之间都一样。

11 化用杜甫《春日忆李白》"清新庾开府，俊逸鲍参军。"庾开府指庾信（513—581），因在北周官至骠骑大将军，开府仪同三司（司马，司徒，司空），故世你庾开府。鲍参军指鲍照。南朝宋时任荆州前军参军，世称鲍参军。

12 屈宋是战国时楚国文学家屈原和宋玉的并称。后人一般把二人的楚辞作品称为"骚"，作品以富于抒情成分和浪漫气息为特征。

13 霏霏：形容言辞洋洋洒洒，头头是道。式如玉：风采如美玉般温润。语出《左传·昭公十二年》："思我王度，式如玉，式如金。"．

14 语本王褒《洞箫赋》："哀悁悁之可怀兮，良醰醰而有味。" 醰醰：醇浓；醇厚。

15 私谥：死后由亲属、朋友或门人给予的谥号。敛古服：入殓时穿古时的服装。表示不服从清朝的统治。按，清雍正五年（1727）以前，遵义属四川。清军入川时大肆屠戮，故川人对清政权抵触极大。四川端午有吃"薜菜"的习俗，就是取"汉"的谐音，与"敛古服"同有反清的含义。

16 所南是宋末元初画家兼诗人郑思肖（1241－1318）的号。郑思肖原名郑之因，宋亡后改名思肖，因肖是宋朝国姓"赵"的组成部分。字忆翁，表示不忘故国。因宋亡于崖山，日常坐卧，要向南背北。这里是说郑珍古服入殓同郑思肖向南背北的心事是一样的。

17 半千指清初书画家兼诗人龚贤。龚贤号柴丈人，郑珍号柴翁，其义相同。

癸 未（1943）

起 舞

起舞闻鸡晓着鞭[1]，一溪流水一溪烟。人家三五自成里[2]，部娄参差间有田[3]。山欲高时天胁迫，云将宿处雾牵连。俸钱销尽轮蹄铁[4]，输与杖头挂百钱[5]。

题 解

起舞：用祖狄与刘琨闻鸡起舞典故。见《鸡鸣寺下访友》注2。以"起舞"为开岁诗题，勉励自己不可懈怠。又以"俸钱销尽轮蹄铁，输与杖头挂百钱"一联结尾，表现出诗人一方面希望有所作为，另一方面又因为对时局的无力感而心生倦意的矛盾心情。

笺 注

1 着鞭："着祖鞭"的缩语。同样用祖逖、刘琨的典故，呼应诗题。参见《将之重庆留别》注5。

2 里：古代最基本的行政区划。诗人因主持地方自治法立法，所以常常用到"里"这个概念，并非实指。

3 部娄：即培娄，《左传.襄公二十四年》："部娄无松柏。"原意为坟包，引申为小土丘。

4 轮蹄铁：喻旅行的花销。参见《山居漫兴（四首）》注8。

5 杖头钱：买酒的钱。见《春感（八首）》注24。本句承上句，意为与其劳碌奔波一无所获，倒不如挂杖而行，遇酒而沽。抗战期间国民政府立法院空转，加上物价高昂，诗人已对所担任的职务表现出倦意。

题许公武大隐庐诗草 用壬午见赠原韵

绮年佐命著奇功[1]，韬略群推命世雄[2]。朗月清风元度廓[3]，说文解字召陵崇[4]。观光西北輶轩笔[5], 于役东南吐哺风[6]。孺慕慈晖萱永懋[7], 先生杖国未称翁[8]。

我读公诗何以寿[9], 返虚积健浑为雄[10]。包涵墨令鱼龙舞[11], 投赠珍堪琬琰崇[12]。十载棘闱书考字[13], 一泓蜀水绕松风。华阳小隐兼肥遁[14], 大隐庐高天下翁。

题 解

许崇灏（1882—1959），字晴江，号公武。广东番禺人，生于北京。1910年加入同盟会，1913年二次革命时任江苏讨袁军参谋长、总司令。后历任两广护国军都司令部参谋、粤汉铁路督办、总理、粤汉铁路护路总司令、粤军总司令部顾问等职。时任国民政府委员。

《大隐庐诗草》是许崇灏自编的一本诗集，共六卷。庐名"大隐"，取晋代王康琚《反招隐诗》："小隐隐陵薮，大隐隐朝市"之意，指身居朝市而无意功名。

笺 注

1 绮年：华年；少年。佐命：古代帝王得天下，自称是上应天命，故称辅佐帝王创业为"佐命"。后用以指辅助创业的有功之人。二次革命失败后，许崇灏一直跟随中山先生左右，是孙中山重要的军事幕僚，故诗人有此说。

2 命世雄：著名于当世的英雄。本句化用刘禹锡《韩信庙》："将略兵机命世雄，苍黄钟室叹良弓"句。

3 元度：指李元度（1821—1887），字次青，自号天岳山樵。湖南平江县人。18岁中秀才，22岁中举，后因屡试不第而投笔从戎，终成著作等身的儒将。有《国朝先正事略》60卷、《天岳山馆诗集》12卷、《四书广义》64卷等著作遗世。

4 召（shào）陵，地名，在今河南省漯河市。《说文解字》诗人许慎是召陵人，故这里指许慎。这句诗的意思是，许崇灏说文解字的功夫，连《说文解字》的诗人许慎都会心生崇敬。

5 1930年代初期，国民政府拟开发西北，许崇灏率队对西北五省的资源、产业、民情进行了广泛调查，有《1932年陕西历史古迹和社会民生考察》《新疆志略》等著作印行。轺轩：使者。见《送别刘孚若考察西北》注1。

6 于役：在外公干。见《开岁书怀（四首）》注12。吐哺：吐出嘴里食物（去处理公务）。《汉书·高帝纪上》："汉王辍饭吐哺。"颜师古注："哺，口中所含食也。"许崇灏1928年到国民政府考试院任职之前，一直在江苏、广东一带担任军政要职。这一联在称颂许崇灏履历时先后顺序颠倒，是为适应格律诗平仄需要。

7 孺慕：对父母的孝敬。慈晖：形容人慈祥有如春天和煦的阳光。"慈"又用以称母亲，所以这里指母亲的慈祥。萱永懋："萱"指母亲，懋同"茂"，意为旺盛。许崇灏四岁丧父，由母亲养大，事母甚孝。

8 承上句。《礼记·坊记》："父母在，不称老。"许崇灏母亲健在，所以不敢自称"老翁"。

9 何以寿：用什么来祝贺呢？对尊长赠以礼物或敬酒祝贺均称为"寿"。

10 返虚积健：语本司空图《二十四诗品·雄浑》："返虚入浑，积健为雄。"指诗作空灵，入于浑然之境。

11．包涵：包容涵育。这句是称颂许崇灏的诗作题材广泛，意境深远，着墨生动。

12 投赠：赠送。这里指以诗文相赠。琬琰：美玉。屈原《远游》："吸飞泉之微液兮，怀琬琰之华英。"洪兴祖《楚辞补注》："琬琰，皆玉名。"

13 许崇灏1928—1941年在国民政府考试院任职，取整为十年。

14 华阳：原指华山之阳的广大地区。相当今陕西秦岭以南、四川和云南、贵州一带。因四川有华阳县，旧为成都府治，故也用以之四川盆地。小隐、肥遁：谓隐居避世而自得其乐。语出《易·遁》："上九，肥遁，无不利。"孔颖达疏："子夏传曰：'肥，饶裕也。'"这句诗的意思是，西迁四川算是隐于山，也称得上是美好的隐居生活。

送郑洞国军长远征

阆风吹送一身轻[1]，驿柳江梅绾送迎。旧雨重逢殷九澧[2]，新军还掌大同盟[3]。旌旗闪闪横磨剑[4]，笳鼓渊渊舍卫城[5]。除却嫖姚和博望[6]，几人能有此勋名。

题 解

郑洞国（1903—1991），湖南石门人，字桂庭。出身于农民家庭。毕业于黄埔军校第一期。郑洞国是抗日战争正面战场的重要将领，先后率部参加过台儿庄会战、武汉会战、昆仑关战役、枣宜会战等历次重要战役，并在昆仑关战役中击毙敌二十一旅团长中村正雄少将。1943年初，赴印度任中国驻印军新编第一军军长。

笺 注

1 阆风：本指昆仑山的巅峰。见《题王太甡半隐园诗草（二首）》注1。这里指仙苑的凉风。

2 旧雨：老友。见《将毋同十六韵》注6。九澧：指湖南澧水干流及其八大支流。这里指澧水流域。

3 新军：指1943年8月组建的新编第一军，由中国远征军第一次入缅作战失败后溃退到印度的新22、新38师余部以及从中国空运到印度的部队编组而成。中国驻印军是印缅战场主力，与美、英配合作战，郑洞国是军事主官，故云"还掌大同盟"。

4 横磨剑：长而大的利剑。

5 舍卫城：古印度佛教圣地。传为释迦牟尼长年居留说法处。因郑洞国所率新一军驻印度，故用此典代指。

6 嫖姚：西汉名将霍去病。见《戊申归国感怀》注2。博望：指张骞。《汉书·张骞传》："骞以校尉从大将军击匈奴，知水草处，军得以不乏，乃封骞为博望侯。"

题洪度集 四首

洪度，薛涛字。

草堂红日照桥西[1]，古井无波胜与齐[2]。我有西方迟暮感[3]，神游屡到浣花溪[4]。

俯仰浮生一桔槔[5]，不工感慨不成骚[6]。古今查体知多少[7]，争似涛笺五色高[8]。

拂水山庄红豆红[9]，牧斋晚节太朦胧[10]。若将君比柳如是[11]，前半相同后不同[12]。

悱恻缠绵万种悲，可怜都在十离诗[13]。倘教嫁得瞿唐贾[14]，庸妇凡夫世岂知？

题 解

薛涛（768—832），女，字洪度。长安（今陕西西安）人。少年随父宦游成都，父卒后沦为歌妓。与元稹、白居易、刘禹锡、杜牧等均有唱和。因韦皋曾拟奏请朝廷授以秘书省校书郎之职，时人以女校书称之。公元789年因受谴罚往边地松州军营，获释回成都后即脱乐籍，退隐于西郊浣花溪。其地居民多以造纸为业，薛涛以其纸幅长大，创为深红小笺，世称"薛涛笺"，为蜀笺极品。原有《锦江集》，共五卷，诗五百余首后散佚。传世有明本《薛涛诗》，系后人从唐诗选本中辑得。《全唐诗》编存其诗一卷。

本篇曾发表于《东方文化》1943年第2期。发表时题为《题薛涛集》。

笺 注

1 草堂：指杜甫草堂。759年，杜甫流亡到成都，在朋友帮助下筑草堂于成都西郊浣花溪畔，并在此居住了近四年。

2 古井：指薛涛井。在成都锦江南岸百花潭上，水极清冽，以薛涛曾居此地，故名。相传涛曾以井水造纸笺。

3 西方：指美人。典出《诗经·邶风·简兮》："云谁之思？西方美人。彼美人兮，西方之人兮。"迟暮：谓暮年。屈原《离骚》："惟草木之零落兮，恐美人之迟暮。"在《离骚》中，"美人"常常是诗人自己的意象。所以这句诗的意思是：我感觉自己已经变老。

4 浣花溪：一名濯锦江，又名百花潭。在成都西郊，为锦江支流。薛涛晚年在浣花溪畔居住。

5 俯仰浮生一桔槔：见《初春即事书怀（二首）》注9。

6 骚：指骚体。韵文体裁的一种。得名于屈原的作品《离骚》。由于后人常以"骚"来概括《楚辞》，所以"骚体"亦可称为"楚辞体"。骚体富于抒情成分和浪漫气息，篇幅也较为宏大。这句诗是说薛涛在"诗言志"和"歌咏情"两个方面都不是很成功的。

7 奁体：即香奁体的简称。凡诗词具闺阁脂粉气的称为香奁体。得名于唐代诗人韩偓《香奁集》。

8 涛笺：即薛涛笺。《蜀笺谱》："涛躬撰深红小彩笺，时谓薛涛笺。"这里涛笺代指薛涛诗作。意思是薛涛在香奁体诗人中算得上是佼佼者。

9 拂水山庄：见《题俞友清红豆集（二首）》注4。

10 牧斋：钱谦益（1582—1664）的号。钱谦益是明万历进士，授翰林院编修。曾纳歌妓柳如是为妾。后降清。故诗人认为其"晚节太朦胧"。

11 柳如是（1618—1664），本名杨爱，艺名柳隐。因读辛弃疾《贺新郎》："我见青山多妩媚，料青山见我应如是"，故自号如是。明清易代之际的著名歌妓才女。

12 薛涛与柳如是前半生同为歌妓。后半生薛涛终身未嫁，以女校书善终。柳如是从良后嫁与钱谦益为妾。钱谦益降清赴任至京，柳如是羞于与之同往。钱谦益死后，族人欲夺其房产，柳如是自缢而亡。

13 十离诗：薛涛甚得元稹宠爱，后元稹因事疏远薛涛。薛涛作《十离诗》十首表明心迹。元稹读罢深受感动，与薛涛重归于好。

14 瞿唐贾：指逐利商人。典出李白《长干行》："十六君远行，瞿唐滟滪堆。"

谢友人赠大庸茅坪茶

我亦癖同桑苧翁[1]，茶经三卷在胸中[2]。多君远贶茅坪荈[3]，从此沱茶拜下风[4]。风物年来味故乡，起占鱼蟹试旗枪[5]。淡芭菇贵咖啡缺[6]，得此聊资舌本香。又惊烽火洞庭西[7]，君有来书事未提。我自欲归归不得，蜀山怕听子规啼[8]。

题 解

大庸，旧地名，今张家界市。茅坪茶产于大庸茅坪（今张家界市永定区茅坪社区），相传始于明代，属高山茶。

笺 注

1 桑苎翁：即陆羽（728—804）。陆羽字鸿渐，自号桑苎翁。唐代竟陵（今湖北天门）人。他一生嗜茶，精于茶道，被后世尊为"茶圣"。

2 茶经：中国第一部茶学专著。唐代陆羽撰。书中论述了茶的性状、品质、产地、采制和烹饮方法及用具等。全书分上中下3卷，计10篇。

3 贶（kuàng）：赠予。荈（chuǎn）：茶的老叶，即粗茶。诗人这里泛指绿茶。

4 沱茶：一种以青茶为原料，经过高温蒸压而成碗形的茶，属半发酵茶，产于云南、四川一带。按，从上句看，友人所赠亦为青茶。

5 指起身烧水泡茶。鱼蟹：鱼眼和蟹眼的缩用。指水将沸时冒出的状如鱼眼蟹眼大小的气泡，据以判断水沸滚的程度。赵佶《大观茶论》："凡用汤以鱼目蟹眼，连绎迸跃为度。"旗枪：茶芽尚未舒展称枪，刚刚舒展成叶称旗。旗枪指由一芽一叶或二芽一叶的茶芽制成的茶，业内称"毛尖"。

6 淡芭菇：烟草。西班牙语 tobaco 的音译。王士禛《香祖笔记》卷七："吕宋国所产烟草，本名淡巴菰，又名金丝薰。"

7 指1943年5月5日至6月10日日军发起的所谓"江南歼灭战"。战役目的是打通宜昌至武汉的长江航线，夺取中国的粮仓，迫使中国政府投降。日军以多股兵力由湖北进犯湖南，5月9日至12日，日军在湖南省南县厂窖残酷杀害中国军民3万多人，制造了骇人听闻的"厂窖惨案"。

8 子规：杜鹃鸟的别称。见《蟆矶灵泽夫人》注3。因杜鹃鸟的叫声似"不如归去"，故诗文中常用以作思归或催人归去之辞。

连日夜雨昼晴　一九四三年

夜雨朝添水满陂[1]，象云遇吉释群疑[2]。芭蕉绿展中心轴，桤树青围连理枝。小鸟呼朋如有约，好风惠我本无私。荷珠鱼沫相吞吐，一抹清光入钓池。

笺 注

1 陂：即池塘。

2 诗人自注："小春丰收，预卜秋稔.可破迷信元旦立春非佳兆之说。"按，象云即"象曰"，是对卦象的解释。"象云遇吉"意思是卦象的征兆吉祥。

次韵友人感怀

寥落巴渝坐六秋[1]，关山戎马乱乡愁。晓行独石桥边露[2]，夕问嘉陵江上鸥。待整金瓯调入破[3]，可无石画预为谋[4]。与君远愧梁江总，它日还家尚黑头[5]。

笺 注

1 诗人1937年随国民政府立法院西迁重庆，至此时已届6年。

2 独石桥：时为国民政府立法院所在地。见《独石桥新院址》题解。

3 金瓯：喻国土。入破：音乐术语。唐宋大曲分散序、中序、破三大段，十余遍。"入破"即"破"的开始或"破"的第一遍。音乐表现为节拍急促，繁音交错。这里喻高奏凯歌。

4 石画：大计。石，通"硕"。《汉书·匈奴传下》："时奇谲之士，石画之臣甚众。"注："邓展曰：石，大也。"

5 并上句。化用杜甫《晚行口号》："远愧梁江总，还家尚黑头。"见《开岁书怀（1937）》注3。

山居即事 五首

鸡鸣晨亦晦[1]，豹隐路多艰[2]。翠岫高槐蔽，清溪老囿弯。远谋鄙肉食[3]，作赋感囚山[4]。独有桥边路，支筇爱往还[5]。

易污者皎皎，易缺者隆隆[6]。天与云舒卷，雨随夜始终。万钱难下箸[7]，大树易招风。差喜小春熟[8]，预占秋后丰。

师亦人之患[9]，我劳暂息机[10]。偷闲删旧稿，节用制新衣。社燕任来去[11]，山歌少是非。故乡烽火遍，怕听不如归[12]。

市远难兼味[13]，屋高易建瓴[14]。鸠呼千树雨[15]，鱼乱一方萍。石发依然绿[16]，秧苗取次青。新泉过蟹眼[17]，就此补茶经。

偶坐磐陀石[18]，细看昌歜花[19]。无波湉古井，未雨噪群蛙。樽酒偏宜月，村烟合有家。迩来酬对浅，心迹托幽遐[20]。

题 解

本篇曾在《东方文化》1943 年第 2 期发表。

笺 注

1 鸡虽然叫了，但晨光仍很昏暗。语本《诗经·郑风·风雨》："风雨如晦，鸡鸣不已。"

2 豹隐：比喻隐居山林，洁身自好。典出刘向《列女传·陶答子妻》："妾闻南山有玄豹，雾雨七日而不下食者，何也？欲以泽其毛而成文章也，故藏而远害。"按，玄豹即黑豹。黑而有赤色为玄。

3 意即有远谋的人看不起领厚禄的官吏。语本《左传·庄公十年》："肉食者鄙，未能远谋。"肉食者谓领厚禄的官吏。

4 柳宗元有《囚山赋》，描写永州群山环绕宛如牢笼的景象，淋漓尽致地抒泄了诗人如囚牢笼，壮志难伸的痛苦与悲凉。按，诗人此时已山居近五年，故借《囚山赋》以抒怀。

5 支筇：拄杖。见《暮春登钟山顶》注 3。

6 并上句。用《后汉书·黄琼传》："常闻语曰：'峣峣者易缺，皎皎者易污。'"皎皎：洁白的样子；隆隆：形容声势盛大。

7 万钱难下箸：见《五四课余值诸同学于大磨滩邀饮》注 1。这里是字面意思，形容物价高昂，虽万钱也难买到像样的食品。

8 差喜：差足自喜的缩略。指自己觉得尚可自慰。

9 用《孟子·离娄》"人之患在好为人师"句自嘲。

10 暂息机：时诗人在中央大学等校讲授民法，课程已经结束，可以暂时歇息。机，这里作心思解。

11 社燕：燕子。见《初夏闷极感怀（四首）》注13。

12 怕听到杜鹃的叫声。参见《谢友人赠大庸茅坪茶》注7。

13 套用杜甫《客至》："盘餐市远无兼味，樽酒家贫只旧醅。"意思是离集市太远，家里没有多的菜。按，诗人所住纯园在北碚郊外，交通不便。

14 建：通"甄"，倾倒。瓴：盛水的瓶子。从高高的屋脊上，把瓶里的水向下倾倒。比喻居高临下，气势不可阻挡。

15 传说鸠的雄鸟在雨过天晴后会呼唤雌鸟回巢，故以"鸠呼"喻新晴。此时树叶雨滴未干，故云"千树雨"。

16 石发：亦名石衣、石苔、乌韭。羊齿类水龙骨科常绿草本。这里泛指溪流中如发丝的绿色植物。

17 新泉：刚汲的泉水。蟹眼：水将沸未沸时的状态。见《谢友人赠大庸茅坪茶》注5。

18 磐陀石：普陀山上的一处巨石。见《普陀杂咏（七首）》注16。此处泛指山中巨石。

19 昌歜（chù）花：指菖蒲开的花。菖蒲初夏开花，淡黄色。昌歜：菖蒲根的腌制品。

20 幽邃：僻远；深幽。承上句，意思是近来应酬较少，正好寄托情怀于山水。

书 哀

洞庭南北鄂西东，未到崦嵫日已穷[1]。蠢尔虾夷逞狡狯[2]，果然貉子遇黑熊[3]。田园旷废烽烟里，家室流离道路中。疚念故乡诸父老，纵离爨下也焦桐[4]。

题 解

1943年5月5日起，日军集结多路兵力，从湖北进犯湖南，发动所谓"江南歼灭战"，主要作战对象是国民革命军第73军、第44军等部。5月9日。日军在南县厂窖制造了惨无人道的"厂窖惨案"，屠杀我军民3万余人，烧毁房屋3千多间，炸沉、烧毁船只2500多艘。惨案激起中国人民的极大愤慨。诗人闻讯悲愤不已，写下一组共五篇抒怀诗。

本篇及以下四篇集中发表于《军事与政治》1943年5—6期合刊。

笺 注

1 崦嵫：山名。见《书感（次展堂先生韵）》注5。本句承上句，表现出抗战的形势令人揪心。

2 虾夷：指日本人。见《连接夔旭汉皋来书却寄》注2。猰貐（yà yǔ）：传说中食人怪兽名。《尔雅·释兽》："猰貐，类貙，虎爪，食人，迅走。"

3 貉子遇罴熊：典出《北史·王罴传》：王罴字熊罴，北魏著名将领。镇守潼关时，遇南齐军队前来偷袭。王罴"大呼而出，曰：'老罴当道卧，貉子那得过，'敌见惊退。"貉子：即狸。一种外形似狐的杂食性动物，诗文中用以比喻卑鄙小人。这里貉子喻日寇，罴熊喻抗日军民，表现出诗人认为抗战必胜的乐观态度。

4 承上句，意思是内心忧念指故乡父老，纵免于死难，也饱受摧残。爨（cuàn）下：灶下。焦桐：谓灶下烧剩的良木，转喻幸免者。典出《后汉书·蔡邕传》："吴人有烧桐爨者，邕闻火烈之声，知其良木，因请而裁为琴，果有美音，而其尾犹焦。"

书愤（1943）

无弦琴好亦空弹[1]，无字书多不忍看[2]。黑市于今供窃国，苍生自古误周官[3]。惜膏我久荒宵读[4]，缩食谁能废早餐。巨耐居奇犹未已，长途长夜两漫漫。

笺 注

1 无弦琴：典出梁昭明太子《陶靖节传》："渊明不解音律，而蓄无弦琴一张，每酒适，辄挑弄以寄其意。"

2 无字书：天地、社会万象。典出清初学者廖燕《二十七松堂文集·答谢小谢书》："无字书者，天地万物是也。"

3 周官：《尚书》篇名，记述周王朝官职设置及成王的训诫。这里指朝廷的大官。这句诗的意思是百姓自古以来就被朝廷的大官所误。

4 意思是为省灯油,已经很久不在夜间看书。膏:膏油。语本韩愈《进学解》:"焚膏油以继晷,恒兀兀以穷年。"

书 事

仰视飞鸢世界空,千岩万壑锁巴东。水消水长痕犹在,寇往寇来信不通。岁稔全凭牛脊雨[1],才疏敢望马当风[2]?思量纵有如潮笔,驱鬼何方可送穷[3]。

笺 注

1 牛脊雨:夏日范围极小的骤雨。一边晴,一边雨,如牛脊中分为界,故名。

2 马当风:喻时至运来。曾慥《类说》引《摭遗·滕王阁记》:"王勃舟次马当水次,见一叟曰:'来日滕王阁作记,子可构之,垂名后世。'勃曰:'此去洪州六七百里,今晚安可至也?'叟曰:'吾助汝清风一席,中原水府吾主此祠。'勃登舟张帆,未晓抵洪。"

3 驱鬼、送穷:韩愈谓智穷、学穷、文穷、命穷、交穷为五穷鬼,因作《送穷文》驱逐之。承上句,诗人之"穷"为贫穷,意为哪怕妙笔生花,也无法送走贫穷鬼。

书 感(1943)

江北江南感旧游,凄凉越棘与吴钩[1]。河山永夜悲笳鼓[2],天地浮尘接海沤[3]。投老真成不鲫溜[4],寻幽讵敢上牛头[5]。田间泥饮归来晚[6],漫对霸陵说故侯[7]。

笺 注

1 并上句。以越棘、吴钩喻江南风物。言念及苏浙沦陷,内心无比凄凉。越棘:产于越国的戟。《礼记·明堂位》:"越棘大弓,天子之戎器也。"注:"越,国名也;棘,戟也。"吴钩:吴地所产宝剑。见《无锡杂咏(三首)》注11。

2 意指大好河山饱受战火摧残。笳鼓：军营的笳声与鼓声，这里借指战场。

3 海沤：海上的泡沫。见《清凉山扫叶楼社集即事二首》注4。

4 投老：犹临老。见《三叠吟韵寄太甡》注3。不鲫溜：不机灵，不精明。宋祁《宋景文公笔记·释俗》："孙炎作反切语，本出于俚俗常言，尚数百种。故谓'就'为鲫溜。凡人不慧者，即曰不鲫溜。"

5 讵敢：岂敢；怎敢。牛头即牛首山，见《登牛首山》题解。牛首山双峰并立犹如天阙，故又称天阙山，登牛首山有朝天阙的吉祥意思。"讵敢上牛头"承接上句，就是说平步青云之志早已消磨殆尽。

6 泥饮：痛饮；喝得烂醉。

7 霸陵指霸陵尉，故侯指故将军李广。见《漫歌赠张凤九》注6。

书 怀（1943）

未老黄忠一宝刀[1]，江河日下慨滔滔。几人传舍歌弹铗[2]，一卷雄文赋反骚[3]。宿雾能教红日隐，乱山不放白云高[4]。壮心肯许全销尽？湖海元龙气自豪[5]。

笺 注

1 语本罗贯中《三国演义》第70回："（黄）忠怒曰：'竖子欺吾年老！吾手中宝刀却不老。'"黄忠（？—220），字汉升。三国时蜀汉大将。初属刘表，后归刘备。旧小说、戏曲把他描写成勇敢善战的老将，是老当益壮的代表人物。

2 意思是现在有几个寄居篱下的人还有弹铗而歌的勇气？传舍：驿站的房舍。《汉书·郦食其传》："沛公至高阳传舍。"注："传舍者，人所止息，前人已去，后人复来，转相传也。"歌弹铗：弹铗而歌。铗，剑把。《战国策·齐策四》：齐人冯谖投孟尝君为食客，但不受重视，于是弹铗作歌，埋怨"食无鱼""出无车"等等，终于逐一得到了改善。

3 反骚：即汉扬雄撰赋体诗集《反离骚》。为凭吊屈原而作，对屈原的遭遇有所同情，但主题是指责屈原。

4 并上句。宿雾喻遮蔽光明的奸佞小人，乱山喻压制进步思想的保守势力。

5 元龙：指三国名士陈登。见《天津中秋夜饮村酒香》注3。

虞山红豆

虞山红豆最情亲，独解相思赠故人。有味盘难忘苜蓿[1]，不贪夜许识金银[2]。半肩行李六年客[3]，万里孤云百感身。往岁峨眉凌绝顶，至今犹净九衢尘[4]。

题 解

虞山：见《游常熟虞山四大寺》题解。

笺 注

1 苜蓿，意思是清冷的仕宦生活。见《次韵答袁炼人（二首）》注4。

2 本句化用杜甫《题张氏隐居二首》："不贪夜识金银气，远害朝看麋鹿游。"按，风水先生看地理讲望气，如果地下有矿，有修炼而真没有贪心的人夜里就可能望见金银之气。

3 半肩行李：喻清贫。典出张问陶《庚戌九月三日移居松筠》："留得累人身外物，半肩行李半肩书。"六年客：诗人1938年西迁重庆，至此已届6年。

4 九衢尘：大道上的尘土。借指纷扰的尘世。本句承上句，是告诉沦陷区的朋友，当年你登临过的峨眉山顶，至今依然未被玷污。

消 夏 二首

老槐蔽日影沉沉，上有良蜩抱叶吟[1]。感彼逢时勤活跃，羡余当署倦登临[2]。涧溪绕屋留人赏，岩洞背山耐客寻。芟却芭蕉繁就简，犹能抽绿定中心。

大地机心巧斗忙，笑他异鹊与螳螂[3]。出门忽觉溪流涨，拥鼻微闻药草香[4]。社树高冈留越荫，沙禽浅濑戏骄阳[5]。晚来一枕松间月，不假蒲葵自在凉[6]。

笺 注

1 良蜩：亦作蜋蜩，一种蝉。色黑，杂黄绿斑纹，翅透明。扬雄《方言》："蝉，楚称为蜩，陈郑之间称为蜋蜩。"

2 繄：语气词。见《元旦感赋（四首）》注7。当署：正当大门前。严嵩《赠刘梅国都宪》："当署棠阴随处满，自天龙敕两回开。"

3 用"螳螂捕蝉"的典故。异鹊：怪鸟。《庄子·山木篇》故事：庄子在雕陵游玩，见一只怪鸟飞来停在树林中。庄子拿上弹弓去打鸟。却见一只蝉正在树荫下鸣叫，有螳螂躲在树叶后正打算伺机偷袭，而怪鸟正打算啄食这只螳螂。本句承上句，阐明世上万物自有运行的机制，枉费心机是可笑的行为。

4 拥鼻："拥鼻吟"的略语。指吟诵诗句。典出《晋书·谢安传》："（谢安）为洛下书生咏。有鼻疾，故其音浊，名流爱之不能及，或以手握鼻以效之。"

5 社树：谓土地庙旁的树。樾荫：成片的树荫。王安石《游北山》："客坐苔纹滑，僧眠樾荫清。"

6 浅濑：流于沙上的浅水。

7 蒲葵：指用蒲葵叶制成的蒲扇。

入伏 二首

赤日行天大火流[1]，凭栏远望白云稠。才交初伏难消夏，幸未兼旬便立秋[2]。修竹引风徐入户，平田有水亦浮沤[3]。科头跣足容吾憨[4]，不送残阳不下楼。

炎蒸作么恼诗翁[5]，饮水饭蔬乐在中[6]。数米量盐嗟我拙，咬文嚼字与人同。云开牖纳纤阿月[7]，鸟度松生苍莽风[8]。造物清凉争入夜，用之不竭取无穷[9]。

题 解

入伏谓进入伏天。夏至后农历第三个庚日起为初伏（一称"头伏"），第四个庚日起为中伏（一称"二伏"），立秋后第一个庚日起为末伏（一称"三伏"）。《汉书·郊祀志》："伏者，谓阴气将起，迫于残阳而未得升，故为藏伏，因名伏日也。"三伏大致相当于公历7月中旬至8月中下旬，是我国黄河流域和长江流域一带一年中最炎热的季节。

笺 注

1 大火流：语本《诗经·豳风·七月》："七月流火，九月授衣。"进入三伏一般已至农历七月。《诗经》原意是进入七月后大火星（心宿）逐渐偏西下沉，但后来逐步被用于形容天气火热。

2 兼旬：二旬，二十天。伏天因以"庚"日计算，有时二伏（中伏）会有20天。

3 浮沤：见《清凉山扫叶楼社集即事（二首）》注4。

4 科头跣足：光着头，赤着脚。形容极随便。

5 炎蒸：暑热熏蒸。李白《阙题》："还合炎蒸留烁景，题来渭得好篇章。"作么：怎么；为什么。寒山《诗三百三首》："皎然易解事，作么无精神。"

6 本句化用《论语·述而》："饭蔬食，饮水，曲肱而枕之，乐亦在其中矣。"

7 牖：窗户。纤阿：古代神话中驾驭月亮运行的女神。《史记·司马相如传》："阳子骖乘，纤阿为卸。"索隐："服虔云：纤阿为月御。或曰美女姣好貌。"

8 鸟度：鸟儿飞过。刘长卿《陪王明府泛舟》："山含秋色近，鸟度夕阳迟。"荏苒：这里形容风微微吹过。

9 并上句。化用苏轼《前赤壁赋》："惟江上之清风，与山间之明月，耳得之而为声，目遇之而成色，取之无禁，用之不竭，是造物者之无尽藏也，而吾与子之所共适。"

癸未四月三日渝郊展禊　以兰亭序分韵，友人代拈得竹字。

我昔旅金陵，爱梅等爱竹。吟梅冕国花，抛砖得引玉[1]。中有王子诗[2]，意远词芬彧[3]。浩劫典籍沦[4]，孤本犹在簏[5]。忧乐天下心，游豫岂关独[6]？纷吾去首都[7]，板荡天地覆[8]。倾侧扰攘间[9]，崎岖入巴蜀。筚路启山林，蓝褛开部屋[10]。射隼盼高墉[11]，浩歌响幽谷。荏苒逾六周[12]，河山犹未复。年往迅急弦，时来亮锐镞[13]。一九四三年，妖氛取次肃[14]。王子诗告予，展禊兰亭续[15]。林丘即山阴[16]，郊坰亦淇澳[17]。幽情追前徽[18]，蜡屐接高躅[19]。曲水引流觞，骋怀舒游目[20]。鸟鸣悦嘤嘤[21]，文采富郁郁[22]。韵牌探锦囊，丽句琲瑶牍[23]。道阻我向隅[24]，神游味尚馥。维时春夏交，盟邦申诛逐[25]。扫穴犁其庭[26]，蜗角靖蛮触[27]。一击奄北非，再击震欧陆。席卷西西里，重心已失轴[28]。义揆丧政权[29]，无所措手足。纳粹心忡忪[30]，途穷势益蹙。苏军克卡城，定鼎分邠廓[31]。南北两大洋，灭没空倭舳[32]。岛屿如星罗，一一渐宾服[33]。而我国何如，中原还逐鹿。小丑侵湘西，黎兆遭荼毒[34]。三户志亡秦[35]，敌屡战屡衄[36]。虎死有余凶，豺性未驯伏。华容枕洞庭[37]，彝陵绾四渎[38]。庞骑塞斥堠[39]，泽鸿哀瑟缩[40]。曹沫剑反侵[41]，鲁连义不辱[42]。风景今无殊，岂效新亭哭[43]。砥柱镇中流，广厦擎众木。式遏与复兴[44]，大业期共勖[45]。来岁聚石头，修禊钟山麓。

题 解

展禊同修禊，旧时文人在暮春时节的年度聚会。见《湖楼禊集分韵得竹字》题解。1943年4月5日是星期六，农历为二月二十九，并非传统的三月初三。这次渝郊展禊有所提前，大约是为了迁就周末。从诗的内容看，诗人并没有亲自参加这次聚会，诗作也是半年以后补作的。

笺 注

1 承上句，指1934年诗人发表《梅花十首》，连同和诗二百余首刊为《梅花唱和集》。见《暮春杂感（四首）》注13。

2 王子：即诗题中的友人王祖柱。王祖柱字钝禅，长沙人。生卒年不详。诗人，有《午日雅集诗选》等遗世。

3 芬彧：芬芳有文采。

4 浩劫：指南京沦陷。典籍沦：藏书损失殆尽。见《己卯初度感怀（三首）》注13。

5 孤本：指《梅花唱和集》。簏，竹箱。此处泛指书箱。

6 并上句。化用圆至《次韵陪星子胡主簿游报先寺》："良时一游豫，能不念民疾。"游豫：犹游乐。语出《孟子·梁惠王下》："吾王不游，吾何以休？吾王不豫，吾何以助？"赵岐注："豫亦游也。"

7 纷离：离纷的倒用。指遭受磨难。《汉书·扬雄传上》："惟天轨之不辟兮，何纯絜而离纷。"颜师古注："离，遭也；纷，难也。"石头城：即南京。

8 板荡："板"与"荡"都是《诗经·大雅》的篇名，言周厉王的无道，后沿用为天下的大动乱。

9 倾侧：倾斜偏侧。谓车船中人不能直立或正坐。扰攘：谓纷乱。并下句，化用《史记·陈丞相世家》："倾侧扰攘楚魏之间，卒归高帝。"

10 并上句。语本《左传·宣公十二年》："筚路蓝缕，以启山林。"意即驾柴车、穿破衣，来开发山林。筚路，柴车；蓝褛，同褴褛。破衣服。蔀屋：草席盖顶的贫者之居。

11 语本《易·系辞下》："射隼于高墉之上。"墉，城墙。"射隼"喻待机歼敌。

12 六周：指六周年。自1937年七七事变爆发，中国进入全面抗战，至此时已有六年。

13 锐镞：锋利的箭头。

14 1943年，世界反法西斯战争开始出现转折。1月下旬，英军占领的黎波里；2月1日，日军从瓜达尔卡纳尔岛败退，从此在太平洋丧失太平洋战场的战略主动权；2月2日，斯大林格勒战役结束，苏军转入战略大反攻。

15 谓本次聚会是兰亭集的延续。王羲之《兰亭集序》："会于会稽山阴之兰亭，修禊事也。"按，山阴，旧县名，东晋时属会稽。1912年与会稽县合并为绍兴县，属今绍兴市。

16 谓聚会处的山林就相当于山阴之兰亭。

17 郊坰：泛指郊外。淇澳：同淇奥。谓淇水的曲岸。《诗经·卫风·淇奥》："瞻彼淇奥，绿竹猗猗。"这里借指兰亭的流觞曲水。

18 前徽：前人美好的德行。呼应前文"展禊兰亭续"。

19 蜡屐：以蜡涂木屐。喻悠闲的生活。见《竹窗社集兼送剑城凤道人》注1。高躅：比喻雄健豪迈的艺术风格。躅，足迹，引申为前人树立的模范。

20 用《兰亭集序》"所以游目骋怀，足以极视听之娱，信可乐也。"谓饱览风景。放纵情怀。

21 语本《诗经·小雅·伐木》："伐木丁丁，鸟鸣嘤嘤。"

22 语本《论语·八佾》："子曰：周监于二代，郁郁乎文哉！吾从周。"郁郁，文采茂盛。

23 丽句：妍丽华美的句子。琲：成串的珠子。左思《吴都赋》："珠琲阑干。"注："珠十贯为一琲。"瑶，美玉。牍，原意为书版。这里瑶牍泛指诗笺。

24 指因交通不便，诗人未能亲临集会现场。向隅：指落单。见《秦淮河边友人何宅社集》注4。

25 诛逐：诛戮、驱逐。本句指同盟国正在驱逐德日法西斯势力。见本篇注14。

26 扫穴犁庭：捣毁敌人巢穴。见《开岁三日闻榆关失守（二首）》注4。

27 蜗角：蜗牛角。讥讽德意日法西斯的渺小。见《游北固山望长江放歌》注23。靖：平定，制服。

28 以上四句吟咏北非和西西里半岛反法西斯战场的战况。盟军一击便占据北非。随后展开西西里岛战役。轴心国已失去重心，难逃覆灭。

29 乂揆：指墨索里尼。意大利当时通译"乂大利"。揆：旧称总揽政务的人。乂揆谓乂（意）大利首相墨索里尼。由于1943年5月轴心国在突尼斯战役中彻底失败，意大利完全丧失了对北非的控制，紧接着7月9日盟军发动的西西里岛登陆战役，战争形势更加不利于意大利。7月24日下午至翌日凌晨，大法西斯议会通过了对墨索里尼的不信任动议，7月25日意大利国王宣布将墨索里尼解职。

30 怔忪：惶恐不安。

31 语本《左传·宣公三年》："成王定鼎于郏鄏（jiá rǔ）。"郏鄏：周朝东都，故地在今河南省洛阳市。并上句。指苏军在1943年8月12日至8月23日发动第四次卡尔可夫战役，从德军手中收复了这座城市，奠定了战争胜利的基础。按，卡尔科夫在莫斯科以南，基辅以西，曾为乌克兰首都，为东欧战略要地。

32 指美日两国在南北太平洋上的世纪大海战。美军继 1942 年 6 月取得中途岛海战的胜利后，紧接着又发动瓜达尔卡纳尔岛争夺战，并在 1942 年 11 月 12 日至 15 日的瓜达尔卡纳尔岛海战中重创日军，至此日本的制海权完全丧失。

33 指太平洋战场美军在取得制海权后，开始跳岛作战，逐步逼近日本本土。

34 指日军为挽救太平洋战场颓势，为打通中国大陆南北交通线，对湖南开展的所谓"江南歼灭战"。见《书哀》题解。

35 语本"楚虽三户，亡秦必楚。"见《赠仇亦山》注5。

36 衄（nǜ）：战斗中受挫；战败。

37 华容：县名，在湖南省岳阳市西，洞庭湖北岸。是 1943 年日军所谓"江南歼灭战"的进攻方向之一。

38 彝陵：即夷陵。四渎：四条独流入海的河流。《史记·封禅书》："四渎者，江、河、淮、齐也。""绾四渎"谓该地是水道要冲。

39 虏骑：指进犯的日寇。斥堠：碉堡。

40 泽鸿：沼泽之中的鸿雁。语本《诗经·小雅·鸿雁》："鸿雁于飞，集于中泽。"毛传："中泽，泽中也。"这里形容日寇铁蹄下的中国百姓。

41 反：返还。典出《史记·刺客列传》：春秋时，齐国进攻鲁国，曹沫三战三败，遂与齐盟于柯。曹沫执匕首劫桓公，迫使他返还因曹沫战败所占的鲁地。

42 谓鲁仲连义不帝秦。见《东渡舟中感怀（四首）》注5。

43 新亭哭：指国难当头只会悲泣。见《燕子矶》注11。

44 式遏：遏制；抵御。《诗经·大雅·民劳》："式遏寇虐，无俾民忧。"郑玄笺："式，用；遏，止也。"

45 共勖（xù）：相互勉励。

夔旭生日 癸未八月十三日。

月近中秋桂露飘，瞒人岁岁度今朝。长年斋白浑忘苦[1]，后夜婵娟不用邀[2]。老马识途强力在，鲇鱼上竹宦情消[3]。东归倘有江船便，龙凤桥当万里桥[4]。

题 解

夔旭是诗人的夫人。见《与夔旭游西山（二首）》题解。这一年是她五十八周岁生日。

笺 注

1 虀臼：用来捣碎辛辣食物的石臼。喻辛劳。刘义庆《世说新语．捷悟》："虀臼，受辛也。"

2 后夜婵娟：夫人生日为农历八月十三，后夜即中秋节。

3 语出欧阳修《归田录》："君于仕宦，亦何异鲇鱼上竹竿耶？"鲇鱼体滑，缘竹竿上行难免下滑，比喻欲进不能，反而后退。

4 龙凤桥。见《僦居龙凤桥即景（二首）》题解。万里桥：即原成都横跨锦江的老南门大桥。始建于战国后期，本名长星桥。李吉甫《元和郡县图志》卷三一载：诸葛亮遣大臣费祎出使江东，于此设宴送别。费祎叹曰："万里之路，始于此桥。"因此得名"万里桥"。是古时成都离蜀启程之处。

中秋对月

晴空万里挂星查[1]，室透罘罳牖透纱[2]。丛桂密葭添窈窕，候虫时鸟感韶华。可怜大地同今夕，未有征人不忆家[3]。一样清幽谁领会，茅亭影照紫薇花[4]。

笺 注

1 挂星查：查同"槎"，传说中尧时西海上发光的浮木。王嘉《拾遗记·唐尧》："尧登位三十年，有巨查浮于西海，查上有光，夜明昼灭，常浮绕四海，十二年一周天，周而复始，名曰贯月查，亦曰挂星查。"这里借指明月。

2 罘罳：屏风。章炳麟《小学答问》："古者守望墙角，皆为射孔，屏最在外，守望尤急，是故刻为网形，以通矢簇，称为罘罳。"本句承上句，谓月光透过室内的屏风和窗上的薄纱照进室内。

3 此时诗人次子黄宏煦已在西南联大应征加入远征军为随军翻译，随第5军入缅甸作战。

4 语本白居易《紫薇花》："独坐黄昏谁是伴，紫薇花对紫微郎。"紫微郎是唐代中书舍人的别称，负责文书工作。这里是诗人自况。

寓叹

纸贵于今甚洛阳[1],借书浑似借荆襄[2]。有年众喜升新谷[3],得句翻疑是旧章。刚日读经柔读史[4],夏山如滴秋如妆[5]。可怜代谢无人会[6],自写广文柿叶霜[7]。

笺 注

1 洛阳纸贵:见《岁终喜雨漫兴》注3。这里讽喻物价高昂。

2 借荆襄:指借荆州。见《蟆矶灵泽夫人》注1。这里喻别人有借无还,也指自己十分难向人借。

3 有年:谓丰年。《谷梁传·桓公三年》:"五谷皆熟,为有年也。"

4 谓单数日读经,双数日读史。《礼记·曲礼》:"外事以刚日,内事以柔日。"疏:"十日有五奇五偶,甲、丙、戊、更、壬五奇为刚,乙、丁、己、辛、癸五偶为柔也。"

5 语本郭熙《林泉高致》:"夏山苍翠而如滴,秋山明净而如妆。"

6 代谢:指人事、季节的轮换更替。无人会:无人理会。白居易《八月十五日夜湓亭望月》:"昨风一吹无人会,今夜清光似往年。"

7 广文:指唐代郑虔(705—764)。郑州荥阳人,字弱齐。与李白、杜甫等友善。尝自书其诗并画以献唐明皇,帝题曰:"郑虔三绝。"因爱其才,特置广文馆,授郑虔为广文博士,以领词藻之士。《新唐书·郑虔传》载,郑虔在官贫约,常苦无纸,于慈恩寺贮柿叶数屋,日取叶作纸习字。这里诗人借古人事迹,感叹自己也一样穷到无钱买纸。

秋日即事杂感 六首

晨装迨廨署[1],汽笛怯逾时。不惜缁尘老[2],惟望露布驰[3]。晓风欺宿雾,残月媚初曦。水鹤尔何意[4]?欲飞又故迟。

日日谈平准[5],如何事竟违。几时杭一苇[6],昨夜鹊南飞[7]。桥卧浅深水,天宜单夹衣。倚楼谁共语,莎砌响蛩机[8]。

戛戛桄榔杖[9]，潇潇水竹居。驯阶犹有雀[10]，弹铗亦无鱼[11]。菊待渊明酒[12]，蕉临怀素书[13]。无边木叶下，东望渺愁余[14]。

文石明于镜[15]，疏林路未芜。涧光浸竹所，池影上庭隅。井水有时有，木奴无地无[16]。园公乖觉甚[17]，种树免官租[18]。

一夜山中雨，几篙屋外溪。高丘犹待耨，沃壤不妨犁。脱粟舂山白，轻雷骇竹鸡。怜予舒老眼，每饭抶稊薲[19]。

脱鞿闲草履[20]，散策着青鞋[21]。每忆关山路[22]，时兴儿女怀。松声风万壑，峡影月千崖。雅有离群感，几人倡和偕。

笺 注

1 打点好行装，速往官署而去。遄，迅速往来。廨署：官员办公场所府。这里指国民政府立法院。

2 缁尘：黑色灰尘。见《后湖即事（家国愁多）》注 1。

3 露布：捷报。见《题石达开诗钞》注 8。

4 水鹤：即鹤。格律诗为对偶、音节需要而加字。如杜甫《咏怀古迹》："古庙杉松巢水鹤，岁时伏腊走村翁。"

5 平准：指通过国家储备平抑物价。《盐铁论·本议篇》："开委府于京以笼货物，贱即买，贵则卖，是以县官不失实，商贾无所贸利，故曰平准。"

6 杭一苇：杭通航。苇，芦苇，这里喻小船。意为何时乘舟返乡。语本《诗经·征风·河广》："谁谓河广，一苇杭之。"

7 语本曹操《短歌行》："月明星稀，乌鹊南飞，绕树三匝，无枝可依。"表现诗人的无所寄托和思乡之念。

8 本句化用李山甫《题李员外厅》："石砌虿吟响，草堂人语稀。"莎砌：长满莎草的台阶。

9 桄榔：一种珍贵的棕榈科常绿乔木。俗称砂糖椰子、糖树。李时珍《本草纲目·桄榔子》："其木似槟榔而光利，故名桄榔。"

10　谓台阶前尚有习惯于人的鸟雀。本句以倒装的修辞手法化用杜甫《南邻》："惯看宾客儿童喜，得食阶除鸟雀驯。"与陆游《和范舍人病后二诗末章兼呈张正字》"请看蛟龙得云雨，岂比鸟雀驯阶除"相类。

11　弹铗：用手指弹剑柄。见《书怀（1943）》注2。

12　陶渊明爱菊嗜酒，有"白衣送酒"的典故。见《村兴（八首）》注5。

13　陆羽《僧怀素传》载，唐代书法家怀素饮酒以养性，草书以畅志，曾于故里种芭蕉万余株，采蕉叶为纸，以供挥洒。这里说以蕉叶临怀素书法，谓传承其狂放洒脱之风。

14　化用毛先舒《答沈圣昭》："石鼓湖头风景好，也知东望渺愁余。"

15　文石：有纹理的石头。这里实指龙凤桥侧的两块巨石。

16　木奴：即橘树。典出《三国志·吴志·孙休传》：丹阳太守李衡因其妻不善治家，遂遣人密种橘树千株，临死才告知儿女"吾州里有千头木奴，不责汝衣食，岁上一匹绢，亦可足用耳。"后据以称橘树。

17　园公：指纯园的房东。

18　官租：指当时由中央财政直接征收的田赋。当时的实行田赋征实，即直接征收粮食，以规避因物价上涨造成的税收损失。因种树无粮食产出，故无田赋。

19　抉：挑出。稊薭：二字同义叠用，指稗子。并上句。自嘲老眼昏花，每餐还要费劲把饭里的稗子挑出来。形容生活条件的窘迫。

20　羁（jī）：马嚼子；马笼头。屈原《离骚》："余虽好修姱以鞿羁兮，謇朝谇而夕替。"王逸注："鞿羁以马自喻，韁在口曰鞿，革络头曰羁，言为人所系累也。"脱羁谓下班以后。

21　策即手杖。散策犹拄着手杖散步。青鞋即布鞋。常用于代指隐者或闲适的生活。

22　关山：关隘与山峰。比喻路途遥远或行路的困难。此时诗人次子黄宏煦在缅甸作战，第三子黄宏嘉在西南联大求学，亦处于日军飞机的轰炸中。并下句，意思是常常想起西迁的艰难，由此时时放心不下远方儿子们。

癸未九日漫兴　四首

年来客里度重阳，惆怅生涯为口忙。昼夜原泉浑不舍[1]，春秋佳节岂无荒[2]。闲云晓送西山雨,敝褐初禁北碚霜。葭荻苍苍松谡谡[3],来鸿遵渚掠林塘[4]。

紫椒黄花旅次秋[5],几时凯唱大刀头[6]?金飙有意催红叶[7],沙濑无情冷白鸥[8]。独石桥为天地枕[9],嘉陵江阅古今舟。请君莫采东篱菊,酒价高于岭上楼。

天放山中半日晴,尻轮神马快吾行[10]。神游故国经三海[11],剑倚长城相两京[12]。望岳观河心旷远,传杯整帽气峥嵘[13]。区区酒盏莫余畀[14],待试黄封第几罂[15]?

曩年高上钟山顶[16],俯瞰群峰倒百樽。回首前游双老泪[17],侧身逆旅一孤村。客中逢客谁赊酒。山上有山懒出门。新署娄江居士号[18],蓴鲈味绕旧田园[19]。

笺 注

1 语本《孟子·离娄下》:"原泉混混,不舍昼夜,盈科而后进,放乎四海。"原泉亦作源泉,谓有本原的泉水。

2 无荒:不荒废。诗人自注:"苏长公谓四时之节,寒食重九不宜轻掷,念之慨然。"按,苏长公即苏轼。

3 葭荻:芦与荻。均为水生植物名。谡谡:挺拔的样子。刘克庄《题龙眠十八尊者》:"巉巉苍壁谡谡松,下有老宿眉雪浓。"

4 遵渚:鸿雁循着水中小洲飞翔。语出《诗经·豳风·九罭》:"鸿飞遵渚,公归无所。"林塘:树林和池塘。

5 紫椒(shā):茱萸。屈原《离骚》:"椒又欲充乎佩帏。"王逸注:"椒,朱萸也,似椒非椒。"黄花:菊花。我国古代诗人有在重九佩戴茱萸、菊花的习俗。旅次:谓寄居之地。

6 大刀头:谓还乡。见《长江舟中寄夔旭》注4。

7 金飙:即秋风。长孙无忌《五言仪鸾殿早秋侍宴应诏》:"金飙扇徂暑,玉露下层台。"

8 沙濑:沙石上的水流。

9 化用杨万里《自赞诗》"醉倒落花前，天地为衾枕"句意。

10 语本《庄子·大师宗》："浸假而化予之尻以为轮，以神为马，予因以乘之，岂更驾哉。"意思是设想以臀部作为车舆，以自己的精神意识作为驾车的骏马，不假外物而神游。

11 故国指北京，三海即北海、中海和南海。

12 相：审视、观察。两京：不同时代有不同所指。这里指北京和南京，当时均在日寇铁蹄之下。剑倚长城俯瞰之，志在收复。

13 传杯：宴饮中传递酒杯劝酒。杜甫《九日》："旧日重阳日，传杯不放杯。"整帽：用孟嘉"龙山落帽"故事。见《次韵和恕斋癸酉豁蒙楼登高》注1。

14 畀，给予。化用《左传·昭公十三年》："是区区者而不予畀，余必自取之。"

15 黄封：酒。见《梅花十首》注15。罂：小口大肚的酒缸。本句承上句，意谓小小的酒杯就别递给我了，我直接用酒缸。

16 曩年：往年；以前。指1933年诗人与好友朱子英同游钟山。见《重九与子英登钟山极顶联句》。

17 双老泪：两眼泪水。友人朱子英已于1940年逝世，诗人曾作诗哀悼，有"独石桥边弹老泪，也为私谊也为公"句。见《挽朱子英》。

18 诗人自注："溇江故城在故乡临澧西北之新安。"诗人客居重庆，思乡心切，故改号"溇江居士"，又号"溇江子"。其诗集易名为《溇江诗存》。

19 菰莼：茭白与莼菜。喻指家乡风味。参见《挽徐伯轩（二首）》注7。

九日口占

今年菊比去年少，今年人比去年老。小儿为采桂花归，幽香更比茱萸好。昨夜新添三尺泉，净洗胆瓶酌行潦[1]。

笺 注

1 胆瓶：长颈大腹的花瓶，因形如悬胆而名。酌：舀取。行潦：沟中的流水。语出《诗经·召南·采苹》："于以采藻，于彼行潦。"毛传："行潦，流潦也。"

九日登高漫兴 四首

用杜牧九日齐山登高分韵代拈牛字。

雄关高踞大江流，一统山河万里秋。社友觥筹才倚马[1]，山翁村市醉骑牛。尚余丹桂香盈匊[2]，那有黄花插满头[3]。料得城中当此日，晓来风雨撩人愁。

旴旴残霞宿雨收[4]，相羊近水上高丘[5]。种松倘许开三径[6]，卖剑吾偏爱一牛[7]。分韵犹堪余勇贾，裁诗转要放心求[8]。登临不尽家乡感，吟入娄江坐钓舟[9]。

鹅公堡上试新篘[10]，岁在庚辰记得不[11]。犹有雄心能缚虎，岂无短褐感歌牛[12]。周官制法重三物[13]，邹衍谈天大九州[14]。逞事低回秋四稔[15]，烟岚依旧锁山陬[16]。

迤迤双江控上游，离离百草散汀洲。邮签屡滞思回雁[17]，喘息未苏犐问牛[18]。从古御倭凭铁血，于今雪耻奠金瓯[19]。来年白下过重九，神烈山头快举筹[20]。

笺 注

1 社友：诗社同人。觥筹：酒器和酒令筹。借喻宴饮。才：才气；才华。倚马：形容才思敏捷。见《庚午初度感怀（四首）》注11。

2 匊：满握；满捧。

3 那：哪里。反用杜牧《九日齐山登高》"菊花须插满头归"句意。

4 旴旴：文采斑斓的样子。

5 相羊：亦作"相佯"。漫游；徘徊。屈原《离骚》："折若木以拂日兮，聊逍遥以相羊。"

6 倘：如果；假若。三径：喻隐者家园。见《壮侯招饮即席赠诗并柬寄侯》注2。"开"此处作"开辟"解。

7 卖剑买牛：放下武器，从事耕种。典出《汉书·龚遂传》："民有持刀剑者，使卖剑买牛，卖刀买犊。"

8 裁诗：作诗。杜甫《江亭》："故林归未得，排闷强裁诗。"

9 溇江：诗人家乡新安故城。见《癸未九日漫兴（四首）》注18。

10 鹅公堡：即鹅岭。位于重庆渝中半岛狭长地带山岭上，为市区内最高峰，可眺望整个渝中半岛及长江和嘉陵江。因地形如鹅头而得名。篘（chōu）：一种竹制的滤酒的器具。新篘指新滤出的酒。白居易《浔阳秋怀赠许明府》："试问陶家酒，新篘得几多。"

11 庚辰：指1940年。此次聚会，诗人吟有《重九登高》。

12 《太平御览·歌三》载：春秋时卫人宁戚饲牛于齐国东门外，待桓公出，扣牛角而歌云："南山粲，白石烂，短褐单衣长止骭。生不逢尧与舜禅，终日饲牛至夜半，长夜漫漫何时旦。"桓公闻而异之，即授以官职。后遂用作寒士自求用世的典故。

13 周官：即《周礼》。三物：犹三事。指六德、六行、六艺。《周礼·地官·大司徒》："以乡三物教万民，而宾兴之。"郑玄注："物犹事也。"

14 邹衍：即驺衍（约前305—前240）。战国末齐国人。学识渊博，尤好谈天文。提出"九大州"说，认为天下有八十一州，赤县神州（即古中国）乃其中一州。每九州为一单元，有小海环绕，称大九州。大九州外另有大海环绕，再往外即是天地边际。

15 逞事：勉力做事。低回：迂回曲折。《汉书·扬雄传下》："大语叫叫，大道低回。"颜师古注："低回，纡衍也。"四稔：四年。诗人1939年迁至北碚龙凤桥，至此已四年。

16 山陬（zōu）：山角落。借指山区偏僻处。

17 邮签：驿馆的更筹。见《次韵寄剑城凤道人（二首）》注3。

18 典出《汉书·丙吉传》：丙吉为相，见人逐牛，牛喘吐舌。吉问逐牛已行几里。或谓牛喘的细事，非丞相所当过问。丙吉解释："方春少阳用事，未可大热，恐牛近行，用暑故喘，此时气失节，恐有所伤害也。三公典调和阴阳，职当忧，是以问之。"后以"丙吉问牛"为称颂贤臣关怀民间疾苦的典故。

19 金瓯：喻疆土。见《送林伯渠之陕北》注4。

20 并上句。"白下"指南京城，"神烈山"指钟山。

题友人西行乱唱词

五千里路使轺驰[1],车上裁成多少诗。腹笥便便皆腹稿[2],革新尤重自由词[3]。东临戈壁西昆仑,笔阵堂堂万马奔。乱唱名篇原不乱,离骚乱曰是诗源。

题 解

友人指罗家伦(1897—1969)。罗家伦是五四运动时北大学生领袖之一,也是《北京学界全体宣言》的起草者。而诗人是五四运动中北大处理校务的"五人委员会"成员,积极参与营救被捕学生,因此熟识。1943年6月7日,罗家伦任国民政府监察院首任新疆省监察使,兼任西北建设考察团团长,率队出发考察西北。本篇即为送行之作。

楚辞篇末结束全篇的标志为"乱曰",总结归纳全篇主题,与结论、尾声相似。

笺 注

1 使轺:使者所乘之车。
2 腹笥:喻满腹诗书。见《次韵寄剑城凤道人(二首)》注2。
3 自由词:指新诗。罗家伦在新文化运动中极力主张并创作了大量白话诗,是白话诗运动的活跃人物。

再宿北碚

委蛇复委蛇[1],自公了案牍。驱车从东来,北碚绾其毂[2]。欢言得所息,于愿亦已足。我今称居士,藜藿胜粱肉[3]。饷我三畾饭[4],淡泊堪果腹。适馆坚授餐,翻使我拘束。所以浮屠氏[5],空桑不三宿[6]。

笺 注

1 委蛇(yí):周旋,应付。
2 毂,车轮中心插轴的部分,比喻凑集之点。"绾其毂"这里指公务活动汇总、结束。

3 藜藿：藜和藿都是野菜。泛指粗劣的饭菜。 梁肉：梁，通"粱"。泛指美食佳肴。

4 三皛（xiǎo）饭：谓米饭、白萝卜和清汤。三者皆白，故戏称。典出曾慥《高斋漫录》："（钱）穆父折简召坡食皛饭。及至，乃设饭一盂，萝卜一碟，白汤一盏而已，盖以三白为皛也。"

5 浮屠：即佛陀。见《金山江天寺》注2。

6 空桑不三宿：言不能在一个地方住太久。见《宿青阳港》注3。

次韵李梦庚兄六十八岁初度　二首

长庚炳炳迥超尘[1]，识者为谁贺季真[2]。长我十年颜不老[3]，君家八百寿长春[4]。金刚坡上同明月[5]，神烈山边记凤晨[6]。安得金龟换美酒[7]，花间共醉谪仙人。

辽阳云绕梦中身[8]，等是天涯浪迹人。还我河山归一统，相于樽俎话前因[9]。为书蕉叶成诗速[10]，倚扣柴门倒屐频[11]。何日两家同聚饮，梅花索笑柳眉颦。

题　解

李梦庚，见《梦庚和余庚辰生日诗十章》题解。

笺　注

1 长庚：星宿名，即金星。金星又名太白等。由于李白字太白，这句诗是将李梦庚比作李白。

2 贺季真：贺知章。贺知章字季真。李白《对酒忆贺监二首》："四明有狂客，风流贺季真。"

3 诗人生于1885年，比李梦庚小9岁。取整为十年。

4 相传彭祖善导引行气，在商为守藏史，在周为柱下史，年八百岁。何晏《论语注疏解经》卷四引《世本》云："一云即老子也。"。老子姓李，故诗人对李梦庚云"君家"。

5 金刚坡：地名。在重庆沙坪坝。时为国民党政治部文化工作委员会驻地，很多文化人在那里居住。

6 神烈山：即钟山。夙晨：早晨。

7 金龟换酒：典出李白《对酒忆贺监诗序》："太子宾客贺公，于长安紫极宫一见余，呼余为'谪仙人'，因解金龟，换酒为乐。"

8 辽阳：泛指今辽阳市一带地方。因李梦庚为吉林人，这里代指东北。

9 相于：相厚；相亲近。樽俎：盛酒食之器，这里借指宴席。并上句。意思是待抗战胜利后，我与你同欢庆宴饮，并漫话前因后果，亦即古往今来。

10 蕉叶：书法时用以代替纸张。见《秋日即事杂感（六首）》注13。本句谓因以新诗习书法，缩语创作诗歌的过程很快。

11 倒屣：古人入室脱屣，席地而坐。有客人来访，倒拖着鞋出门迎接，形容其热情、急切。典出《三国志·魏志·王粲传》："蔡邕闻粲在门，倒屣迎之。"屣，鞋子。

苦雨排闷 二首

石径斜穿荦确行[1]，登车无日忘澄清[2]。人言种菜宜租地，我喜临流好濯缨[3]。玄豹偏能甘宿雾[4]，顽云底事妒新晴[5]。满山落叶催秋老，愁听芭蕉雨打声。

偶见林晖便畅然，嫩晴又恐昼霾缠[6]。园蔬半被浮淫蠹[7]，秋水长翻酩酊天[8]。到处泥沙污葛屦[9]，几家橘柚湿寒烟[10]。此间气候君知否，九月衣裳已着棉。

笺 注

1 荦确：高低不平的怪石林立。

2 登车：登车揽辔的缩语。见《榆关失守感赋（八首）》注20。

3 濯缨：语本屈原《渔父》"沧浪之水清兮，可以濯吾缨。"缨，古代帽上系在颔下的带子。

4 玄豹：见《山居即事（五首）》注2。这里以宿雾喻浊世，以玄豹自喻。

5 顽云：不易驱散的云，此处喻小人。新晴喻开明政治。因《苦雨》诗题起兴而寄怀。

6 嫩晴：雨后或雪后新晴。见《梅花十首》注5。

7 浮淫蠹：被过多的雨水侵蚀。

8 酩酊天：朦胧迷糊的场景。晏几道《鹧鸪天·手捻香笺忆小莲》："归来独卧逍遥夜，梦里相逢酩酊天"。

9 葛履：同葛屦。见《村兴（八首并序）》注18。

10 化用李白《秋登宣城谢朓北楼》："人烟寒橘柚，秋色老梧桐。"并上句。此联写巴渝深秋多雨阴冷，引出下联"此间气候君知否，九月衣裳已着棉。"

癸未初度抒怀 十首

删 诗

鱿窗棐几坐松筠[1]，着我何须问主宾[2]。览揆锡名惟乙酉[3]，编年纪事自壬寅[4]。同焦尾集存无几[5]，续诊痴符见笑人[6]。结习难除缘底事[7]，江西法嗣远相因[8]。

诠 稿

古调独弹溯大秦[9]，传薪本自出劳薪[10]。黄花郁郁皆般若[11]，翠竹青青是法身[12]。流水不随荒草腐，市声又送晚菘新[13]。国门悬价来征稿[14]，剩有斯文也疗贫。

抚 事

少日科名亦等闲[15]，泮雍薇省早通班[16]。齐眉举案头犹黑[17]，绕膝怜余发已斑。卅载江湖象魏阔[18]，六年风雨滞巴山。生憎龙凤桥头水[19]，不酿村醪一破颜。

忆 弟

浣溪西望是峨眉，缺少鸾笺寄弟诗[20]。虎口余生吾与共，兵家要害本难窥。谪仙无酒称居士[21]，我辈咏歌愧客儿[22]。幽赏高谈还记否？芳园几度草生池[23]。

怀 友

春怀旧雨近何如[24]？试倩征鸿一寄书[25]。马异卢仝皆益友[26]，张南周北感离居[27]。几时可下贤人榻[28]，过我来停长者车[29]。愁绝前游今阻隔，侧身四望涕沾袪[30]。

析 疑

自愧才非老学庵[31]，门前问字屡停骖[32]。伯阳纵有参同契[33]，叔夜尤多七不堪[34]。极浦扬灵波渺渺[35]，寿陵学步鬠鬖鬖[36]。何因得泛锦江水，待就郫筒酒市酣[37]。

幽 栖

突兀遥看第几峰，眼帘随在豁幽惊[38]。东涂西抹无余事[39]，北秀南能有正宗[40]。以我樽空长学佛[41]，爱他林静远闻钟。菜根咬断谈何易[42]，老圃不如况老农。

寓 叹

垫巾有侣济同舟[43]，摩笛无心独倚楼[44]。夜夜谛观星北共[45]，年年愁见水东流。云泥平等翻新样[46]，蹊径多边失旧畴。邑井萧条人事改[47]，不堪极目望神州。

感 物

万钱难办小鲜烹，聊试东坡玉糁羹[48]。沽酒问何村店贱，支筇遮莫客衣轻[49]。云牵旅雁流江濑[50]，肠绕澧兰扈杜蘅[51]。木叶萧疏吟蛩瑟[52]，剧怜风露转凄清。

排 闷

多谢官仓十斗陈[53]，频年髀肉老风尘[54]。大江断岸高千尺，小丑跳梁败两甄[55]。薄宦生涯同嚼蜡，常川耗费半征轮[56]。归期早践家山约，重问娄江旧钓津[57]。

题 解

癸未十月初五为公元1943年11月2日，诗人时年58周岁。

笺 注

1 魫（shěn）窗：以鱼枕骨为饰的窗。泛指花式格子窗。棐几：用棐木做的几桌。亦泛指几桌。棐通榧，常绿乔木，俗称野杉。松筠：松与竹。

2 着我：置身于。承上句，谓置身于此种优雅环境，不必再问此身是主还是宾。

3 览揆：指生日。见《庚午初度感怀（四首）》题解。乙酉：诗人生年的干支纪年。

4 诗人按编年整理诗稿，诗作始于壬寅年。诗人信奉"以诗载史"的创作观，故将诗集称为"纪事"。

5 焦尾集：黄庭坚《敝帚集》原名《焦尾集》。叶梦得《避暑录话》："鲁直旧有诗千余篇，中岁焚三分之二，存者无几，故自名《焦尾集》，后稍自喜以为可传，故复名《敝帚集》。"本句感叹几经动乱，诗存无几，正像黄庭坚的《焦尾集》。

6 诗痴符：暗讽卖（诗）丑（痴）文章（符）。指所作拙劣而好刻书行世的人。典出颜之推《颜氏家训·文章》："吾见世人，至无才思，自负清华，流布丑拙，亦已众矣，江南号为诗痴符。""续诗痴符"为诗人自谦。

7 结习：佛教语，指人的烦恼欲念。《维摩所说经》："结习未尽，花著身耳；结习尽者，花不著也。"这里指诗人吟诗耽于句法的创作风格。

8 法嗣：禅宗指继承祖师衣钵而主持一方丛林的僧人。俗用以指学术、技艺等方面的继承人。吕居仁作《江西诗社宗派图》推黄庭坚为宗派之祖，由于黄庭坚是江西人，因而继其衣钵的称为江西法嗣。王若虚《滹南诗话》："鲁直开口论句法，此处是不及古人处。而门徒亲党以衣钵相传，号称法嗣，岂诗之真理哉！"本句承上句，解释自己讲求句法的积习源于江西派的传统。按，根据《湖南黄氏联修族谱》，诗人的远祖是黄庭坚。

9 大秦：中国古代对罗马帝国的称呼。诗人专研罗马法，故云"古调"。

10 传薪：犹薪传。意指传授学问、技艺。劳薪：废木制车轮。典出刘义庆《世说新语·术解》："荀勖尝在晋武帝座上食笋进饭，谓在坐人曰：'此是劳薪炊也。'坐者未之信，密遣问之，实用故车脚。"旧时木轮车的车脚吃力最大，使用数年后，析以为烧柴，故云。借指奔波劳累之人。

11 般若：梵语智慧，为六波罗蜜多（达彼岸）之一。诗人生日正逢菊花盛开时节，同时也认为自己是有慧根的人，此处言般若有灵犀相通之义。

12 法身：佛的真身。这里诗人以翠竹喻自己的人格（法身）。此时诗人正在编订《民法诠解》，本章小标题是《诠稿》，"法身"亦可理解为法律化身。

13 菘：大白菜。

14 国门：指国都。见《平津道上》注3。征稿：指商务印书馆约请编订《民法诠解》系列教科书。

15 少日：年少之时。科名：科举功名。

16 頖（pàn）雍：犹泮水，指旧时学堂。入頖指中秀才。薇省：紫薇省，唐开元年间改中书省为紫微省。因省中种紫薇花，故亦称紫薇省。通班：通于朝班。谓显要的官职。诗人在1913年曾任湖南省议会议长。

17 齐眉举案：喻夫妻恩爱。见《杭州雅集（二首）》注7。这里借指诗人夫人李夔旭。

18 卅载江湖：诗人1912年任湖南公立第二法政学校校长，投身社会活动，至此已30余年。象魏阙：象魏即阙，古代天子、诸侯宫门外的一对高建筑，为悬法之所。这句诗的意思是，自己说从事社会活动三十年，一直致力于推行法治。

19 生憎：最恨；偏恨。卢照邻《长安古意》："生憎帐额绣孤鸾，好取门帘帖双燕。"龙凤桥：见《傲居龙凤桥即景（二首）》题解。

20 浣溪：指成都浣花溪，峨眉山在其西南，故说"西望"。鸾笺寄弟：典出曾慥《谈苑》："宋韩浦韩洎能为古文，洎轻溥曰：'吾兄为文，如绳枢草舍，聊庇雨风而已；予之文，造五凤楼手。'溥闻，作诗寄曰：'十样蛮笺出益州，寄来新自浣纱头。老兄得此全无用，助尔添修五凤楼。'"鸾笺即薛涛笺，产于成都，为蜀笺中的极品。这首诗反其义，表达思弟之情。

21 谪仙：指李白。李白自号青莲居士。王琦《李太白年谱》注："青莲花，出西竺，梵称为优体罗花，清静香洁，不染纤尘，太白自号疑取此义。"时诗人自署溇江居士。

22 客儿：南朝宋诗人谢灵运的小名。

23 草生池：化用谢灵运《登池上楼》"池塘生春草"句。

24 旧雨：老友。见《将毋同十六韵》注6。

25 化用元淮《昭君出塞》"一天怨在琵琶上，试倩征鸿问汉皇。"倩：请求。

26 马异卢仝：均为唐代诗人。二人友善，诗体皆求险怪。卢仝《与马异结交诗》："昨日仝不会，异不异，是谓大仝而小异。今日仝自仝，异自异，是谓仝自仝兮异不至。"仝，"同"的异体字。

27 张南周北：张南指张融，周北指周颙。二人均为南北朝时画家。《南史·刘绘传》："绘为后进领袖时，张融以言辞辩捷，周颙弥为清绮，时人语曰：'三人共宅夹清漳，张南周北刘中央。'言其处二人之间也。"这一典故与"共宅"相联系，但诗人不能与旧友共宅，故后文云"感离居"。

28 本句化用王勃《滕王阁序》"徐孺下陈蕃之榻。"的典故。见《宿李家花园 二首》注3。

29 长者车：显贵者所乘车辆之。语本《史记·陈丞相世家》："（陈平）家乃负郭穷巷，以弊席为门，然门外多有长者车辙。"后常用为称颂来访者之典实。

30 侧身：倾身。李白《蜀道难》："侧身西望长咨嗟！"袪：衣袖、袖口。

31 老学庵：老学究。陆游有《老学庵笔记》十卷及《续笔记》二卷。

32 承上句，化用陆游《小园》"客因问字来携酒"句。停骖，停下马车。三马所驾为骖。

33 伯阳：魏伯阳。东汉炼丹术士，生卒年不详。参同契：全称《周易参同契》。见《留别志圆石瓢二上人》注9。

34 叔夜：嵇康字叔夜。因不满当时司马师司马昭等执政，隐居不仕。友人山涛推荐他做选曹郎，他表示拒绝，并作《与山巨源绝交书》，列陈"有必不堪者七，甚不可者二"。后世诗文以"七不堪"为疏懒或才能不称的典故。

35 化用屈原《九歌·湘君》："望涔阳兮极浦，横大江兮扬灵"。极浦：遥远的水滨。扬灵：犹扬帆。

36 寿陵学步：邯郸学步。寿陵是"寿陵余子"的省称。典出《庄子·秋水》："且子独不闻夫寿陵余子之学步于邯郸与？未得国能，又失其故行矣，直匍匐而归耳。"鬖（sān）鬖：毛发散乱的样子。苏辙《和毛君新葺困庵船斋》："拥褐放衙人寂寂，脱巾漉酒鬓鬖鬖。"这句诗自嘲学步未成匍匐而归的狼狈景象，是诗人自谦。

37 郫筒：竹制盛酒具，亦为酒名。《康熙字典·邑部·郫》引《成都纪》："郫县出大竹，土人截为筒盛酒，称为郫筒酒。"这里作酒具解。意思是在酒市就着竹筒畅饮。

38 豁：释放。幽悰：隐藏在内心的感情。本句承上句，意思是远眺群山可以释放我的忧思。

39 东涂西抹：作文题诗的谦辞。典出王定保《唐摭言·慈恩寺题名游赏赋咏杂记》：唐代薛逢进士及第，历任侍御史、尚书郎。晚年失意，曾骑瘦马赴朝，值新进士列队出，前导责薛让路。薛答曰："阿婆三五少年时，也曾东涂西抹来。"元好问《自题写真》："东涂西抹窃世名，一线微官误半生。"

40 北秀南能：谓佛教北宗神秀和南宗慧能。二人皆五祖弘忍弟子。神秀行道洛阳，主张渐觉；慧能布化南方，宣讲顿悟。后五祖遂将衣钵授给慧能，是为六祖，为禅宗正宗。

41 樽空：杯中无酒。借指戒酒。佛教十戒第五戒为"不饮酒"，故言可凭以学佛。

42 句本朱熹《小学·善行实敬身》："人常咬得菜根，则百事可做。"

43 垫巾：古人头上所戴角巾的一种样式，其中一角下垂。据《后汉书·郭泰传》："（郭泰，字林宗）尝于陈梁间遇雨，巾一角垫，时人乃故折一角，以为'林宗巾'。"后作为模仿高雅的典实。这里是诗人自嘲。

44 擪（yè）笛：吹奏笛子时手指的动作。本句以倚楼吹笛的典故喻思念老友。见《挽徐伯轩（二首）》注5以及《宿法官训练所》注1。

45 谛观：审视，仔细看。星北共：众星拱卫北斗。共，通"拱"。并下句，化用刘基《夏日杂兴七首》："天上古今星北拱，人间日夜水东流"。

46 云泥：天上地下。语出《后汉书·逸民传·矫慎》："仲彦足下，勤处隐约，虽乘云行泥，栖宿不同，每有西风，何尝不叹！"

47 邑井：乡村。杨士奇《望昌平》："百里近皇都，萧条邑井孤。"

48 玉糁羹：以碎芦菔、山芋煮成的浓羹。为苏东坡所创。糁，粮食磨成的碎粒。

49 支筇：拄杖漫步。见《暮春登钟山顶》注3。客衣：指客行者的衣着。

50 化用谢庄《月赋》："菊散芳于山椒，雁流哀于江濑。"江濑：江滩上的流水。

51 澧兰：指诗人家乡。见《洞庭》注4。扈：披在身上。屈原《离骚》："扈江离与辟芷兮，纫秋兰以为佩。"王逸注："扈，被也。楚人名被为扈。"杜蘅：香草名。屈原《离骚》："杂杜蘅与芳芷。"本句言时时都在惦念家乡。

52 吟蛩即蟋蟀。见《村兴八首》注22。

53 官仓：指官粮。借指俸禄。陆游《冬夜戏书》："一饱喟然还自悯，强颜垂老食官仓。"

54 频年：连年，多年。髀肉：大腿上的肉。这里为"髀肉复生"的缩用。见《开岁三日闻榆关失守（二首）》注6。

55 指日军在太平洋战场及德军在欧洲战场上双双失败。两甄：两翼；两侧的部队。

56 日常开支有一半是旅途上的费用。常川：经常、连续不断；征轮：远行人乘的车。

57 溇江：诗人家乡新安故城。见《癸未九日漫兴（四首）》注18。

题友人画展 二首

商山四皓图

烨烨紫芝可疗饥[1]，肖然四老古须眉。羡君独倚玲珑石，来写商山万古奇[2]。

举杯邀月图

糟丘玉液傲蓬莱³，睥睨颜回与墨胎⁴。古代月为今代月，掌中杯即画中杯。

笺 注

1 烨烨：明亮；灿烂；鲜明。紫芝：也称木芝。一种似灵芝的菌。盖半圆形，上面赤褐色，有光泽及云纹。古人以为瑞草。道教以为仙草。常用以指代贤人。

2 商山四皓：秦末避居商山的四位贤达。《史记·留侯世家》："顾上有不能致者，天下有四人。"司马贞《索隐》："四人，四皓也，谓东园公、绮里季、夏黄公、甪里先生。"

3 糟丘即积糟成丘。极：言酿酒之多，沉湎之甚。语出《韩诗外传》卷四："桀为酒池，可以运舟，糟丘足以望十里，而牛饮者三千人。"

4 睥睨：斜视。眼睛斜着看，形容高傲的样子，有厌恶、傲慢等意。颜回（前521—前490）：即颜渊。春秋末期鲁国人，孔子弟子。贫而好学，孔子称其"不迁怒，不贰过"。后世尊为"复圣"。墨胎：即孤竹君。这里指伯夷、叔齐。见《西园美枞堂杂咏（五首）》注2。

谢陈树人赠专爱集　二首

鹿车共挽称桓鲍，鸿案相庄美孟梁¹。自有先生专爱集，人间才觉重糟糠²。博学能诗陈敬叟³，关轩瞻菉宅居仁⁴。叟栖到处留题咏，玉镜台高耀大椿⁵。

别开生面继蓝田⁶，三绝更追老郑虔⁷。想见登山临水处，刘樊风骨是神仙⁸。展读君诗如见画，诗中有画画中诗⁹。后年我亦双周甲¹⁰，自寿诗呈老画师。

题 解

陈树人，见《酬陈树人并次原韵（二首）》题解。

《专爱集》是陈树人为纪念自己 60 寿辰暨与夫人居若文结婚 40 周年而结集出版的一部诗集，1943 年由中心印书局在重庆印行。

笺 注

1 并上句。见《庚辰初度抒怀（四首）》注 14。

2 糟糠：曾经共患难的妻子。语出《后汉书·宋弘传》："贫贱之知不可忘，糟糠之妻不下堂。"意谓贫困时与之共食糟糠的妻子不可遗弃。

3 陈敬叟：生卒年不详，字炳然，临武人。宋咸淳甲戌进士，授迪功郎，博学能诗文。1276 年宋恭宗降元后，隐居不仕。

4 居仁：元末明初应天府句容（今属江苏）人，字仁恕。明洪武初，以饱学儒士征聘入朝，辞不就职。归隐乡里，筑小轩，面竹林，读书其间以终身。暮年因号瞻菉。按，陈树人曾师从岭南花鸟画家居廉，夫人是居廉侄孙女，故用居仁为典。

5 玉镜台：《世说新语·假谲》故事：晋温峤北征刘聪，获玉镜台一枚。适有意中人，即用于下聘。后引申作爱情信物。大椿：喻长寿。见《彭临老七十》注 1。

6 别开生面：语出杜甫《丹青引》："凌烟功臣少颜色，将军下笔开生面。" 赵次公注："凌烟画像颜色已暗，而曹将军重为之画，故云开生面。"这本是一个源于美术的成语，诗人用回本意。蓝田：指唐代诗人兼画家王维。王维 40 多岁便无心仕官，隐居于蓝田辋川别业，以诗画自娱。

7 三绝、郑虔：见《寓叹》注 7。

8 刘樊：晋人刘伶玄在年老时与爱人樊通德情笃意深，并经常谈诗论赋，时人艳羡，称为"刘樊双修"。

9 化用苏轼《书摩诘蓝田烟雨图》论王维："味摩诘之诗，诗中有画；观摩诘之画，画中有诗。"呼应起句"别开生面继蓝田"。

10 周甲：满六十岁。干支纪年一甲子为六十年，故称。诗人与夫人李夔旭同岁，本篇以爱情为主题，所以特地强调"双周甲"。

咏 史 二首

折冲樽俎服强秦[1]，谦让还教虎将亲[2]。千载蔺廉生气在，曹蜍李志是何人[3]。

澶渊采石冠临营[4]。谈笑从容却敌兵。选将储军数十载，大功毕竟出书生。

笺 注

1 折冲樽俎：谓不用武力而在酒宴谈判中制敌取胜。服强秦：指赵国的蔺相如在"完璧归赵"和"渑池会盟"两次和秦国的交往中都挫败了秦国，维护了赵国的利益和尊严。

2 虎将：指赵国大将廉颇。蔺相如因为外交有功，被封为相，官位在廉颇之上。廉颇心中不服，扬言要羞辱他。蔺相如处处相让，廉颇终于醒悟，登门向蔺相如请罪。

3 并上句。语本《世说新语·品藻》："廉颇、蔺相如虽千载上死人，懔懔恒如有生气；曹蜍、李志虽见在，厌厌如九泉下人。"按，曹蜍，名茂之，字永世，小字曹蜍，东晋彭城（今江苏徐州）人，官至尚书郎。李志：字温祖，东晋江夏钟武（今河南信阳东南）人，官至员外常侍，南康相。

4 澶（chán）渊：指北宋和辽之间于1004年爆发的澶州之战。双方主力倾巢而出，两国君主也齐聚澶州城下。最终战事持平，双方订立"澶渊之盟"，宋得以不亡。宋朝主导澶州之战的是宰相寇准。采石：指1161年南宋文臣虞允文率领军民于采石矶阻遏金军渡江南进的江河防御战。史称采石之战。采石之战由文臣虞允文指挥宋军打败金军，使金军未能如愿从采石矶渡江南侵。冠：衣冠，指文人。

冬日山居即事 五首

今年园有菊，十月始开花。不住深秋雨，长昏老树鸦。霜林残叶坠，石径断烟斜。清晓驾言出，犹然误传车[1]。

白云山下宿，散作雨霏霏。竹密枝横路，果收树剩衣。已看沧海变，期待汶田归[2]。合沓争供眼[3]，泬寥一鹤飞[4]。

桥边冬日暖，颙若瓮头春[5]。席地看流水，谈天遇故人。黄柑分沆瀣[6]，野菊老荆榛。争似芭蕉叶，题诗字字新[7]。

野田多积水，一望浑如陂[8]。鸟度分高下[9]，萍踪偶合离。诗成聊自赏，岁暮欲何之？心爱卷葹草[10]，经冬尚不疲。

葐蔓施槐树[11]，人言是栝楼[12]。年年槐落叶，累累实如球。吠影嗷群犬[13]，负暄卧一牛[14]。斜阳留不住，薄暮月如钩。

笺 注

1 传车：驿站的车。此处指公共汽车。诗人住郊外，清早离家，东行七里至北碚城区，然后乘公共汽车往独石桥国民政府立法院。当时公交车班次较少，往往误车。

2 汶田：汶阳之田。《左传·僖公元年》："（鲁桓）公赐季友汶阳之田。"这里以汶田代指退休金（当时称"恤金"）。

3 合沓：重重叠叠，聚集在一起。

4 沇（xuè）寥：空旷清朗。语出《楚辞·九辩》："沇寥兮天高而气清。"王逸注："沇寥，旷荡空虚也。"

5 颙若：肃敬的样子。《周易·观》："盥而不荐，有孚颙若。"疏："颙是严正之貌，若为语词。"瓮头春：初熟酒。承上句，意为桥边的冬日像初熟酒一样纯正而绵软。

6 沆瀣：原指夜气。《汉书·司马相如传》："呼吸沆瀣兮餐朝霞，"应劭注："沆瀣，北方半夜气也。"钱易《南部新书》："（唐）乾符二年，崔沆放崔瀣榜，谈者称座主门生，沆瀣一气。"后以沆瀣喻气味相投的人。这里指至交好友。

7 并上句。用怀素蕉叶作书的典故。见《秋日即事杂感（六首）》注13。

8 陂：池塘。

9 鸟度：鸟儿飞过。见《入伏（二首）》注8。

10 卷葹草：又名宿莽，一种经冬不死的野草。《尔雅·释草》："卷葹草，拔心不死。"注："宿莽也。"这里诗人用以喻自己坚韧的性格。

11 菝蔓：菝本作荄，一种草本植物。

12 栝楼：葫芦科栝楼属多年生攀援草本。又名瓜蒌。果实、种子、块根均供药用。

13 吠影：《潜夫论·贤难》："谚云：一犬吠形，百犬吠声。"今俗作一犬吠影，百犬吠声。蜀地冬春雾多少晴，故日一出，群犬便吠其形影，有蜀犬吠日之说。

14 负暄：冬天受日光曝晒取暖。暄，谓温暖。

寄赠柯定础并谢赠断蕉寒藤图　　用虞伯生题柯敬仲古木疏篁图韵

蕉老藤道不记年[1]，一枝妙笔独超然。别开生面董元宰[2]，力谢浮荣葛稚川[3]。屋漏痕兼钗脚古[4]，尼山旨在道心传[5]。披图省识黄岩叟，如坐米家书画船[6]。

题 解

柯定础（1876－1963），名璜，号绿天野人，浙江黄岩人。曾执教山西大学、北京师范大学和北京大学。后任山西博物馆馆长、山西图书馆馆长，并与赵丕廉、贾景德担任阎锡山的智囊团成员。抗日战争爆发后，西迁重庆，主持重庆艺术专科学校。

虞伯生（1272年3月21日—1348年6月20日），名集字，号道园。祖籍成都仁寿（今四川省仁寿县）。元代著名学者、诗人。柯敬仲（1290—1343），名九思，号丹丘生。台州（今浙江临海县）人。元代书画家，长于山水、人物、花卉，尤精于墨竹。

笺 注

1 蕉老藤道：称颂柯璜的芭蕉、紫藤笔法老道遒劲。

2 董元宰：即董其昌（1555－1636）。董其昌字玄宰，后人避康熙帝之汉名玄烨讳，改称元宰。别号香光居士。直隶华亭县（今上海松江）人。明代书画家，"晚明四家"之一。其山水画属明朝的巅峰之作，风格自成一派。

3 浮荣：虚荣。葛稚川：指元代画家王蒙的《葛稚川移居图》。作品表现晋代道士葛洪携家移居罗浮山修道的情景。画面以山水为主体，辅以人物、动物。构图严谨，风格古朴含蓄。

4 屋漏痕：草书的一种笔法。姜夔《续书谱·用笔》："屋漏痕，欲其横直匀而藏锋。"钗脚古：古钗脚的倒装。书法术语，谓笔画圆活、遒劲有力。吕总《续书评》："李阳冰书若古钗倚物，力有万夫。"

5 化用纪昀《阅微草堂笔记·如是我闻二》："昔尼山奥旨，传在经师。"尼山：原名尼丘山，为避孔子讳省"丘"字。在今山东曲阜东南尼山镇境内。相传孔子生于尼山，后人借指孔子。道心：指天理，义理。

6 北宋书画家米芾曾任江淮发运，于船上揭牌，称"米家书画船"。这是夸赞柯璜的艺术成就堪比米芾。

寄友人

燕云一别几星移，客里河山会有期[1]。多感茅台觞旧雨[2]，更将鲤素寄新诗[3]。游扬众口夸才笔[4]，灵秀今朝毓贵池[5]。岁暮山居为底事，老夫得句报君知。

题 解

友人指刘启瑞（1900—1974）。安徽贵池人。1915年加入中华革命党。1920年考入北京大学中国哲学系，一边读书一边在图书馆工作，同时兼任邵飘萍主办的《京报》编辑，并创办《新生活周刊》，涉足新闻界。因诗人时任北大新闻记者同志会主席，因此相识。刘启瑞1924年从北大毕业后辗转青岛、天津、南京办报。1934年被戴笠看中，召为幕僚。时任军事委员会调查统计局设计委员会主任。

笺 注

1 并上句。刘启瑞1928年离开北京，通过刘文典的关系，到安徽大学充任教员。星移：星斗变动位置。指季节变化或时间的流逝。客里河山，指异乡。

2 旧雨：老友。见《将毋同十六韵》注6。

3 鲤素：尺素。见《题俞友清红豆集（二首）》注12。

4 游扬：称颂传布美名，使声名远播。刘启瑞文笔缜密，有"军统一支笔"之称，很受倚重，据说是军统唯一没有被戴笠打骂过的人。

5 贵池：地名。在安徽省池州市北部、秋浦河下游，北临长江。

何特老谱陌上花词见贻 次韵奉答

陌上花开缓缓归，几年犹着旧时衣。欲逢次道倾家酿[1]，消尽闲愁酒盏飞。

题 解

何特老即何衢。见《秦淮河边友人何宅社集》题解。何衢字特循，"特老"是尊称。

笺 注

1 诗人自注："次道，晋何充字。"按，何充（292—346），庐江郡潜县（今属安徽霍山）人。在东晋官至中书监、骠骑将军、录尚书事，在晋康帝和晋穆帝时辅政。

甲 申（1944）

元旦书事　二首

柏秀高冈鹤噪林，倚栏未觉晓寒侵。早梅眷念三冬旭，老鹤长存万里心。待扫欃枪天宇净[1]，何劳榾柮地炉深[2]。樽前不识春风面，唤取屠苏稚子斟[3]。

喜借新书道不穷，穿杨虽巧仗良弓[4]。五言人拟白沙子[5]，三略期成黄石公[6]。林际风来北碚北，峡间云接东山东[7]。只愁晷短膏难继[8]，腹稿推敲句未工[9]。

笺 注

1 欃枪：彗星的别名。见《元旦谒陵（八首）》注1。

2 榾柮（gǔ duò）：木柴块，树根疙瘩。可代炭用。

3 屠苏：酒的别名。

4 穿杨：语出《战国策·西周策》："楚有养由基者，善射，去柳叶百步而射之，百发百中。"并上句。意思是因坚持读书，借助于新知可以继续治学，这正如好射手离不开好弓箭。

5 白沙子：指陈献章（1428—1500），字公甫，别号石斋，广东广州府新会县（今江门市新会区）白沙里人，故又称白沙先生，世称为陈白沙。明代哲学家、书法家、诗人。以五言诗格调中和、淡泊，有陶渊明遗风，最为人激赏。有《白沙子全集》传世。

6 三略：中国古代著名兵书，《武经七书》之一。所谓《三略》，意为上、中、下三卷韬略，相传其源出于太公姜尚，经黄石公推演以授张良，故旧题黄石公撰。这里诗人以自己的著作之总则编、物权编、亲属编比附"三略"。

7 峡山：这里指北碚温塘峡两岸的山。东山：华蓥山脉在嘉陵江的沥鼻峡和温塘峡有两座背斜山，温塘峡在东，其背斜山称"东山"，为北温泉所在。

8 晷：日影，谓白昼。膏难继：蜡烛不够。见《书愤（1943）》注4。

9 腹稿：语本《唐书·王勃传》："勃属文，初不精思，先磨墨数升，则酣饮引起被而卧，及寤，援笔成篇，不易一字，时人谓为腹稿。"在这句诗里，腹稿指正在推敲但尚未定型的诗篇。

和向伯祥鹤山卜居诗意 二首

羡君到处有行窝[1]，背郭堂成瞰素波[2]。骑鹤五溪清梦远[3]，忆猿三峡感怀多[4]。乱罹未许赋招隐[5]，慷慨不禁发浩歌[6]。近腊月终正月朔，可能辄便北泉过？

喜有清风到竹关[7]，君诗酷似元遗山[8]。当年每见戏呼老，今日相逢真个斑。山水文章随意得，乾坤鼓角轸民艰[9]。渔人倘问桃源路[10]，正在鼎城告捷还[11]。

题 解

向伯祥即向乃祺（1884—1954），字伯翔，湖南省永顺人。早年留学日本，入早稻田大学政治经济系学习。回国后曾任国会参议员。1920年代中后期先后在朝阳大学、北京法政大学任教，因而和诗人熟识。时任第九战区经济委员会常德办事处主任兼中苏文化协会湖南分会会长。

鹤山指白鹤山，在常德东北郊，柳叶湖北岸，自汉以来，历为名人雅士归隐之所。

笺 注

1 行窝：《宋史·邵雍传》载：宋代理学家邵雍自名其居曰安乐窝。好事者别作屋如雍所居，以候其至，名曰"行窝"。这里指向伯祥在鹤山的新居。

2 背郭堂：背向城郭的厅堂。语出杜甫《堂成》："背郭堂成荫白茅，绿江路熟俯青郊。"素波：白色的波浪。

3 骑鹤：原意为仙家、道士乘鹤云游。这里指清静闲适的生活。五溪泛指包括常德在内的沅水中上游地区。

4 化用《水经注》："故渔者歌曰：巴东三峡巫峡长，猿鸣三声泪沾裳。"

5 乱罹：祸乱。这里指日寇入侵而造成的国难。招隐：招人归隐。晋代左思、陆机均有招隐诗，咏隐居之乐。这里是说：当前国难当头的形势并不适宜做隐士。

6 浩歌：激昂的歌声。屈原《九歌·少司命》："望美人兮未来，临风怳兮浩歌。"

7 竹关：谓庭院修竹夹道，状似关口。

8 元遗山：即元好问（1190—1257）。金代文学家。字裕之，号遗山，秀容（今山西忻县）人。工诗文，在金元之际颇负重望。诗词风格沉郁，并多伤时感事之作。有《遗山集》。

9 乾坤鼓角喻战火纷飞。轸犹轸怀，意思是痛念。屈原《九章·哀郢》："出国门而轸怀兮，甲之鼌吾以行。"

10 渔人是陶渊明《桃花源记》中误入桃花源之人。桃花源在桃源县境内，位于常德西南。

11 鼎城即常德。在1943年年底的常德会战中，中国军队浴血奋战，付出重大牺牲，最终获得胜利，保卫了常德。

甲申人日同人小集半雅亭 以薛道衡《人日思归》诗分韵，代拈入字。

大地聿昭苏[1]，阳和初启蛰[2]。暖霭蒸岫岩[3]，青葱饱原隰[4]。依依驿柳萌，靡靡江芜湿[5]。伐木悦鸟嘤，班荆下车揖[6]。日集半雅亭，人日思归急。得句酒令宽[7]，快如长虹吸。我时参座谈，不觉诗简涩。象曰丽泽兑，宪章事讲习[8]。政权与治权，两者相衡立。地方与中央，权不分不集。因地以制宜，此注而彼挹。自治重基层，选贤采递级。径寸有琢磨，纲维无出入。侧身坛坫间[9]，惟日不暇给。即乏邺侯签[10]，更少沈郎笈[11]。又不敢望回，闻一以知十[12]。梗概纵能云，射御吾何执[13]。书以告同人，资料待搜辑。

题 解

人日即正月初七。见《骑驴寻梅》注8。

半雅亭是当时长沙著名的面馆。民国时期，长沙的文人雅士每到重阳节喜在此处小聚吃面，取长寿之意。此时常德会战刚刚结束，诗人并未离渝，不可能在长沙聚会。此半雅亭应该是北碚或者重庆的分店。

薛道衡（540－609）字玄卿，河东汾阴（今山西），历仕北齐、北周及隋，后为隋炀帝妒其诗名所害。诗与卢思道齐名。有《薛司隶集》。其《人日思归诗》云："入春才七日，离家已二年。人归落雁后，思发在花前。"

本篇曾在《军事与政治》1944 年第二期发表。发表时有自注"时参加宪政座谈会未往，书此以示同人。"

笺 注

1 聿：语气词，用于句首或句中，无意义。昭苏：苏醒；恢复生机。语出《礼记·乐记》："蛰虫昭苏，羽老妪伏。" 郑玄注："昭，晓也；蛰虫以发出为晓，更息曰苏。"

2 阳和：春天暖和的天气。启蛰：谓惊起蛰伏过冬的动物。

3 叆叇：云多而昏暗。见《五洲公园堤上口占》注 2。岫岩：山岩。

4 原隰（xí）：泛指原野。隰，低湿的地方。

5 靡靡：草随风倒伏的样子。陆机《拟青青河畔草》诗："靡靡江离草，熠熠生河侧。"江芜：江边丛生的杂草。

6 典出《左传·襄公二十六年》：伍举和声子在郑国野外相遇，把荆条铺在地上，一起坐下吃东西，并谈论返回楚国的事。班荆：班，布置；荆，荆条。后用来形容朋友相遇，共坐谈心。

7 因为已有佳句，所以也不觉得行酒令困难了。得句：谓诗人觅得佳句。

8 并上句。化用《周易·兑》："象曰：丽泽，兑。君子以朋友讲习。"意思是两泽相连，象征着愉悦。按，《尔雅·广言》："丽，两也。""丽泽"即两泽相连。

9 坛坫：这里指讲坛或舆论界。

10 邺侯：指唐代李泌（722 年—789）。贞元 三年，拜中书侍郎、同中书门下平章事，累封邺县侯，家富藏书。后用为称美他人藏书众多之典。"签"这里指书签。

11 沈郎：指南朝梁沈约（441－513），字休文，吴兴武康（今浙江德清）人，齐梁时文坛领袖。沈约酷嗜典籍，藏书极富。《梁书》称他家藏书"京师莫比"。

12 并上句。典出《论语·公冶长》："子谓子贡曰'女与回也孰愈？'对曰：'赐也何敢望回？回也闻一以知十，赐也闻一以知二。'""回"指颜回。

13 语出《论语·公冶长》："（子）谓门弟子曰：'吾何执？执御乎？执射乎？'"意思是孔子对弟子们说："我干什么好呢？是去驾马车呢，还是去当射手呢？"。

得季弟及父老书述逃难情形寄慰 二首

鼎城血战系安危，五路纷纷溃敌师[1]。庐舍为墟哀浩劫[2]，干戈满地问归期。翱翔夜鹤空三匝[3]，憔悴鹡鸰剩一枝[4]。报道开罗金议后，澎台父老望旌旗[5]。

狡焉思启哆分攻[6]，丑虏天教切腹终[7]。犹有子遗需贷粟[8]，可怜焦土泣春风。书来失喜身俱健[9]，乱后休悲道尽穷。但使青山依旧在，添薪续续属樵翁。

题 解

季弟指诗人四弟黄君昌。见《途中寄弟》题解。

本篇曾在《军事与政治》1944年第二期发表。发表时题为《得同乡父老来书述逃难及日寇残暴情形寄慰》。

笺 注

1 并上句。鼎城血战指常德会战。1943年11月至12月，日军为策应南洋方面的作战，牵制我可能转移到云南的兵力，发动的以攻占战略要地常德为目的的战役。日军投入了5个师团共10万余人，中国军队则先后调集了第六战区和第九战区的主力部队20个军参战。11月2日，日军10万余人从华容至松滋开始攻击，21日攻占桃源后到达常德城郊。敌我双方在常德一带反复争夺，日军虽一度攻陷常德，但已无力再战，最终全线溃退。至12月22日，我军先后收复所失之地，双方恢复战前态势。

2 常德会战中，诗人家乡临澧处在日军主力进攻常德的路线要冲，是我军原计划夹击日军的主战场。由于连日大雨，山洪暴发，此作战计划未能实现，临澧一度被日军占领。

3 化用曹操《短歌行》:"月明星稀,乌鹊南飞。绕树三匝,无枝可依"句意。

4 语本《庄子·逍遥游》:"鹪鹩巢于深林,不过一枝。"比喻所求不多。鹪鹩,一种鸣禽类小鸟。憔悴:凋零;枯萎。焦赣《易林·需之否》:"毛羽憔悴,志如死灰。"这里咏叹战场生灵涂炭,难保百姓最基本的生存条件。

5 并上句。开罗佥议指开罗会议。佥议,犹众人评议。澎台指澎湖列岛及台湾本岛。1943 年 11 月,中、美、英三国在埃及首都开罗举行会议,并于同年 12 月 1 日发表了《开罗宣言》,明确规定:日本窃取的中国领土,如东北、台湾、澎湖列岛等,归还中国。

6 狡焉思启:语出《左传》"狡焉思启封疆以利社稷者,何国蔑有?"后遂以此喻以狡诈手段侵占他国领土。哆,众声,也就是叫嚣。这句诗说:日寇叫嚣分头在太平洋战场上和大陆战场上采取攻势,以扩张其领土。

7 丑虏:众多的敌人。见《得季弟及父老书述逃难情形寄慰》注 7。常德会战中,日军第 116 师团 109 联队联队长布上照一和独立混成第四联队联队长中畑护一两位大佐被我军击毙。

8 子遗:指幸存者。语出《诗经·大雅·云汉》:"周余黎民,靡有子遗。"

9 所幸来信中说亲人身体都还健康。失喜:高兴得不能自制。

初春山居漫兴　四首

岭云驿树两悠悠,折剩梅花寄陇头[1]。一日几回开笑口,长江万里入孤舟。嵚崎草径凫鹭出[2],烂漫春田鹭鸭浮[3]。欲向前村沽酒去,满天星斗挂松丘。

东风吹面破愁颜,倚徙南垞北沜间[4]。涧水无声常绕竹,梯田有树自成山。峰高易引残阳下,坂折才知蜀道艰[5]。岁月蹉跎成底事?著书端合户常关。

娄江迤北是吾家[6],山馆梦回月未斜[7]。好竹流根将有笋,寒梅着叶便无花。成龙已化桄榔杖[8],数马常乘霹雳车[9]。识字如今知不足,应惭载酒对侯芭[10]。

径草初生渐欲齐,离愁一路共萋萋。当风翠筱翩跹舞[11],度树黄莺睍睆啼[12]。晴昼浑忘天旦暮,乱山难辨日东西。昔年磐石留题处,又长莓苔老涧泥。

题 解

本篇曾在《军事与政治》1944年第二期发表。

笺 注

1 并上句。用陆凯自江南寄梅花与范晔的典故。见《梅花十首》注41。

2 谽谺(hān xiā):山谷空阔的样子。刍荛:割草打柴的人。《诗经·大雅·板》:"先民有言,询于刍荛。"传:"刍荛,薪采者。"

3 鹜鸭:鸭子。鹜本指家鸭,古亦泛指野鸭。

4 倚徙:流连徘徊。见《冬日山居杂感四首》注8。垞(chá):小丘。泮(pàn):古同"畔",岸边。

5 阪:山腰小路。川渝山区多梯田,乡间以田坎为路,故而蜿蜒曲折。

6 娄江:指新安镇。见《癸未九日漫兴(四首)》注18。

7 山馆:山中的宅舍。这里指诗人当时租住的纯园。

8 典出葛洪《神仙传》:"壶公遣费长房归,以一竹杖与之骑。长房骑杖,然后如眠便到家,以竹投葛陂,顾之乃青龙也。"桄榔杖:见《秋日即事杂感(六首)》注9。按,壶公为道教神仙,传说东汉时曾卖药市中,悬一空壶于屋上,日入以后,辄跳入壶中,因以得名。费长房,东汉时术士,曾从胡公学道。这句是叹自己已经年老。

9 数马:"马前数",是占法的一种。俗传以笔作圈,中书马字,四周任意作画,以奇偶定吉凶,占法最简,立即可成。礔砺车同霹雳车,神话传说中雷神的车子。此处暗讽当时破旧的公共汽车。这一句是吟咏生活的无奈以及艰辛。

10 侯芭:汉巨鹿人,扬雄门生。承上句,这一联诗的意思是:我如今感到学问不足,想载酒问字,但又惭愧没有像侯芭那样受教于大师。

11 翠筱（xiǎo）：绿色细竹。
12 睆睆：美好。见《赠刘卓吾》注4。

贺友人华诞

寿曲新调十二钟[1]，南飞鹤不隔千峰[2]。降神维岳翔朱鸟[3]，创业多艰仗卧龙[4]。谢傅宁无丝竹感[5]，范公自有甲兵胸[6]。勋名风度真堪拟，大德休休海样容[7]。

笺 注

1 十二钟：能和五音、十二律的编钟。每套共十二只，故名。
2 南飞鹤：鹤在中国传统文化中是长寿的符号。因北飞的"辽阳鹤"已被用于得道成仙的典实，故诗词中需要谐韵、整齐格式时，多用"南飞鹤"喻长寿。
3 降神维岳："维岳降神"的倒装，典出《诗经·大雅·崧高》："维岳降神，生甫及申。"甫、申皆周之贤臣。朱鸟：传说中的鸾鸟。
4 卧龙：指诸葛亮。诸葛亮辅佐刘备创立了蜀国的基业，《前出师表》有"先帝创业未半而中道崩殂"句。
5 谢傅：谢太傅的省称。指晋代谢安。因谢安死后赠太傅，故称。刘义庆《世说新语·言语》："谢太傅语王右军曰：'中年伤于哀乐，与亲友别，辄作数日恶。'王曰：'年在桑榆，自然至此，正赖丝竹陶写，恒恐儿辈觉，损欣乐之趣。'"后以"谢安丝竹"为中年以后借音乐排遣心事、陶冶情操的典实。
6 范公：指范仲淹。甲兵胸：语本朱熹《三朝名臣言行录卷》七引《名臣传》："仲淹领延安，养兵蓄锐，夏人闻之，相戒曰：'今小范老子腹中自有兵甲，不比大范老子可欺也。'"
7 休休：形容宽容；气魄大。语出《尚书·秦誓》："其心休休焉，其如有容。"

寄李甫晨伉俪

英雄儿女启鸿图，黍谷春回万象苏。地属汝州称四塞，天于叶县降双凫[1]。齐眉举案宾相敬[2]，同梦生花美且都[3]。戒旦鸡鸣陈警枕[4]，期君敏政长蒲卢⁵。

题 解

李甫晨：生卒年不详。是诗人在北大任教时的学生。时任河南省临汝县县长。

笺 注

1 典出应劭《风俗通·叶令祠》："俗说孝明帝时，尚书郎河东王乔，迁为叶令，乔有神术，每月朔常诣台朝，帝怪其来数而无车骑，密令太史候望，言其临至时，常有双凫从东南飞来。因伏伺，见凫举罗，但得一双舄耳。"后因以"叶县凫"指代得到皇上眷念的县令。

2 齐眉举案："举案齐眉"的倒装。见《杭州雅集（二首）》注7。

3 梦生花：比喻杰出的写作才能。典出冯贽《云仙杂记》卷十："李太白少梦笔头生花，后天才赡逸，名闻天下。"美且都：漂亮又温婉。语出《诗经·郑风·有女同车》："彼美孟姜，洵美且都。"

4 戒旦鸡鸣："鸡鸣戒旦"的倒装。意即怕失晓而耽误正事，天没亮就起身。语本《诗经·齐风·鸡鸣》序："《鸡鸣》，思贤妃也。哀公荒淫怠慢，故陈贤妃贞女夙夜警戒相成之道焉。"警枕：见《葛岭初阳台观日出》注14。

5 蒲卢，喻对百姓的教化。见《冬日山居杂感（四首）》注17。

山园小集送别友人

中酒红生颊¹，看山绿上楼。竹喧来啸侣²，花发集吟俦³。细雨田畹润⁴，暮烟涧沚浮⁵。殷勤留不住，相送到桥头。

笺 注

1 中酒：饮酒半酣时。《汉书·樊哙传》："项羽既飨军士，中酒，亚父谋欲杀沛公。"颜师古注："饮酒之中也。不醉不醒，故谓之中。"

2 啸侣：原指召唤同伴。嵇康《赠史秀才入军》："鸳鸯于飞，啸侣命俦。"这里用字面意思，指一起吟诵诗歌的友人。

3 吟俦：诗友；诗伴。释居简《客去》："茗碗篝灯自校雠，长歌伐木啸吟俦。"。

4 田畡：田间。见《僦居龙凤桥即景（二首）》注5。

5 涧沚：山沟流水中的小块高地。

谢李麋寿赠春风化雨图

二十年前欲画无，潇湘八景有谁摹。龙眠家法君其继[1]，一幅春风化雨图。

题 解

李麋寿（1897—1963），名祖荫。湖南祁阳。1927年于北平朝阳大学法律系，是黄右昌的学生。毕业后短暂留日，于1930年回国，任北京大学专任讲师，与诗人成为同事。时任湖南大学法律系教授。

笺 注

1 龙眠家法：龙眠系宋代著名画家李公麟的别号。李公麟卸官后，归老于龙眠山，自号龙眠居士。

遣 意

坐忆蓉城欲梦刀[1]，诗肠也逐锦江舠[2]。山花淡淡开新驿，汀草茸茸乱旧袍。岷洛源从青海出[3]，峨眉气压白云高。一桃倘得绥山种，纵不成仙亦足豪[4]。

题 解

本篇曾在《军事与政治》1944年第二期发表。

笺 注

1 本句套用王安石《赵燮之蜀永康簿》："坐忆南州欲梦刀。"梦刀：

《晋书·王濬传》载：晋人王濬夜梦三刀悬于卧屋梁上，霎时又益一刀，主簿李毅以三刀为"州"、加一"益"即益州，后濬果迁益州刺史。益州治所在成都，故又用以代指。这里"梦刀"喻指做梦也想去成都。

2 舠（dāo），小船，形如刀。锦江水浅，仅可通行小舟。

3 岷洛：岷即岷江，发源于松潘县西北之岷山，至宜宾入长江。洛，即洛江，亦称洛水，源出于什邡县西北洛通山，至金堂县南入沱江。岷江在成都西，洛江在成都东。按，岷山主峰位于四川省松潘县境内，山脉北至甘肃南部，与青海无关。诗人或因旧以岷江为长江正源，而新说长江源于青海，混淆误记。岷，原稿作"泯"，疑抄误，迳改。

4 承上句，典出刘向《列仙传》：传说周成王时有羌人葛由骑羊入西蜀，蜀中王侯贵人追之，上绥山，皆成仙不复还。里谚云："得绥山一桃，虽不得仙，亦足以豪。"绥山即中峨山，又名覆蓬山，在今四川峨眉山市西南。

寄友人

昔别年如驶，今逢句更工。词翻三峡水，格带六朝风[1]。肸响云中鹤[2]，吟游雪里鸿[3]。多君无限意，远道寄诗筒。

笺 注

1 六朝：三国至隋统一前后三百余年的历史时期的统称。六朝是中国诗歌一个重要的兴盛时期，也是中国古典诗歌的一个独特时期。这一时期的诗风突出表现在特别强调浪漫、遁世和回归自然。

2 肸（xī）响：散布，传播。

3 雪里鸿：即雪泥鸿爪。见《挽朱子英》注4。

题 画 三首

越是枝疏越受风，其间一树老犹童。若从池影来窥鸟，不在枝头在水中。

牡丹原是百花王，开到春归意更长。自古英雄能本色，任他魏紫与姚黄[1]。

一干横斜也足珍[2]，飞来喜鹊更怡神。频年未减孤山癖[3]，手把斯图亦可人。

笺注

1 魏紫、姚黄：均为牡丹名贵品种。见《琼花歌》注4。

2 横斜：用林逋《山园小梅》："疏影横斜水清浅，暗香浮动月黄昏"意，隐指梅花。

3 孤山癖：指对梅花的偏爱。见《孤山吊林处士》题解。

即　事

雨后池塘转绿萍，堤塍又见柳条青[1]。争枝啅雀绵于絮[2]，当路孤榿盖似亭[3]。仗马任他三品料[4]，荒鸡促我五更醒[5]。何时可买嘉陵桴，直下彝陵入洞庭。

题解

本篇曾在《军事与政治》1944年第二期发表。

笺注

1 堤塍（chéng）：堤坝和田界。

2 争枝啅雀：语本杜甫《落日》："啅雀争枝坠，飞虫满院游。"啅，喧闹的；聒噪的。

3 榿（qī）：落叶乔木，叶长倒卵形，果穗椭圆形，下垂，木质较软，嫩叶可做茶的代用品。盖：指树冠。

4 仗马：唐时用作仪仗的马。见《榆关失守感赋（八首）》注25。

5 用闻鸡起舞典故。见《鸡鸣寺下访友》注2。

山　行

一曲清溪绕几家，钓鱼矶浅见晴沙。田边渐长戴星草[1]，陌上徐开闰月花[2]。洼石有情容憩足，乱山无语送归鸦。斜阳若为行人驻，衬出修鳞万丈霞[3]。

题解

本篇曾在《军事与政治》1944年第二期发表。

笺 注

1 诗人自注:"已开似星,未开似谷。又名谷精草。"按,谷精草为一年生沼生草本植物。喜生于阴湿地上,亦常见于水稻田中。

2 诗人自注:"今年闰四月。"

3 修鳞:大鱼。承上句,状如鲤鱼鳞甲的漫天晚霞,预示明天将会艳阳高照。

渝州晤林伯渠却寄

记别巴渝历六春[1],今朝觌面更精神。溇江道水两居士[2],鹤发童颜一故人。卯角交游存者少[3],同盟讨伐眼中新[4]。氍毹好时分工造[5],双手万能不患贫。

题 解

林伯渠,见《送林伯渠之陕北》题解。1944年5月17日,中共中央派林伯渠赴渝与国民党就国共两党团结抗日问题举行谈判,历时四个半月。9月初,国民党在重庆召开三届三次国民参政会,9月15日林伯渠在会上提出"组织各抗日党派联合政府"的主张。诗人与林伯渠在会议期间会晤。

本篇曾在《军事与政治》1945年第2期发表。

笺 注

1 1938年10月,诗人赋诗送林伯渠赴陕北。至此已6年。

2 诗人自注:"余告近署溇江居士,君云我署道水居士。"溇江道水是澧水支流,都在诗人家乡境内。

3 卯角:儿时。见《庚午初度感怀(四首)》注10。

4 指以抗日民族统一战线为标志的第二次国共合作。

5 氍毹（qú shū）：用毛或毛与麻织成的厚地毯，古人席地而坐或跪拜时铺在地上用作垫子。好畤：秦汉帝王祭天地之处所。

附：林伯渠和诗（二首）：

奎楼聚首各青春，面对文昌若有神。雪竹家风延雅韵，典章国是赖斯人。说来彼此儿孙好，听到故园鼓角新。物价纵然江水阔，诗篇如锦莫言贫。

垂老相逢总是春，笑他毁像又欺神。文章有价斫轮手，风雪漫天打虎人。贳酒在蓉姿韵老，离骚张楚体裁新。论交古道于今少，我与先生不算贫。

寄谢罗达存柯定础

不见故人久，欣逢歌乐山。但能追暮齿[1]，何惜醉苍颜[2]。欸枕双宵梦[3]，看松万道关。殷勤怀二老，心在岭云间。

题 解

罗达存（1848—1951），名正纬，号涵原，湖南湘潭人，经学家。湖南优级师范毕业，曾执教省立一中。五四运动时曾与诗人一起联合李大钊等人提出弹劾交通总长曹汝霖案，呼应学生运动。时任国史馆编审委员兼顾问、国民政府行政院参议。

柯定础，见《寄赠柯定础并谢赠断蕉寒藤图》题解。

笺 注

1 暮齿：指晚年。语出谢灵运《石壁立招提精舍》："壮龄缓前期，颓年迫暮齿。"

2 苍颜：苍老的容颜。语本欧阳修《醉翁亭记》："苍颜白发，颓然乎其间者，太守醉也。"

3 欸：此处作"香甜"解。本句的意思是度过了两个愉快的夜晚。

甲申览揆抒怀 六首

年共涪翁月放翁[1]，松崖月日两相同[2]。齐眉甲子从头数[3]，俭岁文章感腹空[4]。欲把长绳来系日[5]，尚余破帽可冲风[6]。巴山蜀峡嘉陵水，郁郁久居吾欲东。

小儿慷慨乐从军[7]，自笑老夫只事文。不合时宜甘淡泊，若为收获要耕耘。家风清白楼前雪，航信飞黄塞上云[8]。猷有向平心事在[9]，未妨志愿与人闻。

也曾疥壁岳阳楼[10]，也醉麓山红叶秋[11]。七十二峰萦远梦[12]，八千里路乱乡愁[13]。亡秦未必无三户[14]，渡海终须济一舟。为语南飞衡岳雁，捷书早日寄回头。

六十年中十四年[15]，为郎皓首亦安焉。欧阳旧有书三上[16]，夏令今曾习四权[17]。常预房谋参杜断[18]，不羞王后耻卢前[19]。老聃哲学天人究[20]，法意无他道自然。

一画天开蜀道奇，吾生已老欲何之。广平赋得心如铁[21]，杜牧吟成鬓已丝[22]。驹隙大都销蠹简[23]，凤毛从此望龙池[24]。古人学问无余力，句出放翁示子诗[25]。

放眼乾坤亦广轮[26]，仍钻故纸苦逡巡。来时岸柳垂垂老，去日风诗岁岁新。羁客仁亲惟所宝[27]，鲜民憔悴忍言贫[28]？娄江松菊犹存否[29]，只恐清猿解笑人[30]。

题 解

览揆谓生日。见《癸未初度抒怀（十首）》注3。1944年（甲申）农历十月初五日为公历11月20日。

笺 注

1 涪翁即黄庭坚，生于1045年，按干支计算与诗人同为乙酉年。放翁即陆游,生于1125年十月初七,诗人生于十月初五,故云月同放翁。

2 诗人自注:"惠栋字。"惠栋,见《再题俞友清红豆集(二首)》题解。松崖月日两相同:见《再题俞友清红豆集(二首)》注3。

3 齐眉:举案齐眉,见《杭州雅集(二首)》注7。甲子从头数:当年诗人59周岁。按民间以虚岁做寿的习惯,则是花甲之年。

4 俭岁:歉收之年。此句用双关语自嘲:俭岁吃不饱,因而感到腹空。而既指营养不足,又自谦学问有限,腹中空空写不出文章。

5 化用李白《恨赋》:"恨挂长绳于青天,系此西飞之白日。"

6 化用苏轼《南乡子·重九函辉楼呈徐君猷》:"酒力渐消风力软,飕飕,破帽多情却恋头。"

7 诗人自注:"子煦服役期满回国复学,子嘉现在印度服役远征军。"按,诗人次子黄宏煦1943年从西南联大应征入远征军;三子黄宏嘉此时在中国驻印军服役。因驻印军系中国远征军自缅甸败退到印度的一部重新组建,故民间沿袭称"远征军"。

8 诗人自注:"印度军邮通信往复甚远。"飞黄:传说中的神马名。又名乘黄。

9 猷:通"犹"。向平:东汉名士向长,字子平,隐居不仕,子女婚嫁既毕,遂不问家事,漫游五岳名山,后不知所终。

10 疥壁:题壁。疥,犹言所题之字如疥癣,系诗人自谦语。陈造《次韵苏监仓》:"逢人争席有时有,疥壁留题无处无。"

11 麓山:即岳麓山。见《晓游岳麓山遂至云麓宫》题解。

12 七十二峰:古地理书言"七十二峰"处甚多。与诗人生平有关的包括洞庭、太湖、衡山等名胜。承上句,这里所指应为洞庭君山。

13 八千里路:用岳飞《满江红》:"三十功名尘与土,八千里路云和月。"形容征程颠沛,非实指。

14 用"楚虽三户,亡秦必楚"典。见《赠仇亦山》注5。

15 诗人1931年初出任国民政府立法院立法委员,至此已届14年。

16 欧阳指欧阳修。三上:见《京沪道中(四首)》注10。

17 四权:当时的《民法典》除总则外,分债编、物权编、亲属编及继承编四部分。"四权"指当事人在这四个方面的权利。

18 预：参与；介入。房谋、杜断：唐太宗时，房玄龄多谋，杜如晦善断。两人同心辅政，传为美谈。

19 王后、卢前：王勃、杨炯、卢照邻、骆宾王被誉为初唐四杰。时人以"王杨卢骆"并称。但杨炯对这个排列不满，以为"愧在卢前，耻居王后"。这里诗人表示对排名先后并不在意。

20 老聃哲学：即老子哲学。天人究："究天人"的倒装，意即探索自然与人事的相互关系。

21 广平：指宋璟。封广平公，有《梅花赋》。见《梅花十首》注32。

22 语本杜牧《题禅院》："觥船一棹百分空，十岁青春不负公。今日鬓丝禅榻畔，茶烟轻飏落花风。"此句为诗人感叹韶华易逝。

23 驹隙：喻光阴，语本"白驹过隙"。蠹简：谓被书虫蛀了的书籍。

24 凤毛：喻传自前辈的文采。典出《世说新语·容止》："王敬伦风姿似父，桓公望之曰：'大奴固自有凤毛。'"沈佺期《龙池篇》："龙池跃龙龙已飞。"龙池：在今陕西西安市长安区东南，又名"百子池"。诗人有儿女共八人，这里是说从此家学渊源要指望儿女来传承了。

25 并上句。语本陆游《冬夜读书示子聿》："古人学问无遗力，少壮功夫老始成。"

26 广轮：语本《周礼·地官·大司徒》："以天下土地之图，周知九州之地域广轮之数。"贾公彦疏引马融曰："东西为广，南北为轮。"

27 羁客：漂流在外的异乡人。仁亲惟所宝：语本《礼记·大学》："亡人无以为宝；仁亲以为宝。"参见《示儿女五则》注7。

28 鲜民：谓无父母孤穷之民。《诗经·小雅·蓼莪》："鲜民之生，不如死之久矣。"这句诗的意思是：孤苦的人民生活如此不幸，我还忍心说自己贫困吗？

29 语本陶渊明《归去来辞》："三径就荒，松菊犹存。"三径指家园，溇江此处亦指家园。

30 化用李白《梦游天姥吟留别》："谢公宿处今尚在，渌水荡漾清猿啼。"猿啼声凄清，故称"清猿"。

新从军行 四首

　　卓荦观群史[1]，慷慨读兵书。平生志卫霍[2]，意封狼居胥[3]。狻猊实孔棘，亦不遑启居[4]。神州污腥膻[5]，并力事扫除。勇于公战者[6]，乃是大丈夫。旆旆建我旟，彭彭出我车[7]。十荡而五决[8]，气横丈二殳[9]。外攘内自安，伊谁敢侮余[10]？

　　天用莫如龙[11]，堡垒耀鹰扬[12]；地用莫如马，洼洼骋王良[13]。九世仇不共，春秋大齐襄[14]。刜彼虾夷种[15]，毒氛甚豺狼。诛仇以雪耻，腾达而飞黄。执讯而获丑[16]，系组献中央[17]。百粤有健儿[18]，勋名何堂堂。岂惟有宗族荣，实乃邦家光。

　　倭寇祸中国，虎视久眈眈。赫赫戚家军，协者俞刘谭[19]。九战得九捷，海表乱始戡[20]。其中推谭纶，制师最精谙。有为者若是，绍先仗壮男[21]。缅彼鸳鸯阵[22]，整尔骅骝骖[23]。妖雾清河朔[24]，父老慰江南。旌旗普天耀，凯歌乐且湛。

　　鸣条牧野间[25]，伯仲见伊吕[26]。方其耕钓时，胸中具机杼。一旦展壮猷[27]，除暴大绥抚[28]。暴日甚桀纣[29]，荼毒遍海宇。贪婪狠于狼，苛政猛于虎。八年苦抗战，敌势等强弩。末难鲁缟穿[30]，成败可逆睹。挞伐取凶残，维扬用我武[31]。本此华渭志，以救生民苦。诛仇解倒悬[32]，雪耻永固围[33]。行矣其勉旃[34]，饮至归振旅[35]。

题 解

　　从军行是乐府《相和歌辞·平调曲》名。内容多写边塞情况和战士的生活。唐吴兢《乐府古题要解》："《从军行》皆述军旅苦辛之词也。"抗战期间，川人踊跃从军，诗人两个儿子也先后从西南联大应征入伍，奔赴前线。诗人以所见所感，写成本篇。

笺 注

1 化用左思《咏史诗》："弱冠弄柔翰，卓荦（luò）观群书。"卓荦：卓绝超群。

2 卫霍：西汉名将卫青与霍去病的并称。

3 指霍去病在边疆克敌制胜，擒匈奴王，封狼居胥山。后人多用以比喻边陲立功。狼居胥山约在今内蒙古自治区西北部。

4 并上句。语本《诗经·小雅·采薇》："不遑启居，玁狁之故"及"岂不日戒，玁狁孔棘。"不遑启居：没时间坐下。玁狁（xiǎn yǔn）：周朝时对匈奴的称呼，这里指日寇。孔棘：很紧急；很急迫。

5 腥膻：指日本侵略者。见《感事》注3。

6 公战：为国家而战。见《书感（十月十九日）》注1。

7 并上句。用《诗经·小雅·出车》："彼旟旐斯，胡不旆旆"及"出车彭彭，旂旐央央"句。旆旆：旗帜飞扬的样子。彭彭：奔跑不停的样子。

8 十荡而五决：化用《乐府诗集·陇上歌》："丈八蛇矛左右盘，十荡十决无当前。"谓每次都能冲破敌阵。诗人不用"十荡十决"，是为表现抗战的艰巨和败而不馁的坚忍。

9 语本《诗经·卫风·伯兮》："伯也执殳，为王前驱。"传："殳长丈二而无刃。"殳（shū）：古代的一种武器，用竹木做成，有棱无刃。

10 并上句。针对蒋介石"攘外必先安内"的论调而发，表达了诗人赞同中共抗日民族统一战线的主张，全民族一致对外，共同抗日。

11 本句及第三句，原句出《史记·平准书》："天用莫如龙，地用莫如马，人用莫如龟"。谓行天者莫比于龙，行地者莫比于马，故西汉铸币时一品白金纹以龙，二品白金马。这里是以龙马喻军人的矫健威武。

12 鹰扬：威武之师。见《隋炀帝墓》注2

13 渥洼：水名。在今甘肃省安西县境，传说产神马之处。又用以指代神马。王良：春秋时之善驭马者。这里喻士兵骁勇，将领善战。

14 并上句。语本《史记·匈奴列传》："昔齐襄公复九世之仇，春秋大之。"按，"大"即"大去"，消灭意思。齐襄公荒淫，纪侯贤，齐襄公灭纪，《春秋》不言"灭"，是为纪侯讳；周礼可报五世之仇，齐则九世而伐纪，是非礼,春秋不言"乱",是齐襄公为复仇,情有可原。

15 虾夷:对日本侵略者的蔑称。见《连接夔旭汉皋来书却寄》注2。

16 语本《诗经·小雅·出车》:"执讯获丑,薄言还归。"高亨注:"周人称异国敌人为丑。"执讯:对俘虏进行审讯。

17 系组:指敌酋系组于颈。表示降服。典出《史记·高帝本纪》:"(沛公)至霸上。秦王子婴素车白马,系颈以组,封皇帝玺符节,降轵道旁。"组,系印之丝带。

18 百粤:即百越。我国古代南方越人的总称。分布在今浙、闽、粤、桂等地,因部落众多,故总称百越。按,1944年,抗日战争正面战场主要集中在湘、粤、桂一带。

19 并上句。诗人自注:"戚继光、俞大猷、刘显、谭纶。"按,戚继光见《怀戚大将军》题解。俞大猷(1504—1580):字志辅,福建晋江人。明朝抗倭名将。与戚继光齐名。刘显(1515—1581),本姓龚,字惟明,江西南昌人,明朝抗倭名将。1562年充总兵,镇守广东。率军赴福建援助抗倭,与戚继光、俞大猷等连续破倭。谭纶(1520—1577):字子理。江西宜黄人,1563年以右佥都御史巡抚福建,率俞大猷、戚继光等歼灭福清、仙游、同安、漳浦诸处倭寇。神宗即位,升兵部尚书,掌军事近三十年,与戚继光并称谭戚。

20 海表:谓四海之外。古代指中国国境以外僻远之地。语出《尚书·立政》:"方行天下,至于海表,罔有不服。"

21 绍先:"绍复先王之大业"的缩语,出自《尚书·盘庚》。意即继承、光复祖先大业。

22 缅:遥想、追思。鸳鸯阵,见《怀戚大将军》注2。鸳鸯阵:戚继光创立的一种阵法。见《怀戚大将军》注2。

23 骅骝骎:骅骝传为周穆王八骏之一。骎为古代驾在车前两侧的马。这里泛指骏马。

24 河朔:泛指黄河以北的地区。

25 鸣条:古地名。在今河南封丘东。夏商之际,商军在此地击败夏军,灭亡夏朝。牧野:古地名。在今河南淇县南。周武王与反殷诸侯会师盟誓,大败纣军于此。

26 伊吕:指伊尹和吕尚。见《白帝城怀古》注7。

27　壮猷：宏大的谋略。

28　绥抚：安定抚慰。

29　暴日：残暴的日本侵略者。

30　承上句，用"强弩之末，矢不能穿鲁缟"典故。喻日本帝国主义已到穷途末路，行将覆灭。

31　并上句。语本《尚书·泰誓中》："今朕必往，我武惟扬，侵于之疆，取彼凶残，我伐用张，于汤有光。"咏叹威武凌厉、奋发昂扬的气势。

32　解倒悬：即解民倒悬，比喻把受苦难的人民解救出来。解，解救；倒悬，头朝下倒挂着。语出《孟子·公孙丑上》："当今之时，万乘之国行仁政，民之悦之，犹解倒悬也。"

33　固圉：指巩固边疆。见《送林伯渠之陕北》注4。

34　勉旃（zhān）：谓努力。旃，语助，之焉的合音字。

35　振旅：列队凯旋。语出《诗经·小雅·采芑》："伐鼓渊渊，振旅阗阗。"

乙 酉（1945）

元旦试笔 二首

百年三万六千日，年去年来年复年。岂肯虚生同草木，忍安逸豫卧林泉[1]。丸泥尺土无非地，勺水蹄涔悉出天[2]。纳纳乾坤资万物，自强不息在乾乾[3]。

武成篇取二三策[4]，击壤集多首尾吟[5]。白发任他休镜览，朱颜不觉与杯深。未消湖海元龙气[6]，尚有盐车老骥心[7]。蘸蓘致功多稌获[8]，茂先励志允堪箴[9]。

笺 注

1 逸豫：安乐。语出《尚书·君陈》："周公之猷训，惟日孜孜，无敢逸豫。"《新唐书.伶官传论》："忧劳可以兴国，逸豫可以亡身。"卧林泉：谓归隐。见《寄怀蔡子民先生（四首）》注1。

2 蹄涔，牛马蹄印所形成的小水坑。见《村兴八首》注8。

3 用《易·乾》："象曰：天行健，君子以自强不息。"句意。参见《开岁书怀（四首）》注15。

4 意思是《武成篇》所列出的策略寥寥无几。武成：《尚书》篇名。《书序》："武王伐殷，往伐，归兽，识其政事，作《武成》。"取：收录。

5 击壤集：全名《伊川击壤集》。宋代邵雍撰，二十卷。此集系诗人手编，收诗1516首。首尾吟：组诗的一种艺术样式。一组诗中前首诗的末句与下首诗的首句相似或相同。诗人《山居漫兴七首》也采用了这种样式。

6 元龙：指三国名士陈登。见《天津中秋夜饮村酒香》注3。

7 盐车老骥：比喻才华遭到抑制，处境困厄。典出《战国策·楚策四》："夫骥之齿至矣，服盐车而上太行。"诗人这里与上句相呼应，是表达自己不仅有江河湖海的豪气，还有负重自强、壮心不已的情怀。

8 藨蔉（biāo gǔn）耕耘和培育。稌（tú）糯稻。指粮食。

9 茂先励志：茂先，晋代张华的字，见《琼花歌》注3。张华少孤贫，曾以牧羊为生，但勤奋好学，博览群书，终于有所成就，故言"励志"。允堪（1006—1061）：宋代僧人。幼年出家，尤精律部，是佛学会正宗的创始人。有《四分律行事钞会正记》等著作12部，著作多箴言。

开岁漫兴　四首

余生乙酉岁重周[1]，逢此百罹与百忧[2]。解放安南归故主[3]，同盟逐北奠神州[4]。寇深只有先罙穴[5]，风利何能暂泊舟[6]？收拾河山旋梓里，仲宣底事怯登楼[7]。

梅花一笑万山春，卯酒冲寒笔有神[8]。老鹤鸣皋声嘹唳[9]，孤柽蔽社矻轮囷[10]。竹头木屑都为用[11]，马迹蛛丝浸以陈。础润顽云知有雨[12]，绸缪牖户是何人[13]？

江自东流峡自西，索居无奈雨凄凄[14]。雪花点地便为水，石磴通街不畏泥。壤壤渔樵廛近市[15]，绵绵葛藟施前溪[16]。灌园中有于陵子[17]，楲冻长镵手自携[18]。

闭户政猜离合诗[19]，故人书至慰相思。笙箫一部幽篁韵[20]，霜露千年老柏姿。草裹轻烟情冉冉，林留宿雨泪丝丝。若非去夏月逢闰，早有东风拂柳枝。

笺　注

1 重周：从头开始一个周期。这里指年满花甲，又从头开始数干支。

2 百罹：种种不幸的遭遇。语出《诗经·王风·兔爰》："我生之后，逢此百罹，尚寐无吪。"诗人出生适逢战乱，历经1885年的中法战争、甲午战争、八国联军侵华战争和长期的国内战争，而此时抗日战争正处于战略反攻阶段，尚未取得完全胜利。

3 诗人自注:"安南割法,岁在乙酉,仅六十年矣。"按,安南:越南的旧称。越南原受中国保护,1885 年清政府在中法战争获胜的情况下与法国政府签订《中法新约》,承认越南为法国殖民地。1940 年 9 月下旬,日军开始侵占越南。1941 年 7 月,日本迫使法属印支当局签订《日法共同防卫印支议定书》,完全占领了越南。

4 同盟:指世界反法西斯战场上的同盟国军队。逐北:追击败兵。进入 1945 年,盟军在各个战场都全面进入了战略反攻阶段,而中国战场的胜利局面也已经奠定。

5 罙(mí):古同"深"。《诗经·商颂·殷武》:"奋伐荆楚,罙入其阻。"罙穴谓深入其巢穴,有不入虎穴焉得虎子之意。

6 《晋书·王濬传》载:王濬讨吴时,船过秣陵,上司王浑召见他。王濬怕贻误战机,报曰:"风利,不得泊也。"这里谓乘胜追击日寇。

7 仲宣:汉末"建安七子"之一王粲的字。王粲有《登楼赋》,抒写诗人生逢乱世,长期客居他乡,才能不能得以施展而产生的思乡、怀国之情,表现了诗人对山河破碎的忧伤和对国家统一的希望,也倾吐了自己渴望施展抱负、建功立业的心情。

8 卯酒:卯时(晨五时至七时)饮的酒,也就是清晨饮的酒。古人有饮早酒的习惯。白居易《卯时酒》:"未如卯时酒,神速功力倍。"

9 鸣皋:见《即事》注3。

10 炁(qì):古同"气"。指元气。社:指诗人所居附近龙凤冈上的土地庙。轮囷:屈曲盘绕的样子。见《咏雪(二首)》注3。

11 竹头木屑:制造竹木器物剩下的废料。比喻细微小事和小有用之才。语本《晋书·陶侃传》"时造船,木屑及竹头,悉令举掌之,咸不解所以。后正会,积雪始晴,听事前余雪犹湿,于是以屑布地。及桓温伐蜀,又以侃所贮竹头作丁装船。"

12 础润:房屋的石基潮湿。顽云:浓云;风难以驱散的云。两者都是天将下雨的征兆。

13 绸缪牖户:见《春日农村即事(四首)》注6。缪,缠缚;牖户,窗。承上句,比喻做好应变的准备。

14 索居:独居或离群而居。语出《礼记·檀牖户上》:"吾离群而索居,亦已久矣。"注："索，犹散也。"

15 壤壤：同攘攘，往来纷纷的样子。麇（qún）：成群。

16 用《诗经·王风·葛藟》"绵绵葛藟，在河之浒"句意。葛藟，一种落叶木质藤本植物，《诗经·王风·葛藟》内容描写周室衰微，人民流离失所、求助不得的痛苦。诗人这里也隐含对时局的批判。

17 典出《史记·鲁仲连邹阳列传》："于陵子仲，辞三公为人灌园。"于陵子，战国齐人，因居楚国于陵，故号于陵子。

18 橛，庄稼的残根。长镵（chán）：古代装有弯曲长柄的一种犁头。

19 政：同正，意思是正在。离合诗：杂体诗名。种类很多，常见的一种是在诗句内拆开字形，取其一半，再和另一字的一半拼成其他字，先离后合。类似于字谜，所以要"猜"。

20 幽篁：指幽深的竹林。见《题画自遣（二十四首）》注15。

友人欲效君平卖卜 诗以止之

谁将易理辨阴阳[1]，谁把龟蓍问短长[2]。今日人心非昔日，何如摒挡早还乡[3]。欲觅鹪栖等上天[4]，君平何处可垂帘？眼看上下交征利[5]，只恐无人解卦占。

题 解

君平：即严君平。见《暮春杂感（四首）》注5。君平卖卜，典出皇甫谧《高士传·严遵》："严遵，字君平，蜀人也。隐居不仕，常卖卜于成都市。"

笺 注

1 易理：《周易》的义理。阴阳：在传统文化中，"阴阳"有不同的所指。《周易》所言为宇宙间贯通物质和人事的两大对立面。指天地间化生万物的二气。神仙家所言的阴阳则是一种方术，后来成为一种通过星相、占卜、相宅、相墓预测吉凶的职业。诗人这里是，说易理和方术是完全不同的。

2 龟蓍：龟和蓍草，皆为古时卜筮用具。卜用龟甲。筮用蓍草。短长：这里指生死。语本《尚书·盘庚上》："矧予制乃短长之命。"孔传："况我制汝死生之命。"

3 摒挡：收拾料理。这里指结束生意。

4 鹪栖：谓鹪鹩所栖之枝。见《得季弟及父老书述逃难情形寄慰（二首）》注4。

5 上下交征利：上位者跟下位者相互争夺自己的利益。语出《孟子·梁惠王上》："上下交征利，而国危矣。"

山居漫兴 七首

巴歌名曰㸌[1]，声闻野人家。合璧阴阳历，迎春向背花。山头风送雨，泽腹浪淘沙。遥睇小三峡[2]，浮云不断遮。

浮云常出没，丘壑有盈虚。绉縠生池水[3]，虬蟠学草书[4]。禽言原附会[5]，酒力近何如？更味篔筜韵[6]，琤琮一起予[7]。

爱此篔筜谷[8]，风光似故乡。溪寒波晔晔，犬吠日荒荒。萼绿羞争腊[9]，鹅黄解斗香[10]。怀归频梦弟，春草满池塘[11]。

郁彼池塘草，青青映我裳。维忧深夕惕[12]，其雨怨朝阳[13]。句本闲中得，心为诗人忙。消寒宁借酒？但饵陟厘方[14]。

陟巘询耕者[15]，终朝耨几弓[16]？怜他双脚赤，愧我一冬烘。莎草年年绿，川流日日东。愿吹邹子律[17]，黍谷大天功。

天网无疏漏，天心有转移[18]。构巢先择木，维鹊早衔枝。镜白溪边石，蜗圆岭上榰。明融能两洽[19]，奋翼不忧垂[20]。

终奋渑池翼，桑榆尚可收[21]。乾坤双老眼，风雨一高楼。小道工何益[22]，多文富自求[23]。明夷如待访，我欲续梨州[24]。

笺 注

1 嬥（zhào）：古代巴地的一种歌舞。左思《三都赋·魏都》："或朝发而嬥歌。"张载注："嬥歌，巴土人歌也。何晏曰：'巴子讴歌，相引牵连手而跳歌也。'"

2 小三峡：嘉陵江合川至重庆段沥鼻峡、温塘峡、观音峡的统称。诗人所居纯园近观音峡。

3 绉縠（hú）：有皱纹的纱。诗文中用来形容平静水面的波纹。张耒《和张提举》："宛水春生初绉縠，钟山雪尽见蟠龙。"

4 虬蟠：谓树如龙蛇盘屈。虬，无角龙。按，草书有从枯树中取法笔意一派，诗人善草书，这里是逆向比喻。

5 禽言：谓民间故事中的鸟语如"布谷""不如归去"等乃是人对鸟声的牵强附会的解释。

6 笁：竹的别名。

7 玪琮：象声词。

8 笺笃谷：地名，在陕西洋县西北十里。谷中多竹。此处借指诗人所居纯园门前龙凤溪，因溪谷两岸翠竹成林。

9 萼绿：梅花的别称。见《锡苏旅行漫兴（四首）》注11。争腊：套用"争春"，即不与蜡梅争艳。与下句"斗香"相对。

10 鹅黄：宋时汉州名酒。也泛指酒。

11 用谢灵运"池塘生春草"句意。承上句，因谢灵运此句系梦中所得，故诗人亦是"怀归频梦弟"。

12 维：语气词。夕惕：谓至夜晚仍怀忧惧，工作不懈。语出《周易·乾》："君子终日乾乾，夕惕若厉，无咎。"

13 用阮籍《咏怀》："膏沐为谁施，其雨怨朝阳"原句。其：希望。希望老天下雨，于是埋怨早晨的太阳。

14 诗人自注："陆倕寄僚友诗：'刘侯有余冷，宜饵陟厘方。'"按，陆倕（470—526），字佐公，南朝齐、梁时诗人，官至太常卿。陟厘是一种藻类植物，可入药。陟厘米是以陟厘为主的一种药剂。诗人摘句出自其《以诗代书别后寄赠》。

  15 陟巘（yǎn）：语本《诗经·大雅·公刘》："陟则在巘。"巘，小山。

  16 弓：量词。旧时丈量地亩的计算单位。1弓为5市尺。240平方弓为1亩。

  17 邹子律：邹子即邹衍（约前305—前240），战国时齐国人。《列子·汤问》："微子之弹也，虽师旷之清角，邹衍之吹律，亡以加之。"张湛注："北方有地，美而寒，不生五谷。邹子吹律煖之，而禾黍滋也。"后因以"邹子律"喻带来温暖与生机的事物。

  18 并上句。天网即天罚、天惩。《老子》："天网恢恢，疏而不失。"天心，谓皇天之心。《尚书·咸有一德》："克享天心，受天明命。"这里是说天下大势已经发生根本变化，日本侵略者遭受惩罚的时间马上就要到了。

  19 明融：明，指智慧；融，指通达。

  20 典出《后汉书·冯异传》："始虽垂翅回溪，终能奋翼黾（miǎn）池，可谓失之东隅，收之桑榆。"按，渑池：一作"黾池"。古城名，因城南有黾池水得名。故址在今河南省渑池县西。公元27年，冯异、邓禹联合镇压赤眉军，冯异在邓禹为赤眉军所败后，在此地大破赤眉起义军。

  21 并上句。见注20。

  22 小道：异端。科举制度下，视诸子、文学为小道。此处特指诗歌。典出孙过庭《书谱》："扬雄谓诗赋小道，壮夫不为。"

  23 多文：多写文章。《北史·杨素传》："常令为诏，下笔立成，词义兼美。常嘉之，谓曰：'善相自勉，勿忧不富贵。'"这里双关诗人自己勤于著述，系因当时物价高昂，著书撰文可略得一些稿酬。

  24 并上句。明夷指商朝忠臣箕子，梨州指明末清初学者黄宗羲。《易·明夷·爻》："箕子之明夷。"谓箕子身虽有明德而逢纣之恶，乃以明为暗。后用以指代恰逢昏君的贤士。黄宗羲字太冲，号梨州。明亡，隐居不出，专心著述，为一代大儒，著有《明夷待访录》等。宗羲自序："吾虽老矣，如箕子之见访，或庶几焉，岂因夷之初旦，明而未融，遂祕其言也。"诗人此处表现了对国民党当局腐败昏庸深深的失望之情。

示儿女五则

  言人之不善，其如后患何[1]。斯语出孟子，日三复不多。

己所不欲者，勿以施于人。此之谓恕字，可以书诸绅[2]。

定而后能静[3]，大学有明训。处世要和平，竞争在学问。

求学如不及，犹恐其失之[4]。人有不为也，而后可有为[5]。

晏交久而敬[6]，舅犯仁亲宝[7]。父子不责善[8]，汝可就有道[9]。

笺 注

1 并上句。语出《孟子·离娄下》："言人之不善，当如后患何？"

2 并上联。语本《论语·卫灵公第十五》："子贡问曰：'有一言而可以终身行之者乎？'子曰：'其恕乎！己所不欲，勿施于人。'"

3 语出《礼记·大学》："知止而后有定，定而后能静，静而后能安，安而后能虑，虑而后能得。物有本末，事有终始，知所先后，则近道矣。"

4 并上句。语出《论语·泰伯》："学如不及，犹恐失之。"意思是学习就像追赶猎物一样生怕追不上，追到了还怕会丢失了。

5 并上句。语出《孟子·离娄下》："人有不为也，而后可以有为。"意思是人只有放弃想做的事，然后才能有所作为。

6 语出《论语·公冶长》："子曰：晏平仲善与人交，久而敬之。"意思是晏平仲善于和人交往，相处再久，他还能够敬重别人。不像有些人。与人相处时间长了就变得随便，有失尊重。按，晏平仲即晏子。春秋时期齐国的大夫。

7 语出《礼记·大学》："舅犯曰：亡人无以为宝；仁亲以为宝。"意思是流亡的人，没有什么宝物，只有仁爱和亲情才是宝物。舅犯即春秋时晋文公重耳的舅舅狐偃，他随同重耳出外流亡，共患难十九年。

8 意思是父子之间不相互责求尽善尽美，因为相互苛求就会产生隔阂。语出《孟子·离娄上》："古者易子而教之，父子之间不责善；责善则离，离则不祥莫大焉。"按：诗人次女黄绍湘此时已加入中国共产党，次子黄宏煦也倾向进步，对诗人在国民党官僚机构任职极为不满。诗人此句当时有感而发。

9 就有道： 就，靠近、看齐；有道，有道德的人。语出《论语·学而》：

"君子食无求饱,居无求安,敏于事而慎于言,就有道而正焉,可谓好学也已。"

农历除夕 五首

今夕为除夕,销愁是旧愁。修身三达德[1],揣分二宜休[2]。式饮屠苏酒[3],怀归雪竹楼[4]。灯花开吒吒,家信到来不[5]。

今朝新月曜[6],明日旧元辰。蕚送巴山腊,罂储蜀道春[7]。祭诗罗酒脯[8],劳我慰精神。饱看漪漪竹,何须问主人[9]。

立春才五日,瑞雪兆丰年[10]。宜麦见三白[11],有秋策万全[12]。银钩苍藓洞[13],玉屑紫藻田[14]。纵使泥融觉[15],犹如在目前。

讶许梅开盛,枝头渐渐稀。焚香将室扫,倚槛望儿归。病齿憎生硬,高吟闲是非。移时春水暖,待坐钓鱼矶。

儿时骑竹马,守岁到天明。冉冉生华发,悠悠愧此生。婪分深浅酒[16],晷继短长檠[17]。忙煞羲和算,阴阳报岁正[18]。

题 解

当年农历除夕是1945年2月12日。

笺 注

1 三达德:指智、仁、勇。语本《礼记·中庸》:"知、仁、勇三者,天下之达德也。"

2 揣分:自我估量。休:退休;退隐。《新唐书·文苑列传·司空图》载:司空图隐居中条山王官谷,建亭曰休休。作文曰:"量才,一宜休;揣分,二宜休;耄而聩,三宜休。"

3 式饮:按照传统的习惯饮酒。按古代习俗,农历初一当饮屠苏酒。

4 雪竹楼：诗人祖父的斋号。见《元旦感赋（1933）》注10。

5 并上句。民俗有"灯花报喜"之说。1945年1月27日，中国驻印军在芒友与中国远征军会师，此时诗人三子黄宏嘉正在中国驻印军服役。

6 月曜：月曜日，日语星期一。

7 罂：盛酒瓦器。蜀道春：泛指川酒。

8 祭诗：见《开岁书怀（四首）》注11。

9 并上句。化用王维《春日与裴迪过新昌里访吕逸人不遇》："到门不敢题凡鸟，看竹何须问主人。"

10 诗人自注："二十二日立春，二十七日大雪。"按，这里"大雪"指天气。

11 三白：三场雪。用诗人祖父黄道让《雪八首》："宜麦还需三白见"句。

12 有秋：有收获；丰收。语出《尚书·盘庚上》："若农服田力穑，乃亦有秋。"

13 银钩：指积雪里的树枝。苍藓洞谓长满苔藓的山洞。这些地方无雪，它的苍色与树枝的银色形成对比。

14 玉屑：喻地面积雪。藻田：长有水草的冬水田，看起来呈暗紫色。

15 泥融觉：谓因泥滑而跌倒，却忽得顿悟。典出陶谷《清异录·泥融觉》："比丘无染游庐山，春雨路滑，忽仆石上，由是洞见本原，士大夫称为'泥融觉'。"

16 婪：阑字的借用，谓即将结束、末尾。这句诗的意思是：酒喝到最后，剩下的就按酒量大小来分了。

17 晷：日影，这里指白天。檠：油灯架。这句诗吟咏的是守岁到天明。

18 并上句。语本《尚书·尧典》："乃命羲和，钦若昊天，历象日月星辰，敬授人时。"这两句诗说：现在阴历和阳历并用，把推算历法的羲和二氏忙坏了。

新五杂俎 十首

五杂俎，希特勒。往复还，慕尼黑[1]。不得已，要亡国。

五杂俎，法西斯。往复还，纳粹师，不得已，曰弃之。

五杂俎，齐格菲[2]。往复还，穿梭机[3]。不得已，撤内围。

五杂俎，破闪电[4]。往复还，柏林见。不得已，图巷战[5]。

五杂俎，日耳曼。往复还，性犷悍，不得已，阿富汗[6]。

五杂俎，地狭长[7]。往复还，梵蒂冈。不得已，求教皇。

五杂俎，扶桑宫[8]。往复还，会议中，不得已，祭神风[9]。

五杂俎，啄木鸟[10]。往复还，眇而小，不得已，切腹了[11]。

五杂俎，马尼剌[12]。往复还，南北迫，不得已，曳木屐。

五杂俎，内堡垒。往复还，饥欲死[13]。不得已，食小米[14]。

题 解

五杂俎：亦作"五杂组"。古乐府名，三言六句，以首句名篇。其词曰："五杂俎，冈头草。往复还，车马道。不获已，人将老。"后人仿其作，成为诗体的一种。严羽《沧浪诗话·诗体》："论杂体，则有风人、稿砧、五杂俎。"

笺 注

1 慕尼黑：德国第二大城市，巴伐利亚州首府。1938年英、法政府与德、意法西斯在此签订了臭名昭著的慕尼黑协定，迫使捷克斯洛伐克割让苏台德等地区给德国。

2 齐格菲：今译齐格弗里德。即齐格菲防线，又称"西墙"。1935—1939年法西斯德国在西部边境建筑的防御工事体系。齐格菲全长500公里，大部分地段与法国的马其诺防线相对峙。第二次世界大战后期一度阻挡了英美联军的进攻。1945年3月被突破。

3 穿梭机：指第二次世界大战期间美国陆军航空队以在英国、意大利的机场为基地，对德国和被德国占领区德军目标的"穿梭轰炸"。即飞机从甲地起飞，完成轰炸任务后就近到乙地降落，经加油和补充弹药，在回程中执行新的轰炸任务，然后返回甲地。"穿梭轰炸"增大了飞机的作战半径和轰炸行动的突然性，取得了很好的战术效果。

4 指德国法西斯在二战初期采用的"闪电战"。即利用大量快速部队和新式武器突然发动猛烈的袭击，以求迅速取得战争胜利的一种战术。

5 指柏林巷战。是1945年春，苏联向德国发起的欧洲战场上的最后一次战役，是整个二战中规模最大的一次城市攻坚战。战役从4月18日开始，苏军以多路兵力向心突击，经激烈巷战，于4月27日突入柏林中心区，29日开始强攻国会大厦。30日，希特勒在总理府地下室自杀。5月2日德军宣布投降，德国法西斯彻底覆灭。

6 并上句。二战中阿富汗处于同盟国和轴心包围之中，由于国家弱小，只好宣布中立。

7 指意大利。意大利幅员主要是靴型的意大利半岛。

8 扶桑宫：指日本天皇。

9 指日本法西斯在二战期间组织的以自杀方式袭击盟军"神风特攻队"。

10 指日军当时装备的九二式重机枪和三年式重机枪。因日系重机枪为保证射击精度，射速较慢，可以听清楚每颗子弹的发射声音，于是美军给这些日系重机枪起了"啄木鸟"的绰号。

11 日军在1945年2—3月的硫磺岛战役中失败。3月25日晚上，硫磺岛日军最高指挥官栗林大将率领残余的数百名日军向美军发动自杀性进攻，全军覆灭。其余日军军官大部分在洞穴中切腹自杀。

12 马尼剌：今译马尼拉。菲律宾首都。太平洋战争爆发后，马尼拉于1月2日被日本军队所占领。1945年2月23日，美军重新夺回马尼拉。

13 太平洋战争后期，日本在丢失外围岛屿后，日军仍然不甘心失败，准备以"本土大决战"负隅顽抗。同盟国从1945年3月27日开始，对日本补给线进行打击，令日本国内及其海外领土造成饥荒。该计划被命名为"饥饿行动"。

该作战直到同年 8 月 15 日日本宣布投降才终止。

14 诗人自注："指小矶、米内。"按，小矶即小矶国昭，米内指米内光政。1944 年 7 月 20 日，日本东条英机内阁倒台。同日，昭和天皇敕令小矶国昭与米内光政联合组阁，由小矶出任内阁总理大臣。

次韵答温定甫

我读君诗病骨苏[1]，近因有疾唱酬无。词人触处怜芳草，乔木依然似画图。自向荒村销岁月，不知春色老平芜[2]。漫云诗酒相联系，此日诗成酒盏孤[3]。

题 解

温定甫（1885—1974），本名温熊辉，笔名雄飞，后以笔名为名。原籍广东台山，生于美国旧金山。辛亥革命前后追随孙中山革命，并负责向美国华侨筹款。后随孙中山到南京出任第一任总统府秘书。时任国民政府立法院立法委员并兼任复旦大学教授。

笺 注

1 苏：复苏。即人体组织或器官生理机能极度衰减后又恢复正常的生命活动。

2 平芜：草木丛生的平旷原野。

3 此时诗人因齿疾戒酒。

次韵再答定甫

我疾逢温已觉苏，将夸起疾秘方无[1]。养疴斗室成真懒，抚髀英雄慨壮图[2]。岂是宰予贪昼寝[3]，深知靖节念田芜[4]。药如利病何嫌苦，太息忠言听者孤[5]。

笺 注

1 起疾：犹起病，使病者恢复健康。无：这里做疑问语气词。

2 抚髀：以手拍股。表示振奋或感叹。从句意，此处暗含"髀肉复生"的典故。见《开岁三日闻榆关失守（二首）》注6。

3 宰予昼寝：典出《论语·公冶长》："宰予昼寝。子曰：'朽木不可雕也，粪土之墙不可圬也。'"宰予，孔子弟子。字子我，通称宰我。春秋末期鲁国人。他口齿伶俐，善于言辩，为孔门十哲之一。

4 靖节：即陶渊明。陶渊明死后，友人私谥靖节，故世称靖节先生。田芜：陶渊明名篇《归去来辞》开篇云："归去来兮，田园将芜，胡不归！"。表达了隐居田园的愿望。诗人表示情同此心。

5 太息：大声长叹，深深地叹息。

次韵三答定甫

行健象天我疾苏[1]，伛偻螯蹩已俱无[2]。难为博士买驴笔[3]，意写塞翁失马图。但使索涂毋擿埴[4]，自然处境少榛芜。此心惟有有巴山月，照见诗怀两不孤。

笺 注

1 语本《周易·乾》。见《开岁书怀（四首）》注15。

2 螯蹩（xiè）：吃力的样子；跛行的样子。

3 博士买驴：典出《颜氏家训·勉学》："博士买驴，书券三纸，未有驴字。"这是诗人自谦迂腐不合时宜。

4 索涂：探路。涂，通"途"。擿埴（zhì zhí）：以杖点地。

次韵友人朱梅四绝

鱼嚼枝头一捻红[1]，误他逐水又追风。徐熙若画上墙影[2]，知在水云一色中。

只斗寒威不斗华，未曾着叶便开花。比红除却相思子，北地燕支有几家[3]。

红霞一片雨晴初，添得暗香色不虚[4]。颜不尚朱吾老矣，春风久与绛帷疏[5]。

朱朱白白总幽情，不发古香愿未盈。记得孤山心赏后[6]，又探唐宋到临平[7]。

题 解

友人指鲁实先（1913－1977）。鲁实先名祐昌，湖南宁乡人。读中学时因参与学潮被勒令退学后，自修文字学、上古历法，钻研《史记》。1940年，著《史记会注考证驳议》，批驳日本学者泷川龟太郎《史记会注考证》中疑义、不当之处。出版后深受学界好评。1942年起入复旦大学任教授。

笺 注

1 一捻红：原是牡丹和山茶花的别名，这里借指朱梅。这句诗的意思是，鱼误以朱梅在水中的影子是真实的，因而去啄食它。

2 徐熙：五代南唐画家。五代南唐钟陵人，善画花鸟蔬果。徐熙在画法上强调用墨为主，彩色为辅，由于梅在粉壁上的影子并无颜色，只有浓淡，所以很适合徐熙来表现。

3 燕支：即胭脂，亦作燕脂。一种从植物中提取的红色颜料，因产于燕地，故名。徐陵《玉台新咏·序》："南都石黛，最发双蛾；北地燕支，偏开两靥。"

4 暗香：用林逋《山园小梅》："暗香浮动月黄昏"典。

5 春风：对弟子的教育。语出刘向《说苑·贵德》："吾不能以春风风人，吾不能以夏雨雨人，吾穷必矣。"绛帷：红色帷帐。后汉马融常坐高堂，施绛纱帷，后因以绛帷作为师长或讲座的代称。并上句。意思是我朱颜已失，年事已迈，久已不去讲学了。

6 孤山：在杭州西湖中，有梅林。见《孤山吊林处士》题解即注。

7 临平：境内有超山，是观梅胜地。见《梅花十首》注35。并上句。鲁实先曾经随父亲宦游杭州，并在此阅览文渊阁《四库全书》。

次韵再答友人朱梅四绝　叠前韵

赐腊归来点额红[1]，口脂面药醉春风。而今价似连城璧，难得时于酒一中[2]。

昔年唱和遍京华，首唱梅花作国花[3]。博得诗人来浪许，梅花唱和自成家。

老鹤一声月上初，似鸣丹顶不朱虚[4]。楚骚嘉卉无梅字，合与丹山补漏疏[5]。

相逢驿使问时清[6]，为折一枝匊不盈[7]。紫府何人偷换骨，夺朱至竟恨难平[8]。

题解

同《次韵友人朱梅四绝》。

笺注

1 赐腊：腊赐的倒装。从汉时开始皇帝在腊日赐诸臣钱物的仪式。下句"口脂面药"即为腊赐所得。点额：相传鱼跳过龙门便为龙，否则便点额而还。喻故诗文中用以指科场考试或仕途失意。

2 酒一中：同酒一盅。范成大《雪寒围炉小集》："康年气象冬三白，浮世功名酒一中。"

3 并上句。指诗人1934年诗人作《梅花十首》并倡议梅花为国花。见《梅花十首》序及注43。

4 并上句。丹顶鹤通过嘹亮的唳叫，似乎想证明头顶的赤色并非虚假。朱虚：汉有朱虚侯。此处借用来作双关。

5 并上句。丹山虽赤，亦无朱梅，可补《离骚》无梅之疏漏。与《梅花十首》"我与离骚补子虚"相类。丹山：山名。在今湖北宜都市西。杨守敬《宜都记》："寻西北陆行四十里，有丹山，山间时有赤气，笼盖林岭，如丹色，因以名山。"

6 驿使：梅花的拟人化昵称。见《由邓尉至姑苏杂诗（四首）》注12。时清：清时的倒装，谓清平之时。此时抗日战争已接近尾声，中国必胜已成定局，诗人期盼早日天下太平。

7 此句本《诗经·小雅·采绿》："终朝采绿，不盈一匊。"匊：掬本字。

8 并上句。谑用《论语·阳货》"恶紫之夺朱也"的典故。紫府是道家对仙人居所的称呼，梅花除红色外，尚有黄、白等色，当是紫府的仙人将朱梅换骨所致。

病中呻吟投所知 五首

告人询我疾，风姤困于臀[1]。天下方多事，老夫乃闭门。探汤常以濯[2]，苏骨喜逢温。莫道回书懒，相喻在不言。

物老常多病，于人亦有诸。江湖三叹息，天地一蘧庐[3]。誓禁鹅黄酒[4]，惟甘鼠壤蔬[5]。看书难耐坐，矧敢问其余？

不晴亦不雨，轻暖又轻寒。天气反常易，人生无病难。三眠身似柳[6]，九转药成丹[7]。索米长安满[8]，相思漫劝餐。

昨者清明节，怀归意更深。人家忙祭扫，繄我独呻吟[9]。能事付双手，药资逾万金。春残休惜惜，日往慨骎骎。

专门书自校，最后得推敲。患病难如约，闻人已代庖[10]。相期驱亥豕[11]，或可测堂坳[12]。玄白吾何有，无须作解嘲[13]。

笺 注

1 风姤：语出《易·姤》："象曰：天下有风，姤。"诗人称病情是"困于臀"，也就是痛风，故戏用"姤"卦的象辞。

2 探汤：药浴。典出《论语·季氏》："见不善如探汤。"孔注："探汤，喻去恶疾。"

3 并上句。化用范成大的《积雨蒸润，体中不佳，颇思故居之乐，戏书呈》："梦里江湖三叹息，醉中天地一凭阑。"蘧庐：古代驿站中供人休息的房子，犹今言旅馆。故后一句又化用李白《春夜宴诸从弟桃李园序》："夫天地者，万物之逆旅也。"

4 鹅黄酒：见《山居漫兴七首》注10。

5 鼠壤蔬：语出《庄子·天道》："鼠壤有余蔬。"即鼠穴土中的残余蔬菜。

6 三眠：典出《三辅故事》："汉苑中柳，状如人形，曰'人柳'，一日三眠三起。"按，人柳即柽柳，和杨柳是不同的植物。但是文中一般用以指杨柳。这里用以比况诗人因病卧床的情态。

7 九转：九次提炼。见《西湖杂咏（十首）》注12。

8 索米：谓谋生。语本《汉书·东方朔传》："臣言可用，幸异其礼；不可用，罢之，无令但索长安米也。"长安为汉时国都，此处指重庆。

9 繄：语气词。见《元旦感赋（四首）》注7。

10 并上联，指诗人所著《民法诠解》共三编进入付印前的清样校对，按理当由诗人本人完成，并对文字作最后的推敲。但现在因病不能完成，只好由出版社请人代为完成。按，诗人所著《民法诠解·总则编》1944年6月由商务印书馆出版发行。

11 相期：期待。亥豕：鲁鱼亥豕的缩用。鲁与鱼，亥与豕，由于字形相似，容易传抄与排印错误。希望校对者能将错别字纠正过来。

12 堂圴，院子中庭低洼处。承上句，意思是希望校对者还能找出本书的不足之处。

13 化用杜甫《堂成》："旁人错比扬雄宅，懒惰无心作解嘲。"汉代扬雄甘于淡泊，埋首撰《太玄经》。有人嘲笑他"意者玄得无尚白乎？"玄为黑，而尚白，必定无用。扬雄因而作《解嘲》为自己辩解。这两句诗说自己虽然也官场困顿，但著作与玄白无关，同样也不用去写《解嘲》了。

新瘥试步即事抒怀　三首

行药桥边路[1]，才知痛痒关。沧江新白发[2]，故国旧青山。但使安三昧[3]，何劳觅九还[4]？支筇看逝水[5]，为问几时闲？

芳草长堤绿，动余万里情。一溪流竹影，两耳入鹃声。天与奇峰合，云从远树生。吾衰惟茧足[6]，顿觉此身轻。

原宪贫非病[7]，吾今病且贫。盱衡新腹稿[8]，抖擞旧精神。作势云将雨，忘机鸟伴人[9]。云何垂钓者，欲去又逡巡？

笺 注

1 行药：散步。见《西湖杂咏（十首）》注10。这里是双关。

2 沧江：江流；江水。因江水呈青色，故称。杜甫《秋兴八首》："一卧沧江惊岁晚，几回青琐点朝班。"

3 三昧：佛教语。意为排除杂念，保持心境的寂静。"安三昧"意思是"入定"或"入静"。

4 九还：同"九转"。见《西湖杂咏（十首）》注12。

5 支筇：拄杖。见《暮春登钟山顶》注3。

6 吾衰：用《论语·述而》："子曰：'甚矣吾衰也，久矣吾不复梦见周公'"典。并下句.言诗人之"衰"只限于茧足，故堪自慰，转觉一身轻松。

7 原宪贫非病：见《自题竹窗诗存（四首）》注2。

8 盱衡：观察分析；权衡。

9 忘机：无欲无求。见《北海即景》注2。

新愈偕内子夔旭始至北泉即事抒怀 六首

倦客登临自牧皋[1]，尻轮神马范驱驰[2]。声嘶杜宇春深矣[3]，水满嘉陵苇杭之[4]。政好栽秧欣有雨[5]，纵因止酒可无诗。倚楼渝茗舒望眼，碚砥横江舴艋迟[6]。

清泉白石愜明融[7]，携手同行御阆风[8]。谷鸟不知春色杪，崖松似与老人同。八年羁客身将返，万里长江路欲通。耄桧壮杉浑莫辨[9]，遑论去燕与来鸿。

缙云寺里证初禅[10]，记别西山已二年[11]。滚滚无穷东去浪，濛濛莫辨雾中烟。乱峰缺处云争壑，细雨江干客唤船[12]。遮莫春残余五日，莞然独笑耸吟肩[13]。

忽地泉声隐若雷，群峰两岸竞崔嵬。楼台更比前游胜，花木多从别后栽。寻壑经丘吾意懒[14]，枕流漱石此心开[15]。今晴昨雨谁能晓？不濯足缨不肯回[16]。

漫说兹游冠者稀，如同点也浴乎沂[17]。云深古洞苔侵屐，岫漾澄江翠染衣。

望渚还汀鸥泛泛，翘烟拂雨柳依依。今番又试邯郸步，未学寿陵匍匐归[18]。

濯发何殊到沕盘[19]，临江射日骨苏寒[20]。本来咫尺无多路，此去经过第几滩？舟子招招印否涉[21]，东皇去去挽留难[22]。咏归比似追逋速[23]，传与同人作画看。

题 解

内子，古时对士大夫嫡妻的称呼。后用于对人谦称己妻。北泉即北温泉，见《僦居龙凤桥即景（二首）》注 7。

笺 注

1 倦客：客游他乡而对旅居生活感到厌倦的人。自牧卑：以谦逊来约束自己。语出《易·谦》："谦谦君子，卑以自牧也。"

2 尻轮：化尻为轮。本句参见《题友人百骏图》注 15。

3 杜宇：杜鹃鸟。见《螭矶灵泽夫人》注 3。

4 苇杭：乘舟返乡。见《秋日即事杂感（六首）》注 6。

5 诗人自注："农历三月二十五日立夏。有雨。预兆丰年。"政好：正好。政，同正。

6 碑矶（lù wù）：亦作"碑屼"。岩石突兀的样子。这里指北碚城北的碚石，为一伸入河中的石梁，被水切断后形成一鱼形巨石，屹立江中。北碚因此得名。

7 明融：智慧豁达。见《山居漫兴七首》注 19。

8 阆风：本指神话传说中昆仑山仙境的山巅。这里因与夫人携手同行，借喻仙境之风。

9 桧即圆柏，幼树的叶子针状，老树的叶子鳞片状，与杉树叶片形状相近。并下句，感叹随着时光飞逝，事物也随时变化。

10 缙云寺：在缙云山。见《游北温泉》注 3。初禅：佛教用语，确立初心。见《岁暮怀北京同学》注 2。

11 指诗人 1942 年第一次游北温泉至今已两年。西山：这里指缙云山。由于山在嘉陵江之西，故名。

12 江干：即江边。见《哲生来渝》注 1。

13 诗人自注："天雨泥滑，以篯舆让内子早归。"按，篯（biān）舆，竹轿，当地人叫"滑杆"。因路滑而坐滑竿，因而"莞然独笑"。吟肩：见《寄谢陈树人见赠近作战尘集》注1。

14 寻壑经丘：寻幽探胜，游山玩水。语出陶潜《归去来辞》："既窈窕以寻壑，亦崎岖而经丘。"这里指在山间徘徊。吾意懒：谓精神处于悠然自适的状态之中。

15 枕流漱石：喻隐居生活。本作枕石漱流。典出《三国志·蜀志·彭羕传》："（秦宓）枕石漱流，吟咏缊袍，偃息于仁义之途，恬淡于浩然之域。"晋人孙楚在谈及隐居生活时口误为"枕流漱石"，强作解释说"枕流"是为洗耳，"漱石"是为磨牙，遂为成语。事见《世说新语·排调》。

16 水浊濯足，水清濯缨。见《苏州全景》注1。

17 并上句。语本《论语·先进》："（曾点）曰：'莫春者，春服既成。冠者五六人，童子六七人，浴乎沂，风乎舞雩，咏而归。'夫子喟然叹曰：'吾与点也！'"参见《次韵寄剑城凤道人（二首）》注7。浴乎沂：在沂水边沐浴。

18 并上句。用"学步"自嘲因病痛久不行走，已忘步伐。幽灵，见《癸未初度抒怀（十首）》注36。

19 句本屈原《离骚》："夕阳次于穷石兮，朝濯发乎洧（wěi）盘。"洧盘：古代神话中的水名，据说发源于崦嵫山。这里用来比喻北温泉的泉水。

20 射日：《淮南子·本经训》神话：尧时十日并出，尧令羿射落九日。后用以比喻攻克顽敌。诗人这里用以形容艰难克服久病之后的腿软腿冷、步履艰难。

21 语本《诗.·邶风·匏有苦叶》："招招舟子，人涉卬否。"意思是船夫在招徕渡者，他人皆渡我不渡。

22 东皇：司春之神。

23 同"追亡"。指抓住灵感即时创作。见《游古林寺》注5。

初夏偶成 四首

遣 兴

䅟麦青青转眼黄[1]，看收䅟麦看栽秧。病魔已逐三春去，日暮行添一倍长。徐理薄书如访旧[2]，嗣逢曲糵莫轻尝[3]。故人若问娄江子[4]，为道扁舟意未忘。

晚 眺

一丘一壑路三叉，散策山涯又水涯[5]。草木际天迎孟夏，牛羊下括止谁家[6]。时髦卷发高高髻，村妇荆钗草草花。妍丑何关奢与俭，欲将醇朴化穷奢。

感 物

沧浪水浊有时清，濯足何妨偶濯缨[7]。鸭乱池群归认主，尨逢客吠听呼名[8]。风薰难禁蚊虻出，树密易招蟪蛄生[9]。暑雨祁寒休懊恼[10]，物非如此不枯荣。

抚 事

上庠岳岳水泱泱，说法吾稽到讲堂[11]。阛阓几年风物异[12]，溪山一夜雨中凉。囊收长吉新诗料[13]，室散维摩旧药方[14]。满眼芬芳零落尽，榴花自此僭称王。

笺 注

1 麰（móu）麦：古代对大麦的称呼。亦泛指麦类作物。苏轼《答郡中同僚贺雨》："登城望麰麦，绿浪风掀舞。"

2 簿书：官署文书。见《天津村酒香醉后抒感》注1。

3 曲糵：本指酒曲，借指酒。《礼记·月令》："曲糵必时，"注："古者获稻而渍米曲，至春而为酒，因谓酒为曲糵。"

4 娄江子：诗人自号。见《癸末九日漫兴四首》注18。

5 散策：拄杖散步。见诗267—272《秋日即事杂感六首》注21。

6 牛羊下括：牛羊结束放牧下坡回家。语出《诗经·王风·君子于役》："鸡栖于桀，日之夕矣，羊牛下括。"

7 并上句。语本屈原《渔父》。见《苏州全景》注1。

8 尨：长毛狗。

9 蠛蠓：一种小虫。体微细，将雨时群飞塞路。

10 祁寒：谓严寒。

11 并上句。上庠：古代的大学。《礼记·王制》："（有虞氏）养国老于上庠，养庶老于下庠。"郑玄注："上庠，右学，大学也。"岳岳：挺立的样子；耸立的样子。稽：停留；拖延。诗人当时在复旦大学、朝阳大学兼职讲学，需要跋山涉水，故云岳岳泱泱。由于路途遥远而艰难，故而讲学有时会迟到。

12 阛阓（huán huì）：街市；街道。

13 长吉：即唐代诗人李贺。李商隐《李长吉小传》："（李贺）恒从小奚奴，骑距驴，背一古破锦囊，遇有所得，即书投囊中。"

14 维摩：即王维。王维字摩诘。天宝末年，安禄山之乱，王维被叛军所掳，服药佯瘖，被囚于菩提寺。这里是诗人自嘲装聋作哑。

次韵酬何特老见赠

湖海旧交几度逢[1]，逢君未饮兴先浓，相思正似三巴水[2]，何日追陪九节筇[3]。迩室谈心衷国粹[4]，一窗邀月影江峰。遥知秀句拈成后，珍重瑶华手自封[5]。

题 解

何特老即何衢。见《秦淮河边友人何宅社集》题解。

笺 注

1 湖海：相对于"庙堂"，义近"江湖"。指官场以外。

2 三巴：泛指川渝地区。见《哲生来渝》注2。

3 九节筇：竹杖。参见《暮春登钟山顶》注3。陆游《老学庵笔记》卷三："（筇竹杖）以坚润细瘦九节而直者为上品。"

4 迩室：内室，居室。

5 瑶华，美玉做成的花。屈原《九歌·大司命》："折疏麻兮瑶华，将以遗兮离居。"王逸注："瑶华，玉华也。"

集句答陈右军七十自述

数篇今见古人诗[1]，杜甫句句妍辞缀色丝[2]。白居易奇险驱回还寂寞[3]，王建工夫深处转平夷[4]。陆游科条自可苏民瘼[5]，杨载通介宁随薄俗移[6]。苏轼万里故乡云缥缈[7]，罗隐一樽惆怅落花时[8]。温庭筠

题 解

陈右军，生平不详。

笺 注

1 本句集自杜甫《解闷十二首》其五："一饭未曾留俗客，数篇今见古人诗。"

2 本句集自白居易《酬微之》："声声丽曲敲寒玉，句句妍辞缀色丝。"

3 本句集自王建《上李益庶子》："奇险驱回还寂寞，云山经用始鲜明。"

4 本句集自陆游《追怀曾文清公呈赵教授赵近尝示诗》："律令合时方贴安，工夫深处却平夷。"

5 本句集自杨载《呈马昂夫佥院》："科条自可苏民瘼，议论还宜赞圣谟。"科条：法律条文。民瘼：民间疾苦。

6 本句集自苏轼《太守徐君猷通守孟亨之皆不饮酒以诗戏之》："风流自有高人识，通介宁随薄俗移。"通：通达；通情达理。介：耿介；光明正直。

7 本句集自罗隐《送臧濆下第谒窦鄜州》："万里故乡云缥缈，一春生计泪澜汍。"

8 本句集自温庭筠《寄李外郎远》："独有袁安正憔悴，一樽惆怅落花时。"

次韵再答何特老见赠

杖朝一老乐山游，矍铄精神孰与俦。妙语灵珠真皛皛[1]，截流香象岂浮浮[2]。有缘白雪认鸿印[3]，无恙苍松待鹤留。它日溯江应过我，谓予不信有扁舟。

笺 注

1 皛皛：洁白明亮的样子。

2 典出《优婆塞戒经》卷一："如恒河水，三兽俱渡，兔、马、香象。兔

不至底，浮水而过；马或至底，或不至底；象则尽底。"比喻悟道精深。后借以比喻诗文美好、精辟。

3 鸿印：同"鸿爪雪印"。见《元旦谒陵（八首）》注 29。

寄友人

堂哉沧白路[1]，展也结遐思[2]。大道公天下，舆论实主之。和衷期共济，行易本先知。宪政庆开始，于磐奠国基[3]。

我岂尧夫样，打乖安乐窝[4]。风尘犹澒洞[5]，疢疾发劳歌[6]。集会先联谊，匡时速沼倭[7]。报君占勿药[8]，晞发向阳阿[9]。

笺 注

1 沧白路：重庆市区街道名，位于市中心。原名炮台街，1943 年为纪念辛亥革命先驱杨沧白（庶堪）而更今名。

2 展也：一定会；必然会。语出《诗经·小雅·车攻》"允矣君子，展也大成。"

3 并上句。迫于中共和国内各民主党派、进步人士的压力，1945 年 5 月 21 日闭幕的中国国民党第六次全国代表大会发表宣言，宣布实施宪政。这之前国民党"六大"还通过了《促进宪政实现之各种必要措施案》。诗人被国民党当局制造的假象所迷惑，对此感到欢欣鼓舞。

4 并上句。尧夫，邵雍之字。安乐窝，见《和向伯祥鹤山卜居诗意（二首）》注 1。

5 澒洞：弥漫无际的样子。见《书愤（1933）》注 1。

6 疢（chèn）疾：疾病。这里指深深的忧患。劳歌忧伤、惜别之歌。

7 匡时：匡正时世；挽救时局。沼倭：犹言消灭日寇。语本《左传·哀公元年》："越十年生聚，而十年教训，二十年之外，吴其为沼乎！"杜预注："谓吴宫室废坏，当为污池。"

8 勿药：指病愈。见《寄怀蔡子民先生（四首）》注 2。

9 晞发：晒干头发。阳阿，晨曦所照的第一座山丘。见《初夏闷极感怀

公 余

疏钟何处响，乃在岭之偏。斜日一溪水，归装独石烟[1]。惠蛄将趯趯[2]，莲叶已田田[3]。应笑娄江子[4]，安禅未解禅[5]。

笺 注

1 独石：指当时国民政府立法院所在地独石桥。
2 惠蛄，亦作蟪蛄。见《采石矶太白楼放歌》注 19。趯趯：跳跃的样子。
3 化用《乐府诗集·相和歌辞一·江南》："江南可采莲，莲叶何田田。"田田：莲叶盛密的样子。
4 娄江子：诗人自号。见《癸未九日漫兴四首》注 18。
5 安禅：俗称打坐，指静坐入定。

种 菜

种菜英雄老，慨然髀肉生[1]。水清鱼潜伏，林密鸟多声。蒋诩开三径[2]，桓荣为五更[3]。古风今尚在，早晚计归程[4]。

笺 注

1 髀肉生：髀肉复生。见《开岁三日闻榆关失守（二首）》注 6。
2 三径：家园。见《壮侯招饮即席赠诗并柬寄侯》注 2。
3 桓荣：生卒年不详，字春卿。东汉初年名儒、大臣。五更：古代用以安排退休官员的一种职位。《礼记·乐记》："食三老五更于大学。"郑玄注："三老五更，互言之耳，皆老人更知三德五事者也。"孔颖达疏："三德谓正直、刚、柔。五事谓貌、言、视、听、思也。"
4 此处谓总有一天要卸任还乡。

新 晴

懒向强台上[1]，聊吟偪仄行[2]。云开天一笑，雨霁月三更。复此怀归念，而生望远情。鲉窗蕉映绿[3]，隐几亦神清[4]。

笺 注

1 强台：又称荆台、章华台。在今湖北监利县西北。为春秋时楚灵王所造。

2 偪仄行：杜甫所作汉乐府。开篇云"偪仄何偪仄，我居巷南君巷北。"通篇信笔写意，俗语皆诗，而伤贫感怀，真情实事，又不嫌其俗。为杜诗中少见的率意之作。

3 鲉窗：以鱼枕骨为饰的窗。见《癸未初度抒怀（十首）》注1。

4 隐几：靠着几案；伏在几案上。多代指假寐。

薄 游

连日窘阴雨[1]，新晴快薄游。度寒波潏潏[2]，迎暖鸟啾啾。砥柱双奇石[3]，风霜一敝裘[4]。离心如乱草[5]，散漫不能收。

题 解

薄游：漫游；随意游览。亦可解为微薄的俸禄而宦游在外。诗人这里有双关意。

笺 注

1 窘阴雨：为连绵阴雨所困。语出《诗经·小雅·正月》："终其永怀，又窘阴雨。"

2 潏潏：水流缓慢地涌出。

3 双奇石：指诗人居所纯园门前龙凤溪两岸的两块巨石。东岸巨石似龙，西岸巨石似凤，龙凤桥即架于二巨石之间。

4 敝裘：破旧的皮衣。典出《战国策·秦策》："苏秦始将连横说秦王，书十上而说不行，黑貂之裘敝，黄金百斤尽。"

5 并上句。离心指离愁。用李煜《乌夜啼》："剪不断，理还乱，是离愁"词意。

次韵酬曾其衡六十初度

频年共客古恭州[1]，归也有期不久留。似我同庚姑戒饮，羡君大白尚能浮[2]。曾登泰岱群峰小，肯许中条表圣休[3]。回首旧游生百感[4]，未妨诗卷是牢愁[5]。

题 解

曾其衡（1886—1959），名彦，又名植铨。广西靖西人。壮族。宣统元年举人，1904年入日本中央大学法科．1905年入同盟会。回国后曾1907年受聘上海商务印书馆。先后在南京临时参议院、北京临时参议院、第一届国会、护法国会参议院任过议员。时任国民政府立法院立法委员。

初度：生日。1945年曾其衡满59周岁，从俗按虚岁是60岁。

笺 注

1 频年：连年，多年。恭州：即重庆。北宋崇宁元年（1102）改渝州为恭州，南宋淳熙十六年（1189）升为重庆府。

2 并上句。这里是说：我和你同岁已经不敢饮，好羡慕你尚能大碗喝酒。

3 中条：指中条山。在山西省，山狭而长，东太行，西华岳，此山居中，故名。表圣：中条山西起首阳山，山麓有伯夷叔齐墓，谓二圣阡表。1941年5月，日伪军进犯中条山，中国军队由于准备不足，又缺乏统一指挥，大部溃散。被称为"抗战史上最大之耻辱"。

4 旧游：全面抗战爆发前，诗人曾到泰山、中条山调研、游览。而此时泰山、中条山地区尚未收复。

5 牢愁：忧愁不平。

借 书

人道借书是一痴，时还时索亦同之[1]。往年坐拥如城屹，今日专攻功仅管窥。岂得孜孜求甚解，未遑汲汲问归期。老来记忆渐非昔，说与儿曹知不知。

笺 注

1 并上句。典出李济翁《资暇集》："杜元凯遗其子书曰：'书勿借人。'古人云：古谚借书一嗤，还书二嗤。后人更生其词为三四，因讹为痴。"

曾 见

曾见橐驼种树时[1]，而今桔柚子盈枝。巴且独绽当风叶[2]，黮霴伴催喜雨诗[3]。竹外岂无衣带水[4]，门前亦有习家池[5]。故园景物何殊此，投老归田也不迟[6]。

笺 注

1 橐驼：柳宗元《种树郭橐驼传》中的主人公，善于植树。因驼背，人号之曰"橐驼"。这里借指诗人租住的纯园中果树的种植者。

2 巴且：芭蕉。芭蕉叶片巨大，故当风的一面常常破裂绽开。

3 诗人自注："农历五月二日天雨。"黮霴（shèn duì）：云黑的样子。承上句，意思是风云激荡，催促写出喜雨诗。

4 衣带水：像一条衣带那么宽的河流。形容水面狭窄。这里指龙凤溪。

5 习家池：即高阳池，见《十月初度感怀二首》注11。此处指诗人寓所纯园前的荷花池。

6 投老：犹临老。见《三叠吟韵寄太甦》注3。

答友人

君劝新愈莫作诗，作诗我觉乐忘疲。一场春梦醒居士[1]，八载蜀山老拾遗[2]。谲谏主文闻者戒[3]，徙薪曲突几人知[4]。明朝又是端阳节，起读离骚有所思。

笺 注

1 春梦：喻易逝的荣华和无常的世事。居士是诗人自称。这里表达的是诗

2 拾遗：职官名。唐代谏官，武则天时始置左右拾遗，掌供奉讽谏，以救补皇帝言行的缺失。抗战期间，国民党当局借口军事需要，基本上剥夺了国民政府立法院的立法权，国民政府立法院沦为一个建言机关，诗人是国民政府立法院任职时间最长的立法委员之一，故以"老拾遗"自嘲。

3 语本《毛诗序》："主文而谲谏，言之者无罪，闻之者足以戒。"意思是说话得体、委婉，说话的人不至于被问罪，又能够让听的人有所警惕。

4 徙薪曲突：防患于未然。见《平津道上》注4。

端节感怀

行将后乐补先忧，漫笑行藏独倚楼[1]。饮马扶桑看总辔[2]，钓鳌沧海得安流[3]。我怀端午诗人节，渡竟嘉陵彩色舟。猛忆杀青求易稿，去年此日在渝州[4]。

笺 注

1 套用杜甫《江上》："勋业频看镜，行藏独倚楼"句。行藏：出仕与退隐。出仕或退隐拿不定主意，故独倚楼沉思。

2 饮马：给战马喝水。喻把军队推进到某地。扶桑：指日本。见《东渡舟中感怀（四首）》注7。总辔：犹系马。派军队占领。

3 钓鳌：喻壮志。见《龙凤桥垂钓》注4。安流：舒缓平稳地流动。屈原《九歌·湘君》："令沅湘兮无波，使江水兮安流。"承上句，意指彻底消灭日本军国主义，使天下安定太平。

4 并上句。诗人《民法诠解》共三编于1944年完稿，经过多次改定后于1945年5月由商务印书馆陆续在重庆和上海印行。

重九登高二首

晓欲登临雨阻将，呼儿故事说重阳。箫云忽尔秋旻出[1]，鉴水能教野趣长。自是养疴坚戒饮，非关无菊懒称觞。扶筇远望南飞雁[2]，影度山林第几塘？

野望惟将爽垲求³，不妨培塿当高丘⁴。秋来万里舒双眼，天下一家大九州。地老巴山和蜀水，心随楚尾逐吴头⁵。明年此日登临处，定有新诗念旧游。

笺 注

1 䁲（niè）：通"躡"。踏；追踪。《汉书·礼乐志·郊祀歌》："志俶傥，精权奇，䁲浮云，晻上驰。"注："苏林曰：䁲音蹑。言天马上蹑浮云也。"旻：特指秋季的天空。此句咏秋季的蓝天忽然拨浮云而出。

2 扶筇：拄杖。见《普陀杂咏 七首》注19。

3 爽垲：高爽干燥。

4 培塿：小土丘。

5 楚尾吴头：泛指长江中下游地区。此处吟咏诗人盼望还都和思乡之情。

夜坐示子嘉

子嘉有"明月池中浴"句，为广其意。

阳月偏阴盛¹，冬山似睡眠。分明天上月，化作水中烟。小火炉熬药，孤灯夜擘笺²。莫愁更漏永，诗味尚迨然³。

题 解

子嘉指诗人第三子黄宏嘉。黄宏嘉1944年从西南联大应征入伍，赴中国驻印军服役。抗战胜利后退役，从西南联大机电系毕业回家。此时在家中休养，跟随乃父学诗。一日习作《秋月》一首："明月池中浴，孤云岭上游。诗情随景发，欲卧又夷犹。"诗人非常欣赏，故作此诗以广其义。

笺 注

1 阳月：又名"小阳春"。见《庚午初度感怀（四首）》注1。

2 并上句，小火炉：原指用来温酒的炉子。白居易《问刘十九》："绿蚁新醅酒，红泥小火炉。"擘笺：裁纸成笺。用本来应该温酒的火炉煎药，孤灯下裁笺作诗，渲染孤苦老病的气氛。

偶 成

欲拣白沙笔[1],山中有白茅[2]。凝眸多错揉[3],得句少推敲。槁壤半蚯穴[4],疏林一鸟巢。密云胡不雨,出没自西郊。

笺 注

1 白沙:指陈白沙。见《元旦书事二首》注5。
2 白茅:茅草,因其穗形状似毛笔,故借用与上句"白沙笔"对应。自谦作诗功力不足。
3 错揉:谓景物的错综纷乱。
4 句本《孟子·滕文公下》:"夫蚓,上食槁壤,下饮黄泉。"槁壤:干土。

寓 叹 二首

室以虚生白[1],林无叶不黄。感时怜髀肉[2],多病据胡床[3]。易远杯中物,难消镜里霜。古今同一慨,无用是文章。

卖刀谁买犊[4],得粟又虞薪[5]。云雨太翻覆,乾坤岂不仁?渐于除目远,自觉道心亲[6]。若语租船事,君其问水滨[7]。

笺 注

1 语本《庄子·人间世》:"瞻彼阕者,虚室生白。"虚室比喻心灵。意谓内心淡泊谦虚,则朴素之性自生。
2 髀肉:髀肉复生的缩用。见《开岁三日闻榆关失守(二首)》注6。
3 胡床:一种可以折叠的轻便的坐具。
4 卖刀买犊:卖掉武器,从事生产。典出《汉书·龚遂传》:"(龚遂)劝民务农桑。……民有带持刀剑者,使卖剑买牛,卖刀买犊。"
5 得到了粮食,又愁柴火。形容经济拮据,生活艰难。

6 并上句。化用姚合《武功县中作》:"一日看除目,终年损道心。"除目:官吏任免名单。道心:菩提心;悟道之心。意思是渐渐看淡官场而生无为无欲之心。

7 问水滨:喻无人知晓。见《初夏闷极感怀(四首)》注15。

岁暮杂诗 五首

蟋蟀入床下[1],晨风郁北林[2]。撩人枯树感,动我故园心[3]。好片韩陵石[4],时为梁父吟[5]。予尻非柱础[6],底事验晴阴?

蜀地黄花晚,冬来始向荣。披云峰午午[7],啄木鸟丁丁。落叶晨方扫,空阶晚又盈。前溪秋泛后,至竟未能清[8]。

槛泉何觱沸[9],野菊亦斓斒[10]。樵者负薪去,丈人荷蓧还[11]。寒鸦未集树,斜日已钻山。忙煞山巾子[12],晨昏不肯闲。

寄语西风急,休欺破弊衣。阴云沉万岭,浅水兀孤矶。岁晚漫漫夜,花开缓缓归。殷勤松柏影,为我荫荆扉。

莫问人知否,嚣嚣允若兹[13]。倚天原有剑,立地岂无锥。赖此三余补[14],时闻众窍吹[15]。我如袁彦伯,喜咏自家诗[16]。

笺 注

1 指时间已进入农历十月。典出《诗经·豳风·七月》:"十月蟋蟀入我床下。"

2 晨风,鸟名,即鹯鸟,属于鹞鹰一类的猛禽。语本《诗经·秦风·晨风》:"鴥(yù)彼晨风,郁彼北林。未见君子,忧心钦钦。"按,鴥,鸟疾飞的样子;钦钦:忧思难忘的样子。

3 并上句。枯树:即《枯树赋》,北周文学家庾信所作的抒情短赋。篇中借枯树形象表达自己的身世之感。其末句"树犹如此,人何以堪"是描写思念故土哀痛之心的名句，也引出了诗人此时思念故土的心绪。

4 韩陵石：指北魏温子升所撰《韩陵山寺碑》。寺在河南安阳东。碑文记叙了532年北魏高欢以3万兵马与20万敌军在韩陵山决战的经过。全文韵律铿锵，文采飞扬，深得庾信赞赏，曾言"惟有有韩陵山一片石堪共语。"

5 梁父吟：古乐府楚调曲名。父亦作甫。梁父，山名，在泰山脚下。传说是人死后魂魄归宿地。古时有曲名为《泰山梁甫吟》，分《泰山吟》和《梁甫吟》，均为葬歌。因《三国志》载诸葛亮好为《梁甫吟》，后世用为高雅不俗，怀经纬之才的典故。

6 尻：臀部。房屋础石润则有雨。诗人右臀患风痛病，于阴雨天疼痛加剧，因而诗人用以比作柱础，言其能预报天气的变化。

7 午午：交错杂沓的样子。

8 至竟：直到最终。

9 句本《诗经·小雅·采菽》："觱（bì）沸槛泉，言采其芹。"觱沸，泉水涌出的样子。槛泉犹滥泉，意思是泛滥的泉水。

10 斓斒：色多而杂。

11 荷蓧：背负农具。见《春日农村即事（四首）》注8。又赤松子与荷蓧丈人为二隐士。这里也暗喻自己处于隐居状态。

12 山巾子：雾气，以其似白巾围绕山头。语本《北窗琐言》："雾是山巾子，船为水靸鞋。"重庆号称"雾都"，故说晨昏不闲。

13 嚣嚣：自得无欲的样子。语出《孟子·尽心》："人知之，亦嚣嚣；人不知，亦嚣嚣。"允若：顺从；心平气和。兹，语尾助词。

14 三余：三国魏董遇教导学生充分用来读书的三个空闲时间："冬者岁之余，夜者日之余，阴雨者时之余也。"泛指闲暇时间。

15 众窍吹：地面众多的孔穴被风吹出的声音。此处喻关于时局、学术等方面各种不同的意见。

16 并上句。袁彦伯：名宏，小字虎。晋阳夏（在今河南省太康县）人。文章艳美，才思敏捷，有"倚马可待"的典故。刘义庆《世说新语·文学》载：袁宏家贫，曾被人雇佣行船。一天晚上在船上吟咏他自己写的咏史诗，被路过安西将军谢尚听到，非常赏识，引为参军，从此受到倚重。

雨中看山

山容虽冷峭，山骨尚嶙峋。欲尽濛濛意，莫如雨点皴[1]。

笺 注

1 皴：国画画法之一。即画山水树石时用以表现凹凸、阴阳及线条、纹理、形态的笔法。雨点皴为长点形的短促笔触，是唐朝诗人兼画家王维创造的一种皴法。它能表现山石的苍劲厚重，确立了水墨山水画这一艺术门类。

送别何特老南旋

闻说公归近有期，我归或较公归迟。高情屡顾深乔梓[1]，道貌真同接紫芝[2]。此去潇湘怀旧雨[3]，会当邂逅读新诗。适园续集如镌就，合让鲰生快睹之[4]。

题 解

何特老即何衢。见《秦淮河边友人何宅社集》题解。

笺 注

1 乔梓：喻父子。见《登天平山怀范文正》注1。
2 道貌：指清雅飘逸的面貌。紫芝：真菌的一种。似灵芝。菌盖半圆形，上面赤褐色，有光泽及云纹；下面淡黄色，有细孔。古人以为瑞草。道教以为仙草。
3 旧雨：喻老友。见《将毋同十六韵》注6。
4 鲰生：犹小生。多作自称的谦辞。鲰：小鱼。

子嘉退役有任职意 依依不舍书此示之

子嘉于一九四五年八月至十二月在北碚。

自尔来三月，课余常喜吟。岂无腾跃路，难遣别离心。衣钵能传我，文章不在深。眉山苏叔党[1]，合是汝知音。

题 解

诗人第三子黄宏嘉1945年8月服役期满，从中国驻印军退役回到家中。因征战愈年，身心俱疲，加之抗战甫胜，百废待举，没有合适的工作可以就业，于是在家休养。年底恰逢中国国际广播电台招聘英语播音员，黄宏嘉报名应聘入选。诗人依依不舍，作此篇赠别。

笺 注

1 苏叔党（1072—1124），名过，号斜川居士。苏轼第三子。以荫任右承务郎。苏轼升迁贬谪，均由苏叔党随行侍奉。苏轼卒后，苏叔党依叔父苏辙定居颍昌（今河南许昌）小斜川，因以为号。能文，善书画，人称"小坡"。有《斜川集》。

乙酉初度抒怀 二十首 并序

邵康节以"尧夫非是爱吟诗"为首尾句[1]，光、颢、弼各以一首和意[2]，载入《伊川击壤集》中。谨取先祖《雪竹楼》集中"岂有今朝不作诗"一句，用为首尾，略当自传，倘承知己以一首和意，遥接古欢[3]，岂不懿欤？乃所愿也。

述祖德

岂有今朝不作诗，故乡景物镇相思[4]。山为步障溪为带[5]，雪作形容竹作眉[6]。追琢其章心勉勉，芷兰之叶影离离[7]。诗崇祖德惭绳武[8]，岂有今朝不作诗。

思双亲

岂有今朝不作诗，天之生我独于罹[9]。望云万里思亲舍[10]，负笈三山学步迟[11]。刻鹄无成还类鹜，知雄乃可守其雌[12]。行年六十今开一，岂有今朝不作诗。

赠夫人

岂有今朝不作诗，老妻皋庑案齐眉[13]。但期儿辈读书乐，不怪子平了愿迟[14]。纫缉针回西日笑[15]，补苴力敌北风欺[16]。桑弧蓬矢偕周甲[17]，岂有今朝不作诗。

忆 弟

岂有今朝不作诗，吹埙也复念吹篪[18]。难忘斗草结绳日，永忆联床听雨时。应笑次公娴律令[19]，何如阿弟为良医[20]。西堂又梦池塘草[21]，岂有今朝不作诗。

诗家生涯

岂有今朝不作诗，诗家韵事几人知？浪仙引手逢韩愈[22]，皇甫序文重左思[23]。玉尺量才才不尽[24]，金尊斗句句尤奇[25]。吟篇自署娄江子[26]，岂有今朝不作诗。

忆湖南

岂有今朝不作诗，忆曾载酒泛湘漓[27]。杯中剑白金风里[28]，江上峰青暮雨时[29]。水入洞庭秋渺渺，峰回衡岳雁迟迟。澧兰沅芷长相忆[30]，岂有今朝不作诗。

忆北京

岂有今朝不作诗，景山松柏岁寒姿。弦歌日下思前辈[31]，尊酒风流又一时[32]。苜蓿冰瓯留旧雨[33]，珊瑚铁网出高枝[34]。燕云蓟树长相忆[35]，岂有今朝不作诗。

忆南京

岂有今朝不作诗，可堪回首白门时[36]。培风欲展鲲鹏翼[37]，嗜古穷搜汉魏碑。一自沧胥增算发[38]，生憎卖老不留髭。吴山越水长相忆，岂有今朝不作诗。

神游峨眉

岂有今朝不作诗，诗中胜境数峨眉。声喧万马黑龙港[39]，树闹群猴洗象池[40]。古木钻天森剑戟，苍藤绝顶攫蛟螭。神游也似身亲历，岂有今朝不作诗。

伤 时

岂有今朝不作诗，玉衡又指孟冬时[41]。渐看岚气移峰缓，已觉禽声出谷迟。三匝艰难乌鹊苦[42]，万方憔悴蛰龙知。休论劫后愁深浅，岂有今朝不作诗。

蜀 江

岂有今朝不作诗，天开万古蜀江奇。山枫烂醉经霜叶，水鹤争栖傍岸枝。滩上有风尤寱坎[43]，雾中无树不迷离。园公溪友那知此[44]，岂有今朝不作诗。

忆研习书法

岂有今朝不作诗，韶华一去返无期。维忧用老光敲石[45]，费日损功貌画脂[46]。忆昔低昂观妙舞[47]，追摹顿挫屡临池[48]。学书学剑难成就，岂有今朝不作诗。

忆读律

岂有今朝不作诗，世间万事一枰棋。五更起舞闻鸡后[49]，七纸书成倚马时[50]。读律卅年留小草[51]，忧时一涕肯轻垂？浮生不尽沧桑感，岂有今朝不作诗。

学古人襟期

岂有今朝不作诗，古人与我共襟期[52]。子余暖暖三冬日[53]，叔度汪汪万顷陂[54]。欲与伊川同击壤[55]，何妨芥子纳须弥[56]。晓星今晓明于月，岂有今朝不作诗。

赞 儒

岂有今朝不作诗，中庸久矣鲜能之[57]。蒲卢敏政两方策[58]，祖述宪章一仲尼[59]。执两用中称大智[60]，至诚赞化更前知[61]。鸢飞鱼跃天渊察[62]，岂有今朝不作诗。

赞 释

岂有今朝不作诗，佛妻法喜女慈悲[63]。上流刹宝曹溪水[64]，初祖山开震旦师[65]。不二法门文没有[66]，谓无漏道忍求之[67]。因缘异日联香火[68]，岂有今朝不作诗。

赞道并儿时事

岂有今朝不作诗，仙人昔有句相贻[69]。竹林许我持牛耳，青眼看人集凤池[70]。往事悠悠如一梦，小时了了大无奇[71]。纵教贵煞洛阳纸[72]，岂有今朝不作诗。

赞人类文化渊源

岂有今朝不作诗，幽情蓄念盍抒之。大秦哲学宗希腊[72]，先汉河源渐月氏[73]。玄武苍龙东北阙[74]，夜郎白马西南夷[75]。诵诗三百应专对，岂有今朝不作诗。

赞同盟国

岂有今朝不作诗。此心此理实同之。为公理战罗斯福[76]，唱地球论哥伯尼[77]。林肯而远功第一[78]，椭圆自后信无疑[79]。泰西诗史开荷马[80]，岂有今朝不作诗。

庆抗战胜利日

岂有今朝不作诗，受降处处耀牙旗[81]。万邦维宪联新法[82]，八载含辛大义师。痛定能无思痛日，归休信有日归期[83]。东倭底定全功竟，岂有今朝不作诗。

题解

1945年诗人满60周岁。这20首诗是为其六十寿诞写的自传性组诗。

笺 注

1 邵康节即邵雍，见《书感（1933）》注3。"尧夫非是爱吟诗"为其《首尾吟一百三十五首》之首尾句，载《伊川击壤集》卷二十。

2 光、颢、弼指邵雍好友司马光、程颢、富弼。

3 古欢：指前文所叙司马光等人和邵雍首尾诗逸事。

4 镇：犹长时间、常常。

5 步障：古代贵显者出行，于道旁设置用于遮蔽风寒尘土或禁人窥视的幕布。《晋书·石崇传》："（王）恺作紫丝布步障四十里，（石）崇作锦步障五十里以敌之。"

6 雪作：指诗人祖父黄道让《雪竹楼诗稿》。

7 语本《诗经·卫风·芄兰》："芄兰之叶，童子佩韘。"按，韘（xiè）是古代射者戴在右手大拇指上用以钩弓弦的工具，以象骨制成。这里咏叹自己童年习射已经是遥远往事，从而引出下句："诗崇祖德惭绳武。"芄（wán）兰，草名。一名萝摩。多年生蔓草。茎叶长卵形而尖。

8 绳武：继承祖先业绩。语本《诗经·大雅·下武》："昭兹来许，绳其祖武。"这句诗说：我读先人诗，憧憬其道德，但惭愧不能传承其事功。

9 语本《诗经·王风·兔爰》："我生之后，逢此百罹。"罹，犹难。诗人不幸七岁丧母，二十岁丧父。罹即指此。

10 望云：思念双亲。见《书怀（1933）》注2。

11 三山：典出《拾遗记》："海中有三山，其形如壶，方丈曰方壶，蓬莱曰蓬壶，瀛洲曰瀛壶。"此处借指日本。学步：谓开端学习。这里指诗人留学日本开始研习法律。

12 语本《老子》第二十八章："知其雄，守其雌，为天下溪。"意思是知刚守柔，淡泊无争，包容天下。

13 皋庑：指简陋居处。皋指皋伯通，庑指堂下周围的走廊。典出《后汉书·梁鸿传》：梁鸿与妻孟光隐居于吴地皋桥，生活无着，投靠大户家皋伯通，寄居其庑下，帮人舂米为生。齐眉喻夫妻恩爱，见《杭州雅集（二首）》注 7。

14 子平：即向平。见《甲申览揆抒怀（六首）》注 9。向平待子女婚嫁已毕，便畅游名山大川。此时诗人有二子一女尚未婚嫁，而诗人已年满花甲，故言"了愿迟"。

15 纫缉：缝补衣袜。

16 补苴：打补丁；补缀。语本刘向《新序·刺奢》："今民衣敝不补，履决不苴。"

17 桑弧蓬矢：古代诸侯生子后举行的一种仪式：用桑木做弓，用蓬梗做箭，射向天地四方。这里借指出生之年。偕周甲：诗人与夫人系双方父母指腹为婚，又生于同年，故云。

18 典出《诗经·小雅·何人斯》："伯氏吹埙，仲吹篪。"埙即埙，用陶土烧制的一种吹奏乐器；篪（chí）是古代一种用竹管制成像笛子一样的乐器。埙篪能相和，后用以喻兄弟和睦。

19 次公：汉代盖宽饶的字。见《醉后遣愁（四首）》注 3。这里是诗人自比。亦双关诗人在兄弟中排行老三。

20 诗人弟黄君昌终身在乡下行医。

21 谢灵运自述"池塘生春草"系梦弟时所得句。见《村兴八·序》。诗人这里用以表达思弟之情

22 浪仙：亦作阆仙，唐朝诗人贾岛的字。贾岛引手逢韩愈事，见《与夔旭游西山（二首）》注 2。

23 皇甫：皇甫谧，魏晋间著名的经学大师。左思《三都赋》成，不为时人所重，因皇甫谧为之作序，于是豪富之家争相传写，左思遂名重天下。

24 化用李白《上清宝鼎》："仙人持玉尺，度君多少才。玉尺不可尽，君才无时休。"

25 金尊酒杯。此句谓以酒意助诗兴，则所为诗句愈发奇特。

26 溇江子：诗人自号。见《癸未九日漫兴（四首）》注 18。

27 湘漓即湘江与漓江的并称。这里湘漓泛指湘江。

28 金气：秋风。

29 江上清峰：用唐代钱起《省试湘灵鼓瑟》"曲终人不见，江上数峰青"句意。按，钱起《省试湘灵鼓瑟》为咏湖南洞庭名篇。

30 澧兰沅芷：语本屈原《九歌·湘夫人》："沅有茝兮澧有兰。"按，茝（chǎi）即白芷。

31 弦歌：指学校诵读之声。见《东渡舟中感怀（四首）》注14。弦歌日下谓教育日渐衰败。

32 尊酒：犹杯酒、斗酒。"尊酒风流"指斗酒诗百篇式的豪放。杜甫《饮中八仙歌》："李白一斗诗百篇，长安市上酒家眠。"

33 苜蓿：形容生活清苦。见《次韵答袁炼人（二首）》注4。冰瓯：喻诗文清雅。典出范成大《次韵甄云卿晚登浮丘亭》："葛巾羽扇吾方健，雪碗冰瓯子句清。" 旧雨：老友。全句的意思是用粗茶淡饭和清新的诗句待客。

34 喻搜求、培养人才。典出《新唐书·西域传下》："海内有珊瑚洲，海人乘大舶，堕铁网水底。珊瑚初生磐石上，白如菌，一岁而黄，三岁赤，枝格交错，高三四尺。"

35 燕云蓟树：泛指京津一带风物。诗人居北京时，常往返京津地区讲学。

36 白门：指南京。见《杂咏（三首）》注1。

37 培风：乘风。语出《庄子·逍遥游》："风之积也不厚，则其负大翼也无力，故九万里则风斯在下矣，而后乃今之培风。"

38 沦胥：沦陷；沦丧。见《春感（八首）》注18。算发：斑白的头发。陶宗仪《南村辍耕录·宣发》："人之年壮而发斑白者，俗曰算发，以为心多思虑所致。"

39 黑龙溪：峨眉山麓有黑龙白龙二溪流，在清音阁处汇合。相合处水流激迸，声如奔马。按，溪原稿作"港"，疑抄误，迳改。

40 洗象池：在峨眉山腰。建于明代。称初喜庵，1699年扩建为寺。因寺前有一六角形小池，传为普贤菩萨浴象处，改名洗象池。

41 语本《古诗十九首》："玉衡指孟冬，众星何历历。"玉衡：北斗七星的第五星。从第五星玉衡到第七星摇光叫"斗杓"，亦即"斗柄"。冬季斗柄指北。这里玉衡代表斗柄。孟冬：冬季首月，即农历十月。

42 语本曹操《短歌行》："明月星稀，乌鹊南飞，绕树三匝，何枝可依。"咏无家可归的悲凉。

43 窾坎：象声词。见《北温泉即景》注4。

44 园公：管理花园的仆人。溪友：谓指居住溪边的隐士。此句处在小天地里的人不知蜀江景色的壮阔。

45 维忧用老：语出《诗经·小雅·小弁》"假寐永叹，维忧用老。"意思是因忧虑而催人变老。用，犹"而"。光敲石：敲石生光的倒装。语本白居易《自题》："马头觅角生何日？石火敲光住几时？"喻人生短暂，如电光石火，转瞬即逝。

46 画脂：在油脂上作画。比喻徒劳无功。这句是自嘲学书无所成，徒劳无功。

47 指张旭见公孙氏舞剑而得草书之神。事见杜甫《观公孙大娘子弟舞剑器行序》："往者吴人张旭，善草书书帖，数尝于邺县见公孙大娘舞西河剑器，自此草书长进，豪荡感激，即公孙可知矣。"其诗曰："昔有佳人公孙氏，一舞剑器动四方。观者如山色沮丧，天地为之久低昂。"

48 《晋书·卫瓘传》载：东汉张伯英在水池边苦练书法，用池水洗笔，使一池水变黑。后因以"临池"指学习书法。

49 闻鸡起舞：见《鸡鸣寺下访友》注2。

50 用袁宏倚马可待典故。倚马：形容才思敏捷。见《庚午初度感怀（四首）》注11。

51 读律卅年：诗人1915年入北京大学，任法律系教授，至此时正30年。小草：书法上指草书中形体较小，笔画较简省的字体，相对于大草而言。此处喻记录的心得，指诗人出版的系列著作。

52 襟期：襟怀和期许。

53 子余：春秋时晋国人赵衰的字。赵衰跟随晋文公出亡十九年，归国后辅佐文公成就霸业。他为人谦让和蔼，被喻为"冬日之日"。

54 叔度：东汉高士黄宪的字。叔度才学节操超群，时人将他比作颜回。《后汉书·黄宪传》载，时人称其学问"汪汪若千顷陂，澄之不清，淆之不浊，不可量也。"

55 伊川指宋代邵雍。击壤谓耕作。邵雍在伊川隐居三十年，著有《伊川击壤集》二十三卷，附录一卷。

56 佛教用语。佛教认为一切法空，原不相碍，所以芥子虽小，也能无碍地容纳须弥山。

57 语本《中庸》："子曰：'中庸其至矣乎，民鲜能久矣。'"意思是中庸是道德的最高境界，可是一般人很难长期坚持。

58 蒲卢：即果蠃。见《冬日山居杂感（四首）》注17。敏政：勤勉于政务。方策：方法、计策。这里是说爱民和勤政是两条根本的准则。

59 语本《中庸》："仲尼祖述尧舜，宪章文武。"祖述：师法前人，加以阐述。宪章：效法。

60 语本《中庸》："舜其大知也与！……执其两端，用其中于民。"大智：这里指舜把握住事物的两个方面，防止过犹不及，用适当的态度来对待民众。

61 语本《中庸》："惟有天下至诚，为能尽其性，……能尽物之性，则可以赞天地之化育。""至诚之道，可以前知。"按，赞天地之化育，即可以帮助天地养育万物。

62 语本《诗经·大雅·旱麓》："鸢飞戾天，鱼跃于渊。"这句的意思是，万物恪守秩序，则欣欣向荣。

63 语本《维摩经·佛道品第八》："法喜以为妻，慈悲心为女。"法喜：佛教术语。谓闻佛法而生欢喜。佛这里指维摩诘。《维摩经》说他是一位与释迦牟尼同代的大乘居士，为佛典中现身说法、辩才无碍的代表人物。

64 谓佛寺以曹溪水的上流为宝。刹：佛寺。曹溪，水名，在广东省曲江县东南双峰山下。公元676年，邑人曹叔良舍宅建宝林寺，故名曹溪。因六祖慧能住持宝林寺，成为禅宗的南宗祖庭，也是禅宗的正统。曹溪遂为禅宗的别号。

65 初祖：指佛教禅宗初来中国的达摩。震旦：古代印度人对中国的称呼，意即"秦地"。

66 语本《维摩经·入不二法门品第九》"乃至无有文字语言，是真不二法门也。"不二法门：独一无二的佛法、教法。佛所说作为世间准则者称为"法"，此法为众生入道的门径，称为"门"。

67 无漏：佛教语。谓清净无烦恼。

68 佛教语。香与灯火为供奉佛前之物，因以"香火因缘"谓同在佛门，彼此契合。

69 诗人自注："儿时乡里扶乩，有仙人贻余诗曰：'才高倚马克绳先，的是竹林第一贤。五凤楼修阿弟手，洛阳市上买新笺。'"按，绳先指继承前人事业；竹林指竹林七贤，借指文人；修五凤楼手谓文章高手，见《癸未初度抒怀（十首）》注20；洛阳新笺指文章轰动于世。

70 并上句。见上条诗人自注。执牛耳指盟主。见《辛巳九七太蕤约高台丘》注3。小时了了：语本刘义庆《世说新语·言语》："小时了了，大未必佳。"此是诗人自嘲。

71　洛阳纸贵：见《岁终喜雨漫兴》注3。

72　大秦：指罗马。罗马哲学的斯多葛学派为希腊人芝诺（约公元前336—264）所创立。斯多葛学派认为理性是自然规律，也是所有法律和道德的基础。罗马法的基本原理也立足于斯多葛学派，主张符合理性和人人平等。诗人专研罗马法，故言大秦哲学。

73　先汉即西汉。河源即黄河之源。渐：到达。月氏：西域古国名，约当今甘肃省兰州以西直到敦煌的河西走廊一带。黄河源于巴颜喀拉山北麓，与汉时的结论相符。

74　玄武：北方七宿（斗、牛、女、虚、危、室、壁）的总称。苍龙：东方七宿（角、亢、氐、房、心、尾、箕）的总称。阙：门观，此处谓天门。这句诗说：玄武和苍龙分居于东方的天阙和北方的天阙。

75　西南夷：秦汉时代对居住在蜀郡西北、西南广大地区诸少数民族的总称。夜郎、白马均为汉时西南夷国名。

76　指富兰克林·罗斯福（1882－1945）。第二次世界大战时期的美国总统。

77　指尼古拉·哥白尼（1473－1543）。文艺复兴时期的波兰数学家、天文学家，创立了日心学说。

78　指亚伯拉罕·林肯（1861－1865），美国内战时期的总统。推动了解放黑奴，取得了南北战争的胜利，从而维护了美国的统一。

79　椭圆：指美国总统办公场所白宫的椭圆形办公室，借指美国总统。承上句，指林肯提出的政治理念为后任历届总统所遵循。

80　旧时泛指西方国家，一般指欧美各国。荷马：相传为古代希腊两部著名史诗《伊利亚特》和《奥德赛》的诗人。荷马史诗在西方古典文学中一直享有最高的地位，被西方人一直认为它是奉为古代最伟大的史诗。

81　受降：接受敌军投降。1945年8月15日，日本天皇裕仁宣读《终战诏书》，接受同盟国要求日本无条件投降的《波茨坦公告》。9月2日，同盟国代表在停靠于东京湾的美国军舰密苏里号战舰上举办受降仪式，日本政府代表于此签署《降伏文书》。9月9日9时18分，在南京市中央陆军军官学校大礼堂（今东部战区大礼堂）举行中国战区受降仪式，日军中国派遣军总司令冈村宁次签署投降书,向中国军队无条件投降。中国各战区也陆续举行了受降仪式。
牙旗,军中大将所建以象牙为饰的大旗。这里指胜利的旗帜。

82 指1945年6月26日在旧金山会议闭幕时通过并签署《联合国宪章》。作为对长期抵抗侵略壮举的认可,中国被联合国会员国推举,排在签字顺序的首位。

83 归休:辞官退休;归隐。《韩诗外传》卷九:"田子为相,三年归休,得金百镒奉其母。"

初度前夜书事

读书父子共灯光,迟尔东归一草堂[1]。久客徒增生计苦,和羹早趁市声忙[2]。小窗半夜巴山雨,幽树中间柿叶霜[3]。定卜明朝天气好[4],渐疏漏滴度更长。

题 解

本篇为1945年11月8日晚与第三子黄宏嘉畅谈后所作。

笺 注

1 东归:谓还乡。此时抗战胜利,抗战期间迁来重庆的各单位纷纷准备复员原址。

2 和羹:调制羹汤。语出《尚书·说命》:"若作和羹,尔惟盐梅。"当早上市场开始喧闹的时候,便开始调制羹汤。写诗次日为诗人六十周岁寿诞,家人一早就开始忙于设宴,以表祝贺。

3 柿叶霜:经霜的柿叶。柿叶经霜更红,也指林间的红叶。

4 从上联"小窗半夜巴山雨"引出。北碚多夜雨,而夜雨一般预兆次日是晴天,故当地有"雨落到五更,太阳晒水坑"的农谚。

次日果晴叠前韵

爽气朝来道大光,揭来岁月两堂堂[1]。筼筜入韵当风舞[2],蛮触争枝带雨忙[3]。

漫笑东山无远志[4]，岂知武库有清霜[5]。著书我爱荀卿子[6]，美意延年乐更长[7]。

笺 注

1 竭来：犹去来。堂堂：气势磅礴不可阻挡。"岁月两堂堂"意思是过去的岁月堂堂而去，未来的岁月堂堂而至。

2 筼筜：一种竹。见《重游宝华山隆昌寺（四首）》注3。

3 蛮触：蜗牛的触角。见《游北固山望长江放歌》注23。此处代指蜗牛。

4 东山：指东晋谢安。见《游半山寺谢公墩》注3。无远志：谢安因位高招忌，出镇广陵（今江苏扬州），不问朝政。

5 语本王勃《滕王阁序》："紫电清霜，王将军之武库。" 武库是兵器库，这里喻王将军胸中的韬略。

6 荀卿（约前313—约前238），名况。 战国时赵国人。曾担任齐国稷下学宫祭酒、楚国兰陵令，到赵国、秦国游说诸侯，宣扬儒学。晚年专事著述，终老兰陵。

7 美意：快乐无忧。语出《荀子·致士》："得众动天，美意延年。"后用为祝寿之辞。

丙 戌（1946）

三十五年元旦试笔

守口若瓶意若城[1]，送穷却病迓新正[2]。人言天下恶乎定[3]，报道协商不以兵。老树犹留除夕雨，前山欲放晓天晴。东家昨夜陈丝竹，入耳巴歌到五更[4]。

题 解
三十五年指民国纪元三十五年，即公元1946年。

笺 注
1 化用古谚"守口如瓶，防意如城"。《朱子语类》卷一〇五："守口如瓶，是言语不乱出；防意如城，是恐为外所诱。"
2 送穷，见《书事》注3。迓：迎接。
3 语出《孟子·梁惠王上》："孟子见梁襄王，出语人曰：'望之不似人君，就之不见所畏焉。'卒然问曰：'天下恶乎定？'吾对曰：'定于一。'"
4 巴歌：见《山居漫兴（七首）》注1。

农历元旦 二首

公历二月二日[1]。

新年意思入山家，元旦相逢互拜嘉。更喜檐前翔喜鹊，也同青眼看梅花。

心安到处可为家[2]，不速宾来亦孔嘉[3]。倚徙阑干新画本[4]，一池春水照梅花。

笺 注
1 原稿为"农历二月二日"。应为誊抄时笔误，迳改。

2 化用苏轼的《定风波·南海归赠王定国侍人寓娘》"此心安处是吾乡"句。

3 不速宾：不速之客；意外到来的客人。孔嘉：非常美好。语出《诗经·小雅·宾之初筵》："饮酒孔嘉，维其令仪。"

4 倚徙：流连徘徊。鲍照《拟行路难》之七："人生不得恒称意，惆怅倚徙至夜半。"

将之南京留别 三首

一九四六年四月。

思量往事等纷纭，八载驰驱不厌勤。独石为桥担宇宙[1]，两山排闼郁风云[2]。故应筚路重回首，都说匠人巧运斤。赢得光华歌复旦[3]，后之览者视斯文[4]。

嘉陵江水意悠悠，送客殷勤到石头[5]。万里天风翔羽翰[6]，三春谷鸟伴行舟。每惊岁月侵双鬓，却喜溪山共一楼[7]。今日俶装尤惜别[8]，他年尚欲大峨游。

锦水阆风倩满林，却愁容易便分襟[9]。如何摒挡还京日[10]，转益低回感旧心。的的山花沿驿发[11]，峨峨峡影入江深。陪都本是中兴地[12]，岂独江山助客吟。

题 解

抗战胜利后，国民政府随即筹备还都事宜。国民政府立法院亦决议 1946 年 5 月在南京复会。诗人于 4 月中旬乘机由重庆飞往上海，转抵南京。在沪期间接受上海媒体专访，在上海《香雪画报》当年第 4 期发表了这组诗。

笺 注

1 独石为桥：指国民政府立法院所在地独石桥。见《独石桥新院址》题解。

2 两山：独石桥东为鸡公山，西为缙云山。

3 语本《尚书大传·卿云歌》："日月光华，旦复旦兮。"按，"复旦"原意为再度辉煌，这里双关光复失地的意思。

4 诗人自注:"国民政府立法院在独石桥院址泐石题名。"按,抗战胜利后,国民政府立法院准备复员南京。行前,院长孙科率全体同仁合影,并在大磨滩独石山房脚下石壁镌刻全体委员名单纪念。

5 石头:指石头城,即南京。

6 羽翰:指翅膀。孟郊《出门行》:"参辰出没不相待,我欲横天无羽翰。"这里指所搭乘的飞机。

7 指诗人寓居的北碚纯园。濒临龙凤溪,正对缙云山。

8 俶装:整理行装。

9 分襟:分别。

10 摒挡:收拾料理。

11 的的:光亮、鲜明的样子。

12 陪都指重庆。宋光宗赵惇是宋孝宗赵昚第三子,1162年封恭王,1171年被立为皇太子。1189年受禅登帝位。按皇子的长次,轮不上赵惇当太子,破格成为太子,又通过禅让即位,是双重喜庆,因此升恭州为重庆府。"中兴地"即指此。

重游古林寺

冈峦不改旧时青,古寺岿然尚在坰[1]。犹有佛书罗宝笈,始将劫烬问山灵[2]。讲堂说法声逾户,细草偎墙绿满庭。难得高僧前席话,临行执手赠茶经[3]。

题 解

诗人曾于1932年游古林寺。见《游古林寺》题解及诗。

笺 注

1 坰(jiōng):离城市很远的郊野。

2 劫烬:即劫灰。见《春日山居漫兴(五首)》注16。

3 并上句。诗人自注:"澳大利亚人入中国籍史法诗禅师赠陆羽《茶经》。"

寄怀何特老

昔年倡和乃芳时，今日更增别后思。易地还能医我病，羁怀剩欲读公诗[1]。民生憔悴应同慨，世路艰难已共悲[2]。见说考槃居尚德[3]，硕人俣俣楠栖迟[4]。

题 解

何特老即何衢。见《秦淮河边友人何宅社集》题解。

笺 注

1 羁怀：滞留异乡的心情。
2 世路：犹世道，指社会状况。
3 考槃：指隐居。见《书感（次展堂先生韵）》。
4 硕人俣俣：语出《诗经·邶风·简兮》："硕人俣俣，公庭万舞。"硕人：大德之人；俣俣：光彩照人。楠：楠木。为优质木材和观赏树种。栖迟：游憩；淹留。语本《诗经·陈风·衡门》："衡门之下，可以栖迟。"

何叙甫将军六十

廿年于役共西东[1]，不谓今年六十翁。能使云霞生肘腋[2]，惟有兼文武大英雄。乖崖应变胸无竹，杜牧谈兵笔有风[3]。我读公诗频起舞，寿公豪迈气如虹。

题 解

何叙甫即何遂。见《独游后湖醉卧舟中失慎坠水何叙父为作满湖烟水一诗翁图诗以纪之》题解。

笺 注

1 于役：因公务奔走。见《开岁书怀（四首）》注12。
2 云霞：比喻远离尘世的地方。借指仙气。
3 并上句。套用张问陶《怀古偶然作》："乖崖应变胸无竹，小杜谈兵笔有霜。"乖崖是宋人张咏（946—1015）的号。张咏官至礼部尚书，平日刚方尚气，凛然不可犯。以乖则违众，崖不利物，自号"乖崖"。杜牧为唐代诗人，喜谈兵法。见《书感寄夔旭兼示儿辈以代家书（四首）》注3。

书 事 四首

授餐适馆冶城东[1]，化鹤归来感慨同[2]。大计百年根本法[3]，江城五月落梅风[4]。有时座上闻高议，剩欲樽前话夙衷[5]。太息嗷嗷中泽集，疾呼援手拯哀鸿[6]。

当日钟山共谒陵[7]，层层石级雨中登。云迷谷口钟声隐，雾罩湖滨水气蒸。浩劫未将钟虡易[8]，生绡不让画图能[9]。登高一览无余地，漫道江南遍未曾。

雨雨风风阻薄游[10]，梧桐一叶又惊秋。离情远接潇湘水，野趣思寻药玉舟[11]。研句或嫌山谷硬[12]，依人难解仲宣愁[13]。年来只有乡心切，不是潭州即澧州[14]。

行行止止复行行，聚散风云在玉京[15]。祖饯惭余迟要约[16]，登车无日忘澄清。和衷共济斯为美，筑室道谋用不成[17]。露白葭苍秋易尽，相期雅调又重赓[18]。

题 解

诗人1936年参加制宪国民会议竞选，当选为湖南第五区国大代表。会议原定1936年11月召开，但因代表选举不顺利而不得不延期一年。一年后抗战爆发，大会再度延期。1946年1月1日，蒋介石发布《告全国军民同胞书》，承诺年内召开国民大会，制定宪法。1月10日至31日，国共两党和其他党派、无党派人士代表在重庆召开政治协商会议，通过了国民大会案、协定五五宪草的修改原则12项等决议案，并组织宪草审议委员会。诗人被聘为会外专家。还都南京后，召开制宪国大的工作推进很快，审定宪法的工作也加紧进行。1946年11月—12月，制宪国民大会在南京召开。这组诗是诗人在参加制宪国民大会会议期间所作。

笺 注

1 诗人自注："红纸廊国大代表招待所系冶城故址。"冶城：又称冶亭。故址在今江苏省南京市朝天宫一带。相传为春秋时吴王夫差（一说三国吴）冶铁之所。按，红纸廊在南京建邺路，时为国民党中央政治学校所在地。

2 化鹤归来：得道还乡。见《东渡舟中感怀（四首）》注10。这里指抗战胜利后还都。

3 指提交讨论的中华民国宪法草案。

4 套用李白《与史郎中钦听黄鹤楼上吹笛》："黄鹤楼中吹玉笛，江城五月落梅花。"落梅风：农历五月的季风。因此时江南梅子黄熟，故名。

5 剩欲：颇想；犹欲。

6 并上句。诗人自注："本年湘省灾情惨重，同人呼吁赈济。"中泽：沼泽之中。语本《诗经·小雅·鸿雁》："鸿雁于飞，集于中泽。"见《癸未四月三日渝郊展禊以兰亭序分韵》注40。

7 谒陵：指集体拜谒中山陵。见《元旦谒陵（八首）》题解。

8 钟虡（jù）：悬挂钟的架子两旁的柱子。

9 诗人自注："是日全体摄影。"生绡：未漂煮过的丝织品。古时多用以作画，因亦以指画卷。

10 薄游：漫游；随意游览。

11 药玉舟：指酒杯。见《初夏闷极感怀（四首）》注17。

12 山谷：黄庭坚别号山谷道人，亦省称山谷。他是江西诗派开创者，风格奇硬拗涩。

13 仲宣：汉末文学家王粲的字。王粲为"建安七子"之一。其《登楼赋》抒写思乡怀国之情和怀才不遇之忧，是建安时代抒情小赋的代表性作品。

14 潭州：指长沙。隋开皇九年（589）改湘州为潭州，治所在长沙县（今湖南长沙市）。以后历朝在潭州和长沙之间轮换。澧州：隋开皇九年（589）置松州，寻改澧州。以澧水得名。诗人家乡临澧曾属澧州管辖。

15 玉京：京城；国都。

16 祖饯：饯行。要约：邀约；发出邀请。

17 筑室道谋：自己盖房子和路人商量。比喻没有规划，毫无主见，语出《诗经·小雅·小旻》："如彼筑室于道谋，是用不溃于成。"

18 相期：期盼；相约。 雅调：高雅的韵调或格调。这里指社集时代唱和之作。重赓：接续；延续。

丙戌还都后览揆感赋 二首

作客巴渝岁月深，还都慨叹燕巢林[1]。武成仅取二三策，击壤犹存首尾吟[2]。敢谓文章非国运，谁知夫子有蓬心[3]。年来渐远杯中物，乞与扬雄续酒箴[4]。

纪年检点旧诗篇，甲子平头又二年[5]。京国重游多感触，神州极目尚烽烟[6]。自怜白发添新种，剩有青毡是旧传[7]。差喜沉疴今渐愈，杖藜信步不愁颠[8]。

题 解

民国丙戌年为公元 1946 年。览揆同初度，意思是生日。当年农历十月初五为公历 10 月 29 日。

笺 注

1 燕巢：燕子的窝。诗人在南京沦陷前的寓馆在日寇占领期间被夷毁，旧时堂前燕不得不巢于树林之中。

2 并上句。见《元旦试笔（二首）》注 4、注 5。

3 蓬心：喻不能通达事理。见《四叠吟韵寄太甡》注 4。

4 酒箴：西汉扬雄创作的一篇小赋。分咏打水陶罐与盛酒皮囊，劝诫汉成帝不要亲近那些圆滑的小人而疏远了淡泊的贤人。

5 甲子平头：典出白居易《除夜》："火销灯尽天明后，便是平头六十人。"平头意为不带零头的整数。言"又二年"是按虚岁算。

6 1946 年 6 月，国民党撕毁国共双方达成的停战协定和政协决议，悍然对山东、中原解放区发动进攻，第二次国共内战全面爆发。

7 青毡：喻传家之物。见《由临澧至常德途中抒感》注 6。

8 杖藜：拄杖。见《题画自遣（二十四首）》注 2。

重九拟登高未果

呼儿载酒上高楼,远意何殊远足游。老圃犹留经宿雨,垂杨也似六朝秋。引杯却忆当年事,阅世还同不系舟[1]。遮莫清樽欺白发,欲将弓冶付箕裘[2]。

笺 注

1 不系舟:本意无所牵挂。见《秦淮河泛舟》注1。此处喻漂泊之身。

2 语本《礼记·学记》:"良冶之子必学为裘,良弓之子必学为箕。"后用弓冶喻父子世传的事业。并上句。意为我年事已高,连酒都不宜饮了,事业该由后人传承了。

送子嘉赴沪　一九四六年八月

投老江湖未倦游[1],重来把酒试吴钩[2]。登车羡尔能先我,看遍沪宁一段秋。

题 解

诗人三子黄宏嘉在1946年初考取了公派留学美国的名额,在等待出国期间,应聘为交通大学机电系助教。本篇是诗人写给黄宏嘉的赠别诗。

笺 注

1 投老:到老;垂老。
2 吴钩:宝剑名。见《无锡杂咏(三首)》注11。

附:黄宏嘉奉和家大人赠诗

愿侍双亲遍处游,江山如画月如钩。任他叶落风萧瑟,诗兴遒然总是秋。

送子煦嘉

白门秋爽月轮高[1],海上相期钓六鳌[2]。争取天香月桂冠,老夫青眼望儿曹[3]。

题 解

  1946年底，诗人次子黄宏煦赴美国留学。三子黄宏嘉考取公费赴美留学名额，在等待出国期间应聘为交通大学助教。

笺 注

  1 白门：指南京。见《杂咏（三首）》注1。
  2 钓六鳌：喻成就伟业。见《龙凤桥垂钓》注4。
  3 青眼，表示器重或喜爱。见《阮嗣宗墓》注10。

附：黄宏嘉奉和家大人

  海上风清白浪高，欲将长剑斩鲸鳌。大人青眼望儿辈。天下英雄我与曹。

夔旭生日

  问余何法作家翁，不是学痴即学聋[1]。愿以清心同朗月，犹将病骨傲秋风。著书窃比仲长统[2]，举案重依皋伯通[3]。今日引杯天竺路[4]，漫云种菜老英雄。

题 解

  夔旭即诗人夫人李夔旭。

笺 注

  1 语本古谣谚："不痴不聋，不做家翁"。见《初春即事书怀（二首）》注4。
  2 仲长统：东汉时人。见《开岁书怀（二首）》注1。
  3 皋伯通：东汉时人。见《乙酉初度抒怀（二十首并序）》注13。
  4 诗人回迁南京后新的住所在天竺路4号。

附：黄宏嘉奉和家大人

家翁人道是诗翁，家母不痴亦不聋。座客樽前夸巧味[1]，门生天下仰高风。钟山远与衡山接，江水遥和溇水通。二老莫云增丝发，吴钩重试气尤雄。

1 黄宏嘉自注："家母指导烹调，客人称美。"

丁亥至己丑（1947—1949）

寄同乡父老

议席蹉劘十八年[1]，壮年不觉变华颠。民权勃窣昭成宪[2]，百废待兴忍息肩。君子无争争必射[3]，法家内在在于专[4]。识途老马差堪拟，愿向长途着祖鞭[5]。

楚弓楚得仗支持[6]，启请群公说项斯[7]。盛会躬逢天下选，著书蚤继古人为。长欣故国存乔木[8]，却忆娄江展旧诗。传语同乡诸父老，夏山如滴是归期[9]。

笺 注

1 蹉劘（mó）：切磋；直谏。

2 勃窣：匍匐慢行。

3 语出《论语·八佾》："君子无所争，必也射乎。"意思是君子没有什么可与别人争的事情。如果有，一定是比赛射箭了。

4 法家：犹言"方家"。指在某一领域有高深造诣的人。

5 着祖鞭：争先奋进。参见《将之重庆留别》注5。

6 楚人失弓，楚人得弓，无需去找。语出《公孙龙子·迹府》："楚王遗弓，楚人得之，又何求乎？"

7 说项斯：李绰《尚书故实》载："（杨敬之）爱才公心，尝知江表之士项斯，赠诗曰：'处处见诗诗总好，及观标格过于诗。平生不解藏人善，到处相逢说项斯。'（项斯）由此名震，遂登高科也。"后因以称道别人的好处叫作"说项"或"逢人说项"。

8 故国乔木：喻家乡风物。见《西园美枞堂杂咏（五首）》注3。

9 如滴：喻苍翠。见《寓叹》注5。

子嘉自沪来书祝嘏附诗即用其韵答之　一九四七年丁亥

刮目相看句子新，老夫先睹更精神。争夸沪上书来舍，恰好樽前座序伦。四海论交常聚散，八年征戍共风尘。律回岁晚冰霜少，秋尽江南地气春。

题 解

1947 年诗人夫妇虚岁 62。诗人生日时三子黄宏嘉已办妥赴美留学手续，正在筹划出国事宜，未及回家祝寿，故遥寄祝寿诗一首以表心意。诗人依韵唱和。

附：双亲大人六二寿庆（黄宏嘉）

纯园夜课景常新，面对双亲若有神。一卷诗文吟往事，满堂儿女乐天伦。八千里路甘和苦，六十年华风与尘。今日大人逢寿庆，冬曦暖暖似三春。

麓山感旧　二首　一九四八年

一别名山十二年[1]，重来景物感推迁。赫曦台上怀陈迹[2]，云麓宫前失旧联[3]。劫火未将真面改，诗文尚许后人传。有惭员俶能绳式，敢说当然祖半千[4]？

麓山寺本古丛林[5]，先哲遗踪尚可寻。屐齿平生当几两[6]，家持敝帚享千金。崭新学说多源旧，通俗文章不在深。独爱陶公精用法，解语法意惜分阴[7]。

题 解

麓山，指岳麓山。鉴于国民党政权分崩离析，法治衰败，1948 年 11 月，诗人断然拒绝随司法院南迁广州，辞去大法官职务，回到湖南大学任教。

笺 注

1　诗人自注："丙子到此，距今十二年。"
2　赫曦台：岳麓书院附属建筑之一。因朱熹曾称岳麓山顶为赫曦，后因称山上的台为赫曦台。

3 诗人自注:"先祖所书'西南云气来衡岳,日夜江声下洞庭。'一联,今无矣。"

4 并上句。员俶:唐人,员半千之孙。绳武:谓继承先人事业。见《乙酉初度抒怀十九首》注8。半千:谓唐代员半千。见《扫叶楼吊龚半千》注2。这一联诗的意思是:我因不能像员俶那样继承先业而感到惭愧,更何敢说我往年曾效仿过员半千呢?

5 丛林:泛指庙宇。

6 用晋代阮孚吹火蜡屐的典故。见《竹窗社集兼送剑城凤道人》注1。几两:几双。

7 并上句。陶公:指陶侃。见《春感》注4。解谙法意:谓深知法律精神实质。参见《十月初度感怀(二首)》注4。惜分阴:语本《晋书·陶侃传》:"大禹圣者乃惜寸阴,至于众人,当惜分阴。"

书 事 柬方叔章 一九四九年

琼琚屡报投瓜者[1],香象截流彻底来[2]。季重交游多感逝[3],孔融离合费疑猜[4]。劳君漫兴韵三叠,惹我相思肠九回。有约飞觞同醉月,纳凉共泛碧筒杯[5]。

题 解

方叔章(1882—1953),原名表,长沙人。生于南京。1902年留学日本早稻田大学,攻警政。回国后曾任广东警察学堂堂长南京国民政府农矿部、国民政府行政院秘书。抗日战争时期,任天水行营秘书长,后辞职退休。1948年回湘,担任省政府顾问,被称为程潜"军师"。期间与中共湖南地下组织取得联系,策动程潜起义。

笺 注

1 化用《诗经·卫风·木瓜》:"投我以木瓜,报之以琼琚。"琼琚:精美的玉佩。

2 香象截流:见《次韵再答何特老见赠》注2。

3 化用韩偓《乱后春日途经野塘》："季重旧游多丧逝，子山新赋极悲哀。"季重是三国时吴质的字。曹丕曾致书吴质，书中感叹二人昔日同游共饮之欢。后以"季重旧游"咏叹故友分离怀念旧情。

4 指孔融的"离合诗"。见《开岁漫兴（四首）》注19。按，原稿有夹注"一作子瞻咏嵇莫疑猜。"疑为誊抄者将原稿中已废弃的原句作为夹注誊入。

5 碧筒杯：荷叶杯。见《三叠吟韵寄太夷》注2。

漫 兴 柬叔章

高峰欲上屡徘徊，此日登临倦眼开。江若有情还绕廓，山应无事莫惊猜[1]。渡头小艇冲波去，岭下犁牛带犊回。就此裁诗聊解闷[2]，不妨邀月共流杯。

笺 注

1 无事：指长沙和平解放，未发生战事。1949年5月，人民解放军发起渡江战役，解放南京、上海、杭州、武汉、南昌等地。6月，长沙"绥靖"公署主任兼湖南省政府主席程潜向中共中央和毛泽东递送了起义"备忘录"。8月4日，程潜和国民党军第1兵团司令官陈明仁宣布接受《国内和平协定》，通电起义，长沙宣告和平解放。

2 裁诗：作诗。见《九日登高漫兴（四首）》注8。

山居寡欢，叔章兄见赠以诗，依韵奉答

怪底嘤鸣爽垲场[1]，故人把襼鬓苍苍[2]。有缘桥梓邻三径[3]，无那鼓鼙警四方[4]。久雨逢晴襟野趣，新诗见赠韵幽篁[5]。湘流弥漫双江合[6]，过渡时期法未忘。

笺 注

1 嘤鸣：鸟叫。比喻朋友间同气相求。爽垲：高爽干燥。见《游紫霞洞遂登钟山顶》注1。

2 襟：衣袖。

3 诗人自注："嗣君方信，与子煦在美留学。现同任湖大教授。"桥梓：同"乔梓"，喻父子。见《登天平山怀范文正》注1。三径：指归隐者的家园。见《壮侯招饮即席赠诗并柬寄侯》注2。

4 鼓鼙：大鼓和小鼓。古代军中用来发号进攻。借指军事。湖南宣布和平新中国成立后，有部分起义部队在蒋介石、白崇禧的策划下叛逃，湖南境内的其他国民党军队仍在负隅顽抗。1949年9月，衡宝战役打响。整个战役历时34天，歼灭国民党军4.7万余人，解放了湘南和湘西大部地区。

5 幽篁：指幽深的竹林。见《题画自遣（二十四首）》注15。

6 湘江在长沙市区被橘子洲头一分为二，至洲尾双江复又合一。

即 事 再叠前韵答叔章

眼底沧桑历几场，苍官不改昔时苍[1]。云泥作意翻新样[2]，药石无心觅旧方。弦诵销沉应豹变[3]，秧歌婉娩似风篁[4]。羡君自食木奴力[5]，我亦襄阳意未忘[6]。

笺 注

1 苍官：指松柏。

2 云泥：天上地下。见《癸未初度抒怀（十首）》注46。

3 销沉：沉寂；消失。豹变：指人的行为思想的改变。语出《易·革卦》："君子豹变，其文蔚也。"此处指长沙和平解放，湖南大学师生暂时停课，迎接新生。

4 婉娩：温婉柔顺的样子。风篁：风中的竹林。

5 木奴：指柑橘见《秋日即事杂感（六首）》注16。此处泛指可以生利的物业。

6 襄阳意：诸葛亮未出山时，隐居隆中，在今襄阳市。"襄阳意"借指归隐。

念昔游 三叠前韵答叔章

麓山选佛蚤登场[1]，雅爱春秋翠与苍。龙老六朝松自古，鹤余一井水移方[2]。碑遗蝌蚪黉遗瓦[3]，隰有荷华奥有筐[4]。往日同游还记否，担簦蹑屩未全忘[5]。

笺 注

1 选佛：指禅家法会。唐宋时期以科举看作选官，借此说法，便将学佛参禅称作"选佛"。蚤：通"早"。

2 井：指白鹤泉。在麓山寺后，古树环抱，有泉从石罅中溢出。相传古时曾有一对仙鹤常飞至此，故名。水移方：指水流改变了方向。泉上曾建有亭，抗战时被毁。

3 蝌蚪：指蝌蚪文。周代的古文字。字体头粗尾细，状似蝌蚪，故名。黉（hóng）：指学校。

4 隰，低湿的地方．这里指池塘。奥：通"墺""隩"，水边弯曲的地面；可居之地。

5 担簦蹑屩：身担雨具，脚穿草鞋。指长途跋涉。簦：古代有柄的笠，类似现在的雨伞。

赠潘教授硌基

好诗写遍剡溪藤[1]，风雨名山日月灯。等是移家同作客，不妨习静半为僧。胸中赜史窥班马[2]，座上摛词媲戚朋[3]。景物秋来佳句足，大临而后爱君能[4]。

题 解

潘硌基（1904—1953），湖南宁乡人，1928 年毕业于复旦大学历史系，1938 年获美国密歇根大学研究院文学硕士，主要从事世界历史的教学与研究。抗战期间和解放初期任复旦大学历史系教授。

笺 注

1 剡溪藤：指用剡藤所造的纸。剡溪在今浙江嵊州，为曹娥江上游。北宋以前在剡县境内。因水质宜制纸，以产藤纸、竹纸著名。南朝梁元帝《咏纸》诗称其"皎白犹霜雪，方正若布棋"。

2 赜史：复杂的历史。班马：汉代司马迁和班固的并称。班固的《汉书》、司马迁的《史记》均为重要史书，同时也是优秀传记文学作品。

3 摛词：铺陈文辞。

4 大临：《左传·文公十八年》记载的古代高阳氏八个有才德的人之一，以渊博著称。

赠杨教授树达

五十年前共大黉[1]，老来回忆更关情。纵令时世轻前辈，还抖精神觉后生。惟有不移方不屈，几人同学又同庚。与兄话久逢天雨[2]，多感东床送我行[3]。

题 解

杨树达（1885—1956），字遇夫，号积微，晚年号耐林翁。湖南长沙人，中国语言文字学家。中华民国教育部部聘教授、中央研究院院士。

笺 注

1 诗人自注："小时入湖南时务学堂，旋改湖南大学，即前求是书院也。"按，杨树达1897年10月考取时务学堂。时诗人考取秀才，也被选送到时务学堂求学。

2 诗人自注："先生与余同于乙酉生，长我六个月，合称兄。"

3 东床：谓女婿。承上句。诗人与杨树达长谈，适逢天降大雨，杨树达命二女婿周铁铮护送诗人回家。

于五十六年前作品中发现先人手泽慨然成诗

曾记髫龄入泮宫[1]，重游泮水又将逢[2]。我瞻手泽思先德，人说文章有内容。

少日观书原卓荦[3]，老来赋性转疏慵。尚余豪气纵横在，开拓龙川万古胸[4]。

题 解

手泽指先人遗物或手迹。黄右昌父亲黄基元是秀才出身，在乡下教馆。黄右昌幼承庭训，学业精进，12岁就中了秀才。本篇作于1949年，按时间推算，所指作品当是诗人七岁时的作文，上有父亲的批语。

笺 注

1 髫龄：指儿时。髫（tiáo），谓童子垂发。泮宫：古时对学校的称呼。见诗16—19《庚午初度感怀（四首）》注10。

2 重游泮水：清代科举制度中一种庆贺仪式。童生考取秀才称为入泮或游泮。至期满六十年时，须再行入学典礼，一如初入泮之新科秀才，以作为曾考中秀才且享高寿的庆典。诗人1897年考取秀才，距"重游泮水"还有七年，所以后文说"又将逢"。

3 化用左思《咏史》："弱冠弄柔翰，卓荦观群书。"少日：谓少年时。卓荦，超出一般；出众。

4 龙川：指陈亮。见《葛岭初阳台观日出》注9。

一九五五年

二月十四日得煦儿琳儿来书于公历二月二十三日（农历甲午除夕）举行婚礼 诗以寄之

中苏签订同盟日[1]，望到航缄喜不禁。美满家庭缘互爱，建新社会得同心。乌苏浪好杯交卺[2]，疏勒春开调鼓琴[3]。二老眉齐遥祝贺[4]，欢呼儿煦与儿琳。

题 解

煦儿指诗人次子黄宏煦。时黄宏煦在新疆某部任研究专员。琳指黄宏煦夫人刘琳。

笺 注

1 1950 年 2 月 14 日，中苏两国政府在莫斯科签订《中苏友好同盟互助条约》。诗人收到黄宏煦喜讯之日正值 5 周年纪念日。

2 乌苏指乌苏里江。是黑龙江支流，也是中苏界河。交卺：交杯酒。卺，古代结婚时用作酒器。

3 疏勒：古地名。唐安西四镇之一。位于塔里木盆地西部，为丝绸之路南北两道交接点。位于新疆维吾尔自治区西南部，喀什地区西北部。今有疏勒县。这里是指古疏勒。

4 眉齐："齐眉"的倒装。这里指相守到老的白首夫妻。

次韵答王啸老见赠

老马从来解识途，于今此意在山居。喜闻捷报大陈岛[1]，不觉欢腾小火炉[2]。久雨逢晴仍料峭，以文会友助游娱。感君贻我双鱼锦[3]，待写麓山三老图[4]。

题 解

王啸老即王啸苏（1883—1961）。长沙人。青年时因家贫失学。年过五十始考入清华研究院求学。因年长，同学皆称之为"王先生"。毕业后还湘，任职于湖南大学。长于诗，为南社诗人。有《疏庵诗稿》等传世。

笺 注

1 诗人自注："诗来正值报载大陈岛解放。" 按，大陈岛位于今台州市椒江区东南，是台州列岛的主岛。建国初，大陈岛成为浙中南国民党残部的主要据点。1955年1月，解放军攻克一江山岛，2月，国民党军队在毁坏岛内设施后撤离大陈岛，随后中国人民解放军进驻大陈岛，大陈岛宣告解放。

2 小火炉：指用来温酒的炉子。见《夜坐示子嘉》注2。这里借指朋友间的聚会。

3 双鱼锦：指书信。见《即事》注2。

4 麓山三老图：用白居易"九老图"典故。见《赠彭临老》注6。按，"麓山三老"指杨树达、王啸苏和诗人本人。

附：王啸苏原赠

乙未春正四日，奉访积微[1]、黼馨[2]二翁。黼翁留饮，谈笑甚畅，赋此答谢，即补祝其七十生日。

风峭天寒雨润徒，杖藜犹可访幽居[3]。春浮绿蚁新醅酒，晚时泥红小火炉[4]。树大屋平征往迹[5]，梅香椒颂极清娱[6]。麓山三老今俱健，鼓瑟分甘待补图。

附 注

1 积微：杨树达的号。

2 黼馨：黄右昌的字。

3 杖藜：拄杖。见《题画自遣（二十四首）》注2。

4 并上句。套用白居易《问刘十九》"绿蚁新醅酒,红泥小火炉。"绿蚁:酒面上浮起的绿色渣滓。因古时的酒未经蒸馏,新酒用滤巾过滤后直接饮用,故有泡沫和酒渣。红泥小火炉:红泥造就的小火炉。

5 王啸苏自注:"所居系宋邹浩讲学遗址。"

6 椒颂:即《椒花颂》。晋代刘臻妻陈氏为新年祝颂君王长寿所作的颂词。后遂用作新年献词或祝寿词的典故。

寄文史馆同人 一九五五年三月初七

齿豁教研不易工[1],中央照顾老文穷[2]。新书籍籍纷过眼,旧友奉奉宛在胸。茧足我憎阴雨窘,国音它与拉丁通[3]。自惭年老成功少,返老还童学习中。

题 解

1955年1月20日,经国务院总理周恩来签发聘书,作者受聘为中央文史研究馆馆员。国务院聘任书编号为第124号。本篇是作者抵京赴任时所作。

笺 注

1 齿豁:喻年老。此时作者年已六十九岁。不易工是其自谦语。

2 中央文史馆是具有统战性和荣誉性的文史研究机构。成立的初衷是照顾德高望重而又生活困难的老年学者。

3 国音:指酝酿中的汉语拼音方案。1954年12月,国务院设立了中国文字改革委员会,文改会于1955年2月成立了拼音方案委员会,主要工作是拟订一个拉丁字母式的拼音方案初稿。这个方案曾向全社会征求意见。

寄吴子昂同事 二首

去岁偕游到处家,君仍蓟北我长沙。田边又长戴星草[1],院里都开闰月花[2]。马凯餐堂朋满座[3],春明旧馆碗烹茶[4]。三生杜牧重回首[5],向往能手感物华[6]。

接得吴公一纸书,文情并茂复诗脾。多君老眼加青眼[7],令我今吾念故吾。讨论稽迟参盛会[8],相思剩欲擘桓须[9]。麓山三老俱康健,更广香山社友图[10]。

题 解

吴子昂:见《考察事毕吴子昂招饮赠诗依韵答之》题解。

笺 注

1 戴星草:即谷精草。见《山行》注1。

2 作者自注:"今年闰三月。"按,公元1955年农历闰三月。

3 马凯餐堂:即马凯食堂。在北京地安门外后门桥路西。创建于1953年,是一家由湖南同乡开办的湘菜馆。

4 春明旧馆:指北京中山公园内的茶社"春明馆"。民国初期,春明馆是北京文化名流常去的聚会之所。

5 三生杜牧:喻才子。见《星沙留别》注4。

6 感物华:见物兴感。见《超山观梅便至西湖》注1。

7 青眼,表示器重或喜爱。见《阮嗣宗墓》注10。

8 稽迟:拖延;耽误。

9 作者自注:"幼甫须长而美"。擘桓须:意近"揽桓须"。见《彭临老七十》注3。擘:分开。

10 并上句。见《次韵答王啸老见赠》注3。

补 编

三一八烈士碑铭 并序

  一九二六年三月十八日八国通牒事起，愤怒群众集会于天安门，会后往执政府请愿。执政段祺瑞竟令卫士开枪，群众伤亡二百余人。北大学子张仲超，李家珍，黄克仁罹难，牺牲时年龄分别为：二十三岁，二十一岁，十九岁。于今又历三春矣。一九二九年五月三十日立石纪念，余为之铭曰：

  死者烈士之身，不死者烈士之神。愤八国之通牒兮[1]，竟杀身以成仁。惟烈士之碧血兮，共北大而长新。踏三一八血迹兮，雪国耻以敌强邻。繄后死之责任兮[2]，誓尝胆而卧薪[3]。

题 解

  1926 年 3 月 18 日，北大、清华、燕大和北京总工会二百多个社团五千多人在天安门前举行"反对八国最后通牒大会"，抗议帝国主义的强盗行径。会后，群众到执政府（在铁狮子胡同，今张自忠路）门前示威请愿，遭到段祺瑞反动政府的残酷镇压，酿成震惊全国的三一八惨案。惨案共造成 200 多人受伤，死难 17 人。1929 年 6 月 15 日，三位北大殉难烈士的纪念碑在当时北大法律系驻地落成，诗人为纪念碑撰写了这篇铭文。

笺 注

  1 八国通牒：1926 年 3 月 12 日，冯玉祥所部国民军与奉系军阀交战期间，日本军舰掩护奉系军舰驶进天津大沽口。日舰炮击国民军，国民军开炮还击。日本认为违反《辛丑和约》，竟然联合英美等国于 16 日向北洋政府提出大沽口撤防的最后通牒。

  2 繄：语气词。见《元旦感赋（四首）》注 7。

  3 尝胆而卧薪：喻刻苦自励。《葛岭初阳台观日出》注 16。

十二月五日立法院成立四周年纪念 为诗志之

记从原始迄今兹，四载光阴我半之[1]。敢以劳人辞草草[2]，认为不可口期期[3]。屏除佶屈文如话，煞费推敲法似诗。多难兴邦明训在，吾侪惟有日孜孜。

和衷共济一堂中，虽则贵和尚不同。鉴别古今资笔削[4]，网罗欧美费沟通。曾参三省求诸己[5]，颜蠋四当善处穷[6]。自觉法文干燥甚[7]，欲将诗酒继涪翁[8]。

题 解

本篇录自《国民外交杂志（南京）》1933年第四期。

笺 注

1 国民政府立法院成立于1928年10月。经胡汉民推举，诗人在1931年1月简任第二届国民政府立法院立法委员。

2 语本《诗经·小雅·巷伯》："骄人好好，劳人草草。"传："草草，劳心也。"按，本句是反问句，意思是不敢因为辛苦就不操心。

3 真挚恳切的样子。语本《史记·张丞相列传》："（周昌）曰：'臣口不能言，然臣期期知其不可；陛下虽欲废太子，臣期期不奉诏。'"

4 笔削：记载或删除。语出《史记·孔子世家》："至于为《春秋》，笔则笔，削则削，子夏之徒不能赞一辞。"

5 曾参：即曾子。见《杭州雅集（二首）》注8。"吾日三省吾身"出自《论语·学而》，是曾参提出的修养方法，即："为人谋而不忠乎？与朋友交而不信乎？传不习乎？"

6 典出《东坡志林·颜蠋巧于安贫》："晚食以当肉，安步以当车，无罪以当贵，清静贞正以自娱。"按，颜蠋，《战国策》作颜斶，战国时齐国人。

7 法文：法律文书。

8 诗人自注："张莼鸥先生题余《法窗诗存》四章内有'法窗余事惟有诗酒。常耸吟肩入议场'之句。故结句及之，非敢以涪翁自况也。"涪翁，即黄庭坚。

十一月五日散会后与院中同人赴灵谷寺览秋 摄活动影纪念 诗以记之 即用余先日游竹林寺原韵。

依依杨柳一堤青，形赠影兮影答形。嚼字咬文论未定[1]，登山临水事重经[2]。自公退食茶当酒，有备无患法亦灵[3]。吾当煌煌方策在[4]，漫将仰止作新亭[5]。

题 解
本篇录自《国民外交杂志（南京）》1933年第3期。

笺 注
1 诗人自注："是日议行府执行法，重付审查。"
2 诗人自注："余先日游栖霞山，遂至润州之鹤林、招隐、竹林，均有诗纪游，依次附录后幅。"
3 诗人自注："我有充分准备，则《国联盟约》《九国公约》《非战公约》不成废纸矣。"
4 方策：亦作方册。官府记言纪事之简册；典籍。语出《礼记·中庸》："哀公问政。子曰：'文武之政，布在方策。其人存，则其政举；其人亡，则其政息。'"
5 诗人自注："刘孚若先生在仰止亭述东北义军抗日近况及收到捐款情形。"新亭，喻楚囚之泣。见《燕子矶》注11。

续闻热河之变 悲愤填膺 泫然赋此

涉江何处采芙蓉[1]，手把离骚挂短筇[2]。倾圮有心支一木，盘桓无赖抚孤松[3]。平原草长堪调马，宝剑宵淬欲化龙[4]。泣血椎心长太息[5]，严关万里一丸封[6]。

题 解
热河之变见《闻热河之变》题解。

本篇录自《国民外交杂志（南京）》1933 年第 1 期。

笺 注

1 芙蓉即荷花。《涉江采芙蓉》是汉代的一首五言诗，为《古诗十九首》之一。此诗借助他乡游子和家乡思妇采集芙蓉来表达相互之间的思念之情。另，《涉江》又是屈原《九章》的篇目之一；湖南人称"芙蓉国"。这句吟咏的是对国土、对故乡的思念之情。

2 短筇：短杖。

3 无赖：无可奈何。

4 泝：游走。

5 泣血椎心：痛苦到哭泣出血。捶打胸膛。形容非常悲痛。语出李陵《答苏武书》："何图志未立而怨已成，计未从而骨肉受刑。此陵所以仰天椎心而泣血也。"

6 一丸封：即一粒泥丸即可封堵，形容地势险要。典出《后汉书·隗嚣传》："元请以一丸泥为大王东封函谷关，此万世一时也。"为适应格律需要，此句和上句顺序是颠倒的。

视察青岛道过曲阜谒孔林孔庙及周公庙颜子祠有感

> 此诗仅写个人感想。至于圣贤事迹，详在载籍。而泗南洙北、鲁壁阙里、舞雩杏坛之形势及风景，亦复名作如林，所以置而不论。

大道天下公¹，寄语尊孔人。所重在纲常，上下数千年。邪说闯然来，扰扰浊世中。几希君子存，其语原孔子²。此中有要旨，所明在廉耻。立国良有以，横流甚洪水。兀兀书声里，宇宙特倾圮。谁其实行之，非关祭祀隆。夷夏有大防³，奈何世道衰。我手本无枪，革命先革心。概念古圣贤，功出先总理⁴。非关建筑美，忠孝有正轨。弃之如敝屣，全仗笔与纸。正人首正己，高山最仰止。

题 解

本篇与《泰山杂咏》等篇都是诗人在考察山东地方自治情况沿途所作的系

列作品。录自《国民外交杂志（南京）》1933 年第 5 期。

笺 注

1 语本《礼记·礼运》："大道之行也，天下为公，选贤与能，讲信修睦。"

2 并上句。语本《孟子·离娄下》："人之所以异于禽兽者几希，庶民去之，君子存之。"按，此是孟子言论，非孔子。

3 语本王夫之《读通鉴论·东晋哀帝》："天下之大防二：中国、夷狄也，君子、小人也。"大防：谓重要的、原则性的界限。这举动意思是中西方文化存在重大的、不可调和的差异。

4 先总理：指孙中山。孙中山很推崇"天下为公"的政治理想，1924 年，孙中山在《三民主义》中指出："真正的三民主义，就是孔子所希望之大同世界"。孙中山还在很多场合题写过"天下为公""大同"的题词，据统计占到孙中山遗墨总数的十分之一以上。

奉祝湘声月刊开幕

时维三春，湘声开幕。洞庭之波，民生之铎[1]。职司否臧[2]，词发笔削[3]。如树敷纷[4]，如川赴壑。凤鸣朝阳，青天一鹤。

题 解

《湘声》月刊是国立中山大学湖南同学会会刊。诗人是这份刊物的赞助人之一。本篇录自《湘声》月刊 1935 年第一期。

笺 注

1 铎：一种用于发布军法政令时摇动的大铃。此处指发声的喉舌。

2 否臧：批评和表扬。

3 笔削：记载或删除。见前篇注 4。

4 敷纷：纷敷的倒装。繁荣盛大的样子。

咏问礼亭 得用字

陋哉叔孙通[1]，朝仪绵蕞等戏弄[2]。甚矣汉宋儒，文字注释纷聚讼[3]。孰与公孙为祖师，蒙叟相伯仲[4]。前有关门令尹，后有河上仙翁[5]，自然法派传道统。此外薪传继者谁，尼山一叟天下重[6]。一车两马入东周，敬叔侍侧竖子鞚[7]。自周返鲁学日精，弟子纷纷云景从[8]。心得鲁论二十篇[9]，治谱周公三月梦[10]。克己为仁告颜渊[11]，告朔饩羊警子贡[12]。身入太庙勤问询[13]，冕用纯俭能从众[14]。周监二代郁郁文[15]，文献不足悲杞宋[16]。明王不作泰山颓，图遗片石存国栋[17]。我观此图非等闲，南齐永明字可诵[18]。神物呵护有所归，如此至宝肯泥壅。以置亭中，若砥柱之障百川；以嵌石上，为车书之大一统。伟过葵丘耳执牛[19]，皎胜朝阳声鸣凤。抒我蓄念发幽情，可以观摩可以讽。吁嗟乎，礼之为用大矣哉[20]，下足以觇田父野老之淳风，上足以佐清庙明堂之雅颂[21]。举凡道德仁义、父子兄弟、教训正俗、治军行法，以及分争辩讼、宦学事师[22]，由此纲维由此综。否则劳葸乱绞其弊均，虽有恭慎勇直夫何用[23]。

题 解

问礼亭在国民政府考试院（旧址在今南京市政府大院）内。亭为六角形，重檐歇山顶，亭中有《孔子问礼图》碑。图刻于公元484年，表现的是春秋末年孔子从家乡曲阜去周王城洛阳考察典章制度，向老子请教，二人驾车并行，一组身穿古装人物在城门前欢迎的场面。

本篇是诗人参加石城诗社社集分韵作诗活动时所作。社集征集到的作品汇集为《问礼亭诗集》刊于《新亚细亚》杂志。本篇为《诗集》的第四十二首，发表在《新亚细亚》杂志1936年第1期。

笺 注

1 叔孙通：生卒年不详，汉初薛县（今山东滕县东南）人。曾为秦博士。秦末农民大起义爆发后，他投奔义军，初为项羽部属，后转归刘邦。刘邦称帝后，叔孙通受命与诸儒生订立汉代朝仪，将儒家古礼与秦朝礼仪融汇为一，使朝臣有所遵循，朝纲肃然。

2 绵蒉：稻草人。见《公园与彭心如联句公园与彭心如联句》注3。

3 汉儒、宋儒都重在对儒学经典的诠释。在诠释方法上，汉儒重训诂，宋儒重义理，各派见解不一。

4 并上句。公孙即公孙龙（前320－前250），战国时期"名家"的代表人物。"白马非马"为其著名辩题。蒙叟即庄子，见《漫歌赠张凤九》注5。

5 并上句。关门令尹：关，即函谷关。尹，即尹喜，亦称关尹子，与老子同时，曾任函谷关的关门令。道教楼观派祖师。河上仙翁：即河上公。汉朝时人，葛洪《神仙传》中记载的神仙。传说曾授汉文帝《素书》二卷，后不知所踪。

6 尼山一叟：指孔子。见《寄赠柯定础并谢赠断蕉寒藤图》注5。

7 并上句。典出《史记·孔子世家》："鲁南宫敬叔言鲁君曰：'请与孔子适周。'鲁君与之一乘车，两马，一竖子俱，适周问礼，盖见老子云。"南宫敬叔为鲁国贵族，陪同孔子入周，后来成为孔子学生，故云"敬叔侍侧"。

8 云景从："云合景从"的缩用。景，同"影"。意思是如云聚合，如影随形，比喻随从者众多。

9 鲁论：即《论语》。主要记录孔子及其弟子言行，共二十篇。

10 孔子非常崇拜周公，自称常常梦见与周公交谈。治谱：指孔子弦歌《诗》三百篇。

11 典出《论语·颜渊》："颜渊问仁。子曰：'克己复礼为仁。'"意思是能约束自己，使言行符合于"礼"的要求，就是"仁"。

12 典出《论语·八佾》："子贡欲去告朔之饩（xì）羊。子曰：'赐也！尔爱其羊，我爱其礼。'"意思是，子贡想留下每月初一告祭祖庙的那只羊不用。孔子说："赐呀！你爱惜那只羊，我则爱惜那种礼。"

13 典出《论语·八佾》："子入太庙，每事问。"太庙：天子的祖庙。

14 典出《论语·子罕》："子曰：'麻冕，礼也；今也纯，俭，吾从众。'"意思是，用麻线来做帽子才符合礼制，如今为了省俭，用丝来代替，我也随大流。按，麻冕，麻织的帽子；纯：黑色的丝。

15 典出《论语·八佾》："子曰：'周监于二代，郁郁乎文哉！'"意思是，周朝的礼仪制度借鉴了夏商两代，丰富而完备。监：同鉴。

16 典出《论语·八佾》："子曰：'夏礼，吾能言之，杞不足征也；殷礼，吾能言之，宋不足征也。文献不足故也，足则吾能征之矣。'"杞、宋都是春秋时的诸侯国，均在今河南境内。征，同"证"。

17 并上句。明王指圣明的君王，这里指哲人。泰山颓：语出《礼记·檀弓上》："（孔子）歌曰：'泰山其颓乎！梁木其坏乎！哲人其萎乎！'"比喻众所仰望的人去世。国棫：这里指国民政府考试院。意思是哲人去世并非如泰山崩塌，尚有事迹留存人世。

18 永明（483 年正月—493 年十二月）：南朝齐武帝萧赜的年号，郁陵王萧昭业即位后沿用。

19 公元前 651 年，齐桓公在葵丘（在今河南省兰考县），召集鲁、宋、卫、郑等国相会结盟。周襄王派宰孔参加，并赐王室祭祀祖先的祭肉给齐桓公。这表示周天子承认齐桓公的霸主地位，标志着齐国的霸业达到了顶峰。耳执牛即"执牛耳"的倒装，指盟主。见《辛巳九七太蕤约高台丘》注 3。

20 化用孔颖达《礼记正义·序》："礼之时义大矣哉！"

21 并上句。觇：窥视。田父野老：指民众。清庙：古代帝王的宗庙；明堂：古代帝王宣明政教的地方。"清庙明堂"这里借指官场。

22 宦学事师：指从师学习为官之道和六艺之能。语本《礼记·曲礼上》："宦学事师，非礼不亲。"

23 并上句。语本《论语·泰伯》："恭而无礼则劳，慎而无礼则葸，勇而无礼则乱，直而无礼则绞。"劳：徒劳；葸：畏缩；绞：尖刻。

奉命视察苏浙赣湘四省地方自治赠别同人 六月十四日

欲将症结分清晰，哪管风尘试往还。父母病无不下药，此心况瘁似文山[1]。

题 解

1935 年 6 至 7 月，诗人按照国民政府立法院的立法规划，随团对江苏、浙江、江西、湖南实行地方自治的情况进行考察。考察完成后，将途中有感而发写成的诗作，汇成《丙子于役集》，交中央地方自治计画委员会编辑的《地方自治专刊》发表。诗人并有小序云：

于役集何为而作也？昔孔子问政，以温良恭俭让求之，而以诵诗三百，授之以政，及可以兴，可以观，可以众，可以怨之旨，阐明政与诗之关系。

右以丙子六月与中央地方自治计画委员会李主任宗黄，周委员伯敏，杨委员一峰，何干事子素，四同志遵照五全大会决议案，分赴各省，视察指导地方自治事宜，所至观风问俗，询民疾苦，长途跋涉，辄与诸同志论诗以解风尘之劳，而企副先圣问政学诗之旨。目击之不足而笔述之，笔述之不足而歌咏之，就其所得，彙成小集，纯为考察自治而作，非为吟风弄月而作也。趣旨在兹，工拙弗计耳，诗人自识。

本篇录自1937年6月《地方自治专刊》第一卷第一期。

笺 注

1 况瘁：憔悴。况，通"怳"。

沪上慰问于右任先生足疾 六月十八日

国步正艰难，如何公亦病？嗟我同病人[1]，远道来问询。劳公转相怜，馈药意谆谆。我祝国与公，从兹康且劲。

题 解

于右任（1878—1964）：原名伯循，陕西泾阳人。1906年加入同盟会，曾与宋教仁筹办《民立报》鼓吹民主。民国成立后曾任靖国军总司令、上海大学校长等职。1931年后长期担任国民政府监察院院长。

本篇来源同上篇。

笺 注

1 诗人亦患足疾。

兰溪视察赠胡次威

申公为政无他诀，不在多言在力行[1]。豫想完成自治日[2]，兰溪化绩树先声。

题 解

胡次威（1900－1988），四川万县（今重庆万州区）人。是诗人在北京朝阳大学法律系兼课时的学生。毕业后公费留学日本明治大学。时任浙江兰溪实验县县长。

本篇来源同上篇。

笺 注

1 并上句。用诗人本人《元旦感赋（1932）》之三成句。
2 豫想：预料；事前推想。

重到南昌熊主席天翼招领感赋二章　七月一日

感旧驹过隙，劳人草信条。言观道敏树[1]，不觉气凌霄[2]。昔往秋风起，今来夏日骄。西江江上月，照我路迢迢。

今日有寒疾，炎天不可风。劳君觞以酒，前席启余衷。抚字多要诀，求治薄近功。重观新气象，明发赣江东。

题 解

熊天翼即熊式辉（1893—1974）。江西安义人。1911年加入同盟会。参加了辛亥革命。参加和讨袁、护法战争。时任江西省政府主席兼国民党省党部主任委员，南昌行营办公厅主任。

招领：招待和带领。

本篇来源同上篇。

笺 注

1 语出《中庸》："地道敏树。"意思是这块土地如何，看看树就知道了。
2 诗人自注："是日观地政局航空测量。"

参观安义县万家埠 七月六日

言观万家埠,生机溢睫间。有田都近水,无屋不依山。王道乡村易,先知稼穑艰。我来深仰止[1],十亩乐闲闲[2]。

题 解

万家埠是安义县管辖的一个镇,在江西省会南昌市以东三十多公里。是当时江西省主席熊式辉的故乡。

本篇来源同上篇。

笺 注

1 仰止:语出《诗经·小雅·车辖》:"高山仰止,景行行止。"表示对人敬仰爱慕。因万家埠是熊式辉故乡,这里是对熊式辉客套话。

2 闲闲:从容自得的样子。《诗经·魏风·十亩之间》:"十亩之间兮,桑者闲闲兮。"朱熹《集传》:"往来自得之貌。"

送伯英伯敏两兄回京出席二中全会 并示一峰子素

君归白下我潇湘[1],分道扬镳夏日长。此去望君垂涕道,救亡切莫阋于墙[2]。

题 解

伯英即李宗黄(1888—1978)。云南省丽江府鹤庆州(今大理白族自治州鹤庆县)人。中华民国政治家暨军人。1911加入同盟会。1935年5月出任国民政府监察院监察委员;11月当选中国国民党第5届中央执行委员。时任中央地方自治计画委员会副主任委员(代理主任委员)。

伯敏指周伯敏(1893—1965),陕西泾阳人。于右任外甥,毕业于复旦大学。1935年11月当选国民党中央执行委员会委员。时任陕西省教育厅厅长。

一峰即杨一峰(1899—1974),名世清。河南省新乡县(今河南省新乡市)人。早年毕业于北京大学哲学系。时任国民党中央党部设计委员,中央地方自治计画委员会秘书。

子素指何子素，生平不详。时任国民政府立法院干事。

二中全会指国民党五届二中全会。

本篇来源同上篇。

笺 注

1 白下指南京。见《西湖散步与夔旭偶谈五则》注 8。

2 阋于墙：兄弟阋于墙的缩用。原指兄弟龃龉。这里指内战。语出《诗经·小雅·常棣》："兄弟阋于墙，外御其务（侮）。"

何芸樵主席以所著见赠 各题诗以记之

题八德衍义

笕子张四维[1]，周官隆三物[2]。大哉世界中，有本始立国。孝以见天性，弟以尽天职[3]。忠以彰笃行；信以明谨饬；礼以顺自然；义以阐正则；廉以调物心；耻以资鞭策。其理应共喻，其用本无极。勿以为杯棬，而将杞柳贼[4]。八德有真谛，归宿只一德[5]。

题小康与大同

谓天云何高，昭昭无私覆。谓地云何厚，圹圹载化育[6]。国于天地间，剧乱相倚伏。世界惨杀机，武力争穷黩。东西两半球，军备海空陆。唯有进大同，社会自雍穆[7]；万国守故疆，所实在修睦；尔我泯诈虞[8]，怡然保其族。实现有时哉，我为焚香祝。

题 解

何芸樵即何键（1887—1956）。湖南醴陵人。是诗人任教湖南法政学堂时的学生，时任湖南省政府主席，正积极在湖南推动"尊孔读经"。诗人率队到湖南考察时，何健以其所著《大学古本讲义》《八德衍义》《小康与大同》相赠。诗人分别就三本书发表了自己的见解。其中《大学古本讲义》以《经史偶得》为题收入手稿，已见于正编。

本篇来源同上篇。

笺 注

1 筦子，即《管子》。托名战国时期管仲的一部论文集。思想内容但以法家、道家为主。四维：《管子·牧民》提出"礼义廉耻，国之四维，四维不张，国乃灭亡。"

2 周官：即《周礼》。三物：见《开岁试笔（二首）》注3。

3 弟：同"悌"。敬爱哥哥。引申为顺从兄长。

4 并上句。语本《孟子·告子上》："子能顺杞柳之性而以为杯棬乎？将戕贼杞柳而后以为杯棬也？"杯棬（quān）：亦作"杯圈"。先用枝条编成杯盘之形，再以漆加工制成杯盘。贼：这里是戕害、伤害的意思。意思是你如果用杨柳枝条来制作杯圈，要顺着枝条的走向，不要硬掰。借喻社会治理要因势利导，不能使用暴力手段。

5 并上句。八德：孙中山在《民族主义》中倡导以"忠孝、爱、信义、和平"为"八德"，孙中山又特别强调"八德"中"和平"是最根本的。"中国人几千年酷爱和平都是出于天性，论到个人便重谦让，论到政治便说不嗜杀人者能一之。……这种特别的好道德，便是我们民族的精神。"按，何键统治湖南期间，顽固坚持反共立场，大肆屠杀共产党人，诗人这里是对其行为当面进行谴责。

6 圹圹：原野广大空旷的样子。

7 雍穆：和谐、和睦。

8 泯：消除；消灭。诈虞：欺骗。

视察长沙第二区榔梨镇 七月十八日

言人榔梨镇，意在求民隐[1]。虽无赫赫功，轨里略相近[2]。乃集乡镇长，接席细致训。复稽户口册，大致尚不紊。区学二百余，弦诵有余韵。区仓十二厫[3]，积储有定分。保健广机构，疾苦察斤斤。河水清且涟，估客利航运。迁治厫地良，金曰鲁之郓[4]。观罢汗湿衣，热度何暇问。满船梨江风，送我归长郡。

题 解

榔梨镇（今湖南省长沙市长沙县㮋梨街道），隶属于长沙县。位于长沙市东郊的浏阳河北岸。

本篇来源同上篇。

笺 注

1 民隐：民间不能上达的疾苦。

2 轨里：借指乡下基层组织制度。见《参观青岛市政》注2。

3 厫：围起的园仓。

4 佥：相当于皆、都，引申为众人、大家。

与陶军长思安论诗饮茅台酒 八月二十一日

高楼百尺添诗话[1]，佳酿一樽为我开。做过君家元亮酒，集中尚未见茅台[2]。

题 解

陶思安（1887—1951），名广。湖南醴陵人。早年追随程潜赴云南加入护国战争，历任营长、团长、师长。时任国民革命军第二十八军军长。

本篇来源同上篇。

笺 注

1 高楼百尺：指"百尺楼"。见《天津中秋夜饮村酒香》注3。

2 并上句。元亮：指南朝宋诗人陶渊明。陶潜字渊明，又字元亮。因与陶思安同姓，故称"君家"。陶渊明嗜酒，后人辑有《陶渊明集》，咏酒诗甚多。茅台是蒸馏酒，陶渊明时代尚无此技术，所以集中未见。

于役事毕返京寄谢何芸樵主席及省府诸同人 八月二十六日

授餐适馆洗缁尘，更锡群书字字新[1]。经史日星留国粹，范畴敦物重人伦。避锋几燕君苗砚[2]，招饮长思公瑾醇[3]。秋水一江天一色，载将材料壮征轮[4]。

题 解

本篇来源同上篇。

笺 注

1 锡：通"赐"。赠与。
2 化用《晋书·陆机传》："君苗见兄文，辄欲烧其笔砚。"晋时有崔君苗见陆机文章高妙，便欲绝笔而自焚笔砚。后世用作称美文才的客套话。
3 公瑾：三国时吴都督周瑜的字。
4 征轮：远行人乘的车。

附一：芸樵主席和

淡交如水复如醇，此意相期白首新。报国旧传黄石略，污人初障元规尘。皋陶立法垂今古，率更挥毫迈等伦。读罢吟笺齐搁笔，闲居大雅许扶轮。

附二：易秘书和

归去京华踏软尘，故人进德汤盘新。秋窗笔落三条烛，行馆杯衔一石醇。轨里篇成参管仲，桃花水涨忆汪伦。惊人著作中西璧，余绪骚坛老斲轮。

孙院长由欧返国

同人慰劳于独石桥新院址为诗纪事，仿柏梁体。

九万里路翔云天，四国于蕃又于宣[1]。纵观南北两祁连[2]，岂止瀚海路八千。道经西北到苏联，輶轩所至众争延[3]。中苏订约付全权，互惠平等旗明鲜。归经义法不列颠，所兴谈者皆隽贤。岁聿云莫乃言旋，国际形势劳宣传。洞若观火腹笥便[4]，独石桥畔景物妍。绿竹猗猗草芊芊，山色如黛柏如橡。同人暌教近一年[5]，瞻望颜色倍欣然。欢迎席上酒如泉，各浮大白吸百川。曰即醉止仪翩翩[6]，更聆崇论得真诠。逆料开岁大转圜，公为国勤不息肩。穷源远过汉张骞[7]，博物不数张茂先[8]。何以劳之致拳拳，歌陈采薇出车篇[9]。

题 解

孙院长指时任国民政府立法院院长的孙科。见《哲生来渝》题解。柏梁体是古体诗的一种诗体，诗每句七言，都押平声韵，全篇不换韵。柏梁体是七言诗的先河。据说汉武帝筑柏梁台，与群臣联句赋诗，句句用韵，所以这种诗称为柏梁体。

本篇录自《民族诗坛》1939年第6期。

笺 注

1 句本《诗经·大雅·崧高》："四国于蕃。四方于宣。"四国：指天下四方。于：犹"为"。蕃：即"藩"，藩篱，屏障。宣：通"垣"。矮墙。这里是指孙科通过出访苏联争取外援，可以巩固国防。

2 孙科此次出访，是从新疆出境。

3 軿軒：古代天子之使臣所乘的轻便车子。引申为使者。

4 腹笥：喻学识渊博。见《次韵寄剑城凤道人（二首）》注2。

5 暌教：未能听到教诲。暌：隔开；分离。孙科于1939年3月出发访问苏联和欧洲，8月在回国途中接到指令再次访苏，至11月才回到重庆。

6 语本《诗经·小雅·宾之初筵》："曰既醉止，威仪怭〔bì〕怭。"按，原文"怭怭"是形容轻薄不庄重。诗人改用"仪翩翩"以示尊重。

7 张骞：见《海上逢赵善臣师》注1。

8 张茂先：即张华。见《琼花歌》注3。

9 《采薇》是《诗经·小雅》中的一首诗。以一个返乡戍卒的口吻，唱出从军将士艰辛的生活和思归的情怀。《出车》是《诗经·小雅》中的一首诗。颂扬了统帅的战功，表现了君臣对建功立业的自信心。

贺蔡孑民七二寿诞

校成四十载，祝嘏庆长春[1]。先生真矍铄，弟子亦精神。国难还同济，私娱会故人。象曰天行健[2]，火风一转轮[3]。

题 解

蔡孑民即蔡元培。见《寄怀蔡孑民先生（四首）》。这首诗是蔡元培72岁生日时，黄右昌代表北大同学会所致的贺电。本篇从《蔡元培日记》1939年4月24日录出。

笺 注

1 祝嘏：本称贺天子寿，后泛指贺寿。

2 语出《周易·乾卦》。见《开岁书怀（四首）》注15。此处用这个典故，既是祝福，也是夸赞。

3 感叹岁月流转。见《开岁书怀（四首）》注16。此是蔡元培72周岁诞辰，花甲之外，又循环一地支周期，故云"一转轮"。

地方自治学会成立直接选举 右昌获选 咸赋覆伯英先生 并柬学会同人 仍乞吟正

当年丽泽同于役[1]，此日社团又合群。历书艰难臻练达，不求收获问耕耘。文章无我推阿士[2]，天下英雄唯使君[3]。满座高朋期有待，复兴关上细论文[4]。

题 解

中国地方自治学会于1945年1月在重庆成立。是一个专门研究地方自治的理论和实践的纯民间学术团体，会址设在重庆遗爱祠内。成立大会上，选举李宗黄为理事长，诗人当选为常务理事。

本篇录自《地方自治专刊》1945年第1期。

笺 注

1 诗人自注："于役指苏浙皖赣。"按，此次视察活动情况见《奉命视察苏浙赣湘四省地方自治赠别同人》题解。

2 诗人自注："《南史》：王融器刘孝绰，每曰天下文章无我，当推阿士。阿士，孝绰字也。"

3 语本罗贯中《三国演义》第二十一回："今天下英雄，唯使君与操耳。"使君指刘备，见《诸葛武侯》注1。

4 复兴关：即重庆佛图关。在重庆老城西。1940年国民党在此设中央训练团，将关名改为"复兴关"。因地方自治学会的牵头人李宗黄当时兼任中央训练团团长，学会很多活动都借训练团场地举行。

社 集

以王羲之兰亭集诗分韵，代拈"视"字。效鲍明照建除体，以"建除满平定执被危成收开闭"十二字冠为句首。

建设重民生，自治首村里。除弊利乃兴，斩乱棼斯理1。满目哀疮痍，无心乐山水。平倭会有期，宪政即开始。定我万年基，泰来自去否。执两用其中2，不偏亦不倚。破斧今东征3，四国咸有豸4。危言焉用忧，天视自民视。成规秉遗教，八事效卫毁5。收拾旧山河，安排新杖履6。开口发笑言，寄语告知己。闭户且著书，岁月去如驶。

题 解

本篇录自《军事与政治》1945年第2期。

笺 注

1 棼：通"纷"，纷乱的意思。并上句，指振兴地方。首先要用快刀斩乱麻的手段去除积弊。

2 语出《礼记·中庸》："执其两端，用其中于民，其斯以为舜乎？"

3 破斧：《诗经·豳风》篇名，赞美周公东征，平定诸侯的叛乱，伐罪救民。后用为出兵平乱的典故。东征：指开辟第二次世界大战的东方战场。东方战场包括太平洋战场和中国战场。1943年开罗会议以后，虽然英国背信弃义，对开辟远东战场态度消极，但是中国军队仍然在美军的协作下展开了缅北作战，策应了太平洋战场，由此揭开了对日战略反攻的序幕。

4 四国：指中苏美英四国同盟。有豸：有所解除；得以解除。《左传·宣公十七年》："余将老，使邵子逞其志，庶有豸乎！"杨伯峻注："言患乱得解也。"

5 并上句。遗教：指孙中山遗嘱。八事、卫毁：见《书感（次展堂先生韵）》注6。

6 杖履：老者所用的手杖和鞋子。引申为新的生活路程。

慰劳郑洞国军长

名将更兼儒将风，人言湘籍出英雄。昆仑关上威先震[1]，孟拱城西路已通[2]。捷径从兹开片马[3]，瑶缄惠我感来鸿[4]。万间广厦干城翼，雏凤拳拳托饼饢[5]。

题 解

郑洞国，见《送郑洞国军长远征》题解。1944年8月，新一军扩编为新一军和新六军两个军，郑洞国升任驻印军副总指挥。诗人这里沿用了郑洞国以前的职务。

本篇录自《军事与政治》1945年第2期。

笺 注

1 1939年12月，时任新编第五军副军长兼荣誉第一师师长的郑洞国率部开赴桂南参加昆仑关战役，担负主攻任务。郑洞国亲临火线指挥，连续攻克罗塘、411高地、界首等重要据点，并两次攻入昆仑关，击毙日军第二十一旅团长中村正雄少将。

2 1944年4月10日—6月25日，中国驻印军联合美军突击队发动了缅北反攻中的孟拱河谷战役。这场战役基本打通了印缅、滇缅公路，并且重创日军主力，扭转了缅北战场的战局。

3 片马：地名。位于中缅界河恩梅开江支流小江以东，今为云南省泸水市片马镇。片马历来为中国领土，1911年被英军强占。1943年5月，日本侵入缅甸后，占领片马。1944年春，中国军队在反攻缅甸时收复片马，打通了滇缅公路。

4 瑶缄：对他人信札的美称。这里指郑洞国来函。

5 并上句。干城：盾牌和城墙。比喻捍卫国家的将士。翼：这里是护卫的意思。雏凰：指诗人三子黄宏嘉。帡幪：帐幕。亦引申为庇护。黄宏嘉1944年从西南联大应征入伍，此时正在驻印军服役，在郑洞国的副总指挥部任少校翻译。

盟军缅甸会师四杰

史迪威总指挥[1]

加孟密成鼎足弯[2]，指挥若定气吞蛮。喜君六秋年开一，奏凯欢呼杰布山[3]。

郑洞国军长[4]

敌十八师败负隅[5]，我军如火复如荼。扫除巢穴开滇缅，笑把关防来献俘。

廖耀湘师长[6]

天生将略擅围歼，汗马功高智勇兼。诸葛行军唯一慎，胡康河谷阵形钳[7]。

孙立人师长[8]

能从困苦显坚强[9]，勇救盟军势莫当。两载前因今结果，无人不说仁安羌[10]。

题 解

  1942 年，中国远征军在缅甸作战失利，残部一部分退入印度，后组建为中国驻印军；一部分退回国内，后重建中国远征军（俗称"滇西远征军"）。在盟国的帮助下，经过一年多的休整和准备，1943 年底到 1944 年初，中国驻印军、远征军与盟军密切协作，分别向缅北、滇西日军发动反攻，连战连捷。1945 年 3 月，中国驻印军与中国远征军在芒友会师，滇缅抗战取得了完全彻底的胜利。

  时诗人次子黄宏煦在中国远征军服役，三子黄宏嘉在中国驻印军服役。

  本篇录自《军事与政治》1945 年第 2 期。

笺 注

  1 史迪威（1883—1946）：全名约瑟夫·沃伦·史迪威（英语：Joseph Warren Stilwell），美国陆军四星上将。时任中缅印战区美军司令，中国驻印军总指挥。史迪威亲自主导了中国驻印军的组建和训练。由于不满蒋介石的独裁和国民党军队的腐败，史迪威和蒋介石之间产生了尖锐的矛盾。在蒋介石的一再要求下，美国总统罗斯福不得不在 1944 年 10 月将史迪威解职并召回美国。虽然此时史迪威已经离职，但是诗人仍然充分肯定史迪威对中国的抗日战争所做出的贡献。

  2 加孟密：指缅北反攻中孟拱河谷战役中的卡蒙（加罗）、孟拱、密支那三大战场。诗人三子黄宏嘉随所在部队参加了这一战役。

  3 诗人自注："史迪威总指挥三月十九日国军占杰布山，庆祝将军六十荒岁诞辰。"按，荒岁，这里指周岁。

  4 郑洞国，见前篇题解。

  5 敌十八师指日军十八师团。日军第十八师团参加过进攻上海和南京的作战，是制造南京大屠杀的元凶之一。在缅北反攻的胡康河谷战役中，十八师团被中美联军包围击溃，随后被中美英联军追击歼灭，超过三分之二的兵员被我军击毙。

  6 廖耀湘（1906—1968）：字建楚。湖南邵阳（今湖南新邵）人。黄埔军校第六期毕业后留学法国，回国后参加了南京保卫战。1940 年加入中国远征军赴缅甸作战，兵败后退至印度。后所部改编为中国驻印军新 22 师，任师长。此时廖耀湘已升任新 6 军军长。诗人三子黄宏嘉在驻印军服役期间，曾在廖耀湘部担任随军翻译。

7 胡康河谷：指胡康河谷—孟拱河谷战役。廖耀湘指挥的新 22 师在盟军的协作下歼灭日军第 18 师团全部及第 53 师团和第 56 师团各一部，共击毙日军 2 万多人，一雪两年前兵败缅甸的耻辱。此时诗人三子黄宏嘉在廖耀湘所部 66 团 3 营随军参战。

8 孙立人（1900—1990）：字抚民。生于安徽庐江。先后毕业于清华大学、美国弗吉尼亚军事学院。第一次入缅作战时任新 38 师师长，诗人次子黄宏煦从西南联大应征入伍后，在其师部服役，任随军翻译。第二次入缅作战时，任中国驻印军新 38 师师长。此时孙立人已晋升新一军军长。

9 孙立人部在第一次入缅作战时，由于英军背信弃义，率先逃跑，致使所部兵败野人山，损失惨重。一部退回国内，一部撤至印度。

10 诗人自注："孙立人师长一九四二年缅甸战役曾解救于仁安羌之英缅军第一师。"按，孙立人曾在 1942 年 3 月和 1943 年 3 月在仁安羌和卡拉卡—唐卡家一线两次率部解救被日军包围的英军。

送梅汝璈之东京

法界推巨擘[1]，中外早知名。 时也春正月，快哉此一行。 同仇增敌忾，官谏律长城[2]。 我有拳拳意，非君孰与倾。

题 解

梅汝璈（1904—1973）：江西南昌人。毕业于公立清华学校，后赴美国留学，获芝加哥大学法律学博士学位。回国后，历任私立大同大学、省立山西大学、私立南开大学、国立武汉大学教授。1935 年 1 月，任国民政府立法院立法委员，与诗人同事。抗战胜利后，梅汝璈奉国民政府派遣，于 1946 年到 1948 年代表中国出任远东国际军事法庭法官，参与审判日本战争罪犯。本篇是写给梅汝璈的壮行诗。

本篇录自梅朝荣著《把东条英机送上绞刑架的中国人》（武汉大学出版社，2006 年第一版）。

笺 注

1 巨擘（bò）：喻杰出的人物。擘，大拇指。
2 官谳：公审。谳，审判定罪。

奉题广州大学二十周年纪念

颠沛流离已七迁，重光劫后尚岿然[1]。校风具备智仁勇，缔造艰难二十年。

题 解

私立广州大学创办于 1927 年 3 月，1931 年 11 月经国民政府政务委员会核准备案。1938 年 10 月，广州失守，学校迁至开平沙朗乡。1945 年 8 月，抗日战争胜利，广州大学复员广州，在东横街原址复课。校庆 20 周年时，诗人应邀题诗祝贺。

本篇录自《广州大学校刊》1947 年第 19 期。

笺 注

1 重光：再放光明；光复。此处指抗战胜利，广州大学在原址复校。

久雨喜晴即事抒怀寄振宏贤侄

漫将爻效变穷通[1]，橘性踰淮便不同[2]。吾道南来兵气里[3]，大江东去浪涛中。老松与我迎朝日，残月为谁送晓风？只恐山云留不住，又吹礦磜蔽晴空[4]。

题 解

沈振宏（1924—），浙江余姚人，生于南京。抗战期间是诗人四子黄宏荃在国立第二中学时的同窗。

本篇录自黄宏荃手稿。

笺 注

1 爻（yáo）效：爻是组成八卦中每一卦的长短横道。一长横是阳爻，二短横是阴爻。爻仿效变化而成，故云"爻效"。穷通：困厄与显达。

2 橘移植到淮河以北就变成枳。承上句，是说事物随环境的变化而变化，不要机械地看待事物。典出《晏子春秋·内篇杂下》："婴闻之，橘生淮南则为橘，生于淮北则为枳，叶徒相似，其实味不同。"

3 兵气：战争的气氛。此时解放战争已进入决战阶段，辽沈战役已经打响。

4 疑碍：阴云密布。

重游泮水二首 并序

  我于一八九六年丙申腊尾，一八九七年丁酉正初，应童子试入泮，时年十二岁。一九五七年二月，即农历丁酉正月，余年已七十二岁，距当年入泮已整六十年，这在古典文学上称为重游泮水，而又喜见社会主义社会面貌全新，我们的祖国在第一个五年计划中已经进入全面的社会主义建设高潮，欢欣鼓舞，返老还童，一家人置酒京华，籍叙天伦乐事，抚今思昔，有感于中，为诗纪念。

丙申丁酉溯从头，腊尾正初念昔游。明月入闱天皎皎[1]，春风拂面日悠悠。万家灯火上元节，九澧云山不系舟[2]。多少儿时游戏事，算来甲子又重周。

青山绿水万年长，天下为公祖国光。翻恨儿时专制艺[3]，宁知世变几沧桑。浮生有限惭先觉，新学无涯感夙荒[4]。今日家人重把酒，再歌泮水采芹章[5]。

笺 注

  1 化用《古诗十九首》其十九："明月何皎皎，照我罗床帏。""闱"是科举考试的考场。"入闱"指参加科举考试。

  2 九澧：即澧水。见《梅花十首》注42。

  3 制艺：同制义。即八股文。见《对月有感示儿辈》注1。

  4 夙荒：历来未予重视；平时被荒废。

  5 语本《诗经·鲁颂·泮水》："思乐泮水，薄采其芹。"古代诸侯之学舍称泮宫，采芹谓采摘泮宫的芹菜，亦即上学。因而科举时代谓入（县）学曰入泮、游泮或采芹。

沁园春 庆祝击落 U—2 美国间谍飞机重大胜利

一九六二年九月九日。

领土主权，一为领海，一是领空。不抵抗侵略，难保和平；不张挞伐，难扫残凶。迅赶美军，出东南亚，同仇敌忾奏肤功[1]。大团结，更始冲茀茀[2]，射隼高墉[3]。

惟口出好兴戎[4]，叫美帝阴谋休逞雄。是老鼠过街，人人喊打；千夫所指，无疾而终。中国人民，今谁敢侮，东风早已压西风。齐踊跃，还提高警惕，粉碎元凶。

题 解

U—2 高空侦察机是由美国洛克希德·马丁公司研制开发的单发动机涡轮喷气式飞机，可在两万多米的高空执行侦察任务。自 1961 年 4 月起，U—2 高空侦察机开始窜入我国大陆上空进行侦察。1962 年 9 月 9 日 6 时，1 架 U—2 飞机从台湾桃园机场起飞，进入大陆。随后被我军雷达发现。我导弹部队很快进入临战状态。8 时 32 分，3 枚导弹连续升空并且击中目标，将入侵 U—2 成功击落。这是我导弹部队首次击落 U—2 高空侦察机。

笺 注

1 肤功：犹大功。见《捷音（二首）》注 6。

2 语本《诗经·大雅·皇矣》："临冲茀茀，崇墉仡仡。"见《捷音（二首）》注 1。

3 语本《周易·解》："公用射隼于高墉之上，获之无不利"。墉：城墙；高墙。隼，这里借指 U—2 高空侦察机。

4 套用《尚书·大禹谟》："惟口出好兴戎。"口出好：指口头发布的宣言妥善周密。 兴戎：指动用武力。意思是反侵略态度鲜明，也绝不手软。

鹧鸪天

周邦式来京过访，因我迁居未晤。一九六三年。

长沙聚首共吟樽[1]，老友携诗署及门[2]。健履今朝临北国，缘悭恨失一寒暄[3]。

怀旧雨[4]，忆新村[5]，论诗把酒欲重温。欲诉离情无处说，青山不老水长存。

题 解

周邦式：见《重九怨斋招饮豁蒙楼未赴约》题解。抗战爆发后，周邦式流亡到重庆国立女子师范学院任教。建国初期，曾致函毛泽东谋求赴京工作未果。后院系调整，调入西南师范学院任教。

笺 注

1 见《长沙酒楼即和周邦式韵》。

2 诗人自注："一九三八年春，邦式招饮长沙酒楼，唱酬有'眷属神仙似，门生白发多'之句。"及门：指受业弟子。

3 缘悭（qiān）：缺乏缘分。悭：欠缺。

4 旧雨：谓老友。见《将毋同十六韵》注6。

5 新村：诗人在建国初期任湖南大学法律教授时，曾住于新村教师宿舍。周邦式在这一时期曾登门拜访。

浣溪沙 谢周邦式邮赠《儃佪集》

一九六三年。

手把离骚挂短筇[1]，涉江何处采芙蓉[2]，行吟泽畔兴更浓[3]。

溆浦辰阳云霭霭[4]，求友同开万古胸，儃佪一卷感旧踪。

题 解

周邦式,见《重九恕斋招饮豁蒙楼未赴约》题解。儃佪(chán huí),徘徊不前的样子。语出屈原《九章·涉江》:"入溆浦余儃佪兮,迷不知吾所如。"《儃佪集》是周邦式诗集名,似未正式出版,所赠当为自印本。

笺 注

1 短筇:短杖。《离骚》挂在杖头,供出游时读。
2 涉江:为楚辞《九章》篇名。《儃佪集》的题名源于此篇。
3 行吟泽畔:见《戊辰端午吊屈大夫》注1。这里用以比喻《儃佪集》诗人。
4 溆浦,今县名,在湖南省溆水北岸。辰阳:古邑名。战国楚邑。在今湖南省辰溪县西南。因在辰水之北,故名。《九章·涉江》:"朝发枉陼兮,夕宿辰阳。"这里以溆浦辰阳代表湖南。因这两个地名与《儃佪集》题名相关。

鹧鸪天 二首 并序

一九六三年。李先念副总理于上元节宴请文史馆同人,欢极。即席破格作平起鹧鸪天二首。

国民经济庆回旋[1],好转一年比一年。三万里河东入海,五千仞岳上摩天[2]。波浩荡,地连锦,灿灿红旗象万千。能治国家谁敢侮,笑他诡祟只徒然[3]。

排山倒海气熊熊,自力更生道不穷。小我全都成大我,东方早已压西风。新胜利,指顾中[4],基础是农主是工。此日传杯团拜乐,月圆人寿老还童。

题 解

上元节即元宵节。破格:这里指突破诗词的格律。鹧鸪天定格为前段四句,三平韵;后段五句,三平韵。仄起。诗人两首均为平起。诗词创作中是可以破格的。如宋人赵长卿《鹧鸪天》词前段起句:"新晴水暖藕花红"亦为平起。

笺 注

1 回旋:旋转;盘旋。这里指螺旋式上升。1961年1月,党的八届九中全会决定对国民经济实行"调整、巩固、充实、提高"的八字方针。各项建设事业呈现明显的健康发展势头。至 1963 年年初，国民经济各部门已基本恢复正常运行。

2 并上句。套用陆游绝句《秋夜将晓出篱门迎凉有感》："三万里河东入海，五千仞岳上摩天。"

3 诡崇：狡猾恶毒。指当时的苏联。1960 年 7 月，苏联政府背信弃义，宣布限期召回全部在华工作的苏联专家，撕毁了与中国合作的几乎所有经济合同。中苏关系正式破裂。

4 指顾中：语本班固《东都赋》"指顾倏忽，获车已实。"指顾，手指而目顾，比喻果断、迅速。

怀念湘儿

恸汝身世，刻苦刚强[1]。汝为长女，取名为湘。作我记室，廿载星霜[2]。抚今思昔。耿耿不忘。壮年早逝。每念神伤。纵横老泪，百感茫茫。

题 解

湘儿指诗人长女黄湘。见《十一月十八日为长女婚期诗谢亲友》题解。
本篇根据黄宏嘉抄稿整理。

笺 注

1 并上句。黄湘自幼多病。抗战初期率湖南第二保育院迁渝，历尽艰辛。婚后不久复遇婚变，离婚后一直在家陪伴父母，未再婚，亦无子女。

2 并上句。记室：秘书的代称。黄湘工楷书，离婚后一直在家陪伴父母，替父亲整理、誊抄手稿。

桃源忆故人 寄王冠五教授

一九六四年。

眷怀爱晚亭旁路[1]，红树青山无数。池水漾，风煦煦，曾是行吟处。

麓山别后今回顾，倏然十二寒暑。笑我健顽如故，殷勤为寄语。

题 解

王冠五，湖南大学教授，生平不详。

笺 注

1 爱晚亭：原名红叶亭，又称爱枫亭。在湖南省长沙市岳麓山岳麓书院后清风峡的小山上。亭建于1792年，取唐杜牧"停车坐爱枫林晚，霜叶红于二月花"诗意而名。

上西楼

一九六四年八月腿病痊愈，答谢老友慰问。

别来岁月如流，思悠悠，又惊一叶梧桐天下秋。
我足茧，得仙药，今已瘳。为扠杖藜已可上西楼[1]。

笺 注

1 杖藜：拄杖。见《题画自遣（二十四首）》注2。

鹧鸪天 寄唐翰屏

一九六四年九月。

聚散匆匆十六春，每逢诗酒倍怀人。讹传坡老黄州死，恸哭许昌范景仁[1]。

长安远，讯非真，今年二老均八旬[2]。圣湖本是旧游地[3]，面貌于今又一新。

题 解

唐翰屏（1917—1994），名国藩。生于江苏丹阳。1942年入江苏国立医学院，毕业后到浙江大学医学院执教，兼眼科医师。1963年调任绍兴医专担任眼科教研组长。性爱诗画，在国画领域造诣颇深。与诗人为忘年交。

笺 注

1 并上句。范景仁（1007—1088）：即范镇，成都华阳人，宋仁宗宝元元年（1038）状元。因与王安石不合而辞官。范居许昌时，苏轼被贬黄州，市面讹传东坡死讯，闻而恸哭。诗人用此典故，可能是有人讹传诗人本人或夫人逝世的消息，唐翰屏来函询问。

2 二老：指诗人及其夫人。二老生于1885年，虚岁均已届八旬。

3 圣湖：指昆明湖。颐和园曾是皇家园林，故称。

八十自寿诗 二首 并序

一九六四年十一月八日，农历十月初五，甲辰初度，重谐花烛，时唐翰屏自西湖寄来松鹤遐龄图一帧，余感其多情，因润笔题诗于图上。

古松苔上龙鳞绿[1]，新寨风吹鹤顶丹[2]。松鹤遐龄真妙绘，撩人醉墨入吟坛。

重谐花烛事重论[3]，弱冠及笄赋感婚[4]。今日儿孙齐进酒，掀髯香绕凤凰樽[5]。

笺 注

1 龙鳞：指老松树皮。因松桧之老皮如鳞，故称。王维《访吕逸人》："种松皆作老龙鳞。"

2 新寨：新筑的栅栏。

3 重谐花烛：花烛喻新婚。语出庾信《和咏舞》："洞房花烛明，舞余双燕轻。"诗人与夫人李夔旭结婚时年二十，今满八十，正好一周花甲，故言"重谐花烛"。

4 弱冠：男子二十岁。见《对月有感示儿辈》注2。及笄：女子十五岁。语出《礼记·内则》："（女子）十有五年而笄。"笄是古代的一种簪子，用来插住挽起的头发，或插住帽子。赋感婚：曹植有《感婚赋》。这里谓结婚六十周年赋诗抒感。

5 凤凰樽：儿孙为二老进酒用的酒杯。《诗经·大雅·卷阿》："凤凰于飞，翙翙其羽。"后以凤和凰相偕而飞，喻夫妻和好恩爱。因是夫妻双寿，故用"凤凰樽"称祝酒之杯。

好事近 答谢仇亦老同夫人和诗

一九六四年初度。

双绝韵铿锵[1]，恍听足音空谷[2]。犹如张绪当年[3]，更陈平冠玉[4]。蒹苍露白正怀人[5]，高咏阳春至[6]。来年庆贺双寿，记荷花生日[7]。

题 解
仇亦老即仇鳌。见《仇亦山谢赠红豆走笔答之》题解。

笺 注
1 双绝：两首绝句。指仇鳌夫妇与诗人《八十自寿诗二首》的唱和之作。

2 足音空谷：空谷足音的倒装。语出《庄子·徐无鬼》："夫逃虚空者……闻人足音，跫然而喜矣。"比喻极难得的音信或言论。

3 张绪（422—489）：字思曼。齐吴郡吴人。美风姿，吐纳风流。《南史·张绪传》载，南齐武帝时，殿前有蜀柳数株，曾言："此杨柳风流可爱，似张绪当年时。"

4 陈平（？—前178）：阳武（今河南原阳县东南）人。汉初大臣。《史记·陈丞相世家》载，陈平因深受刘邦宠信，于是有人谗陈平曰："平虽美丈夫，如冠玉耳，其中未必有也。"冠玉即饰于帽上之玉，后常用以喻美男子。

5 蒹苍："蒹葭苍苍"的略语。蒹葭：泛指芦苇，见《天津法商学院课余散步》注1。

6 阳春：这里指"小阳春"，即农历十月。见《庚午初度感怀（四首）》注1。

7 荷花生日：吴俗以农历六月二十四日为观莲节，亦名荷花生日。仇鳌生日亦为六月二十四日，故云。

附：仇亦老同夫人刘庄先同祝原唱

石公正入钓璜年，非虎非熊别有天。鹤白松苍唐子画，西湖遥祝寿三千。

百年花烛当重辉，梁孟相庄出翠帏。绕膝儿孙齐献晬，桃夭今再咏于归。

哭林老伯渠

一九六四农历五月初五。

永怀卯角聚奎楼[1]，道水悠悠绕太浮[2]。创业艰辛光故国，扫盲文字焕新猷[3]。岂知端午长辞世，惊定何人不泪流。曩日唱酬遗墨在，沉吟脉脉念前游。

题 解

林伯渠于 1960 年 5 月 29 日逝世，农历为庚子年五月初五。本篇写于林伯渠逝世四周年忌日，即农历甲辰年端午。

笺 注

1 诗人自注："一九四四年林老和诗有'奎楼聚首各青春'句。"卯角：儿时。见《庚午初度感怀（四首）》注 10。奎楼：奎星楼。因相传奎星是掌管世间的文章，决定文运的兴衰的星宿，故旧时学校多建有奎星楼。诗人与林伯渠童年时代曾同学于道水书院，书院亦面对奎星楼。

2 水：澧水支流之一。见《还山扫墓纪事抒感（八首）》注 2。太浮，临澧县境内山名。见《还山扫墓纪事抒感（八首）》注 22。

3 扫盲文字：指林伯渠从延安时期就一直致力于推动的文字改革工作。猷，法则。这里新猷指的是 1958 年公布的《汉语拼音方案》和 1964 年 3 月公布的《简化字总表》。

4 诗人自注："林老生前手迹，经过兵燹，保存不易，已于同年八月送交中国革命历史博物馆编目保存。"曩日：昔日。

鹧鸪天　乙巳上巳次日清明感赋

曲水流觞拂管弦，风流尚记永和年[1]。骤寒乍暖春无主，易耨深耕社有权[2]。风习习，草芊芊，云和野水乱烘烟。明朝又是清明节，共祭忠魂一泫然。

题 解

乙巳年即公元1965年。上巳指农历三月初三。汉以前以农历三月第一个巳日为"上巳"，文人在这一天集会联谊，称为"修禊"。魏晋以后，定为三月三日，不必取巳日，但沿用"上巳"的说法。

笺 注

1 并上句。语本王羲之《兰亭集序》："永和九年，岁在癸丑，暮春之初，会于会稽山阴之兰亭，修禊事也。……此地也崇山峻岭，茂林修竹。又有清流激湍，映带左右，引以为流觞曲水。列坐其次，虽无丝竹管弦之盛，一觞一咏，亦足以畅叙幽情。"诗人将"无管弦"易为"拂管弦"字，意在表现欣欣向荣。

2 深耕易耨：深耕细作，及时除草。比喻精心耕种。社：指人民公社。

行香子　义师必胜

卫我北方，复彼南方[1]。看羊皮，终是豺狼。无端飞祸，夷毁田庄[2]。一霎时间，枝枝树，系肝肠。

持我长枪，赴彼疆场。笑如今，白发苍苍。相依唇齿，共饮双江[3]。喜看儿孙，操五尺[4]，迎曙光。

题 解

本篇作于1965年。是为响应当时中共中央"援越抗美"的决策而作。

笺 注

1 并上句。指当时越南北方由胡志明领导的越南民主共和国和越南南方由吴廷琰任首相的越南共和国。

2 指1964年起美国对北越的轰炸。轰炸行为促使北越向中国提出援越抗美的要求。应越方要求，1965年4月，中国人民志愿工程队赴越执行抢修、改建铁路、构筑国防工程、修筑机场等任务。8月，应越方要求，首批援越高射炮兵部队入越参与协助防空作战，保护交通线。

3 诗人自注："指红河及黑水河。"按，红河发源于中国云南省西部哀牢山东麓，上段称元江，进入云南红河哈尼族彝族自治州后称红河。流入越南后经河内注入北部湾。黑水河为左江支流。发源于广西靖西县，东南流经越南，再进入广西大新县，向东流至崇左市西注入左江。

4 五尺：指当时的步枪。语出毛泽东《为女民兵题照》："飒爽英姿五尺枪，曙光初照演兵场。"

西江月 庆贺一九六五年五月十四日十时第二颗原子弹试验成功

周书辟以止辟[1]，舜典刑期无刑[2]。神功再使五洲惊，群丑微尝惩儆。
天下江流归海，都求一个澄清。尔曹讹诈太狰狞[3]，玩火宜其自烬。

笺 注

1 周书：《尚书》组成部分之一。相传是记载周代史事之书。辟以止辟：语出《尚书·君陈》"辟以止辟，乃辟。"辟，谓依法惩罚。止辟：谓制止犯法。

2 舜典：伪古文《尚书》篇名，相传记帝尧之事。刑期无刑：语本《尚书·大禹谟》："刑期于无刑。"意思是：刑法的目的在于取消刑法。并上句。意思是我国制造原子弹的目的在于制止核战争。

3 尔曹："你们这些人"的蔑称。指美苏等对中国进行核讹诈的国家。

鹧鸪天 乙巳八一初度抒怀

一九六五年。

八十一年似电驰，乾坤逆旅若为羁。迎来新雪伴初度，送去昨非理旧诗。

吟乐府，舞柘枝[1]，壮心投老未曾衰[2]，欲求进益无他法，竹解虚心即我师。

题 解

当年诗人满八十周岁。"八一"是民间习用的虚岁。

笺 注

1 舞柘枝：一种舞蹈。见《村兴八首》注11。
2 投老：临老。见《三叠吟韵寄太甡》注3。

鹧鸪天 和原韵答谢李老潘卿罗老介邱吴老晓芝黄老子蕴

十稔寅恭意未央[1]，朅来岁月两堂堂[2]。承颁白雪清音远[3]，为写黄庭好处刚[4]。

序代谢，事沧桑，胸中武库有清霜[5]。谦谦君子象贞吉[6]，字字珠玑韵调锵。

题 解

李潘卿（1877－1965），名兆年，曾用名蠖厂，福建省瓯宁县（属今建瓯市）人；罗介丘（1891－1981）湖南邵阳人；吴晓芝（1887－1975），名德润，湖南岳阳人；黄子蕴（1898－1971）名培英，湖南宁乡人。当时均为中央文史研究馆馆员。

笺 注

1 诗人自注："余以一九五五年到文史馆，今十年矣。"寅恭：恭敬。语本《尚书·无逸》："严恭寅畏，天命自度。"
2 用诗人本人《次日果晴叠前韵》"爽气朝来道大光，朅来岁月两堂堂"成句。见该篇注1。
3 白雪：古琴曲名。传为春秋时师旷所作。《淮南子·览冥训》："昔者（师旷）奏《白雪》之音，而神物为之下降。"故用以比喻美妙的音乐。这里四位同人的原唱。

4 黄庭指法帖《黄庭经》，相传为晋王羲之所书。刚：指笔法有劲。这里是夸奖所赠的作品的书法地道精美。

5 武库、清霜：借喻才学本领。见《次日果晴叠前韵》注5。

6 象贞吉：谓占卜问卦，遇"需"卦则吉利幸福。后指吉利与幸福。象：卦象。

寄吴晓芝先生兼贺其丙午八十高寿

老去叮咛慢进羹，笑看儿女气峥嵘。以吾齿长刚周岁，同忝人师已半生[1]。蜡屐吟成康乐句[2]，锦囊韵叶妃豨声[3]。云山处处闻韶濩[4]，吟入觉庐见性情[5]。

题 解

吴晓芝即吴德润。见前篇《鹧鸪天》题解。

笺 注

1 同忝人师：谓同样惭愧当过老师。语本《后汉书·杨赐传》："忝任师傅。"忝，有愧于。是诗人自谦之词。吴德润早年毕业于湖南高等实业学堂土木系，1913年赴法国巴黎大学法学系。毕业回国后先后在湖南商业专门学校、北京女子两级中学、北平师范大学等从事教育工作20余年。

2 蜡屐：喻生活淡泊。见《竹窗社集兼送剑城凤道人》注1。康乐：指南朝宋文学家谢灵运。谢灵运袭封康乐公，人称谢康乐。

3 锦囊：盛诗句的袋子。见《初夏偶成（四首）》注13。韵叶：即叶韵。这里是押韵的意思。 妃豨声：语本《乐府诗集·有所思》："妃呼豨，秋风肃肃晨风飔。"妃呼豨是古乐曲中的助声字，这里用来形容美好的韵律。

4 韶濩（huò）：原是殷汤乐时的乐曲，后泛指雅正的古乐。

5 觉庐：吴德润的斋号。

丙午上巳口占 一九六六年三月二十四日

今年双上巳[1]，修禊意如何[2]。折简怀知己，流觞发浩歌[3]。炳麟新气象[4]，照烁旧山河。乐矣骋游目[5]，勿忘夜枕戈[6]。

题 解

农历三月初三为"上巳"，见《鹧鸪天·乙巳上巳次日清明感赋》题解。

笺 注

1 双上巳：丙午（1966）闰三月，故云。前一个按公历为3月24日，即写诗当日；后一个为4月23日。

2 修禊 见《癸未四月三日渝郊展禊以兰亭序分韵》题解。

3 流觞：用"曲水流觞"典，指文人聚会。

4 炳麟：盛明；光明。语出扬雄《剧秦美新》："炳炳麟麟，岂不懿哉。"

5 骋游目：骋怀游目的缩用。意思是指纵目四望，开阔心胸。语出王羲之《兰亭集序》："仰观宇宙之大，俯察品类之盛，所以游目骋怀，足以极视听之娱，伩可乐也。"

6 1965年1月12日，毛泽东在关于第三个五年计划的谈话中发出了"备战、备荒、为人民"的号召。诗人这里是对这一号召做出响应。

鹧鸪天 热烈庆祝一九六六年十月二十七日核导弹试验成功

云起蘑菇雨伴雷，神州毕竟有神才。莫非怒吼睡狮醒，原是浩歌动地来。忙众丑，费推猜，惊慌最是两凶魁[1]。不夸胜似穿杨准，只杜硕蛾自取灾。

笺 注

1 两凶魁：指当时的美国和苏联。

答谢仇亦老赠诗并补贺其寿诞

一九六七年六月二十四日。

芙蕖万顷一诗翁，九十耄勤卫武公[1]。遥想先生称觯日[2]，红旗漫卷藕花风[3]。

题解

仇亦老指仇鳌。见《仇亦山谢赠红豆走笔答之》题解。当年仇鳌满88周岁。

笺 注

1 耄勤：年老仍勤勉不懈。语本《尚书·大禹谟》："耄期倦于勤。"耄，八九十岁的年纪。卫武公（？—前758）：春秋时卫国君。公元前812—前758年在位。能修政安民，相传活到九十五岁仍恭敬谨慎，为后人称道。

2 称觯（zhì）：作为生日宴主人。觯：古代一种青铜饮酒礼器。《礼记·礼器》："尊者举觯，卑者举角。"

3 藕花：荷花。承上句。仇鳌生日与民间所称荷花生日相同，见《答谢仇亦老同夫人和诗》注7。

附：仇亦老赠诗

自贺莺迁自制词，双双喜雀在高枝。西江月与东桑日，正是虹销雨霁时。

鹧鸪天

一九六九年九月。

一唱天鸡宇宙红[1]，惊涛执舵仗良工。车轮转处成陈迹，沧海尽头即大同。纷过眼，看不穷，纳新吐故老犹童[2]。学词笑我齿皆没，尚欲学工更学农[3]。

笺 注

1 天鸡：神话中天上的鸡。郭璞《玄中记》："桃都山有大树曰桃都，枝相去三十里，上有天鸡。日出照木，天鸡即鸣，天下鸡皆鸣。"

2 1968年《人民日报》《解放军报》《红旗》杂志元旦社论刊登了毛泽东关于整党建党的批示："一个人有动脉、静脉，通过心脏进行血液循环，还要通过肺部进行呼吸，呼出二氧化碳，吸进新鲜氧气，这就是吐故纳新。一个无产阶级的党也要吐故纳新,才能朝气蓬勃。"诗人这里是呼应毛泽东批示精神。

3 诗人自注:"余年近八十始学写鹧鸪天。"尚欲学工更学农:语本毛泽东《五七指示》:"即不但要学文,也要学工、学农、学军,也要批判资产阶级。"

附 录

黄右昌传略*

黄绍湘[1]

黄右昌,字黼馨。公元 1885 年农历十月 5 日生于湖南临澧县。家庭成分是中农,后因父亲失去教馆职业,经济十分困难,成为贫农。

一、经历

1899 年,就学湖南时务学堂,1902 年考取留日本公费生,先进入岩仓铁道学校,因眼近视转法政大学部学习。1908 年毕业回国,应清政府留学考试,得法政科举人,内阁中书。任湖南省公立和私立法政学校教授。1912 年任湖南公立第二法政学校校长,兼教民法课程,因归并第一法政学校止职。同年冬,任湖南省第五区国会兼省议会复选监督。1913 年被选为湖南省议会议长,至 1914 年 11 月,袁世凯非法解散议会止职。1915 年,任北京大学法律系专任教授兼系主任,担任民法、罗马法课程,兼在清华大学、法政大学和私立朝阳大学、中国大学、民国大学及天津法商学院教钟点。1920 年至 1930 年任北京大学法科研究所主任,主编北大社会科学季刊。1919 年至 1922 年,主办白话晚报,主要刊登北大平民教育讲演团讲演稿,以广宣传(事载 1955 年《近代史资料》第二期 157 页)。

由于在北京大学主持法律系教学,研究工作有成绩,以及专著《罗马法与现代》《民法》等著作问世,1930 年起,由国民党政府国民政府立法院简任为立法委员;1941 年在战时首都重庆,兼任国民政府国防委员会法制委员会专门委员;1943 年起,在重庆被聘为全国宪政协进会委员。1948 年 9—11 月,经

---

* 原题《黄右昌生平事迹》,是 1980 年黄绍湘为临澧县地方志办公室写的诗人小传。本文根据原作者手稿整理,收录时对个别文字和标点符号进行了技术性处理。
[1] 黄绍湘(1915—2015),女,湖南临澧人。黄右昌次女。史学家,中国社会科学院世界历史研究所研究员,中国社会科学院荣誉学部委员。著有《美国简明史》《美国早期发展史》《美国通史简编》等。

选任为国民政府司法院大法官。1948 年底，鉴于国民党政府统治四分五裂，崩溃在即，决心迎接解放，由南京迁回湖南长沙，任湖南大学法律系教授。1949 年，湖南程潜等起义，曾参加签名，表示拥护中国共产党解放全中国。1953 年 9 月，教育部进行院系调整，留在长沙进修（仍在湖大）。1954 年 8 月，改为退休。1955 年 1 月，经国务院周恩来总理聘任为中央文史馆馆员。1970 年 3 月 16 日在北京病逝，终年 86 岁。

二、担任公职等情况

早在 1912 年，经仇鳌介绍，参加国民党。主办湖南省第五区国会选举，兼省议会议长。1915 年起，即离开长沙，到北京大学任教。1936 年，因竞选国大代表，由国民党中委梁寒操、李宗黄介绍，领了国民党特别党员证。1937 年，被选为湖南省第七区国大代表。因抗战爆发，代表资格延期至 1947 年。

三、家庭状况及经济情况

祖父道让，号岐农。科名是前清工部主事，未到任。擅长诗书画，著有《雪竹楼诗稿》。因受祖父影响，喜爱作诗。父亲基元，行四，是秀才。十三岁时，祖父去世。伯父三人，父亲分得田三石。母亲涂汉英勤苦操作，纺绩佐食，父亲设馆授徒。右昌行三，大哥、二哥是自耕农，四弟业医。九岁丧母，父亲因贫未续娶。幼年从父读书，十二岁考中秀才。当时塾馆东家认为基元偏教右昌，停止教馆工作，使基元遭受失业痛苦。田地屋宇，陆续变卖。大哥赴陈姓地主家卖谷，地主居奇不卖，全家饿饭；二哥赴安乡做佣工，热死途中；青少年时家庭悲惨遭遇，策励右昌发奋读书。1908 年应清政府留学考试获中，亲自参与向陈姓赎回房地。1915 年至 1930 年，因儿女均年幼，从薪金项下抽出部分款项，陆续寄回老家，添置田地十二石，交由弟侄及亲戚经手或由他们自耕，或由他们收租。右昌在外，一生五十余年，全家生活，依靠薪给维持生活，与老家土地无关。在重庆时依靠薪水生活外，并有商务印书馆出版所著《民法诠解总则》《大学丛书－民法物权》的版税，补助生活。1955 年 3 月，受国务院周恩来总理聘任为中央文史馆馆员后，在北京生活，十分安定。

四、家庭情况：

1905 年与李夔旭结婚，（长沙周南女校肄业）。生子女八人：大儿黄宏建，朝阳大学经济系毕业，现在台湾基隆自来水厂任会计；二儿黄宏煦，重庆中央大学、美国密苏里大学毕业，曾在中共中央西苑机关工作，国际关系学院英语教授，现任河北石家庄河北师范大学副校长兼外语系主任。三儿黄宏嘉，西南联大、美国密歇根大学毕业，曾任北京铁道学院电机系教授兼电工基础教研室主任，现任上海科学技术大学副校长。著有《微波原理》等专著，在国际方面，引起好评。四儿黄宏荃：湖南大学外文系毕业，1951年响应祖国号召，赴朝鲜参军，1953年回国，曾在长春汽车制造厂学校政治教研组任课，最近在河北师范学院英语系任副教授。大女黄湘，北平大学法学院毕业，曾任国民政府立法院编纂，于1961年春季病逝。二女绍湘，清华大学历史系毕业，美国哥伦比亚大学研究院毕业。曾任山东大学文史系教授，人民出版社编审，后奉调至中共中央政治研究室从事研究工作，继任北京大学历史系教授，中国社会科学院世界历史研究所教授。著有《美国简明史》（1953年三联书店出版），《美国早期发展史》（1957年人民出版社出版），《美国通史简编》（1979年12月人民出版社出版）。三女季彬，齐鲁大学肄业，于1965年秋因心脏病在天津逝世。四女颂康，暨南大学、辅仁大学肄业，荷兰海牙社会学院国际关系硕士，荷兰乌特大学文学博士，英国剑桥大学中文系教师。1963年回国后，即任中国社会科学院世界历史所副研究员。

五、社会关系：

重庆时期，鉴于国民党政府贪污腐败，消极抗日，积极反共，内心颇为不满，因而与幼年同窗老友林伯渠同志，常有诗词往还。林老在重庆参加国共谈判时，并曾多次至重庆曾家岩办事处中共代表团与林伯渠同志长谈。董必武同志，因是早年法学界友好，在重庆时亦常有诗文来往。

黄右昌年表

李桂杨

1885 年 0 岁

　　1885 年（清光绪年）11 月 11 日（农历甲申年十月初五），诞生于湖南省安福县新安乡黄家棚（属今湖南省临澧县新安镇右昌村）。

　　祖父黄道让（1814－1864），字师尧，号岐农。湖南省安福县新安镇金坑黄家棚人。1853 年咸丰癸丑科举人，1860 年咸丰庚申恩科进士。次年授工部主事，分掌营缮司，诰授奉直大夫。上任两年后辞官。为晚清时湘西著名诗人，有《雪竹楼诗稿》14 卷存世。

　　父黄基元，秀才出身。在乡下教馆。母亲涂汉英，勤苦操作，纺绩佐食。

　　黄右昌行三，有兄二，弟一。

1894 年 9 岁

　　母亲涂汉英逝世。

1897 年 12 岁

　　秋，参加县试，中秀才。入道水书院学习，与林伯渠同窗。

1899 年 14 岁

　　入湖南时务学堂（后更名求实书院）学习。

1902 年 17 岁

　　秋，参加湖南光绪壬寅科乡试，中举人。

　　以举人身份降格参加湖南公费留学日本选拔考试，考取留日公费生。

1903 年 18 岁

　　春。离开湖南经上海赴日留学。同行有杨昌济、陈天华等人。初入日本岩仓铁道学校学习工程。后因近视不宜工程，转入法政大学学习法律。

1905 年 20 岁

　　父亲黄基元逝世。

1908 年 23 岁

学成回国。

同李夔旭结婚。李夔旭（1885—1976），湖南临澧人，长沙周南女校肄业。两家为世交。二人由两家父母指腹为婚。李夔旭文化程度不高，但天性聪颖，生性宽厚仁慈，乐于助人，相夫教子，甘之如饴。诗人待夫人温良谦和。二人琴瑟和谐，数十年恩爱如初。

秋，赴京参加清政府学部留学生戊申部试。因部试推迟放榜，淹留北京。

1909 年 24 岁

四月，获清政府学部留学生部试法政科第一，授法政科举人功名，内阁中书衔。随即回湘，任湖南省公立和私立法政学校教授。

1910 年 25 岁

长女黄湘出生。黄湘 1933 年毕业于北平大学法学院。曾任中国战时儿童保育会湖南分会第二保育院院长、国民政府立法院编纂。后因病回娘家休养，为自由撰稿人。1962 年逝世。

1912 年 27 岁

任湖南公立第二法政学校校长，兼授民法课程。因与第一法政学校归并而卸任。

9 月，湖南同盟会等改组为国民党湖南支部，任评议委员。

同年冬，任湖南省第五区国会兼省议会复选监督。

1913 年 28 岁

3 月，当选湖南省议会议长。任此职至 1914 年 11 月，因袁世凯非法解散议会止职卸任。

1914 年 29 岁

辑录的《刑事诉讼法》由北京好古堂印行。本书后来多次修订，1931 年 5 月由北平中华印书局出版了第三版。

1915 年 30 岁

离湘赴京。出任北京大学法科专任教授。讲授民法、罗马法课程，同时在清华大学、法政大学和私立朝阳大学、中国大学、民国大学及天津法商学院兼职讲学。

5 月，次女黄绍湘出生。黄绍湘先后毕业于清华大学、美国哥伦比亚大学。是新中国美国史学科的重要奠基人之一。以中国社科院荣誉学部委员退休。

2015年逝世。

专著《罗马法》由上海锦章图书局出版发行。

1917年 32岁

1月，蔡元培出任北京大学校长，改革北大体制。续聘黄右昌为北京大学法科本科教授。

11月，北京大学成立法律学门研究所，经蔡元培举荐，出任首任所长。担任此职务直至1930年离开北京大学。

1918年 33岁

5月 任北京大学法科法律门主任。

9月，专著《罗马法》第二版由北京大学出版部出版。北大校长蔡元培为本书题签、作序。

1919年 34岁

2月，长子黄宏建出生。黄宏建，朝阳大学经济系毕业，一直从事公司财务工作。1949年去台湾，后以"台北高等法院"会计室主任退休。1989年逝世。

创办发行《白话晚报》。报纸主要刊登北大平民教育讲演团讲演稿，以广宣传。至1922年停刊。

5月，五四运动爆发。联合李大钊等人发动各界人士数百名，提出弹劾交通总长曹汝霖议案，策应学生运动。5月9日，蔡元培辞去北大校长职务。5月13日，北大评议会和教授会联合召开会议，推举黄右昌等5位教授组成临时委员会，协助共同处理校务。

6月3日，北洋政府逮捕千余名学生，拘禁于北大法科礼堂。当天晚上，黄右昌亲临关押现场慰问被捕学生并组织救援。

秋。北京大学废科设系，法科改法律系。黄右昌出任北京大学首任法律系系主任，兼任法科研究所法律门主任。

10月，设计并主持首场"刑事诉讼案"开庭实习。此举开创中国法学教学课堂模拟法庭先河。

12月，任北京大学教授评议会委员、组织委员会委员。

1920年 35岁

3月，次子黄宏煦出生。黄宏煦先后毕业于中央大学、美国密苏里大学。

翻译家。以河北师范大学副校长兼外语系主任退休。2016年逝世。

4月，经法律学系教授公推选举，连任法律系主任至1922年。

1921年 36岁

11月，华盛顿会议召开，中国代表提出撤废领事裁判权问题。12月，会议通过《华盛顿会议关于远东问题之条约及议决案》规定：须先行考察中国的法律制度、司法制度和司法行政状况，各国再行决定是否撤废领事裁判权。为收回领事裁判权之迫切需要，北洋政府决定组成民律草案起草小组，确定由黄右昌负责起草民律之物权编。

1922年 37岁

2月，北大新闻记者同志会成立。在成立大会上当选本会主席。李大钊、胡适等到会祝贺并发表演讲。

担任《国立北京大学社会科学季刊》轮值主编。

8月，三子黄宏嘉出生。黄宏嘉1944年毕业于国立西南联合大学。1948年获美国密歇根大学硕士学位。中科院院士、微波和光纤通信专家。以上海大学名誉校长退休。2021年逝世。

年底，迁至司法部街炊帚胡同二号居住。

1923年 38岁

除继续为北京大学法律系一年级开设《罗马法》课程外，为法律系三年级开设《民法·物权》课程。

1924年 39岁

3月，在《国立北京大学社会科学季刊》当年第二期上发表《继承制度之研究》。

四女黄颂康出生。黄颂康辅仁大学肄业，后毕业于荷兰乌特大学。先后在剑桥大学、中国社科院供职，退休后侨居荷兰。2011年逝世。

1925年 40岁

3月，迁至北京绒线胡同新平路甲34号居住。

负责起草的《中华民国民律草案·物权编》完稿。因国会已遭解散，仅由北洋政府司法部通令可以作为"条理"援引。

1926年 41岁

3月18日，北京发生三一八惨案。黄右昌义愤填膺，为惩罚元凶、伸张正义奔走呼号。在《法政学报》1—2 期合刊上发表《三一八惨案吾人应注意之三点》，就证据问题、管辖问题、死伤损害的赔偿问题发表专业意见。

6月，在《国立北京大学社会科学季刊》当年第 2 期上发表论著《继承制度之研究》。

11月，四子黄宏荃出生。黄宏荃 1951 年毕业于湖南大学外文系。诗人、翻译家。曾在北京国际关系学院、河北师范学院外语系任教。2009 年逝世。

1927 年 42 岁

《民法要义》由北京大学出版部出版。

1928 年 43 岁

《法律的农民化》由北平中华印书局出版。

7月。辑录的《国民政府现行法规·司法》由北平中华印制局印行。

1929 年 44 岁

1月，《同志怎样努力——黄右昌演讲集》由北平中华印制局印行。

3月，再度接任北京大学法律系主任。至 1930 年底离开北大。

6月，三一八惨案北大烈士纪念碑落成。黄右昌为纪念碑撰写碑铭。

8月，《法律的革命》由北大法律研究社出版。

12月，专著《海法与空法》在《国立北京大学社会科学季刊》3—4 期合刊刊出。

1930 年 45 岁

对专著《罗马法》第二版加以充实，将视角设定为"从罗马法以观察现代"，更名为《罗马法与现代》，交由北平京华印书局出版。

6月，《法律的新分类》在《国立北京大学社会科学季刊》1—2 期合刊刊出。

12月，辞任北京大学教授。

1931 年 46 岁

1月，简任第二届国民政府立法院立法委员。为法制委员会委员。

"七七事变"后，积极呼吁抗日。10月，向国民政府立法院提出制定《征兵法》的提案。经国民政府立法院讨论，议决在原《兵役法原则草案》的基础上拟具《兵役法草案》。参加《草案》编制 9 人小组工作。《兵役法》于 1933 年 6 月由国民政府颁布施行。

在《中华法学杂志》第二卷第 8 期上发表《现在法律的分类之我见》。提出了将"社会法"定位为一门独立的部门法的观点。

1932 年 47 岁

在《国民外交杂志》特刊号上发表长篇论文《日本外交政策底烟幕》，指出日本蚕食中国领土的野心，呼吁抗战。

1933 年 48 岁

1 月，连任第三届国民政府立法院立法委员。为自治法委员会委员。

2 月，赴苏州、无锡赏梅。作《梅花十首》。诗成得和诗二百余首，刊为《梅花唱和集》。

10 月，兼任国民政府立法院商法委员会委员。

1934 年 49 岁

1 月。专著《民法亲属释义》由上海法学编译出版社出版印行。本书是我国婚姻家庭法领域的经典著作，是民国时期婚姻家庭司法实践中的重要的释法依据。出版以后多次重印。

牵头起草《商业登记法》。

牵头起草《县市自治法》。

1935 年 50 岁

1 月，连任第四届国民政府立法院立法委员。为自治法委员会委员长。

7 月，在考察湘赣县乡自治的途中，回家乡临澧为父母扫墓。

冬，迁至南京四条巷盛园居住。

1936 年 51 岁

3 月，参与《国民大会组织法》及《国民大会代表选举法》五人起草小组，负责起草两个法律草案。5 月，两项法律经国民政府立法院通过后由国民政府颁布施行。

1937 年 52 岁

1 月，会文堂新记书局重印《民法亲属释义》。

6 月，《中华法学杂志》5—6 期合刊发表《中国司法改革之理论的基础》。

8 月，日寇大轰炸南京。夫人李夔旭同黄宏嘉、黄宏荃疏散到汉口，住德兴里。二女黄绍湘随后来汉同住。

11 月，随国民政府立法院疏散到武汉。25 日起到湖南考察救亡活动。

1938年 53岁

2月，回家乡临澧县等待国民政府立法院复会。

4月，从临澧返回回长沙。

5月，从常德乘火车到武汉，然后换乘民生公司轮船，溯江而上，到达战时首都重庆，租住在重庆枣子岚垭的稚园。

1939年 54岁

5月，国民政府立法院搬至北碚独石桥新址。黄右昌携家人迁至北碚郊外龙凤桥附近的纯园居住。

1941年 56岁

兼任国民党政府国防委员会法制委员会专门委员。

1943年 58岁

被聘为全国宪政协进会委员。

1945年 60岁

5月，《民法诠解·物权编》《民法诠解·总则编补篇》《民法诠解·亲属编》由重庆商务印书馆出版。本书随后在1945年12月由上海商务印书馆列入"大学丛书"出版，1948年2月印行了第四版。

10月，获国民政府颁发抗战胜利勋章。

1946年 61岁

主持修纂的《湖南黄氏联修族谱》由江夏堂刊行。全书共18卷，

12月，出席制宪国民大会。在会上发起赈济湖南灾民的倡议。

1948年 63岁

7月，蒋中正发布总统令，提任黄右昌为司法院大法官。

年底，鉴于国民党政权四分五裂，崩溃在即，拒绝随司法院南迁广州，由南京迁回湖南长沙，任湖南大学法律系教授。

1949年 64岁

8月4日，湖南程潜等通电起义。5日，诗人与唐生智、仇鳌等104名湖南各界知名人士联名发出通电，响应起义，表示拥护中国共产党解放全中国。

1953年 68岁

9月，教育部进行院系调整，留在长沙进修。

1954年 69岁

8月，从湖南大学退休。

1955 年 70 岁

1月，经国务院周恩来总理签发聘书，受聘为中央文史研究馆馆员。

3月，赴京就任中央文史研究馆馆员。在国际关系学院与次子黄宏煦同住。

1956 年 71 岁

台北三民书局重印黄右昌的《民法亲属释义》。

1967 年 73 岁

4月，与夫人李夔旭迁至北京市海淀区中关村成府牛子胡同 2 号居住。

1970 年 85 岁

3月初，因患感冒延误治疗，高烧不退。16 日，在中关村成府牛子胡同 2 号家中病逝。

1988 年

5月。诗人幼子黄宏荃辑录的《湘西两黄诗——黄道让黄右昌诗合集》由岳麓书社出版。录诗人不同时期诗作近 200 首。

1999 年

10月，黄右昌和夫人的骨灰在家乡湖南省临澧县合葬，与黄道让墓相邻，由当地文物部门整修为"湘西两黄墓园"。

2006 年

方正出版社再版《罗马法与现代》，何桂馨点校。

2008 年

北京大学出版社再版《罗马法与现代》。丁玫点校。

2015 年

法律出版社出版《黄右昌法学文集》。姜栋点校。本书整理和收录了《民法诠解总则编》《现行法律释义丛书之民法亲属法释义》《大学丛书之民法诠解物权编》三种主要著作，并收录论文数篇及其代表诗作。是"朝阳大学先贤文集"丛书之一。

2016 年

6月，经上级民政部门批准，临澧县将黄右昌故居所在的金坑村与另外两个村合并，改名为"右昌村"。

后 记

　　2021年秋，我们完成了《黄宏嘉传》的创作。当我们敲完全书的最后一个句号，合上电脑，一方面沉浸于对黄宏嘉光辉业绩和高尚品格的缅怀，一方面也为其因未能整理出版父亲黄右昌诗集而耿耿于怀的赤子之心所感动。于是我们决定再度合作，搜集整理黄右昌诗作并争取出版，以告慰黄宏嘉在天之灵。

　　黄右昌不仅是中国近现代法学泰斗，也是一位高产的诗人。他一生创作诗词千余首，时人呼为"诗翁"。其作品散见于报刊。早期作品曾结集为《竹窗诗存》分送友人，但早已散佚失传。1986年，诗人幼子、河北师范学院教授黄宏荃曾根据遗稿筛选出近二百首，与诗人祖父黄道让的部分诗作合编为《湘西两黄诗》，由岳麓书社出版。但限于当时的形势和条件，所收录的作品无法体现诗人创作的全貌，且偶有擅改和错漏之处。诗人三子、中科院院士黄宏嘉对此一直心有戚戚，督促其次子黄柯抓紧抢救黄右昌诗稿，以免散佚。2020年，黄柯及其夫人陈伟芳在黄宏荃《溇江诗选》遗稿的基础上，加以增补，编成《溇江诗集》，自费印行300册，供亲友展读缅怀。但限于条件，不仅所录作品未及三分之一，且其中仍有部分文字错讹以及注文不当之处。

　　本次笺注我们以新发现的由黄右昌本人订正编辑的清稿为底本进行整理，编为正编。对清稿中未见，仅见于出版物或黄宏荃抄本的作品，则编为补编。整理工作主要是对原稿中的繁体、俗字和错字按规范汉字的要求予以统一，同时对诗稿做必要的笺注。为尊重历史以及便于研究者使用，原稿中的正文、自注除改为规范汉字外，一律保持原貌，未做改动。黄右昌大量诗作创作于抗日战争时期，作品中偶尔不恰当地将日本侵略者同中国历史上的北方少数民族政权相提并论，这是他作为一个旧文人的历史局限，请读者注意辨别。

　　本书的笺注参考了诗人幼子黄宏荃遗作《溇江诗选》手稿的部分成果。本书将黄绍湘、黄宏嘉、黄宏荃缅怀先人的遗作并收录为作为附文，以体现黄右昌遗稿的整理轨迹，并向读者展现黄氏后人致力于保存、弘扬先人文化遗产的拳拳之心。

　　受益于图书馆的数字化、网络化，文献检索日趋便利，使黄右昌先生一些原已湮没于历史尘埃的旧作得以重光。全国图书馆参考咨询联盟及时的、有求必应的优质服务，为我们查阅历史文献提供了极大方便，使本书的内容更加充实。我们要对这些身在幕后的贡献者致以特别诚挚的谢意。

承蒙团结出版社梁光玉、夏德元两位先生对本书顺利出版给予了热情的帮助和指导；重庆大学熊一娣、西南大学李浩强、四川美术学院刘景活诸位友人在编写过程中提供了许多专业方面的意见；杨刚先生修复了本书插页的图片并对全书页面进行精排；陈伟芳女士承担了大部分手稿的录入与核对；罗洪华女士协助处理了本书编撰过程中的许多事务工作。非常感谢他们为本书所作的重要贡献。

限于注者水平，本书一定还有许多不足之处，敬请读者不吝指正。

李桂杨　黄　柯
2022 年 12 月 22 日初稿
2023 年 5 月 29 日改定